UNA SOMBRA EN EL JARDÍN DE ROSAS

Autores Españoles e Iberoamericanos

REYNA CARRANZA

UNA SOMBRA EN EL JARDÍN DE ROSAS

Planeta

Carranza, Reyna
    Una sombra en el jardín de Rosas.- 1ª ed. – Buenos Aires :
Planeta, 2004.
    512 p. ; 23x15 cm.- (Autores españoles e Iberoamericanos)

    ISBN 950-49-1197-8

    1. Narrativa Argentina I. Título
    CDD A863

Diseño de cubierta: Mario Blanco

Derechos exclusivos de edición en castellano
reservados para todo el mundo:
© 2004, Grupo Editorial Planeta S.A.I.C.
    Independencia 1668, C 1100 ABQ, Buenos Aires

1ª edición: 4.000 ejemplares

ISBN 950-49-1197-8

Impreso en Printing Books,
General Díaz 1344, Avellaneda,
en el mes de marzo de 2004.

Hecho del depósito que prevé la ley 11.723
Impreso en la Argentina

A Graciela, mi hermana en la vida
A mis sobrinos

SOMOS EL PASADO

No quité los ojos de la espalda de mi padre. Por leguas no miré más que ese poncho colorado al viento, la vincha que le sujetaba los pelos, el cuadro de los hombros al vaivén de la marcha. En medio de la pampa infinita, por primera vez, nosotros dos solos.

Y lo dejé cabalgar adelante, incansable, recortada la silueta del hombre montado contra el horizonte que huía: el amado capitán de los gauchos, mi padre, dueño de la tierra.

Él oía tras de sí el galope de mi caballo y eso le bastaba.

Sometida, la llanura se abrió a su paso. Podía hacer el camino con los ojos cerrados, esquivar vizcacherales, barro movedizo, con los ojos cerrados. Nada más cabalgaba, la cintura firme, clavadas en los flancos las rodillas, la mente en una idea fija. Leguas y leguas ganando distancia, cielo, y el miedo, que de pronto podía brotar erguido en el grito del indio. Sin embargo, limpia de chuzas la pampa.

Pero por qué a mí, preguntándome hasta la obsesión por qué a mí —que ando tan loco—, ¿por qué me eligió a mí para acompañarlo? —que sólo tengo cabeza para correrías nocturnas—. Por qué nosotros dos solos ahora, después de tantos años en que ni se acordó de que existo.

Me miró una sola vez, cuando la partida del Carancho nos alcanzó en Guardia del Monte: apenas un relámpago azul antes de apearse y cambiar la cabalgadura por otra de refresco. Ni siquiera se molestó en preguntar cómo andaban las cosas por las estancias. Volvió a montar y espoleó, sin esperar a que yo acabara de beber de la bota que me arrimaron.

—Estoy cansado, tengo hambre —murmuré—. Tengo veinticinco años y sigue tratándome como a un crío —y monté a mi vez y tuve que apurarme para alcanzarlo.

La pampa es una pausa muy honda.

Pero no es el bloqueo a los puertos, tampoco la reelección lo que ahora martiriza a mi padre.

—Señores, me retiro, ya es hora.

—Excelencia, el país lo reclama.

Ah, exigiendo siempre en nombre de la patria.

Rosas se dirige a la Sala:

—Solicito a la Honorable Asamblea unos días para pensarlo.

La reelección siempre se confirma, la suma del poder público, las facultades extraordinarias, porque son extraordinarias las circunstancias. Facultades que muchos gobernantes, desde aquel Mayo remoto, las han tenido: dictaduras apoyadas por las armas.

Sólo a él se las cuestionan, pero no queda otro camino: o Rosas, o la anarquía. O como tantos dicen: algo peor que Rosas o la anarquía, los salvajes, traidores unitarios.

Pero si no es la reelección o el bloqueo lo que ahora martiriza a mi padre, ¿qué entonces? Quizá lo que alguien susurró a mi lado y yo respondí con una carcajada: lo que busca Rosas es un sucesor de su propia sangre.

¿Será cierto? ¿Será eso lo que ahora le clava los riñones al apero, lo que lo lleva tan lejos de Buenos Aires?

Si así fuera no seré yo el elegido, sino Manuela, mi hermana. Y no me importa.

Si así fuera —aunque no lo creo— la Sala de Representantes se opondrá, todos se opondrán, aun los que sostienen el régimen, los secuaces, los amigos enriquecidos se opondrán como a nada después de años de obediencia ciega.

¡Una mujer en Palermo! Qué ocurrencia.

Porque el primogénito no existe, y voy ardido de fiebre, y aprieto los dientes y me muerdo: he adivinado la intención terrible que lleva mi padre; el motivo por el que me ha elegido como único acompañante para este viaje solitario y descabellado —el delirio me domina— lo que ha planeado oculto, temblando —el caudillo no tiembla— el golpe más artero. ¿Acaso mi padre quiere matarme?

Me han llenado la cabeza, mi locura va en aumento... y abdicar luego en nombre de Manuela, la delfina, la preferida, para que nadie en el mundo pueda ofrecer un obstáculo. Qué ocurrencia.

La pregunta me la hago a mí mismo, ¿existe el primogénito?

Juan Bautista Pedro Ortiz de Rozas y Ezcurra es mi nombre, y nací con patente de anónimo. Muchacho desdibujado, dice de mí tía Mercedes, hijo tímido de padre poderoso. Amante de la música, los perros, los caballos. Las mujeres. Figura volátil, lánguida a veces, lo reconozco. Obligado desde mi más tierna infancia a reafirmar mi corporeidad viva más allá de mi irrefutable presencia. Sólo cobro relieve jineteando airoso al frente de los desfiles, no porque me guste exhibirme, sino porque creo que así agrado a mi padre.

—¿Y ése quién es? —preguntan al ver pasar mi cáscara de centauro.

—Ah, el hijo de Rosas.

—Pero cómo, ¿es que Rosas tiene un hijo?

No fue el asombro de los otros al descubrirme lo que comenzó a señalar mi derrotero. No había aprendido aún a caminar, recorriendo a los tumbos los patios, cuando comprobé que para mi padre la tierra, el país, eran más importantes que su hijo.

Niño oculto entre las faldas ariscas de Encarnación, de las negras de la casa, o en los brazos de tanta tía apiadada. El niño Juan, el Bautista, el cachorro del león, podadas las garras y la melena tusa en la penumbra a la que me condenó mi padre.

O tal vez me condené yo mismo, incapaz frente a tanta desmesura: el paisaje, los indios, la guerra civil, los complots, las traiciones. Rosas. Todo urdido siempre en nombre de la patria.

No nos parecíamos. O en todo caso me parecía tanto a él que bien pronto lo único que supe fue lo que no quería ser: como mi padre.

Lo demás fue consecuencia.

Rosas quiere matarme.

Los excesos han alterado mi cerebro.

Simular un encontronazo con indios, una revuelta, la soledad encubridora de la pampa… matarme, y regresar a Buenos Aires deshecho, trastabillando, herido quizá, y montar para el hijo querido un funeral tan espectacular como el que montó para la bienamada esposa, inolvidable Encarnación, madre de pobres y desamparados. Mi pobre madre.

Y cuando siento que sólo hace falta el envión de mis piernas para caer de rodillas y suplicarle por mi alma —tu padre es capaz de todo: frase favorita del enemigo— cuando ya no me cabe la más mínima duda, una partida surge en la noche.

—¡Ahí están! —alcanzo a balbucear. Pero es tarde, mi hora ha llegado.

Una partida silenciosa, breve, imponente, cae sobre la inmensa huella cerrándonos el paso. Los caballos hacen ademán de espantarse. Los sujetamos. Veo las siluetas echadas atrás tirando de las riendas, el cerco de lanzas, ¡alto!, ¡quién vive!, un olor acre, como de azufre, repugnante.

—¡Quién vive! —repiten.

—¡Rosas, carajo!

El tono de la voz los petrifica.

Son indios y gauchos redomones enganchados al ejército. No más de seis. Encienden una antorcha y el que la acerca nos rodea sin miedo, jadeando, sujetando fuerte y espoleando al mismo tiempo. La grupa de su caballo empuja la cabalgadura de mi padre y al volverse, en la claridad desparramada el hombre de la antorcha descubre la mirada, la estampa, la furia inigualable. Queda demudado y se cuadra.

Grita:

—Paren, ¡paren!, alto he dicho.

En el contraluz inmenso seis bultos macizos se aquietan y aguardan.

Pudimos viajar en galera, traer escolta, hacerlo por etapas…

Apilado sobre el cogote, levanto despacio la cabeza y miro. A duras penas me sostengo sobre el apero.

Los seis jinetes se retiran unos metros y forman.

—Imposible saber que se trataba de usted, Excelencia.

—Se enviaron comunicados.

—Venimos del otro lado del Saladillo, Excelencia, cortando al norte.

—¿Todo en orden?

—Todo en orden, señor.

—Ahora identifíquese, soldado.

—Sargento Correa, señor, tercer asistente del general Ángel Pacheco, en comisión de campaña —y voltea hacia los suyos y les habla en voz baja. Al instante todos levantan las lanzas y arrancando el grito aúllan: "¡Viva el Caudillo! ¡Viva la Santa Federación! ¡Mueran los salvajes, asquerosos, inmundos, traidores unitarios!".

El que comanda el grupo exclama:

—Lo que usted ordene, señor.

Vuelve a cuadrarse, sorprendido de encontrar en pleno desierto al Señor Gobernador, Jefe Supremo, Restaurador de las Leyes, prácticamente solo, sin escolta visible, acompañado por un joven que más bien parece estar muerto de miedo que ser ayuda beneficiosa. El hombre duda y repite:

—Señor, lo que usted ordene.

Sabe que es Su Excelencia, lo ha visto decenas de veces en Santos Lugares, y por si alguna duda queda, ahí está el par de ojos que miran como dagas, el gesto soberbio de la boca debajo de la nariz aguileña.

En medio de la pampa, sin escolta, el más odiado, el más temido, el más amado. Aquel por el cual día tras día cae, antes de poder consumar su objetivo, un pobre infeliz, frustrado magnicida, encargado de borrar de la tierra al gobernador poderoso. O como dicen los unitarios: engendro del diablo, dique nefasto que ha sumergido la patria en un charco de lodo.

Día tras día la Sociedad Restauradora desbarata un complot, una traición, una emboscada. No importa quién esté involucrado, cualquier cabeza es aleccionadora. Caen rodando. Cunde el pánico.

Sin embargo, al siguiente anochecer el enemigo habrá asignado a otro la ciclópea tarea de matar al caudillo. Y no es que no encuentren oportunidad para hacerlo, dicen que el caudillo anda solo, pero nadie sabe con exactitud en qué momento ni dónde se encuentra. Llegan tarde. O, al contrario, para alcanzarlo es menester trepar un cerco inexpugnable de fusiles, hombres, lanzas, caballos. E irremediablemente el asesino caerá antes de saber siquiera si aquel perfil, aquel gesto lejano y fugaz, ese blanco tan apetecido como huidizo, era Rosas.

El mismo hombre que ahora lo mira desde la penumbra en la noche, sin escolta, imponente, brillándole el cuello tan blanco por entre el pañuelo y la chaqueta, totalmente a la merced el Señor Gobernador de la provincia de Buenos Aires.

Pero una galopada atrás, al otro lado del monte, al sargento Correa le ha parecido oír el trasiego de un batallón en marcha, relincho de caballos, y después, una voz perentoria dando el alto, ¡alto! Le ha parecido, pero prefirió atribuirlo al cansancio. O tal vez se durmió por un segundo y tuvo un sueño.

La indecisión del sargento me inquieta. ¿Es a mí o a Rosas a quien están buscando? Tenso, transpiro, mientras aguardo una palabra, una señal, algo que venga a quebrar la angustia, la dolorosa certidumbre de seguir a campo abierto, la cabeza expuesta.

—¿Algún problema, sargento?

Rosas taconea la yegua zaina. El animal avanza hasta ponerse al costado del hombre. Rosas lo mira a la cara y repite.

—¿Algún problema?

El sargento no puede desviar los ojos de esa mirada:

—Solicito la venia para escoltarlo, mi general.

—No es necesario, mi hijo me acompaña.

Sin mediar más da media vuelta, y pegando un salto al impulso de sus talones, la yegua sale al galope perdiéndose pronto en la sombra.

A paso lento, lo sigo.

En el contraluz inmenso seis bultos macizos me observan.

Pronto va a amanecer. Juan Manuel tira de las riendas para que yo pueda alcanzarlo.

—¿Vamos bien? —pregunta sin volverse.

—Sí, tatita.

—Y otra vez no se asuste, mi amigo —dice, y agrega—: La pampa se hace cordero cuando los Rosas cabalgan.

Pero no he alcanzado a descubrirle el gesto de mueca burlona.

—¿Falta mucho, señor?

Necesito hablar, borrar el desamparo. No me he atrevido a repetir el apodo cariñoso. En la casa, generalmente me dice: no me llame tatita, grandote sonso. En la casa están las paredes adonde ir a incrustarse. En el espacio abierto el desprecio puede llegar a ser inconmensurable.

—¿Ve aquellos promontorios? Son los árboles que sembró Francisco. Ahí queda San Serapio.

Vuelve a taconear el flanco. Yo me retraso, incapaz de creer que hemos atravesado solos la tierra solitaria y nada ha ocurrido. Pero aún no me siento a salvo.

En la primera claridad del alba la pampa se hace negra.

De pronto, el grito sordo del búho me sorprende.

El monte bajo que vamos cruzando se encrespa de ruidos. Cuando salimos a campo liso, distantes menos de una milla van soldados en línea. Han surgido de repente en el paisaje, casi no son reales. Aguzo el oído tratando de escuchar el casco de sus cabalgaduras, el entrechocar de las armas, pero ningún ruido levantan. Las siluetas se mueven a igual velocidad que nosotros.

Cuarenta jinetes, la división especial de Palermo nos va rodeando en U, sin acercarse demasiado.

Juan Manuel me grita:

—Los mandé seguirnos, por si nos pasaba algo.

Incapaz de negarse al placer de asombrar, todo no ha sido más que otro montaje suyo.

Dueño de vida y haciendas, hacedor supremo, histrión sin remedio, preparó la escena para que yo creyera que íbamos a merced de todos los peligros. Para que tuviera miedo.

La custodia rastrilló las pampas con tiempo; el camino a recorrer limpio como la palma de la mano. Desde varios días atrás la indiada sabía que alguien muy importante alcanzaría los campos de Francisco Rosas, el amigo del caudillo.

Partidas especiales acampadas en los distintos fortines habían espantado no sólo las probables montoneras, sino también a los gauchos renegados, los huidos de la justicia, los desertores. Aun esas pequeñas y audaces caravanas, comisiones de curas y científicos extranjeros, zoólogos, botánicos, estudiosos de la naturaleza virgen de la América en subasta; espías camuflados, comerciantes, agregados consulares, especialistas de cualquier cosa con carnet de amigos de la humanidad. Todos. No quedó un alma en cincuenta millas a la redonda.

Sometido otra vez, me entrego. Y escudriño el horizonte, cada yuyo, médano, hondonada, resignado a morir en brazos de mi padre, y todavía en el último suspiro fingir ignorancia.

—No es usted el que me mata, tatita, sino el destino.

Se apeó y soltó las riendas. Nos habíamos detenido a la sombra rala de un monte de caldenes. Adiestrada hasta casi formar parte de su propio esqueleto, la yegua quedó clavada ahí como estaca, hasta que su amo volviera a montarla.

La madrugada fue achicando el perfil de los pajonales.

No me gusta llegar cuando la gente todavía bosteza, me dijo. Encendió fuego con unas ramas, abrió las alforjas y buscó dentro.

Sentado como un pampa, vincha y poncho colorado, parecía que en su vida no había hecho otra cosa. Murmuró, lanzó exclamaciones en voz baja, y entendí que había jurado en lengua indígena. Sabía que en campaña hablaba con los indios en su propio idioma.

Tiró luego dos pedazos de carne a las brasas, el hombre blanco descendiente de hidalgos, criado como gaucho en la estancia de su abuelo materno; al que nadie ganó con el lazo, el que convivió con los peones, el más valiente jinete; el que provocaba un revolcón en

15

la marca y caía parado como poste, sin soltar las riendas del potro que lo obedecía como un perro.

Ya por aquellos años, un hombre predestinado.

Fue en mil ochocientos treinta y nueve cuando, inesperadamente, mi padre me pidió que lo acompañara a *San Serapio*, la estancia que Francisco Rosas posee entre Las Flores y el Azul. Doce y media leguas cuadradas de tierra, propiedad que él siempre señala haber adquirido gracias a la famosa ley de enfiteusis de Rivadavia. El escuadrón acampó al otro lado de las arboledas. Levantaron tiendas y agruparon la caballada en unos bajos con agua; todos a la espera de que el señor gobernador comunicara a don Francisco el secreto asunto que lo había llevado tan lejos de Buenos Aires.

Golpeó con el puño en la mesa, y elevó la voz.

—Existe una subraza de traidores, Francisco, que se llama a sí mismos salvadores de la patria, cuyos intereses coinciden, indefectiblemente, con intereses extranjeros. Ya los has visto, de la manito con los bloqueadores. El país es para ellos un negocio personal, una etapa donde aprovisionar sus arcas, y al pueblo se lo pasan por las bolas.

Francisco exclamó:

—Pensé que los atentados eran sólo rumores.

—Ingenuo, no ha pasado un solo día sin que intenten matarme —y sin mediar preámbulo le largó la pregunta—: ¿Ya has pensado cómo se lo vas a decir a Manuela?

Francisco bajó los ojos:

—¿Decirle qué?

—Lo que te pedí por carta… hace un mes.

El brigadier general no se había quitado aún el polvo de encima; de poncho y vincha ocupaba una butaca junto a la ventana. De vez en cuando miraba afuera, tenso. No me había pedido que me retire, pero acostumbrado a escabullirme cuando la conversación se ponía difícil, empecé a buscar la puerta.

—¿Has pensado cómo se lo vas a decir?

Un sueño irrefrenable. Sueño que no le permitía ver más allá de lo que su convicción le señalaba. Aval rotundo: su amor a la patria. Su objetivo: derrotar a los traidores asociados con las potencias extranjeras, mis graciosas enemigas, como él las llamaba. Francia, Inglaterra, Brasil, tironeando para sí las provincias que arden todavía al sur del continente, desangradas en su lucha contra el despojo. Pero, ¿qué tenía que ver Manuela en todo esto? ¿Qué era lo que Francisco tenía que pensar cómo decirle? Más tarde, sentados en la noche, a cielo abierto, Rosas repitió por tercera vez la pregunta:

—¿Lo has pensado?

A pesar del círculo de poderosos terratenientes federales, que lo presionaban y comprometían en las decisiones, de hecho era Manuela la que estaba más cerca del gobernador, fiel traductora de todas sus maniobras.

Mi hermana era la que ponía la cara y daba explicaciones, la que pedía disculpas o despedía en su nombre. La que otorgaba audiencias, y hacía pasar a las visitas secretas después de la medianoche. La que respondía cartas como tatita ordenaba. Manuela entretenía, halagaba o demoraba a los plenipotenciarios extranjeros. Era la que galanteaba detrás del abanico, alternadamente, con jefes de las armadas británica o francesa. Manuela era una prolongación fiel y efectiva de su padre.

Francisco lo acorraló:

—¿Y si en respuesta a tu prohibición decide casarse a escondidas?

Juan Manuel aleteó en la sombra.

A pocos metros, reclinado contra un árbol, yo los escuchaba. Enterado del asunto, no pude más que hacer una mueca de asombro. Pobre Máximo, pensé, novio eterno.

La noche olía a musgo, a pimienta.

—¿Manuela sabe de esto?

—Lo sabe, pero lo toma a broma —y añadió—: Mañana mismo partirás hacia la estancia del Pino, donde la familia está reunida, y antes de que sea tarde le arrancarás el compromiso de permanecer soltera.

Francisco se incorporó de golpe:

—¿Por qué elegirme a mí para traicionarla?

—¡Traicionarla!

—Sí. Me niego rotundamente a hacer lo que me pedís.

Silenciosa, una tropilla de avestruces cruzó el fondo del patio.

La voz de Juan Manuel sonó calma:

—No has entendido nada —le dijo—. Y lo peor es que si no lo hacés vos, otro lo hará. Yo no puedo ni debo hacerlo. Manuela lo aceptaría como una imposición, y ella debe tomar el compromiso totalmente convencida de que es la situación la que se lo impone.

Debe hacerse cargo sola, soltera, porque su deber primero es con la patria, y acabar con esas tilinguerías de andar poniendo fecha de casamiento… La necesito en el despacho, trabajando conmigo.

—¿Soltera para siempre? ¿Negarle el derecho a ser esposa, madre…?

—Para siempre.

Vi la furia de Francisco crecer en la oscuridad y sus ganas de golpearlo, de gritarle por tu culpa perdí a Agustina, y se lo dijo: fue por tu culpa. Y cuando lo dijo se acordó de que hablaban de Manuela, pero no le importó. No le importó en absoluto estallar en un desahogo tardío y malsano. No le importó que pudiera escucharlo su mujer, oculta detrás de alguna ventana.

—Porque para tus fines fue más importante emparentar a Agustina con el general Mansilla. Y Manuela ahora… ¡No cuentes conmigo!

El sillón de mimbre le sobró a mi padre por todos lados. Fue una sombra acurrucada en la sombra, abrazado a sí mismo.

Después, peligrosamente sereno, dijo:

—Cedí muchas cosas, Francisco, y cederé más todavía, pero a Manuela no, me niego, ¡y que la gente diga lo que quiera!… Ella es mi refugio, la única paz que conozco.

—Lo seguirá siendo casada con Máximo —fue la respuesta—. No la sometas a tamaño sacrificio. Ya tiene veintidós años, no te entiendo —lo rodeó, no quería herirlo—. Es inhumano.

Mi padre demoró en responderle.

—¿Qué creías? —estalló—. Doblegué las pampas y a los indios. Doblegué ejércitos, voluntades, doblegaré a las potencias extranjeras. Llevo casi veinte años en esto, y vos todavía pensando que mi corazón es tibio; mi necesidad, pasajera, casualmente vos…

Hay hombres comunes que hacen, piensan y dicen cosas comunes.

Hay otros, los menos, ejemplares que marcan el perfil de una especie, de una época. Son los que van jalonando la historia con un antes y un después de ellos.

¿Cómo pudo ocurrírsele a Francisco que Manuela quedaría al margen de la historia?

La noche bombeó un corazón desmedido. Bajo mis pies pasó la tierra incontrolable, arrastrando en el vértigo la vida, la muerte, la guerra, y ellos dos allí, aferrados a la estaca del instante, tratando por todos los medios de que la corriente no los arrincone en el primer recodo.

Nadie atravesó los cuartos, sólo un candil titilando al otro lado de una ventana, lejos. Y abandoné las sombras desde donde los había escuchado. Mi abrupta aparición los sobresaltó. Juan Manuel se volvió, molesto.

Le dije:

—Padre, por una vez al menos, abra los puños.

UN HOMBRE NORMAL

Ha pasado el tiempo. Hoy, al otro lado de mi ventana, el paisaje es extranjero y es extranjera la silla en la que apoyo mis nalgas de desterrado. Estoy en Londres y pienso. Pienso cómo fue todo y por qué. Pero no tengo respuestas. Miro los árboles de la plaza de enfrente y un perro que husmea. Todo es igual pero distinto. Perro es dog, y son trees los árboles. No quieras saber cómo se dice plaza o pájaro.

Cuando la madam nos enseñaba inglés yo era un niño, y lo tomaba como un juego; la pronunciación me salía bien porque tengo oído para la música, pero no por eso dejaba de preguntarme para qué diablos mamá Encarnación me obligaba a aprender este idioma. Con el francés lo mismo. ¿Acaso ella, desde siempre, supo que una noche la familia huiría en un bote…? Sin duda. Las mujeres son brujas.

Difícilmente los recuerdos aparecen ordenados por hora y fecha.

—A vos te estábamos buscando, Juanito.

Estoy cansado de pedirles que no me llamen Juanito.

—Vos que sabés de todo, ¿qué es un pensamiento?

Son mis primos los que preguntan, la mirada socarrona.

—¿Ven este globo? —asienten con la cabeza; yo no he hecho más que un rulo con el dedo en el aire, y sigo—: Tomo una palabra y se la pongo adentro, ¿la ven? —vuelven a asentir, pero han comenzado a mirarme con odio—: Eso es un pensamiento —termino—: Una palabra adentro de un globito.

—¿Y qué es una idea?

Lo hacen para burlarse de mí. No es que sepa de todo, ocurre que para todo tengo respuesta.

—Es lo que más me gusta de mi nieto —dice abuela Agustina—. Jamás se achica.

Acomodando mis papeles encuentro la pluma del halcón. Al levantarla, descubro una frase que me deja sin aliento. La leo en voz alta.

…dando testimonio de que alguna vez fui un hombre normal, que alcanzaba el orgasmo…

Vuelvo a leerla y sigo sin poder creer lo que estoy leyendo. La leo otra vez. No es la confesión en sí lo que me espanta, sino la torpeza de haberla dejado por escrito. ¿Cómo he podido exponerme así?, la frase me desnuda en el papel. Señal de que he llegado a un grado de tristeza en que ya ni siquiera me importa ocultar las llagas.

La pluma del halcón marca la hoja suelta. Son pocas frases. Falta el comienzo, el episodio o lo que sea que precede a esa reflexión. Pero eso no es todo. Sigo leyendo.

Se diría que el milagro del placer ocurre por puro azar, cuando por puro azar se realiza el gesto preciso. Deducción que no me conforma. Mejor sería encontrar la tecla exacta del placer y poder pulsarla al antojo; disponer de él cuando a uno se le viene en gana. Pero debe haber algo más. Algo en el aire, tal vez, en el ambiente flotando, algo que logra estremecerme y presentir en el cuerpo —clavado en otro cuerpo— lo que sé vendrá a inundarme, ciego, braceando seguro hacia la agonía final.

El placer por azar. Qué disparate.

Pero, ¿cuándo fue que escribí esto?

Cierro los ojos. Desde el fondo de mis sombras, en procesión silenciosa comienzan a surgir otras sombras. Las reconozco. Mujeres que hice mías. Una a una, todas diciendo que no con la cabeza.

Les pregunto:

—¿Basta con desear solamente?

—No se trata sólo de desear —me responden.

Las mujeres se acercan, me rodean. No huyo. Dejo que me abracen. Y en el sueño me entrego a ellas de la misma manera que me les entregué en la vida: de bruces sobre la mezcla letal, ya vencido el miedo a soltar las riendas de la pasión, las pocas veces que me fue permitido.

¿Por puro azar? No tengo ganas de reír. Era tan tierno mi corazón y tan grande mi empeño.

Un día, ya hombre —ya tarde— entendí por fin que el llamado surgía desde lo profundo del alma. O donde sea que palpite esa capacidad inefable para ver y sentir lo que tal vez ni siquiera existe, salvo en mi imaginación, única responsable de elegir el momento exacto en que me rendiría al amor, con la certeza absoluta de alcanzar el umbral del placer y la entrega. Y poder cruzarlo finalmente; y recorrer los vertiginosos laberintos del gozo —tan breve— en que se desea que aquello nunca acabe, nunca. Pero exhausto, los ojos en blanco, boca arriba, descubría que todo había terminado. Eso, exactamente, pocas veces había ocurrido.

Aprieto la hoja hasta reducirla a un bollo. Es mi letra. Yo escribí esto. Pero, cuándo. No hay fechas, nada indica el momento en que lo escribí. ¡Hablar del amor y la fugacidad del placer en medio del desastre! Porque no hubo bonanza, sólo conspiraciones y guerra.

Me pregunto cuántas confesiones como ésta andan rodando por ahí... dando testimonio de que alguna vez fui un hombre normal, que alcanzaba el orgasmo...

No quiero reír, tampoco podría hacerlo. ¿Pero acaso me refiero a mí en este texto? ¿Y si no, a quién?

Había olvidado la existencia de esas carpetas. Ahora advierto que sólo tengo una.

Todo me empuja, me golpea. El dolor y la nostalgia me han llevado a un extremo de enajenación sólo comparable a la locura.

Arrepentido, alisé el bollo de papel. No veo por qué debo destruirlo. Y coloqué, nuevamente, la pluma del halcón señalando esa hoja.

Cuánto tiempo hace que no hago el amor, que ni siquiera tengo ganas, y que tal vez sumida en la misma apatía Mercedes trajina por la casa, volcando toda su fuerza en esos trabajos primarios, seguramente buscando lo mismo que yo: olvidar, aturdirse, hacer de cuenta que no ha pasado nada, que todavía queda algo de lo que fuimos.

Ni siquiera la música viene en mi rescate. He clamado por un piano, pero hoy un piano es un lujo que no me puedo dar.

Y debe haber más papeles como éste perdidos por ahí. ¿Los habrá leído Mercedes? Jamás me lo dio a entender. Su conducta ha sido invariable, dócil, respetuosa del vínculo. Y es ese respeto que siente por mí, atornillado a su médula a fuerza de educación y jaculatorias, lo que no pude arrancarle ni con besos o maltratos en la cama; maltratos que llevaban la única intención de rasgarle la coraza de finos modales que me impidieron, que me impiden amarla como a una hembra. Como a lo único que permanece junto a mí por todo y a pesar de todo.

—Por favor, en la cama no me respetes —le rogaba.

—Mercedes, ¿has visto otra carpeta parecida a ésta?

Miró primero lo que le mostraba y luego a mí, con esos ojos que con el tiempo se le han ido achicando. A mí con esos ojos, ¡a mí!, que nunca pude reaccionar ante nada, salvo ante la belleza.

Lo único lindo de Mercedes es que canta lindo, dijo de ella cierta vez mi padre; y ella modosa, de pie, junto al piano en el que yo la había acompañado deslizando acordes.

—La vi —me respondió— pero en casa de Manuela.

Es junto a mi hermana donde Mercedes retoma —de alguna manera— la vida a la que estaba acostumbrada: desgranan chismes, cosen, hacen paseos, escriben y responden cartas. A esto último le dedican mucho tiempo, dicen que las reconforta recibir noticias de la familia. Sin embargo, sé que a Manuela algunas tías Ezcurra y otros parientes han dejado de escribirle. Yo no escribo cartas a nadie, intenté hacerlo al comienzo, pero ¿a quién escribir? Le pedí a Manuela que preguntara por el nieto de ña Cachonga a ese par de amigas con las que se cartea. Lo hizo, pero no obtuvo respuesta.

Contra la tapia de tía Mariquita nos hemos reunido los varones para mostrarnos el miembro, y ver quién lo tiene más largo.

—No se dice miembro sino pito —interrumpe Franklin, que es el primo más pequeño.

En el cotejo, el mío resulta ser el más largo y también el más ancho.

Azorado pregunto:

—¿Esto es bueno?

Pedro observa. Hay rencor en su gesto.

—Que se haga justicia —dice por fin—: Te declaramos vencedor, Juanito, y te aplicamos el mote de palo santo, que llevarás con orgullo.

—No me gusta palo santo.

—Aguantate, peor es tenerlo chiquito, como Franklin.

A mi hermana no le costó encontrar la carpeta que yo buscaba. Me entregó también una caja con libros y cuadernos.

Apenas la abrí me di cuenta de que allí estaba el resto de lo que alguna vez escribí, ¿con qué intención ridícula? Hojas y hojas cargando mi letra, mis borrones, quizá mi vida.

—¿Leíste estos papeles?

23

Ella puso los ojos en blanco, todavía fiel a sus muecas de niña mimada.

—Bastante tuve con los del tatita para ponerme a leer los tuyos.

Respiré. Tranquiliza rodearse de mujeres respetuosas.

Me tomó de las manos:

—Dime, ¿cómo estás?, te veo muy poco.

—Cuesta vivir de la limosna de los Arguibel, de los Ezcurra.

Rubricó su contrariedad dando una patadita en el suelo:

—Pero también tenés la renta de tus propiedades.

—Eso es para pagar los estudios de Juanchito en París.

—¿Y adónde fueron a parar tus famosos ahorros?

—En vivir. Sólo quedan monedas.

—¿Estás apostando otra vez? —pero no me dio tiempo a responderle—. Pensar que comenzaste a ahorrar desde tan chico —y agregó—: Fue como si hubieras sabido lo que vendría… —y enseguida, cambiando el tono—: Máximo siempre me pregunta por qué no venís a visitarnos.

—Decíle a tu marido que no se preocupe, que no lo voy a hacer quedar mal en el Registro, soy puntual, tengo el escritorio al día.

—No te lastimes. Máximo te aprecia, te lo ha demostrado en más de una ocasión.

—¿Lo viste al tatita?

—Para su cumpleaños. Le llevé tu esquela —y agregó—: La leyó con lágrimas en los ojos.

—No me mientas. No es necesario.

—Juan, por favor…

—¡Lágrimas en los ojos!, y sigue negándose a recibirme. Ni siquiera le importa que esté vivo o muerto, que mi único crédito sean esas miserables tarjetas de presentación con las que recorro oficinas de exportadores, mendigando trabajo.

—Sabés que él no está bien. Sufre.

—Yo también sufro. Pero, claro, mi sufrimiento no cuenta.

—Todos sufrimos, Juan. Desde que salí de mi país, no he vuelto a poner las manos en el piano, ni guitarra, ya no hay música en mi casa… sólo por decirte lo primero que se me ocurre. Tampoco he vuelto a un teatro lírico o dramático, ni aceptado una sola invitación. Vivo volcada en el presente, tratando de sepultar la nostalgia…

No acepté la taza de té que me ofrecía. Cargué mis cosas y me despedí.

24

Manuela es la única capaz de recordarme quién soy, y sin decirlo obligarme a la dignidad y la cordura, cosas que sin duda se maman, y que tal vez sean esto: levantarme cada día, lavarme, vestir pulcro, ir a trabajar por monedas, y regresar al atardecer a la casa, sin guardar el más mínimo vestigio de lo que ha ocupado cada hora, cada segundo de cada día.

¿Quién soy? Un cuerpo que ahora se desliza de negro por estas calles de Londres, con una caja bajo el brazo. Un alguien que conserva el mal gusto de pensar, de sentir, de tener recuerdos. Un hombre que ya no grita.

Lo hago por Manuela, por Mercedes, por mi hijo, no por mí. Por lo que quedó allá. De todos, yo fui el único que dio la espalda a lo que estaba ocurriendo. Sin embargo, aquí estoy, arrastrando el mismo castigo.

Porque huimos disfrazados en medio de la noche... ¿Y luego?

Yo cargaba una alforja y en la otra mano la mano de mi hijo, que trotaba a mi lado. El pequeño Juancho.

Hace más de cuatro años que trato de reconstruir aquella jornada y no puedo. Lo intento. Aparecen dos o tres imágenes, siempre las mismas.

Pero, ¿fue así la huida?

Frente a mí se extiende un tablero vacío. Voy colocando las piezas.

Con Mercedes y el niño nos habíamos refugiado en casa de los Ezcurra. Desde la madrugada estuve pendiente del desenlace de esa batalla.

Todo lo ocurrido durante esos últimos meses me había sumido en una locura sorda, incontrolable, que me mantuvo encerrado en mi cuarto, temeroso hasta de mi propia sombra.

Varias veces tuve que sujetarme para no repetir aquel gesto de rebeldía en mi infancia, cuando avanzaba con los brazos abiertos, duros, gritando como loco, y volcaba y rompía a propósito todo lo que se cruzaba en mi camino. Y seguía adelante en medio del estrépito de cristales, mesitas, sillas y porcelanas rotas. Para continuar luego con los cuadros —no dejaba ni uno colgado— y después las macetas en las galerías, las plantas destripadas, y después... La casa a merced de un tornado.

Encarnación sólo atinaba a ir de una pared a la otra: ¡Qué le ocurre a ese niño!, ¡qué le ocurre a ese niño! Sólo abuela Agustina estaba preparada para frenar aquella barbarie. Pero aún así la obligaba a dudar, arrinconado por fin.

—No me toque —le pedía, crispado como una araña— no me haga daño, soy un Cristo de carne —y volvía a abrir los brazos con la intención de avanzar también sobre ella. Pero la abuela se me echaba encima, como echan la red para cazar al puma, y me sujetaba con fuerza, hasta que los músculos se me ponían blandos, escurrida la furia.

—Ya te voy a dar a vos. Qué Cristo ni Cristo.

A las cuatro de la tarde, y con los nervios a punto de estallar, comencé a oír el griterío que venía desde el fondo de la Matanza —buena palabra para un final—. Que no salgan, había sido la orden, hasta que las noticias se den por ciertas. En casa de las tías Ezcurra, Mercedes oraba en el cuarto de los rezos. Se oyó el redoble de los cascos de un caballo lanzado a la carrera, luego otro y otro, y la calle fue creciendo en gritos y disparos.

—¡Tiran contra todo lo que se les cruza! —exclamaron unos sirvientes que entraron corriendo.

—¡Están saqueando la ciudad!

Lo apreté a Juanchito contra mí y murmuré, creo que murmuré todo ha terminado.

Buenos Aires entregada al saqueo y la venganza. Febrero, tres. Mil ochocientos cincuenta y dos. ¿Y luego?

No lo sé. Intento recordar. Pero qué sentido tiene ahora armar aquel final, lo que hice, lo que dije, a quién vi por última vez, quién se acercó a abrazarme, a decirme adiós. Era el adiós. Qué importan ahora los detalles.

El tablero vacío frente a mí exige respuestas.

Faltaba poco para el amanecer cuando subimos al bote. El río era una masa negra, majestuosa, sacando reflejos de no sé dónde. Ni se me ocurrió pensar que podía ser la última vez que me acercaba a su orilla. Mi hijo se aferraba a mí, no tengas miedo, no va a pasar nada. Tenía trece años y era un cachorro ovillado en mi pecho.

El capitán Gore y su gente permanecieron en la playa hasta que la bruma los cubrió. Y la bruma siguió subiendo. Sólo el golpe de los remos en el agua.

Levanté la cabeza para mirar y, al fondo de la penumbra, vi la ciudad que se hundía lentamente en el río, arrastrando tras de sí la llanura, lentamente, luego el desierto. Volví la cabeza, desesperado, y distinguí el perfil inconmovible de mi padre, y junto a él un muchacho de gorra, arropado en un gabán. Era Manuela, vestida de hombre. Abrazada a mí, Mercedes, que no podía pronunciar palabra. Máximo había sido tomado prisionero, pero lo soltaron días más tarde y fue a visitarnos al barco. Me dijo: tu padre luchó hasta que el último de sus infantes le quedó fiel.

Por más de una semana permanecimos allí, anclados en la rada exterior, prolongando mi agonía. El gobierno provisorio había intimado a los agentes diplomáticos extranjeros a desembarcar fuerzas para proteger las vidas y propiedad de sus respectivos connacionales, y así lo habían hecho. Abiertamente desembarcaron los marinos de los buques de guerra ingleses, franceses, americanos, suecos y sardos, estacionados cerca del *Centaur*. Vi a los extranjeros volcarse sobre la costa, y cerré los ojos.

Manuela me invitaba a mirar la ciudad desde cubierta. Vení a decirle adiós, exclamó, vaya a saber cuándo volveremos.

—No puedo ver lo que ya no existe.

Antes de abandonar la casa de la legación inglesa, fui víctima de otro de mis ataques y me negué a partir. Retrocedí hasta el último rincón de la sala, balbuceando: yo no tengo nada que ver con esto, ¡nada que ver…!

Un ayudante y el secretario trataron de convencerme. Mi padre ya atravesaba la puerta. Manuela intuyó que algo ocurría y se volvió. En un par de zancadas el capitán Gore estuvo a mi lado y me tomó con fuerza de un brazo.

—No hay tiempo para cambiar opiniones. Vamos, hombre, ¡se lo ordeno!

Apenas pude despegar las mandíbulas.

—Yo me quedo aquí.

—Lo van a matar —exclamó— y si me permite, diría que como a un perro. ¿Es eso lo que quiere? Piense en su mujer, en su hijo. ¡Vamos! No nos queda tiempo.

Bajé la cabeza y me apreté aún más a la pared. Mi intención era fundirme en esos ladrillos. Lejos, escuché la voz de Manuela, ¡Juan, por favor…!, al borde del llanto. Sonaron pasos y desde la calle llegó nítida la descarga de varios fusiles.

Dios mío, rogué. De pronto, Gore me soltó y retrocedió. Identifiqué las pisadas del general y el ritmo de su respiración, acercándose. Cuando miré, mi padre estaba a mi lado. A sus ojos fueron apareciendo las mismas viejas dagas, pero no para lastimarme.

Juré guardar lo que me dijo. Hoy, no estoy tan seguro de haber escuchado de su boca aquellas palabras.

—Te matarán.

No puedo describir la calma que había en su voz y en su actitud al repetir:

—Te matarán, Juan. Y yo moriré a tu lado.

Apreté los dientes hasta lastimarme las encías. Después, muy despacio, despegué la espalda de esa pared. Me despegué de esa casa en Buenos Aires, de mi tierra, del olor de mi tierra me despegué.

La bruma cubrió la noche y el río.

Ya no se veía la ciudad ni se oían los gritos de las bandas errantes que atronaban las calles, disparaban contra las puertas, robaban en las tiendas, esquivaban los muertos. Más allá, al otro lado del puente de Barracas, el resto del ejército derrotado se dispersaba hacia el sur. Gauchos, indios y soldados en desbande, hasta perderse para siempre en el desierto, gritando viva Rosas.

Camino a Palermo los árboles se llenaron de cadáveres colgando. Eran los soldados sublevados del regimiento del coronel Aquino. Y Martiniano Chilavert fue fusilado por la espalda: el coronel artillero que abandonó las filas unitarias para no unirse al extranjero invasor. Su cabeza rodó a puntapiés por los largos corredores de la que había sido mi casa; el que junto con el coronel Pedro Díaz siguió peleando, sosteniendo heroicamente el Palomar de Caseros, hasta que cayó en manos del ejército de macacos.

La victoria de Urquiza cedió lugar a la venganza y al pillaje. Regimientos enteros, soldados y oficiales, incluidos civiles, fueron degollados sin juicio previo.

En este mismo momento —pensé hundido en el último rincón del camarote del barco— en este mismo momento hordas descontroladas se reparten mi ropa, mis libros, mi cama, mi piano, mis cuadros.

Sobre esos mis despojos, acompañado por tres batallones, Urquiza instaló su cuartel general.

Dos años antes, fuera de sí, el ministro Thiers había exclamado frente al Parlamento francés: "Buenos Aires es una ciudad de salvajes… ¿Y vosotros vais a abandonar Montevideo, ciudad francesa, de jóvenes educados a la francesa? Si entregáis Montevideo a Rosas, le entregáis también el Paraguay; y el Brasil quedará expuesto a los mayores peligros... Brasil cuenta con población europea y americana: aquélla está con nosotros, y los americanos con Rosas... Estados Unidos con sólo seis mil hombres ha hecho la mejor conquista del mundo: la de Texas y California. Inglaterra con sólo tres mil ha concluido la guerra del opio en el imperio de la China. ¿Por qué temer el envío de veinte mil hombres para abatir a Rosas?".

Todavía no estoy en condiciones de armar el final de esta historia, a la que nunca consideré mía, y que hoy, en la quietud de mi casa en un barrio de Londres, cuando repaso apuntes en mi diario —seguramente leyendo entrelíneas— no puedo más que reconocer como la historia de una traición. Traición de la que fui carne y transité, que me envolvió y no advertí, ciego entonces de rebeldía y petulancia.

Brilla ahora la llaga en mi tablero. Brilla Sirio en la noche inmensa.

EL HIJO DEL PECADO

Es casa de adversarios, y voy atravesando el salón con una copa en la mano. Al otro extremo, la muy casquivana esposa de un coronel —del que no diré su nombre— me hace señas por encima del abanico. Voy a su encuentro. Pero alguien me detiene a mitad de camino entre la bella y yo, y me susurra al oído: el oro es el culpable.

Veo que ella levanta una ceja.

Sin detenerme, respondo:

—Siempre aparece el oro en el fondo de todos los conflictos.

Nadie duda que fue este metal el que acabó por desatar el nudo de la última batalla.

Se interpone otro en mi camino:

—Tu padre ha prohibido a las provincias la extracción del oro y el tráfico irregular de carnes.

—¿Con qué fin?

—Con el fin de impedir que ellas también hagan su negocio.

Una vez más, en nombre de la Confederación, el puerto imponía su voluntad al resto de las provincias. Y todos miran con recelo a este joven que va al encuentro de la dama unitaria, vestido de manera extravagante, mitad señorito, mitad gaucho orillero, la chalina de alpaca al hombro. Cuando finalmente la alcanzo, ella me increpa.

—¿Quién es el que pretende obligarnos a pensar como nación, si no lo somos?

—Mi padre —respondo, y es lo que ella quería oír, y agrego—: Pero tal vez lo somos, y no nos hemos dado cuenta todavía.

—¿Somos qué?

—Una nación, digo.

Siempre hay alguien que quiere forzarme a revelar mi filiación política.

—¿Es usted antiprogresista? —me pregunta a boca de jarro un caballero, asiduo asistente, como yo, a tertulias literarias.

—De ningún modo —le contesto.

—¿Antiextranjero, tal vez?

—¡No! Tampoco.

—Entonces, jovencito, usted es de los nuestros. Unitario, para más dato.

No puedo evitar la carcajada:

—¿Así de simple?, pienso que deberíamos analizarlo un poco... Ni siquiera mi padre me preguntó nunca qué soy, cómo pienso, pero ya que estamos, le diré que no soy rosista sino federal, sustancialmente republicano. Por ejemplo, tal como ustedes lo hicieron en tiempos de Martín Rodríguez, a mí jamás se me hubiera ocurrido establecer aquí una monarquía.

—Ha puesto usted el dedo en la llaga... ¡Qué tiempos!, el general Rodríguez dio el puntapié inicial a un progreso tan auténtico que nadie pudo luego dar marcha atrás.

Acuso el golpe, dirigido sin duda a mi padre, y le digo:

—No creo que ninguno de los gobernantes que le siguieron se hayan propuesto anular lo bueno que este hombre hizo, como su ministro de gobierno, el señor Rivadavia.

Mi interlocutor se ajusta el monóculo:

—Talento claro, es así como lo veo, y le digo más, el país le debe a estos dos hombres adelantos excepcionales, sin ir más lejos, la universidad, el brío de la prensa por aquellos tiempos, la libertad de la palabra escrita, donde tenían cabida todas las opiniones; las reformas militares y de la Iglesia... ¡Ah!, el Banco de Descuentos, ¿qué le parece?, institución que sirvió de plataforma de lanzamiento para tantos negocios.

—No lo niego, en ese sentido sirvieron plenamente al país, pero...

No me deja continuar, sufre un ataque de orgullo retrospectivo, y se empeña en repasar la lista del mentado progreso: la Sociedad de Beneficencia, inestimable labor de las damas, recita; el fomento industrial, la ley de enfiteusis, el famoso Tratado del Cuadrilátero —tratado del que yo no tengo la menor idea— y, sin darse respiro, despliega las bondades de cada una de las medidas tomadas por los gobiernos de Rodríguez y de Rivadavia, y acaba denominando a esos años como época de oro de nuestra patria.

Lo he escuchado con atención.

—En parte estoy de acuerdo con usted —le digo—, lástima que

fracasaran, ¿verdad? Tengo entendido que Rivadavia desconoció la realidad del país en su época, equivocó la dirección de sus actividades, y en consecuencia el perjuicio cometido fue superior a la bondad de sus ideas —y antes de que vuelva a interrumpirme, agrego—: No olvide, caballero, que esto nos significó el retorno a la anarquía, no quedó provincia que no se alzara en su contra.

—Ah, los caudillos, jovencito —exclama—, ha dado usted en el clavo —y otra vez golpea contra mi padre—. En ellos se concentra todo el mal que padece la patria —y compone un gesto severo—. Los caudillos taponan el desarrollo, alteran el orden y dilatan la posibilidad de organizarnos debidamente como nación, ¿o no está de acuerdo conmigo?

—No se trata de que esté de acuerdo con usted o no, se trata de que usted enfoca mal el asunto. El caudillismo no es causa, sino efecto de una determinada situación social. Y por otra parte, señor, en qué cabeza cabe crear primero el Poder Ejecutivo nacional permanente, nombrar enseguida un presidente, a Rivadavia, y recién después una Constitución, que para colmo determinaba que los gobernadores de provincia debían ser nombrados directamente por el presidente de la República, y bajo su inmediata dependencia.

Hago una pausa, como para cederle la palabra y que se desahogue, pero él no hace más que mirarme de manera singular, entonces arremeto y cargo:

—Yo era un niño apenas, pero sé que por aquellos años la mitad de las provincias se enfrentaron al gobierno nacional en una guerra civil, sin contar la guerra que se sostenía con Brasil, a lo que debemos agregar la violenta oposición en Buenos Aires, encabezada por Manuel Dorrego, que...

—Sí —se apresura a interrumpirme—, ciertamente fue una lástima. Rivadavia tuvo que renunciar. De todos modos, nosotros seguimos representando lo mejor de la ilustración europea.

En el Café Victoria circula un chisme al que en un primer momento no sé qué color político ponerle.

—De un plumazo, el gobernador, tu padre —abundan en señalar lo de tu padre— que, como sabrás —y sigue la chanza— es también responsable de los negocios de la Confederación, ha privado a Urquiza de un comercio que el señor Urquiza tomó como propio, desoyendo el acuerdo firmado en la Cámara. Sospechamos el preámbulo de un conflicto.

—Rosas tendrá sus razones —respondo.

Casi nunca me doy cuenta con qué intención me lo dicen. Si para tirarme de la lengua; si para comprobar, una vez más, que soy un despistado, y de paso ponerme al tanto de las cosas, o para escupirme en la cara su oposición a la política de mi padre. Yo me hago el tonto.

Es cierto, Urquiza ha protestado, porque tal medida entorpece el comercio entrerriano. Pero bien sabe el gobierno que lo que en verdad esa medida entorpece son las finanzas personales del señor Urquiza.

—¿Y a que no sabés lo que ha hecho don Justo José? Ha mandado fusilar a Gregorio Araujo, jefe de la oposición correntina.

—¿Y por qué? —interrogo, aparentando indiferencia.

—Para despejar la zona de enemigos.

—¿Y lo ha mandado fusilar?

—Sí, señor, y ya lo han fusilado.

Sin dejar de observar a mi interlocutor, me rebano la cabeza pensando: y ahora qué tendría yo que responder, preguntar, deducir.

—¿Y qué ha dicho mi padre?

—Nada. El general Manuel Oribe se ha ofrecido para sofocar la revuelta de Urquiza en el Litoral, pero tu padre ha rechazado su ayuda. Dicen que porque no le ve la trascendencia al episodio, o porque no quiere verla. Tampoco ha tomado medida alguna de previsión al respecto… Y vos, ¿qué opinás?

No es bueno cultivar la memoria. Aturde.

Guardo piezas sueltas. Trato de ordenarlas. Pero releer estos apuntes me saca de quicio. Me altera. Todavía no sé por qué no rompo este cuaderno, esas carpetas y me libero de una vez por todas de carga tan odiosa. Donde pongo el pensamiento pongo el dolor y la espera, y siempre vuelvo a aquella noche.

Finalmente, resignado, coloco la pieza en el lugar exacto.

Martes. Febrero cuatro, mil ochocientos cincuenta y dos.

Fondeada río afuera y por entre la bruma surgió la mole de la fragata. Se llamaba *Centaur*.

Hubo un tiempo en que llegaron a compararme con un centauro, y hasta lo debo haber dejado escrito por ahí. Centauro del agua aquella noche, otrora de la pampa irrefragable, e intuí que mi vida había traspasado la línea a partir de la cual uno deja de ser lo que fue.

Fui el último en abandonar el bote y comencé a trepar por la borda. Cuando un par de marineros ingleses me ayudaron a alcanzar la cubierta, entendí que acababa de franquear esa línea. Ya estoy del otro lado, pensé, ¿sabe alguien en qué se convertirá mi vida a partir de ahora?

Habíamos huido disfrazados en medio de la noche… ¿Y después?

Cuando regresé a mi modesta casa de la calle Berwick, todavía pensando en Manuela, Mercedes me esperaba aleteando una carta en su mano. Era de nuestro hijo, que estudia en París.

—Deberíamos ir con él, estar los tres juntos —aventuró.

—Detesto París —y tomándola por las caderas la atraje hacia mí. Ella adivinó la intención.

—Juan, te ruego…

—Vamos, Mercedes, nos levantará el ánimo. Un pequeño esfuerzo.

—No puedo, tengo frío.

—Yo te haré entrar en calor, hay caricias que… —y me hundí en ella buscando un poco de piel entre sus ropas.

—Por favor, Juan, no es momento.

La solté sin rencor.

Querido padre…

La carta de mi hijo derrochaba juventud y entusiasmo, pero sólo renglón de por medio. En los otros arropaba la añoranza en un lenguaje que seguramente había tratado de atemperar para no afligirme. Mi único hijo.

Amanecía cuando lo abracé por primera vez contra mi pecho, recién nacido; sobre mi corazón el latido de su pequeño corazón desmañado. Creí enloquecer de amor. Fue entonces cuando le prometí que a él no le ocurriría lo que a mí. Siempre te voy a querer, le dije, y mientras yo viva no conocerás la soledad ni el dolor.

El pequeño Juan Manuel León María del Corazón de Jesús, el Juanchito, primer nieto del caudillo, prematuramente ahogado ya de tanta inclemencia. Ahora solo en París, abandonado, pupilo en un colegio hasta terminar los estudios. Seguramente él también a merced del frío y la soledad.

Repentinamente recordé mi segundo día de clase en la escuela.

Desde su altura intimidante el maestro me dijo póngase de pie, niño Rosas.

Para esa época yo ya había recogido mis cadenas en aquella malhadada tarde en que la abuela me pidió la acompañara a visitar unas amigas. Fue entonces cuando perdí la inocencia y adquirí la costumbre de esconderme. Cuando cambió mi carácter y me declaré perseguido, estigmatizado. Tal vez ellas no advirtieron mi presencia, o acaso el vicio de la murmuración las superó y se les escapó la lengua, indiferentes al daño que podían provocarme.

—¿Es éste el hijo del pecado?

—El mismito, como para dudarlo. ¿No te acordás? Fue la propia Encarnación quien lo confesó en una carta.

—¡Cómo no me voy a acordar! Fue vox populi, querida. Un casamiento de apuro como pocos. Pero qué otra cosa se podía esperar de una Ezcurra.

—Pobrecito Juan Bautista, cargar con semejante cruz.

En aquel momento yo acariciaba a un perro de la casa. Presté atención, y aunque no entendí el sentido de esas palabras, instintivamente supe que se trataba de algo malo. Solté al perro y, encogido, desaparecí por entre los sillones de la galería.

Cargar con semejante cruz. La frase ya de por sí era grave.

Al atravesar una sala buscando la salida, tomé de encima del piano un portarretratos, lo puse en el suelo, le apliqué varias veces el taco de mi botín contra el vidrio y restregué la suela en el caballero que desde abajo me sonreía.

Abuela Agustina me encontró acurrucado en el carruaje, hecho un guiñapo. Ya no sabíamos dónde buscarte, exclamó trepando por el estribo, pero no le di tiempo a regañarme.

—¿Qué es un hijo del pecado, abuela?

Pude ver el gesto de sorpresa y la contracción en sus mejillas. Se acomodó a mi lado, y con el bastón dio dos golpes enérgicos en el techo y el carruaje partió.

Abuela Agustina era rápida de entendimiento y proclive a las reacciones violentas, pero esa vez se contuvo. Le repetí tantas veces la pregunta que no le costó entender lo que había ocurrido, y advertí el esfuerzo que hizo para tragarse la rabia.

Pudo hacerse la desentendida, pero fiel a sí misma, eligió la verdad. Estiró un brazo y me atrajo hacia ella.

—No hagas caso a las murmuraciones, Juan, fue sólo un ardid de tus padres para que consintiéramos la boda.

—¿Qué es un ardid, abuela?

—Un invento, mi querido. Pero la gente es cobarde y se ensaña.

—¿Y cuál fue el invento, abuela?

Dudó, visiblemente angustiada.

—¿Cuál fue, abuela?

Eligió cada palabra:

—En una carta, Encarnación le aseguraba a Juan Manuel que estaba embarazada, y que debían casarse lo antes posible. Yo fui la primera en leerla… Inmediatamente después de la boda confesaron que se trató de un ardid para conseguir el permiso.

—No entiendo, abuela.

Me miró a los ojos:

—Lo manda Dios y la Santa Madre Iglesia que el hombre y la mujer… deben encargar sus hijos recién después de contraer sagrado matrimonio.

—No entiendo, abuela.

Silencio. Insistí.

—¿Soy hijo del pecado?

Tampoco respondió.

—¿Y qué se puede esperar de una Ezcurra, abuela?

—¡Dios mío! —exclamó por fin—. No hagas caso, mi querido, no hagas caso —y me llevó contra su pecho.

Mentiría si dijera que entendí en aquel momento lo que acababa de descubrir. No tenía entonces la menor idea acerca del significado, del peso y la trascendencia que una revelación como ésa podía obrar en mi espíritu. Grave, sin duda, en una sociedad hipócrita.

A partir de aquella tarde cargué la afrenta a mis espaldas. Se alteró mi conducta, y el silencio magnificó el misterio. Descubrí entonces gestos y miradas en los que jamás había reparado hasta ese día. Tal vez fue mi imaginación, pero me sentí diferente, hasta me vi diferente en el espejo. Pero ¡cómo!, me preguntaba, si hasta ayer… Después, caí en la cuenta de que todos conocían la historia de aquella carta, a la que la abuela había llamado ardid. Me revolvía las tripas pensar en el tiempo que viví en la ignorancia, creyéndome inmaculado. Pobre tonto, todos menos yo conocían la existencia de mi giba.

Hoy, al mirar atrás al cabo de los años, después de todo lo que ocurrió y a lo que fui sometido, la posibilidad de haber sido gestado antes de que Encarnación y Juan Manuel contrajeran matrimonio sólo lograba arrancarme una media sonrisa y mucha compasión.

Llegamos callados a la casa. Abuela me llamó, pero no le respondí y corrí a encerrarme en mi cuarto.

Nunca se volvió a tocar el tema. Ni siquiera Encarnación, jamás, hizo el menor intento de darme una explicación o revelar que estaba en conocimiento de lo que había ocurrido en casa de esas damas. Pero qué podía hacer ella o decirme. O en todo caso, quién era yo para exigir un reparo. Estaba ahí, vivo, palpable. Debía considerarlo suficiente.

Cuando el maestro insistió, niño Rosas póngase de pie, me puse de pie y sin tener todavía muy claro el porqué de mi reacción, con el poco coraje que pude juntar, le dije, yo más asombrado que nadie:

—Mi apellido es Ortiz de Rozas, señor.

Esa declaración de identidad absoluta no fue tomada como una simple travesura o confusión momentánea, porque no lo era. Fui llamado a comparecer ante la dirección en compañía de mi madre. Y la escena se repitió.

—El niño se niega a responder cuando lo llaman Rosas —le dijeron.

—El niño no acepta la voluntad de su padre —recalcaron.

Primero y por largos segundos mi madre me miró a mí y luego les respondió.

—Juan Bautista no se aparta de la verdad, señores, en los papeles él es Ortiz de Rozas como su padre, como su abuelo.

—¿Qué hacemos entonces, señora?

—Llamarlo como él dice que se llama, nada más —respondió seca mi madre, y yo le quedé profundamente agradecido por defender mi causa.

Episodio y rótulo. Hubo conciliábulos secretos. Corrieron infinidad de rumores. Por un tiempo, mi padre evitó mirarme. Tiempo que me sirvió para ir agregando palabras a la lista encabezada por ardid: desliz, pecado, renegado, culpa.

Hoy, mi hijo vive solo en París. Siento que de alguna manera hice con él lo mismo que hicieron conmigo. La cadena repite eslabones. Daría lo que no tengo por volver a recuperar la inconsciencia. Me pregunto por qué me empeño en sobrevivir. Qué extraño compromiso tengo con esto a lo que llamo vida. A quién le importa que sólo los muñones me sostengan. Y fue por aquel tiempo que mi corazón, frente a situaciones extremas, comenzó a latir descompasado. Y el sudor.

Hay que cuidar al niño Juan, dijo el doctor Lepper. Es cardíaco. ¡Misericordia!, clamó ña Cachonga, es por la pata de cabra. ¿Pata de cabra?, inquirió Lepper. Cosas de esta mujer, acotó rápidamente mi abuela, porque se le ha metido en la cabeza que Juanito nació con pata de cabra. Y volviéndose hacia ella, la amonestó:

—No digas disparates, y vete a la cocina.

Cachonga se alejó puro gemido:

—Mi pobre niño, convulsiones sin fiebre, corazoncito enfermo...

Sólo por la fuerza mi madre lograba arrancarme del cuarto. Los cardíacos toman aire, me decía. Como un choncaco yo me aferraba a la cama primero, a la cómoda después, a las sillas, y por último al picaporte de la puerta que no quería traspasar, enfermo de miedo.

No quería ver a nadie y que nadie me viera. Salvo a la pequeña tía Juana —la hermana menor de mi padre— más trastornada que yo, que miraba sin ver, flotando los patios como un espíritu. Con Juana nos pasábamos las tardes trepados a los árboles, imitando a los pájaros.

Yo no era cardíaco. Yo sufría, y tenía miedo.

Dijeron que mis rarezas se multiplicaron al regreso de aquel paseo que hice con ña Cachonga. Nunca supe adónde fuimos ni para qué. Sólo recuerdo mis dedos atenazados a su delantal y mis gritos pidiendo quiero ir con ella, quiero ir con ella.

Fui con ella. Previo permiso y conciliábulos entre mi madre y abuela Agustina. Desprendí mis dedos de su delantal cuando ya habíamos hecho un largo camino en carreta.

Qué habrá visto Juanito, se preguntaron después. Qué le habrá hecho la negra.

No tengo recuerdos de aquel viaje y cuando comienzan a aflorar los confundo con un sueño.

Dicen que el niño cruzó los umbrales de la mano de la negra. Dicen que los umbrales se encuentran al otro lado del Saladillo. Imposible haber llegado allí, dicen.

—Contáme qué hiciste con ña Cachonga, Juanito.

—Juntamos yuyos, madre.

—¿Y qué más?

—Bebimos té y dormimos.

—¿Dónde?

—En un ranchito bajo tierra.

—¿Y qué había en el rancho, hijo?

—Una vela encendida y un ángel a caballo.

Puse a un lado la carta de mi hijo y abrí la carpeta recuperada. Dejé pasar frases, reflexiones, episodios sin orden cronológico. Tomé una hoja al azar y leí: "Una mujer y un pájaro. La imagen no corresponde al paisaje. Tampoco la mujer es una mujer, sino una niña. De lejos, la silueta me ha confundido...".

Y más arriba, casi al comienzo, con una letra tan apretada que dificulta su lectura, pero que reconozco como mía: "Descubrí a la niña al otro lado del pajonal cuando me levanté para buscar más leña, y tuve que parpadear para convencerme de que no se trataba de una jugarreta de mi imaginación, o de uno de esos espejismos que remonta el desierto para engañar al caminante. No lo era".

¿Casualidad? No lo sé, pero justamente tomé la hoja en la que nombro a Florentina, la niña-mujer que fue capaz de conmoverme tanto como lo hizo Simona durante aquellos días en Carmen de Areco. Florentina, motivo del escándalo que sacudió los cimientos de una sociedad cebada en el escarnio. No guardo culpa por aquel episodio, mi conciencia está tranquila. Nadie mejor que yo sabe que sólo pretendía olvidar la locura circundante enredado en la tibieza de sus gasas, que olían a rondas; alejarme de la conspiración permanente, de la presión que crecía en la casa hasta volver la atmósfera irrespirable.

Para no saber, yo me apretaba a su cuerpo núbil; mejor dicho, me apretaba a la devoción que ella me profesaba. Retoño de corzuela que corría a colgarse de mi cuello apenas me veía.

Pero aún no estoy en condiciones de recordar aquella historia, y seguí escarbando en la carpeta. Necesitaba encontrar la primera hoja, la que señala el comienzo, la que dice: "Tuvo para mí la dimensión del ídolo, fuerte y hermoso. Y era mi padre".

No sin antes llamar, Mercedes abrió la puerta.

—Olvidé entregarte esta otra carta. Es de Francisco Rosas —y en tono de disculpa, agregó—: Como viene a nombre de los dos me atreví a abrirla. Son buenas noticias.

Después de leerla, exclamé:

—Ya lo creo que son buenas. Francisco llega pasado mañana a Southampton. ¿Te das cuenta, Mercedes? ¡Llega Francisco!

—Para visitar al tatita —deslizó.

Fue un golpe bajo.

—También para verme a mí —y agregué—: Iré a recibirlo. Lo que no entiendo es la demora de esta entrega. Hace una semana que debería haberla recibido.

Mercedes miró hacia otro lado. Pequeñas miserias de esposa.

Resolví partir al día siguiente, solo. Ella hizo ademán de protesta.

—Iré solo, Mechita. A usted el tren la marea.

UN BOSQUE DE GUAMPAS Y OREJAS

Tuvo para mí la dimensión del ídolo, fuerte y hermoso. Y era mi padre.

Un semidiós capaz de todas las proezas, de toda la astucia y el egoísmo posible; del abrazo amistoso y la palmada en la nuca. A nadie más que a él permití que me llamara grandote sonso, y que sus dedos largos me hurgaran las costillas.

—¡Le ordeno que no se ría!

Y volvía a pasarme las yemas como por un encordado.

—No se ría. Un macho se aguanta cuando lo apuran.

—... y una pata chueca —gimoteaba yo al borde del espasmo.

—Veo que ha aprendido, amiguito. El puro macho nace con pata chueca —y le ponía acento criollo a la frase.

Yo me revolcaba por el suelo, desaforado, impelido por la presión de sus dedos, que ya no importaba donde se hundían. Me reía descompuesto, sin aire, pero consciente de llegar hasta el mismo vómito antes que rogarle que me dejara tranquilo, siguiéndole el juego. Eran tan pocas las veces que advertía mi existencia.

Juan Manuel me atacaba otra vez, los dedos en ristre.

—Que no se ría, le digo.

—Que no me río, tatita.

Por aquellos años todos lo amaban. Yo más que nadie.

Estábamos en Los Cerrillos, los dos solos, y jugábamos.

El casco de ese campo había crecido hasta convertirse en un pueblo: conjunto de empalizadas, rancherío, establos, cobertizos, corrales, y el manchón de los árboles autóctonos y muchos sauces —su árbol favorito— a los que ayudé a plantar cuando tenía creo que diez años.

Esa vez fui llevado por expreso pedido de mi madre. Unos días antes oí que le decía que al Juanito hay que empezar a adiestrarlo

41

en el trabajo del campo, ¿qué otra cosa va a ser ese chico sino estanciero?

Le contestó:

—Por lo escurridizo pinta para abogado.

Intervine sin acercarme:

—A mí me gustan los caballos.

—Usted cállese, y siga con la tarea —exclamó mi madre.

—No le veo uñas de guitarrero, pero haremos la prueba —terció él, en voz baja.

—Nada de pruebas, que con tanto campo para administrar aquí no hay espacio para señoritos —acabó Encarnación, que de los dos era ella la que tenía bien claro adónde iba a invertir mi futuro.

Me había convertido en un niño contemplativo y desconcertante; un testigo callado, al que difícilmente se le podía adivinar lo que quería o estaba pensando. Vivía sobre la tierra sólo la mitad del tiempo, la otra mitad navegando aguas muy profundas, distraído. Sólo la luna era capaz de levantarme hasta la superficie.

—Te he dicho que la luna es un satélite, Juanito.

—La luna es mi hermana.

—¿Y por qué el cielo es azul?

—No es cielo, es agua.

—¿Y entonces cómo hacen los pájaros para volar, Juanito?

—No vuelan, nadan.

Salimos al frío. Juan Manuel con el farol en alto.

En el hueco de la cocina, respirando humo, habíamos tomado un mate cocido hirviendo y unos pedazos grandes de pan, a los que él, haciendo muecas y remedando a su madre —porque abuela siempre temía que la comida fuera poca— añadió dos buenas lonjas de asado de la noche anterior.

Me preguntó:

—¿Usted no gusta?

—Más tarde, tatita.

—¿Más tarde? ¿Cree que vamos de tertulia? —y cortó un pedazo grande de carne y me obligó a que lo comiera.

Luego, él se puso el poncho de vicuña, y yo el gorro de lana y los mitones que me había tejido la abuela. Al verme pegó un salto, quítese eso, me dijo, imperiosamente. ¿Adónde se ha visto un peón con guantes? Mamá me dijo que por los sabañones. Qué sabañones ni sabañones, usted viene a trabajar, a aprender, a hacerse hombre. Cuando acabe el día verá que lo más liviano que le ha pasado es cargar con un buen par de sabañones, ¡habráse visto!

Obediente, me los quité.

En la galería se nos abalanzaron los perros. Nos lamieron un poco. Y salimos al frío de la madrugada. Empecé a trotar a su lado para entrar en calor.

—Hace frío, tatita, ¿no podríamos hacer esto más tarde?

—¿Más tarde?, y agradezca que no hay escarcha. En el campo las tareas comienzan temprano.

—¿Por qué, tatita?

—Para aprovechar la luz, amiguito.

Faltaba poco para que despuntara el sol. Las sombras todavía y la neblina que se desprendía de los árboles no nos permitían ver más allá de donde llegaba el haz de luz que iba y venía, subía y bajaba, de acuerdo con la marcha y los ademanes de mi padre. El farol iluminaba los enormes espacios antes de girar. Yo lo seguía en silencio, con ese ahogo en el alma que me agarraba no sólo por lo que podía depararme mi primer día como aprendiz de estanciero, sino por haber alcanzado la dicha de que él reparara en mí.

Ranchos y cobertizos aparecieron al otro lado de los talas sumidos en la oscuridad. Las tareas comenzarían de un momento a otro. Esa mañana, Juan Manuel quería sorprender a los peones y aleccionarlos. Castigarlos tal vez. La noche anterior había descubierto un par de caballos con mataduras en el lomo. Quiso curarlos ahí nomás, pero, requerido por otras urgencias, no pudo ocuparse. La gente había regresado tarde del campo, demorada en apartar hacienda nueva para la yerra.

—Tenga presente que los caballos son el primer elemento de triunfo en la guerra —exclamó.

Nunca me tuteaba, y esa distancia en el trato levantaba entre nosotros una barrera inexpugnable para mis pocos años.

De pronto, se hizo un silencio espeso y levanté los ojos para mirar. Abruptamente, los pájaros suspendieron el canto, cesaron los roces en el corral cercano y los amagos de relincho.

Como una carga espesa, la pausa nos alcanzó desde lo más hondo de la pampa, y por unos segundos no hubo alas ni patas ni el más mínimo susurro. Fue tan profunda la quietud que creí que mi corazón había dejado de latir.

Sólo nosotros avanzábamos en medio de un mundo que se postraba ante la inminencia del prodigio.

Sin detenerme, le eché una mirada rápida para ver si él también advertía que algo extraordinario estaba por suceder. Con un gesto de su barbilla me animó a apurar el paso.

Más allá de las casuarinas, mucho más allá, comenzó a clarear. En estampida las estrellas retrocedieron a mis espaldas. Cuando miré de nuevo, un fogonazo de luz encendía el horizonte.

Deslumbrado, le pregunté:

—¿Siempre es así?

—Siempre.

Fue la primera alborada de mi vida. Había entrado en ella caminando al lado de mi padre, y lo tomé como una buena señal. Sin embargo, el día no terminó bien.

Bajo sus órdenes y explicaciones me encontré de pronto batiendo con un palo orines y jabón dentro de un balde. Los olores del establo me mareaban. Por suerte, y apiadado de mi escasa solvencia, él mismo puso el balde debajo de una de las enormes vergas en el momento del alivio. Y así estábamos, raspando jabón y batiendo en los orines calientes. No podía siquiera imaginar meter las manos en ese mejunje espantoso, y cuando quedó bien espeso untó allí una estopa y sin asco la fue pasando con mucho cuidado sobre los lomos con mataduras.

—Los varean hasta reventarlos —protestó—, sin caronas, sin nada, y eso que les tengo dicho... —y continuó—: En casos como éste, amiguito, la queja va para el capataz. Él sabe lo que tiene que hacer.

Asentí con premura, pero ya había comenzado a ver turbio. De a uno fueron apareciendo los peones, saludando en voz baja.

El primer desmayo me sorprendió no sé bien si antes o después que el tatita se puso a desvasar esos pobres animales a punta de cuchillo. Cuando descubría un hormiguero malo en el vaso, con el mismo cuchillo le hacía un agujerito. Algunos se resistieron y encomendó que los apartasen, para sacárselos más tarde con el asador al rojo vivo.

—No sea flojo, amiguito.

Me acomodaron afuera, bien apoyado contra la rueda de un carro viejo. Yo había vomitado. Cuando volví a verlo me dirigió una mirada que por poco me traspasa. Un rato después, una mujer me acercó una taza humeante.

44

—Es cuchiyuyo en caliente, patroncito, le va a hacer bien —me dijo—. Tómelo.

Él se quedó a mi lado hasta que no dejé nada en la taza. Era muy temprano todavía y ya todo el campo trajinaba en un hervidero. Los hornos de ladrillos comenzaron a echar una pestilencia que junto con el cuchiyuyo me dejaron el estómago hecho una miseria. Muy cerca del rancherío las mujeres habían comenzado con sus tareas. Algunas hilaban, otras tejían jergas, todo sin dejar de mirarme, murmurando en voz baja.

—Es chico todavía.

Los hombres de a caballo habían parado rodeo desde el alba. Trabajaban a campo abierto, arreando a los corrales la caballada nueva para marcar, mezclados con una tropa de novillos y terneras que también recibirían el sello del fuego. Al entrar se arremolinaban en un rincón, silenciosos, quizá presintiendo el dolor que les aguardaba.

Peones duros, curtidos por la pampa, reían y echaban bromas, cada uno ejecutando su tarea con una precisión y rapidez admirables. Entre ellos, muchos indios montando en pelo. Nada compite con la estampa imponente del indio a caballo.

Como pude me acerqué a las vallas. Había llegado más gente, amigos de estancias vecinas, curiosos. En el campo, la yerra es una fiesta. Juan Manuel ocupaba el centro, avivando el fuego.

Al verme, levantó la voz:

—La marca se pone del lado de montar. Vacas, burros y yeguas en el anca —y añadió—: A los caballunos en la pierna, pero todos del lado de montar, ¿entendido?

—Entendido, patrón —contestaron algunos.

A una señal convenida, Juan Manuel pegó el grito y enarboló un brazo. Enseguida saltó un novillo del montón y empezó a correr descolocado esquivando las boleadoras, que de todos modos lo ensartaron y rodó.

Todo ocurría a la velocidad del relámpago: su ojo de lince unido a la agilidad de sus músculos, y el tiento volaba en busca del animal que huía, para atraparlo aprovechando ese segundo en que levanta una de sus patas anteriores y el lazo pasa por entre el suelo y el casco. El animal caía en una nube de polvo. No erró un solo tiro.

Vi crecer la emoción girando al compás circular de las pialadas. Uno a uno fueron recibiendo la firma indeleble del dueño. La destreza del cazador era aplaudida y ovacionada por los espectadores.

La mayoría enlazaba de a pie, corriendo tras la presa. Muchos daban con toda su anatomía en medio del barro y la bosta, empringados desde la nuca. Juan Manuel reía, sin dejar de intercambiar tareas, bromas, atento a todo, con esa energía suya envidiable, contagiosa, incapaz de estarse quieto.

Era un bosque de guampas y orejas en movimiento y él en el medio, el lazo en remolino, gritando, como aprendió de chico a imitar a los pampas.

Yo pensaba: algún día seré como él. Mejor dicho: ¿seré como él algún día?

De vez en cuando, me buscaba con la mirada. Eso era todo. Yo no lo perdía de vista.

Antes del mediodía una india joven me acercó un tazón de sopa. Está blanco el amito, me dijo, esto calentará tu estómago. La acepté de buen grado, pero un mugido desgarrador me dejó tieso.

Cuando se marca también se capa a los machos, excepto los que deben quedar cojudos para padres. Me acerqué temblando.

Antes de aplicar la cuchilla a sangre fría, Juan Manuel palpaba. Al verme, exclamó bien alto, sin dejar de palpar en la verija:

—El que salga de un solo huevo se capará, pero ¡ojo!, no olviden sacar el huevo que queda escondido.

Los testículos iban cayendo en un recipiente con agua. Algunos, por su tamaño, eran levantados al aire como un trofeo. Entonces aplaudían. ¡Viva el cirujano! gritaban.

Los peones lo miraban sin desatender la tarea. Ya todos estaban en el conocimiento del porqué de esa cátedra a cielo abierto que estaba dando mi padre.

—Es apenas un niño —exclamó alguien que pasó a mis espaldas. Reconocí a Juan Décima, uno de los mejores capataces del campo, entendido en marcas.

—¿Cómo anda el tocayo? —me preguntó, sin detenerse. Y luego, pegando un grito—: Han dejado animales mal quemados. ¡Revisen!

Juan Manuel le pasó el cuchillo. Es su turno, le dijo. Cerré los ojos. Tenía ganas de llorar, de salir corriendo. Voy a ser estanciero, exclamé bajito, apretando los dientes, aunque me cueste un vómito.

El resto de la jornada se me pierde entre el chasquido de la marca al rojo vivo entrando en el agua tantas veces como marcas se hicieron, sumado a los balidos reclamando piedad, y después la fiesta. Largas parrillas con carne asándose a las brasas, y las chinitas repartiendo empanadas y tortillas.

Juan Manuel cantó, hizo bromas; ahí comprobé lo que a mí me costaba aceptar: mi padre era un hombre simpático, divertido. Finalmente punteó un gato en la guitarra. Luego, alguien pidió la media caña y salieron varias parejas a la pista. Él abandonó a los músicos para inclinarse frente a una criolla pizpireta a modo de saludo, y la invitó a bailar.

En la media caña las parejas exteriorizan en voz alta el gentil galanteo. En el momento en que los bailarines le echan una flor a su dama —el requiebro de mi padre arrancó risas— comenzó a preocuparme la forma en que miraba a su compañera. Después, entendí que esa manera suya, envolvente, de mirar a las mujeres, formaba parte de su encanto personal. A pesar de sí mismo, tal vez, fiel a su naturaleza arrolladora.

Mi padre las poseía con la mirada, y ellas sabían lo que él les estaba haciendo. Un par de minutos, y ya estaba de vuelta. A su modo había disfrutado. Nada más le hacía falta mirarlas para saber hasta dónde podía llegar con cada una de ellas, y lo que él les había provocado, sólo mirándolas.

Seguramente, así miró mi padre a Eugenia Castro, la muchacha que ocupó un lugar en su vida después de la muerte de mi madre. La miró de tal modo que le hizo seis hijos.

Ésta será la primera y la última vez que nombro a Eugenia.

Todos dijeron qué chico tan tímido. Mi padre se despidió, y me tomó de la mano. Al llegar a la casa yo rumbeé hacia los cuartos.

—¿Ya se va a dormir?

—Sí, tatita —y agregué—, estoy cansado.

—Cansado, ¿de qué?

Lo había decepcionado. Rosas quería un hijo que como él dejara su marca en la tierra, que perpetuara dignamente su memoria. Yo nunca cumplí con sus expectativas.

—Será como esos cogotudos que vos y yo conocemos —le dijo a Encarnación, cuando regresamos a Buenos Aires—. Manejará sus campos desde una poltrona en la tertulia. Eso si consigue un administrador de confianza.

EL CACHORRO DEL LEÓN

Manuela nació cuando yo tenía tres años.

La niña orlada en puntillas en brazos del poderoso estanciero. Cabalgando con ella la llevaba a recorrer los dominios. Llanuras abiertas a ese par de ojos inocentes, todavía en pañales, apretada al pecho del hombre que ya para siempre la sometería a su voluntad irrevocable. Pero no tuve celos.

—Claro que cuestiono mi destino —comencé a decir ya adolescente, enamorado de la frase. Frase que después desmentí con los hechos. Porque finalmente acepté la fatalidad de la tierra, de ser quien era. Acepté la trágica fatalidad de un país que impone a sus hombres un destino arbitrario e incierto, cocido a sangre. Acepté. Salvo ese desamor capaz de tirarme de bruces, sollozante, machacadas las entrañas.

—¿Por qué no me has querido, padre?

Los embarazos de mi madre coincidían con los embarazos de mi abuela Agustina, la que llegó a hacer veinte partos. Y la casa se fue poblando: primos, tíos, sobrinos y huérfanos, como los hijos de tía Manuela, que al morir ella y su marido Bond, la abuela los trajo a vivir con nosotros, todos tan pequeños.

Algunos morían muy jóvenes, y los enterrábamos en medio de ceremonias blancas con cirios encendidos. Y el coro de las monjitas y el sonido tembloroso del órgano me hacían llorar, pero no de pena —lo que seguramente pensarían los mayores al advertirlo—, sino por ese inexplicable sentimiento que me trasmitía la música.

La música se ovillaba en el centro exacto de mi alma, y sin saber por qué, bañado en lágrimas, ascendía con ella por el aire rumbo al cielo.

Volvíamos del campo santo a la casa oscura, donde sólo refulgía la plata de los marcos y los candelabros custodiando el Cristo de marfil y hueso. Pero, impregnado de música, yo flotaba ajeno por las galerías, repartiendo migas en las jaulas llamando a los pájaros, silbando bajito.

Ahora puedo decir que la música fue lo único que me apartó del horror de la muerte, de los rostros pálidos, de la violencia que creció después. La música desmentía la desesperanza, me ayudaba a reconciliarme con el mundo, a encontrar esa palabra, ese sonido superior a la palabra, capaz de traducir en un solo acorde todo el misterio y el enigma de esta historia, que se cobró en mí su primera víctima.

Pero lo mío es tan íntimo, tan intrascendente. A quién puede importarle la vida de este loco sensible, inmerso en la locura colectiva de un país desquiciado, igualmente loco.

Sólo la música alzó su voz en mi nombre y me cubrió de pañuelos frescos el alma y la frente, mitigando la pena. Recién entonces podía enjugarme los ojos y enfrentar el desconcierto y el olvido.

Sólo la música me ayudó a soportar la partida de aquellos pequeños seres, apenas más grandes que yo, compañeros de aventuras; aun la ausencia de aquellos que se aprovecharon de mi corta edad y en tantas ocasiones me revolcaron por el suelo.

Pero un día nació Agustina, hermana de mi padre. Y un año más tarde nació Manuela, mi hermana, y cuando quise acordar ya los tres íbamos llegando a la pubertad vivos, sanos, queriéndonos tanto a fuerza de compartir juegos, travesuras, paseos, que pronto entendí que, de suceder aquello, ya no habría música posible en el mundo capaz de paliar el dolor que me provocaría —Dios piadoso— su ausencia. Tuve otra hermana, María de la Encarnación, pero partió apenas nacida.

Para ahuyentar a la muerte decidí aprender música y se lo comuniqué a mi madre.

—¿Qué te gustaría, la guitarra, el piano? —me preguntó entusiasmada, y ante mi vacilación, agregó—: ¿el canto?

A pesar de ya no ser un infante me levantó hasta su falda. ¡Vaya, cuánto has crecido!, exclamó.

No pude responderle, quedé tieso sobre sus rodillas.

—¿Guitarra, piano? —insistió.

Qué difícil es hablar de Encarnación y del papel que ella jugó en esta historia. ¿Cómo se puede hablar de una madre, la propia, y ser objetivo? Para hacerlo sería necesario desandar el tiempo, desmenuzar segundo a segundo la vida. ¿Se puede? Separar de entre los latidos de un corazón que no dejó de bombear ni por un instante, ese que registró el episodio, las frases que no fueron exactamente frases, los gestos y actitudes imperceptibles al oído y a los ojos, pero que sin embargo llevaban impreso el mandato de una voluntad decidida a cumplir, costara lo que costase, con su destino.

Madre altanera, inequívoca. Yo no figuraba en sus planes.

Si hoy pudiera preguntarle cómo y por qué ella se vio obligada a tomar la tremenda decisión, estoy seguro de que no sabría qué responder. Es más, creo que ni se dio cuenta, y con el tiempo, ella también fue excluida. Sólo quedaron el país y la guerra.

Dios, cuánto desearía que todo aquello no hubiera sido más que un producto de mi imaginación. Pero ahí estaba yo, muy trajeado y compuesto junto a Manuela, excitados por compartir un paseo con nuestro padre.

Ya dispuesto a subir al carruaje, Juan Manuel miró a Encarnación.

—No me doy maña con los dos —le dijo.

Ella trató de convencerlo:

—No exageres, Juan Bautista es obediente y tranquilo.

Él volvió a mirarla del mismo modo.

—No lo compliques, mujer, no se trata de que dé trabajo o no —y agregó—: Lo dicho dicho está: Juan Bautista es tuyo, Manuela es mía.

Y partió, dejándome ahí, incapaz de comprender.

Encarnación se limitó a retomar el camino brevemente interrumpido por el embarazo y el parto. Nada ni nadie tendría la fuerza suficiente para apartarla de Juan Manuel. Tanto lo amaba.

Sin embargo, berreando entre pañales, yo tenía toda la forma del gran rival. El único que podía exigir prioridad, en legítimo derecho, a una mujer a la que Rosas no estaba dispuesto a compartir, ni siquiera con su hijo. Él la necesitaba a su lado entera, atenta, todos los sentidos alertas y puestos en esa vida en común que delinearon al minuto de conocerse. No había lugar para un tercero, molestaba, y menos para un niño. Un varón que, sin proponérselo, sólo porque la naturaleza engendra este tipo de misterios, desbordaría a la madre de una ternura desconocida, dando origen al mismo tiempo a un amor difícil de saciar. Porque una vez fuera del útero, es la madre la que ansía y necesita meterse dentro del hijo.

El hombre había observado a Encarnación con la criatura en brazos. Principio y fin. Imagen de la más acabada fusión. Y pensó, la estoy perdiendo.

Ella no se había dado cuenta de que él la observaba. Presa del instinto, estaba a punto de comenzar a construir otro universo, en el que Rosas no tenía cabida.

Desde que se conocieron, tan jóvenes, comenzaron a construir una alianza que los anudó más allá de todo vínculo, fieles a su temperamento apasionado y excluyente. Ellos no sabían de ocio, de intercambio amable en tertulias, de horas improductivas. Había una meta, un objetivo, un trofeo de luz rodando en el horizonte que los llamaba, y tenían que alcanzarlo juntos.

Así fueron primero amigos, más tarde socios, para acabar cómplices en una relación que superó al amor.

Se miraron por encima del atado indefenso que mamaba ausente y feliz. Él no tuvo necesidad de preguntarle ¿venís conmigo o te quedas en la casa, cuidando a Juan Bautista? No tuvo necesidad de pensar siquiera ¿acaso el camino que resta tendré que hacerlo solo, sin vos? Nada más se limitó a aplicar el hierro candente de su marca. Ella estaba dispuesta.

Encarnación me puso en brazos de una negra de la casa que también estaba amamantando, me besó en la frente, no me dijo adiós, pero era el adiós, y se fue con él.

Un hombre y una mujer firmemente unidos, recortadas sus siluetas contra el mismo borde de los campos, de donde, ellos bien lo sabían, brotaría toda la fuerza y la riqueza que los llevaría, indefectiblemente, a cumplir con su sueño.

De todas maneras, hubo claudicaciones. Reclamos legítimos del cariño que nos permitieron disfrutar y compartir, sin culpa ni bochorno. Momentos inolvidables. Mi madre, a veces, se dejaba llevar y me abrazaba muy fuerte contra su pecho; otras, la sorprendía mirándome, toda un manojo de amor contenido.

Si andaba por ahí, Juan Manuel no se hacía esperar: deje de malcriarlo, le decía, los hombres no se hacen con caricias.

Así, sin clemencia, fui expulsado del paraíso. Manuela no.

¿Pero acaso aquello fue el paraíso?

Manuela es mía, lo oí decir, no me lo contaron.

Cómo se traduce esa frase. En el fondo qué significa. La niña no implica compromiso, no rivaliza en la preferencia de la madre, es dócil, no cuestiona, no tiene lo que a mí me cuelga entre las piernas. La niña no genera expectativas, es un adorno al que simplemente se lo deja crecer, se lo toma o se lo deja: tintineo de pulseras, guante de raso, almizcle, risas.

Mi madre prefirió a Juan Manuel. Juan Manuel prefirió a Manuela. Necesariamente cumplieron con su destino, y yo quedé solo.

Cuando escuché su voz en el portón de los carruajes, me calcé la capota y sin mayor dificultad me hice un moño con los lazos debajo de la barbilla. Trabado por la falta de costumbre, me maneó la falda, pero corrí igual, y me planté a esperarlo en medio del patio. Antes de que apareciera por el arco del zaguán, incliné a un costado la cabeza y ensayé una sonrisa de esas en las que Manuela era toda una experta.

Juan Manuel venía acompañado de un señor que después me enteré quién era, porque mamá dijo qué va a decir ahora el señor Soler.

Respiré hondo, saqué pecho y casi en puntitas de pie, para no pisarme el ruedo, fui a su encuentro.

—Buenas tardes, tatita, ¿gusta unos mates? —le dije, imitando la voz de Manuela, haciendo verdaderos esfuerzos para sostener la farsa.

Quedó impresionado. Jamás pensó encontrarse con semejante muñeca rosa en su patio.

Se recompuso, y tratando de disimular el impacto, exclamó, al tiempo que se alejaba con el señor Soler:

—No es Carnaval, amiguito, vaya a quitarse ese disfraz.

Mamá Encarnación, que había observado la escena desde la galería, me llamó.

—¿Por qué te has disfrazado, Juan?

—No es disfraz, madre. Soy Manuela.

—¿Y por qué?

Ella sabía muy bien por qué.

Al tiempo, repetí la comedia, pero tampoco tuve éxito. En esa ocasión me puse una enagua con crinolinas, y aprovechando que él estaba sentado, pegué un brinco y caí sobre su falda. Soy Manuela, otra vez, le dije. Pero él abrió las piernas con fastidio, y yo caí al suelo.

—Que sea la última vez, Juan Bautista.

Entonces, la música comenzó a llenar los huecos.

—¿Guitarra, piano? —insistió mi madre.

Dos mujeres ocuparon, de alguna manera, ese vacío. Abuela Agustina fue mi favorita. Nací en su casa. Pero los enfrentamientos entre ella y Juan Manuel más de una vez nos llevaron, con bártulos y todo, a instalarnos en casa de la otra abuela, Teodora Arguibel de Ezcurra. Casa que Rosas compró y en la que vivimos hasta después de la muerte de mi madre, cuando nos mudamos a Palermo.

Ambas abuelas me mimaron, cada una a su modo. A Agustina llegué a cansarla con mis travesuras. Por su parte, Teodora tenía también muchos nietos y creo que su preferido fue Pedro, al que durante muchos años creí mi hermano, y en realidad era mi primo.

En cada casa había una cama para mí. Circunstancia que me favorecía, cuando por razones de mala conducta la situación se me ponía tirante en alguna de las dos y, calladito, me mudaba.

—¿Dónde está Juan? —preguntaba Encarnación.

—En lo de su otra abuela.

—Mejor, porque no quiero ni verlo.

Así pasó mi infancia y adolescencia, una temporada en la calle Defensa, y otra temporada a la vuelta, en la casa de la calle Moreno.

La situación se me ponía difícil cuando mi madre decidía instalarse por largos meses en la estancia del Pino. Allí no había escapatoria, los castigos me caían a pleno. Sólo Manuela se condolía de mí, sentada durante horas, al otro lado de la ventana del cuarto donde yo permanecía encerrado, en penitencia.

—Juanito, ¿por qué dan luz las luciérnagas?

—Para que sus novios no las pierdan de vista.

—Juanito, ¿dónde tienen las orejas las ranas?

—No tienen. Son sordas.

—¿Y dónde se ocultan los murciélagos durante el día?

—Debajo de tu cama.

Pegó un grito y salió corriendo.

—Fue una broma, Manuela, ¡volvé!, no me dejes solo.

PRIMAVERA EN SOUTHAMPTON - 1855

Esperé a Francisco al borde de las radas. La capa en remolino, las botas altas, cargada mi espalda de nostalgia (era la imagen que yo tenía de mí mismo).

Francisco Rosas, el amigo de mi padre, pronunció mi nombre y me tendió los brazos. Desconectado de la realidad, aun mirándolo no lo veía.

Lo vi por fin y nos estrechamos. Al separarnos, lo retuve todavía un instante y, tratando de disimular la emoción, le dije:

—Olés a Buenos Aires.

Decidimos enviar un mensajero a Rockstone House anunciando su arribo. Qué extraño que tu padre no haya venido a recibirme, exclamó. Le propuse esperar la respuesta en una taberna frente a los muelles.

Sentados a una mesa, dos baúles pequeños apilados muy cerca, visiblemente cohibidos, aguardamos.

—Te vi desde cubierta durante la maniobra.

Francisco me sonreía con la misma vieja ternura, la cabeza ya blanca, pero tan alto y enhiesto como cuando atravesaba los patios de mi niñez.

Difícilmente hubiéramos podido expresar lo que sentíamos. El inmenso mar oculto al otro lado de mástiles y chimeneas nos resumía la experiencia que enfrentábamos.

Tenso, todo lo sorprendía: las voces alzadas en otro idioma, el tremendo tráfico del puerto, y el sabor de esa bebida que aceptamos sin saber qué era, y que Francisco, en un gesto de despreocupación que no sentía en absoluto —nada más que para animarse— bebió de un trago, y por un par de segundos quedó impedido de reacción, boqueando.

—¡Qué has hecho!

—Entrar en clima —me contestó, rompiendo a reír y a toser al mismo tiempo.

—Es fuerte.

—Me pareció que dijo ron de las Antillas.

—Será mejor que te acostumbres de a poco.

—¿Y Juanchito, cómo está?

—Bien. Pupilo en París, pero pasa siempre sus vacaciones con nosotros.

—¿Y Mercedes, y Manuela, Máximo?

—Todos bien, amoldándonos… Pero, ¿qué es lo que te hace tanta gracia?

—¡Cuánto me alegro! —respondió, pero estaba tentado, y no podía disimularlo. Por fin exclamó—: Me gusta que me tutees, antes no lo hacías. Es más mundano —y sin dejar de reír—: Como los perros, te vas blanqueando por el hocico.

Instintivamente me llevé la mano al bigote:

—En junio cumpliré los cuarenta y uno, ¿qué te parece?

Lo miraba y no podía creer estar sentado frente a Francisco, amigo de la familia desde tiempos inmemoriales. Amigo mío. Y él me contó de su mujer, Justa Ferreyra, y de sus once hijos, ya todos grandes.

Poco después regresó el mensajero, diciendo que en Rockstone House lo había recibido un hombre joven, de tez oscura, y que le había dicho que el general Rosas no estaba en la casa, y que ignoraba a dónde había ido. Cuando le traduje, le cambió el semblante, se puso pálido.

—¿Habré viajado al cuete? ¿Tenés idea de por qué razón Juan Manuel se niega a recibirme?

No te apresures en sacar conclusiones, le dije, aquí estoy yo, al tiempo que pensaba ya sé, no es lo mismo. De todas maneras, los rasgos contraídos, Francisco no me veía ni me escuchaba. Me apenó el esfuerzo que hizo por serenarse. Trató de explicárselo, porque si bien él le había avisado su llegada en un par de cartas, por conocidos comunes estaba al tanto de los extraños giros que el destierro había impuesto en la conducta del general, volcando su ánimo —ya retraído— a un retiro mucho más estricto.

—¿Te das cuenta? He atravesado el mundo para verlo.

—Pronto vendrá, no te preocupes —y agregué—: ¿Sabías que no asistió siquiera a la boda de Manuela con Máximo? Pobrecitos, recién en el exilio pudieron casarse… Pasa largas temporadas negándose a recibirlos —y por su mirada entendí lo que quería saber—: A mí tampoco quiere verme. Desde que llegamos, hace cuatro años, sólo una vez aceptó recibirme —dije en respuesta a esa mirada.

Francisco no añadió comentarios, formaba parte de la historia y conocía a mi padre mejor que nadie. Pero no se resignaba a aceptar que el amigo no había ido a esperarlo, que no estaba en la casa, que tal vez tuviera que regresar a Buenos Aires sin verlo; desafiar la travesía del regreso con las manos vacías, el corazón vacío.

—No te apresures —le rogué.

—¿Le habrá pasado algo?

—No creo, debe andar por ahí. Tengo mucho para contarte.

—¿Ha cambiado Juan Manuel?

—Se está dando algunos gustos.

Rompió a reír.

—Gaucho viejo —exclamó—. ¿Qué tipo de gustos?

Había recuperado, en parte, el ánimo, y me miraba de arriba abajo, me palmeaba otra vez el hombro: te veo bien, más delgado, quizá.

—Camino mucho —le mentí—. Los fletes ingleses no me gustan, son pura pata y cogote —pero enseguida me arrepentí y le confesé la verdad—: ¿Cómo querés que esté?, de un plumazo pasé de señorito orillero a oficinista mal pago. El dinero no me alcanza para alquilar caballos, vivimos modestamente. No me alimento bien, he vuelto a beber y el frío me mata —y ya vencido el pudor, continué—: El frío de aquí no es como nuestro frío, Francisco, toso todo el invierno, y a veces la fiebre me obliga a guardar cama.

Me asustó mi sinceridad y temí que creyera que le estaba pidiendo auxilio. Lo sé, lo sé, exclamó apenado, y se quedó mirándome en silencio.

Tal como lo había intuido, el general no apareció.

Decepcionado, Francisco rentó una carretela con toldo, cargamos los baúles y le indiqué al cochero el camino hasta Rockstone House.

Me volví justo para impedir que el cochero equivocara el camino.

—Ahead, straight ahead! —le grité.

Francisco rió:

—Me acuerdo cuando la madam te enseñaba inglés.

—Era moda leer a Shakespeare en su propia lengua, ¿te acordás? ¡Y a Rousseau en francés! Clases colectivas para una tropa de primos. Pero la abuela renegaba de los idiomas —e imitando su voz exclamé—: Necesitamos gente que tire bien el lazo, decía, interrumpiendo la clase. Después apareció la franchuta con sus egrres, y mi tía Agustina fue la revelación políglota. ¿La has visto?

Seguramente pensó que no le preguntaría por ella, que no tendría el coraje. Demoró en contestarme.

—¿Conserva aún la costumbre de hacer tertulias? —insistí.

—Creo que no. Tu tía Agustina cayó en desgracia, a pesar de que el general Mansilla fue de los primeros en salir a la calle gritando viva Urquiza.

No dije nada, conocía el detalle.

Francisco se quitó el sombrero y pude ver la blancura de su pelo al sol. El de mi padre también se había puesto blanco, pero el matiz era diferente; Juan Manuel había sido rubio.

¿Fue rubio Francisco…? Qué curioso, había olvidado el color del pelo del hombre que pobló mi niñez de fantasmas y malentendidos; al que vi besar a la muñeca que torturó mi pubertad, inolvidable tía Agustina; el color del pelo del hombre que dije odiar y odié sin razón.

El balanceo de la marcha, que nos movía a la par, creaba un clima de artificio; paréntesis proclive a todas las confesiones.

Sobre nuestras cabezas flotaban las copas verdes de los árboles.

—¿Cómo anda aquello? —le pregunté.

—La historia sigue siendo la misma. Un caos.

—Me gustaría oírla.

—Si mal no recuerdo, antes poco te importaba lo que ocurría a tu alrededor.

—Antes era antes —le dije, dolido—. A partir de Caseros mi vida cambió.

Se volvió para mirarme. Rectifiqué:

—Miento, mi vida cambió cuando murió mi amigo Genaro Lastra, después de la batalla en Quebracho Herrado.

Pero qué podía contarme que yo, de algún modo, ya no supiera. Hacía casi tres años que Buenos Aires se había declarado estado independiente, y seguía abusando del privilegio que significa tener el puerto.

—Eso, sumado a los intereses comerciales extranjeros y al manojo de entregadores de turno, ya te darás cuenta cómo estamos —me dijo—. La novedad es que como presidente de la Confederación, Urquiza no acierta dónde instalarse, si en Buenos Aires o en Paraná. Según como se pongan las cosas en uno u otro lado, él se muda.

—Lo único que les interesa es la aduana, ¿o me equivoco?

Dibujó una sonrisita:

—Para colmo, el congreso en Paraná está empeñado en aprobar

la ley de derechos diferenciales. Si lo consiguen, será la gota que rebase el vaso.

Le pregunté:

—¿Y qué dice Mitre a todo esto?

—No baja el grito del cielo, lo mismo su círculo ultraliberal. Al momento de venirme, la agitación era frenética —y agregó—: Creo que estamos en vísperas de una guerra económica.

—¿Otra más?

—Otra más, Juanito. Y la declarará Buenos Aires contra una Confederación más empobrecida que nunca… —quitó los ojos del paisaje y en otro tono me preguntó—: ¿Y qué dice tu padre a todo esto?

—Mi padre dice…

Las copas de los árboles seguían pasando sobre nuestras cabezas, y nosotros dos mecidos al unísono, simulando que el tema de esa conversación no nos hacía daño.

—Mi padre dice…

Qué difícil se me hacía trasmitir lo que decía mi padre, con quien difícilmente hablé a lo largo de mi vida. Parecía mentira que el destierro, la necesidad, en lugar de unirnos nos había alejado más aún. Porque ese hombre, que para tantos se hizo conocido, entrañable u odiado, para mí seguía siendo un extraño.

—Mi padre dice que en Caseros comenzó la enajenación de la patria. Que ahora ya no pelean por el patrimonio, la independencia o la soberanía… pelean para rapiñar la escasa participación que los extranjeros les otorgan en un negocio llamado Buenos Aires.

—Llamado Argentina, dirás.

Nos quedamos callados. A pesar del tema, Francisco miraba ávido, sin poder evitarlo. Miraba las casas, los carruajes, los edificios públicos. Es demasiado fuerte la emoción de la llegada a un país desconocido; y se le prendían los ojos al paisaje, tan distinto al de Buenos Aires y que, sin embargo, hasta último momento se resistió a aceptar, y menos aún a reconocer la palabra que yo usé: glorioso. ¿Qué? preguntó. Dije: a que no has visto en tu vida un verde más glorioso. No hay verde como el de mi tierra, respondió.

A lo lejos, bañando las colinas, la línea ondulante de los árboles estallaba en un follaje casi fosforescente.

—Es por la humedad —exclamó—. Esto en invierno debe ser un páramo.

Atrás había quedado la imponencia de los altos murallones cayendo a pico sobre el mar. Pero esa misma noche tuvo que aceptarlo, cuando le conté lo que me había dicho Martínez, peón-secretario-ayudante de mi padre, a quien había mandado llamar de entre sus ex servidores.

—Martínez dice que el general decidió establecerse aquí, casualmente por el esplendor de la floresta en los alrededores, pero…

Francisco lanzó una risa:

—¿Eso dijo?, ¿esplendor de la floresta? Vaya con el ayudante Martínez. Me pregunto cómo se las arregla tu padre para entenderse con un poeta.

—Según Manuela, se las arregla.

—¿Le preguntaste qué obligó a Juan Manuel a ausentarse?

—Dijo algo así como que se trataba de una emergencia, que no tardaría en volver.

UNO SE ACOSTUMBRA

—Corré, Encarnación, corré, ese chico se está haciendo caca encima.

En posición de firme, duro como un soldado, estoy en medio del patio haciendo la venia.

Las ganas de hacer caca son implacables, pero no quiero abandonar el juego, y frunzo. Disimulo haciendo la venia y frunzo más todavía. Pero Francisco me ha descubierto la maña.

Madre me agarró de un brazo y me llevó corriendo al fondo. Pero ya me había hecho encima.

—Creí que hacías la venia de puro patriota.

Madre me reprende. Le costará quitarme la costumbre.

—Cuando vienen las ganas, usted debe ir al baño, ¿me ha oído? El juego puede esperar.

—Corré, Encarnación, Juanito está haciendo otra vez la venia.

Nunca imaginé que sería yo quien diera a Francisco la bienvenida en la casa que mi padre había rentado en Carlton Terrace. Operación que hizo sin consultar; porque en algún lugar hay que vivir, fueron sus palabras.

Invadir su casa, disponer de ella: le estaba dando motivo para futuros reproches.

¿Cómo fue el desfile de los vencedores después de Caseros? le pregunté, pero no alcanzó a responderme porque en ese momento la carretela se detuvo, y ante nuestra vista apareció, sujeta a la pequeña verja de hierro, la coqueta madera donde se leía "Los Cerrillos". Francisco, que acababa de descargar los baúles la vio, y se fue enderezando despacio, leyendo despacio, visiblemente impresionado. Más de doscientas mil hectáreas de pampa habían llevado ese nombre.

—Seguramente quiso hacerte una broma —me apresuré a decir, al tiempo que lo ayudaba con los bultos.

No dijo nada. Recorría con los ojos la casa de altos, el frente discreto, las columnas que flanqueaban la puerta de entrada, y las ventanas del segundo piso, dentro de una línea de frentes absolutamente idénticos, que se extendía por cuadras y cuadras.

—Aquí vive su destierro —murmuró después, y no comprendí el sentido de sus palabras porque me apresuré a decirle: ya quisiera yo poder rentar habitaciones en una casa así.

Me equivoqué, no lo dije por resentimiento. Toda una vida me llevaría explicar qué es el destierro, y ni aún así. El destierro se vive, no se cuenta. Porque no se trata de tener o no tener un techo donde cobijarse y un secretario, después de haber sido el capitán de los gauchos, el dueño de la tierra. Uno se acostumbra, pero no se trata de eso. El destierro es un sello que te aplican en las entrañas, es algo que te tiñe la sangre, que te sale por las heces para volver a tragarlo. Es un cristal de lágrimas que nunca acabás de llorar... Es morir en cada segundo y revivir al otro con la impotencia y el dolor renovados. Es la desmedida de la violencia, la iniquidad, el infortunio.

Estábamos en la sala, después que el multifacético Martínez nos convidara con algo de comer. Francisco, ya un poco más resignado a la ausencia del general, no dejaba pasar oportunidad para preguntarle al ayudante, y volvía a insistir: ¿es normal que se ausente así? Es normal, respondía Martínez, yendo y viniendo. Quiero creer que olvidó la fecha de mi arribo. Seguramente, le contestó. ¿Cómo fue que dijo? ¿Un compromiso de último momento?

—Exactamente, señor.

Pero a Francisco se le puso en la cabeza que el hombre le ocultaba algo, que lo había visto hacer una mueca al vacío. Y en sus breves ausencias, cuando iba para la cocina, se quedaba mirándome, exigiendo una explicación que yo no estaba en condiciones de proporcionarle.

—Este hombre nos oculta algo —dijo por fin.

—Tal vez —murmuré, nada más que para darle el gusto, y añadí—: Pero si el general no aparece no voy a dejarte solo. Mañana iremos a recorrer los bosques de Swanthling.

Y él, con la sonrisa más ingenua:

—Si no te importa, me gustaría pasear en la vía férrea.

Me hizo gracia su expresión.

—Contame, ¿cómo es eso del railroad? —pronunció sin error.

—Una maravilla, ya verás.

En ese momento regresó el joven Martínez, con copas y una botella de brandy en una bandeja. Al verlo, Francisco se volvió hacia él y con una velocidad sorprendente se puso de pie y lo tomó por el brazo. Actuó por sorpresa.

—Tenemos la impresión de que usted esconde un dato importante —exclamó, trabado con Martínez en breve forcejeo—. ¿Qué le ha ocurrido al general?

A Martínez sólo parecía preocuparlo el equilibrio de la botella. Confundido, recomponiéndose, le dijo:

—¿Me permite, señor?

Francisco lo soltó y el joven depositó la bandeja en la mesa. Pero su actitud era tal que tanto Martínez como yo entendimos que no había escapatoria posible.

Con una parsimonia que a mí me pareció admirable, Martínez se tomó el tiempo necesario para servirnos la bebida. Póngase cómodo le pidió a Francisco, al tiempo que le tendía una copa, y apartándose luego unos pasos, rígido, la vista al frente, voz monocorde, exclamó:

—Ayer por la mañana, el general sufrió un percance, es decir, el percance lo sufrió la dentadura postiza del general, y no tuvo más remedio que viajar a Londres, donde reside su dentista de confianza.

—Podría haberlo dicho, y acabábamos con el tema —exclamó Francisco.

Rompí a reír. Sin inmutarse, Martínez agregó:

—Casualmente, si usted conoce al general, bien sabe que su dentadura postiza es secreto de estado. Me prohibió, terminantemente, comunicar la razón de su ausencia.

Martínez insistía en hablar como si estuviera frente a un pelotón de combate.

A todo esto yo trataba de ocultar la risa, pero no podía. Martínez, sin perder el respeto ni su rigidez de soldado, me echaba miradas furibundas.

Fue mi revancha por las tantas veces que tuve que tragármela, severamente reprendido, frente a episodios similares y bromas sobre el tema, como la primera vez que encontré en el fondo de un vaso con agua, sobre su mesa de noche, un par de muelas unidas por una hebra de alambre.

Tatita tiene comedor portátil, grité y salí a la galería, enarbolando el botín y a los saltos, para que mis primos no me lo arrebataran. Armamos tal escándalo y gritería que de todas partes fue apareciendo gente para preguntar qué había pasado. Mamá Encarnación nos llevó a una sala y allí nos pegó el sermón.

No es motivo de risa el mal de dientes que sufre su padre, me dijo, pero se dirigía a todos, sin excepción. Han descubierto el secreto, agregó, pero quedará como secreto, porque formamos una familia. Pobre de aquel que intente divulgar lo que hoy ha ocurrido aquí, porque entonces será el propio Rosas el encargado de aplicar la debida reprimenda, y ahí sí que no habrá consideración para nadie.

No se volvió a tocar el tema, como tantos otros temas que en la familia fueron condenados al silencio. Si por algún descuido alguien ajeno caía en el detalle, era tan alto y fuerte el respeto que mi padre imponía a propios y extraños que ni siquiera en broma hubieran osado revelarlo.

Aquel episodio me ayudó a interpretar el porqué de algunas actitudes excéntricas de Juan Manuel, motivadas sin duda por ese mal de dientes que sufrió desde joven, cuando se vio obligado a reemplazar en porcelana horneada un par de piezas de su dentadura de arriba.

Cuando Juan Manuel amanecía atacado, un arqueo imperceptible en las cejas de mi madre nos indicaba la gravedad de la situación, y la conveniencia de retirarnos de los lugares por donde él se desplazaba. De a poco, fue adquiriendo la costumbre de comer solo; costumbre que se acentuó después, no tanto por el asunto de sus dientes, sino por su intenso ritmo de trabajo. Con el tiempo, el doctor James Lepper fue una visita cotidiana en la casa. A fuerza de brutales tirones y sin anestesia, él le arrancó la primera muela podrida.

Manuela y yo, al otro lado del zaguán que llevaba a su despacho, escuchamos los ayes de dolor, las arcadas y luego el grito que coronó la extracción total.

Una bendición, señora, dijo después el doctor a mi madre, cuando ésta lo acompañó hacia la salida, una bendición de Dios que la pudiera extraer completa. De lo contrario, agregó, no quiera imaginar usted la carnicería que hubiera sido.

Todavía impresionado por las palabras de Lepper, un movimiento me llamó la atención. Tomado con ambas manos al marco de la puerta, estaba mi padre. El rostro desencajado, la camisa sucia con sangre. Me dijo: venga, amiguito. Y corrí a sostenerlo.

—Usted es más duro que el mastuerzo, tatita.

—Derramé el vaso de agua. Traígame otro, por favor —me pidió.

Lo acompañé hasta su dormitorio; lo ayudé a reclinarse sobre la cama. No tumbe la cabeza, le dije, tampoco se le ocurra hacer buches, tal como escuché que el doctor Lepper había señalado. Y corrí a buscar agua fresca.

James Lepper se hizo cargo también de sus problemas renales, que se fueron agudizando con la edad y el exceso de trabajo. El tema de la dentadura pasó a manos del doctor Coquet, una eminencia en la materia.

Martínez pidió permiso y se retiró. Todavía me duraban los accesos de risa. Cuando me serené, le dije a Francisco:

—Debe haber sido duro expedicionar al desierto con dolor de muelas.

—No es broma. A tu padre la salud le jugó más de una mala pasada —y agregó—: Pero nunca lo oí quejarse ni posponer compromisos por culpa de la enfermedad. Salvo esa vez en que tuvo que hacer reposo por un par de meses.

Fue el año cuarenta y uno. Manuela ponía los dedos así para indicar el tamaño de la piedra que despidió.

—¿Te diste cuenta?, siempre acabamos hablando de Rosas.

IMPERDONABLEMENTE JOVEN

—Quería mirarla sin que… vos sabés, aquella mujer me atormentaba, su contoneo, su voz cuando decía —y me incorporé para graficar con ademanes—: "Traeré la cabeza del impío clavada en mi lanza".

Había sido en el teatro *Victoria*. A la Peñaloza le gustaba entrar por la platea montada a caballo. El público deliraba.

Francisco reía.

—Pero ninguna como Matilde Diez —exclamó.

—Por lo hermosa dirás. Más que hermosa.

Mi condición me impedía ser demostrativo, en el palco siempre había alguien de la familia. Pero una noche coincidí con ella en el salón de Maruca Sánchez y me atreví a besarle la mano. Cuando el piano arremetió con una gavota yo, que poco me animaba a exponerme en público después de aquel escándalo, le dije: me permite doña Matilde, y la enlacé y salimos al galope por el medio de la sala, y pidieron bis, y aplaudían, pero yo ya estaba totalmente enamorado, y temí que se me notara.

Después de aquel escándalo… Simulé una indiferencia que no sentía, tal como siempre se dijo de mí: a Juan Bautista las cosas le resbalan.

—¿Y la Campomanes? Fea en grado heroico.

Francisco blanqueó los ojos:

—¡La Campomanes! La conocí una noche de fogatas y festejos en Santos Lugares. Fue después de una de las tantas revueltas que intentaron destituir al gobernador de turno.

—¿Y qué hacía yo en Santos Lugares? —le pregunté.

—No lo sé. Pero ahí estabas. Y los Colorados del Monte junto a tu padre, paladeando la victoria. ¡Qué tiempos!… Eras un crío.

—Claro que era un crío, pero ya vivía alzado.

El ruido de los carros y las risas afuera irrumpieron en el campamento, y un par de oficiales se adelantaron para comunicar que era la caravana del teatro. Los actores se habían acercado, espontáneamente, para entretener a la tropa y a sus jefes después de la hazaña.

Cuando acabaron las contradanzas y los cielitos federales, comenzó la obra.

La Campomanes dramatizaba una "Buenos Aires" toda escote y vuelos: era una ciudad avasallada, y los cómicos, grotescos insurrectos, brincaban a su alrededor, haciendo ademán de acogotarla. Ana Campomanes recitaba. Volví a incorporarme para graficar el parlamento.

—"La ley me sostiene, el orden, el derecho que mis hijos me otorgaron, la mano de Dios empuña mi espada..." Y en un giro de faldas —yo también giré—, ¿te acordás?, aparecieron sendos sables en sus manos, que ella revoleó por sobre las cabezas de sus agresores, en una danza donde la mujer se imponía al personaje. —Francisco esquivaba mi sable imaginario. Yo seguía:— Volcados los pechos hacia las milicias, sobre un escote que apenas si podía sujetárselos... Qué fea, pero qué tetas, Francisco. Las caderas hacia uno y otro lado al ritmo del tambor. Ponchos al aire y el golpe de las botas de potro contra el suelo; contra mis ingles alborotadas.

Un campo sembrado de heridos selló el final de la representación.

Ana Campomanes - Buenos Aires avanzaba pisando cabezas, y los aplausos y los vivas de la tropa, hasta que un toque de clarín nos llamó a silencio.

Me encontré con ella, más tarde. Inexplicablemente, los dos solos en una tienda, intentando un diálogo imposible. Ana Campomanes bebió de un vaso de aguardiente que alguien había dejado por ahí, y se puso a mirarme de tal modo, al parecer prendada de este joven del que seguramente ya le habían dado algunas señas, porque exclamó:

—No creí que fueras tan joven —y agregó— apasionado quizá, pero tímido... Podría animarte, si me lo pidieras —continuó en tono tembloroso. O tal vez era yo el que temblaba. No lo haga, señora, le rogué con la mirada, apartándola con los ojos.

Ella dejó que el deseo me creciera sin acercárseme —hubiera dado cualquier cosa por amasarle los pechos— porque también con los ojos me estaba pidiendo que la ayudara a no tocarme. Eres tan joven, dijo, podrían acusarme.

Y yo también, con los ojos, aquello de la inexperiencia y el respeto; que no podía permitírmelo porque afuera estaba mi padre... Sin pronunciar palabra, mirándola de tal modo, y estiré una mano para detenerla, aterrado.

Imperdonablemente joven.

—Buenas noches, Juan Bautista —exclamó, y antes de dejar caer la lona de la tienda, irónicamente, en un susurro—: No sabía que tenías que pedir permiso.

De un solo golpe me hundió en la vergüenza, la Campomanes, federala hasta la muerte. Mujeres que nunca hice mías. La primera.

—Fue tu padre quien se lo pidió —exclamó Francisco.

—¡Qué!

—Bueno, con la intención de que te ayudara a perder la timidez.

—¿Qué timidez? Yo apenas tenía trece o catorce años.

¿Qué es lo que persigo?

Sombras.

A pesar de haber sido endemoniadamente explícito, nadie se acuerda de mí. Pero por qué habrían de recordarme si nada hice, nada dije; y puse en manos de los otros la responsabilidad de resolverme el problema. Ahora les echo la culpa, porque el problema subsiste. Lo sé, yo también lo sé, soy un pusilánime, un mediocre, un atenido. Y también un pobre corazón inocente que se arrastra por estas calles de Londres.

Los vencedores creyeron que después de la batalla de Caseros la situación cambiaría. Que el solo alejamiento de Rosas obraría el milagro. Se equivocaron. Obsesionados por encaramarse en el poder, dejaron de lado lo esencial: gobernar para el país.

Francisco repitió de memoria lo que el mariscal Márquez de Souza le dijo a Urquiza en aquel momento: "Esta campaña, queiram ou náo, é uma vitoria do Imperio, y la división imperial entrará en Buenos Aires con todos los honores debidos".

Tres veces postergó Urquiza el desfile. No soportaba la idea de que los brasileros —en su derecho— abrieran la marcha triunfal.

Seguramente para flagelarme le pedí que me contara cómo fue aquello.

Dijo: montado, poncho blanco y con un ridículo sombrero de copa alta, iba don Justo abriendo el desfile. A todos dejó estupefactos el cintillo federal que se puso en el brazo. Inmediatamente después, acompañada por una silbatina infernal, lo seguía la división de Márquez de Souza; única brigada que peleó en Caseros, la que le entregó el triunfo a Urquiza.

Los propios sobrevivientes rosistas —para reubicarse de nuevo en el poder— formaron el renovado partido federal o urquicista. Los unitarios, por su parte, constituyeron el partido liberal, con Valentín Alsina como jefe.

Me contó que Urquiza siempre había sentido un profundo desprecio por los unitarios, especialmente por Mitre y Domingo Sarmiento. Y eso fue lo que lo impulsó, al día siguiente del desfile, a publicar un bando donde, aparte de restablecer el uso del cintillo federal —diciendo que no fue un invento de Rosas, sino producto de la espontánea adopción de los pueblos de la República— se despachó sin pelos en la lengua acerca de cuál era su pensamiento sobre la reprochable actitud y accionar de los unitarios en la reciente contienda.

Curioso, continuó Francisco, porque fue el propio Urquiza el que golpeó a la puerta de los extranjeros, y acordó cederles territorio argentino a cambio de armas y soldados para derrocar a Rosas.

Luego se preguntó: ¿cómo se denomina a los ciudadanos que se unen al extranjero invasor? ¿Qué pretendían los unitarios, tratando de derrocar a tu padre, cuando el país estaba en guerra con la Francia?

—Ambición de poder, nada más —le dije, y él asentía con la cabeza.

—Desde que tengo memoria —exclamó— el partido unitario se encarga de inundar la prensa de países limítrofes, e incluso esta prensa europea, de artículos, opúsculos, folletos e incluso libros en contra de Rosas. Lo han hecho, y lo siguen haciendo, con habilidad, con constancia, sin desaprovechar la menor oportunidad de denostarlo, cubrirlo de sangre, hacerlo responsable de las mayores atrocidades... Mal que nos pese, han realizado una tarea de propaganda casi perfecta.

"Apenas caído tu padre en desgracia —continuó—, volvieron a Buenos Aires los emigrados. Obviamente, debían ocuparse de consolidar la victoria, y más que nada justificar los errores cometidos; sobre todo su alianza con los extranjeros, contra la propia patria. Ahora mismo están en eso, recalcó, reforzar la mentira, demonizar a Rosas. Sólo equiparándolo al diablo podrán eliminarlo del pensamiento de la gente.

Quién sabe, pensé.

—Ya verás, Juan Bautista, las generaciones venideras se educarán oyendo repetir el infundio, y acabarán por creerlo. Repite mil veces una mentira y la transformarás en una verdad —y agregó—: Del mismo modo que ellos acabaron creyendo lo que ellos mismos inventaron, necesariamente, para obtener y mantener el apoyo de Francia e Inglaterra.

"Sé que tu padre se trajo archivos —continuó—, pero le faltó tiempo para traerse todo. Quedaron estantes llenos de papeles en Palermo, y muchos cajones en poder de algunos particulares. Hizo bien en pensar que los vencedores los destruirían. Supe que hicieron grandes fogatas, tanto en Palermo como en el patio de la casa de la calle Moreno. Ahora el contralor será difícil, pero no imposible. Quedan los archivos del general Pacheco; los de Lavalle, capturados en la batalla de Quebracho, y los de Lamadrid, capturados en la de Rodeo del Medio.

A partir de la derrota Buenos Aires fue un caos. Después, estalló la revolución del once de septiembre. Y, por supuesto, el caos continuó, agravado por su rompimiento con la Federación.

Un caos también la situación en las provincias que, sin autoridad cierta al frente, cayeron en el desorden. Para salvar la situación, en abril, llamaron a elecciones. Fraudulentas, por cierto. Y los liberales ocuparon de nuevo la sala de representantes, con Valentín Alsina en el Ministerio de Gobierno. Los diarios ventilaron el fraude, y el pueblo salió a las calles reclamando su derecho, pero fue reprimido. Arreciaron las emboscadas y los degüellos. Hubo marchas y contramarchas; decretos cuya vigencia duraba horas.

En mayo, los gobernadores —todos hombres de Rosas— decidieron firmar el Pacto de San Nicolás. Ahí decidieron que las bases de la futura organización nacional se inspirarían en el Pacto Federal de mil ochocientos treinta y uno.

Era notable el ardor que Francisco ponía en sus palabras.

—¡Por supuesto! —continuó—, la iniciativa fue rechazada y boicoteada por el partido unitario liberal de Buenos Aires. ¡Qué ironía!, Juan Bautista, combatieron a Rosas desde su primer día de gobierno y a lo largo de veinte años por esa razón: queremos una Carta Magna, Rosas no. Lo vencen en Caseros en nombre de esa bandera y cuando finalmente llega el momento de tener una Constitución, boicotean el proyecto… No fue incoherencia —señaló Francisco—.

No existe sobre la tierra nada más coherente con sus ideas y objetivos que un liberal en acción.

Querían una Constitución, es cierto, pero una Constitución unitaria. Es decir, la que dictó Rivadavia en mil ochocientos veintiséis, en la que quedaban relegados los derechos del pueblo y los derechos de las provincias.

—A esta altura —exclamó— Urquiza ya estaba muy desorientado, y proclamó a viva voz: sólo Rosas es capaz de gobernar Buenos Aires.

"El descontento del pueblo volvió a desbordar las calles. Se redobló la represión y el miedo. Pero eso no es todo. En respuesta, los liberales formaron una logia para asesinar a Urquiza. El jefe de los complotados fue Adolfito Alsina, hijo de Valentín, el mismo que susurró al oído de Manuel Vicente Maza que había que asesinar a Rosas.

Y añadió:

—Ya lo verás, Juanito, el entrerriano será medido con la misma vara, y morirá con el mismo cuchillo. Y te cuento lo último: ante la imposibilidad absoluta de gobernar, Urquiza disolvió la Legislatura, clausuró los diarios y nombró un Consejo de Estado. ¡Otra que dictadura!, y tu padre en el exilio.

CRUZAR EL INFIERNO

Durante el día nadie se aventuraba por las calles de la ciudad. Por la noche, las bandas unitarias asolaban sin discriminación, y el fantasma de las confiscaciones comenzó a rondar los campos y la propiedad urbana. Sin justicia ni seguridad para ellos, comenzó el exilio de los federales, los que pudieron huir, claro.

Había llegado la hora de la revancha.

Le pregunté por qué los federales no habían escrito nada en su defensa. Les sobra argumento, le dije.

Me respondió:

—Nosotros nos limitamos a vencerlos. Y después, a trabajar para la Confederación. No había tiempo para ponerse a escribir.

Francisco me hablaba, empeñado en que yo supiera. Tarea inútil, conocer los detalles no iba a devolverme lo perdido.

—Los negros se están matando en masa —dijo de pronto.

—¿Matando en masa, qué es eso?

—Se niegan a tener hijos —exclamó— y no porque lo hayan decidido en un acuerdo, tampoco porque usen métodos para no concebir. No. Es algo peor. Les viene de adentro. Tiene que ver, quizá, con el suicidio, algo que cada uno resuelve en lo más profundo de su ser, cuando se ha llegado al límite —hizo una pausa, como para darle tregua a la pena, y continuó—: Y me enteré, Juan, por un médico que estudia el fenómeno. Me dijo, ya no nacen niños negros en Buenos Aires, y alguna razón debe haber. Ya no tienen, como en la época de tu padre, su diario, sus fiestas, sus poetas, sus reuniones. Han tenido que bajar el copete, ya nadie los apaña, y lentamente van desapareciendo. Los mata la discriminación tanto como la leva, la guerra, la miseria, tanto como en sus comienzos los mató la esclavitud.

"El día que embarqué —continuó— vi cantidad de pordioseros, y me llamó la atención. No sólo negros, sino también blancos, gauchos harapientos, mujeres zarrapastrosas, enfermas, un muestrario de lacras desparramado por la ciudad. Cuando salí de la oficina adonde había ido a completar un trámite, ya no estaban. No quedaba uno en las calles, alrededor de la plaza, ni uno. Habían pasado los milicos y los habían alzado. Ignoro dónde hacinan a los pordioseros ni cuál es su destino final.

"Todo aquello que huele a rosismo sufre ahora la furia de la reacción unitaria. Castigan y persiguen sin piedad. Los incautos que creyeron que Rosas era el obstáculo, derrotado éste, se han dado de cabeza, nuevamente, con la anarquía.

Y agregó:

—Ahora han llegado al umbral de mis campos. Y nos hemos visto obligados a movernos en grupos bien armados, dispuestos a pelear contra lo que fuere —y sin disimular la angustia, añadió—: Espero que ahora, en mi ausencia, mi gente sepa cuidarse, porque por la falta de trabajo han reaparecido los cuatreros, y hay que patrullar el ganado sin descanso… Casi a diario tenemos que cobijar a nuevos evadidos, han saqueado sus propiedades, y tampoco pueden ejercer su profesión en la ciudad.

Él hablaba y yo apuraba copas. Más que nunca me hacía falta el refuerzo del alcohol en las venas.

Maltratan y encarcelan a los gauchos fieles a tu padre, dijo. Y los que pudieron zafar de la cárcel, junto a los indios pacíficos, enfilaron hacia el desierto, hacia el sur, hacia otras provincias, internándose en territorio de tribus enemigas, corriendo todos los peligros.

Y acabó:

—No sólo hemos perdido la posibilidad de prosperar, Juanito, sino también la independencia. Ahora estamos políticamente sujetos al Brasil, que bien nos hace sentir la servidumbre económica a que nos ha sometido Inglaterra, y que no sé cuántos años más durará.

Rogué porque las palabras de Francisco no me alcanzaran.

Me pregunté ¿me duelen sus palabras? Es sólo un cuento, me decía, la realidad es otra. Aún puedo soñar: no hay brisa, y el Plata es un mar de aceite, y yo voy por la orilla al trote, mirando, y mis riñones se acomodan al lomo del caballo.

No, no había motivo para decir que sus palabras me dolían.

Pero al otro lado de la ventana veía un rectángulo de barrio en Southampton, y eso ya era un puñetazo en la boca de mi estómago.

Francisco prosiguió.

—Se reanudaron las revueltas callejeras, cuando con Alsina a la cabeza, el grupo de poder enquistado en Buenos Aires aprobó inmediatamente la libre navegación de los ríos a favor de Inglaterra, violando lo que firmaron tu padre y esta reina Victoria.

"El pueblo tomó la medida de Alsina como traición de lesa patria. Y la policía redobló la represión y arreciaron los atropellos contra los federales. Registraron sus casas, los apalearon, los destituyeron de sus cargos. Tomás Guido entre otros, que optó por el destierro. Y arguyendo que el templo era cueva de opositores, profanaron el convento de San Francisco.

Dijo convento, y mi pensamiento voló hasta esa tarde de tormenta en que yo llevaba su ataúd a pulso. En sus fondos están enterrados los restos de Genaro, mi querido amigo.

El énfasis de su voz me hizo prestarle atención.

—No te exagero, Juan, pero todos los intentos de organización nacional han sido obstaculizados por los unitarios. Y eso que lo vimos venir, ¡maldición! —estalló—. Tu padre fue el primero en advertirlo... Ahora Buenos Aires se declarará república independiente, proyecto patrocinado por Mitre. Y no creas que Urquiza se queda atrás, él también está dispuesto a crear una república independiente en la Mesopotamia.

"No obstante, la Constitución se promulgó igual, con mandato de ley. Te recuerdo la fecha: veinticinco de mayo de ese mismo año. Todas las provincias la aceptaron y juraron, menos Buenos Aires, por supuesto, que la rechazó de plano, lo mismo que a las leyes orgánicas que dictó el Congreso.

—Pero, ¡qué es lo que los lleva a actuar así!

Francisco lo resumió.

—El poder económico, Juan, el poder total. La puja de siempre. Un conflicto que arrastramos desde el virreinato: la vieja pretensión de la supremacía de Buenos Aires sobre las demás provincias. Y... casualmente ahora estamos pisando suelo enemigo: la necesidad de los ingleses de exportar capital, y la necesidad de Argentina de importarlo, para prosperar gracias a esa inversión. Una transacción normal, si no fuera porque la mentalidad de los unitarios es transformarse en capataces de los ingleses, para que sean ellos quienes exploten nuestro país. ¿Qué te parece?, ellos ponen la economía argentina al servicio del capital extranjero, y no a la inversa, como debería ser. Es decir, un modelo de país que funciona en base a empréstitos, cuyos intereses, después, absorberán la mitad de la renta pública.

"Esto no ocurría durante el gobierno de tu padre —continuó—, él estaba interesado en el desarrollo autónomo del país, orientado hacia el mercado interno… Pero, claro, los tiempos cambiaron en este terreno, y mucho —pensó un momento—. En fin… ésas son algunas de las razones que los llevan a actuar así, y por las cuales no aceptan que la nueva Carta esté inspirada en la Constitución que confeccionaron los federales.

Y agregó:

—Mientras tanto, Urquiza ratificó a Inglaterra y a Francia la libre navegación de los ríos, a cambio de que actúen como mediadores en el conflicto desatado entre Buenos Aires y las provincias —esbozó una sonrisa amarga—. Vieja costumbre liberal: llamar a los extranjeros para que les arreglen lo que ellos son incapaces de resolver.

Le dije: estoy abrumado. Y eso que te he contado sólo la mitad, me respondió.

Entonces, apuró su copa.

—Poco antes de tomar el barco que me traería hasta aquí, los indios pampas de Catriel, los borogas, y los ranqueles de Painé, acaudillados por Calfucurá, reanudaron los malones. Malones que habían suspendido durante el gobierno de Rosas. Y los reanudaron porque las nuevas autoridades se desentendieron de los acuerdos que tu padre hizo con los caciques, que les enviaba ganado, ovejas, aguardiente, harina, dinero en efectivo… para mantener la paz. Creo que hasta enviaron mensajes los caciques, reclamando obediencia a los pactos previos, pero ¡claro!, traicionar ahora a las tribus es plan de gobierno… y la indiada llegó hasta el Azul, y en el encontronazo, en Sierra Chica, aniquilaron a pura lanza al ejército de Mitre. No sé cómo fue que él salvó el pellejo… Fue a fines de mayo, y yo me embarqué a comienzos de junio.

"Ignoro de dónde saqué coraje para atravesar los campos desde San Serapio hasta el puerto. Sesenta leguas cosidas por la marcha de tribus guerreras y lo poco que quedó de los batallones de Mitre… No sé cómo planeé este viaje en medio de tal estado de cosas. No lo sé. Seguramente, el deseo de volver a verte a vos y a tu padre, o quizá el temor a demorarlo y que luego la vejez me impida viajar —y se quedó sacudiendo suavemente la cabeza, aún extrañado de haber podido cruzar con suerte aquel infierno.

"Y aquí estoy —suspiró.

MÁSTILES DE GUERRA

Tarde en la noche, sigue atormentándome —la historia es atroz, la vida también— pretendiendo en vano develar el secreto, el tremendo porqué.

La pluma del halcón gira entre mis dedos.

Cometí tantos errores, víctima de fantasías peligrosas, arrastrado por una atracción irresistible por embestir el ojo de la tormenta. Como cuando crucé el río a bordo de barcazas dedicadas al contrabando.

En la primera oportunidad, una amiga ocasional de piruetas amatorias, enterada de mi viaje, me pidió llevara una carta para su novio, exiliado unitario en Colonia. Acepté, sin pensarlo. Después, me enteraría que se trataba de información secreta para el ex fraile, Segundo Agüero, jefe de la oposición en el exilio.

Mi rango de irresponsable irredento me relevaba de toda sospecha. Yo mismo me sentía libre de culpa, mientras el resto pensaba ¿detrás de qué faldas andará ahora Juan Bautista? Exactamente por ir detrás de una mujer crucé el río.

Sin embargo, los trámites previos, encontrar el argumento que justificara mi ausencia y ofrecerlo a la familia; la preparación del viaje y la propia travesía estaban teñidas de tanto riesgo que ni siquiera las caderas relumbronas que me reclamaban al otro lado podían compensar.

—¿Es de confiar? —preguntó el ex fraile—. ¿Sabe Rosas que su hijo le conspira?

Dicen que alguien le respondió:

—No conspira. Peor, ni se ha enterado de que estamos en guerra. Estos hijitos de papá, normalmente, no piensan.

Instintivamente, antes de llegar a la otra orilla arrojé esa carta al agua. Ni siquiera se me ocurrió leerla. Descubrí de qué se trataba cuando me avisaron que los enlaces de Agüero me estaban buscando. Escapé. Me atraparon. No los conformó mi argumento. Salvé el pellejo porque cuando aprieta el peligro soy rápido para correr.

¿Por qué lo hice? Simplemente por una mujer inquietante que me esperaba abierta sobre una cama, a la que apenas pude disfrutar. De todas formas, intuyo que estas páginas no alcanzarán jamás a dar una respuesta. De tantas cosas me arrepiento.

Al regreso del segundo y último viaje —en el que no trabajé de mensajero— bajo la noche espesa en la playa, una partida surgió entre las sombras; me apartaron bruscamente del grupo, y fui apresado como se apresa a un animal salvaje. Voló un poncho por el aire y me amarraron bien fuerte; me alzaron y me tiraron de cabeza dentro de una carreta. Todavía hoy ignoro el destino de los contrabandistas que me acompañaban.

Cuando me quitaron el envoltorio —no me sorprendí— estaba tirado en el piso del despacho de mi padre. Me incorporé, abochornado. Ahí estaba él, junto a la única lámpara. Recibí en el cuerpo el impacto de su furia.

—Usted siempre escupe para arriba, amiguito —comenzó, y yo odiaba ese "amiguito" dicho por él—. Creo que ha llegado la hora de que escuche lo que hace tiempo debí decirle. Pero será la última vez que le dirijo la palabra. Siéntese.

Y me senté. Las pupilas celestes me miraban como para aniquilarme.

—Por mucho menos, otro en su lugar sería fusilado sin juicio previo. Por mucho menos que sospecha de entendimiento con el enemigo… No lo mando matar porque Encarnación me está mirando desde arriba, y porque estoy convencido de que usted actúa así por tarambana… Me da vergüenza tener que decírselo: estamos en guerra, ¿o todavía no se dio cuenta?

Cambió de postura. Parecía como que no se aguantaba a sí mismo. Por su tono entendí que hacía rato venía juntando presión por mi culpa.

—Sé muy bien lo que usted hace por ahí; sé también que me culpa de cuanto está pasando, y que se hace eco del pensamiento cobarde y mentiroso de los unitarios… Yo no provoqué esta guerra, amiguito. Ni esta guerra ni la mayoría de los conflictos armados desde que asumí como gobernador, cuando usted sólo tenía dieciséis años… Vencí a Lavalle sin batalla y asumí el poder sin disparar un solo tiro, y si ahora me dispongo a combatir es porque mis enemigos me atacan. Y no cedo a las pretensiones del bloqueo, llevado por el más elemental sentido de dignidad nacional. Algo que usted parece no entender, y menos aún los unitarios, que buscan alianza con el extranjero sólo para derrocarme, sacrificando a ese deseo la honra de la nación. ¿O acaso usted piensa como Alberdi, que el patriotismo es un pensamiento retrógrado?

"Pero óigame bien, prefiero correr el riesgo del bloqueo antes que el de la infamia. ¿Por qué cree que el pueblo soporta la miseria y el hambre a que nos han sometido estos canallas? ¿Porque yo lo obligo? No, señor. Porque pienso exactamente igual que el pueblo. Porque me he hecho eco de lo que ellos quieren. Y su respuesta es generosa y heroica, y defenderán la soberanía nacional hasta sus últimas consecuencias. Esté yo junto a ellos o no.

"Y porque cuento con el pueblo es que esta provincia y el país todo no han dejado de funcionar, a pesar de la falta casi absoluta de recursos... —tomó aliento y continuó—: Dije, hay que reducir empleados y disminuir sueldos, y se hizo y nadie chistó. Dije, hay que reajustar la cuota para toda la enseñanza, universitaria y primaria, y se hizo, y nadie chistó. Y los pudientes ponen de su bolsillo para sostener escuelas, hospitales y la casa de niños expósitos. Nada ha dejado de funcionar ¡ni un solo día! Y los profesores de la universidad dictan sus clases gratis. Porque ésa y no otra debe ser la respuesta del pueblo al momento dramático que estamos viviendo. ¿Y usted, qué hace?... No, no se moleste en contestar. Sé lo que hace.

A pesar de la penumbra podía ver la mueca en su rostro.

—¿Sabía que en marzo del treinta y ocho, cuando la escuadra francesa nos declaraba el bloqueo, otra escuadra francesa bloqueaba los puertos de México y tomaba San Juan de Ulúa, después de bombardearlo? ¿Y que los mejicanos tuvieron que aceptar un arreglo deshonroso? ¿Sabía usted que por esos mismos días otra escuadra francesa ejerció violencia contra el Ecuador, y posteriormente entró en componendas con el señor Santa Cruz, en Bolivia, para bloquear los puertos de Chile? ¿Lo sabía? ¿No? ¿Y qué cree que me mandó decir el almirante Leblanc, cuando asomaron el hocico de sus barcos por este río...? Que él no venía a discutir principios de derecho internacional, que él venía a imponer condiciones. ¡Condiciones! Como lo oye. Y que si el gobierno de Buenos Aires las aceptaba, levantaría el bloqueo... Le aseguro, amiguito, cualquier otro gobierno hispanoamericano ya habría sucumbido. Pero, como le dije, no es mío el mérito, sino del pueblo, que comprendió en profundidad el porqué de este sacrificio.

No podía hacer más que escucharlo. Mi padre me hablaba exactamente como se le habla a un niño —me lo merecía— bajaba el tono del discurso, casualmente, para que un niño —yo— lo entendiera.

—No negociaré con ellos como hacen los unitarios, ¿me entiende? Resistiremos hasta la última consecuencia la invasión de estas potencias rapaces. Potencias que se enfrentan en Europa y vienen aquí a dirimir sus viejos pleitos, a costa nuestra. Pero por poderosas que sean las obligaré a que nos miren de igual a igual, de nación a nación... —y golpeó con un puño sobre la mesa— Nosotros somos dueños de esta tierra —volvió a golpear— y la defenderemos con la vida si es preciso. Su voz me llegaba como trompadas en medio del pecho. Volvió a tomar aire y continuó.

—Y ahora me entero de que usted atraviesa el río para llevar cartitas al enemigo... No, no es necesario que se defienda. Sé muy bien que usted no conspira... Lo hace porque lo atrae el riesgo, porque le gusta vivir en el margen... Pero su actitud es aún mucho más lamentable que si conspirara. Lo preferiría enemigo antes que tilingo. Pero se ha puesto a la misma altura que los traidores a la patria. A la misma altura del coronel Mitre, que después de firmada la paz con el barón de Mackau, lamentó que en Martín García se arriara la bandera francesa para izar nuevamente la bandera argentina.

"A la misma altura que este triste artillero, que con su singular ceguera liberal se ha convertido en el más acabado representante de esa plaga de currutacos nostalgiosos de patrias ajenas, como Rivadavia, Alberdi, Sarmiento, todos artífices de turbias reformas religiosas, de infames concesiones económicas y comerciales, de tremendos errores diplomáticos y financieros, que nos han llevado al borde del abismo, y que todavía pretenden someter la idiosincrasia del país a ridículas ideas importadas... Y no me mire como si estuviera diciendo locuras, busque en los archivos, infórmese, y verá que lo que digo es la verdad más absoluta.

De pie, a escasos metros, siguió hablando y hablando, casi sin respirar.

Me acordé del primo Lucio, cuando al regreso de un viaje o con motivo de emprender un viaje, no me acuerdo bien, fue hasta Palermo a saludarlo, y mi padre lo hizo esperar horas en la salita antes de recibirlo. Luego, no tuvo mejor idea que empiparlo de arroz con leche, al tiempo que le explicaba el intrincado proceso de confección de una ley, o algo así, que estaba por enviar a la Cámara para su aprobación.

Más de seis horas aguantó el pobre Lucio, para terminar chorreando arroz hasta por las orejas, y sin tener la menor idea de lo que habían hablado.

—No m'hijito, no se mueva, porque todavía queda mucho por decir —y se quedó estudiándome.

"Usted a mí no me engaña —dijo por fin—. Se hace el tonto, pero es astuto, y saca ventaja de su supuesta salud precaria, de su supuesta timidez… Usted sabe que desde que asumí no ha habido un solo día de paz en la Confederación. Sabe muy bien que me ha tocado gobernar en guerra. Que a la guerra civil, guerra que sólo los unitarios provocaron, se suma ahora el conflicto con Inglaterra y con la Francia… ¿Cuántos años de bloqueo llevamos? ¿Los contó? Y a eso agréguele la conspiración de Maza… No, no frunza el ceño, ya hablaremos de eso también. Y agréguele el levantamiento de los estancieros del sur, y la marcha unitaria desde Martín García; y la revolución de Corrientes; y la derrota de Echagüe en el Uruguay; y la ofensiva de Lavalle en Entre Ríos; y la Coalición del Norte; y el embarque de los rebeldes en la escuadra extranjera para invadir Buenos Aires; y la amenaza del ataque de los franceses en combinación con el ejército de Lavalle… Y me quedo corto. ¿Qué le parece?… ¿Y usted cree que a todo esto lo provoqué yo? No, m'hijito, yo no, mis adversarios. Éstos que se mueren por sentarse donde yo estoy sentado. Y dicen que el pueblo está harto de mí, pero cuando hay que apoyarme el pueblo invade la plaza vivando mi nombre; y cuando llega la fecha de elecciones, vuelve a reelegirme. Y no hay fraude, no.

Se tomó un tiempo para mirarme fijo. A pesar mío no pude más que sostenerle la mirada en las sombras, y prosiguió.

—Llegó un momento en que se combatía en Córdoba, en La Rioja, en Santiago del Estero, en Catamarca y en Cuyo… Y cuando logramos vencer esa situación, a costa de muchas vidas, y más que nada porque el pueblo sabe por quién pelear, aparecieron los ingleses… pretendiendo mediar en la guerra que sostenemos con el general Rivera en el Uruguay. ¿Y sabe por qué? Porque a los señores británicos les molesta mi política americanista. Les molesta la tarifa aduanera que les impongo a sus productos, y el manejo fiscal que hacemos del Banco de Buenos Aires. Y aún les sigue molestando que yo cerrara el Banco Nacional, aventura financiera del señor Rivadavia, controlada por mercaderes ingleses, cuya llave del tesoro, para más dato, estaba depositada en una caja fuerte en Londres. Menudo detalle, verdad?

"Les molesta que desde entonces sea el Estado argentino el único que puede y debe garantizar la moneda circulante en el país. Y más que nada les molesta cómo defendemos nuestra soberanía en la navegación de nuestros ríos… ¿Qué cree usted que harían ellos si yo me

metiera por el Támesis con mis barcos a hacer mi propio negocio?…
Pretenden reducirnos a colonia, y "amistosamente" nos bloquean.

Hacía gestos, ponía muecas de burla en su cara de acuerdo con lo que iba diciendo.

—¿Y por qué cree usted que hasta aquí hemos vencido? ¿Porque somos más?, ¿porque tenemos mejores cañones? No. Simplemente porque el pueblo se vuelve invencible cuando sabe por qué y para qué se pelea. Es el pueblo el que no permite avanzar al enemigo. No soy yo… Y porque los gringos no son tontos, no pueden arrastrar sus bergantines por la pampa, atacados por los mejores jinetes del mundo.

"Pero ¡ojo!, la gente está harta, cansada, desesperada por esta guerra inacabable… —inhaló una gran bocanada de aire—. Y la tensión va en aumento. Han visto morir en combates fratricidas a sus seres queridos, padecen privaciones sin cuento, y estamos tocando el fondo en la miseria por causa de estas guerras. Guerras que yo no provoqué, pero que tengo que afrontar. Guerras que me tiran a la cara nada más que por intereses comerciales y de poder. Guerras que respondo porque sé que en ellas se juega no sólo nuestra independencia económica, sino también nuestra soberanía… Y el pueblo me reelige, amiguito.

Empezó a andar, pasos largos delante del escritorio. Iba y volvía, sin dejar de mirarme, el ojo al sesgo.

—Un día creí que todo había terminado —prosiguió—, cuando firmamos la paz con la Francia. Ya muertos Lavalle, Brizuela, Cubas, Acha, Avellaneda. Todos traidores a la patria. Derrotado y en fuga Lamadrid. Creí que habíamos acabado con el derramamiento de sangre, la destrucción, privaciones, donaciones de dinero para mantener los ejércitos en lucha. Pero no, no había terminado.

"El ataque viene ahora desde el Litoral, con los protagonistas de siempre. Algunos han cambiado de nacionalidad, como el señor Sarmiento, que ahora dice que es chileno, y que para quedar bien con su nueva patria pretende entregar a Chile la Patagonia, San Juan y Mendoza. Florencio Varela también, a quien creen uruguayo. Y a Gutiérrez y a José María Paz, que ahora están buscando alianza con el Brasil, con Inglaterra y con la Francia, a quienes este conflicto, exclusivamente interno, exclusivamente entre argentinos, les viene como anillo al dedo, siempre dispuestos a abrir mercados esclavizantes, fieles a su política expansionista e invasora.

Se detuvo, pero no había concluido.

EL PRECIO

Desde chico siempre tuve la impresión de que Juan Manuel era algo más que lo que él decía, más de lo que en él veíamos, pero ¿qué?

En la penumbra, traté de encontrar en sus rasgos mis propios rasgos. Nos parecemos, tal vez por el color del pelo y de los ojos. ¿Has visto los ojos de mi padre…? Estos ojos claros que en mí denuncian una malsana tendencia a la ensoñación y el romanticismo. Y en él, la determinación fría del acero.

De pronto, me disparó a boca de jarro:

—Sé dónde se aloja usted en la ciudad, cada vez que viene del campo. En casa de unitarios, familiares de Genaro Lastra, o de algún otro botarate. Unitarios decentes, de lo contrario ya hubieran emigrado. Pero no quiero hablar de esto, sino de lo que lo llevó a usted a irse de Palermo dando un portazo, llevándose a su mujer con un embarazo de siete meses.

Me revolví en la silla. No estaba dispuesto a repasar aquel episodio, y por primera vez abrí la boca.

—Conozco la historia, señor —le dije.

—Usted no conoce nada. Si conociera, actuaría de otra forma —e hizo un gesto con la mano para que me mantuviera callado.

Pero exclamé igual:

—Me fui de Palermo no porque creyera que usted había mandado matar a Manuel Vicente, sino porque no hizo nada por salvarlo.

—¡Qué no hice nada por salvarlo! Ya verá si no hice nada —le costó mantenerse calmo, y retomó la cronología de los hechos desde el principio—. Si mal no recuerdo, aquella conspiración para matarme comenzó a tomar cuerpo en agosto del treinta y ocho. De todos aquellos subversivos, sólo Juan Zelarrayán pagó con su vida el desacato. Al resto de los conspiradores los absolví, so pena de que no volvieran a las andanzas. Pero insistieron. No les importó que ya tuviéramos a los franceses anclados frente al puerto, iniciando el bloqueo. Su plan era más importante que la patria: asesinarme, en combinación con unitarios en Montevideo, auxiliados por franceses, que desembarcarían en algún punto de la costa para completar el golpe de mano. Lo peor fue que los designados a infiltrarse para espiarlos me aseguraron que había federales complicados en el complot...

Su voz comenzó a debilitarse.

—Todo estaba arreglado. Ramón Maza sería el jefe militar, y su padre, Manuel Vicente, "mi fiel amigo", ocuparía provisionalmente el gobierno después de mi muerte. Yo sabía que Manuel Vicente mantenía correspondencia con su yerno, Valentín Alsina. Sabía también que, con semejante personaje de por medio, nada bueno podía resultar de ese inocente intercambio de cartitas.

"Pobre Manuel Vicente, prisionero de tremenda encrucijada. ¿Delatar a su hijo? ¿Traicionar al amigo? Optó por esto último. El amor de padre y los malos consejos de Alsina lo inclinaron por la subversión. Intenté disuadirlo, pero él no se dio por enterado. Le ofrecí un viaje al extranjero para alejarlo, pero lo rehusó... ¿Se acuerda de la fiesta en casa de los Fuentes Arguibel, cuando Rosita se casó con Ramón? ¿Se acuerda?

Lo recordaba perfectamente. La familia ajustaba lazos: Rosita Fuentes y Arguibel, hermana de mi esposa Mercedes —parientas por parte de mi madre— acababa de contraer matrimonio con el joven y prometedor coronel Ramón Maza.

Recordé los brindis. Pero en el recuerdo surgió un detalle que no había tenido en cuenta entonces. Surgió la tensión en el ambiente, y entendí el porqué del constante e incomprensible temblor en las mejillas de Ramón, de su risa nerviosa, y las miradas de espanto que, en un determinado momento, los Maza intercambiaron, cuando mi padre los llamó aparte.

Manuel Vicente se restregaba las manos. Era junio, hacía frío y él transpiraba. Los tres a un costado del salón, hablando, la quijada dura de mi padre en un gesto de piedra. No es gesto para una boda, recuerdo que pensé. Y el flamante novio, inquieto y Manuel Vicente pálido, negando con la cabeza repetidas veces.

Como letanía, mi padre continuó narrando esos hechos, el acento monocorde, mirando sin ver un punto en la penumbra del despacho.

—Sí. Manuel Vicente rehusó otra vez la oportunidad que le ofrecía para enmendarse. Yo estaba dispuesto a escucharlo, a perdonarlo. He perdonado a tantos... Sólo veinticinco días le duró el esposo a la niña Rosita. Fue a partir de esa boda que se precipitó la tragedia en la familia Maza, y en nuestra familia también, para qué negarlo... Ramón avisó a Jacinto Rodríguez Peña que yo estaba al tanto de todo, y en lugar de desistir decidieron adelantar los hechos... Manuel Corvalán cayó en la celada que le tendimos, y con él fueron encarcelados Ramón, Carlos Tejedor, Albarracín, González Balcarce y otros.

"En la cárcel confesaron el plan —continuó—, combinado con unitarios y franceses bloqueadores. Fue Tejedor el que confirmó que Manuel Vicente se acoplaría al movimiento, encabezándolo una vez estallado. Pero aquí no termina todo, este complot venía enhebrado a una rebelión de estancieros del sur, en la que nada tenían que ver los unitarios, pero en la que si estaba comprometido mi hermano Gervasio... No, no me interrumpa, amiguito... Ocurre en las mejores familias, no es nada nuevo que intereses económicos se antepongan a los afectos... Parece que a estos estancieros, Pedro Castelli, Cramer, Francisco Ramos Mejía entre otros, la crisis económica comenzó a apretarlos y no encontraron mejor argumento que declararse víctimas de mi política exterior. Resumiendo —aclaró— que porque yo no cedía al bloqueo francés, las posibilidades de exportar sus productos estaban cerradas, y por tal causa me hicieron responsable de obstaculizar su negocio. Responsable de los costos de arreo, engorde de preventa en los saladeros...

Exhaló un gran suspiro y se apoyó en la mesa.

—Es bueno repasar la historia, ¿no? Pero volviendo a Maza, ¿se acuerda qué ocurrió después? Inmediatamente, la Sociedad Popular, avalada por millares de firmas, pidió su relevo como presidente de la Legislatura y de la Corte de Justicia, y que se aplicara castigo ejemplar a los asesinos de lesa nación... Pero yo detuve el proceso para evitar una hecatombe, y no ver a muchos de los que se decían mis amigos convertidos en reos de muerte. Amigos que nunca lo fueron. Sin embargo, desde las sombras, el destino de Manuel Vicente estaba sellado... Intentó verme, en la esperanza de salvar a su hijo (a quien, sin saber que formaba parte del complot, en su momento también lo advertí del peligro que estaba corriendo), pero los asesinos se adelantaron, y esa noche fue ultimado a puñaladas en su despacho de la Legislatura, adonde había ido para redactar su renuncia.

Juan Manuel hizo una larga pausa y continuó:

—Al día siguiente, a menos de un mes de su boda, el coronel Ramón Maza fue fusilado en la cárcel, tal como está previsto obrar con los oficiales con mando que se sublevan contra un gobierno legalmente constituido, mientras la patria está en guerra.

Tomó aliento. Se plantó frente a mí y me fue largando palabras como golpes.

—Entonces, usted se unió al clamor unitario, hizo causa común con su esposa, hermana de la desconsolada viuda, lo comprendo, y abandonó Palermo dando un portazo. Pensando seguramente como algunos, que soy un tirano sangriento. ¿Es así o me equivoco?

No le respondí, y tuvo la consideración de no insistir.

—Eso fue lo que pasó, amiguito. Podrán haberle llegado otras versiones, pero son falsas. Lo que no es falso fue el dolor que le siguió. Es cierto, a veces he consentido los atropellos, y que federales exaltados hagan justicia por mano propia… Hemos llegado a tal estado de agitación en que se hace muy difícil contener a las masas descontroladas, enfurecidas contra los unitarios, culpables de la alianza con el extranjero invasor, que nos han traído el bloqueo, y con el bloqueo la miseria que padece la ciudad. Furor que se vuelve incontenible cuando se descubre que hay federales de importancia en la conspiración…

"¿Y cuál es la razón de los unitarios? —prosiguió—. Imponer sus ideas, recuperar el poder central, recuperar privilegios, su ambición de clase. Ocupar mi lugar mediante la fuerza. Atropellar, con su petulancia intelectual, a un gobierno que la mayoría sostiene y avala. Mayoría a la que ellos llaman plebe y desprecian, a la que siempre dieron la espalda, y legislaron en su contra. Mayoría que jamás entró en sus cálculos clasistas y europeizantes… Es por esto que me combaten, no porque mi gobierno sea malo.

Enseguida, agregó:

—Que se le grabe bien en la cabeza: si hay dictadura bajo mi gobierno es dictadura política y no social, porque siempre he estado del lado del pueblo. Le he dado trabajo y tierras para labrar. Con medidas tajantes de gobierno les he demostrado y los convencí de que al igual que ellos, yo también sé que el Litoral y Buenos Aires no es todo el destino de la Confederación… Por esto, he tratado siempre de frenar los efectos destructivos que tiene para el interior del país la competencia de la manufactura importada de Europa.

A esa altura del discurso, no tuve más remedio que redoblar mi coraje de escucha. Cuando mi padre montaba la pendiente de la proclama, difícilmente se lo podía detener. Y pasó a enumerar, con lujo de detalles, los dos mil comercios que ya había en Buenos Aires, la introducción de la primera máquina de vapor, fundiciones y plantas mecánicas, sin olvidar la producción y exportaciones provincia por provincia, y cada producto con su cifra de costo, aranceles y beneficios.

Y cuando yo ya estaba totalmente mareado por tanto número y porcentaje, agregó:

—Me estoy olvidando de los trece ingenios de caña de azúcar que funcionan en Tucumán; y de la campaña de vacunación masiva contra la viruela, en la que incluí a los indios y a los negros.

Tomó aliento y continuó, impertérrito.

—Lo aprendí de mi madre, amiguito. Usted es testigo. Cientos de veces acompañó a su abuela a socorrer pobres e indigentes en el rancherío, y sabe que dio trabajo a cuanto gaucho pasó por sus campos. Y a los más enfermos, con sus propias manos y en su propio carruaje, sin hacer asco a las llagas, los llevó al hospitalito que sosteníamos en los fondos de la casa, y les brindó comida y primeros auxilios.

Encarnación también, dijo, trabajadora y corajuda como pocos... que no se cansó de asistir a los barrios más pobres de la ciudad. Y los pobres supieron ir en su ayuda, cada vez que la situación política indicó que había que poner el pecho.

Repentinamente, guardó silencio. Creí que había terminado y me puse de pie para comenzar a retirarme —estaba aturdido— pero me detuvo. Juan Bautista, dijo, y me sorprendió. Rara vez me llamaba por mi nombre completo.

Se acercó para buscarme los ojos.

—El tirano no existe, Juan Bautista, ellos lo han inventado para justificar sus felonías... El peor de todos los difamadores, del que ya se hizo cargo la tisis, fue José Rivera Indarte, calumniador a sueldo, ladrón confeso, ratero cobarde, que de encabezar la fila de obsecuentes que me adulaban, pasó a confeccionar las infames Tablas de Sangre, autor también de la frase "es acción santa matar a Rosas"... Pero Rivera Indarte no hacía nada gratis, y pocos saben que la casa inglesa concesionaria de la aduana de Montevideo, interesada en poner su granito de arena en mi contra, le pagaba al señor Rivera Indarte un penique por cada cadáver asentado en su nomenclador de víctimas, al que agregó también los caídos en combate... Un penique, ¿se da cuenta? ¡Un penique por cada muerto! Sólo tenía que agregar cadáveres.

Dilató las aletas de la nariz buscando aire, y terminó:

—Escúcheme bien y que no se le olvide, aquí viviremos según nuestras leyes o caeremos por ellas.

No dijo más. Con un gesto del mentón me señaló la puerta. Encontré a su edecán en la galería y le pedí me facilitara un caballo.

Una vez más, abandoné Palermo. Tirano. No puedo llegar hasta esa palabra. Se trata de mi padre. No puedo.

Al tranco enfilé por la amplia avenida de álamos, y de pronto: yo amo a ese hombre, me dije, siempre lo amé, e instintivamente tiré de las riendas y allí quedé clavado, más aturdido aún. Yo amo a ese hombre, repetí en voz alta, con todo el peso de la noche encima.

Después de años y años de rencor y silencio, descubría que siempre había querido ser como él, a pesar de haberlo negado, destruido por mi incapacidad de alcanzarlo… quieto en la montura, sin saber dónde estaba ni por qué, salvo que a mis espaldas quedaba alguien mucho más solo que yo: mi padre.

Seguramente, no usé la palabra amar, pero fue lo que sentí. Solo en el caserón enorme, y los ecos de la risa de Manuela, o lo que fuera de Manuela, desde un pabellón lejano. Juan Manuel solo.

Pegué con fuerza los talones en la verija del animal y enfilé hacia el horizonte, buscando el agua. Galopé hasta el amanecer por la costa del río, sintiéndome, más que nunca, un pobre inútil.

Escribí en mi diario: mil ochocientos cuarenta y nueve, victoria diplomática. Toda América admira a Rosas.

Después de diez años de bloqueo, la armada anglo-francesa se retiró del puerto de Buenos Aires y de todos los puertos del litoral. Ambas potencias firmaron lo que mi padre les exigió.

De todos modos, al cabo del tiempo, acabaríamos convertidos en un mercado colonial.

CIUDAD DE PIRATAS

—¿Cómo estuvo hoy el bloqueo, mister Howden? —le preguntaba Manuela con su sonrisa inigualable, pero ciertamente bellaca. Mister Howden se deshacía en galanteos con mi hermana. Manuela tierna, soltera todavía y convertida en la princesa de la Federación. Inteligente e ingenua, infantil y poderosa. Ni ella misma sabía dónde radicaba su fuerza y su misterio.

¿Sabe o no sabe la Niña el poder que tiene? Salió taimada como el padre, murmuraban los currutacos. Manuela reía, seductora e indescifrable detrás de todos los abanicos. Por la mañana, posaba en un saloncito para Prilidiano que le estaba haciendo un retrato. Por la tarde, atendía la agenda de Juan Manuel. Por la noche, brillaba en el sarao.

Mis amigos unitarios lo llamaron el gracioso bloqueo, a lo que mi padre había exclamado: que se cuiden, y acaben con la conspiración, porque en cualquier momento los anglo-franceses nos declararán "amistosamente" la guerra.

Sólo en la superficie el bloqueo aparentó ser amistoso. Por debajo de esa máscara diplomática se cocinaron los más altos intereses de la república, cuyos hilos se manejaban desde Europa.

Lord Howden, Enrique Southern, Hood, Lepredour, Tomás Herbert y otros jefes extranjeros de menor rango pasaron por el salón de mi hermana y coquetearon con ella. Algunos la amaron. Cañoneaban de día, pero al atardecer bajaban de la nave a la barcaza, de la barcaza al carruaje en la playa, y de allí a Palermo, a saborear la gracia de las niñas criollas que los habían prendado; a disfrutar de la polca, de los juegos de salón o de esas cabalgatas hasta San Isidro por la costa, de las que yo rehusaba participar.

Más de una vez, estando en casa de amigos y a fin de matizar la noche a modo de espectáculo gratuito, habíamos subido al techo para presenciar la exhibición de mosquetería, explosiones, y el ocasional fuego que despedían los cañones de las baterías del puerto.

Atrincherado en su despacho, mi padre demoraba meses en recibir a los embajadores y enviados especiales. Trabajaba de sol a sol, incansablemente. En la madrugada dormía escasas cuatro horas.

—¿Bloqueo? —decía—. Sí, estoy al tanto, pero que el representante gringo venga a verme otro día. Otro día hablaremos.

Sabemos cómo terminó aquello. Fueron años de tensión y desgaste. Al rendirse, cada una con veintiún cañonazos, la fragata francesa y la nave capitana de la escuadra inglesa saludaron al pabellón argentino.

Juan Manuel aflojó la tensión, y cayó enfermo.

Manuela sabía donde encontrarme: tirado sobre la tierra, boca arriba.

—¿No te cansás de mirar la noche?

—Bebo de la noche, y la luna es mi pan.

—¿De dónde sacaste eso?

—Porque nací a fines de junio. Ña Cachonga me lo dijo.

—Ya sos grande, Juanito, para creer en esas cosas.

Pero se tendía a mi lado, me pasaba un brazo por debajo de la nuca, y juntos, en silencio, contemplábamos el viaje lento de las estrellas.

He cambiado de letra. Lo hago a propósito, para darles el gusto a los que dicen que soy inestable. He cambiado de letra, sí, porque mi fuerza encontró su límite, tal como lo dio a entender mi padre aquella noche.

Y Florentina se quitó la túnica de gasas para que yo la mirara. Para que me conozcas entera, dijo. Y su piel me miró, sus pechos pequeños, su vientre, porque nada mira como te mira un cuerpo desnudo.

De Florentina no me queda más que esta pluma de halcón y su recuerdo.

Yo estaba ahí cuando Juan Manuel le dijo al general Pascual Echagüe, los dos acodados en la borda del barco donde comenzó el exilio.

—No es el pueblo el que me ha volteado, sino los macacos.

Cambio de letra y digo basta. Digo basta en voz alta. Basta por hoy al menos. Y no reprimo el impulso y la arrojo: la carpeta vuela, hace una parábola en el aire y a medida que va cayendo riega con hojas el piso; y las hojas se esparcen por toda la sala, y pienso no están numeradas, qué lástima. Entonces caigo de rodillas, y las estoy juntando, mucho antes de que la carpeta detenga su huida al chocar contra el zócalo.

Acomodo las hojas tal como las voy levantando. No será fácil colocar cada pieza en el lugar exacto del tablero.

Una frase subrayada en rojo atrapa mi atención: Buenos Aires es una ciudad de piratas, y son piratas los que nos invaden: temibles sus correrías por nuestros ríos, sus asaltos sobre las poblaciones de la costa.

Buenos Aires arrastra una larga tradición en la materia. Ya por el mil seiscientos el Cabildo era un reducto de contrabandistas: rendía buenos dividendos y ahorraba el esfuerzo de la producción. Adquirió tal importancia que poco a poco el contrabando destruyó la economía incipiente de todo el virreinato. El puerto arrastró en su debacle al resto de las provincias, definitivamente hundidas en la miseria; imposibilitadas de competir con las manufacturas llegadas de Europa. En medio de ese desorden fueron pasando los años; ningún gobierno pudo equilibrar la balanza.

Durante el bloqueo, la piratería y el contrabando reverdecieron de manera extraordinaria en Buenos Aires. Tuvimos jueces contrabandistas, prohombres piratas, y la historia oficial —fabricante de próceres— olvidará señalar el detalle.

En el mapa, la provincia de Buenos Aires ha tomado la forma de una pe. Pe de puta, pienso, de cortesana que se vende al extranjero a cualquier precio. La Buenos Aires que amo es otra, vive oculta y sufre en silencio.

Grandes barcos cargaron y descargaron mercaderías en Entre Ríos, durante el bloqueo. Urquiza, gobernador de esa provincia, descubrió que el comercio clandestino con Montevideo era un negocio más que redondo. Sus saladeros aprovisionaban esa plaza, y permitía que buques de cabotaje trajeran productos europeos y llevaran de retorno carne argentina.

Tráfico irregular que favoreció a los sitiados y perjudicó a la Confederación. ¿En beneficio de quién? En beneficio personal del señor Urquiza. Nadie podía embarcar ni faenar sin su autorización.

Cualquiera lo decía: don Justo administra la provincia como si fuera su propia hacienda.

Cualquiera lo decía: don Juan Manuel hace lo mismo con la Confederación.

Mientras tanto, yo asistía a concurridas tertulias en casa de los Ferguson, de los Burke o los Dubonet. Todos piratas disfrazados de comerciantes, vociferaba mi padre. Pero era divertido coquetear con las misses, mistress y mademoiselles, tan rubias como insulsas, y les hacía el jueguito de las miradas cuando ejecutaba para ellas un vals en el piano. Las atraía esa mezcla de gaucho y señorito que yo explotaba por aquel entonces. Y me sentía completamente solo y no entendía nada. O mejor dicho, era más fácil mirar hacia otro lado. Y sentirme solo.

Al comienzo, Mercedes me esperaba despierta. Incapaz de reproches y escenas se limitaba a quitar la mejilla, cuando me inclinaba para besarla. Después, dejó de esperarme. El niño ya no te reconoce, me decía. O, el niño se asusta cuando escucha tu voz.

Mercedes y yo somos primos, por parte de mi madre. Conservo el documento labrado por don Eduardo O'Gorman, canónico honorario de la Santa Iglesia Metropolitana y cura de la parroquia de San Nicolás de Bari, donde se dejó constancia de que, en virtud de especial comisión —al presentar los novios parentesco en segundo con tercer grado de consanguinidad— el señor obispo, don José María Terrero, por justas causas, autorizó nuestro matrimonio y nos otorgó las dispensas del caso.

Casos como el mío se ventilaban de a decenas por año. Costumbre que llevó a don Santiago Calzadilla exclamar: por algo son todos un poco lelos, se casan entre ellos.

Tampoco hay que olvidar que el señor obispo era tío carnal de Máximo, novio de mi hermana. Y, como bien dijo esa tarde abuela Agustina, todo queda en familia y bien guardado en casa.

—Los contrayentes se aman, ¿tiene alguien algún argumento que ofrecer en su contra?

—Yo —dije, bien erguido en la silla.

Estábamos todos en la sala.

—¿Vos, Juan Bautista? Pero si vos sos el novio —exclamó mi madre.

Y terminé:

—Es que no estoy muy seguro de que los contrayentes se amen. Tal vez nos queremos, un poco.

Pronto cumpliría veintiún años, sólo me gustaba montar y tocar el piano. Aparte de eso no estaba seguro de nada.

Para poder sujetarme, mi madre y la abuela habían atravesado por delante de mí a cuanta señorita casadera se les presentó. Un buen día resolvieron que la más indicada era Mercedes Fuentes y Arguibel, y comencé a tropezarme con ella. Durante un par de años casi no pude dar un paso sin caer enredado en su miriñaque, sus trenzas o sus preguntas de niña saludable y quisquillosa. Seguramente su madre, doña Juana Arguibel, y por qué no también su padre, don Lorenzo, fueron cómplices en el arreglo.

Hay que ponerlos de novios y casarlos rápido, dijeron.

Encarnación fue más explícita: hay que ponerle un freno a Juanito.

Mercedes tenía diecinueve años al momento de la boda, pero desde los quince anduvo al acecho, gordita curiosa, fisgoneando, llamando mi atención, hasta que no tuve más remedio que estamparle un beso. Fue como si se le hubiesen volado los pájaros. Sus brazos y su sonrisa construyeron una jaula a mi alrededor, o al menos lo pretendieron. Compostura, niña, compostura, la llamaban al orden tías, madre y abuelas.

Por aquel entonces, yo ya tenía toda la experiencia que en esas lides puede tener un hombre. Reconozco que el asedio de Mercedes me halagaba, que su cercanía no me era indiferente, pero amarla... para colmo mi padre la apodó *botijita*.

Debí sospechar que su carácter cambiaría una vez formalizado el contrato. A partir de la boda, cada beso, cada caricia me fueron concedidos luego de largas y ridículas negociaciones, en las que los rezos y la Santa Cruz tenían más protagonismo que nuestra propia carne.

—Está bien —acabó abuela Agustina, poniendo un bastonazo en el suelo— con que se quieran un poco alcanza —e inmediatamente se puso fecha para la boda.

Aprisionada por la pata de una silla descubrí otra hoja subrayada en rojo. Leí: Brasil es nuestro enemigo. Encubierto siempre. Enemigo también del Uruguay.

Brasil ve con temor cómo aumenta el prestigio continental de mi padre. Con más temor aún, advierte que la adhesión a Rosas podría provocar la rebelión de los negros del estado de Río Grande do Sul, en contra del gobierno de Río de Janeiro. Y detrás de los negros se sublevarían los blancos, y les sobrevendría el caos.

Estas últimas frases me sorprenden. Frases que yo mismo he escrito y que, de alguna manera, desmienten la indiferencia de la que tanto me acusaron.

Niño bien, irresponsable. Pero a las bellas damas —federales o unitarias— les encantaba que el señorito Juan Bautista —bombacha batarazas, alpargatas y chaqueta a la francesa— las hiciera reír en algún rincón oscuro; que el gauchito torpe, compadrito orillero, les metiera la mano hasta ese otro rincón mucho más oscuro y húmedo. Porque yo era capaz de alborotarlas más allá de lo que las buenas costumbres permiten, y de lo que las guerras avalan.

Leo: el imperio brasilero aspira a la hegemonía del Plata y Rosas le estorba.

Me cansé de oír esa frase en salones atestados de espías y filibusteros.

Cuando el bloqueo fracasó, en respuesta, Brasil comenzó a permitir atropellos e invasiones por parte de sus súbditos en territorio uruguayo. Luego, ayudó a los sitiados de Montevideo prestándoles un millón trescientos mil pesos —al seis por ciento de interés— para que éstos volvieran a contratar en Europa voluntarios garibaldinos, esbirros de aquel pirata saqueador e incendiario.

Descubro una pequeña anotación en el margen: Uruguay ha pagado dicho préstamo entregándole a Brasil la mitad de su territorio (Tratado de Límites, 1851).

Letra grande, al pie: para derrocar a Rosas, el exilio unitario se ha endeudado a muy alto interés, y ha hecho suculentas promesas a sus aliados extranjeros.

Anoto ahora: después de Caseros, Argentina se ha visto en la obligación de abonar la deuda contraída por los unitarios con grandes extensiones de su territorio.

Ambicionaban recuperar el país que diseñó Rivadavia. La única forma era derrocando a Rosas, no importaba cómo. Lo curioso era que las circunstancias perpetuaban al "tirano".

¿Dónde estaba yo entonces? ¿En la estancia que heredé de mi madre y después vendí, en la quinta de algún pariente, en casa de opositores? Estos últimos hablaban sin reparos en mi presencia. Llamaban patriotismo a la conspiración. A la entrega de territorio, alianza entre naciones. Opinaban que, de toda mi familia, yo era el único que valía la pena, el único sensato; y tío Gervasio, porque se había levantado contra mi padre cuando la insurrección del sur.

Yo escuchaba impávido.

—No te ofendas, Juan Bautista —me decían—, pero tu padre no es más que un gaucho pícaro, empecinado en gobernar para la multitud plebeya. Un traidor a su clase.

Y otro:

—No me vas a negar que resulta intolerable tener que ceder la ciudad a esa chusma orillera, vestida de colorado. Y encima nos insultan y nos dicen salvajes.

Me pregunto qué buscaba yo en aquellas compañías.

Me gustaba la atmósfera que reinaba en sus tertulias, el susurro de las sedas, esos momentos en que una voz agradable recitaba. No cuando lo hacía el señor Echeverría, por Dios, en que los bostezos podían llegar a tumbarme de espaldas. Tan pedante y afectado después, cuando se calzó el ridículo monóculo para mirarme de arriba abajo. Es de oro labrado, me explicó, lo compré en París. Le respondí: y a mí qué me importa.

—Será Ortiz de Rosas, pero es tan chusma como su padre —exclamó alejándose, pero lo suficientemente alto como para que yo lo oyera.

Moda, lectura, costumbres, pensamiento filosófico, lo que sea, siempre que viniera del otro lado del mar. Hubo un tiempo en que a mí me fascinó ese mundo. Después lo entendí: la mayor aspiración de aquellos unitarios era europeizarse. Europeizar Buenos Aires. Poner distancia entre ellos —su salón literario— y el resto del país, al que decretaron bárbaro e ignorante.

Mi padre tronó: si esto es la civilización, prefiero la barbarie.

Después lo entendí mejor: lo que anhelaban en verdad era desespañolizarse, quitarse de encima lo que para ellos era una tradición cerril, oscurantista, anacrónica; cortar la raíz, la religión, hablar en francés, asimilarse a las luces y al confort. Llamarse civilizados. Derrocar a Rosas.

LO COMPRARON POR UN PATACÓN

Vamos hacia el desastre. La frase no está subrayada en rojo.

Mil ochocientos cincuenta y uno.

El plan es casi perfecto, escribo. Siniestro diría. Pero no quiero utilizar esa palabra, dirán que no soy testigo imparcial.

Después de vencer a las potencias bloqueadoras, y ganarse la admiración de las naciones americanas, Rosas —el obstinado patriota, según los comentarios en los periódicos— se preparaba para enfrentar otra guerra.

No importaban sus éxitos. Había que quitarlo del medio.

Y ocurrió exactamente lo que los brasileros consideraban factor determinante para su triunfo: la traición del general Urquiza, jefe del ejército argentino en operaciones. Los unitarios lo llamarían el gran gesto patriótico de don Justo.

Al volver la página, lo que sigue no corresponde. Habla de otra cosa. La busco, me enojo, ¿cómo puedo haberla perdido? Tengo que ilar la historia. Es preciso armar el final. Completar el tablero para poder seguir adelante.

Recuerdo perfectamente haber escrito esa columna donde, en frases cortas, enumeré las acciones del plan que Urquiza recibió del gobierno de Brasil, llamadas Instrucciones Finales.

Hago memoria:

Urquiza hará público su rompimiento con Rosas.

Urquiza declarará la guerra al general Oribe, con cualquier pretexto.

Urquiza vencerá a Oribe y pondrá en su lugar al general Eugenio Garzón, amigo obediente de los brasileros.

Ya expulsadas las tropas argentinas del Uruguay, el gobierno imperial del Brasil hará entrar a su ejército por ese estado. Desde allí pasarán a la Confederación.

Y así lo hicieron.

Busqué esa hoja hasta el cansancio. No la encontré.

Lo que sigue, aún no tiene respuesta para mí. Me faltan datos. Podría completar ese vacío en mis anotaciones si mi padre aceptara recibirme en Rockstone House; si yo encontrara coraje para hablar con él y preguntarle.

Por el momento todo son conjeturas.

¿Bajó los brazos mi padre? ¿Estaba realmente enfermo? Sé que el trabajo se hizo excesivo para él. Habían sido años y años sin descanso, en permanente batalla. ¿Pudiste ver sus manos entonces, sus dedos largos? A veces le temblaban. Alguien se ocupó de echar a correr el rumor de que la decadencia intelectual de mi padre comenzó en mil ochocientos cuarenta y ocho, cuando sus vacilaciones se hicieron evidentes, sus obsesiones, su conducta excéntrica.

Esto último no me sorprende. Somos una familia de maniáticos. Yo lo soy, tal vez más que cualquiera de nosotros.

En ese año del cuarenta y ocho, Juan Manuel estaba concretando la expulsión de las tropas anglo-francesas de nuestros ríos. Llevaba dos décadas peleando por alcanzar la paz. Era imposible concretar la organización nacional chapoteando en el caos.

Sólo pedía una tregua para esa marea incesante de conflictos y conspiraciones, que lo desgastaban y desgastaban al país.

Es cierto, estaba agotado, vencido por la traición suprema, que si bien fue armada para derrocarlo, no fue más que una flagrante traición a la patria, como él mismo lo dijo. Y se perdieron vidas, territorio, soberanía.

Por ese tiempo, yo desempeñaba algunas tareas en el cuartel de Santos Lugares y regresaba tarde. De todos modos, lo vi muy poco aquel verano, a pesar de que —y por estrictas razones de estado— con Mercedes y Juanchito habíamos vuelto a instalarnos en Palermo. Sabía que estaba en la casa por el desfile incesante de gente en los pasillos, sumada a las trescientas personas a su servicio que había en Palermo, entre funcionarios, soldados, sirvientes, capataces, peones.

La nota de mayor movimiento la ponían los veinticuatro secretarios, con su ir y venir incansable. Me divertía observar cómo se agolpaban en la puerta del despacho, cómo chocaban entre sí, traqueteando el día entero de la ciudad a Palermo, de Palermo a la Legislatura, a caballo, en coche; no les alcanzaban las patitas para andar al ritmo que mi padre y la situación les imponían.

Desde los distintos frentes iban llegando los partes. Alentadores algunos. Otros nefastos. Siempre había sido así. Colorados y Azules, cada uno con su modelo de país, enfrentados, luchando, sangrando cada uno por imponer su idea.

Recuerdo el último cumpleaños de Manuela en Buenos Aires. Veinticuatro de mayo. Con Máximo y Mercedes preparamos canastas repletas de azucenas. Máximo las había mandado traer desde Santa Fe, juntamente con los alfajores Merengo de milhojas y dulce de leche, que tanto me gustaban.

Inundamos la casa de flores blancas.

Juan Manuel llegó tarde al salón. Se excusó, saludó a todos en general, incluida Manuela, que ya brincaba a su lado demandándole un beso. Pero si te saludé esta mañana, mi niña, le dijo. Y ella: aparte del que ya me dio, deme ahora otro beso, tatita. Fue como si Manuela también lo estorbara. Y se replegó a un extremo del salón, donde se le unieron Antonino Reyes, Pedro De Angelis y Juan Nepomuceno, el padre de Máximo. Yo había estado sentado al piano a pura mazurca. De pronto, lo vi sacudido entre la euforia y el abatimiento, a punto de desbordar sus límites, luchando consigo mismo. Miraba, asentía, no les dio ni un solo sacudón a sus enanos bufones.

Me levanté del piano y discretamente me detuve a escasa distancia de donde él estaba. Le dijo un par de cosas a Juan Nepomuceno, en voz baja. Sentí un escalofrío. No fue lo que dijo lo que me impresionó, sino la forma en que lo dijo, al tiempo que el abanico de su mirada recorría el salón.

—Traicionarán a la patria con el pretexto de que ha llegado la hora de la ilustración, de las luces. ¡Europa! Qué puedo hacer, amigo mío, de pronto represento el pasado… Los más caritativos dirán que me venció el libre comercio, el progreso.

Por una fracción de segundo, nuestros ojos se encontraron, pero él no los detuvo en mí, siguió mirando.

De pronto, el movimiento inesperado de sus ojos que se detienen, y lentamente regresan en busca de los míos, que no han dejado de mirarlo —quien se miró en ellos alguna vez, jamás pudo olvidar los ojos de mi padre—. Como siempre, me turbé. Estoy cansado, le dijo a Juan Nepomuceno, pero siguió mirándome a mí. Y yo duro, incapaz hasta de pestañar. El cuerpo dolorido, agregó, las piedras en la vejiga no me dan tregua, dijo, y ahora, para colmo, la gota... Era la primera vez que lo oía quejarse por las famosas piedras que lo martirizaban, y el ataque de gota no sólo le había afectado las piernas sino también un ojo.

Atolondrado, sin saber qué actitud tomar, bajé la cabeza y me volví. Por largo rato sentí su mirada todavía clavada en mi espalda.

Esa noche, su inesperado abatimiento, que no ocultó y sin duda sorprendió a todos, me reveló que estaba consciente del peligro que se cernía sobre nuestras vidas.

Si en otros tiempos su paso por los corredores, su voz, sus órdenes imperiosas me paralizaron el pulso, esa noche me asustó mucho más ver la suavidad con que trató a sus bufones, que hicieron lo imposible por divertirlo. Ensimismado, mirando sin ver a Manuela, que le hacía mohines y lo llamaba tatita lindo.

Rosas podía ser una amenaza —lo era—, podía ser devoción u odio —lo era—, pero nadie nunca lo culparía de pusilánime, indeciso, vacilante. Y de golpe presentí que mi padre había resuelto acabar con todo lo que había creado, y hundirse en la destrucción. Y hundirnos con él.

Como un hachazo, mi pensamiento me obligó a volverme y buscarlo. Pero él ya no estaba ahí. Juan Nepomuceno advirtió mi gesto porque enarcó la ceja, como preguntándome: ¿te ocurre algo? Alcancé a sonreírle.

Dicen que hay personas que un día deciden destruir lo que construyeron a lo largo de los años, con tanto empeño y talento; destruirlo de golpe, en un arranque de locura. Que un día se ven en la cima y de pronto algo les estalla en lo profundo del alma.

Creo que algo estalló dentro de Juan Manuel en aquel último mayo en Buenos Aires. Un estallido que le produjo una parálisis total, convirtiéndolo de pronto en la sombra de lo que había sido.

No lo vi salir, y cuando Manuela me preguntó dónde está tatita, fuimos juntos a buscarlo.

Desde el río nos llegaba una brisa fresca y húmeda. Manuela tembló debajo de su capa de terciopelo.

Lo encontramos no muy lejos de la casa, en un claro del parque, contemplando el cielo estrellado. Cuando oyó que nos acercábamos comenzó a girar muy despacio, y fue la actitud de sus hombros, de su espalda, la que delató la renuncia en todo su cuerpo, y no pude soportarlo.

Esa noche entendí, definitivamente, que su existencia era lo único que justificaba y daba sentido a mi vida. Entendí que sólo él, y por él, había sostenido mi delirio. Entendí también que su final sería mi propio final, que sin Rosas yo era nada. Tarde lo entendí.

A partir de entonces, Juan Manuel levantó a su alrededor un círculo impenetrable.

A la mañana siguiente hubo Tedeum, fanfarria y desfile. Era Veinticinco de Mayo. La Pirámide apareció envuelta en un cartel donde se leía: "Muera el loco, traidor, salvaje unitario Urquiza".

Rápidamente, los poetas del pueblo compusieron estos versos:

Al arma, argentinos
cartucho al cañón
que el Brasil regenta
la negra traición.
Por la callejuela
por el callejón
que a Urquiza compraron
por un patacón.

LOS QUE NO HABLAN Y PELEAN

Me dijo: nuestra caballería desapareció en el arenal como si se la hubiese tragado la tierra.

Frente al mismo estímulo, indefectiblemente, esas palabras de Genaro volvían a bailotear en mi cabeza, ¡bendito sea! Era nuestra manera de comunicarnos, a través de la broma y el juego, porque sin dejar de masticar me quedé mirando el horror en sus ojos, y seguí masticando la tostada y él con toda su desgracia a cuestas.

—Como si se la hubiese tragado la tierra— repitió espantado.

Al mando de un regimiento de caballería, Genaro Lastra, mi amigo unitario, se había unido al ejército de Lavalle acantonado en Diamante, donde se hallaba fondeada la escuadra francesa. Llegó justamente cuando las tropas comenzaban a embarcar para poner rumbo a Buenos Aires. Intentaban, una vez más, derrocar a Rosas.

Finales de junio, mil ochocientos cuarenta.

Fue allí, en Diamante, donde Genaro se enteró de que Lavalle acababa de firmar una alianza con sus delegados oficiales y franceses bloqueadores, para invadir Buenos Aires.

A bordo de la nave extranjera, preso de una excitación redoblada, Lavalle apuró el río a velocidad increíble: Punta Gorda, Coronda, San Nicolás, y desembarcó en Baradero al frente de mil hombres. Con la divisa celeste en el sombrero, exaltado, fiel a su estilo, confiaba en la ayuda de los tres mil soldados franceses prometidos, y en la sublevación de la campaña bonaerense.

En su atropello, no había contado con la lealtad indestructible de esa campaña hacia Rosas. Aun así continuó la marcha.

A comienzos de agosto sostuvo algunas escaramuzas con la división de Ángel Pacheco, cerca del arroyo del Tala. Cuatro días después ya estaba en San Pedro, y enseguida en Arrecifes. Recién entonces se dio cuenta del error que había cometido.

Pensó que su marcha sobre Buenos Aires sería poco menos que

un paseo. Pero las poblaciones cerraron con tranca las puertas a su paso; los franceses lo traicionaron, y los porteños lo esperaban en la ciudad armados como en las invasiones inglesas, para hostigarlo desde todas las azoteas.

Su edecán se había cansado de repetirle: las poblaciones están con Rosas.

En su marcha hacia la ciudad sembró el camino de desolación y espanto. El vandalismo de sus tropas aterrorizó a la gente. Saqueos, asaltos, incendios, matanzas de hacienda y atropellos. Los partes que llegaban no eran alentadores para los unitarios.

En Montevideo, Alsina sentenció: sin la simpatía de la provincia de Buenos Aires, nadie, absolutamente nadie, podrá jamás vencer a Rosas.

Poco antes, Genaro Lastra me había preguntado: ¿y cuál es el secreto de tu padre?

—Lo desconozco —le respondí, y agregué—: Pero sí sé cuál es el error que los unitarios vienen cometiendo desde siempre: no tener en cuenta al pueblo.

Genaro me miró, incrédulo.

—¿El pueblo, esa chusma? Yo tengo otra idea al respecto.

—Sólo en tu imaginación, amigo mío. Sólo allí es donde los unitarios se ven coreados por multitudes, pero, a la hora de la verdad, el pueblo no los sigue.

En Santos Lugares de Morón, al frente de su ejército, Rosas esperaba a Lavalle.

Lavalle avanzó hasta Merlo, desde donde se avistaban las torres y los campanarios de los templos de la ciudad. Montado, erguido, siempre la divisa celeste en el sombrero, no pudo evitar un escalofrío. La ciudad lo esperaba guarnecida por milicias urbanas en pie de guerra. Había barricadas en las esquinas, en las plazas, y en cuanto lugar estratégico se le ocurrió poner a mi tío, el general Mansilla. Desde allí, Lavalle pudo avistar la vanguardia de una columna de Rosas, que avanzaba a su encuentro.

De golpe, se vio rodeado por oficiales que le entregaban los últimos partes: los soldados franceses prometidos no vendrían en su ayuda; desde Francia acababa de llegar el almirante Mackau, con la misión de hacer la paz con Rosas. Y para comprometer más su situación, las fuerzas que había dejado en San Pedro estaban siendo atacadas por el gobernador de Santa Fe, al tiempo que el general Oribe se acercaba desde el norte, para cerrarle la retirada.

Antes de huir, le escribió a su esposa: "Es preciso que sepas, querida Angelita, que la situación de mi ejército es muy crítica. En medio de territorios sublevados e indiferentes, sin punto de apoyo, la moral empieza a resentirse. Mi ejército sólo hace conquistas entre la gente que habla; pero la que no habla y pelea, nos es contraria y nos hostiliza como puede. Éste es el secreto del poder de Rosas, que nadie conoce hoy como yo".

Lavalle había planeado invadir Buenos Aires para derrocar a Rosas. Rosas lo venció sin disparar un solo tiro.

Pero esa gente, "la que no habla y pelea", ya sin la amenaza del enemigo, se sublevó en la ciudad contra todo aquello que tuviera el menor atisbo unitario. Al caer la noche, patrullas policiales y pandillas de adictos a la Federación, recorrieron las calles cometiendo todo tipo de atropellos. La violencia se concentró en los arrabales de Barracas y la Matanza, y se cometieron crímenes. Algunos por venganzas personales, otros, producto de la locura colectiva.

No es fácil castigar a las turbas, y menos en días de convulsión general, dijo mi padre —no sin cierto sarcasmo— y extendió un decreto mediante el cual "se castigará con severas penas a todo individuo que atacase la persona o propiedad de argentino o extranjero...".

En esa ocasión, todos los presos que se habían tomado quedaron después en libertad con la ciudad por cárcel. La intención era que no fueran a engrosar el ejército de Lavalle, que había huido intacto hacia Santa Fe.

Pero la escuadra francesa, todavía anclada enfrente, seguía siendo un serio peligro para la ciudad.

La guerra era a muerte. El ejército enemigo se recomponía en torno a otra estrategia. La que los llevó a otra tremenda derrota: Quebracho Herrado.

No tuve entonces noticias de Genaro. Intuí, deseé, que él también anduviera por Santa Fe, y desde allí llegaron novedades. En su retirada, el ejército de Lavalle se había convertido en un inmenso malón. Llevaban arriando más de veinte mil caballos que habían robado a su paso. Saqueaban, y después mataban.

Genaro apareció inesperadamente a comienzos de diciembre de ese mismo año de mil ochocientos cuarenta, poco después del desastre unitario en Quebracho.

Irrumpió de golpe en el Café de la Victoria. Rengueaba. Vestía ropas de civil.

—Gracias a Dios que te encuentro —exclamó desmoronándose sobre una silla—. Sabía que te encontraría aquí, lo sabía, lo sabía…

—Virgen Santa, estás vivo —exclamé, pero, rápidamente, advertí el riesgo que estábamos corriendo. Mi primer impulso fue sacar a Genaro de allí. Se resistió. Le sacudí el brazo por el que lo tenía aferrado y en el que a duras se apoyaba. Intenté decirle algo, pero no sé por qué extraña razón hice aquel gesto. Sobre la mesa, había un plato con rebanadas de pan tostado, espolvoreadas con azúcar. Instintivamente, tomé una y mordí, y mastiqué la tostada sin dejar de mirarlo, y él con toda su desgracia a cuestas.

Diez años después, me encontraba sentado a la misma mesa, en el mismo Café de la Victoria. Pero Genaro ya no estaba.

Con los amigos de entonces desechamos el patio, porque, a pesar del toldo, el sol pegaba fuerte.

—¿Guerra de nuevo?

Como tantas veces, estaba yo frente a un plato de tostadas con azúcar, y un tazón de té a la bergamota, como sólo allí sabían hacerlo. Sosegado, disfrutando abstraído del crujir del pan entre mis dientes, cuando surgió otra vez el recuerdo y su voz: nuestra caballería desapareció en el arenal, como si se la hubiese tragado la tierra…

Ya no me tomaba desprevenido. Había descubierto que apretando muy fuerte los párpados —los que me rodeaban solían mirarme desconcertados, ¿te pasa algo, Juan?— desaparecían al menos las últimas palabras junto con Genaro y su recuerdo, que retornaba y retornaba a mi memoria, y tanto me dolía.

Apreté los ojos hasta pulverizar su rastro, y entonces pude continuar, volver a sumergirme en el bullicio del salón y sus ricos adornos de madera y pana, con lámparas de tulipa rosa que, según los propios ingleses decían, era más coqueto que cualquier café en Londres.

Aunque no lo hacían muy a menudo, las bellas porteñas frecuentaban el Victoria —sólo las indecentes, acotaba mi abuela—. A mí me gustaba ver mujeres en el café. Iban siempre en grupo, acompañadas por una dama mayor; dudaban entre una u otra mesa, al tiempo que las miradas circulares iban tomando expresa nota de la admiración que comenzaba a rodearlas. A medida que las damas se posesionaban del lugar, el lugar se iba transformando. Alguna discreta inclinación de cabeza, un golpe de abanico, y el cuadro cobraba toda la textura de una mejilla.

Sin perder de vista a los que me acompañaban, yo me dejaba ir, arropado en esa sensación de cercanía y misterio que me produce compartir con extraños un recinto agradable. Poder observar los rostros sin caer en el mal gusto, oír fragmentos perdidos de alguna frase; y la curiosidad manifiesta de los camareros, discurriendo solícitos entre las mesas, como si se tratase de los pasos de una comedia prolijamente ensayada, cuyo final yo sospechaba siempre feliz.

En el café me sentía transitoriamente a salvo, ajeno a mi circunstancia, sin compromiso ni apuro. Había un aroma, un tempo, un marcado paréntesis entre lo que allí ocurría y lo que pasaba afuera, en la calle, en el país.

Podía construir sin esfuerzo una vida paralela en el café, dedicarle horas, y retomarla al día siguiente como al libro que sabemos nos va a deparar otro sabroso capítulo. Si llegaba solo, siempre encontraba a alguien tan habitué como yo, dispuesto a jugar al billar, a la conversación amable o a esa otra actividad, tanto o más gratificante, que es dejar pasar muellemente el tiempo frente a una copa, con un cigarro entre los dedos, y mirar, nada más.

Hay otros cafés en Buenos Aires, como el *San Marcos*, el *Catalán* o el *Café de Martín*. Todos ellos con patios muy amplios con aljibe, a los que en verano cubren con toldos. Mesas de billar en los salones de paredes empapeladas con vistosas escenas de la India, o cacerías del zorro por colinas inglesas.

Me sentía allí como en Europa —como me decían que era Europa— rodeado de confort, en medio de un mundo aparentemente ordenado. Como en la civilización dirás, corregían mis amigos intelectuales.

Una frase me obligó a regresar de golpe. Uno de ellos había dicho:

—Guerra de nuevo, ¿y con quién ahora?

—¿De nuevo? —pregunté, despertando—. ¿Acaso hemos dejado en algún momento de estar en guerra? —y añadí—: Es hora de que se acostumbren, señores. Aquí lo que sobra es el *casus belli*. Qué más da con quién o por qué.

—Está bien, *casus belli* o no, los uruguayos están tratando ahora de convencer a Urquiza para que no continúe por más tiempo siendo el lugarteniente de Rosas.

No había más que pronunciar el apellido para que todos los ojos se volvieran hacia mí.

—¿De qué uruguayos hablan? —quise saber.

—No sé, los uruguayos.

—Los uruguayos que mandan dirás, alcornoque, los que apoyan a

Rivera. Pero ¡ojo!, que nadie convence de nada al señor Urquiza —exclamé—. Cuando los otros van, él ya ha ido y vuelto varias veces.

Intervino un tercero:

—Lo que sea, simplemente nos preguntábamos qué quieren ahora los uruguayos.

—Lo de siempre —me apresuré a decir—. No olviden que Uruguay cumple *ad pedem litterae* el objetivo por el cual fue creado.

—Cuando a vos se te da por los latines, es porque sabés algo.

—Sé lo que cualquiera sabe. Uruguay es un invento de Inglaterra, para favorecer el contrabando, molestarnos e imponer su política de mercado. Una bisagra entre Brasil y Argentina. Sus dirigentes se inclinarán siempre hacia el mejor postor, o hacia lo que los obligue el imperio. No así el pueblo. El pueblo uruguayo está harto de tanta contienda y ocupación. En su inmensa mayoría apoya a Oribe.

—Vaya con el Juanito —dijo uno—, no estabas tan distraído.

Diez años mediaban entre aquella tarde en que Genaro entró al Victoria, después de la derrota en Quebracho, y esa otra tarde, en que en el mismo café hablábamos de política y de la enésima batalla que se nos venía encima.

Diez años, y seguíamos en medio de la misma guerra, con los mismos protagonistas y la misma lucha. Oribe seguía siendo Oribe. Lavalle había muerto en el norte. Y, paradójicamente, Urquiza jugaría entonces el rol que aquél había dejado vacante.

No hacía falta que cerrara los ojos para ver entrar a Genaro. Sólo yo lo había reconocido aquella tarde —gracias a Dios— a pesar de la barba y la renguera.

—¡Juan!, estás soñando otra vez. Te hemos hecho una pregunta. ¿Hasta cuándo va a seguir tu padre apoyando al general Oribe?

Y otro, con marcada ironía:

—¿Acaso la independencia del Uruguay necesita todavía un protector?

Yo era muy capaz de contestar esas preguntas. Muy capaz de decir que mi padre sostenía el mandato de Oribe en el Uruguay, casualmente para frenar las pretensiones expansionistas del Brasil. También para proteger nuestra propia independencia, y que así debía continuar, aunque la situación nos provocara serios conflictos.

—Sí, aunque me miren con esa cara —gesticulé— Uruguay todavía necesita de Oribe. Y podría agregar que son los exiliados unitarios en Montevideo los que están tratando de convencer a Urquiza, el ex federal. Saben que si Urquiza llega a contar con apoyo seguro de Brasil, acabará rompiendo con mi padre y entonces…

Sonaba extraño oírme hablar así. Era como si de golpe hubiera aprendido a pensar de otra manera, sin que yo me diera cuenta. ¿Cómo? Lo ignoro. Tal vez enhebrando frases sueltas aquí y allá; un comentario en casa de unitarios; el mismo comentario pero visto desde otro ángulo, en casa de federales. Y luego, Tomás de Anchorena, que le ponía el rulo a la idea en el patio de mi propia casa.

Seguramente, todo había ido entrando en diagonal a mi cerebro. Pero, a la hora de hablar, era como si esas frases sueltas se ordenaran de tal manera que, al salir por mi boca, la idea adquiría una claridad que no podía menos que sorprenderme.

Hubiera deseado tener esa claridad cuando Genaro apareció irreconocible en ese mismo café, diez años atrás.

Otra vez las voces me arrancaron de los sueños.

—Qué decís, Brasil ya ha roto con tu padre. Ahora el rumor es que los brasileros no se atreven a combatir solos contra la Confederación.

—Y Urquiza no les alcanza —agregó alguien que acababa de sumarse a la mesa.

Todo estaba ya consumado. Íbamos hacia el desastre.

Brasil buscó el apoyo de Paraguay y de Corrientes, y a fines de diciembre de mil ochocientos cincuenta logró armar una alianza con ellos.

A Urquiza nada más le pidieron que se mantuviera neutral, y que permitiera el paso del ejército brasilero por Entre Ríos, mientras ellos negociaban una alianza con Francia e Inglaterra.

Traiciones, batallas, y Genaro entró al Victoria rengueando, camuflado de paisano, y cuando yo reaccioné aterrado ante la sola idea de que pudieran reconocerlo y apresarlo allí mismo —¡huyamos de aquí!, le dije, ¿cómo se te ocurre venir aquí?— lo tomé de un brazo, para obligarlo a levantarse de la misma silla que, minutos antes, había ocupado alguien que no hubiera dudado en denunciarlo. Pero él me detuvo con la poca fuerza que le quedaba.

—Dejame Juanito, estoy rendido… No me dieron tiempo ni a repetir la orden. Cuando pude incorporarme ya no había un solo soldado sobre su caballo… Los federales nos cayeron encima como tigres… No, no salgamos a la calle, aquí es más seguro.

Diez años habían transcurrido, y los ejércitos seguían apuntando.

Pero Genaro había salvado el pellejo. Seguía siendo oficial de la caballería unitaria. Él agregaba: de nuestro ejército libertador. En honor al sablazo que tenía en la pierna y que lo había dejado cojo, no le señalé que los federales también llamaban libertador a su ejército.

—Nos abrimos en abanico —susurró— pero la retaguardia de Oribe cayó sobre nosotros…

Yo no quería que hablara.

—Nos superaron en número y fuerza —continuó—. Quedé de a pie, sin soldados, sin armas, mezclado a la infantería que tuvo finalmente que entregarse. Lavalle alcanzó a huir hacia el norte. Nosotros luchamos todavía por más de cuatro horas, en unos pajonales inmensos y cortaderas, que acabaron por hacernos más daño en la carne desnuda que las balas o los sables… Y desandar después la desgracia —prosiguió, ya sin fuerzas—, reducidos a menos de un centenar de hombres, arreados como ganado bajo un sol de fuego. Sin agua, sin víveres, obligados a marchar quince leguas diarias, escoltados por los lanceros del general Pacheco, que tenían orden de ejecutar a los que fueran quedando en el camino…

Le dije:

—Cuentan lo mismo los soldados federales, cuando son los unitarios los que ganan la batalla.

—No lo digas, no soporto que hables así.

—Solamente celebro que estés vivo.

Me explicó entonces cómo había hecho para escabullirse en la noche de tan lúgubre columna, pero acabó reconociendo que sólo el manto de la Virgen fue lo que lo salvó de la humillación y el castigo posterior. Se quedaba sin aire, la mirada loca.

—Ahora, mis hombres son prisioneros en el cuartel de Santos Lugares, y los que no han muerto fusilados o degollados, se pudren devorados por la fiebre. No hay asistencia médica para soldados unitarios —y acabó, en un hilo de voz—: Esto tiene que terminar, Juan Bautista. Es inhumano.

Intenté calmarlo. Tengo que pensar dónde te escondo esta noche, le dije.

—Donde se te ocurra, sos mi salvoconducto, amigo mío.

MI PROPIA BATALLA

La complicidad en las travesuras, el vecindario, nos unieron siendo chicos, pero las circunstancias del país, apenas cruzamos la adolescencia, nos separaron para siempre. Tenía que ayudarlo, pero en sus condiciones pensé que el único lugar apropiado era esconderlo esa noche en mi propia casa.

—¿En Palermo? ¡Estás loco! Sería echarme a la boca del tigre.

—No en Palermo, tonto. Aquí en la ciudad, en la que fue nuestra vieja casa. Abuela Agustina vive allí.

No había una sola mesa vacía en el Victoria. Genaro apenas se sostenía sobre la silla. No sé si es la herida o el calor lo que me tiene así, exclamó. Afortunadamnete nadie reparó en nosotros.

Empezamos a comportarnos como si la bebida nos hubiera hecho mal. Simulando mareo, Genaro se colgó de mi hombro. Ojalá hiciera frío, le dije, un buen capote te disimularía esa pinta de orillero.

El calor había volcado toda la gente a la calle. Tomados del brazo, los grupos se abrían para dejarnos pasar. Los vendedores callejeros, apostados en la Recova, seguían voceando su mercadería. Un sereno gritó el acostumbrado repertorio, y comenzaron a aparecer faroles encendidos.

Genaro caminaba con dificultad. Cuando quedaban metros por recorrer apareció al trote, por la esquina de Bolívar, una patrulla de milicos. Eran cuatro jinetes. Genaro tembló. No te detengas, le ordené. ¿Y si no te reconocen? Me encogí de hombros. No lo sé, le dije, que la Virgen nos ampare. Los jinetes nos alcanzaron. Levanté la cabeza, les puse la cara y los miré pasar. Uno de ellos se llevó la mano hasta el gorro punzó, y siguieron.

Recordé que Mongo había quedado de sereno en la casa, el mulato que acabó cuidándome cuando me fallaron los ojos a mis diez años. Lo de Mongo le venía por la mota rubia —una extravagancia capilar, producto de la cruza de razas— es decir, Mondongo. Ya grandecito él mismo se lo cambió por Mongo, aduciendo que sonaba más decente.

Nos deslizamos hasta el portón de los carruajes y golpeé simulando el tam-tam de los barrios del Tambor: nuestro antiguo código de travesuras juveniles.

Colgado de mi hombro, Genaro desfallecía. Lo apoyé contra la pared.

Violento ya, repetí el llamado en una ventana próxima. Enseguida se oyeron pasos al otro lado de la tapia. Retorné al portón y repetí el redoble. Por una hendija en la madera, apenas audible, salió una voz.

—¿So vo, mi amo?

—¿Quién más? Abrime.

Rápidamente le expliqué lo que quería, ¿te acordás de Genaro, verdad? Se acordaba. Lo tomó por el otro brazo. E mejol econdite el hopitalito, dijo, y cruzamos las cocheras. Abrió las puertas desvencijadas del pabellón abandonado, donde en sus tiempos mi abuela había dado comida y auxilio a los enfermos pobres. Cuando Mongo encendió la vela, Genaro se arrastró hasta el primer catre y se dejó caer. Pero, rápido, ajeno a los quejidos, lo obligó a levantarse. Pelmítame que sacuda el jelgón, le dijo.

—¿Otra vez con el acento? Antes hablabas en cristiano, ¿qué pasó? Me guiñó un ojo.

—Deberíamos buscar un médico —exclamó después, al tiempo que acomodaba lo mejor posible al herido. Encontró una manta y acercó otra vela, y en pocos minutos adecentó el lugar. Se queja, dijo, debelíamos bañalo. ¿Bañarlo? Cuando quise acordar, Genaro ya no tenía los pantalones puestos, y mostraba una herida fea en el muslo de la pierna izquierda. Al quitarle la camisa, aparecieron otras heridas.

Trajo agua, jabón y trapos blancos. Con gran cuidado, Mongo comenzó a lavarle las heridas. Mientras lo hacía, me echaba miradas de enojo: so el mimo inútil de siemple, su mercé, ¿cómo puede se que tolavía…? Schhh, le dije, hablá bien, estamos haciendo mucho ruido.

Genaro pidió agua para beber. Su cuerpo ardía. ¿Es el calor? No, mi amo, es la infección, deberíamos llamar a un médico. Un médico no, balbuceó Genaro, me delatará. No te aflijas, lo tranquilicé, yo me ocupo.

Minutos después, Mongo tiraba por el piso de ladrillos agua hervida con flores de saúco, para mantener alejadas a las pulgas. Con esa misma agua lo roció a Genaro. Luego, sacó de una caja puñados de ajo y los esparció por todo el cuarto.

—Espanta escorpiones, señolito —y rápidamente, le anudó en un tobillo una pulsera de marlos.

—¿Para alejar al demonio?

—Algo así, señolito Genalo.

Le pregunté quiénes estaban en la casa.

—Ña Agutina y la nieta Bond.

—¿Y el servicio?

—Los de siempre —y agregó—: Traeré un mejunje de hojas y pulpa para las heridas. Le cortará la infección.

—¿Viste que podés hablar bien? Pero tené cuidado, no vayas a envenenarlo.

—E pulé de acíbar, mi amo. Lemedio santo —y ahogando una risa salió.

Arrimé un banquito junto a la cama.

—En poco tiempo estaremos haciendo bromas, Genaro, ya verás.

Al alba, Mongo apareció acompañado por el doctor Lepper. Éste disolvió en agua un polvo blanco y se lo hizo beber. Hay que bajar la fiebre, nos dijo. Para mi sorpresa aprobó el emplasto verde de Mongo, y que siguiéramos con el tratamiento. El acíbar tira la infección afuera, dijo. No hubo necesidad de pedirle que nos guardara el secreto.

—Es mi mejor amigo, doctor.

—Lo conozco. Contás con mi ayuda —y añadió—: Volveré mañana.

Por una semana larga, Mongo y yo nos turnamos en el cuidado de Genaro. El doctor Lepper cumplió con su palabra.

Durante el día yo hacía presencia por mis lugares habituales. Envié un correo a la estancia para avisar a Mercedes que me demoraría en regresar. Por la noche, me instalaba en otro catre junto a Genaro y cabeceaba un par de horas. Mongo se las arreglaba para atenderlo de día, vigilar y, sobre todo, que nadie en la casa advirtiese su presencia. En caso de urgencia, acordamos el canto del benteveo como señal. Genaro era un gran imitador. ¿No podríamos elegir otra señal?, preguntó Mongo, aquí lo que sobra son pájaros, me volveré loco tlatando de aceltal cuándo e el señolito el que silba y cuándo no.

—No lo compliques —lo corté—. Con este calor no hay pájaro que valga.

Diciembre ardía en las calles. Ni siquiera de noche disminuía la temperatura. Los chaparrones caían en la madrugada. A media mañana, la humedad y otra vez el calor me dejaban sin fuerzas.

Al cuarto día aparecí por la casa al atardecer. La temperatura era insoportable. Abrí todas las ventanas de la sala y me senté al piano. Estaba seguro de que Genaro lo escucharía. Quería darle a entender que me encontraba cerca, que estaba pendiente de él. Ejecuté a Rossini. De jovencitos nos habían cocinado el oído con *El barbero de Sevilla*. Me pareció que tocarlo esa tarde despertaría en Genaro buenos recuerdos, y *El barbero* sonó diferente. Reconoció después que la música lo había conmovido. Hubo un tiempo en que te jactabas de duro, le dije.

Más tarde fui a saludar a la abuela. Mi bonita prima, Catalina Bond, estaba junto a su cama. Hacía años que la abuela había quedado tullida, pero estaba más lúcida que nunca.

—Te escucho llegar todas las noches —exclamó doña Agustina al verme, y me acercó la frente para que se la besase. Quedé sorprendido.

—Sabía que hoy entrarías a mi cuarto, Juanito —y yo le sonreía y la había tomado de las manos.

—Dejame que te vea… ¿Catalina? —la llamó—, ve a abrir los postigos.

Apenas Catalina se volvió, ella bajó la voz.

—Te escucho llegar todas la noches —repitió—. No te preocupes, contás conmigo.

Me incliné para abrazarla.

—Ahora vuelve al piano, me gusta escucharte. Tocá lo más fuerte que puedas.

Esa noche comí con ella en la misma habitación, de la que ya casi no salía. Después, entró su criada, le deshizo la trenza y comenzó a peinarla suavemente.

—¿Lo ves a tu padre?

Le mentí:

—Sí, lo veo.

—Quiero que le digas que no se empeñe en ofrecer amnistías a los unitarios. Son incorregibles —y agregó—: Después de la derrota en Quebracho huyen, pero regresarán… Que no lo olvide tu padre, que no lo olvide.

Me pregunté cuál hubiera sido su reacción si se enteraba que yo escondía, en su propia casa, a un sobreviviente de esa batalla, un oficial de Lavalle. Ella intuía que algo muy importante me llevaba noche a noche hasta allí.

Antes de despedirme la miré hondo a los ojos y se lo dije con la mirada: se trata de Genaro, abuela, está herido, y no puedo confesártelo.

Ella asintió con la cabeza. Había entendido el mensaje.

Genaro ya no tenía fiebre, pero el calor tremendo lo sometía a una tortura peor que las heridas. Mi fiel Mongo se ocupaba de su aseo, lo bañaba con agua de saúco, le daba de comer y le mantenía limpias las heridas, que gracias a los emplastos verdes cicatrizaban rápido.

—¿Cuál es tu plan? —le pregunté la noche en que lo encontré ya más fuerte y animado.

—Necesito un par de caballos.

—¿Para qué? —le pregunté haciéndome el tonto.

—Sabés muy bien para qué. Te los devolveré en cuanto pueda. O mejor, enviaré decir a mi padre que te entregue otros a cambio.

—¿Acaso has pensado volver a…?

—¿Acaso pensaste que aquí había terminado todo para mí?

—Los soldados también se retiran.

—No es mi caso. Hablé esta tarde con Mongo, y pude sonsacarle que por tu pariente Mansilla se supo que Lavalle había pasado por Los Ranchos y se dirigía, tal vez, a Tucumán.

—Sos un demente.

—No cuento con tu comprensión. Somos distintos, Juan. Yo elegí este camino y esta lucha. Vos te inclinaste por los salones y las cuadreras.

—No es ningún desdoro.

—No, simplemente señalo el abismo que nos separa, a pesar de la amistad que nos une. Me has salvado la vida. Pero eso no te da derecho a torcer mi camino. Lo menos que puede pasarme es que, en la próxima, el sablazo me lo den en la cabeza.

—Pensé que habías descubierto otras cosas por las que luchar.

—Qué otras cosas… No te empeñes, Juan. Jamás estaremos de acuerdo. Yo soy un soldado y vos un tertuliante, un señorito de salón.

—Un señorito orillero —lo corregí.

—Es cierto. Y lo que te gusta hacer lo hacés bien. Tocás bien el piano, pocos te ganan al truquiflor, sos un gran bailarín, un gran amante…

Dijo amante, y se quedó mirándome. Ambos supimos que la sombra de Simona Lastra había pasado entre nosotros. Curiosamente, su recuerdo nos unía sin que hubiéramos vuelto a pronunciar jamás su nombre. Ella permanecía entre nosotros como un ángel empeñado en conmemorar lo que fuimos.

—Quisiera volver a verla —dije por fin, violando toda discreción.

—Le harías daño. Está vieja, y lo que es peor, vencida.

—Imposible. No es de esas mujeres.

—No lo era hasta que las partidas del Carancho del Monte asolaron la estancia, incendiaron los ranchos, y mataron a los pocos hombres que todavía trabajaban para ella, que milagrosamente salvó la vida.

Reaccioné dolido:

—Me lo decís como si yo tuviera la culpa. ¿Por qué me lo ocultaste?

—No hace mucho que lo sé, Juan. Últimamente, vos y yo no nos hemos visto.

—¿Y adónde está ahora?

—Si te lo digo irás a verla y no es bueno.

Me lastimó:

—No entiendo por qué decís que no es bueno, ¿por qué?

Dijo:

—Alcanzó a huir con uno de los peones más viejos de La Aguada. Pidió refugio en la estancia de mi padre y él se lo concedió, pero por poco tiempo. Conocés el conflicto. Volví a saber de ella, cuando me enteré de que se había conchabado de institutriz en casa de unos franceses. Es todo lo que sé.

—¿De unos franceses, dónde?

—Por San Isidro.

Pero cambió abruptamente de tema:

—¿Cuándo fue la última vez que te pintaste rayas blancas debajo de los ojos?

Nos echamos a reír. Teníamos veintiséis años, y hablábamos del pasado como si hubiera transcurrido un siglo desde aquellos días.

—Dejé de hacerlo cuando la domadora de pájaros… —pero corregí para mentirle—. Dejé de hacerlo poco antes de casarme. Mercedes opina que ya soy grande para seguir haciendo el payaso. ¿Te acordás?, estaba convencido que esas rayas me otorgaban fuerza, carácter, protección.

No nombré a Florentina, la domadora de pájaros. Y él, por respeto, tampoco lo hizo. Ni se me pasó por la cabeza preguntarle si ya estaba curado de su adicción a los zapatos viejos.

Genaro comenzó a alternar sonrisas con seriedad, tal como hacía cada vez que no se atrevía a pedir algo.

—Me gustaría volver a verte con esas rayas debajo de los ojos —dijo por fin—. Te transformaban.

—Con la condición de que vos también te las pintes —y agregué—: Te morís de ganas, no lo niegues.

Esa noche no pensé en Simona ni en la posibilidad de buscarla. Me quedé observando el sueño intranquilo de Genaro. Un par de veces abrió los ojos y manoteó en el aire, como queriendo apartar cosas que se le caían encima.

No lo había dicho con todas las palabras, pero me dio a entender que su intención, apenas sus fuerzas se lo permitieran, sería unirse a los restos fugitivos del ejército de Lavalle.

Oí que se quejaba y sin mucho esfuerzo se puso de costado. Entreabrió los ojos y me miró, pero estaba dormido. Genaro, lo llamé, ¿te duele algo? Pero estaba dormido. Sus pupilas navegaban detrás de un velo muy tenue. Genaro, volví a llamarlo. Me sonrió dormido, y lentamente bajó los párpados.

Me levanté de un salto y encaré hacia la puerta. ¡No!, grité, dirigiéndome a Dios tal vez, que no muera ¡no!, ¡no permitas siquiera que lo piense!, pero ya el mareo y los ahogos me dominaban, y el sudor frío que me brotaba de todo el cuerpo. No pude reprimirlo y me invadió una sensación de catástrofe. Cuántas veces intenté describir ese ir ovillándome hacia dentro, ese hundirme en la oscuridad hacia un punto de angustia infinita que me reducía a la nada. La desintegración y después el vacío. Y el miedo.

Ña Cachonga —abuela de Mongo— insistía: es la pata de cabra.

Cuando reaccioné estaba tendido en el otro catre junto a Genaro. La idea fue clara desde el primer momento. La única posibilidad que tenía de salvarle la vida era entregarlo. Arrancarle a mi padre la promesa: la idea era tenerlo a buen resguardo en Santos Lugares, o en el mejor de los casos, la ciudad por cárcel, hasta que todo hubiera pasado. No había otra salida. Sólo inconsciente Genaro hubiera permitido que lo cruzara a Montevideo. Sólo amarrado con sogas y candados, retenerlo en algún sótano.

En la madrugada apareció Mongo con mate y galletas. Cuando

volvimos a quedar solos le dije, yo más espantado que él por el desatino.

—Si te delato y te apresan, no podrás…

No me dejó terminar:

—Pensé que podías hacer algo así. Pensé también que sos incapaz de traicionarme.

Mi silencio lo asustó.

—¿Serías capaz de traicionarme?

—Jamás. Jamás lo haría.

Mongo volvió a entrar trayendo agua y vendas limpias. Antes de retirarme, lo llamé aparte y le indiqué: no lo pierdas de vista ni por un segundo. Temo que escape.

—¿Adónde va ir? No tiene caballo ni ropa.

—Como sea. No lo pierdas de vista.

FUE EL DESTINO

Ese día no abandoné la casa, tenía un mal presentimiento. Simulé que llegaba de afuera, como si tal cosa, la chaqueta colgada sobre la espalda.

Las criadas entraban y salían de las habitaciones, acarreando trastos, baldes, plumeros. ¿Hubo fiesta?, pregunté. Ellas me saludaban con un buen día su merced, y yo les respondía llamándolas por su nombre, la sonrisa de oreja a oreja.

Por el segundo patio vi cruzar la mota alta y dorada de Mongo, y volví a preguntarme cómo diablos se las arreglaba para disimular la presencia de Genaro en medio de tanta gente que pululaba por la casa.

Golpeé antes de entrar. Acicalaban a la abuela, para después darle de comer.

—Parecés un mendigo, Juanito. Para dormir hay que quitarse la ropa.

—No me regañe, señora. Estoy cansado —y exhalando un gran suspiro me desplomé en un sillón. Alcanzamos a intercambiar un par de palabras y allí mismo me quedé dormido.

Después, abuela me contó que apenas entró Juan Manuel en la habitación y me descubrió le dijo no lo despertemos. Y que se pusieron a hablar en voz baja, él sentado en una orilla de la cama, con una mano de ella entre sus manos. Hacía un mes que no veía a tu padre, me dijo. Pero hubo ruidos desacostumbrados, y me desperté de golpe, sin saber dónde estaba.

—¡Abuela! —exclamé y me puse de pie de un salto.

Mi padre se volvió:

—Mercedes envió gente a buscarte por tus recovecos habituales. Ahora veo que estabas aquí.

No me preguntó por qué, pero le vi dibujada la intriga en el semblante.

115

—¿Le ocurre algo a Mercedes, al niño? —balbuceé, todavía sacudido por la sorpresa, pero por dentro sólo atinaba a hacerme una sola pregunta ¿y Genaro?, ¿qué hago ahora con Genaro?

—Ellos están bien —y agregó—: El país arde y usted desaparece sin dar señales.

—El país siempre arde, señor —le contesté y me arrepentí enseguida por haberme ido de boca.

Hacía tiempo que no cruzábamos palabra, que casi no nos veíamos. Dispénseme, tatita, le dije, con su permiso, voy a asearme.

Salí disparado. Tantas veces me había dicho no se mueve una hoja en la ciudad sin que yo no me entere. En la galería tropecé con Mongo. Disimulemos, le dije en voz baja. Quisiera lavarme, exclamé en voz alta, y enfilamos hacia los patios del fondo.

Sin detenernos, me susurró:

—En Santos Lugares acaban de fusilar a tres oficiales prisioneros de Quebracho Herrado.

—Por Dios, ¿qué hacemos ahora?

—Por ahora nada, mi amo. Yo llevo el control en aquel sector. Usted se dará ese baño.

Años después, se lo oí decir a mi padre, en conversación con unos delegados extranjeros que estaban de visita en Palermo.

Les dijo:

—A partir de la derrota en Quebracho comenzó la huida de Lavalle por los desiertos del interior, con lo poco que quedaba de su ejército. Huyeron peleando, matando, saqueando poblaciones. Y volvieron a ser derrotados en San Calá, Rodeo del Medio y Famaillá, con excepción de Angaco, batalla adversa a la Confederación. El resto fue una travesía horrorosa, que acabó con la muerte de Lavalle en Jujuy.

Como nadie se atrevía a romper el silencio, él prosiguió.

—Sé muy bien la información que buscan, señores —y sin más preámbulo, comenzó a enumerar—: Se fusiló a Acha porque entregó a Manuel Dorrego; a Avellaneda porque se lo encontró culpable del asesinato del gobernador Heredia; a Cubas, por ser uno de los que originaron esta guerra civil, y por haber traicionado a la Federación y a la causa de la independencia americana; y a Manuel Rico, por ser el jefe de la insurrección de los estancieros del sur. Todos fueron culpables.

En esas batallas, continuó, no se hicieron prisioneros sino por excepción. Ambos bandos lancearon y degollaron. De aquí a Bolivia no quedó un metro de tierra sin mancha de sangre.

No sé por qué, pero a pesar de que siempre eran otros sus interlocutores, yo nunca pude quitarme la idea de que, cada vez que mi padre pasaba revista a la guerra, me lo decía directamente a mí. Podía dirigirse a la multitud, pero Rosas lo decía sólo para mí. Traducido el mensaje, sus palabras eran: el pueblo pelea, sufre, y usted juega billar en el Café de la Victoria.

Genaro se enteró de la visita de mi padre a la casa, y esa misma noche huyó.

Cuando entré al hospitalito para hacerle la guardia nocturna, estaba Mongo sentado en el catre con la cabeza entre las manos. No me eches la culpa, mi amo, en mi lugar a vos tampoco te hubiera hecho caso.

—Lo hubiera dormido de un golpe —grité.

Mongo repetía: enloqueció, mi amo, enloqueció apenas supo que el general estaba aquí. Cuando se hizo de noche, salió corriendo por la cochera buscando la calle… Le di mi ropa y el primer caballo que encontré en la cuadra. Me dijo que no te afligieras, amito, que agradecía todo lo que habías hecho por él.

—No tiene papeles ni salvoconductos, no tiene nada, Mongo. Lo apresarán antes de que cruce el arroyo Morón, si es que llega. ¿Cuánto hace de esto?

—Menos de una hora.

—Va el encuentro de ellos… ¿qué caballo se llevó?

—El moro blanco.

—¡Para colmo! Un blanco perfecto.

—¿Qué podemos hacer, mi amo?

Volví a ensillar y partí al galope. Mongo me alcanzó poco más adelante.

—¿Hacia dónde vas, mi amo?

El camino libre en la ciudad desierta ofrecía una esperanza. Sin embargo, sabíamos que había patrullas en todas las salidas, controlando salvoconductos. Decidí cruzar la ciudad en diagonal, y evitar salir a la altura del cuartel de los Dragones Carabineros.

Al alcanzar los descampados, más allá de la calle Solís, vimos la llama alta en el techo de una pulpería, señal que indica en la noche dónde se halla el mostrador y la gente. Intentamos desviar, pero aparecieron soldados a los costados del camino y no tuvimos otra salida. Aminoramos la marcha y nos acercamos con cautela. También había soldados a la puerta de la pulpería. Por la actitud deduje que nadie había pasado por allí en las últimas horas.

—¡Alto! ¡Quién vive! —gritó uno de ellos empuñando el arma. Enseguida, todos tomaron sus puestos, y en pocos segundos media docena de fusiles nos apuntaban a la cabeza.

Sin desmontar, y en tono convincente, exclamé:

—Soy Juan Rosas. He perdido un caballo, y el mulato es mi sirviente.

El fuego en lo alto de la chimenea del rancho echaba un destello rojizo. Pude ver el gesto con que se quedaron mirándonos, quietos.

—¿Juan qué? —preguntó el que llevaba la voz cantante.

—Rosas. Soy el hijo del gobernador.

Parsimonioso, exclamó:

—Desmonte, mi amigo, y su acompañante también.

—No te fíes —le dijo uno—, tiene pinta de currutaco.

Nos apeamos, sosteniendo las riendas.

—¿Así que el hijo del gobernador, eh?… Da igual. Papeles —exigió.

Creí morir. Iba en mangas de camisa. Comencé a buscar en los bolsillos del pantalón confiando en un milagro. Entonces oí la voz de Mongo a mis espaldas, siempre astuto, previsor.

—Aquí tiene, mi amo —y me tendió una cartilla arrugada, la mía, que inmediatamente le entregué al soldado.

Era una noche clara y caliente. La luna en menguante iluminaba un paisaje que nada tenía que ver con lo que yo estaba sintiendo. Ganas de empujarlos, de gritar y rebelarme. No obstante, todos aparentábamos una gran calma.

—¿Así que ha perdido un caballo?

—Sí, un zaino negro.

—Por aquí no ha pasado ni un perro, mi amigo —y ordenó—: Llamen a Sosa.

—Soldado —lo increpé.

—Sargento —me corrigió.

—En ese papel se lee mi nombre, a menos que usted no sepa leer.

—Llamen a Sosa —repitió, imperturbable, y quedó plantado frente a mí, el fusil cruzado sobre su pecho. Uno de ellos acusó la orden y se abrió camino por entre los curiosos, que habían comenzado a salir de la pulpería, atraídos por lo que estaba ocurriendo afuera.

—¿Quién es Sosa? —le pregunté a Mongo.

—No lo sé, Juanito —y en voz baja—. No los provoques.

Al rato, por entre la doble fila de parroquianos, avanzó hacia nosotros, displicente, el mencionado Sosa, un gaucho chueco que traía un farol en la mano. Cuando estuvo cerca, lo alzó hasta la altura de mi cara.

—¿Cómo dijo que se llama el joven? —me preguntó.

La pérdida de tiempo y el pensamiento puesto en Genaro había ido haciendo presión en mi cabeza, y no aguanté más. Le arrebaté el farol y poniéndoselo casi sobre la frente, le dije:

—Soy Juan Bautista Rosas, hijo del gobernador. ¡Y a ver si terminamos con esta pantomima!

Pasaron unos segundos.

—Es él —exclamó—. El primogénito —y tan displicente como había llegado, retornó a la pulpería.

Un paisano a mis espaldas murmuró:

—Pantomima, primogénito, ¿qué es eso?

Antes de montar, le pregunté al sargento:

—¿Y quién es este Sosa?

—El que le salvó la vida, señor —y me devolvió la cartilla.

—Pero, quién es.

—Peón en Palermo.

Regresamos al paso.

—¿Cómo es que no conocías a Sosa?

—Hay cientos de empleados en Palermo, mi amo. Tuviste suerte.

—Ya te he dicho que no me digas mi amo.

—Que no le diga mi amo, que hable bien, e patloncito pile lemasiado.

Todas las salidas de la ciudad estaban fuertemente custodiadas.

Cerraba los ojos y lo veía sobre el caballo lanzado al galope, huyendo, esquivando patrullas, oliendo el peligro. Huyendo.

Habrá hecho el camino del río; tal vez se escondió en su propia casa; tal vez en la Parroquia de la Piedad, donde tiene ese curita amigo. Tal vez... Mongo no paraba de tirar suposiciones.

Apenas amaneció fui a la casa de los Lastra. Como lo suponía, la casa estaba desierta. Sólo un par de negras la habitaban. Criadas que me pareció reconocer. La familia está en los campos de Chascomús, me dijeron. ¿El amito Genaro? No, hace tiempo que no lo vemos. Si llegaran a tener alguna noticia, les pedí, no demoren en avisarme, estoy en mi casa, aquí a la vuelta.

Algo dentro mío me decía, algo me decía... Busqué refugio en el silloncito, a metros de la cama de mi abuela.

—Si me contaras qué ocurre, podría ayudarte.

—No hay ayuda posible, señora.

Mongo me ofreció comida. La rechacé. Ya era la siesta y abuela cabeceaba en un nido de almohadones. Cuando despertó se sorprendió al ver que yo seguía allí.

—¿Le pasó algo malo a Mercedes?

—Mercedes está bien. También el niño.

—Hace mucho que no lo veo, ¿cuántos años tiene ya?

Yo también hacía mucho que no veía a mi hijo.

—Déjeme hacer la cuenta. El Juanchito nació el quince de septiembre del treinta y nueve... Tiene un año y tres meses.

—¿Y cómo se llama?

—¡Abuela!, usted sabe muy bien cómo se llama.

—Lo he olvidado.

—Juan Manuel León María del Corazón de Jesús. Le decimos Juancho.

Echó una risita:

—Te faltó de la Santísima Trinidad y quedabas bien con todos... ¿Y qué te pasa entonces?

Busqué el piano como se busca el último consuelo. Busqué una razón, un sentido. Construí murallas líquidas donde apoyar mi frente. Construí altares de música. Cada nota fue una prolongación de mi angustia. Toqué como nunca.

A medida que fue cayendo la tarde, una negrita silenciosa se ocupó de llenar la sala de candelabros con velas encendidas. Repetí hasta el cansancio el mismo movimiento final del concierto número veinte de Mozart. Lo repetí y lo repetí con el mismo empecinamiento con que se golpea en una puerta, que sabemos jamás se podrá abrir, pero aun así seguimos golpeando.

Recordé lo que una vez me dijo mi padre: esa música es femenina, amiguito. Es Mozart, tatita, recuerdo que le contesté. Y era cierto. El rondó *allegro assai* me envolvía como madre amorosa y yo me abrazaba a ella, a la música, como si nada más existiera. Era un oleaje sonoro, invisible, golpeando contra las paredes. Era yo mismo brillando en el aire, sostenido sólo por mis dedos a las teclas.

Por un instante sentí que esa música era mía, mío el amor y la desesperación con que fue escrita.

No sé en qué momento cerré el piano, y quedé sentado, inmóvil en la banqueta, esperando.

Mongo carraspeó a mis espaldas. No me moví. Estiró una mano y me sacudió suavemente. Tampoco me moví. Regresó al rato con un vaso fresco de aguamiel y me obligó a recibirlo. Recién entonces advertí que estaba empapado de sudor.

Me dijo:

—Preparé tu cuarto y también algo de comer. Estarás mejor allí, mi amo.

—No me digas mi amo.

Como un sonámbulo dejé que me llevara. No por hacer vigilia aparecerá tu amigo, murmuró. Me ayudó a acostarme, y él se tendió en un jergón en el suelo, junto a mi cama, como cuando éramos niños. Sobre la mesa de noche estaba la cajita de pasta blanca con que yo solía pintarme rayas debajo de los ojos.

Desperté sobresaltado. Era el mediodía. De pie, en medio de la habitación, Mongo parecía una estatua.

—¿Hace mucho que estás ahí?

Lo supe sin que él abriera la boca.

Fue una partida suelta atravesando los campos. Desde el río Luján comenzaron a perseguirlo. Le bolearon el caballo. Cayó. Lo lancearon. Lo tomaron prisionero. Intentó escapar. Lo lancearon de nuevo. Murió desangrado.

El comandante Vicente González reconoció el cadáver, y en lugar de arrojarlo a la fosa común en Santos Lugares ordenó poner su cuerpo en un carro y enviarlo hasta la casa de los Lastra.

—Es unitario traidor, pero igual merece que le den cristiana sepultura —dijo.

Me vestí despacio. Frente al espejo, me pinté las rayas blancas debajo de los ojos, como Águila Celeste, murmuré. En tu honor, Genaro.

Lo velamos con Mongo y las dos negras viejas, que sólo paraban de llorar para mirar, curiosas, las rayas que me había pintado. Ellas le hicieron la mortaja. Mongo lo colocó en el cajón, y nos quedamos allí los cuatro, rezando. Nadie más, en la inmensa casa silenciosa de los Lastra. El calor era insufrible, y la atmósfera en torno, irrespirable. De pronto, se oyeron truenos por el lado del río.

Antes de comenzar a clavar el cajón, Mongo me animó:

—No permitas que parta así. Dale un beso, amito.

Me acerqué y le puse un beso en la frente. Luego, saqué de mi bolsillo la cajita de pasta blanca, y con un dedo —increíblemente firme— le pinté una raya debajo de cada ojo.

—Prestan coraje, amigo mío.

Aún me duele la imagen de aquel cortejo, bajo el cielo oscuro de Buenos Aires, tormentoso. Cargando el cajón con Mongo, las dos criadas y un par de comedidos, avanzábamos por el medio de la calle a paso lento. Por delante iba un monaguillo haciendo sonar una campanita.

Una cuadra nos separaba del Convento de la Tercera Orden de San Francisco. Los curiosos nos abrieron paso, persignándose. Carruajes y jinetes detenían su marcha. Pero yo no daba más, y Mongo le hizo señas a un muchacho para que nos ayudara. A pesar del alivio, los últimos metros se me hicieron interminables.

De golpe, un viento que pareció salir del mismo cuerpo que transportábamos hizo un gran remolino y nos cubrió de polvo. Enseguida, comenzaron a caer unos goterones grandes como platos. Agua y viento.

La casa de mi abuela quedaba enfrente de San Francisco. Las campanas comenzaron a llamar a misa de difuntos. Haciéndose la señal de la cruz salieron algunas negras de mi casa y se hincaron. Retumbando, un trueno cruzó la ciudad. Entonces, se abrió la ventana de su cuarto. Tras las rejas, erguida entre dos criadas que la sostenían, estaba Agustina López de Osornio, mi abuela.

Como si ésa hubiera sido la señal, se me nublaron los ojos y caí de rodillas en el mismo umbral del atrio, desmayado.

Fue la guerra. La interminable guerra civil que nos acompañó desde que fuimos niños. No conocimos otra cosa. A duras penas habíamos tratado de construir nuestras vidas por encima de la tragedia. Muchos, los de siempre, medraron con el horror y se hicieron ricos. Otros, fuimos a parar al exilio. Mi amigo murió en su ley, dando la vida por sus ideas.

Y me venció el sueño.

Dormí el cansancio sobre aquella historia, bajo la inmensa noche de Londres. Pero no soñé con Genaro, sino con aquel marinero que, en la huida nefasta, me tendió la mano para ayudarme a subir a cubierta. ¿Sabe usted en qué se convertirá mi vida a partir de ahora? El marinero no me contestó. Me soltó la mano y caí al agua.

¡Bracée!, gritó, bracée fuerte. Yo traté de hacer lo que el hombre me indicaba, pero era imposible nadar en aguas tan espesas. Tuve miedo. Descubrí que el marinero era Francisco Rosas. Sí, era él, sobre la cubierta del barco. ¡Ayudame, Francisco!, le grité.

El marinero volvió a hablar:

—¡Coraje, amigo!, trate de mantenerse sobre la ola y alcanzará la costa.

GALOPÁBAMOS HACIA EL DESASTRE

¿Qué ocurrió después de Caseros para que el rosismo desapareciera tan abruptamente? No sólo de la escena política, sino también de la memoria, aun de la memoria de aquellos que siguieron a mi padre en adhesión fervorosa.

A mí no me lo contaron, con mis propios ojos vi los pueblos alzarse ante la sola invocación de su nombre. Multitudes avanzando sobre las calles de Buenos Aires, vivándolo, apoyándolo, tomando las armas para defender la Confederación. Y la Confederación era Rosas.

Yo vi regresar el ejército de veteranos después de diez años de campaña en Montevideo. Soldados envejecidos, andrajosos, pero aún dispuestos a seguir a su comandante hasta el mismo confín de las pampas, el amado capitán de los gauchos, padrecito de los negros, fieles hasta donde fuera necesario seguir muriendo por la divisa punzó. Hasta los propios oficiales del ejército enemigo dijeron que en aquellos momentos la popularidad de mi padre era superior a la de cualquier otra época.

Rosas exclamó: mis generales han hecho fortuna, ahora quieren conservarla. No me traicionarán.

Alguien corrigió después: lo abandonaron porque ya habían hecho fortuna.

Menos la fidelidad del pueblo, el resto había sufrido un desgaste general. Las continuas luchas, la exclusividad del puerto, el monopolio del comercio y la política absorbente de Buenos Aires habían comenzado a resquebrajar la Confederación.

Ya nada podía detener el desenlace.

Pero Urquiza titubeó. Escribió a los brasileros diciendo que "él no podía permitir el paso de sus tropas por tierras entrerrianas y mirar hacia otro lado, que eso sería traicionar a su patria y borrar, con la ignominiosa mancha, todos sus antecedentes…", en un arranque de patriotismo y escrúpulos, pero pasajero. Las tropas del Brasil pasaron por Entre Ríos.

Rosas rompió relaciones diplomáticas y mandó llamar al general Tomás Guido, su embajador en Brasil.

Fue en esos últimos años, soportando guerras intestinas y guerras con el extranjero, que la Argentina comenzó a caminar hacia el progreso. Había empleo total en el país y los sueldos eran altos. Nuestro balance de importación y exportación de ese año arrojó un superávit de más de seis millones de pesos. Alberdi no tuvo más que reconocer, públicamente, que la Argentina estaba próspera, a pesar de tantas conmociones.

La traición se gestó entre sus pares. Urquiza fue el primero. El general Oribe se entregó sin luchar. El pretexto que ofreció el general Pacheco fue vergonzoso —mi hijo está muy enfermo— y abandonó su puesto minutos antes de la batalla.

Pero qué fue lo que ocurrió para que el rosismo desapareciera así, tan abruptamente.

Sólo un argumento rescato. Aquel que esgrimí, al cabo de los años, hasta llegar a golpes de puño con algunos parientes y amigos, incapaz de aceptar que no pudieran ver la verdad, enceguecido, gritándoles:

—Después de la derrota del rosismo en Caseros, los unitarios vencedores se volcaron frenéticamente a escribir nuestra historia. Su propia versión y la gran calumnia —les decía y ya nadie podía pararme.

—Imputaron a mi padre el engaño, la rapiña, los asesinatos, el desgobierno, aun la malversación de los fondos públicos, cuando todos sabían muy bien, y ustedes fueron testigos, de que no hubo otra administración más cabal y transparente. ¿O acaso no recuerdan que *El Mercantil* publicaba día a día la entrada y salida del contante del tesoro? ¿Y que cualquiera podía registrar las cuentas públicas con sólo abrir las páginas de ese periódico…? No me lo nieguen —vociferaba—. Necesitaron revolcar el nombre de mi padre en un charco de sangre para convencer al pueblo de que la doctrina unitaria era el único camino.

¿Es que solamente yo puedo verlo? ¿Sólo yo? La versión que ellos están haciendo de la historia, relato unilateral de los hechos, ha comenzado a consagrarse en todas las esferas de la vida nacional, en los actos de gobierno —¡no me lo nieguen!, les gritaba—, incluso en la organización de la enseñanza, en los diarios, en los libros, en los debates parlamentarios, en los textos escolares, en la mente de los maestros que la vuelcan después en la cabeza de cada alumno; en la intimidad de los hogares... No queda tribuna posible en la que no se condene a la época de mi padre como la más nefasta y más sangrienta del país —y era entonces cuando, furioso, comenzaba a acomodar los puños—. Y a él —forcejeando ya con los que pretendían reducirme— a él como a un monstruo diabólico, cuyo nombre debe ser definitivamente barrido de la memoria del pueblo.

Y así fue, me digo hoy. A partir de Caseros se dedicaron a borrar —o desfigurar— un cuarto de siglo de nuestra historia.

"Según la opinión de la marina francesa, informados en el lugar de los hechos, la balanza se inclinará a favor de Rosas", mandó decir el emperador de Austria, Francisco José, a su primo, el emperador Pedro II de Brasil. Frente a esa advertencia, Brasil desistió; se sentía débil para ir a la guerra contra Rosas. Necesitaba aliados.

Entonces ocurrió lo que habían estado esperando: el jefe del Ejército de Operaciones de la Confederación, general Justo José de Urquiza, resolvió pasarse a la causa de Brasil.

Febrero de mil ochocientos cincuenta y uno. Galopábamos hacia el desastre.

Doce años habían peleado los ejércitos federales por defender la soberanía en nuestros ríos, y casi otros tantos para librar al territorio uruguayo de la voracidad extranjera. La ironía era que el propio Urquiza había participado en esas guerras.

El resto de las provincias se mantuvo al margen. Sólo Entre Ríos y Corrientes formaron parte de la conspiración, fieles a su tradición separatista, y también —¿por qué no decirlo?—, porque lo consideraron un buen negocio.

El estupor sacudió a los pueblos: Entre Ríos se había separado de la Confederación Argentina, y por la renuncia de su jefe dejó de ser argentino el Ejército de Operaciones de la Confederación, para pasar a pertenecer a ese nuevo estado ficticio de Entre Ríos, aliado del imperio brasilero.

El pánico se apoderó de Buenos Aires. Calles de pronto vacías, silenciosas. Calles de pronto desbordadas por una multitud amenazadora, vociferante. Veinte mil negros, gauchos, peones, campesinos, redoblaron sus tambores alrededor de la plaza. Viva nuestro padre, gritaron. ¡Viva Rosas!

Ninguna provincia respondió al llamado de los insurrectos. Todas ratificaron su adhesión a Juan Manuel y repudiaron la alianza de Urquiza con naciones extranjeras. Finalmente, don Justo José fue declarado fuera de la ley por el crimen cometido de lesa nación.

Mi padre se lamentó:

—Para los señoritos afrancesados es más importante salvar el comercio correntino y entrerriano que evitar que la Argentina se hunda. Se han vendido al oro de los piratas —y acabó—: Tarde o temprano lo pagarán caro.

Febrero tres, mil ochocientos cincuenta y dos.

Poco antes de la batalla, un regimiento de las fuerzas de Oribe —en el sitio a Montevideo—, se incorporó al ejército de Urquiza bajo las órdenes del coronel unitario Pedro Aquino, pero al pisar tierra santafesina y enterarse de que iban a tener que luchar contra su antiguo jefe, los cuatrocientos soldados federales se sublevaron, mataron a Aquino y se pasaron a las tropas de Rosas.

Al igual que a Lavalle, sólo campos desiertos y pueblos abandonados esperaron a Urquiza en su larga marcha hacia Buenos Aires.

La noche del dos de febrero, Juan Manuel llamó a su plana mayor al cuartel general de Santos Lugares, y les reiteró que defendería los derechos e intereses de la Confederación Argentina hasta el último trance. Pero si ellos entendían que en lugar de combatir se debía pactar con Brasil y con Urquiza, la decisión quedaba en sus manos. Él la acataría.

Todos le confirmaron su adhesión.

Antes de retirarse, les recordó:

—No olviden que nuestro verdadero enemigo es el Imperio del Brasil.

Luego, en solitario, le confesó a su amigo Antonino Reyes:

—En verdad, opinaron que ocupemos la ciudad en lugar de dar batalla. Me negué. No es justo llevar a los habitantes a semejante riesgo. Ahora es preciso jugarse el todo por el todo.

Esa noche acompañé a Máximo hasta las inmediaciones del Palomar. Él tomaría parte en la contienda —hacía años ocupaba el cargo de secretario privado de Rosas—. Vamos, me dijo, quiero que veas algo.

Nos detuvimos al borde de un barranco. Frente a nosotros, hasta perderse en la noche, apareció extendido el fuego de los vivaques. Una imagen imborrable.

Ardían a lo lejos miles de fogatas en torno a las cuales flotaban pequeñas sombras: soldados, hombres que al día siguiente entrarían en combate. Pensé: mi padre debe estar sentado junto a alguno de esos fuegos. ¿Tendrá miedo…? ¿Tiene miedo Rosas? Era la primera vez que me lo preguntaba.

De pronto, se oyó una diana y, una a una, las fogatas se fueron apagando. Un profundo silencio se extendió en la noche. Los soldados velaban armas.

—Quería que lo vieras —exclamó antes de partir al galope, y luego su grito—. Deséanos suerte, Juan.

—Tu suerte es mi suerte, Máximo. Que Dios nos bendiga.

Quedé solo en la oscuridad. Desmonté y me tiré en la tierra, bajo el cielo inmenso poblado de estrellas. Más que nunca necesité beber de la noche.

Allá abajo, a tan poca distancia uno del otro, acampaban los dos ejércitos. Cincuenta mil hombres esperando que despuntara el sol, rodeados de cañones, pólvora, balas, atentos a la orden de comenzar a matar.

La batalla se inició en la mañana del tres de febrero. Rosas tenía bajo su mando veintidós mil soldados y sesenta cañones. Urquiza, veinticuatro mil, que en su vanidad calificó de Ejército Grande. Pero él no dirigió la batalla —como aseguran sus admiradores—, sino que se mantuvo a la retaguardia del ejército, al mando de una división de caballería. La comandancia estuvo a cargo de militares brasileros, medida tomada por el emperador, alertado por la desconfianza que le inspiraba el general entrerriano, traidor a su patria y a su causa.

A las diez de la mañana, Urquiza hizo un alto en puente de Márquez. Sólo los brasileros avanzaron. Sólo ellos pelearon, y se apoderaron del Palomar de Caseros.

A las tres de la tarde, todo había concluido. Hasta hoy, nunca nadie ha dicho, tampoco figura en nuestros libros de historia, que ese año estuvimos en guerra con Brasil, Uruguay y Paraguay, sino que, generosamente, estos países "prestaron su ayuda para derribar al tirano".

Los resultados de esa alianza trajo aparejada la intromisión de países extranjeros —especialmente de Brasil— en los asuntos internos de la Confederación; la incorporación definitiva al imperio brasilero del extenso territorio de las Misiones orientales, al que mi padre jamás quiso renunciar, adquiriendo, además, derecho de libre navegación por los ríos Paraná y Uruguay, tanto para sus buques mercantes como para los de guerra. Beneficios todos que Brasil había perdido por el tratado de paz que firmó Rosas con Francia e Inglaterra, en los que se había pactado el levantamiento del bloqueo, la cesación de subsidios, el retiro de las flotas aliadas y el desarme de las legiones extranjeras, lo que implicaba el reintegro de las provincias del Paraguay y Uruguay al seno de la Confederación.

Recuerdo que en aquel momento era inminente la caída de Montevideo, consecuencia de aquellos convenios de paz, y por esto el habilísimo ministro carioca, Horacio Hermete, con la anuencia del emperador brasilero, decidió precipitar los acontecimientos. De esta manera, Brasil, con el apoyo del "libertador" Urquiza, vio cumplidos sus deseos de desmembrar y disminuir territorialmente a la Argentina, ambos unidos en el más hábil de los pretextos: acabar con la tiranía de Rosas.

¿Tuvo miedo? Herido levemente en la mano derecha por un proyectil —y no por la supuesta caída del caballo, según sus enemigos, olvidando que era un jinete inigualable—, mi padre emprendió la retirada hacia la ciudad, envuelto en un poncho colorado y con el gorro de manga punzó del soldado que lo acompañaba. Sin ser reconocido, se dirigió a la casa del encargado de negocios de Inglaterra, mister Gore. Bien sabía el fin que le esperaba si lo tomaban prisionero. Pero, ¿tuvo miedo?

Muchos dirán que pelearon para poder seguir galopando las pampas, dueños de la tierra, y tal vez haya mucho de verdad en esto. Pero, por encima de todo, pelearon para impedir la disolución del país. Y el país es también la tierra.

En Brasil festejan ahora el triunfo en Caseros como propio. Así consta en sus efemérides y en sus libros de historia.

Cuando me enteré del atroz final del valeroso Chilavert no pude menos que estremecerme. De las filas unitarias se había pasado al ejército federal, poniéndose al lado de la Confederación ante la agresión extranjera, convencido de que no había recompensa posible que justificara rendir su dignidad y su honor.

El recuerdo de Chilavert me remontó en el tiempo, y volví a escuchar el estruendo del cañón en la Vuelta de Obligado. Vi las cadenas atadas a las barcazas sujetando el Paraná, tratando de impedir la insolente provocación anglo-francesa.

Pero los piratas eran fuertes, y acabaron dominando el río.

Escuché otras baterías tan lejanas como aquélla: Quebracho Herrado, Rodeo del Medio, Famaillá. Y recordé a mi amigo, Genaro Lastra.

SER EXTRANJERO

—¿Qué te gusta, Juanito?

—Hacer caca.

—Yo diría que te gusta hacer la venia.

Mis primos siempre me tomaban para la broma. Todavía hoy me pregunto si todo no fue más que un invento mío. Porque este chico miente, decía abuela Agustina.

—No le crean porque miente, miente siempre.

Y el auditorio me miraba tratando de descubrir en mí al monstruo escondido. Era la ocasión en que yo comenzaba a brincar como un mono, repartiendo burlas, haciendo mis famosas muecas. O corría a pintarme rayas blancas debajo de los ojos, para acentuar el ademán de trastornado. Entonces, abuela agregaba, conteniendo la risa:

—También es comediante, pero igual lo queremos.

Como ya había comenzado a usar el latín a mi antojo, le gritaba en la cara:

—*Testis unus, testis nullus. ¡Testis nullus!*, señora —y desaparecía de escena, haciendo volteretas en el aire.

Nadie más que yo deseó que todo no fuera más que un puro invento. Todavía hoy, inconsciente, sin darme cuenta, sigo inventando todavía. No hay —no hubo— otra manera de sobrevivir.

¿Por qué recordar con dolor, si todo fue definitivamente una mentira?

Apenado, Francisco Rosas recorría la casa de Carlton Terrace, esperando a Juan Manuel. Luchaba contra una avalancha de imágenes en su cabeza: presente y pasado.

Más que a Juan Nepomuceno, más que a Antonino Reyes, Juan Manuel apreciaba a Francisco; y Francisco a Juan Manuel, más que a nadie, fiel a esa amistad que brotó en la infancia. Tiempo en que los gestos pequeños, más que los actos heroicos, cavan muy hondo, porque en ellos va implícito el descubrimiento del hombre y del mundo. Sentimiento que, seguramente, los ayudó a retomarse después de los años, como si la vida no hubiera transcurrido.

Pero no podía ocultar la tristeza que le provocaba no haberlo encontrado en el muelle, esperándolo. Su amigo de la infancia, con el que merodeó a caballo los montes, azuzando los flancos por terrenos abruptos, los bracitos anudados al cogote tendido en la carrera, entregados al viento, un solo cuero la piel y la bestia.

Pasara lo que pasase, fueran donde fuesen, ellos seguirían siendo eso: pares inconfundibles, indivisos, eligiéndose una y otra vez de entre todos sin equivocarse, para volver a vivir la misma experiencia. Hijos de la tierra, campesinos corajudos y peleadores, a los que un día la patria les chasqueó los dedos en la frente y que, sin titubear, volvieron grupas para poner riendas a la historia.

Ese Rosas sólo existía junto a Francisco, con quien se había criado y compartido remotos veranos a orillas del Salado. El otrora gobernador de Buenos Aires, Restaurador de las Leyes, Héroe del Desierto, el amigo cuyo retrato los genuflexos sacaron en andas por las calles de la ciudad enardecida, había faltado a la cita.

No estaba, pero había una carga de fuerza en la casa que nos hacía presentirlo detrás de todas las puertas.

Yo no cesaba de indagarme cómo sería la reacción de ese hombre llegando en el preciso momento en que masticábamos *sweet cakes*, asentíamos y tomábamos licor de a sorbitos, sin quitarnos los ojos de encima, enhebrando en diálogo mudo tantos recuerdos.

A la mañana siguiente, partimos temprano rumbo a la estación para tomar el ferrocarril que nos llevaría a Londres.

Por desconocimiento, nos encontramos con que el tren ya había partido. Francisco titubeó, pero lo ganó el entusiasmo y, decidido, adquirió dos billetes para el día después.

No pudo ocultar el asombro cuando le mostré los astilleros en torno al puerto de Southampton. Puerto de aguas profundas, enclavado al fondo del estuario que se abre al Canal de la Mancha, frente a la isla de Wight.

Buscaba impresionarlo, detenidos en la punta de un acantilado mirando al horizonte. Cuando levante la bruma, le dije, podrás observar la costa de Francia, Cherburgo. Pero Francisco sólo veía la popa de un barco hundiéndose en la bruma. Esa misma noche me confesó que no había podido quitarse de encima la sensación inquietante de andar perdido por el mundo, tan lejos de San Serapio. Y que tuvo que sujetar su mano tentado de prenderse a las mías, convertidas entonces en la única prueba tangible de que la Argentina existía al otro lado del océano.

Sin dudarlo, alquilamos un par de caballos y salimos a recorrer los alrededores.

Comimos oxtail *stew and kidney pie* en la primera taberna que nos salió al paso. Fruncíamos el ceño y tragábamos.

—Son otras pasturas —dijo Francisco, desacostumbrado a estos sabores.

Recorrimos después las hermosas colinas del condado de Hampshire.

Francisco cabalgaba unos metros más adelante. De vez en cuando se daba vuelta y me miraba. Sus ojos decían: ¿qué sentís, Juan Bautista, cómo podés soportarlo?

La nostalgia crece y te construye una máscara. La nostalgia te cambia. Uno cree seguir siendo el mismo, sin embargo, aquellos que nos aman descubren la comedia. No hay esfuerzo posible para disimular frente a ellos que estás tranquilo, confiado en que ese infierno es pasajero. No. La congoja asoma por entre los pliegues sin que puedas evitarlo.

Los bosques de Swanthling fueron testigo.

—¿Sabés por qué no he muerto todavía?… Porque cada mañana al despertar y comprobar que sigo aquí, obligo a mi espíritu y a mi cuerpo a resistir, y arranco como un buey atropellando las horas. Así hasta que llegue la ocasión de volver.

—Volverás, no falta mucho.

—Fue la promesa que me hice aquella noche, cuando huimos.

Sin hablar, anduvimos por horas sumergidos en el corazón, verde y húmedo, de la campiña inglesa. Nos internamos en los bosques de hayas y alerces. Trepamos colinas, ambos asombrados de la capacidad de cabalgar del otro.

Desmontamos al borde de una vertiente umbría donde nace la floresta, y nos internamos a pie entre los abedules para verlos sangrar. Al atardecer, después de abrirles profundos tajos en la corteza blanca, hombres callados recogieron en cubos de madera la savia que manaba de esos tajos.

Nos quedamos largo rato mirando correr la sangre olorosa de los árboles.

Al otro día, muy temprano, llegamos a la estación como chicos en hora de recreo: el andén, los changarines acarreando bultos y maletas, los viajeros, fue un vértigo que nos envolvió y permitimos que nos desbordara sin el más mínimo reparo. Antes de subir, Francisco se acercó a la máquina y la observó estupefacto. Era la primera vez que veía un tren.

Después dijo:

—El monstruo funciona a carbón.

—A vapor —lo corregí y le expliqué.

Me reía de sólo mirarle la cara, y la expresión de asombro cuando se oyó un largo silbato, luego una campana y el tren soltó los pistones. En medio de una algarabía de pitos y chirridos emprendimos la marcha.

—Qué país, qué país —murmuró muy tieso, ya sentado, el sombrero sobre las rodillas, tratando de ofrecerle resistencia al balanceo del coche sobre las ruedas—. ¿Qué?

—Que te abandones al movimiento, apoyá la espalda —repetí.

—Estoy mareado.

—No pienses. Mirá por la ventanilla.

—No me animo… ¿Te fijaste en las vías?

—Son rieles de fierro.

—¿Hasta dónde llegan, Juanito?

—Hasta Londres, Francisco.

Se acostumbró de a poco a la novedad, finalmente quedó atrapado por el paisaje. La campiña envolvía la marcha, los árboles corpulentos, los setos cubiertos de hiedras y lúpulos. Era el comienzo de la primavera, y el improvisado viaje y la cercanía de Francisco me ayudaron a poner un paréntesis en la insoportable nostalgia. Fueron horas en que olvidé que era un extranjero.

—¿Cuánto falta? —me preguntó.

—Son setenta y nueve millas. Cuando quieras acordar estaremos entrando a la estación de Waterloo.

Predispuesto a la conversación, Francisco quiso saber si la idea que tenemos de Inglaterra vista desde Buenos Aires coincide con la que uno experimenta cuando pisa su suelo.

En mi caso, le conté, no sirvió para nada lo aprendido. Recorrer otras calles, hablar en otro idioma para que te entiendan, al extremo de que el agua ya no es agua sino *water*; el sí ya no es sí, sino *yes*. Digo *yes* y para mí no significa nada. Los idiomas nos apartan, nos cambian absolutamente la perspectiva y desaparecen los conocimientos previos.

—Como un recién nacido —le dije—, tan inseguro, y para colmo huérfano.

Coherente con mis costumbres, le conté que había comenzado por las tabernas. Que varias veces me vi envuelto en una ronda de puñetazos que, sin quererlo, me empujaban a la calle, sin darme tiempo a averiguar el motivo del entrevero. Para sobrevivir en esos ambientes, le confesé, hay que ser experto en ginebra y trompadas; son muy pocos los que logran mantenerse en pie en medio del alcohol y la miseria. Y si uno se mueve por los barrios donde se cultiva el teatro y la música, es tan alto el nivel de orgullo y soberbia, que bien pronto uno se siente muy solo, peor que un intruso.

Fui con Máximo y Manuela a algunas reuniones en casas importantes, pero el tener que explicarme a cada minuto acabó por poner en duda mi identidad, y terminé rechazando las invitaciones, hasta que dejaron de llegarme.

—Por otra parte —acabé—, pasé mi vida sin que nadie se fijase en mí. Continuar en el anonimato no me hace mella.

—Pero es una raza vigorosa, bravía —insistió Francisco, deslumbrado.

—No te lo niego, condiciones necesarias para sostener la vocación expansionista. De todos modos, les reconozco la fuerza puesta al servicio del trabajo, las artes, la ciencia. Pero no hablemos de música, viven una especie de maltrecho limbo musical y para colmo no se dan cuenta. De puro orgullosos creen que todo lo ellos hacen y tienen es lo mejor del mundo: el pueblo más feliz, más pujante, mejor gobernado del universo, aunque a metros de sus palacios la gente muere asfixiada por la pobreza.

—Son contrastes, ¿no?

—Así es, bajo el manto omnipotente del Banco de Inglaterra. Te sorprenderán las nubes de humo de sus inmensas usinas, de sus fraguas inextinguibles. Entonces comprenderás muchas cosas.

El encuentro de Francisco con Mercedes me enterneció. Ella se deshizo en atenciones, y acabó instalándolo en el cuartito que ocupa nuestro hijo durante las vacaciones.

En sólo dos días le hicimos andar y ver casi todo Londres. Asistimos a una exposición en el Palacio de Cristal, recorrimos las bóvedas de Westminster, visitamos San Pablo, paseamos por el Hyde Park, y no quedó tienda sin curiosear a todo lo largo de Oxford Street.

La ciudad deslumbró a Francisco, los templos, los palacios, los parques llenos de pájaros y de flores. Los puentes soberbios, el Parlamento, la Torre del Reloj. Fue delante de otra torre, la de Londres, que sintió, pálido, que caían de golpe sobre sus espaldas siglos de historia. Fue demasiado para él, y cuando se detuvo frente al palacio real perdió el habla.

Quiso saber y bracear por entre las piedras y las ruinas romanas de antes de Cristo como quien atraviesa un río; que el conocimiento penetrase su piel igual que el agua, pero no pudo. Pujaba en su mente una llanura de pastos que por momentos se le antojó una leyenda. Pero el conflicto no sólo se reducía a la coexistencia de ambos mundos, las diferencias tremendas, realidades tan opuestas, y sin embargo contemporáneas. El desconcierto iba mucho más allá.

Southampton no le había provocado tal impacto.

Lo miré. Era un hombre de campo, rústico, habitante del confín del mundo, digno el porte, sombrero, levitón negro y los botines nuevos, pero llevaba el rostro cuarteado por otros soles, y las manos rugosas de tanto trabajar la tierra. Un transeúnte de otro planeta mirando embobado el cortejo de carruajes tras la carroza de la reina Victoria —nos enteramos que era ella porque hubo un remolino de gente— cuajada de escudos y leones rampantes, emprendiendo el viaje a Balmoral en vacaciones de verano. Anticipadas, oí que decían, y alcancé a entender porque su majestad no estaba bien de salud.

Mirábamos deslumbrados, y de pronto, comenzó a llover suavemente sobre los techos de Buckingham.

Me dijo que la escolta imperial le había hecho recordar a unas tarjetas coloreadas que había en su casa, y que él solía contemplar embelesado. Caballos enjaezados en púrpura y oro, pelo brillante, jineteados por hombres que más parecían estatuas cubiertas de metal y correas, y altos bonetes con borlas doradas, marchando a la par de la carroza. Pequeño palacio rodante de madera, oro y terciopelo, llevando a la mujer coronada que alcanzamos a entrever: especie de ídolo tieso envuelto en mantillas oscuras.

La parálisis de Francisco contrastaba con mi algarabía. Yo brincaba a su lado para ver el espectáculo por encima de las cabezas y los sombreros, que los hombres se quitaron en ademán de reverencia a su soberana.

—Nadie me creerá que vi a Victoria —dijo por fin.

—Saludemos nosotros también —exclamé, agitando ambas manos, las mejillas rojas, contento como un chico, sin poder explicarme qué era en definitiva lo que me provocaba esa euforia.

—¿Por qué habría de hacerlo?

—Porque es una reina —le contesté—. Una mujer poderosa.

Sin embargo, la idea se me antojaba confusa, estrafalaria.

—Bah... —exclamó, y echó a andar, alejándose rápidamente hacia Knightsbridge.

Lo alcanzamos.

—¿Por qué no disfruta, Francisco? —le preguntó Mercedes.

—Disfruto, claro que disfruto, pero también estoy confundido. Me siento raro.

Era verdad. Dentro de él se alzaba otra historia.

Ese día acabó por comprender algunos misterios de la vida y su injusticia. Intereses ajenos a la voluntad de los pueblos: la América joven y lejana, fácil presa tierna. Y todo lo que había sido en él puro sentimiento, se convirtió en certeza palpable.

A marcha lenta regresamos a la casa.

NIÑO DE LUNA

Esa misma noche me contó que cuando vio la carroza y los soldados de escolta, se vio a sí mismo conduciendo carretas por huellas de greda; arreando ganado junto a sus hijos, y una turba de salvajes desnudos brotando en el horizonte, asolando los campos. Y que vio también a los indios mansos, con los que cabalgó lado a lado, y le enseñaron los secretos milenarios de su raza.

Que recordó a Cisneros y a Sobremonte, los virreyes, y a toda esa caterva que no se cansó de declamar que la nuestra era sólo tierra de rezago, su país querido, triángulo cabeza abajo y remoto, clavado en el fin del mundo. Botín jugoso a merced de todos los piratas, y él, en cuclillas, ayudando a parir, tan niño como el ternero que cayó entre sus brazos, resumiéndole para siempre el milagro y la maravilla de la vida.

—Yo vi nuestro ejército de hermanos, Juan Bautista, matándose, peleando entre hermanos, cuando el verdadero enemigo, el enemigo real, estaba en otra parte. Aquí mismo, ¿te das cuenta?

Nos quedamos hablando hasta muy tarde, bebiendo un brandy que Mercedes guardaba desde no sé qué ocasión dichosa. Cuando ella se retiró a la alcoba seguimos hablando, pero enseguida y después de mirar hacia la puerta y comprobar que habíamos quedado solos, me preguntó en voz baja, ¿cuándo fue que comenzaste a escribir ese diario?

—Cuando descubrí que mi padre no era perfecto.

—¿No será porque estás convencido de que tenés algo para decir?

—No es mi caso. ¿A quién puede importarle lo que yo escriba? Creo que lo hago casualmente por eso, como un gesto de suprema libertad, convencido de que nadie reclamará que lo haga. Soy nadie. Del mismo modo que al existir nadie me exigirá mostrarlo. Escribí cada una de esas páginas sin la menor atadura, sin el más mínimo compromiso —y acabé—: Ahí digo toda la verdad.

—¿Qué verdad?

—La mía, que ya es suficiente.

Quedó callado. Hice coraje, y fui soltando las palabras.

—Francisco, ¿por qué no me quiso mi padre?

Se sobresaltó. No estaba acostumbrado a tales confidencias, siempre asusta la intimidad del otro. Pero lo obligué a enfrentar mi desnudez.

—¿Por qué no me quiso? —repetí.

—No digas sonseras. Tu padre te quiso y te quiere.

—No me engañes, fuiste testigo. Y no creas que su actitud ha cambiado. Pero no me importa, ahora soy yo quien no lo quiere. Por su culpa estoy donde estoy.

Reaccionó, enojado.

—No fue su culpa sino la circunstancia —y agregó—: Realmente, no te entiendo, Juan, a esta altura ya deberías estar en conocimiento de los intereses que se jugaron y que culminaron en Caseros. Es más, a esta altura ya deberías conocer a tu padre. Él es así, duro, distante. ¿Acaso viste alguna vez que se desviviera por algo, por alguien?

—Por el país, por Manuela.

—Está bien, pero vos eras arisco, rebelde, hasta provocador. Y si estás empeñado en poner las cosas en esos términos, te diría que vos fuiste el primero en mostrarle indiferencia.

No pude más que asombrarme.

—Arisco, rebelde, lo acepto, pero mi indiferencia no fue más que una respuesta a su atropello. ¿Y sabés por qué? Nací aferrado a mi madre. No sólo porque era mi madre, sino porque, desde aquel pezón en mi boca, hubo entre nosotros una corriente de emoción tan fuerte que me marcó de por vida. Nací sediento de su amor, y él la apartó de mi lado. Todavía hoy recuerdo las canciones que ella cantaba para hacerme dormir, y él la apartó de mi lado —me atraganté—. Éramos nada más que ella y yo. Mi niño de luna, me decía... Luna llena sobre el patio la noche que nací... miércoles veintinueve de junio. Mil ochocientos catorce. Primera vez que nos miramos. Lo que experimenté entonces no me abandona. Puedo volver a sentirlo con sólo cerrar los ojos... Pero aquello duró apenas un par de meses. Un día desperté entre otros brazos. La leche del pecho oscuro aplastado contra mi cara tenía otro sabor. No era la leche dulce de Encarnación... El inexplicable abandono paralizó mis emociones, y me refugié en la frialdad y el aislamiento. Hasta que pude ver el rostro de mi enemigo... —y acabé, agitado—: Juan Manuel se movía por el cuarto, sin mirarme...

—¡Qué estás diciendo!

Se me quebró la voz.

—No fue indiferencia, sino una mezcla de atracción y rechazo por ese hombre tan frío y tan ardiente, tan egoísta. Tan fuerte. Su desamor me creció como una mancha, y ya nadie me quiso.

Él se estiró hasta alcanzarme.

—Intenté odiarlo. Debí odiarlo, pero no pude.

El gesto de Francisco me recordó una tarde lejana, en que también lo abrumé con mis confidencias. Nuevamente lo obligaba a oír confesiones que los hombres no hacen.

Me dijo:

—Estás equivocado. Tu padre te quiere. Yo te quiero y te quise siempre.

—Deberías agregar: a pesar de todo.

—Mercedes te quiere.

—No estoy tan seguro. Cuando miro hacia atrás, entiendo que toda mi vida no ha sido más que un largo e insatisfecho reclamo de afecto.

—Quizá te ayude leer lo que has escrito en ese diario.

—¿Para qué? No me subestimes, Francisco.

—No lo hago. Quizá te sirva saber que siempre nos preocupó tu manera de actuar, de pensar. Siempre fuiste algo así como un....

—¿Revesado?

—No sé si ésa es la palabra, pero recuerdo la preocupación, el celo que embargaba a tus padres cada vez que salías de la casa, ya mocito, cada vez que desaparecías sin dejar señas, cada vez que nos dábamos cuenta de que andabas en algo raro.

—No sigas, caerás en episodios que no quiero recordar.

—Tu padre tenía muchas expectativas puestas en vos.

—Que no cumplí.

—¿Y por qué no? ¿Por no darle el gusto?

Lo miré con rabia.

—Juan Manuel se adueñó del mundo, Francisco, y yo necesitaba que también se fijaran en mí. ¡Por Dios, yo también existo!

—¿Intentaste rivalizar con él?

—Intenté ser como él, pero no pude... No aceptó que yo fuera distinto. No quiso ser mi padre, siempre me vio como a un extraño. No tuve más remedio que inventarme un territorio donde poder respirar.

—Territorio que nos trajo más de un dolor de cabeza.

—Es cierto... Muchas veces dudé de mi sano juicio, muchas veces deseé cambiar mi historia. Pero era el hijo del gobernador, más aún, el hijo del caudillo, el que no guerreaba a su lado, el que no conspiraba, el que no tenía apetencias políticas, o en todo caso el que parecía ser unitario. Un día me lo dijo: vivir con usted es como vivir con el enemigo… Y yo sólo necesitaba que me quisiese un poco.

Turbado, volvió a servir brandy en las copas. La empiné hasta el fondo.

—Rosas no quiso herederos…

Hizo un gesto para que me callara.

—Disculpame —le dije—, soy vulnerable, sólo tengo el pasado, y el pasado me agobia, y lo que es peor, soy incapaz de construirme un futuro. Estoy bloqueado, paralizado.

Intentó tranquilizarme.

—¡Vamos, hombre!, cuando menos lo pienses estarás volviendo, y todo cambiará.

—¿Para qué? Allá no queda nada, todo fue confiscado. Por extensión yo también soy reo de lesa patria. Volver, ¿y después? ¿Te pusiste a pensar lo que significa para mí ser definitivamente más pobre que una rata?

—Por favor, Juan Bautista, no te empeñes en martirizarte, no estás en condiciones. Ahora debés poner toda tu voluntad al servicio del regreso. Después se verá. Quedan amigos, yo estaré allí, te ayudaremos.

Pero no estaba dispuesto a ceder.

—No será fácil. Llevo el estigma. Siguen comparándome con mi padre, y no tengo talento. Nunca lo tuve. Pero lo buscaba, no te imaginás cómo lo he buscado dentro mío. Esperaban de mí seriedad, compostura, coraje de soldado, ¡algo!, ¿y qué hice?

—A veces las circunstancias no ayudan, Juan.

—¡No!, no fueron las circunstancias, fue su desamor lo que me empujó al desastre. Su autoritarismo. Por una u otra razón no me hizo espacio en su mundo. Exacerbó mi amor a la libertad, pero no me dejó ser yo mismo, condenando a priori mi naturaleza enfermiza. De acuerdo con sus reglas yo no encajaba en ninguna parte, pianista-tertuliante, como me llamaba Genaro. Piedra de escándalo, de preocupación. ¡Me dejó solo…! No pude llenar ese vacío.

Francisco me miraba desorbitado. Cuando su silencio se extendió más allá de lo que podía soportar estallé, y tuve la convicción de que moriría esa noche.

—¿Sabés lo que es que tu padre no te quiera?

—Basta. Te ruego que dejes de lamentarte.

—¿Como una mujer?

—¡Juan!

—También lo intenté, cuando era muy niño. Me colgué vuelos para agradarle, me feminicé, me disfracé de Manuela, quise ser Manuela.

—Juan, por favor.

—Necesito desahogarme, Francisco. Nunca hablé de esto con nadie, creeme. Con vos me atrevo, porque estás ligado a mi vida desde que tengo memoria —suspiré hondo—. Te ruego me disculpes.

Me miró con ternura.

—Desahogarse hace bien. Pero debe haber una respuesta, Juan, una esperanza, un camino… Tu hijo, tal vez.

—Pobre Juanchito. He hecho con él lo mismo que hicieron conmigo. Lo aparté de mi lado, lo envié a estudiar a París. ¿Por qué lo hice? Consejos, oportunidad, no lo sé… Creo que iremos a unirnos con él. Lo extrañamos mucho.

—Bueno, ahí tenés una razón para seguir.

—No me alcanza —le confesé—. Pienso que toda mi vida ha estado llena de este sentimiento de exiliado que, convertido ahora en realidad, lo único que me deja es la insatisfacción, la protesta, la infelicidad… Desde que pisé Londres estoy fuera de mi eje, desambientado, desaclimatado, y esto provoca en mí una pérdida de mí mismo, que me llena de dudas y vacilaciones. Me muevo sin firmeza, lleno de temores, asustado ante la desconfianza que provoco y ante mi propia desconfianza frente a todo. Estoy permanentemente a la defensiva de roces que puedan causarme perjuicios, daños irreparables dentro de una situación irreparable… —me quedé sin aire—. Antes yo era el renegado —respiré con fuerza—, la oveja negra, ¡no me importaba!, pisaba mi tierra, me arropaba el paisaje, las calles de Buenos Aires… ahora…

Francisco no tuvo palabras. Por largos minutos bebimos en silencio. Luego, exclamó:

—Te prometo que a mi regreso estudiaré la situación, y en cuanto las condiciones se presenten, seré el primero en avisarte que ya podés regresar. Te lo prometo.

EL OLOR DE LA TRAICIÓN

Fue la última noche de Francisco en Londres.

Se retiró tarde a su cuarto. Yo no tenía sueño y estaba excitado. Me encerré en el comedor y, bajo la luz tenue de una lámpara, abrí por enésima vez la carpeta. Leí una que otra frase, dejé pasar hojas, y sin saber aún la decisión que tomaría poco después, me puse a ordenarlas, tratando de ilar lo escrito.

Nuevamente me encontré con aquel episodio. Me negué a leerlo, pero no podía despegar los ojos del papel.

…nada es lo que parece, exclamó Mongo, que a pesar del susto su estómago pudo más: huelo a quemado, dijo, adiós almuerzo.

Busqué el párrafo anterior. No quería seguir leyendo. Sin embargo, mi mano se negaba a volver la hoja.

…pero a escasos metros de nuestro asombro, en el que no habíamos tenido tiempo de ponernos a salvo, el ave de presa detuvo en seco el vuelo en picada, planeó manso, y como un gorrión fue a posarse sobre el guantelete que protegía la mano de la niña, que no se había movido, que no había dejado de mirarnos, imperturbable.

La mano de la niña.

Yo lo escribí. Pero Florentina no era una niña, sino una mujer fascinante y turbadora. ¿Para qué seguir leyendo?

…una mujer y un pájaro. La imagen no correspondía al paisaje. Tampoco la mujer era una mujer. De lejos, la silueta me había confundido. De cerca, sólo era una niña. La niña que trepó mi cuerpo.

Continué volviendo las hojas, ya tomada la decisión de entregarle todo a Francisco, acomodándolas de acuerdo con un orden que no estaba muy seguro si era el correcto, cuando de pronto, apareció una letra diferente que me sorprendió. La volví. La misma letra se extendía en varios folios. Quedé paralizado. A los pocos segundos, estaba bañado en sudor.

Era la letra de mi padre. Mi padre alzándose frente a mí desde la tinta.

¿Cómo pudieron mezclarse sus papeles con los míos? ¿Entonces...? No quise siquiera imaginar que él hubiera podido leer mis confesiones.

Por largos minutos los sostuve entre mis dedos, pensando, o intentando pensar. Me sacudieron sensaciones que creí olvidadas, percibí olores, escuché las voces, y por debajo el ruido sordo, lejano, de las batallas.

El mareo me obligó a aferrarme al borde de la mesa.

"... todos, sin excepción, pusimos civiles y soldados ante el pelotón de fusilamiento

Paz, Lavalle, Urquiza, asesinaban a los vencidos, aplicaban la pena de muerte sin piedad

antes y después hubo baños de sangre

sólo yo soy el carnicero..."

Me desplomé.

Era el rastro de mi padre, era el pasado pisándome los talones, vertiendo gota a gota vidrio molido en mis venas, y me apareció una punzada y una velocidad en las manos que no pude dominar.

Rápido, doblé esas hojas y las guardé en el bolsillo de mi chaqueta. Con el resto hice un envoltorio para entregárselo a Francisco antes de su partida.

Debía borrar de mi presente toda huella. Rápido. Lavarme el cerebro, no pensar, no recordar, no ser el que era, el que soy. No ser nunca más.

Temblando todavía, entré al dormitorio y me dirigí hacia mi lecho. En el suyo, Mercedes dormía profundamente. El compás de su respiración me trajo algo de calma. Mercedes es el sosiego.

Pero no pude dormir. Delante de mis ojos, como rayas de luz flotando en la oscuridad del cuarto, aparecía y desaparecía, de principio a fin, lo que había escrito mi padre en los papeles que yo acababa de encontrar.

"... el caos que provocó la muerte de Facundo Quiroga me llevó nuevamente al sillón de gobernador y capitán general de la provincia, y a pesar de que el acuerdo fue unánime, insistí en el plebiscito

obtuve a favor nueve mil trescientos votos, cuatro en contra

yo impedí que las provincias del Norte, del Litoral y de Cuyo pasaran a manos de los países limítrofes sólo yo conseguí que el país se abasteciera promulgando la ley de aduanas, que obligó a los productos extranjeros a pagar aranceles redoblados, con precios de venta más altos que los de los productos nativos

sólo yo pude, pese a los bloqueos de la Francia e Inglaterra, lograr lo contrario de lo que nuestros enemigos esperaban: el país prosperó, el pueblo se unió y salió adelante

no sólo había vencido a los extranjeros sino también (pero, lamentablemente, por poco tiempo) a la conspiración implacable, constante, despiadada, de los unitarios

Victoria de Inglaterra, entonces derrotada, envió a un representante real, dispuesto a firmar el pliego con las condiciones que nosotros impusimos

con ese espíritu fuimos a la batalla en Tonelero, en San Lorenzo, en Quebracho, en la Vuelta de Obligado...

insisten en ignorar lo que ocurría en Buenos Aires y las otras provincias, cada una sosteniendo su idea a sangre y fuego, todas y cada una pretendiendo su independencia del resto

mi tarea fue instaurar el orden, reorganizar y lograr la unidad nacional bajo el sistema federal

cumplí la tarea con el consentimiento y apoyo de los representantes de todas las provincias

pero los unitarios no me dieron tregua

los unitarios juraron nuestro exterminio y echaron mano a todas las excusas para lograrlo

es cierto, envié gente al cadalso

también es cierto que se usó y abusó de mi nombre para cometer graves delitos

todas las ideologías engendran fanáticos

mi error fue no sujetar debidamente el fanatismo de los federales fanáticos

en Caseros no caí yo sino la patria

mucho antes de la batalla, el traidor Urquiza ya había entregado al Brasil las Misiones Orientales y el derecho a la libre navegación por nuestros ríos, amén de otras franquicias prolijamente detalladas en los archivos

mucho antes de la batalla, el traidor Urquiza firmó alianza con Brasil, Paraguay y Uruguay, incluidos entrerrianos y correntinos, para formar el pomposamente llamado Ejército Grande

todo a cambio de territorios y prebendas

territorios por los cuales los federales habíamos guerreado a lo largo de dos décadas

no pelearon contra Rosas y su tiranía, sino por el botín prometido

aquí, y en cualquier parte, se los llama mercenarios

yo salí a su encuentro al frente de veintidós mil guerreros argentinos

los traidores cruzaron el Paraná al frente de veinticuatro mil hombres, de los cuales la mitad eran extranjeros

razón tuvieron los brasileros de encabezar el desfile de la victoria

no me derrotó ese ejército sino la traición

no voy a señalar ahora a Ángel Pacheco y los otros

son los mismos que persiguieron a José de San Martín hasta obligarlo al autoexilio

'... y que al terminar su vida pública sea colmada del justo reconocimiento de todo argentino, son los votos que hace y hará siempre a favor de Ud. este su apasionado amigo y compatriota...', me decía en la última carta que me envió, fechada en Boloña sobre el Mar —6 de mayo de l850— cuando ya estaba muy enfermo

él reconocía lo que yo había hecho y estaba haciendo por el país, él, que me escribía desde el destierro, donde yo también vine a parar

le respondí en agosto 15: "porque me ha cabido la suerte de consolidar la independencia que usted conquistó, y he podido apreciar sus afanes por los míos... puesto que una multitud de objetos colocados en un cuadro, pueden sólo ser abarcados desde la distancia, ya se habrá usted apercibido con más calma que yo, del torrente de dificultades que debo atravesar para poner la patria a salvo y colocarla en el camino limpio que debe seguir..."

no alcanzó a leerla

murió dos días después de que yo la escribí, el 17 de agosto, e inmediatamente ordené la repatriación de sus restos, provisoriamente depositados en la cripta de la catedral de Boloña

decisión que hasta ahora nadie ha concretado

permanecen sus restos en un rincón de Francia, los restos del Gran Capitán en soledad

qué podía esperar para mí

dos años antes, en conocimiento ya de su grave enfermedad, y habiendo sido comunicado por él que la carta que acababa de escribirme era la última de su puño y letra, por encontrarse totalmente privado de la vista, fue que rápidamente dispuse que arreglaran papeles y trámites necesarios para que su hijo político, marido de Merceditas, fuera nombrado oficial de la Legación Argentina en Francia

y hacia allá partió Mariano Balcarce, cuyo verdadero objetivo era asistir a don José en el infortunio

convulsionado París por la revolución, don José se había visto obligado a trasladarse a Boloña sobre el Mar, y según sus pronósticos las revueltas podían extenderse por toda la Francia, en cuyo caso ya tenía pensado instalarse en Inglaterra

la presencia de su yerno le fue de gran apoyo

bebo ahora en tu memoria, mi general

esta noche tus enemigos son mis enemigos

siempre lo fueron

Mariano Balcarce me comunicó la tristeza de su muerte, y como albacea de su testamento me adelantó que el general me legaba su sable

mis enemigos negaron tal regalo, como también negaron que haya existido una nutrida correspondencia entre nosotros

no convenía a sus fines que yo contara con semejante aval

regresé a caballo aquella tarde, solo, a San Benito de Palermo

no me apeé al llegar, ignoré el gesto de preocupación de los que salieron a mi encuentro

sin mirarlos y al paso de mi cabalgadura atravesé los jardines hasta encontrar el sendero que buscaba

me perdí entre los sauces

una extraña zozobra oprimía mi corazón

había un olor en el aire, un olor que no era propio, como a medicina, como a ungüento para mataduras

pero no pensaba ya en el amigo perdido, el general muerto en Francia, tampoco en el sable que me había dejado en herencia, sin embargo conmovido por el inmenso honor

no pensaba en los problemas que habían quedado pendientes en mi despacho

creo que no pensaba en nada, salvo esa sensación de alta sospecha, certidumbre ya de un conocimiento que me había ido llegando de a poco

de golpe sentí que su muerte me había dejado solo

me carteé con él a lo largo de doce años, en los que no se cansó de dar muestras de su indeclinable decisión de no regresar al país nunca más, y ofrecerme a cambio, cada vez que se lo solicité, su sincero deseo del acierto en el consejo y su buena voluntad para mi gestión, que nunca dejó de apoyar ni de alabar

vino a mi mente una carta suya

'...pero lo que no puedo concebir es que haya americanos que por un indigno espíritu de partido se unan al extranjero para humillar su patria, y reducirla a una condición peor de la que sufríamos en tiempos de la dominación española; una tal felonía ni el sepulcro la puede hacer desaparecer...'

descubrí por fin a qué olía el aire por entre los árboles de Palermo, brisa sulfurosa que me llegaba desde el otro lado del río

a traición

viejo olor a traición en el aire de ese agosto de 1850

la máquina que me derrocaría había comenzado a andar

la traición me derrotó mucho antes de entrar al campo de batalla

desde entonces, mi país, azotado a mansalva por intereses subalternos, endeudado por siglos, es una presa indefensa en la garra de los traidores de turno".

A la mañana siguiente, cambié de lugar esos papeles. Me quemaban en las manos. Del bolsillo de mi chaqueta fueron a parar a un valijín de cuero en desuso, que escondí en el fondo de un baúl, debajo de frazadas y abrigos viejos.

Un mes más tarde, volví a cambiarlos de lugar. Me atraían, me ahuyentaban. Cuando estaba en esa tarea, no me atrevía a sujetarlos con fuerza. Bailaban esos papeles entre mis dedos como si fuesen una brasa ardiente.

Al cabo del tiempo desaparecieron, sin dejar rastro.

PRIMERO LA SANGRE

—¿Guitarra, piano? —me había preguntado mi madre. Casi todos en la familia hacíamos música, pero el abuelo León —padre de mi padre— era el maestro indiscutido en la materia. Tocaba guitarra, piano, flauta, cantaba, improvisaba versos, hacía piruetas con la música. Decidí pedirle consejo. Por ser varón, te sugiero la guitarra, me dijo, puedes llevarla contigo a cualquier lado, encanta a las muchachas, y si tienes buena voz, nada mejor que ese instrumento para acompañarte y seducirlas.

—Buen argumento, abuelo —le dije—, pero prefiero el piano. Para no disgustarlo, le prometí alternar el piano con las cuerdas. A nadie llamó la atención que yo quisiera estudiar música. Todos habían estado esperando que me decidiera a hacerlo. Lo que no dije a nadie es que la música me acercaba a los ángeles, a los que veía jubilosamente reclinados sobre la espiral del sonido, ascendiendo hacia el techo. Al chocar contra los tirantes los ángeles desaparecían. Pero ya venía otro montado y otro, casi todos con las mismas facciones de mis muertitos.

Mi padre se enteró. Estábamos los más jóvenes almorzando bajo la mirada atenta de la abuela, cuando entró al comedor pisando fuerte.

—Así que el muchacho anda estudiando música —exclamó sin mirar a nadie en especial. No me dio tiempo a desaparecer. Normalmente, frente a la inminencia del conflicto, yo me las ingeniaba para diluirme en el aire. Al sentirme aludido, tragué rápido y me puse de pie.

—No se ponga colorado, amiguito —me dijo—. La música no es mala cosa —y tomándome de la mano me llevó con él.

La imperiosa necesidad de lo sublime entró en mi cuerpo ese mismo día, cuando me cargó en la grupa de su caballo, y sin mediar palabra fuimos a visitar el matadero del Alto.

Fue peor de lo que me habían dicho. Con mis propios ojos vi los charcos de entrañas abiertas, sangre espesa corriendo por las alcantarillas, perros tironeando tripas, mulatas achuradoras y los hombres pringosos, enchastrados, los palos y las cuchillas cayendo sobre la cabeza de las vacas, que seguían gritando enloquecidas después del primer golpe, las lenguas afuera llamando a su madre.

Se me llenaron los oídos de balidos y gritos, la nariz de olor a excremento, mezclados al tufo del humo y las brasas, donde los matarifes asaban largas tiras de carne, y comían entre risotadas y pullas, mientras el jugo rojizo les corría por el mentón hasta los codos.

—Para hacer música en nuestro país, amiguito, primero hay que familiarizarse con la sangre —exclamó mi padre, espoleando y sujetando el caballo que parecía iba a arrollar todo lo que se interponía a su paso. Y, sin responder al saludo de los hombres que se acercaron, puso un golpe de espuelas en los flancos y salimos al galope, de regreso a la casa.

Primero la sangre, había dicho. Mi única razón era ignorarla.

La lección me entró como fierro caliente en el muslo. De esa misma manera, grabándola a fuego yo también, tomé mi decisión.

Desmonté trastabillando y, como él no se detuvo, reclamado por un grupo de hombres a caballo que se acercaba, no pudo ver cuando caí al suelo, definitivamente mareado por la emoción y la carrera. Creo que ya iba inconsciente cuando mi cabeza golpeó contra un borde de ladrillos.

Me vieron entrar a tientas en la casa, balbuceando frases ininteligibles, los brazos extendidos adelante, buscando una luz que de a poco se me escurría.

Quedé casi ciego. Tenía apenas diez años. Los médicos en consulta aconsejaron que para que me volviera la vista debía permanecer, por algún tiempo, en la oscuridad más absoluta.

—El niño no se enchastra, no trepa, no monta, no enlaza, estudia piano y si se cae, queda ciego. Me pregunto cómo has podido parir un niño tan frágil —exclamó Juan Manuel, recriminando a mi madre, y después de abrazarme con fuerza, pero disgustado, partió hacia los saladeros en medio de un tropel de jinetes.

Para consolarme, comencé a pensar en él sin ponerle nombre ni lazo de parentesco. Se transformó para mí en el hombre rubio, lejos, recorriendo a caballo sus campos.

Faltaba poco para que le otorgaran el cargo de Comandante General de Milicias de Campaña, con la expresa misión de mantener la paz sobre la frontera con el indio. Territorio nuevo en el que se expandían las estancias. Él mismo había organizado patrullas de frontera para defender sus campos, y en vista del éxito obtenido habían comenzado a imitarlo y pedirle consejo.

De la nada construyó un verdadero estado en miniatura, asiento de innumerables cabezas de ganado, cientos de peones y tribus de indios, con los que hablaba en su propia lengua.

Lo vi trabajar codo a codo con su gente, imponiendo por igual su voluntad de hierro y una capacidad física comparable a la de sus gauchos más recios. Juan Manuel no tuvo rival en la pampa, fue el único capaz de movilizar, como a un ejército, esa multitud de hombres, ciegamente subordinados a su autoridad.

Hacía ya muchísimos años que los colonos habían comenzado a ocupar las tierras al sur del Salado, y el choque con las tribus fue inevitable. Cuando pude discernir, tomé partido por los indios. O tal vez fue una forma de homenaje a aquel ranquel que conocí cuando tenía apenas cinco años.

El encuentro tuvo lugar en el tercer patio del caserón de abuela Teodora. Por ese entonces vivíamos con los abuelos Ezcurra, a causa de un conflicto que tuvo Juan Manuel con su madre. Problemas de administración y desobediencia.

Tenía tos, y Encarnación había insistido en hacerme tomar un té amargo. Me escabullí, y como ratón en fuga atravesé los últimos zaguanes. Mi carrera acabó en seco cuando me topé con el indio. Quedamos muy quietos los dos, mirándonos sorprendidos. Dudé de que fuera cierto lo que estaba viendo. ¡Zas!, me dije, el famoso fantasma del que tanto habla abuela Teodora, y me pilla desarmado.

—¿El jefe Rosas? —preguntó.

—Es mi padre. Yo soy el jefecito.

Estiró la mano y me entregó un rollo atado con un tiento.

—Esto para el jefe Rosas.

Sólo recuerdo las dos líneas blancas, horizontales, pintadas debajo de sus ojos, que lo asemejaban a un bicho o a un diablo.

—Mi nombre es Calquín Guor —dijo, y me tendió la mano palma arriba. No dudé un segundo. Deposité rápido el rollo en el suelo, e instintivamente puse mis dos puños, bien apretados, encima de esa palma enorme. Él los oprimió un poco y, con el mismo sigilo con que seguramente había entrado, desapareció por entre los árboles del fondo.

Levanté despacito el rollo del suelo y me volví. Antes de salir corriendo, la figura flotante de mi tía Juana desapareció entre las higueras. Estaba de visita en la casa. Pero donde fuera, el último patio y la huerta eran su mundo obligado. ¿Lo viste? le pregunté, ¿vos también lo viste? Ella, tan pequeña como yo, sólo atinó a dibujar una mueca de susto. Estiró los brazos y se colgó de una rama, y quedó así, ausente, balanceándose.

Cuando le di el recado a mi padre, éste se puso en cuclillas, y mirándome a los ojos, me preguntó:

—¿No tuvo miedo?

—No, tatita.

—Si el indio ranquel vuelve a presentarse por aquí, usted corre en busca de la gente mayor de la casa y avisa. ¿Entendido?

—Sí, tatita.

Y agregó:

—Calquín Guor significa Águila Grande Celeste, y no es bueno conversar con un águila grande, y menos cuando es celeste.

Resignados ante el avance inexorable de los blancos, los indios pacíficos se internaron en el desierto. Pero los aucas, los ranqueles y los pampas defendieron con uñas y dientes sus manadas cimarronas y territorios como propios.

Traicionados, despojados, agraviados ante el avance incontenible de los nuevos dueños de la tierra, lanzaron su grito de guerra y comenzaron a matar, a saquear estancias, a hacer cautivos. Pero su suerte estaba echada.

Los ingleses, avezados comerciantes, habían desalojado del negocio del comercio a la vieja elite de españoles y criollos, y éstos frente a la imposibilidad de competir en un mercado dominado por la Gran Bretaña, volvieron la cara a la tierra.

La expansión de la economía estanciera transformó la realidad del país, más que nada a Buenos Aires, que supo sacar ventaja de la situación: devastado el litoral por las guerras, y la Banda Oriental arruinada por la revolución, la contrarrevolución después, y la invasión portuguesa de mil ochocientos dieciséis.

Y ahí estaban los nuevos hacendados, criollos de a caballo, tomando conciencia de su poderío económico.

Bien pronto los ganaderos de la provincia de Buenos Aires entendieron que, para lograr condiciones favorables a sus negocios, controlar el proceso completo de producción —de la estancia al puerto— e imponerse a intereses rivales necesitaban, inevitablemente, aumentar su peso político.

Y ahí estaba mi padre, al frente de esa nueva fuerza, cuyos objetivos lo enfrentaron primero a Rivadavia, después a Manuel Dorrego, a Martín Rodríguez, y por último a Lavalle. Y aquel movimiento, que comenzó en defensa de intereses económicos, acabó convertido en una renovada lucha fratricida sin cuartel, porque sumaron al botín de la tierra el sillón del Fuerte.

Mi padre, gaucho, caudillo de provincia, acabó peleando contra las pretensiones de Buenos Aires. A muchos les costó entenderlo. Finalmente, se solidarizó con el pobrerío, con los sin tierra, los negros, la chusma orillera. Con aquellos que los unitarios miraban con desprecio. Con el pueblo, que lo ayudó a alcanzar el poder y a cristalizar el modelo de país que había soñado.

Le respondí un día a un señorón de levita: decir que Rosas sólo peleó por sus intereses rurales es minimizar la historia.

Amo esas llanuras como a mi propia sangre. Crecí en ellas, las galopé, las sufrí. Fui su dueño.

Campo abierto sin cercas, casi sin árboles, a pesar de las bandadas de aves salvajes. Un mar de pasto y aguadas, sólo atravesado por interminables rebaños de vacas y caballadas chúcaras. Y el viento como una montaña, y las tormentas de polvo precediendo a la lluvia, que convertía en fangales y lagunas millas y millas de desierto. Después el sol, pegando implacable, hasta convertirlo en un páramo.

Pero no era el clima ni la soledad el peligro más grande en las pampas, sino el indio. Y para el indio, el hombre blanco.

Acostumbrados a sus largas ausencias, a las pesadas obligaciones que el país y los políticos de turno iban poniendo en sus manos, a nadie extrañó que Juan Manuel partiera, como si no le importara que yo hubiera perdido los ojos.

—Rezaré cada noche por su pronta mejoría, amiguito —me dijo.

Me quedé con la imagen borrosa de su espalda alejándose. Deseando ser como él, irreductible.

LA OSCURIDAD Y EL SONIDO

Fui un niño a oscuras.

Conmoción, golpe, experiencia violenta, ningún médico supo a qué atribuir mi repentina ceguera. Y convirtieron mi cuarto en una celda obligada.

Para aliviar mi encierro, mamá tiró mantas viejas a los pies de mi cama. Naco se echó allí. Mi lanudo blanco que, fiel a su misión de guardián, salvo para hacer sus pises y demás, no me abandonó ni por un momento.

Había otros perros en la casa. Sólo Naco fue mío. El último en nacer y el único blanco de una camada de cinco cachorros totalmente negros. El último al que lamió la perra, antes de comerse la placenta. Yo estiré rápido la mano para atraparlo, éste es para mí, exclamé. Pero ña Cachonga pegó el grito. Morirá si lo apartás de la madre, me dijo, sólo ella puede darle de comer.

La junta de médicos ya se dispersaba, cuando una pregunta de Encarnación los hizo volverse.

—¿Y hasta cuándo mi hijo debe permanecer a oscuras?

—El tiempo lo dirá —le respondieron, insistiendo en que debía protegerme los ojos con una visera—. Al entrar o salir de la habitación, abrir ventanas para ventilar, pueden dejar que penetre un rayo de luz y hiera sus pupilas, tan débiles ahora.

El más severo, recalcó:

—Señora, el menor descuido, puede hacer fracasar el tratamiento y...

—Más que un tratamiento es una tortura —terció mi madre, y añadió—: Juanito recuperará la vista, y ojalá que así Dios lo quiera, pero a cambio puede perder la razón.

Yo sólo tuve aliento para preguntar:

—¿Cuándo podré volver a tocar el piano?

La contundencia de abuela Agustina nos insufló esperanza:

—Hoy mismo daré comienzo a la novena de Santa de Lucía.

Cubrieron la ventana con paños, cerraron la puerta, y quedé a solas con el miedo. Llamé a mi madre a los gritos. Regresó asustada:

—Tenés que ser valiente.

Le pregunté, ¿podré acostumbrarme a la oscuridad? No será fácil, Juanito.

Esa noche se quedó a dormir en mi cuarto. Yo no dormí, todo el tiempo pensando en que, apenas amaneciera, se alejaría para atender sus quehaceres.

Por los ruidos de la casa, supuse que ya era de día. La oí vestirse. No pude evitarlo y comencé a llorar. Me buscó, tanteando en las sombras. Me encontró en un rincón de la cama y me cubrió de besos.

—No tengas miedo, no llores. Voy a consultar a ña Cachonga; ella elegirá, mejor que yo, quién puede quedarse a tu lado cada minuto, hasta que recobres la vista.

—Quedesé usted, madre.

Al comienzo, mi único consuelo fue apretarme a mi perro, que apenas quedábamos solos de un salto caía a mi lado, feliz de compartir la cama conmigo.

Da frío vivir en la oscuridad.

Las sombras cayeron sobre mis hombros y todo desapareció. Estaba condenado a flotar sin luna en medio de una larga noche. Extendí una mano y encontré el hocico húmedo de Naco. Le tanteé la cabeza, lo acaricié. Por sus movimientos y el ruido de las uñas en el piso, me di cuenta de que quería salir a correr por los patios. Ahora no, Naquito, no puedo.

Tuve mucho miedo. Sólo veía bultos. Para colmo, no permitieron ni siquiera una vela en el cuarto. Aprendí a comer a oscuras, a tantear los bordes, a lavarme, a permanecer a oscuras. El golpe me había dejado sin luz, e inexplicablemente, dejó de existir para mí el mañana. Todo se redujo a respirar y pensar en algo.

—¿Vos ves en el oscuro…? Enséñame, Naquito.

Al principio no me atrevía a abandonar la cama. De todos modos, debía hacer reposo. Pero un día tomé coraje y me lancé a caminar por la habitación. Iba encorvado. Tropecé con una mesa, con una silla. Metí el pie desnudo dentro de la vasija de agua de Naco.

Aprendí que tenía que caminar con los brazos extendidos adelante, la cabeza y la parte alta del torso echados atrás.

Perdí la luz, pero a cambio descubrí un mundo de texturas, sonidos, sabores, olores. Al comenzar a explorarlo, se abrió para mí un universo colmado de aventuras. El juego consistió en desarrollar mis otros sentidos.

Apenas abrían la puerta, sabía que en la taza venía el té a la bergamota. Aprendí a identificar los condimentos. Cuando ña Cachonga regresaba para retirar el plato, yo le nombraba sin equivocarme cada uno de los yuyos que ella había echado a la olla.

Sábanas cálidas, cubiertos fríos. Nada más liso que el vidrio y el mármol.

Aprisioné para siempre la tibieza de Encarnación, el olor de su aliento, su trenza de seda.

También hice desastres. Volqué, rompí, pataleé. No glite, amito, me pidió la muchacha negra que me acompañaba. ¡No glite!, se le van a salil lo ojo. Tengo frío, volví a gritar. Es la quietud, dijo ella. ¿Quietud? Entonces, me muevo. Y salté de la cama a la oscuridad, en un arranque tan temerario, que en esa fracción de segundo que duró el vuelo pensé, Dios mío, adónde iré a parar. Y rodé por el piso.

—Tlanquilo, Juan. Deme la mano. Blandito, niño, se le van a salil lo ojo.

Aprendí a tener paciencia.

Una noche —tal vez de día— entró Encarnación y encendió una vela. Por favor, no la mires de frente. Y me coronó con la visera verde.

—Como verás, aparezco a la hora indicada —susurró el abuelo León. Había cerrado muy despacito la puerta y avanzaba en puntas de pie.

Era la siesta, la hora en que juntos solíamos incursionar por los rincones mejor guardados de la casa y, a escondidas, brindar con sorbitos de licor de mandarina. ¿Por qué brindamos, abuelo?, tenía yo la costumbre de preguntarle antes de cada sorbo. ¡Por España!, respondía, y levantaba la copita. ¿Y por quién brindamos ahora, abuelo? ¡Por el rey Fernando, el séptimo! Entonces se cuadraba como un soldado y levantaba dos veces la copita.

—Que no te oigan, abuelo.

—Lo digo en broma, querido nieto, para divertirnos.

Él tenía los dulces prohibidos, pero con el pretexto de convidarme, alternábamos el licor de las hermanas con unos buñuelos de dulce de lima bañados en almíbar, especialidad de abuela Agustina.

—Como estás impedido, traje la baraja —y se sentó junto a mí.

—¿Jugar al oscuro? Estoy mal de los ojos, abuelo, no del estómago.

—¿Te parece?

—Un sorbito no nos hubiera venido mal.

—Bueno, la próxima… ¿Te conté cuando en mi juventud fui cautivo de los indios?

—Varias veces, abuelo.

—No importa, te lo voy a contar otra vez.

—Si a usted no le molesta, prefiero el motín de las trenzas.

—Dejemos tranquilo a Belgrano.

—Oí un comentario acerca de un entrevero que tuvo don Manuel con tía Pepita.

—Mocoso insolente, ¿qué es eso de entrevero? Hablar así de su tía.

—No lo digo yo.

—Entonces no repita.

—Bueno, y qué hay de las trenzas, ¿usted también las usaba? No me lo imagino de pelo largo, abuelo.

—Le digo que se calle, pareciera que la falta de ojos le hizo crecer la lengua.

—Está bien, lo escucho.

La vela oscilaba sobre la cómoda. Lanzó una risita.

—Fue por allá por el mil setecientos ochenta y cinco, cuando finalmente pude embarcar en la expedición comandada por el piloto español Juan de la Piedra…

A él le gustaba agrandar aquellos episodios, que en verdad no había sido un año, sino apenas cinco meses los que pasó cautivo de los indios. Pero el abuelo tenía derecho a extender su coraje.

Resignado, cerré los ojos. Pude escuchar otra vez el oleaje golpeando el casco de la nave, el olor a sal y el grito de las gaviotas mezclado a las voces de los navegantes.

Con el tiempo me permitió sentarme junto a él a mesas de naipes, en las que vi ganar o perder grandes extensiones de campo, haciendas completas o codiciadas tropillas de un solo pelo. El abuelo León era como una caja de música, para saber dónde se hallaba no había más que seguir el eco de la risa de sus contertulios.

Tal vez porque nos entendíamos a las mil maravillas, casi todo lo que compartía con él había sido previamente vetado por mi madre.

Nuestra relación se desarrollaba en dos planos bien diferentes. Cuando estábamos solos, la conversación y los modales eran abiertos y campechanos. En presencia de otros, así se tratara de Manuela, ambos poníamos una cierta distancia en el trato, tal como hacen los caballeros.

No sé por qué razón, me confesó cierto día, contigo no me siento obligado al disimulo. Especialmente frente a las mujeres, fueran de la que edad que fuesen, impostaba la voz, y cuidaba los ademanes y el lenguaje hasta extremos casi ridículos. En esas ocasiones sacaba a relucir palabras que a todos dejaban boquiabiertos. Después, en privado, yo le preguntaba ¿qué quiso usted decir con eso del bárato? Tuteame, tuteame, me decía sin responder la pregunta.

—A pesar de tu abracadabrante oscurantismo te voy a dar un crédito de confianza —y me señalaba el diccionario.

Usaba mucho la palabra requiolo, y nos echaba de la puerta de su alcoba con un ¡a otro lado con el mosconeo!

Yo fui el nieto que más quiso. O tal vez inclinó hacia mí su cariño para compensar la balanza.

La idea surgió un mes después, por iniciativa de tía Andrea, otra hermana de mi padre. En medio de un gran desorden y con la ayuda de algunos peones, hizo trasladar desde la sala hasta mi cuarto el enorme y pesado piano negro con candelabros de bronce y teclas de hueso amarillento, sin olvidar la butaca de pana roja.

Tía Andrea fue mi primera maestra de música.

Por ese entonces, todos los primos, de alguna manera, aporreaban el piano. Los más grandes algo sabían, bien o mal cantábamos, hacíamos escalas, aprendíamos las canciones de moda.

El mayor atractivo de aquellas jornadas musicales fue hacerlo a oscuras.

Apenas entraban al cuarto, mi hermana y mis primos se transformaban. Sentado al piano yo improvisaba acordes de terror, arpegios de huida, acompañado por los ladridos entusiastas de Naco, que no perdía oportunidad de mordisquear talones.

En la oscuridad, algo les impedía comportarse normalmente. Se movían como en sueños, aleteando las manos, los cuerpos quebrados en extrañas contorsiones. Sobre las paredes, la única vela proyectaba el fantasma ondulante de sus sombras.

Entusiasmado, cedía mi puesto al que tuviera más cerca y comenzaba a imitar sus giros; elevaba los brazos, la cabeza volcada hacia atrás, pronunciando palabras que nadie entendía.

—Cuidado, Juanito invoca a los espíritus —susurraba Manuela.

Girando, haciéndome el distraído, empujaba a Agustina. Ella seguía danzando, como si no se diera cuenta. Yo aprovechaba para soplarle suavemente el cuello por entre los bucles.

La entrada de tía Andrea ponía fin al desborde. Muy enérgica exclamaba: ¡Juanito!, es hora de tomar tu clase, e invitaba a los revoltosos a despedirse.

El recuerdo del perfume y las risas de mi tía Agustina —un año menor que yo— me hacían soportable el aislamiento. Horas interminables, acompañado sólo por Naco y la muchacha negra encargada de cuidarme día y noche. Siempre detrás de la visera de baquelita verde, muy quieto, escuchaba los cuentos que ella me contaba: chismes de cocina, largas historias de aparecidos, de terneros decapitados y pájaros malignos que anunciaban las tragedias.

Al final del día, ya sin saliva, se quedaba callada, pero implacablemente, al otro lado de la visera, yo exigía:

—Por favor, Sagrario, otro cuento.

—¿De quién es esta mano?

—¿Y esta otra?

Las primas Rosita y Mercedes Fuentes, feítas y melindrosas, en puntual visita, dirigían el juego. Era fácil adivinar las de Manuela, pero no por sus manos en sí, sino porque ella se acercaba precedida por el tintineo de las pulseras y collares que se echaba encima, y acompañaban cada movimiento de su cuerpo mimos y risitas nerviosas. Esta niña se adorna como una mulata, se lamentaba mi abuela. Y qué quiere usted, respondía Encarnación, hay en la casa más negros que blancos, y para contemporizar terminaba:

—En todo caso, se adorna como una criolla.

Arrogante, Agustina se plantaba frente a mí. Con la visera bien calzada, sólo le veía la punta de los zapatos.

—Ahora adiviná quién es —exclamaban los chicos a coro.

—Dame la mano —pedía yo.

—Sin mano —decían.

Sabía que ella se encontraba en el cuarto apenas traspasaba la puerta. Venía envuelta en un suave aroma a acuarelas y grafito. En voz muy baja le decía:

—Lamento no poder ver tus dibujos ahora.

—Y a mí qué me importa.

—Hablen fuerte —pedía Manuela.

Le mentí. Lo que más lamenté a lo largo de aquel tiempo, fue no poder ver cómo iba madurando el milagro de su belleza.

Me quedaba horas observándola, preguntándome cómo es posible que alguien la exija o la regañe cuando ella mira con esos ojos;

cómo es posible verla reír, dibujar inclinada sobre la mesa, la cascada de bucles color almendra, la línea blanca del cuello que asoma por entre los encajes, ¿cómo es posible?, y no caer allí mismo fulminado por tanta hermosura.

—Tatita, ¿cómo puede ser que usted tenga una hermana más chiquita que yo?

Mi padre reía:

—Pregúntele a su abuelo León, amiguito.

Creo que amé a mi tía Agustina desde el primer momento, sin saber que la amaba. Creo que también odié a mi tía Agustina.

Síntesis de perfección inalcanzable, alentando mi temprana inclinación a cualquier forma de belleza, excluido el compromiso del cuerpo. Me hubiera gustado verla a mis pies, sometida, aniquilada su arrogancia, esa manera que tenía de imponer su presencia, de decir sin decir: soy la mejor, la más linda.

Sin embargo, había descubierto que mirándola, sólo mirándola, mi espíritu alcanzaba un estado de gracia supremo. Salvo con el pensamiento, jamás se me ocurrió poseerla de otro modo. Era muy joven todavía. No obstante, me aterraba el solo pensar que alguien pudiera alejarla de nosotros.

Ella, muy pronto, fue consciente de sus encantos y del impacto que éstos provocaban en los hombres. Conoció el poder de su seducción mucho antes de cumplir los trece años. Yo, a los trece, era todavía un aprendiz ignorante a su lado. Ella coqueteaba con todo el mundo con ese modito suyo, y a pesar del halo de transparente inocencia que la rodeaba, sabía lo que hacía. Es más, sabía perfectamente hasta dónde llegar, con quién y hasta cuándo. Por esto, Juan Manuel y mi abuela midieron el peligro de esa seducción arrolladora y sus vidriosas consecuencias. Poco antes de cumplir los quince le ubicaron el candidato.

Mi devoción por Agustina me llenaba de miedo y de vergüenza. Sólo martirizándola podía demostrarle mi afecto.

Aquel verano mi estúpida ceguera me impidió ir al Rincón del Salado, donde parte de la familia se instalaba por tres largos meses. Sólo abuelo León permaneció en la casa hasta el final. Lo hago por mi pobre nieto, le dijo a su brava consorte. A decir verdad y con mis años, prefiero la ciudad, me confesó en secreto.

Al atardecer desaparecía. Las visitas y tertulias con los amigos, compañeros de armas, como los llamaba; el juego de naipes, y algo muy parecido a la libertad, lejos del severo control de abuela Agustina, tenían para él mucho más sabor a auténtico recreo que las estadías en la estancia.

Una noche de calor agobiante, Sagrario retiró los paños que cubrían la ventana y abrió las hojas. De golpe volví a sentir la caricia de la brisa, y el perfume espeso de las magnolias y los jazmines invadió el cuarto.

Maravillado, me acerqué a la ventana e intenté mirar.

Borrosa, descubrí la luna entre los árboles. Todo lucía simple y tan cerca. Sin embargo, no era más que un espejismo. Al otro lado de las sombras alguien amasaba la desventura.

De pronto, sintiéndome profundamente solo, comencé a llorar.

No encontré fuerzas para correr al piano y buscar consuelo en las escalas y las rondas infantiles que había aprendido. Desconsolado, por encima de mis sollozos traté de escuchar la música que inundaba la noche, imaginarla, arrancarla del silencio, pero fue imposible.

Me volví hacia Sagrario y le pedí que me abrazara.

Ella me llevó hasta la cama y puso mi cabeza en su regazo. Blandamente, quedamos tendidos los dos.

Había olor a jabones en su escote. El solo contacto con su piel me trajo alivio, y me dejé ir con la cabeza entre sus pechos. Aparecieron cascos lanzados al galope, gritos de guerra y por detrás, a marcha muy lenta, una procesión de frailes encapuchados. Ajusté los ojos para mirar. Las tinieblas del sueño me lo impidieron. Entonces, cesaron los gritos y surgió nítido ante mí ese cuadro que cuelga de uno de los muros en San Francisco, Juan el Bautista, echando agua del río sobre la cabeza de Jesús.

Un hombre se acercó con una vela en la mano. Fui brutalmente zamarreado.

—¡Me lo temía, me lo temía! —tronó abuelo León, al tiempo que de mala manera empujaba a Sagrario fuera del cuarto.

Me desperté aturdido.

¿Qué te hizo?, tronó. Qué me hizo, repetí, atontado.

—¿Te hizo algo? —sentado al borde de la cama y con la vela a centímetros de mi cara, insistía—: Contame todo, ¿qué te hizo?

Reaccioné cuando la cera ardiente me quemó la mejilla, y le conté el sueño que había tenido. Eso fue todo, abuelo. Sin embargo, sus consejos ocuparon el resto de la noche.

—Cuando llegue el momento —concluyó—, te diré cómo se hace. Confiá en mí.

FIGURAS DE UN SUEÑO CONFUSO

De aquel episodio recuerdo también el insomnio que le siguió, poblado de inquietudes y amenazas, frases escuchadas por ahí y que yo repetía de memoria, como si se tratasen de un amuleto contra la desdicha.

A mí qué me importa que los federales me asusten con Juan Lavalle, decía para mis adentros sacando pecho entre las sábanas, sin entender en absoluto por qué lo decía. No le tengo miedo a Juan Lavalle.

Qué me importa que Rivadavia nos llame gauchos con camisa almidonada. Qué me importa a mí que vayan a las cortes del Brasil o de Europa en busca de príncipes con corona, porque aquí los señores de levita han perdido la fe en los destinos de América.

Me encantaba eso de los destinos de América, palabras que vaya a saber quién las había dicho y habían quedado repicando en mis oídos. ¡Qué me importa! repetía, sintiéndome cada vez más corajudo. Que se arregle mi padre con esas patochadas… Y me apreté a la sorpresa de descubrir el amanecer entre los brazos de mi abuelo, que roncaba a mi lado.

A mí qué me importa, qué me importa susurré hasta agotarme, convencido que esa cuartelada *in pectoris* me ayudaría a conciliar el sueño.

Cuando comenzó a despuntar el sol no cerré los ojos. Aunque me hiciera daño, quería grabar para siempre la luz de esa mañana en mi memoria junto al calor de su cuerpo; recordar su angustia por haberme creído en peligro, a merced de los instintos de una mujer salvaje, ¡salvaje!, como lo repitió tantas veces, compadecido de mi situación y mi inexperiencia.

Pobre abuelo, extremó las cosas. No obstante, a partir de esa noche, supe que había un misterio agazapado en mi futuro —otro más— esperándome. Algo que habría de sucederme y descubriría yo solo, pero que, afortunadamente, él estaría allí para avisarme cuando hubiese llegado el momento.

Alcancé a verlo cerrando la ventana, y me quedé dormido.

Ese mismo día, Sagrario fue reemplazada por el nieto de ña Cachonga, mota rubia, pocos años mayor que yo, al que apodábamos Mongo. Candoroso y bailantero.

Él me enseñó el ritmo del candomblé golpeteando sobre la tapa del piano, y me llevó sin miedo por los templos secretos de los barrios del Tambor; él me enseñó a respetar sus creencias y sus ritos en misteriosas ceremonias con gallos decapitados y velas negras.

Hipólito era su verdadero nombre, el que reemplazó a ña Cachonga en aquello de soplar en mi mollera, para alejar a los espíritus diabólicos.

Al cabo de los meses la música hizo el milagro. Abuela Agustina agregó:

—Santa Lucía tiene mucho que ver en esto.

Tía Andrea preparó la sorpresa. En bandada entraron a mi cuarto tíos, primos, abuelo León, incluso mi madre, que junto con Manuela y Agustinita acababan de regresar del Rincón de López.

Solemne, abrí el piano, me senté en la butaca roja y puse las manos sobre las teclas. El auditorio atento. Tía Andrea había encendido la única vela permitida; pidió silencio y comenzó a tararear en mi oído el cielito que se escuchaba en torno a los fogones de los arrabales.

Inseguro al comienzo, tan gacha la cabeza que la visera casi me rozaba los dedos, comencé a tocar la melodía con la mano derecha y los acordes del compás con la izquierda.

Sin dejar de tocar, como había visto hacer a tantos pianistas en el salón de los lunes de la abuela, exclamé —la letra dice así— y empecé a cantar.

Cielo, cielito y más cielo,
cielito siempre cantad
que la alegría es del cielo,
y del cielo es la libertad.
Hoy una nueva Nación
en el mundo se presenta,
pues las Provincias Unidas
proclaman su Independencia...

No sabía más que esa estrofa, pero hice coraje y saqué de la garganta un sonido dulce y finito para acompañar el piano. A pesar de que desentoné en los agudos y varias veces tuve que corregir los acordes, mi debut fue un éxito.

Primero fue la gritería de los chicos y luego el aplauso de los mayores. Los más pequeños me agarraron desprevenido y de un empujón fui a parar al suelo y me voló la visera.

Es un ángel cantando, dijeron las tías. Rogué porque el comentario no llegara a mi padre.

Bien por el Juanito, gritaban, y cuando pude enderezarme ya corrían todos por entre los muebles. ¿Quién te enseñó la letra?, preguntó mi abuelo. Tía Andrea, alcancé a decirle, y no me digan Juanito rogué, prefiero que me llamen Juancho.

Cada vez que pasaban saltando junto al piano le daban con los puños y los codos. El alboroto cesó cuando entró la negra Gregoria con una enorme bandeja cargada con dulces y una jarra de leche-crema.

Repartieron buñuelos y grandes tazones. No se ve nada, rezongaban los chicos, mientras tía Andrea sentada al piano, distraída y con un solo dedo, tocaba el viejo minuet.

Pocos meses después, apenas llegó la noticia, dándose humos, Andrea aseguraba que haberme enseñado ese cielo fue premonitorio. Acabábamos de vencer a los godos en Ayacucho, última gran batalla que puso fin a la dominación española.

Al despedirse esa tarde, y antes de abrir la puerta, me pidieron que mirara hacia la pared. Como tromba, los chicos salieron a la luz, gritando vení con nosotros Juanito, no les hagas caso, vení. Y yo, apretado al rincón más oscuro, no me llamen Juanito les pedía, mientras mi hermana y Agustina se perdían en el sol, brincando como monos, haciendo tumbas-carnero, hasta desaparecer a lo lejos con sus gritos.

Dirigiéndose a mi madre, Andrea exclamó:

—Es prodigioso, Juan Bautista toca de oído, sólo hace falta tararearle la canción y él enseguida la ejecuta en el piano. Y además, con variaciones y todo.

A partir de ese día se instauraron los domingos bailables. Cuando se hacía presente, en ausencia de mi padre —con quien no congeniaba—, tío Gervasio, buen bailarín, daba pasitos y tocaba la flauta. Yo lo acompañaba al piano. Corrían los muebles e iniciaban la danza a la luz de la única vela.

Figuras de un sueño confuso, los contornos diluidos, girando en la penumbra.

Hasta tío Prudencio —el gran bailarín de la familia— fue un par de veces a mi cuarto. Imitaría después su elegancia para el baile.

Cuando era Andrea la que se sentaba al piano, yo me unía a ellos. Con los brazos en alto dejaba caer la cabeza hacia atrás, balanceándome suavemente. Nadie podía verme la cara. Sólo mi voz: somos ángeles, somos ángeles…

—De la guarda —contestaba conmovida mi hermana, incapaz de reprimir su veta sensiblera.

A una velocidad admirable fui aprendiendo contradanzas, rondas, valses y mazurcas. Una vez por semana venía el doctor Lepper a verme. Papá lo llamaba James. Me revisaba los ojos en silencio. Todavía falta, decía.

La llegada de mi padre, como las tormentas, venía precedida por una quietud cargada de presagios. Hasta los pájaros callaban. Naquito, echado a la sombra de mi puerta, lo husmeaba en el aire, y sin cambiar de posición volvía a caer en el sopor de los últimos calores. Sirvientes en puntillas atravesaban los patios.

De pronto, estallaba el redoble de los cascos. Enseguida las voces y el ruido de las cabalgaduras al ser despojadas de monturas y aperos. Yo aguzaba el oído para identificar su voz. Al rato, la puerta se abría de un solo golpe y ahí estaba él, recortado en el vano.

Intimidado, no sabía cómo reaccionar. Una fuerza dentro me empujaba a levantarme y correr hasta sus brazos, tatita querido. Pero me quedaba quieto. Por ese entonces, ya era más fuerte el dolor a ser rechazado que el deseo de abrazarlo. Su silueta contra la luz tenía la fuerza del viento en el desierto.

Me llegó un olor a largas jornadas sobre el lomo del caballo. Se acercó despacio, acostumbrando los ojos a la tiniebla. Cuando me descubrió, sentado al borde de la cama, él mismo me quitó la visera y me animó a ponerme de pie, para luego abrazarme como a un paisano.

—Me han dicho que está mejor, amiguito —y me palmeó en la espalda.

El tono cariñoso de su voz avivó en mi corazón la necesidad infinita de su afecto. La abuela me lo había repetido tantas veces: sos hijo del amor, Juan Bautista.

Ya a punto de irse se volvió, y sorpresivamente me puso un beso en la cabeza. Su gesto me llenó de coraje. El envión me levantó desde los talones, y decidido a todo le tiré los brazos al cuello.

—Yo también lo quiero, amiguito —me dijo, y se fue.

Semanas más tarde pude volver a enfrentar la luz.

Faltaban apenas dos meses para cumplir mis once años. Había crecido. Estaba más alto y más delgado. Afortunadamente, el ánimo y el carácter intactos.

Lo primero que hice, fiel al rito, fue pintarme las rayas blancas, horizontales, una en cada mejilla, debajo de los ojos. Luego, abuela Agustina me llevó en carruaje hasta una parroquia cerca del puente de Barracas. Allí nos hincamos a los pies de la imagen de Santa Lucía, y rezamos juntos para agradecer el milagro.

Podía fijar la mirada y ver con la exactitud de antes, pero inexplicablemente, de azul claro mis pupilas viraron al gris acuático, efecto que la oscuridad duplicaba.

—Te cambió el pigmento —me decían los chicos a los gritos, sin entender el significado, sólo porque oían a los mayores.

—Te pusieron otros ojos, ¡parecés un gato!

Yo los corría tirando manotones.

A partir de entonces, y a pesar de todo, viví rodeado de música. Tocaba a cualquier hora; y aprendí también de oído las canciones que cantaba el pueblo para celebrar las victorias.

Me movía en las sombras con la soltura de los gatos de Manuela. A cierta hora sentía la urgente necesidad y corría a encerrarme a oscuras en mi cuarto. Sólo Naco conmigo.

Me gustaba deambular por entre las cosas con los ojos cerrados, palpando bordes, la textura fría y lisa del cristal y los espejos; maderas rugosas, el satén de los mármoles.

—Pobrecito, es una criatura ciega —decía, imitando la voz de Encarnación y su gesto—. Pero tengo la música, tengo la música…

Despacio en los primeros golpes, comenzaba a recorrer la casa algo parecido al tam-tam de los tambores en los barrios negros, y aumentaba el ritmo de mis dedos sobre la tapa del piano.

Desde cualquier rincón de la casa, Mongo paraba la oreja. Al segundo, sonaban sus nudillos en mi ventana. Posesionados, felices, alternábamos baile y redoble.

—¿Po qué al ojculo, amito?

—Porque la luz distrae el oído.

Brincábamos hasta caer agotados. Así nació mi singular atadura con la música.

SI ES LOCURA O CORAJE

Hubo un tiempo en que odié a Francisco Rosas y lo castigué como a nadie.

Debo ser más preciso. Hubo un tiempo en que odié a todo aquel que captara la atención y el afecto de mi padre. Que pudiera lo que yo no podía.

Pero Francisco, calco físico de Juan Manuel, fue una historia aparte.

Comencé a detestarlo cuando, sin que señal alguna lo indicase, él aparecía en la casa, entonces yo gritaba ¡tatita! y corría a su encuentro. Al volverse me daba cuenta de que esos brazos que me alzaban y me hacían girar en el aire no eran los brazos de mi padre. Él decía Juan, Juanito. Pero no era mi padre. Entonces, la decepción unida a la sorpresa, y el haber caído nuevamente en el engaño por el tremendo parecido, me sumían en un rencor interminable.

—Si me das un abrazo te descubriré el secreto, y jamás volverás a confundirnos —me decía sin soltarme.

Pero el odio me enceguecía, me impedía medir la ventaja, y antes de que Francisco pudiera volver a enredarme en su ternura, corría a esconderme.

—No necesito que me descubras ningún secreto, payaso —le gritaba.

Era el tiempo en que todavía creía que Francisco se disfrazaba de Juan Manuel para perturbarme. Porque no hay secreto, pensaba oculto detrás de alguna puerta. Cuando no me levantes hasta el techo ni me beses como a un faldero, entonces, serás mi tatita.

Nadie nunca conoció el origen cierto de Francisco Rosas.

El mismo apellido: detalle confuso. Luego, el gran parecido físico con alguno de los Rosas fue motivo para que las malas lenguas lo declararan, como a mí, hijo del pecado.

Dijeron que fue producto de un desliz del abuelo León. Dijeron después que el desliz lo había cometido un hermano del abuelo León, que vivía en Chile. Con el tiempo, indagar sobre el origen de Francisco perdió interés. Contaban, sin embargo, que allá en los comienzos, en medio de las tertulias, entre punto, pastelito y lazada, las señoras, indefectiblemente, se hacían conjeturas: ¿Y dónde fue que apareció este niño, aquí en Buenos Aires o en la estancia? ¿Quiénes son sus padres? ¿Quién lo trajo, alguien se acuerda? ¿Acaso un indio?

Francisco fue creciendo como un arrimado a la casa. Pero a fuerza de imponer su nobleza y gran corazón, llevó a los chismosos a sepultar para siempre el detalle de su empañado origen.

Por el solo hecho de haber sobrevivido en tierras al otro lado del Salado, Francisco Rosas era un hombre diferente.

Nacido para disfrutar del peligro, era capaz de mimetizarse en el desierto como un boroga. Capaz de entrar a pecho abierto en el corazón del entrevero riendo a carcajadas, empuñando el sable como lanza y pelear sin que por un segundo se le borrase esa risa dañina. Gritando como loco, provocaba en el enemigo tanto o más espanto que el filo en remolino, el cuchillo en la otra mano, a puro muslo sujetando el caballo. Hombre y bestia como una máquina que gira, esquiva, se abalanza, reparte tajos. Y él riendo terrible, sacando golpes de todas partes, gritando. Una estampa.

No se sabe si Francisco juega o pelea, si es locura o coraje.

Reducidos, los otros huyen. Él sigue ciego, mandando estocadas.

Es el caballo quieto entre las piernas quien le avisa que todo ha terminado. Resopla, se afloja, guarda tranquilo el acero en las vainas; después, mira en rededor cómo su gente se va recomponiendo.

—¿Alguna baja?

Quiebra luego despacio la cintura y se extiende sobre el cogote sudado. Sigo vivo, murmura. Por la boca le entra un vaho fuerte a orina y sangre. ¡Que huele fiero!, dice. Aprieta suave en las verijas y vuelve al tranco con los suyos.

Sin embargo, Francisco no debía a esto su fama, sino a su enorme capacidad negociadora. Sólo mi padre lo aventajaba.

Durante años, él y Juan Manuel vivieron de toldería en toldería, preparando el camino de la paz y la convivencia, sentados en cuclillas en un pellón de oveja, rodeados de caciques y capitanejos. Parlamentando, aprendiendo, sin olvidar el más mínimo detalle del curioso, extenso y complicado protocolo indio. Repetir hasta el cansancio de adelante para atrás, de atrás para adelante, las frases y saludos interminables con que se iniciaban esas ceremonias. Sonriendo siempre, siempre alertas, ligero el ánimo, generosos, iban abriendo petaca tras petaca hasta colmar la apetencia insaciable de los pampas y los ranqueles.

Así se empeñaron, mitad gauchos, mitad hidalgos, duros caballeros del desierto. Leales y curtidos. Con orgullo mostraban las cicatrices ganadas en las peleas: sostener la frontera, mantener la línea en sus estancias. Legítimamente adquiridas —subrayaba mi padre—. Pero bien sabían que esas tierras fueron arrebatadas por los conquistadores, palmo a palmo, a los salvajes. Despojo que se sintetizó en un solo párrafo, repetido hasta el hartazgo, subrayado después en cartas y documentos: "vamos en nombre de la Civilización y del Progreso".

Cada vez más al sur, más al oeste, más allá del Azul, hasta el mismo borde de las Salinas Grandes. Mojones que ni siquiera los caciques Painé, Catriel, Calfucurá pudieron después recuperar.

Desde los tiempos de la conquista, los cristianos fueron al encuentro del indio con sus carretones cargados de uniformes deshilachados, plumas, sombreros de copa, abalorios. Pusieron en marcha el gran trueque. A cambio, y sin cuestionárselo siquiera, se fueron apoderando de una de las llanuras más ricas y extensas del planeta.

Después, sobrevinieron guerras tremendas entre las tribus. En la batalla final —mil ochocientos veinte— los mapuches aniquilaron a los tehuelches, degollaron a sus mujeres y a sus niños, sólo conservaron algunos lactantes, y los tehuelches desaparecieron para siempre del norte de la Patagonia.

Con los vencedores, los cristianos siguieron negociando, parlamentando, haciendo promesas, y cuando el ardid no dio el fruto apetecido, sin vacilar usaron la pólvora. La matanza fue más prolija y minuciosa que las palabras. Del resto se ocupó el aguardiente, la miseria.

Escuchando a Francisco, y a pesar de conocer la historia, yo me estremecía hasta los huesos. Pero él enseguida me tranquilizaba.

—No te inquietes, eso fue antes. Ahora sólo combatimos los malones.

Juan Manuel y Francisco aprendieron a convivir con ellos en el

Rincón de López, sobre la desembocadura del Salado, en la Bahía de San Borombón.

Campos grandiosos, que fueran punta de lanza en una acción evangelizadora, dirigida por el padre jesuita Matías Strobel, a mediados del mil setecientos.

Cada vez que los indios fueron traicionados en sus convenios con los conquistadores, se tomaron el desquite y cayeron con su fuerza devastadora sobre todo aquello que se cruzaba en su camino.

Fue en mil setecientos cincuenta y tres que, tras soportar todo tipo de hostilidades, los misioneros jesuitas tuvieron que abandonar aquella reducción.

Y esos campos, mis campos, volvieron a ser tierra de nadie por dos largas décadas. Recién en mil setecientos setenta y cinco, el virrey Cisneros los otorgó a uno de sus lugartenientes, don Clemente López de Osornio, mi bisabuelo, padre de abuela Agustina.

El bisabuelo Clemente encarnó al típico estanciero militar. Toda su existencia la dedicó a luchar no sólo contra los salvajes, sino contra todo lo que significara un escollo para el asentamiento de la civilización por esas soledades inacabables.

Él fue de los primeros en mi familia en galopar las pampas junto con sus gauchos. Nombrado después comandante general de campaña en la provincia de Buenos Aires, dirigió operaciones contra los guaraníes, enfrentó luego a los malones en su estancia, y cayó en manos de la indiada, defendiendo esas tierras. Murió peor que un perro —murió en su ley, decía mi abuela— envuelto en un cuero vacuno, y luego tirado al río.

Me estremecía el solo pensar que su sangre corría por mis venas; la de don Clemente y también la de don León, unidas a la de mi padre, oficiales que dieron pruebas de honor, conducta, valor y celo al servicio. Sistemáticamente me negaba a considerar lo que abuela Agustina sostenía, después de pasar horas contándome cosas de nuestros antepasados.

—Por donde te miren, Juanito, esperarán de vos hazañas, virtud y coraje. No lo olvides, sos legítimo hijo, nieto y bisnieto de militares. Tendrás que ponerte a la altura de tu circunstancia.

En aquella sentencia, pronunciada a modo de lápida, hubo palabras que no capté de inmediato. Sin embargo, su sentido penetró en mi hueso como la marca de fuego en el flanco de las bestias. Fue a partir de entonces que ya no tuve dudas de lo que sería mi vida.

Esperaban de mí hazañas, y a mí me gustaba vagabundear y escuchar música.

Con el tiempo y la persecución implacable, sólo fueron quedando tribus mansas por los alrededores del Rincón de López. Doña Agustina les permitía instalarse en unos bajos cerca del río. Practicaba el trueque con ellos, les daba trabajo, y a los más hábiles y comedidos los conchabó como peones.

Desde muy jóvenes, a Juan Manuel y a Francisco los fascinó el misterio de esos hombres de piel cobriza. Jugando aprendieron el idioma, las costumbres; con mucho esmero copiaron la delicadeza del trato que el indio le daba al caballo. Sin embargo, Francisco reconocía que esa fascinación por el indio iba teñida por una gran dosis de miedo y de desconfianza.

—Yo te ayudaré a vencerlo —le había dicho Juan Manuel, apelando a su estilo drástico, y no desaprovechó oportunidad para empujarlo contra la piel hedionda y salvaje—. Olfatealos —le decía—. Lo primero es perderles el asco.

—Dejame tranquilo —farfullaba Francisco, escabulléndose.

Juan Manuel contemporizaba:

—No son enemigos, Panchito, tampoco el diablo. Diría, subalternos.

Era suave entonces, persuasivo, y cuando comenzó a cobrar conciencia del mundo que lo rodeaba, le dijo:

—No lo olvides, Pancho, nuestra permanencia en estas tierras depende de cómo negociemos con ellos.

Sentado al mismo borde de la inmensidad, Francisco miraba.

—Tanto horizonte, Dios mío…

La pampa infinita y peligrosa se le ocurría un paisaje de vértigo. Se sentía minúsculo, impotente, generoso también frente a esa inmensidad aplastante.

—¿Cómo es posible que todo esto sea nuestro? Si no me alcanzan ojos ni voluntad para abarcar tanta tierra.

Su extremo pudor evitó que allí mismo se pusiera a llorar a los gritos.

—Espacio eterno —exclamó—. Levantaría una pared donde apoyar la espalda para no sentirme tan solo.

Juan Manuel no albergaba dudas.

—No seas flojo —le decía— la tierra está a disposición del que quiera tomarla.

—¿Y los indios?

—Lo veremos sobre la marcha.

Llegó el día en que perdió el miedo a los indios y a la inmensidad.

Una pesadumbre guardó Francisco hasta su muerte: Juan Manuel de Rosas, su amigo del alma.

Pronto se convirtieron en terratenientes poderosos, dueños de buena caballada y mejores hombres para poner al servicio de la Federación. Siempre al frente de las partidas, corriendo todos los riesgos, haciendo gala de ese coraje legendario, sin conocer cansancio o desaliento. Nunca nadie desertó de sus filas. Sus hombres contaban con el honor de pelear a su lado, galopando leguas, patrullando, vigilando, tendiendo el grano, plantando frutales, poblaciones, pulperías. Abriendo caminos. Más de una década duró la tarea, sudor, esfuerzo, vigilia. Y el peligro siempre.

Llegó el día en que desaparecieron los malones de sus campos. Leguas y leguas cuadradas de praderas naturales, pampa húmeda, rinconadas, cebadas en flor, arroyos rumorosos: Monte, Ranchos, Carmen de las Flores, Tapalquén, Azul, el imperio del indio.

La consigna era la patria. El verdadero objetivo: poseer la tierra.

Hoy, están definitivamente perdidas —confiscadas— Los Cerrillos, La Independencia, El Rey, El Pino, estancias que fueron de mi padre —y mías también por herencia—, ya inmensamente rico antes de ser nombrado gobernador de la provincia.

Partió al destierro con apenas un puñado de monedas.

San Serapio se llama el campo de Francisco Rosas; doce leguas cuadradas de tierra que compró por la ley de enfiteusis, entre Carmen de las Flores y el Azul.

Conserva todavía la dicha de ser su dueño y galoparlas.

ÉSTA NO ES MI HISTORIA

Cuarenta leguas de huella a horcajadas en el apero son buenas para cualquiera.

Cuando salimos, a mediados de octubre, no sabía que ésa era exactamente la distancia que me faltaba recorrer para comenzar a sentir como un hombre.

Tenía quince años.

Por un camino que se fue despojando hasta que no hubo más que cielo y pajonales, nos metimos tierra adentro. Las bandadas de pájaros nos señalaban la cercanía de los árboles. Carretas en caravana, y los jinetes yendo y viniendo, echando voces. Me di el gusto de exhibir un trote largo y elegante junto a la galera donde iban Agustinita y Manuela. Ellas se asomaban por entre las lonas y me hacían muecas graciosas.

Mi cuerpo crecía, se alargaba, y con él un pensamiento recurrente.

Todo parecía hervir a mi alrededor sin involucrarme: la gente, la ciudad, los acontecimientos. Lo único que tenía claro, por aquel entonces, era mi devoción por tía Agustina, y que mi padre estaba cada vez más comprometido en los vaivenes políticos de la provincia.

En la casa se vivía un clima de permanente vigilia; la sala y los patios eran un remolino de personas en actividad constante: chasques, soldados, vecinos y encumbrados personajes llamaban a nuestra puerta.

—Todos conspiran —me susurraba al oído tía Pepita, hermana de mi madre.

Los mensajes de Juan Manuel llegaban a cualquier hora de la noche o del día. Entonces, la casa redoblaba su atmósfera turbulenta, a la que me costaba adaptarme. Con el abuelo León nos escapábamos por los portones del fondo.

—Ya llegó tu padre para montar el zurriburri —me decía, y salíamos corriendo en busca de ambientes más distendidos.

No fue un capricho sino una necesidad espiritual, y abuela me otorgó el permiso de instalar un piano en una salita distante de todo ese ajetreo.

Para bien o para mal, nada entraba a Buenos Aires que no acabara apareciendo en mi casa. Lo mejor eran las cajas llenas de partituras llegadas de Europa, que yo revolvía ávido. Ese año, a expreso pedido de Manuela, el jovencísimo Pedro Esnaola comenzó a darnos clases de música. Agradecí contarme entre los alumnos del maestro, a quien admiraba devotamente.

Pronto entendí que una fantasía sobre el *Don Juan* de Mozart era lo que más me acercaba a ese tumulto de sentimientos no expresados, que poco a poco me habían ido convirtiendo en un muchacho solitario y huraño.

A pesar de Esnaola, yo arrancaba los acordes como si quisiera destrozar las teclas. Más de una vez di por el suelo con los pedales de tanto patearlos. Más fuerte, más alto, en el afán por levantar una cortina de música que me apartara de lo que afuera estaba ocurriendo.

—Sosiegue, Juan Bautista, sosiegue en el moderato —me reconvino el maestro, que no sabía cómo hacer para sujetar lo que él llamaba los *impromptus* de mi temperamento.

Me volví como un resorte.

—Esa música es femenina, amiguito, no se esfuerce.

La silueta de mi padre avanzaba desde la luz a la sombra. Todos nos sobresaltamos.

—Es de un señor Mozart, tatita —alcancé a explicarle.

—Bah, da lo mismo.

Pedro Esnaola no se dio por aludido y continuó con la clase.

Como llegaba, mi padre desaparecía. Su estela de fuerza y omnipotencia no me dejaba resquicio posible. Él era mi héroe, mi universo, yo quería ser como él, pero él no hacía más que abrir abismos entre nosotros. ¿Por qué no podía ser como mi hermana? Ella no le temía, brincaba feliz colgada de su mano.

Manuela era el fulgor, la gracia. Niña entregada, abnegada, alegre y cantarina, fundamentalmente buena. Yo era sólo una voz que arreciaba en mi cabeza: quiero ser por mí mismo, quiero ser algo más que el hijo ignorado del caudillo.

Así como me di cuenta, a partir de las primeras lecciones con el maestro Esnaola, de que mi talento musical, por llamarlo de alguna manera, y el empeño que puse en aprender no me alcanzarían jamás para convertirme en un virtuoso del piano, así también, a medida que fueron precipitándose los acontecimientos políticos, entendí que yo no pertenecía a esa historia.

—Esta historia no es mía —solía gemir encerrado en mi cuarto, golpeando los puños contra los muebles, asustado, aislado, anhelando otras cosas.

Juan Manuel ponía la responsabilidad en manos de Encarnación.

—Tu niño me preocupa. Es débil, influenciable.

—Su salud es débil —terciaba ella.

—¡No! No te engañes. Lo que es débil es su carácter.

Aturdido, yo masticaba mi nulidad.

De todos modos, a pesar de no ser mía esta historia, la avalancha de los acontecimientos, inevitablemente, me arrastró con ellos.

Sobre ruedas y patas, la familia avanzaba en la llanura. Ya muy temprano el calor se hacía insoportable. El polvo adherido a la transpiración sobre la piel nos desfiguraba. Nos corría barro por el pecho. A pesar del empeño y el aseo que exigía mi madre, parecíamos borogas en jornada fiestera. Para comer y estirar las piernas, nos deteníamos al borde de lo poco que quedaba de las aguadas, a la sombra de los talas.

Comenzaron a aparecer llamas y manadas de avestruces. Un churrinche revoloteó cerca, y me alejé del grupo para buscarlo. Por aquí no hay churrinches, oí la voz de Francisco, y enseguida:

—El primero que descubra un águila mora que avise.

—Por aquí no hay águilas moras —lo contradijo el abuelo León, y añadió—: Yo vi una vez a una tijereta enfrentar al águila.

—¿Y quién ganó? —preguntaron los chicos—. ¿Quién ganó, abuelo?

Él dejó pasar unos segundos antes de contestar:

—Fue lejos de aquí. Una pelea despareja. Pero prevaleció la astucia sobre la fuerza. La pequeña tijereta resistió hasta que se le presentó la oportunidad de escapar.

—Fue sólo suerte —exclamé, rompiendo el encanto.

—Ya llegó el aguafiestas —dijo uno.

—¿Sabías, abuelo, que Juanito dice que el cielo es de agua?

Abuelo León se volvió para mirarme:

—¿El cielo de agua? Nunca se me hubiera ocurrido.

—Agua evaporada, abuelo —me defendí.

El horizonte levantó una polvareda. Un jinete se acercaba a todo galope. Es de los nuestros, gritó alguien. Los hombres se arremolinaron y en pelotón salieron a su encuentro. Hice ademán de ir yo también, pero mi madre me sujetó.

—Seguro que no son buenas noticias.

—¿Dónde está tatita? —preguntó Manuela.

—Dios lo sabe.

Los hombres sostuvieron un corto conciliábulo con el recién llegado y enseguida comenzaron a repartir órdenes.

Había pasado todo un año desde la muerte de Manuel Dorrego, y el pueblo aún no había podido superar el horror por aquel asesinato. Un año en que las revueltas en la ciudad no dieron respiro. La campaña era escenario constante de levantamientos a favor de mi padre. Frente a la abrupta acefalía, él se había posicionado como líder del partido federal, con el total beneplácito de las clases bajas. El pobrerío no dejaba de manifestar ruidosamente su rechazo a Juan Lavalle.

Poco tardaron los unitarios en señalarlo como su principal enemigo, y arreciaron los rumores de que una sola consigna los alentaba: asesinar a Rosas.

En aquel momento nadie ignoraba el poder militar que mi padre había obtenido en la campaña, desde mucho antes de ser nombrado comandante de milicias. A esto se sumó el apoyo total de las tribus con las que había trabado amistad, gracias a los largos años de negociaciones pacíficas en la frontera.

Mientras tanto, los gobernadores provisorios entraban y salían del fuerte sin que alcanzáramos a memorizarles el nombre. No había Cámara, Lavalle la había suprimido, y la posibilidad de llamar a Asamblea General era muy remota.

En la calle se podía pulsar la puja entre las dos facciones rivales Yo, sin querer, recolectaba comentarios al tiempo que jugaba con los chicos a la guerrita con bolas de barro, en la esquina de casa.

Fue por aquellos años en que conocí a mi vecino, Genaro Lastra, de quien me hice amigo, a pesar de toda la contra que recibí por parte de mi madre y la familia, ya que los Lastra eran unitarios acérrimos. Esta última palabra se la copié a ella, y me acuerdo muy bien lo que me respondió cuando le pregunté por su significado.

—Quiere decir tozudo, cabezón —me dijo. Pero se corrigió—: Acérrimo es fanático —e hizo un gesto con el mentón como para acentuar aún más el sentido de ese significado.

Después, con aquella astucia innata que le sirviera como anillo al dedo para urdir intrigas y estrategias, consintió en la amistad, convencida de que Genaro podía servir de puente para llegar a los rumores que circulaban en el hogar de los adversarios.

En la calle, en medio del traqueteo de las carretas, el ir y venir de los vendedores ambulantes, las conversaciones entre panadero, talabartero, carnicero, almacenero y clientes, el origen de esos episodios llegaba a mi entendimiento más claro que el agua: nadie se quería hacer cargo del verdadero motivo que llevó a Juan Lavalle, porteño, unitario y soldado, a encabezar el golpe militar del primero de diciembre de mil ochocientos veintiocho, que acabó con el asesinato de Dorrego.

En las barracas no se equivocaban: se trata de un episodio más, decían, del conflicto que vienen sosteniendo los milicos de carrera y sus aliados los políticos profesionales, contra la nueva fuerza económica que representan los estancieros. Aquéllos no tienen fortuna, viven del sueldito de milico o del comercio de la familia. No tienen dinero para imponer sus ideas. Sin embargo, le harán el camino bien áspero al que intente arrebatarles la torta.

La provincia era un polvorín. Yo opté por darle la espalda, actitud que, siendo muy joven, había tomado por pura rebeldía. A la larga, fue exactamente la traducción cabal de mis sentimientos.

Llegué a la conclusión de que odiaba la política y todo lo relacionado con ella.

Con Genaro Lastra y los otros chicos del barrio, cuando nos cansábamos de corretear en mil y una andanzas y travesuras, nos poníamos a jugar al fusilamiento de Dorrego.

—Yo hago de Juan Lavalle —gritó Genaro, como buen pichón unitario.

—Y yo de Dorrego —dije—. Pero con una condición.

—¿Cuál?

—Que me dejen antes pronunciar un discurso.

—Qué discurso ni discurso —me atajaron—. Apenas pudo escribir un par de cartas a la señora Angelita.

—Bueno. Un discurso a cambio de las cartas.

—Pongamos a otro —dijo Genaro, dándome la espalda.

—No, yo lo pedí primero.

—Está bien.

Entonces me ataron y me pusieron una venda sobre los ojos. Tiene que ser amarilla, pidió Genaro. No hay amarilla, es blanca. Otro hacía de cura, y el resto de pelotón con palos a modo de fusil en ristre. Genaro levantó un brazo. Era Lavalle. El pelotón esperó su señal.

Yo comencé a hablar tratando de imitar el tono de voz grueso y calmado de don Manuel, como de gran orador que había sido.

—Que Dios me perdone y perdone también a mis verdugos…

Carraspeé. Me vi obligado a recomponer la voz, porque seguramente no la tuvo tan firme el condenado Dorrego en la circunstancia. Pero más que nada porque el recuerdo del coronel del pueblo, entrando en mangas de camisa a mi casa, me asaltó de golpe con una fuerza capaz de hacer trastabillar la escena. Carraspeé de nuevo, y seguí adelante con la farsa.

—Que Dios me perdone, repito… por no haberle hecho caso a Rosas y enfilar hacia…

—Ya tuviste que nombrarlo a tu padre —me interrumpió Genaro.

—¿Y por qué no, si es la verdad? —me defendí, quitándome a medias la venda de los ojos, y añadí—: Si hubiera aceptado el consejo de Rosas de ir a Santa Fe y pedir ayuda a López, seguramente hoy estaría vivo.

—Hay que ver si estaría vivo ese canalla. ¿Qué te creés que es el ejército de veteranos? Esos sí que saben pelear.

—Bueno, basta. Mátenme de una buena vez y acabemos con este juego.

Me acomodé.

Entonces, Genaro-Lavalle bajó enérgico su brazo, y la descarga —una serie de ruidos hechos con la boca— dio conmigo en tierra. Allí le di rienda suelta a mi veta histriónica, porque me revolqué un buen rato en medio de gemidos lastimeros.

La función culminó con la ronda de los chicos cantando a grito pelado a mi alrededor:

La gente baja
ya no domina
y a la cocina
se volverá…

Eran los versos que Juan Cruz Varela compuso a propósito de la caída del gobierno popular de Dorrego.

La gente baja ya no domina y a la cocina se volverá.

Después, vino lo que vino. El contragolpe no se hizo esperar. Se produjeron revueltas en toda la provincia, y llegó un momento en que la ocupación federal, bajo el mando de mi padre, se extendió de una a otra frontera.

Lavalle se vio obligado a retirarse, y en abril fue finalmente derrotado en Puente de Márquez. Después, ya no tuvo más remedio que negociar con Rosas.

Los unitarios dijeron que fue la sublevación en masa de los indios bárbaros y de la multitud desenfrenada asolando la provincia, lo que determinó en agosto la renuncia de Lavalle a favor de un gobernador interino, el general Juan José Viamonte.

Mi padre les contestó:

—Los golpes militares contra un gobierno legal nunca llegan a buen término.

Agitado, Francisco Rosas regresó a la carreta donde lo estábamos esperando.

—Me dicen que se están reuniendo gauchos de todas partes de la provincia —exclamó— y que en los ranchos ya no quedan sino mujeres y niños.

—Mandinga —maldijo la abuela—. La cosecha está perdida.

—No está perdida por esto —dijo mi madre—, sino por la seca.

Después, muchas veces volvimos a acordarnos de esa frase suya. Porque a partir de aquel año, mil ochocientos veintinueve, y hasta el treinta y dos, no cayó una sola gota de lluvia en la región. La familia perdió varios miles de cabezas de ganado y muchas cosechas. Llegó a llover lodo del cielo. Vivíamos dentro de una nube de polvo. Y la oposición tuvo un pretexto más para no pagar los impuestos.

Manuela, Agustina y Pedro se habían alejado persiguiendo mariposas. Pedro Rosas, quien años después añadió Belgrano a su apellido. ¡Persiguiendo mariposas! Una artimaña del petulante, que abiertamente rivalizaba con todos los varones de la casa en la preferencia de las niñas. El muy descarado no sólo le coqueteaba a Agustina sino también a Manuela.

—Vamos, que no hay tiempo. —Francisco asumió la jefatura del grupo, y añadió:— Partidas unitarias han matado a varios de los nuestros en un enfrentamiento en Dolores.

Por temor a una emboscada, se resolvió que debíamos apartarnos de la huella, y continuamos la marcha a campo traviesa.

A pesar del peligro, entendí que la intención de mi padre había sido sacar a la familia de la ciudad, y atrincherarla bien lejos, a salvo de la embestida de sus adversarios.

INDIOS SÍ, EXTRANJEROS NO

—La patlia nació de nalga, sangle flicana jue tetigo.

—Luna plena en lo cielo.

Debajo del árbol santo, sentados en rueda, y envueltos en el humo pestilente de sus cachimbos, compadres y amigos de ña Cachonga, todos brujos, escudriñaron el oráculo. Desde un rincón, en cuclillas, Mongo y yo espiábamos. Una negra grandota se refregaba las manos untadas en sangre.

—¡E de clistiano! —me susurró Mongo al oído.

—Hablá bien. No seas bruto —le dije en voz baja—. Es del gallo blanco que está sobre aquella mesa.

—Poble gallo, ¿tará muelto?

Malparida nació la patria. La luna llena no tuvo la culpa.

Los brujos negros sabían muy bien cómo y por qué había comenzado todo. No fue culpa de la luna sino del sol, que quiso aniquilarla, dijeron. O tal vez de los dos, porque inevitablemente se enfrentaron.

Los hombres blancos no echaron raíces. No quisieron.

—En mala hora nació la patria —dijeron los brujos—. Los dioses no bendijeron su nacimiento.

Cortamos el cordón que nos unía a España y, contrariamente a lo esperado, todo se derrumbó y sobrevinieron las guerras.

—Sangle flicana jue tetigo.

—No menciones la sangre, Mongo.

Bajo la tutela y el mandato de sus propios caudillos, cada provincia pretendió convertirse en una república independiente. Nadie reconoció autoridad alguna.

—La analquía jue total, Juanito —y antes de que lo reprenda, corrigió—: Ya sé, mi amo, se dice anarquía.

Buenos Aires impuso su ley y sometió a las provincias empobrecidas. En respuesta, las provincias se alzaron contra Buenos Aires. Contra lo que Buenos Aires representaba: entreguismo, monopolio, explotación, puerto, contrabando, aduana.

Humillación que culminó en la anarquía del año veinte, que llevó a las montoneras federales de López y Ramírez a atar sus caballos a la reja de la plaza de la Victoria.

—Fue cuando llegó el patlón, ¿veldá, amito?

Mi padre con sus colorados restableció el orden. Pero no se quedó en la ciudad; cumplida la misión, regresó a sus campos.

La humillación se había tornado insoportable. Un acontecimiento colmó el vaso, y fue cuando al frente de las montoneras los caudillos provincianos avanzaron sobre Buenos Aires. Pueyrredón y el Congreso acababan de sancionar la Constitución unitaria, por la cual se convertía al gobierno nacional en una monarquía.

Año mil ochocientos diecinueve; el monarca elegido fue un Borbón —el Príncipe de Luca—, y el proyecto ya contaba con la aprobación de España, Francia e Inglaterra. Por su parte, Francia habría comprometido su ejército para mantenerlo una vez instaurado el trono.

La derrota de Cepeda —a comienzos del año veinte— impidió que los porteños concretaran el plan, y esto quedó claramente especificado en el Tratado de Pilar, que se firmó después del triunfo provinciano.

Dicha derrota provocó una hecatombe política, Buenos Aires se anarquizó aún más, y toda autoridad central fue destruida. Cayeron juntas, directorio, congresos, gobernadores; hubo revueltas, golpes de mano, mucha sangre. Buenos Aires se convirtió en un infierno. Conspiración y traiciones.

Pero no fueron "feroces" los caudillos, como dicen los unitarios; si lo hubieran sido, habrían pasado a degüello a los responsables de la entrega planeada. Lo que ocurrió fue peor todavía, los caudillos fueron "comprados"; entonces firmaron la paz y se retiraron de Buenos Aires rumbo a sus provincias.

En ese año se dieron situaciones en Buenos Aires únicas en su historia: el veinte de junio, la ciudad tuvo tres gobernadores, si no de derecho, al menos de hecho, nota que marcó en la ciudad el grado de anarquía a que se había llegado.

—¿Rodaron cabezas, mi amo?

—Así es, Mongo, rodaron cabezas.

El país se dividió y cundió el pánico.

El país se volvió a dividir, definitivamente enfrentado el gobierno al pueblo. Enfrentado el sol a la luna. Comerciantes o terratenientes. Religión o muerte. Federales o unitarios. Vacas o pianos.

Le siguió una década de confusión y violencia, y cuando la anarquía estaba a punto de llevarse a Buenos Aires al diablo, las autoridades volvieron a llamar a Rosas.

Entonces sí, esta vez mi padre se quedó en la ciudad, y por veintitrés años.

Se lo oí decir a un guerrero de viejo cuño, poco antes de Caseros, durante una noche de mateada, en Santos Lugares:

—Rosas llegó al poder con una aspiración, construir un país.

Esa noche, el coronel Gerónimo Costa, sentado a la rueda como un soldado más, habló largo y tendido. El sueño de tu padre, como el de todo buen federal, exclamó de pronto clavándome los ojos, ha sido siempre procurar la organización nacional, asentada sobre la base de la autonomía de los Estados, y de una verdadera confederación entre los mismos. Es más, recalcó, él ha intentado siempre inculcar el sentimiento de nación.

Muchos años después, ya en Londres, Francisco retomaba aquella idea y me decía: Pero la lucha llevó a tu padre a enfrentarse con el caudillaje del interior, que entendía por federalismo el aislamiento: cada caudillo perpetuado en el mando de su feudo. Y, simultáneamente, como no podía ser de otro modo, a enfrentarse al unitarismo y su doctrina centralista, que consideraba a la nación como apéndice de Buenos Aires. Una nación de entenados sometidos a la metrópoli; provincias desheredadas, que desde el virreinato venían incubando un odio incontenible por la ciudad-puerto, que las había reducido al rango de plebeyas.

Ya en los comienzos, los doctores de casaca no podían creerlo: ¿es cierto que Juan Manuel está decidido a compartir la aduana con esos forajidos de alpargatas, con esa barbarie de tierra adentro?

Rosas llegó a dudar hasta de su propia sombra. Temía que la confusión de los otros pudiera alcanzarlo y contaminar su propósito.

Por culpa del humo de los cachimbos yo había empezado a ver doble. En trance, la negra grandota alzó los brazos al cielo.

—El sol enflentó a la luna —gritó poseída, al tiempo que giraba sobre sus talones. Los otros negros, sentados en círculo, movían los hombros al ritmo de un hipo colectivo.

Le dije a Mongo:

—La luna es mi hermana.

—Mala cosa, amito. Cala mañana e sol le calienta el culo a patada.

—¿Cómo se te ocurre semejante cosa?

—No lo digo yo, amito, lo dicen lo neglo sabio.

Los franceses apoyaron la causa unitaria. Con grandes cartelones, los federales marcharon por la plaza de Monserrat: Indios sí, extranjeros no. Indios sí, unitarios no. Y el antagonismo se hizo cada vez más hondo.

—Poble neglito solo. Cala mañana a patada e sol le calienta el culo a la luna, y la mete en un pozo.

—No digas sonseras, Mongo.

Los descubrí un amanecer preparándose para partir de nuevo. Oí que Francisco le preguntaba: ¿hubieras podido imaginar algo así?

Juan Manuel le respondió:

—En este país se hace siempre lo necesario para que no nos vaya bien.

El gobierno de turno estaba empeñado en separar el puerto de los campos. Rosas vociferó:

—Es inaceptable. Bajo ningún pretexto los terratenientes podemos permitir que se levante un cerco entre nuestros productos y la salida al exterior.

El gobierno de turno era Bernardino Rivadavia. Suya la idea de dividir en dos la provincia de Buenos Aires.

—¡En dos! —tronaba mi padre—. ¿Sabés por dónde me paso el plan de ese culturoso desubicado, mulato de mierda?

Fue cuando Rosas comenzó a agitar en toda la campaña, ya entregado a su destino.

El gobierno de turno —Rivadavia— cayó. Arrastrado por la corrupción y el desconocimiento del país que gobernaba. Así comenzó la enésima batalla en esa interminable guerra de intereses, verdadera puja de clases.

Los grandes terratenientes presionaron a Rosas, el más poderoso entre ellos, ya convertido en jefe de montoneros, lanzada la leyenda de sus milicias gauchas. De los indios había aprendido su estrategia favorita: atacar la propiedad enemiga y a sus dueños unitarios. Hostigar Buenos Aires —por ese entonces en manos de Lavalle— sin plantear jamás la batalla abierta.

—Guerra de guerrillas, Francisco —le decía—. Jamás podrán alcanzarnos, salvo que utilicen la misma estrategia.

Las refriegas abarcaron toda la provincia. Los indios saqueaban la periferia. El campamento de los Colorados del Monte —terribles tercios de Rosas— aparecía y desaparecía sin dejar rastro, sometiendo al enemigo unitario, que huía perplejo, devastado.

Si estábamos en la ciudad, mi madre cerraba la casa con trancas y pasadores. Los criados, armados hasta los dientes, se apostaban por las tapias y detrás del portón de los carruajes, atentos al menor ruido.

Disparos en mitad de la noche nos arrancaban de la cama y corríamos a escondernos en el sótano. Abuelo León trataba de calmarnos contándonos cuentos, o su anécdota predilecta.

—¿Les conté cuando caí en poder de los indios? Fue en aquel desembarco…

—Lo sabemos de memoria, abuelo.

A veces, jugando en la huerta, escuchábamos disparos. Manuela se aferraba a mí. Agustina, Enriqueta y Catalina comenzaban a llorar sin saber hacia dónde correr. Pedro y Franklin se peleaban por socorrerlas. No es nada, no es nada, decía mamá Encarnación, sigan jugando, ya pasó. Pero yo no lograba reaccionar. Ni zamarreándome podían detener el temblor de mi cuerpo.

Estuviera donde estuviese, Francisco le alcanzaba a Rosas provisiones, armas y caballos. Existía entre ellos un sistema de comunicación tan bien aceitado que creo que no falló jamás. Aquí viene el amigo Pancho, dicen que decía mi padre, con alivio. Sólo instantes duraban sus conversaciones en aquellas circunstancias. El movimiento era incesante. Levantaban y guardaban tiendas en un abrir y cerrar de ojos. Nunca descansaban. Era un ejército irregular, extraña atadura entre federales, gauchos, indios y delincuentes, reclutados entre los peones de sus estancias.

El asesinato de Manuel Dorrego fue la gota que rebasó la copa.

Mi amigo Genaro Lastra y sus compinches arreciaban las calles del barrio con el estribillo: la gente baja ya no domina, y a la cocina se volverá…

—No te aflijas por tu padre —me consolaba el abuelo—. La gente del campo y las tribus del sur jamás lo dejarán solo. Darán la vida por él si es preciso.

Criado en la estancia, la misma estancia hacia donde entonces nos dirigíamos, en permanente contacto con la peonada, las clases bajas y desposeídas, a mi padre no le costó el menor esfuerzo convertirse de la noche a la mañana en ídolo del pueblo. Su única y auténtica fuerza desde el comienzo.

En el otro bando, la aristocracia mercantil, los burócratas, los políticos profesionales y sus militares asociados, vieron crecer esa fuerza, todavía incrédulos del poder que alcanzaría.

En medio de ese caos, que pareció que nos llevaría a todos al mismo infierno, fue cuando descubrí la pasión de Francisco por mi tía Agustina.

Él debía esperar a mi padre en la estancia del Rincón, adonde acabábamos de llegar. Nadie más que él sabía de su arribo. Es decir, él y yo.

Retraído y escurridizo, acostumbrado a esconderme en los lugares más insólitos, me enteraba de cosas de las que de otro modo nadie me hubiera hecho partícipe.

Estaba preparado para oír, en medio de la noche, el golpe de los nudillos de mi padre en la puerta de Francisco. Me despertaba sobresaltado, convencido de haber oído sus pasos. Erguía la cabeza y me quedaba esperando, alerta, el cuerpo preparado a dar el salto.

La turbulencia de los tiempos me había afilado los nervios hasta el extremo de quedar a veces congelado en un gesto por largos segundos —cada vez más largos— la boca entreabierta, la mirada perdida. Exactamente como un pazguato.

Abuelo León decía te quedas tieso, igual que un ceporro.

Manuela descubrió que apretándome muy fuerte una oreja podía hacerme reaccionar, y yo volvía a la normalidad como si tal cosa. Pero un día no fue un pellizco sino un grito, y no reaccioné. Caí desmayado al suelo.

Cuando mi padre se enteraba, repetía:

—Tu niño es frágil, Encarnación.

Ahí estábamos en la estancia, sin novedad. La vigilia nocturna me excitaba, los ruidos, el supuesto eco lejano de un galope que se acercaba, el metal de los fusiles. Pero luego nada. Y no podía dormirme.

Así noches y noches, la imagen de mi tía Agustina y el fantasma de mi padre ahuyentando mi sueño. Daba vueltas y vueltas en la cama, aturdido, Agustina y Francisco, ¿cómo era posible?

Hermosa, descarada, ella sabía que lo que él le proponía rebasaba los límites. Sin embargo, simulaba que se trataba de un juego.

Los otros chicos corrían y saltaban por la orilla del río. Sólo yo los espié, escondido tras unas cortaderas. Francisco le decía a la casquivana:

—Voy a ponerte un beso en el hombro —y se lo ponía; ella se espantaba—. No te asustes —decía él—. Es una mariposa.

¡Una mariposa! Maldito.

Y Agustina, toda gracia:

—Puedes besarme sólo si te doy permiso.

Maldita coqueta.

—Entonces, ¿somos novios?

En medio del aturdimiento vi la expresión de Francisco cuando ella comenzó a reír. Él insistió:

—¿Somos novios?

Ella lo rodeó, pegó brincos. Los bucles y los volados le suavizaban el cuerpo de efebo. Sólo tenía catorce años.

—¿Querrías ser mi esposa?

Ella daba saltitos y reía, toda colorada. Si no hubiera sido por las cortaderas que me sostenían, hubiera rodado por la arena. Los otros chicos jugaban.

Francisco se impacientó:

—¿Podrías calmarte y responderme?

—Manuela dice que sos lindo, pero viejo.

Agustina era un trompo girando, la cabeza atrás, extraviada. Cuando comenzó a caer él ya la tenía apretada contra el pecho. La sostuvo, la abrazó.

—Es mi culpa —le dijo, la boca entre los rulos color avellana—. Te he puesto nerviosa... Agustina querida, una sola palabra tuya y no habrá fuerza que me detenga.

Veinticinco años después, caminando juntos por una calle de Londres, Francisco Rosas me confesó:

—Fue como besar a un duende, una sílfide, un ser intangible.

En silencio, yo asentía con la cabeza. No le conté que los había espiado; que yo la vi enderezar el cuello y poner su boca debajo de la de él, que se inclinó despacio, con miedo de romperla. Y que él le apretó los labios, y le puso la lengua y volvió a besarla suave, temblando el jilguero tibio entre sus brazos, entregado.

Tampoco le conté que, después de ver cómo la besaba, caí sin sangre y hundí mi cara en la arena. Que fui yo quien lo denunció ante Rosas. Yo, que lo aparté para siempre del gran amor de su vida.

ÁGUILA GRANDE CELESTE

Regresé al atardecer. Me habían estado buscando, y por supuesto me tragué un buen reto. Sólo tenía conciencia de lo que había visto y oído en la playa. Agustina en brazos de Francisco.

Resolví no contárselo a mi abuela ni a mi madre. Ellas sabían lo que significaba Francisco para Juan Manuel. Esquivarían el escándalo. Se limitarían a poner en caja al galán, dentro de la más estricta prudencia, y final de la historia.

Yo pretendía el escarmiento. Estaba convencido de que Francisco obtendría lo que yo no. A mí me faltaba coraje, seguridad en mí mismo, y mi insolvencia era absoluta. ¿Cómo podía Agustina querer a un chico de quince años?

Resolví contárselo directamente a Rosas. Pero, ¿y si él aprobaba ese noviazgo?

Nunca me detuve a pensar qué podía querer para sí Agustina.

Despierto o dormido imaginaba a Francisco desvistiéndola despacio. Ella inclinaba los ojos, somnolienta, perdida en sus propios sueños. Era una muñeca entre esas manos enormes.

Un ángel malicioso revoloteaba mi frente.

Francisco le hacía el amor con miedo a dañarla. Pero ella se alzaba entre sus piernas borrando las sombras, dilatando el placer como niña malcriada que juega. Hembra consumada, lo llevaba hasta el mismo umbral del deleite y lo soltaba allí, y lo engullía otra vez, hasta aniquilarlo.

No podía quitar de mi cabeza la expresión inextinguible de sus pupilas verdes, consumida de placer entre las sábanas.

Agustina pidiendo, rogando. Imágenes de un sueño sin tregua.

Al día siguiente, muy temprano y alentado por los ladridos de Naco, me pinté las rayas blancas debajo de los ojos y, componiendo muecas terribles, me quedé por un rato mirándome en el espejo. Pensando. Mongo hubiera dicho: amito preparándose para la guerra.

Resuelto, fui en busca de la caja de pinturas de Agustina, pero la encontré primero a ella. Antes de hablarle la miré fijo. Le daba rabia que la mirara de esa manera. Loquito terrible, murmuró, y siguió indiferente, contemplando unos sombreros de paja que colgaban del perchero. Por fin, optó por uno con ramillete de retamas y se lo puso.

—¿Adónde vas?

—A donde no te importa.

—Sí me importa, decime.

—De excursión a los médanos —exclamó, coqueta.

—Quiero un poco de tu pintura roja.

—¿No te alcanza con esa que te has puesto?

—Dámela y verás.

Con ese ademán de duquesa que me sacaba de quicio, pegó media vuelta y me hizo una seña para que la siguiera. Naco y yo la seguimos. Del cajón de su cómoda sacó el pomo y me lo entregó.

—Usá poquito —pero no se fue, se quedó observándome. Yo avancé hasta el espejo y debajo de las rayas blancas me pinté dos rayas rojas.

—Te gusta hacer el payaso.

—Te aseguro que Calquín Guor no es ningún payaso.

—Ah, tu amigo.

—Sí, él me enseñó.

—¿No le tenés miedo?

En ese momento nos llegó la voz de Francisco. Consciente de lo que iba a suceder, me tiré sobre Naco y le aferré el hocico para que no ladrara.

—Te estamos esperando, Agustina, no demores.

Llevaba a todos los chicos con él, nada más que para disimular y volver a quedarse a solas con ella. Antes de que pudiera responder, con la otra mano la enlacé por un tobillo.

—No vayas, es peligroso —le dije desde el piso, en un tono de voz que la sorprendió. Torció la cabeza—. Es peligroso —repetí—. Anoche han cazado perros cimarrones en los médanos.

—Vos parecés un perro ahora —y agregó—: Francisco no permitirá que nos ocurra algo malo.

Agustina, te estamos esperando, se volvió a oír, y el coro por detrás: no nos hagas perder tiempo.

Me incorporé con Naco en brazos, el hocico amarrado. A escasos centímetros de su rostro debo de haber hecho semejante mueca, que dudó. Aproveché esa milésima de ventaja y no medí palabras.

—Deciles que has cambiado de parecer. Yo tengo algo mucho más interesante para mostrarte —y corriendo el riesgo de que Naco ladrara al soltarle el hocico, llevé un dedo hasta debajo de mis ojos e hice el ademán de pintarme las rayas.

Reaccionó enseguida:

—¿Qué es eso?

—Lo que has visto.

—No entiendo.

Tampoco yo entendía por qué había hecho ese gesto.

Abrió la ventana, y exclamó:

—Vayan sin mí, después los alcanzo.

Pero Francisco no se iba a dar por vencido tan fácilmente. Se acercó e intentó espiar adentro de la habitación.

—Estoy con mamá —mintió Agustina, entornando la hoja—. Después los alcanzo.

De un golpe cerró la ventana. Los vimos irse. Desde el puentecito sobre el arroyo, Francisco se volvió un par de veces, pero los chicos lo arrastraron.

Minutos después, salimos. En puntas de pie cruzamos la galería y entramos en una enorme caja de resplandores. Todo el terreno alrededor de la casa está cubierto de conchillas, cáscaras de caracol y nácar apisonado. La luz, al refractar, nos iluminaba desde abajo. Naco iba detrás de nosotros.

Tal como lo había imaginado en cientos de vigilias, empezamos a flotar bajo el sol en la quietud de la mañana. Y el trino ensordecedor de los pájaros.

Yo amaba ese lugar. La tomé de la mano. Ella no se resistió.

Álamos, olmos y eucaliptos, de largas ramas centenarias, formaban una pérgola gigantesca sobre la casa principal y sus galerías con gruesas columnas coloniales, paredes de cal rosada y techos de teja roja.

Para llegar se debe recorrer un angosto camino sinuoso que avanza entre pequeños médanos tizados y montecitos de talas. Formando un semicírculo hay una línea de mangrullos, siempre con centinelas en lo alto, a pesar de que el Salado rodea la casa y la protege, convirtiéndola en una verdadera isla. Un arroyo pasa por delante y hace las veces de foso, defensa natural que separa el casco del resto del campo.

Cuando volvimos a mirar, nos dimos cuenta de que la sensación de soledad era sólo aparente. Había hombres apostados en distintos lugares, haciendo guardia, y vimos salir a tío Gervasio de un galpón distante, acompañado por dos peones. Son esos gauchos, dijo Agustina. Ellos no nos vieron.

Tío Gervasio, soñador y huraño por naturaleza, constantemente enfrentado a mi padre, administraba entonces esa estancia.

Apuramos el paso. Más adelante, cerca del río, había un palomar de extraña arquitectura, parecido a una capilla. Era una casa de pájaros construida en torno a un árbol seco. Hacia allí nos dirigimos.

Ella comenzó a lamentarse:

—Hubiera preferido ir a ver los médanos que caminan.

—¿Quién dijo eso?

—Francisco. Dice que los médanos se mueven por la acción del viento.

—Hoy no hay viento. Y olvidó decirte que en los medanales hay culebras —y agregué, pero en tono distraído, como de broma—: Lo que ocurre es que preferís estar con Francisco antes que conmigo. ¡No puedo creerlo!, con ese payaso viejo.

Cuando divisamos el palomar entre cortaderas altísimas, caí en la cuenta de que aún no había inventado nada que estuviera a la altura de sus expectativas. Como adivinando, Agustina me increpó.

—Y bien, ¿qué era lo que me ibas a mostrar?

Me detuve un momento. Difícilmente la mirada de los centinelas podía alcanzarnos. Pero de pronto, un sonido extraño me llegó desde el otro lado de la inmensa pajarera. Los pelos de la nuca se me pusieron tiesos. Agustina miró en rededor, todavía tranquila. Pero otra vez el ruido, como de una rama al quebrarse. Entonces, ella lo oyó: ¿qué es eso?

—Un gato montés.

—No me asustes —y prudente se pegó a mi costado. Seguimos avanzando.

A lo lejos, por entre las lomadas y las colas de zorro, podíamos ver fragmentos del río reverberando al sol. Un pensamiento me hizo flaquear, pero no podía darme el lujo de tener miedo junto a ella. Estábamos en tierra de voces del más allá. En un susurro y señalando hacia el sur, le dije:

—Por aquellos pastizales suelen aparecer las ánimas del bisabuelo Clemente y del tío Andrés.

Me enfrentó con rabia:

—Estás buscando asustarme, bien dicen que no sos de fiar. ¡Me voy!

Pero en ese preciso momento y desde el otro lado de la pajarera, una voz baja y vibradora, pronunció mi nombre: ¡Juan Bautista!

Un sabor a metal me inundó la boca. Me volví despacio y miré a través del tejido de alambre. Naco comenzó a gemir. Juan Bautista, dijo otra vez la voz. Como si hubieran estado esperando esa señal, reinas moras, tordos y zorzales se trenzaron en una ronda aérea que me pareció iba a destrozar el palomar. Por un momento sólo pude ver alas, aturdido por el alboroto de las loras, y ese lamento de cristiano que lanzan las torcazas y te eriza los pelos.

Agustina pretendió huir, pero la detuve.

—No me dejes ahora.

De pronto, dentro de la pajarera se paralizaron los vuelos. Hipnotizadas, sin piar, las aves se fueron posando sobre las ramas del árbol seco.

Un bulto lleno de pelos comenzó a crecer dentro de la jaula. El bulto se irguió.

Totalmente erizado, Naco puso todos los dientes afuera y empezó a gruñir, los pelos del cogote como púas.

—Ahora verás lo que es canela —exclamé—. El runauturunco ha venido a buscarnos.

—No me asustes —gimió Agustina.

El bulto cubierto de piel, que por una ilusión óptica parecía estar dentro, salió por detrás de la jaula y estiró una mano para detener nuestra huida.

—Sin miedo, Juan Bautista. Calquín Guor, no runauturunco.

Águila Grande Celeste, alto y fuerte como un algarrobo, se plantó frente a nosotros. El tremendo alivio me empujó a abrazarlo. A mis primos los había convencido de que mis encuentros con Calquín eran semanales. En verdad, era la segunda vez que lo veía en mi vida.

Nos sentamos en el suelo, los tres. Agustina miraba al ranquel en silencio, sin respirar, pálida. Del susto había perdido el sombrero. Calquín la miraba a ella y luego a mí. Ciertamente, parecía un puma con esa piel que le caía desde la cabeza. Por lo demás sólo llevaba pantalones, y un par de ojotas de tiento que le dejaban los dedos al aire, como las garras de una rapaz.

—Hablar con jefecito solo —dijo.

Contuve las ganas de palmearlo. Decirme jefecito en presencia de ella era más de lo que nunca me atreví a soñar.

—Mi tía es de confianza —exclamé.

—Con jefecito solo —repitió.

Temblorosa, Agustina obedeció. No te alejes demasiado, le pedí.

Calquín dijo:

—Gran Painé, mi padre, pronto será cacique y hará alianza con los unitarios. También anuncia que apenas cambie la luna, jefe Rosas entrará en Buenos Aires. Gran Painé quiere hablar antes con él.

Me quedé mirándolo. ¿Quién era yo para recibir mensajes de semejante recadero? Mi abuela me había enseñado a ser desconfiado, y pensé, ¿cómo sé que Calquín es mi amigo? Pudiendo, ¿por qué no buscó otro intermediario?

—Podrías haber hablado con Francisco Rosas —le dije—. Anda por los médanos en este momento.

—Lo sé. Demasiados niños —y continuó—: Territorio de indios federales se levanta en armas para pelear junto a Rosas. Cacique Yanguelén cree que es la oportunidad de arrebatar a mi padre la jefatura en el País de los Tigres. Padre Painé quiere hablar con Rosas antes de la próxima luna.

—Nadie sabe dónde está mi padre ahora —pero mordido por la intriga, me atreví a preguntarle—: ¿Qué quiere decir eso que entrará en Buenos Aires?

—Es el mensaje.

Sin más, sigiloso, giró sobre sí mismo y casi en cuatro patas desapareció por detrás del palomar.

No podía levantarme ni tenía fuerzas para hacerlo. De un salto Agustina estuvo a mi lado y se abrazó a mí. Temblaba.

Cuando pude hablar, le dije:

—No me negarás que esto fue mejor que un médano vivo.

—¿Qué fue lo que te dijo?

—Es un secreto.

Después de muchas guerras entre ellos, Painé fue elegido cacique general de los ranqueles y fundó la Dinastía de los Zorros. Años en que no dejó de rivalizar con Yanguelén por territorios, haciendas y lagunas. Hasta aquella otra gran guerra entre salvajes del año treinta y ocho, en la que Yanguelén cayó sobre la toldería de su enemigo Painé y tomó cautivos a tres hijos suyos. Paguitruz entre ellos, hijo favorito y heredero ranquel.

Tal vez allí se jugó el destino de Calquín. Nunca más volví a verlo.

Painé contraatacó después, con toda la ferocidad de su sangre, y Yanguelén pagó con su vida aquella victoria. Pero el Gran Painé no pudo recuperar a sus hijos. Sólo Paguitruz sobrevivió, por haber sido previamente enviado de regalo a mi padre, quien más tarde lo hizo bautizar, y le impuso el nombre de Mariano Rosas.

EL BEBEDOR DE LA NOCHE

Juan Manuel se paseaba de un extremo a otro de la sala. Sentado, Francisco lo observaba. La sensación de que había un testigo oculto lo hizo enderezarse un par de veces en la silla, pero no me vio.

Terco, mi padre se seguía paseando. Al otro lado de la ventana entreabierta, yo permanecía expectante.

Había llegado la madrugada siguiente a mi encuentro con Calquín, rodeado del más absoluto silencio. El detalle me daba la medida del peligro y la urgencia. No perdí tiempo en enterarlo de lo que había ocurrido.

La noche anterior habíamos cenado en medio de un clima de extraña tensión. Recuerdo las miradas de Francisco sobre Agustina. Yo le había hecho jurar que no comentara absolutamente con nadie la visita del ranquel, pero intuí que Francisco sospechaba algo. Cada tanto, Agustina me clavaba los ojos y sólo movía los labios, me decía je-fe-ci-to. Yo me hacía el desentendido.

No podía dejar de pensar y me devanaba los sesos tratando de adivinar cómo fue que Águila Grande pudo sortear vigías y peones. Lo imaginaba arrastrándose entre los pastizales hasta llegar al lugar donde nos encontró. Seguramente, la piel de pangui que lo cubría lo mimetizó con el paisaje. Tal vez entregar el mensaje no fue tan importante como demostrarnos que no existía barrera capaz de detenerlo.

Después de comer, los mayores se habían sentado en la galería. Estaban nerviosos. De un momento a otro podían llegar noticias de Buenos Aires, y había que estar preparados.

Me escabullí por un extremo y fui a tirarme sobre la alfombra de nácar triturado, bajo la luz de la luna.

Abierto en cruz, me dispuse a beber de la noche.

Unos pasos se acercaron. Francisco apareció junto a mí. Por aquellos días lo odié más que nunca. Se había convertido en mi sombra.

—¿Qué estás haciendo?

No le contesté.

—Espero que no estés muerto —dijo ahogando una risita.

Apoyada en una columna de la galería, Manuela miraba. Cuando él pasó a su lado, ella le dijo en voz baja:

—Juanito bebe de la noche.

—¡Qué!

—Lo que oyó. Dice que sólo bebiendo de la noche puede atenuar la luz que lleva adentro, que lo enceguece.

—¿Eso dice? Tu hermano anda en cosas raras, aparte de estar medio loco.

Fue un instante. Juan Manuel estaba solo en la sala. Me planté frente a él y le transmití el mensaje de Painé. Pareció no sorprenderse. Sin embargo, me pidió que repitiera todo desde el comienzo. Al terminar, exclamé:

—Y Francisco besó a Agustina en la boca. Yo los vi.

—Por ahora es suficiente, amiguito —alcanzó a exclamar, pero se volvió, como si le costara entender lo último que acababa de decirle. Me pidió—: Repita.

—Que los vi junto al río, cuando estábamos jugando —repetí, desfigurado por la furia y el temor a que no me creyera, y me castigara por andar inventando historias.

—Continúe.

—Francisco la besó en la boca y le pidió que se casara con él.

¿No inventa? No invento, tatita. Minutos después oí que mandaba llamar a su hermana Agustina. Ésta no tardó en salir. El siguiente en entrar a la sala fue Francisco.

—En este país ya nadie muere sino de muerte violenta —era la voz de mi padre—. No hay control, Viamonte no gobierna. He pateado la campaña recolectando firmas para obligarlos a rectificar las medidas. ¿Y qué conseguí? Ser arrestado por eso, y encima nos tiran con una migaja. No se dan cuenta de que cada una de estas arbitrariedades afecta de lleno a los estancieros de la provincia.

—Por eso lo hacen —subrayó Francisco.

Juan Manuel seguía paseándose. Por la frecuencia con que atravesaba el escaso plano de mi visual me di cuenta que daba pasos muy largos. Volví a oír su voz.

—Se acabó esto de agachar la cabeza y retirarme en silencio.

Seguramente perdí palabras, porque de pronto escuché a Francisco exclamar:

—¡No puede ser! Es un invento de Juan Bautista que...
Mi padre lo interrumpió.
—Agustinita confirmó la visita del ranquel.

Se hizo el silencio y luego un golpe de botas, como si al detenerse Juan Manuel se hubiera cuadrado. Y enseguida su voz, enfurecida.

—Toda la familia a merced de una emboscada. Agradezcamos que no acabó en tragedia. Pero tu descuido no tiene perdón, Pancho, y no tiene perdón por partida doble. Estabas ocupado haciéndole el novio a mi hermana, que es apenas una niña, y olvidaste tu deber —no hubo reacción del otro lado—. Has pasado por encima de la familia, por encima de la confianza que deposité en vos. Me has defraudado. ¿Qué pretendías?

Seguramente Francisco negaba todo con la cabeza. Por fin habló:

—Agustina también me quiere.

Se oyó una carcajada. Luego, el tono helado:

—Es una niña, podrías ser su padre.

—Pero no lo soy.

—Agustina es menor y debo velar por ella.

—¡Pero qué hay de malo en mí! —insistió Francisco—. La cuidaré mejor que vos. La amo. Te lo ruego, no te opongas. Después de todo, es don León el que debe decidir.

—¡Basta! Esto viene mal parido desde el comienzo. Equivocaste el camino. No es así como se hacen estas cosas.

Francisco pudo hincarse a sus pies y rogarle, pero no los veía. Tampoco sé si fue exactamente así el diálogo. Imborrable, en mi recuerdo han quedado el tono de sus voces, las pausas.

Juan Manuel no se extendió, no ofreció razones.

—Hoy mismo saldrás para Los Cerrillos —le dijo—. Hay una misión para vos —y agregó—: No quiero verte por aquí ni un minuto más. Te ordeno que olvides a Agustina. Y lo más importante, que nadie se entere de esto, ¿me oíste?

Media hora más tarde, de manos de un ayudante, Francisco recibió un despacho. No se despidió de nadie. Puso grupas al desierto, y no aflojó las riendas hasta que las fuerzas lo abandonaron.

Ya lejos, caballo y jinete cayeron de bruces, empapados de sudor y espuma. Sólo la planicie infinita.

Nadie lo oyó gritar. Pero ni aún así dejó de querer a su verdugo.

El último día de Francisco en Londres pude reconstruir los entretelones de aquel episodio, caminando los dos por Belsize Park, haciéndonos confidencias. Después de tantas cosas como habían ocurrido, los reparos ya no contaban.

Nunca supo que fui yo quien lo delató. Tampoco le confesé que yo también había estado enamorado de Agustina, pero que dejé de quererla, abruptamente, a causa de aquel incidente.

—Amor que me quitó el hambre —me confesó—, las fuerzas, toda la sensatez y la vergüenza… niña mía. —Yo lo escuchaba deseando que me tragara la tierra, y él decía:— La única a quien pude querer con toda la desesperación que, nunca otra vez, fue capaz de sentir mi corazón ignorante. Imágenes de una Agustina que no existió para mí. Pequeña bruja consciente del dolor que me invadía al saberla cerca. Inalcanzable, coqueta, sos mi tío, me decía, apoyada en la baranda, los bucles retorcidos bailándole en los hombros. Sos mayor, me decía. Soy tu novio, ¡demonio!, la sermoneaba, y puedo hacer contigo lo que se me dé la gana. ¡No puedes!, no puedes, gritaba histérica echando a correr, llamando a los otros chicos, zamarreando a Manuela, tirando pellizcones a ciegas. Ven aquí, vuelve, ¡Agustina!… Y regresaba sumisa, tan hermosa, consciente de su encanto. Me presumía —y acabó—: Yo la enfrenté a sensaciones nuevas. Yo le puse las manos sobre los hombros desnudos…

Tomó aliento y en tono más sereno, continuó.

—Pensar que la vi nacer, ¿te das cuenta? Un día, tu abuela la puso entre mis brazos. Yo ya era un hombre. No pude resistir la mirada de sus ojos verdes. Es demasiado hermosa, exclamé atolondrado, sin saber que allí, tras el breve e inocente contacto, había comenzado a crecer el episodio más ardiente y desgraciado de mi vida —enseguida, añadió—: Si Juan Manuel no se hubiera interpuesto en mi camino me hubiera casado con ella. Hubieran sido míos los hijos que después le hizo el general Mansilla.

Le pregunté:

—¿Agustina te quería?

—¿Lo quería a Mansilla al casarse…? Yo hubiera hecho que me amara, pero los acontecimientos se precipitaron, y no pude llevar a cabo mi plan.

—¿Raptarla?

Se limitó a mirarme. Yo bajé los ojos, y seguimos caminando.

Meses después de aquel viaje al Rincón del Salado, mi tía Agustina Rosas contrajo nupcias con el candidato elegido, el general Lucio Ximenes de Mansilla. Veintisiete años mayor que la novia, ya viudo y abuelo.

En medio del salón principal de la casa, vestida de blanco, más parecía que acababa de tomar su primera comunión. Por más esfuerzo que hice no pude relacionar a esa recién casada, sonriendo junto al flamante esposo, con la niña que me quitó el sueño y pobló mis noches de tremendas pesadillas.

Francisco se atrevía a recordar entonces.

—Fue un par de semanas antes de su boda. Yo estaba de paso en Buenos Aires, y llegué a la puerta del teatro justo para ver desaparecer dentro del carruaje un remolino de tafeta esmeralda. Agustina partía con su sirvienta negra, y me ganó el desánimo. Era la última persona que deseaba ver, y la única. Ya casi no quedaba gente en la sala. Intuí que Juan Manuel había salido de los primeros. Hice ademán de seguirla, pero la abrupta aparición de un jinete me obligó a detenerme.

"El jinete sostuvo las riendas y se quedó observándome.

"Después de reconocerlo y superar el asombro, me di coraje y le dije: Era ella, sí, pero no la estoy buscando.

"Ni se te ocurra, me respondió el jinete, Juan Manuel se daba el lujo de ir solo por la noche, embozado en su capa. Montaba la misma yegua zaina que supe regalarle para un treinta de marzo.

Tal como lo había adelantado el Gran Painé a través de su mensajero, Rosas entró en Buenos Aires en marcha triunfal. Noviembre, tres.

Casi sin derramar sangre había sofocado la rebelión unitaria. Las autoridades lo recibieron, no sólo como a un servidor militar del gobierno, sino como a un vencedor, ya convertido en jefe indiscutido del partido federal.

Por esos días no hubo en la provincia hombre más importante que mi padre. Y era sólo el comienzo.

Con cuarenta diputados, el primero de diciembre se reunió la antigua Honorable Sala. La misma que había disuelto Lavalle. Cinco días después, por unanimidad, Juan Manuel fue elegido gobernador de la provincia de Buenos Aires, con poderes extraordinarios… otorgados sólo por cinco meses.

La oposición dijo que asumía en medio de una orgía de personalismo puro; que era demasiado tiempo para dejarlo hacer lo que se le viniera en gana.

Rosas consideró que no era tiempo suficiente para ordenar la provincia. Pero confió en sus fuerzas.

Le estaban entregando un país agotado por la anarquía y la sangre, las interminables guerras de la independencia, las guerras civiles, el odio entre hermanos.

YO SIGO SIENDO EL MISMO

Rodeado por generales de la independencia, impecable, la chaquetilla con botones de oro, los apretujones, los saludos, mi padre resplandecía. Un mechón de pelo desteñido por el sol le caía sobre la frente. Por esos días había adelgazado, y parecía más alto. Tenía treinta y seis años.

Martes ocho de diciembre de mil ochocientos veintinueve. Mediodía.

Al final del discurso expresó: —En fin, todo lo que yo quiero es evitar males, y restablecer las instituciones, pero siento mucho que me hayan traído a este puesto, porque no soy para gobernar.

Y bajando la voz, los ojos perdidos en algún punto del pupitre en el que apoyaba las manos, repitió:

—No soy para gobernar.

Exactamente para eso había nacido.

Muy pronto, la situación dejó en claro dos alternativas bien delineadas: o Rosas o la anarquía. Él reía, seguro de sí mismo.

—O el caos o yo.

Las circunstancias lo empujaron.

Desde un extremo del salón atestado de gente, algunos miembros de la familia, muy circunspectos, presenciaron la ceremonia. Las más ridículas fueron Manuela y Agustina —adoramos al tatita, decían; Agustina también llamaba tatita a mi padre—. Y ahí estaban, las vocecitas impostadas, como molinete las cabezas, saludando aquí y allá, dándose humos de niñitas importantes. Las hubiera acogotado.

Recorrí el salón una y otra vez. Francisco Rosas no estaba.

Cuando todo acabó escapé solo adelante. Mi padre quedó allí, recibiendo el saludo y las felicitaciones de muchísimos de los principales vecinos de la ciudad, como le cronicó mamá a abuela Agustina, que no asistió a la ceremonia en desacuerdo con su hijo por la responsabilidad que asumía.

Yo no veía las horas de encontrarme con mis amigos de la parroquia de Santo Domingo y relajarme. La multitud que lo había acompañado hasta la Fortaleza había comenzado a despejar la plaza. No era la primera vez que participaba de la euforia popular, pero anduve más curioso que de costumbre, abriéndome paso entre la gente sencilla, observando sus rostros, sus reacciones. Negros y mulatos de las barriadas más lejanas avanzaron por distintas calles al compás de sus tambores. Todos los vendedores ambulantes de la ciudad estaban ahí, endomingados, alzando los brazos, vivando su nombre.

Cuando apareció Juan Manuel, rodeado por la guardia de los Colorados, estalló un clamor de consignas. No creí que me ocurriría, pero sentí un hormigueo subiéndome por las piernas, e instintivamente saqué pecho y erguí la cabeza. Contento, pensé: vitorean a mi padre. Muchos trataban de acercársele. Yo también. Pero fuimos arrastrados por la marea humana.

A la altura de la Recova, el entusiasmo se había apoderado definitivamente de mí. Pegué un salto y pude ver su cabeza rubia en un mar de sombreros lanzados al aire. Rosas es mi padre, le dije a un señor con el cual llevábamos varios metros codo a codo, empujando como si fuéramos un solo cuerpo. ¿Qué?, me preguntó. Que Rosas es mi padre, le repetí, tratando de mirarlo a los ojos, de contagiarle mi satisfacción. Ahogó una risa, no es para tanto, muchacho, me dijo, y agregó: con que seas buen federal alcanza. Y murmuró por lo bajo, ¡su padre! Y me dio la espalda.

Ya de regreso, cruzando la plaza a paso vivo, me crucé con un grupo de caballeros de levita. Antes de rebasarlos los oí comentar.

—Este sí que supo aprovechar la bolada.

—Vamos a ver cómo le va —dijo otro, con aire de suficiencia.

—No lo van a dejar gobernar —exclamó el tercero.

El hombre acaba de asumir, tuve ganas de decirles, y apreté el paso.

Cuando llegué a mi calle, me estaban esperando algunos primos, y primos de mis primos, y los amigos de la parroquia. Un puñado de muchachos alegres, descarados, la cara sucia, campeones en travesuras. Yo el primero. Nadie nos ganaba al tejo ni a la pelota, o a la taba más adelante, gracias a ese mulato cordobés que se ofreció a enseñarnos, a cambio de buenos cigarros y por todo el tiempo que durara el aprendizaje.

Para nosotros no había cerca lo suficientemente alta ni arrabal que no conociéramos como la palma de nuestra mano; expertos en robar brevas a la hora de la siesta.

Me recibieron como siempre, atropellados por comunicarme las últimas novedades del barrio, que no pasaron más allá de los reniegos del gallego vecino para ensillar su moro viejo, un caballazo lleno de mañas que sabíamos sustraerle para dar vueltas a la manzana.

Luego de algunas corridas sin sentido y un par de empujones, me di cuenta de que no estaba inspirado. Cómo habrá sido mi decaimiento que no me enojé cuando Genaro me preguntó:

—¿Y ahora a vos cómo hay que llamarte?

Se acercaba por el medio de la calle, y terminó:

—¿Su excelencia?

—Como siempre —le contesté—: Yo sigo siendo Juan Bautista, el palo santo.

—Las rivalidades políticas e ideológicas de las familias principales de la ciudad, allá en los comienzos, no influyeron a la hora de entablar amistades —le oí decir cierta vez a Pascual Echagüe, repantigado en una de las hamacas del patio de casa, y continuó—: De alguna manera, estas grandes casas, con su prestigio y su alcurnia reemplazaron por largos años a la autoridad colonial, convertidas en el único referente del proyecto de país que se buscaba.

Recuerdo que, excepcionalmente, abuela Agustina participaba de la reunión; ella dijo que para aprovechar el fresco a la caída del sol. Cuando Echagüe se refirió a las "grandes casas", advertí un movimiento en sus hombros, como si se hubiera sentido aludida. Echagüe continuó:

—Pero, a partir de la independencia —dijo—, aquellos estrechos lazos de sangre e ideas se quebraron definitivamente, hasta desencadenar la tragedia posterior: rivalidad y guerra entre los que se encolumnaron con Rivadavia y Lavalle, y los que lo hicimos después, comulgando con Dorrego y con su hijo, señora —terminó, dedicándole una mirada respetuosa.

Aún hoy, cuando digo aquellas "grandes casas", si bien se entiende lo que se pretende trasmitir, la imagen que aparece en mi cabeza es la propia casa de mi abuela Agustina y ella misma, arquetipo de una sociedad conservadora y elitista.

La veo vestida con el hábito de los frailes de la cofradía de La Merced, austera y hermosa. Agustina plantada en medio de sus posesiones, rodeada de sirvientes y esclavos, autoritaria y dominante, consciente de su abolengo y del poder que éste le otorgaba, sumado a su considerable fortuna. Y lo ejerció dentro del clan familiar hasta el día de su muerte, delegado después en mi padre, quien no dejó de reconocerlo ni aún en la época de su mayor apogeo político.

Me impresionaba verlo aparecer enjaezado con botas de potro y espuelas de fierro, yendo sumiso hasta sus pies y pedirle la bendición, madre. Renovando en esa costumbre casi cotidiana los votos de estricto cumplimiento al mandato recibido: afirmación y respeto a la herencia hispánica.

Ésos fueron los pilares encargados de sostener toda la estructura que lo convertiría en genuino representante de una clase nacida y preparada para gobernar. Gesto que se hacía palpable cuando lo veía en el rol de patrón frente a sus peones y a la devota negrada que lo siguió después, imbuido de un patronazgo que exigía absoluta obediencia de sus subordinados, a cambio de la obligación de protegerlos frente a la adversidad y el peligro.

Hasta el día en que asumió como gobernador, me había movido ajeno a casi todos los intereses, sin importar su índole. La edad y el desconocimiento, por un lado, y mi instintiva rivalidad con Juan Manuel por el otro, me habían ayudado a mantenerme al margen e ignorar sus vaivenes.

Pero me equivoqué cuando le respondí a Genaro: yo sigo siendo Juan Bautista.

La situación se impuso y enrareció mi entorno. Sentí que una cincha de alambres me apretaba a la altura del estómago, y cuando Genaro me pidió que entráramos a la casa —lo noté extraño— porque necesitaba hablar conmigo, accedí de mala gana.

Lo único que quería aquella tarde era estar solo y refugiarme en la música. O que llegara pronto la noche, para poder tenderme abierto en cruz en el último patio, y dejar que las sombras absorbieran la luz que me enceguecía el cerebro.

Por ese entonces, el caserón en que vivíamos —el que compró mi padre a los Ezcurra— se había ido agrandando con la adquisición y anexo de propiedades vecinas, de modo que yo gané una habitación para mí solo, en la que me permitieron instalar un piano.

Nos escabullimos por entre la gente que había comenzado a llegar para saludar al flamante gobernador. Mi madre intentó retenerme, pero, sin mirarla, esquivé su mano. Es un poco huraño, la oí murmurar, a modo de disculpa.

Por el patio y las salas circulaban sirvientes ofreciendo aguamiel en jarras de plata, vinos generosos, y esas delicadezas dulces que me perdían. Arrebaté un par de hojaldres para compartir con Genaro.

Di la espalda al festejo y nos encerramos en mi cuarto. Hacía calor. Deposité los dulces en la mesa de noche, me quité la chaqueta y caí desmembrado en un sillón.

Me encontraba en un punto decisivo. Rápidamente, intuí que debía comenzar a amar a algo o a alguien, inclinarme hacia una vocación o destino. Y me quedé mirando el piano, sin verlo.

Puesto a recordar aquellos años, viene hacia mí una vorágine de acontecimientos en los que me veo riendo a veces a carcajadas, haciendo piruetas en el aire o llorando sin consuelo.

Fue un tiempo en que viví pegado a mi abuela, especie de acompañante a sueldo, que sólo recibía la paga si ella aprobaba mi eficiencia. Íbamos a misa a la iglesia de Santo Domingo y rezábamos juntos. Yo cargaba con el almohadón de terciopelo donde ella se hincaba, y el farol encendido cuando salíamos todavía oscuro para el rosario de la aurora.

—¿Qué hacés con las monedas que te doy?

—Las ahorro, abuela.

—¿Hay alguna inversión en vista?

—No, sólo previsión para futuros desastres.

Tenía menos de diez años cuando comencé a cobrar por hacer mandados: ayudar en la quinta, regar macetas, limpiar las jaulas de los pájaros. Por un peso era capaz de darle una mano a cualquier vecino a apilar leña, barrer las hojas, bañar su caballo, acomodar trastos. Para llevar recados y cartas, previamente acordaba el precio.

Mis primos —sobre todo Pedro Rosas— me hacían una competencia absolutamente desleal. Trabajaban gratis. Alcanzame esto, llevame aquello, y sin chistar cumplían con el mandado. Pero enseguida, cualquiera podía reconocer que mi eficiencia no tenía rival. Y otra vez tías, tíos y vecinos volvían a solicitar mis servicios.

Cuando Juan Manuel se enteró de mi amanuencia paga puso el grito en el cielo y me prohibió volver a hacerlo. El muchacho es interesado y materialista, le recriminó a Encarnación.

—¿Se puede saber quién le ha metido esas ideas en la cabeza?

—Yo nomás, tatita.

—¿Y cómo es eso?

—Para afrontar mis propios gastos debo tener un trabajo pago.

—¿Y tiene usted muchos gastos personales? —me preguntó.

—No muchos, tatita.

—¿No se da cuenta de que le está quitando trabajo a los que de verdad lo necesitan?

—Yo también necesito. Lo hago por mi seguridad futura.

—Su futuro está asegurado, créame. Por el momento no tengo tiempo, pero ya volveremos a hablar de esto.

Pero no volvimos a hablar de eso. Y yo seguí cobrando y ahorrando.

Las repentinas convulsiones de Genaro me arrancaron de mí mismo. Dame tus botines, me pidió, la cara fruncida, al borde del llanto.

Me enderecé sorprendido, pensando qué clase de juego era ése. Dámelos, exigió, cayendo sobre mis piernas y comenzó a desatarme los cordones, totalmente descontrolado. Mi primera reacción fue negarme y empezamos a forcejear. Pero yo me reía, todavía atónito, y acabé por ceder. Él tomó mis botines y acurrucado en el suelo les puso la nariz dentro y comenzó a olerlos con fruición.

Cuando se hubo calmado un poco, pero sin dejar de oler, exclamó:

—Vos también hacés locuras. Te pintás rayas blancas debajo de los ojos; te tirás al suelo en la noche porque te encandila la luz que tenés en el estómago.

—¿Y eso qué tiene que ver?

—Tiene que ver —se defendió— porque me has mirado como si estuviera loco... más loca está tu tía Juana, la boba esa que deambula por los patios, o tu tío Prudencio, que gruñe porque no sabe hablar —y continuó—: o Gervasio, que se tropieza cien veces en la misma cuadra, porque camina mirando para arriba, hablando solo, o tu mismo padre que...

—¡Callate! El que tiene un problema sos vos.

Por fin se sinceró. Me dijo que no sabía de dónde le venía esa costumbre ni por qué, pero que su necesidad de oler zapatos usados había ido en aumento en los últimos meses. Que ya no le alcanzaba con oler los suyos. Que cuando nadie lo veía iba por los dormitorios con una bolsa recolectando zapatos, pero que esto tampoco le alcanzó y tuvo que recurrir a la dependencia de los sirvientes. Pero me descubrieron, se lamentó, cuando una mañana nadie halló los zapatos depositados junto a la cama la noche anterior. Lo terrible, terminó, es que ahora me miran con asco, que les doy asco dicen, incluso mi madre, que para colmo es tan aprensiva.

—¿Te doy asco?

—No mucho.

—Juan, tenés que ayudarme, vive tanta gente aquí, veo tantos zapatos… Pedime lo que quieras a cambio.

—¿Y qué ocurre si no tenés botines usados a mano?

Bajó la cabeza:

—Me pongo mal, comienzo a hacer arcadas, luego convulsiones.

La tragedia de Genaro, que en cierta forma no dejaba de causarme gracia, tuvo la virtud de distraerme. Accedí a su pedido. Lo proveería de zapatos usados.

Enseguida me miró con esos ojitos que tan bien le conocía.

—Anoche escuché un comentario en casa.

Ahora viene el chisme, pensé. Le mostré indiferencia, pero él estaba dispuesto a contarme. Me dijo:

—No lo van a dejar gobernar a tu padre. Los unitarios están preparando el regreso.

Yo miraba hacia otro lado. Él continuó.

—Dicen que el poco dinero que recaude con los impuestos tendrá que invertirlo en armar un ejército cada vez más caro… que el ejército de la Liga del Norte sigue en campaña al mando del general Paz… que Lavalle no está muerto.

Reaccioné.

—Acaba de asumir. Cuánta impaciencia, ¿verdad? Además, mi padre es gobernador no por la fuerza, sino por el voto de la Sala de Representantes.

—¡Bah!, ¿y qué hay con eso?

LA BURBUJA

Londres, primavera.

Me hubiera gustado quedarme con la imagen del rostro de Francisco Rosas, desbordando alegría. Estaba de nuevo instalado en el tren, rumbo a Southampton, para encontrarse, finalmente, con Juan Manuel. Pero ocurrió lo inesperado.

—Quiero volver a verte antes de mi regreso a Buenos Aires —me gritó asomado a la ventanilla, agitando las dos manos, el tren ya en marcha.

—Sí, sí —le decía yo, alzando la voz por encima del bullicio, contagiado por esa conmovedora vocación de felicidad que Francisco trasmitía.

Me quedé parado en el andén hasta que ya no pude individualizar su mano entre tantas otras que se iban diciendo adiós. Claro que volvería a verte, querido amigo. Pero un segundo antes de volverme, advertí que algo modificaba el cuadro.

Vi aparecer su torso brotando del costado del vagón, los brazos como banderas, corriendo todo el riesgo de caerse, y su voz nítida, emocionada, pronunciar mi nombre.

—¡Juan Bautista! —gritó.

¿Por qué lo hiciste, Francisco? Tu grito apagó los otros ruidos, rebotó contra las inmensas bóvedas de hierro y fue golpeando el eco hasta morir. Mi nombre pronunciado con cariño flotó un instante en el aire del país extraño. Cuando se apagó, quedé solo.

Cayeron allí mi serenidad y el aplomo que había podido reunir a lo largo de esas últimas horas juntos. Tomé conciencia de lo que me había esforzado por ignorar: yo no era más que una llaga perdida en el mundo, sangrante, soportando apenas el roce de la camisa. ¿Por qué lo hiciste? Vos sabías que el equilibrio de mi espíritu siempre fue extremadamente frágil, difícil de sostener en ese medio filo que zigzaguea entre la locura y la muerte.

Fue inevitable. Me ocurrió lo de aquella remota mañana cuando, inesperadamente, el gobernador tuvo tiempo para mí y me comunicó, sin más preámbulos, que había decidido enviarme a Inglaterra para completar mis estudios.

Me está sacando del medio, pensé de inmediato.

Todo ese último año él en funciones, yo a la deriva.

—Sabemos de su negativa por la carrera militar —continuó— y de sus pocas aptitudes o voluntad para sumarse a la tarea rural en Los Cerrillos o donde quiera.

Respiré hondo y me encomendé a Dios. Como tantas veces supliqué fuerzas. Dame fuerzas, Dios mío, le pedí. Dámelas, exclamé casi en voz alta, masticando cada letra.

—No estoy de acuerdo, padre —pude balbucear.

—¡Qué contrariedad!, el señor Ortiz de Rozas no está acuerdo. Pero no le estoy pidiendo consentimiento, amiguito. Se hará lo que creemos mejor para usted. Aprenderá leyes en Londres y perfeccionará el idioma de los gringos.

Creyó que iba a responderle, pero ante mi silencio dio por terminada la conversación, convencido de que no había nada más que agregar. Se alejó unos pasos, pero se volvió para observarme, intrigado.

Mi parálisis era total. Mi memoria, febril. Creo que él también veía cómo la memoria en movimiento me sacudía la cabeza, amontonando los recuerdos: cuando quedé ciego al caer de su caballo; cuando las viejas damas me colgaron aquella cruz; cuando dijo Manuela es mía; cuando me pidió no me diga tatita, grandote sonso, y las veces que me ignoró y me sometió a disciplinas arbitrarias e injustas, aduciendo que lo hacía nada más que para que me hiciera hombre. Y recordé…

Todavía él me miraba cuando la burbuja acabó por tragarme. Ya dentro de la burbuja de irrealidad, en la que a partir de esa mañana y por tantos años estuve inmerso, comencé a reír. Y a reír. Y caí al suelo descompuesto de risa ante su mirada atónita, y no pude dejar de reír hasta que una hora más tarde llegó el doctor Lepper corriendo, y me suministró un calmante.

Agotado, bañado en transpiración, ya tendido en mi cama, abrí los ojos sólo para comprobar que la burbuja aún estaba allí, y me arropaba.

Flotando otra vez dentro de la vieja y recuperada burbuja, abandoné la estación de Waterloo. Pero no tuve fuerzas para reír.

Cuando recobré la conciencia estaba acodado al estaño de una taberna, rodeado de rostros tan insociables como infames, y pedí otro vaso de ginebra y lo empiné hasta el fondo. Y luego otro. Y otro. Mi padre hubiera dicho que había encontrado el pretexto para volver a beber.

No hacía falta que alguien caldeara el ambiente; en las tabernas inglesas el ambiente es siempre altamente amenazante. Fue por culpa de mi acento o de mis ropas tal vez, que no condecían con el estilo de aquellos parroquianos; o quizá levanté la voz porque no me gustó cómo me estaba mirando el de la gorra, pero algo me indicó que había llegado la hora de las trompadas, y sólo pude esquivar la primera que, honestamente, no supe de dónde vino.

La batahola se generalizó. La había estado buscando.

Sobre mi cabeza comenzaron a volar vasos, sillas, botellas, y reaccioné cuando entendí que si no me ponía rápido de pie y echaba a correr, mi vida quedaría para siempre anudada a aquel mostrador.

No sé lo que ocurrió después, si pude correr o no.

Desperté en una comisaría, tirado sobre un banco, los nudillos hechos pedazos, sucio de vómito y barro, sin chaqueta, sin sombrero, sin el hermoso reloj de cadena de oro que supiera regalarme el abuelo León. Los ojos morados, como pulpas sanguinolentas.

Encontrarme de pronto inmerso en esas situaciones límite me sumergía en una especie de odio y de lástima por mí mismo absolutamente intolerable. No soy yo el que cae, me decía, sino el otro, al que nunca pude sujetar ni entender.

En esas circunstancias, los trámites siempre eran engorrosos y lentos. Recién por la tarde del día siguiente llegó Mercedes para acreditar mi identidad y pagar la multa correspondiente.

Como niño en falta, salí detrás de ella, que tomó la delantera con ese aire de directora de expósitos que tanto le odiaba.

—Me pregunto cuándo madurarás —decía sin mirarme, sin aminorar el paso—. Qué vergüenza, Dios, qué vergüenza. Y encima el gasto, como si el dinero nos sobrara.

—Vergüenza es robar —exclamé, no sé por qué. Mejor dicho, sí sé por qué.

Era una de las frases favoritas de abuela Agustina, porque había sido ella la que apareció en mi sopor —cuando emergí de la borrachera— con una insistencia que seguramente tenía algún significado: abuela me apoyaba, me protegía, quiero creer que me amaba.

Ella habló con los Lastra, venciendo los reparos y corriendo todos los riesgos al ayudarme a desobedecer la voluntad de mi padre de enviarme a estudiar a Inglaterra.

Dos días después, subrepticiamente, Genaro y yo subimos a una galera conducida por Paco el mulato, cochero de confianza de doña Agustina, y partimos rumbo a La Pinta, el campo de los abuelos paternos de Genaro.

A poco de andar, aparecieron por detrás y por delante del coche dos jinetes de escolta, armados hasta los dientes. Ni siquiera mi madre estuvo enterada.

No te preocupes, me dijo mi abuela, yo manejaré las cosas de tal modo que no saldrán en tu persecución. Y me pidió que escribiese una carta dirigida a ella, explicándole el porqué de mi huida.

Estaré lejos por un tiempo, comencé. Primero había escrito escondido por un tiempo, pero abuela me hizo borrar y poner lejos. Por favor, no me busquen, continué. Me han ofrecido conchabo en una estancia del norte, mentí. Para terminar con una frase que sin duda respondía a un anhelo verdadero: allí aprenderé a ser hombre de campo, única vocación que conozco como mía. Oportunidad que no me brindó mi tatita.

Me arrepentí de haber escrito esa última frase, porque no respondía a la más estricta verdad. Pero ya estaba hecho.

Al despedirme y después de besarla en ambas mejillas, me quedé un instante mirándola, apenado.

—¿Qué ocurre ahora?

—¿Puedo llevarme el piano?

Se disgustó:

—Como para pianos estamos —y me empujó hacia el estribo.

—¿Podría enviármelo? ¿Le pido demasiado?

—No es demasiado, Juanito, es imposible —luego, reparando en esa presencia que no dejaba de mover la cola, me dijo—: Mejor llevá tu perro —y me ayudó a subirlo al carruaje.

A medida que se agrandaba la distancia entre mi padre y yo, cobré conciencia del desafío, de la tremenda maquinaria que, sin darme cuenta, había obligado a poner en marcha. Me pregunté cuánto tiempo podía durar mi actitud de rebeldía, y lo más importante, si había alguna posibilidad para mí de que se respetara mi voluntad de quedarme en Buenos Aires.

Nos nos detuvimos más que una sola vez, para aliviar nuestras vejigas y la de Naco. Como exhalación pasaron postas, un fortín, polvaredas lejanas en esa planicie ininterrumpida que se hunde en el noroeste.

Llegamos a Carmen de Areco, atravesando campos y caminos que bien sabía no tenían secretos para Rosas. No podía imaginar a la abuela sosteniendo su complicidad hasta el extremo de enfrentar al hijo y convencerlo de que no era buena la idea de enviarme a estudiar a Inglaterra. Adonde de todas maneras, con el tiempo, vine a parar con mis huesos.

Zangoloteado por la marcha, cubierto de polvo, el corazón hecho un guiñapo, no le ofrecí resistencia a Genaro cuando cayó sobre mis botines; me los quitó y se puso a olerlos con esa fruición enajenada, que me provocaba tanto risa como asco.

Tumbado en el asiento, la cabeza de Naco en mis rodillas, así llegué a la estancia de los Lastra, dispuesto a asumir mi destino.

Vimos salir un par de faroles desde la galería y pronto nos rodearon.

A una mujer que lo recibió con un beso, Genaro le explicó brevemente el motivo de nuestra intempestiva presencia. Pero no le entregó la carta que llevábamos para ella. La mujer asintió, sin pronunciar palabra. Le dijo: mi amigo acaba de salir de un trance difícil; el médico le ha recomendado mucha tranquilidad. Urgente, dije yo, y él repitió urgente. La mujer enarcó las cejas, y luego con un gesto le indicó a la sirvienta mulata y a la más joven, que llevaba un farol, algo que yo traduje como háganse cargo de los bultos o algo así, porque ella no abrió la boca.

Apenas descendimos, Paco, el mulato, fustigó los caballos y se perdió el carruaje en la noche, seguido por la escolta. No me dio tiempo a despedirlo y me quedé con el brazo en alto, hasta que dejé de oír sus gritos azuzando la marcha. Y me volví.

En medio de la oscuridad y el espacio apareció un rancho muy largo, o tal vez larguísimas galerías adosadas a un rancho alto, rodeado de escalones y barandas.

Adentro, la apariencia confortable me sorprendió. Grandes tapetes de telar cubrían los pisos cuidadosamente embaldosados. La mujer nos precedía abriendo puertas que daban a otros tantos cuartos, también alfombrados, iluminados por grandes velones, y enjoyados con muebles de madera oscura. Sobre las paredes blancas, había cuadros y espejos con marcos de plata.

Al llegar a la última sala, esperé que dijera algo, pero tampoco habló.

Había fuego encendido en una salamandra, y a un costado, junto a una ventana, ¡Dios mío!, un piano de cola.

No pude controlar la emoción. Genaro alcanzó a sostenerme y me depositó, suave y solícito, en un sillón junto al fuego.

—Pobrecito, está débil —dijo. Luego, su boca en mi oído, agregó—: La tía es muda.

Ella se acercó y me puse de pie, todavía mareado.

—Mi nombre es… Juan Ortiz, señora —e incliné el torso.

Pero ella abrió los brazos y me estrechó firmemente contra su pecho.

Simona Lastra, la tía muda de Genaro.

Por encima de su hombro, como vidrio de aumento, las lágrimas me duplicaban el tamaño del enorme piano.

—Entregale la carta —le pedí después—. ¿Por qué no se la has dado?

Dudó:

—Por el momento es mejor que no sepa quién es tu padre. Hiciste bien en tragarte el Rosas… Juan Ortiz suena inofensivo.

No recuerdo si salíamos o entrábamos en el verano, tampoco importa. La noche era cálida, y había margaritas en los jarrones desparramados por todos los cuartos. Ella las cultiva, me contó, tiene un invernadero por allá atrás.

—Nunca me hablaste de tu tía Simona.

—No tiene caso —dijo—. La familia la rechaza, como la rechazó su pretendiente, el franchute, después de dejarla preñada —y añadió—: Para salvar la honra del apellido, vos sabés, la confinaron en esta estancia.

—¿Y por qué no un convento?

—Por razones económicas.

—¿Y por qué la llamás Simón?

—No es Simón, pedazo de bárbaro, sino Simone —pronunció, sosteniendo la ene contra el paladar, y añadió—. Como la llamaba el canalla de su novio.

Me desvelé, abrumado por los acontecimientos y un silencio que se fue ahondando hasta obligarme a saltar varias veces de la cama y escuchar, las orejas al máximo. No parecía real; hasta pensé que en un descuido me había quedado muerto, sin darme cuenta.

Es casa de unitarios, tené cuidado, volví a oír la recomendación de mi abuela, mientras me ayudaba a armar el pequeño atado de ropas. Pero decentes, aclaró. Unitarios decentes, palabras que quedaron flotando como un eco.

¿Qué he hecho, Dios mío?, exclamé en voz baja y avivé la llama del candil. Lo único que logré fue rodearme de sombras que oscilaban al compás de la llama, movida por una corriente de aire inexistente.

Solo, sentado en la cama, me arrepentí de no haber insistido en que me ubicaran en el cuarto de Genaro. Él había dicho: es mejor que estés solo, te sentirás más cómodo. Ella asintió varias veces con la cabeza, de pie, al otro lado del piano. Seguramente es ella la que toca, pensé. Ingrediente que tuvo la gracia de consolarme, en medio de tanto infortunio.

Pero no podía dormir, busqué mis zapatos y no los encontré. No tuve que hacer demasiadas conjeturas para saber dónde estaban. A Naco parecía que lo habían cosido a mis talones. Vos también tenés cara de proscripto, le dije. Como nunca, él buscaba mis manos para que lo acariciara.

Descalzo, me deslicé hasta la ventana y la abrí. Afuera, las sombras velaban los perfiles, y nada más que un inmenso hueco oscuro se extendía al otro lado. Un trozo de galería, la baranda, y después un tiempo sin término, que se fue cargando de señales.

Medianoche, madrugada, no lo sé. Me arremangué la bata de dormir, me calcé los pantalones y abandoné la habitación, llevando el candil bien alto. Me detuve de golpe, sacudido por la certeza de que en esa casa habían pasado o pasarían muchas cosas.

La presión del silencio aumentó la atmósfera de peligro que siempre me acompañaba.

Por una de las salas salí a la galería. Noche oscura, sin embargo cuajada de estrellas. Dejé el candil en el suelo, busqué los escalones y por fin puse la planta de los pies sobre la tierra dura y húmeda. Me tendí suavemente, hasta quedar abierto en cruz, expuesto a todos los presagios.

Naquito se echó a mi lado.

Los perros de la casa nos husmearon de lejos. Ninguno gruñó. Alertas, sin dejar de observarnos, ellos también se echaron.

La mujer apareció después, envuelta en una pañoleta que la cubría hasta los tobillos. La mujer veló mi sueño.

Al alba, medio sol sobre el horizonte, sentí un golpe en la cadera y me incorporé de un salto.

Contra la luz, vi la silueta imponente de mi padre que me miraba sin decir palabra. La manta con que alguien me había cubierto en la noche se fue deslizando de mis hombros al suelo. Casi me desmayo.

Su risa acabó de despertarme.

—Si te vieras la cara, ¿qué pensaste?

De pies a cabeza, vestido con el uniforme de los húsares de Pueyrredón, indumentaria que se quitaría sólo para dormir en todo el tiempo que permanecí en su casa, Genaro se reía de mí.

—Andá a lavarte —me dijo— y pintate las rayas blancas. Necesitarás coraje para vencer una noche al sereno.

Genaro me llevaba en edad apenas un año —dieciocho— y en estatura, media cabeza. Por lo demás actuábamos casi al unísono, salvo cuando se decidió por la carrera militar, como su abuelo. Ridículo empeño al que se entregaría —entregarás tu vida, le decía— en cuanto llamasen a la próxima promoción de cadetes.

—¿Y vos qué vas a estudiar? —me había preguntado—. ¿Leyes en Córdoba?

—Ni loco. Yo soy hombre de campo.

Se le dio por reír. Fue tal el empujón que le di que tuvo que pedirme disculpas.

La mulata grande y la chinita paya que la seguía como cuzco asustado ya revoloteaban por los cuartos, ventilando y sacudiendo, desagotando las tazas de noche, cambiando el agua de las jofainas.

Los brincos de Naco me entusiasmaron, y yo también di un par de saltos.

En la cocina, construcción apartada de la casa, nos estaba esperando la tía muda, de pie junto a los fogones, preparando el mate. Al verme desplegó esa sonrisa que yo me empeñaría en descifrar. Entre sus dientes, tan blancos, se podía leer un mensaje para el que aún no poseía los códigos.

A la cintura llevaba colgando una pizarrita. Allí escribía respuestas o preguntas muy breves. Escribió: ¿qué significan esas rayas?

Genaro respondió por mí:

—Para cobrar fuerza.

Le conté la historia de Calquín, el ranquel. Luego escribió: ¿te sentís mejor?

—Sí, gracias, señora Simona— le contesté.

Rápidamente escribió: prefiero Simón. Me miraba de un modo intenso, respirando agitada, presa de una ansiedad que la carcomía.

A falta de palabras, todo su cuerpo era una fuerza que se le arremolinaba en los ojos, de una fijeza rayana en la fiebre.

Esa mañana, Genaro me informó que aún no había cumplido los veinticinco años, y que se llamaba Simona María del Corazón Sagrado.

—Es como para tenerlo en cuenta —exclamé—. ¿Y el hijo?

—¿Qué hijo?... Ah, lo dieron, qué sé yo...

—Fue cuando quedó muda —pensé en voz alta. Genaro confirmó mi sospecha.

—Ese día dejó de hablar, aferrada a unos trapitos blancos... Pero a quién le importa, yo la quiero igual.

Sabía que en ese campo no se realizaban tareas rurales a gran escala, salvo la cría de caballos y algunos vacunos. Lo curioso era que alrededor de la casa, y hasta donde alcanzaba la vista, no se veía movimiento de peones o hacienda, salvo la caballeriza, y un cobertizo para carruajes. El resto eran arboledas magníficas salpicando la llanura.

El establecimiento quedaba hacia el oeste, en unos bajos que llamaban La Aguada, debido a los innumerables cursos de agua que cruzaban esos campos de pastos naturales, que se extendían como un tapiz hacia el naciente.

Cuando la escuché reír, feliz, cabalgando a mi lado, no tuve tiempo de asombrarme.

Ya en el puesto, me encontré ayudando en los corrales, apartando potrillos, haciendo lo que podía como podía, imitando al húsar que me gritaba así no, por este lado, fuerza Juanito, ¡fuerza!, no te distraigas.

Pero los ojos se me iban detrás de Simone, que montaba como un hombre. Polainas azules, botas, y el pelo cobrizo, que le cayó hasta la cintura cuando se le desató la trenza.

Desconcertado, ¿cómo es que grita y se ríe?, le pregunté al húsar. Sí, me contestó, grita y se ríe, pero no habla.

EL CAMINO DE LA MÚSICA

Yo había vivido rodeado de tías y primas —mujeres hermosas— que jugaban al naipe o a los dados en la intimidad de sus aposentos; fumando o entregadas al ocio, confidencias y poses que después no repetían en los salones.

Nunca me cerraron la puerta. Se habían acostumbrado a mi contemplación silenciosa. Íntimamente creo que mi actitud de adoración las complacía.

Crecí acariciando sus melenas tendidas al sol, indolentemente entregadas a las manos de sus sirvientas, que les frotaban piernas y brazos con alhucema y lavanda, que las ayudaban a vestirse después, siguiendo un rito que me llenaba los ojos de imágenes secretas y voluptuosas.

Las había espiado dormidas o desvistiéndose, como quien se asoma a un mundo de ensueño. Cuando me hiciera hombre, pensaba, reinaría en un mundo parecido, poblado por mujeres que irían entrando en mi vida, dueño y señor. Serían sólo para mí sus ademanes de hetairas, el abandono de la siesta, los cuerpos desnudos escurriéndose entre las sábanas.

Cuando miré a Simone moverse, correr, montar; el movimiento preciso de sus manos; la actitud siempre resuelta de todo su cuerpo; encender en la noche el cigarro habano y echar, indiferente, las volutas de humo al aire, supe que ella era la mujer, la que había estado seguro que vendría.

Sin embargo, conocerla fue medir exactamente el abismo que existía entre esa mujer y mis sueños.

Ella tallaba en su mundo a la misma altura del hombre, y aunque despojada de toda coquetería superflua, cada gesto suyo trasuntaba femineidad. Más aún, insinuaban la rotunda existencia de un universo tan profundo y complejo que por primera vez pensé que alcanzar a una mujer así no me resultaría tan fácil como había creído en un comienzo. De alguna manera, ella me recordaba a mi madre y a abuela Agustina, pero en versión salvaje. Detalle que la tornaba aún más irresistible.

Interrumpí la tarea porque Genaro me pidió que lo acompañara a revisar unos mojones. Nos ayudaron dos peones viejos, tan viejos como la mayoría. No quedan hombres jóvenes, me dijo, se los lleva la leva, junto con las mejores tropillas para el ejército. Los comisarios y sus partidas —agregó— sumados al malón de los ranqueles, han convertido este campo en una verdadera miseria.

De a poco recuperé mi costumbre de pegar saltos y volteretas en el aire, que si bien causaban gracia, las hacía nada más porque me lo pedía el cuerpo. Lo mismo que las muecas. Era capaz de imitar los gestos y la voz de cualquiera, tanto como a una garza, una lechuza, la mosca verde, o lo que me pidiesen. Los que me miraban, difícilmente caían en error, ¡te sale calcado!, decían, ¿cómo es que podés imitar de esa manera?

—Solamente observo —contestaba, satisfecho con mi gracia, y me echaba a reír, y todos terminaban riendo conmigo.

—Tu risa es contagiosa —me decían.

Cada mañana prolijamente me pintaba las dos rayas blancas debajo de los ojos. Al verme, Simone me pedía que me acercara. Yo me ponía firme delante de ella. Ella me aprobaba con una sonrisa. Luego, escribía en su pizarra: como Calquín Guor.

Semanas después, al regreso de La Aguada, la mulata del servicio me entregó una carta con los sellos de abuela Agustina. Volví a tomar contacto con mi realidad. Para ese entonces, ya me habían ocurrido tantas cosas que pensé que prendiéndole fuego a ese papel —pobre iluso— bien podía quemar el último lazo que me unía a los Rosas.

Tu padre en funciones de gobernador, decía en la carta. A tu madre tuve que contarle dónde estás porque le dio un ataque, y bien sabés cómo se pone. Pero no te aflijas, las cosas se resolverán mucho antes de lo pensado. Ya nadie habla de enviarte a Londres. Y seguía: tus primos te extrañan mucho, especialmente Merceditas Fuentes, que me alcanzó la esquela que ahí te envío. Portáte bien, no olvides quién sos. No nos sumes problemas, que ya bastante tenemos con esto de que a tu padre se le ocurrió ser gobernador. Y terminaba: será mejor que no demores tu regreso. Enviaré por vos lo antes posible.

Guardé la esquela de Mercedes en el bolsillo para leerla después, y me abracé a Naco con todas mis fuerzas. Casi no recordaba los rasgos de mi prima. Casi no recordaba el incidente que me había obligado a huir de casa. Tampoco quería recordarlo. No quería. Pero mi cuerpo se quebró. Mi cuerpo recordó el dolor y comencé a temblar. Salí al patio sujetándome el pecho, buscando aire, pero igual mi corazón se puso loco. Comencé a girar, bañado en sudor. Naco gemía a mi lado.

En ese momento vi al húsar caminar hacia las caballerizas. Llevaba un potro de tiro. Corrí, creo que grité, le arrebaté las riendas, y de un salto caí sobre el lomo. La fuerza de mis talones contra sus verijas nos impulsó adelante como si una catapulta nos hubiera enviado al espacio. Me abracé a su cogote y cerré los ojos.

Los ladridos de Naquito me acompañaron hasta que dejé de oírlo.

Ignoro cuánto tiempo duró aquella carrera. Cuando desapareció la tenaza que me oprimía las sienes tiré de las riendas, y acomodé la marcha en un galope largo que acabó por serenarme.

Regresé al paso ya entrada la noche.

Simone me puso la pizarra delante de los ojos. Decía: tuve miedo por vos.

Ocupado en la huerta, removiendo tierra, haciendo pozos en hilera para ese proyecto de "monte de naranjos" de Simone, se me fueron los días.

Al piano lo miraba de lejos. Genaro me dejaba ir a mi aire, colaborar en las tareas, o me espiaba por detrás de las puertas, el perfil del húsar respetuoso de mis silencios.

Sucedió una tarde. Habíamos estado con Genaro tirándonos agua junto al pozo, mitad juego, mitad aseo. Volví a la casa y me cambié.

Cuando salí a la galería de atrás, quedé atrapado por un ocaso que se estiró hasta bañarme los pies de púrpura. Levanté las manos y ofrecí mis palmas al sol, y así estuve largo rato con los ojos cerrados, presintiendo lo que iba a ocurrir.

Los primeros acordes comenzaron a sonar dulcísimos en la tarde que caía, señalándome el camino.

Lentamente, fui en busca de la música y de lo que la música arrimaría a mi vida.

La vi inclinada sobre las teclas, pálida, toda vestida de negro. Pero no era ella. Ni yo era yo. Habíamos pasado a formar parte de una misma vibración, que se elevó en ondas por el aire y nos desparramó después, vaya a saber por qué territorios que no pudimos nombrar.

La música es invisible, pensé. Hilo invisible que teje el recuerdo.

Esa tarde conocí lo que Simone dijo era una polonesa. Fantasía de un joven polaco que vive en París, me contó. Y tiró partituras sobre la tapa del piano, que una amiga le enviaba puntualmente desde Francia.

Milagro, escribió después en la pizarra. Borró, y enseguida: toco, lloro un poco y sigo tocando.

—Yo también —le dije.

La distancia entre nosotros se acortaba.

Volvió a borrar y escribió, rápido: aprender los tiempos, el *cantabile*, el *moderatto ma non troppo*, las pausas, ¿lo estaré haciendo bien? Dibujaba acordes en las teclas, breves fragmentos de melodías íntimas y apasionadas. Simone me hablaba con la música.

—Suena perfecto —le dije.

Tomé una partitura y la puse sobre la pequeña repisa del piano. Entonces ella me hizo lugar en la banqueta. Sentí que temblaba.

Antes de poner los dedos sobre el marfil, cerré un instante los ojos. Somos ángeles, murmuré.

Somos ángeles, murmuró una voz en mi cabeza, y de golpe, regresó la oscuridad de aquel tiempo, los días eternos, la visera verde cubriéndome la cara.

Emocionado, demoré un par de minutos en leer las primeras estrofas. Era un estudio aparentemente sencillo, pero a poco de comenzar fue creciendo en maravilla, que ni siquiera la escasa destreza de mis dedos empañaron.

Me equivocaba y repetía. Me equivocaba otra vez y dejaba caer las manos, desanimado. Pero Simone las tomaba entre las suyas y volvía a ponerlas sobre las teclas, con una suavidad tan persuasiva que no me permitió abandonar.

El húsar entró y salió un par de veces. Finalmente, optó por sentarse cerca. Después, me di cuenta de que fue él quien nos rodeó de candelabros encendidos, e hicimos música hasta la medianoche. Reímos, batimos palmas, y, como respondiendo a una señal, nos abalanzamos de cabeza en ese ejercicio para cuatro manos, pieza obligada del principiante.

Más rápido, le decía, más rápido, los dedos a una velocidad increíble, tan feliz como nunca me había sentido.

Czerny, Scarlatti, Clementi, Mozart, y Chopin otra vez, en una mazurca que Simone ejecutó con tanta gracia y tanto brío que no pude contenerme y corrí a abrazarla por la espalda. Ella coronó el concierto con un arpegio magnífico. Trino de pájaros, agua tal vez, deslizándose por entre las cosas.

Agua y pájaros.

—La música es invisible, pero abraza —le dije.

Perdidos en esa inmensidad formamos un terceto como de otro mundo. El húsar aplaudió, pero lo veía celoso, un poco aburrido. En caravana marchamos a la cocina y calentamos un puchero espeso que nos supo a manjar de dioses.

Simone me acariciaba las manos y sonreía. Tímido, intenté esconderlas, pero ella me buscaba los ojos y las manos, y sonreía.

—Aprendí de memoria muchos valses —exclamé, nervioso.

Escribió: yo también.

—¿Quién te enseñó? —le pregunté, tuteándola.

El húsar respondió por ella:

—Madame Guizot, y luego el señor Collart, el más joven, que fue quien transportó hasta aquí el mamotreto carreta mediante —acabó en voz baja, avergonzado, porque Simone, enojada, había comenzado a agitar delante de sus ojos la pizarra donde se leía: hice estudios, y debajo: viajé, hice estudios.

Era cierto. Había viajado a Francia, desoyendo a la familia escandalizada, para recuperar al novio arisco. Al cabo de un año, regresó sola y embarazada.

A pesar del entorno rural, de la sencillez de sus ropas y la melena salvaje, apenas disimulada por la trenza, ella era una dama. La música, las alfombras, los jarrones con flores, y esos pequeños gestos delicados al comer denunciaban la presencia de una educación y de estudios acordes a su rango de niña de buena familia.

Ni el castigo, ni el desprecio después, habían podido con ella. Reinaba solitaria en medio de aquellas lejanías, sostenida quizá por la música y los recuerdos. Me pregunté por qué no habría regresado a la ciudad, en qué invertiría los años, el tiempo muerto, la juventud. Porque no era ésa la casa de veraneo de los Lastra. Ellos tenían otra estancia por el lado de Chascomús, donde veraneaban desde diciembre a marzo. Ni siquiera entonces la visitaban. Ella vivía sola, enroscada a su mundo.

De pronto, como si nada, Simone se aclaró la garganta y dijo:

—Mañana les voy a enseñar a bailar el vals.

Rápidamente, Genaro me pateó por debajo de la mesa para que cerrara la boca. Qué podía decir yo, si casi me ahogo de la impresión. Quedé duro mirando al frente como una estatua.

Enseguida, Simone se incorporó, y sin dejar de sonreír, dijo: buenas noches, señores —su voz era poco más que un murmullo—, y se retiró llevándose el único farol.

—No te aflijas —le dije al húsar—, veo perfectamente en la oscuridad.

—A veces ocurre —me contó—, es decir, a veces habla —y agregó—: Debe ser tu presencia, la música —y enseguida, sin pausa, bajando la voz, me confesó—: Ayer, por la siesta, me la trinqué a la payita.

—Bestia, cómo pudiste. En mi casa está prohibido meterse con el servicio.

Dudó un momento.

—Bueno, en realidad no la trinqué, no me atreví. Pero le toqué las tetitas.

—¿Y?

Lo escuché suspirar, satisfecho.

—Las tiene duras, empingorotadas, pero salió corriendo... y después...

—Y después ¿qué?

—Tuve que hacerme la paja como tres veces —y lanzó una risotada.

No hacía mucho que Genaro había debutado en el caserón de la Parda. Me contó el episodio con lujo de detalles, pero que no le sintió el gusto hasta la tercera visita, en que la propia Parda lo atendió, después de untarse las partes con un aceite milagroso, según sus palabras. Y que la tuvo encima como un elefante bufando, hasta que él le pidió basta.

—Hiciste bien, porque se te hace vicio.

Una noche, junto con otros amigos, me invitó a que lo acompañara. Me negué. No por miedo, tampoco porque estuviera esperando que el abuelo León me dijera cuándo y cómo, sino por culpa de todo ese montaje de sermones y jaculatorias, y la bendita retahíla acerca del pecado de la carne y sus consecuencias nefastas para el espíritu.

Nadie hablaba del pecado solitario. Sólo medias palabras, sugerencias, y mucho castigo.

—No es buena la paja —le dije—, te viene la debilidad, y con la debilidad la locura.

Se echó a reír:

—Entonces, amigo mío, ya estoy perdidamente loco.

UN PIANO PERDIDO EN LA LLANURA

Sé muy bien lo que significaron en mi existencia aquellos días en casa de Simone; cómo fueron despertando las sensaciones en mi cuerpo, y germinaron después. Pero no puedo dejar de verme como lo que era entonces, un cachorro asustado, viviendo una de las experiencias más fuertes de mi vida, cuando sólo atiné a decirle no me asustes, soy frágil. Y en verdad lo era.

El destino, el mío, inventó aquel viaje para arrancarme perentoriamente de un mundo construido sobre la ley, la disciplina y el orden. Y de la misma manera, arrojarme a los pies de un piano perdido en la llanura; a los pies de una mujer extravagante, maltratada, y vivir junto a ella una historia casi estrafalaria. Otro mundo, donde los sentimientos y las sensaciones no encontraban límite.

Pobre de mí. Eran tan pocos mis años y tan pocas mis armas.

Después, juré que volvería a buscarla, ya preparado para esas batallas —las suyas— de experta declarada. Buscarla, ya hombre, y devolverle parte, sólo parte —lo impediría mi locura— de lo que ella me dio y me enseñó.

Nada hubiera sido igual si ella hubiese sabido quién era yo desde el comienzo: el hijo del caudillo —pero, ¿acaso no lo supo?—, con toda esa carga que me confería mi padre, y su protagonismo en las contiendas que el país arrastraba desde hacía más de dos décadas, tintas en sangre y enfrentamientos inacabables.

Fui para ella lo que a simple vista se advertía: un muchacho innominado, apenas alto, los pelos rubios y lacios, demasiado largos para la moda de la época. Vehemente, tímido.

Agradecí que así me viera, ceñido en mi chaqueta de pana, danzando como un potro entre los brazos del húsar, trotar por las galerías y entrar otra vez donde ella ejecutaba ese vals que repitió y repitió. Y repetí yo después, tarareando la melodía a los gritos, cuando Genaro dijo es mi turno, y la tomó por la cintura, y sin dejar de bailar fueron apartando sillas, pateando alfombras, girando sin parar.

Nadie hubiera podido convencernos, esa tarde, que eran aquellos años los que corrían, que el tiempo no se había detenido.

De pronto, todo me pareció demasiado perfecto, y tuve miedo.

Genaro desapareció. Simone y yo caímos exhaustos sobre un sofá, riendo. Ella había vuelto a hablar, pero muy poco.

Cuando comenzó a acariciarme las manos no me sobresalté. Cuando me desabrochó la camisa y girando sobre el sofá tomó mis rodillas como almohada, la dejé hacer, intrigado, ya vencido.

Me besó las palmas; besó y mordisqueó cada uno de mis dedos. Movía la cabeza, suave, apenas la sonrisa en las comisuras de la boca.

Algo comenzó a arder dentro de mí, y a crecer.

Somnolienta, su cabeza iba y venía sobre mis piernas. Yo la miraba. No puedo decir qué sentía, qué pensaba entonces. La miraba nada más, presa de un estado de excitación tan lamentable como comprensible; sentado como un escribiente y una mujer atravesada en mi falda.

Hoy, el recuerdo me inunda de ternura.

Como un bebé, Simone succionaba el pulgar de mi mano derecha, dulce, la lengua enroscada a mi dedo.

Me besó y me acarició, y yo me entregué a sus besos y a sus caricias, como si toda mi vida no hubiera sido más que un largo aprendizaje para llegar a ese instante. Sólo volví a rozar la realidad cuando ya estábamos tendidos en mi cama, adonde ignoro cómo llegué.

Lejos, el resplandor de una vela descubrió su cuerpo ante mis ojos, libre de la basquiña y las enaguas.

Deslumbrado, pobre tonto ridículo, inexperto, sólo atiné a decirle no me asustes, soy frágil, como un idiota, como un crío —tu niño es frágil, Encarnación—. Y se lo dije convencido, sin saber aún qué iba a hacer yo con ese cuerpo, el suyo, que se me ofrecía sabio y pleno. Menos aún con el mío.

No hizo falta. Ella me llenó de coraje.

—No pienses —exclamó, sin dejar de besarme—, no te guardes nada, no tengas pudores, amor mío… Yo me siento igual que vos, apenas una niña.

Perdí la conciencia cuando comencé a brotarme de luz. La misma luz que me ahogara tantas veces obligándome a beber de la noche. Fui torpe, espontáneo, testigo estremecido de lo que iba naciendo de mí, ya definitivamente transformado entre sus brazos, dispuesto a sentir, a dar, a pedir y exigir cada vez más, y más, hasta perder la noción de mí mismo.

Después, caí blandamente en el sueño, pero pude escucharla cuando murmuró: estás demasiado dotado para el amor, te perderá.

—Me perderá —balbuceé.

Los lengüetazos de Naco en mi cara me despertaron. Y ahora cómo la miro, fue lo primero que pensé, todavía laxo. Me atacó la vergüenza.

Escuché la risa del húsar y mi reacción fue esconderme. Pero me armé de coraje, y después de pintarme las rayas blancas debajo de los ojos, salí a la galería. Genaro venía cargado con unas macetas. Simone junto a él.

Cuando ella me vio, corrió a mi encuentro y me puso un sonoro beso en la mejilla.

—Deberías agradecer que te dejamos dormir —rezongó Genaro—. Hemos estado regando las bateas. El tiempo está muy seco.

Sus palabras aflojaron mi tensión. Simone escribió en su pizarra y me la mostró. Leí: tus ojos grises como nunca.

Rápidamente, lo borroneó con la palma de la mano, para no darle tiempo a Genaro, que había estirado el cuello para leer él también.

Almorzamos en la galería. Después, como sombras diligentes, la mulata y la payita retiraron la mesa. Hacía calor. Desenvuelta, Simone encendió un cigarro habano, largo y finito. Repantigados en los sillones de mimbre nos pusimos a contemplar la siesta sobre el campo.

Yo pensaba, estoy entre amigos; una mujer me ha besado y me ha recibido entre sus piernas. Una mujer como ella me ha convertido en hombre, ¿qué más puedo pedir?

Volando bajito, pasó una bandada de cisnes cuello negro. Simone, que había estado fumando en silencio, al verlos, exclamó alarmada: veo señales. Señales de qué, le pregunté, más que nada para oír su voz, pero no respondió.

El día anterior, los patios habían amanecido poblados de sapos negros, y ella nos mostró la pizarra donde se leía: buscan agua, envían señales.

Para distraerse, nos pidió que le contáramos cómo nos habíamos conocido.

Fiel a su costumbre, Genaro respondió primero:

—Nos conocimos debajo de unos barriles, ¿te acordás, Juanito?

Exploté:

—Te he dicho que no me llames Juanito. Decime Juancho en todo caso, o Juan. Odio el Juanito.

Ella rió:

—¿Debajo de unos barriles?

Fue la mañana en que me atreví a abandonar el barrio seguro para aventurarme por los grandes bancos de arena, que el pampero deja al descubierto sobre la playa.

El Plata se retira muy lejos, y los chicos, en bandadas, aprovechan para desenterrar los objetos más sorprendentes. Jinetes y lavanderas van y vienen por la arena, mezclados con marineros de todas las naciones; clientela fija en las pulperías y almacenes que habían ido brotando a todo lo largo de la costa.

Era un mundo revoltoso, colorido, en el que abundaban las trifulcas, provocadas sobre todo por marineros norteamericanos, difíciles de dominar, grandes bebedores de ginebra y cerveza.

Al anochecer bailaban al compás del violín y la flauta, y se oían cantos en tantos idiomas como marineros cantando: sardos, franceses, portugueses, alemanes, españoles, italianos. Pero los más numerosos eran los ingleses. Había tantos en los alrededores del puerto que mi abuela solía comentar: podría formarse con ellos la tripulación de varios barcos de guerra. Y siempre agregaba lo "de guerra", luego de una significativa pausa, como para ayudarnos a reflexionar sobre el tema.

—Por aquellos días la cañonera todavía fondeaba en la rada exterior —comencé a contarle.

—¿Te acordás, Simone? —interrumpió Genaro.

Lo miré como diciéndole soy yo el que está contando, y continué. Creo que el episodio de aquella tarde fue uno de los últimos incidentes que protagonizó la cañonera. No, acordate que no fue el último, volvió a interrumpir. Bueno, el anteúltimo, dije yo. Lo cierto es que la cañonera siempre se excedía en su función, y sin decir agua va abría fuego contra todos los barcos y botes que aparecían en el horizonte.

—Ese día, Juanito estaba justo en la línea de fuego, que si no hubiera sido por mí...

Pasé por alto lo de Juanito.

—Yo corrí antes, Genaro, y después caíste vos.

—¿Caíste, Genaro? —preguntó Simone.

—Dejame contar a mí —reclamé—. La estás confundiendo.

Continué:

—Los servicios regulares sanitarios tenían la orden de detener los barcos, ¿se acuerdan?

—Eso ya lo sabemos —exclamó el húsar.

—...para hacer inspección y entregar permisos.

—Nada de inspección —terció de nuevo—, puro contrabando.

—Bueno, contrabando y cuarentena —accedí—. Pero aquel día, como ya había ocurrido otras veces, el capitán de la cañonera dio la orden de efectuar dos buenos disparos contra la nave que avanzaba.

—Pedazo de brutos —acotó Genaro.

—Y nosotros andábamos por ahí.

Y él:

—Pero todavía no nos conocíamos.

—No, no nos conocíamos, pero andábamos por ahí cuando comenzaron a sonar los disparos. Corrí y de un salto me enterré debajo de unos barriles.

—Cerca de los muelles —le explicó a su tía.

—Sí, e inmediatamente detrás de mí cayó otro cuerpo. Era Genaro... y seguí vos porque ya me cansaste.

Simone soltó la risa:

—No discutan. Seguí vos, Genaro.

—En eso sonó un ruido gordo, potente. Juraría que es un cañón, te dije, ¿te acordás?, y te obligué a esconder la cabeza —y como hice ademán de interrumpirlo estiró una mano y me tapó la boca y continuó, tentado por el movimiento de mis ojos—: El desbande que se armó en el puerto y la playa fue descomunal. Hasta las gaviotas gritaban —y yo le revoleaba las pupilas y ponía ojos de gaviota asustada, y él seguía con el cuento, sin soltarme—: Nos atacan gritaba la gente y todos corrían, ¡nos atacan!, los holandeses nos atacan... Y nosotros nos revolcábamos de risa, ¿te acordás, Juan?

—Me acuerdo —exclamé cuando me soltó—. Durante largo rato estuvimos asomando la cabeza fuera de los barriles, hasta que pasó el peligro.

—Bueno, ¿y a quién disparó la cañonera esa vez? —quiso saber Simone.

Genaro me cedió la respuesta.

—Nada menos que a un barco de guerra con treinta cañones, de bandera holandesa, llamado *Lynix*. Su capitán, ignorando el motivo del fuego, ordenó a su tripulación el contraataque, y fue cuando dispararon el cañón. Menos mal que tiraron al aire, porque si no la cañonera...

—Mirá si los holandeses le apuntan a la torre del Cabildo —volvió a interrumpir Genaro, entre carcajadas—. Qué desastre. ¡Mirá si voltean la cúpula de San Francisco!

Y encontré un resquicio para terminar con el cuento.

—Las autoridades del puerto enarbolaron banderas blancas, y enviaron una comisión al barco holandés, encargada de pedir disculpas por el error. Para colmo, a bordo venía un oficial de alto rango, un almirante o algo así.

Otro pirata contrabandista, había dicho mi padre, comentario que callé.

—Por ese motivo, fueron muchos los conflictos que tuvimos con barcos de distintas banderas, hasta que las autoridades resolvieron cambiar de método y trasladaron la cañonera a la rada interior.

Genaro agregó: y nos hicimos grandes amigos. Yo repetí: sí, grandes amigos.

Pocas veces más volví a estar con Simone. Todavía hoy no me atrevo a decir hacer el amor con Simone.

Nunca supe si Genaro se enteró de mi relación con ella.

La música y su cercanía me excitaban. Pero no podía evitar, por brevísimos segundos, cobrar conciencia de los motivos que me habían llevado a esa casa. Como relámpagos enhebrados a las teclas, veía a mi padre cruzar las salas, el gesto severo, rodeado de gente. Y por detrás mi madre que decía: ¿qué has hecho, Juan Bautista, qué has hecho?

Flaqueaba, entonces. Caía apisonado por una avalancha de inseguridad y remordimientos. Mi alma gemía: he pecado, he ofendido a Dios, he sucumbido al placer de la carne. Ya no habrá rosario ni plegaria posible que pueda aliviarme el castigo. No es así como la gente decente hace el amor, hubiera dicho mi abuela. Ella, que tuvo veinte partos.

La desnudez de mi cuerpo entre los brazos de Simone me trastornaba. Dos hileras de frailes en procesión me llevaban prisionero, me empujaban dentro de la celda y yo quedaba allí, por años, sometido a la dura penitencia de vivir sin ella. Lejos del templo de música, de la única mujer que me había besado como nunca nadie en mi vida hasta entonces. Lejos de ese intercambio de caricias y sensaciones que me hacían sentir poderoso y único.

—No te distraigas.

Entonces, yo desarmaba el nudo de mis dedos y retomaba el acorde.

Se había propuesto enseñarme la sonata en re menor de Domenico Scarlatti, y ya llevaba como una hora luchando con el *allegro molto quasi presto*, y contra mí mismo; machacado por ese "pronto enviaré a buscarte" en la carta de abuela Agustina; intrigado por lo que me había escrito Mercedes: "Nos llevaron a una fiesta de negros en los barrios del Tambor. Cantamos y bailamos agitando plumeros. Sólo vos faltabas...".

Pocas leguas me separaban de mi mundo. Leguas que yo hacía corriendo como se corre en sueños, que nunca se avanza. Pero acaso, ¿ese otro, flamante, no era también mi mundo?

De pronto, ella exclamó:

—Cuando te diga Juanito, vos le decís Próculo, que es su segundo nombre y lo esconde.

Dejé de tocar y empecé a reír. ¡Próculo...! Pero me contuve, por miedo al desborde. Pero esa irrupción fue suficiente para terminar de abrir la brecha a las inquietudes que me habían atormentado desde los primeros días, infinidad de preguntas, las que no me había hecho, las naturales: ¿quién es tu padre, cómo se llama?, ¿y tu madre?, ¿qué hacen ellos?, ¿dónde vivís?, ¿tenés hermanos...?

Me aplastó la sospecha de que Simone sabía. Pero si sabía, indudablemente había preferido ignorarlo. Nada en su trato me hizo intuir que ella estaba en el conocimiento de que yo era el primogénito de Juan Manuel de Rosas.

Vencido por la tensión, comencé a destrozar los acordes balanceándome sobre las teclas, arrancando la música desde el mismo fondo de mis tripas. Sonaba el piano de tal modo que presentí que estaba a punto de sufrir un ataque, no sé si de risa o de llanto, y entré en el *scherzo* ya sin fuerzas.

Pero no fue la música, sino su mano la que entonces me habitó. Su mano larga rescatándome del fondo del pantano, tan experta, tan suave en su *sostenutto* de caricias. Seguí tocando por miedo a dejar de sentir, por miedo a que su mano se detuviera. Por miedo a descubrir que esa simultaneidad de la música y el placer fuera sólo un delirio.

Su mano de diosa recibió mi semen precoz, y me limpió después con la punta de su enagua.

Conmovido por lo que acababa de ocurrir, retiré por fin los dedos de las teclas y me abracé a su talle.

—Todo es música —murmuró Simone.

Absolutamente trastornado, la arrastré hasta mi cuarto.

Me comporté como un hombre. Creo que la poseí como un hombre.

Veo señales, había dicho.

Al día siguiente, a media mañana, comenzó a soplar del norte un viento fuerte y seco; se oscureció el cielo y desaparecieron los pájaros.

Estábamos en la caballeriza cuando el húsar exclamó: viene tormenta, y salimos a mirar.

La invasión de langostas llegó desde el naciente. Cayeron sobre el campo y la casa como piedras voraces. Simone gritó. Fue la última vez que escuché su voz.

Irrumpieron peones montados; la mulata y su payita chillaban agitando trapos, cerrando puertas y ventanas. Simone corrió en busca de cencerros y los repartió. Genaro se colgó de la cuerda al pie de la viga en la galería, y empezó a repicar la campana. El repique apenas se oía en medio del zumbido ensordecedor de las langostas, que atacaron todo lo que fueron encontrando a su paso.

Corríamos como locos, haciendo ruido, defendiéndonos, quitándonos los bichos de encima, las patas de serrucho que se nos prendían al pelo y a las ropas.

Siguieron llegando por millones, y taparon el cielo.

En pocos minutos no quedó nada.

Al mediodía, nos dieron una tregua. La invasión amainó. Se habían formado manchas oscuras al pie de los árboles, de las plantas. Manchas que luego trepaban los troncos en busca de las pocas hojas que habían quedado. El resto era una alfombra que se arrastraba con el estómago lleno.

De pronto, Simone soltó los cencerros y empezó a brincar de un lado a otro. Enredadas en su pelo y las enaguas tenía decenas de langostas. Rápida, la mulata la empujó dentro de la casa.

Apareció después en la punta de la galería con las polainas azules, vestida de hombre, el pelo fuertemente recogido, y la pizarrita colgada a la cintura. Endurecida, muda de nuevo.

Fue ella la primera en avistar el carruaje y la escolta que avanzaba por el camino de casuarinas. El esqueleto de las casuarinas.

—Su Excelencia, el gobernador, me envía a buscar a su hijo.

Sin saludar, el capataz Molina plantado frente a Simone, agregó: vengo a buscar a Juan Bautista.

La arrogancia de Molina era la extensión de la fuerza de mi padre.

Recogí mis cosas. No puedo irme ahora y dejarlos en medio de esta catástrofe, le dije a Genaro. No tenés alternativa, me contestó.

Habían llegado más peones desde La Aguada. Hicieron pilas con las langostas y les prendieron fuego. Las fogatas crepitaban por los patios, echando al aire un olor nauseabundo. Densas columnas de humo ascendían sobre los campos carcomidos.

Monté a Naco en el carruaje y me volví para despedirme. La besé en la mejilla. No había expresión en sus ojos.

—Lo supiste siempre, ¿verdad?

Pálida, empuñó la tiza contra la pizarra. Escribió: sé pensar por mí misma. Y debajo: adiós, querido niño.

Escribió niño. No hubo tiempo para explicarle que con ella había dejado de serlo.

—Gracias —le dije. Y partí.

Durante largo trecho vi el brazo en alto del húsar diciéndome adiós.

SIEMPRE SOMOS EL PASADO

Dormí y tuve sueños.

Los mismos sueños me despertaban, pero continuaba durmiendo arrastrado por sus voces, suavemente. Acunado en imágenes de un pasado que siempre volvía.

Veinticuatro horas dormí. Desperté por fin débil y aturdido. La burbuja ya no estaba.

—Me asustaste —dijo Mercedes—. Llamabas a un tal Simón en sueños, luego gemías como si...

—¿Como si...?

Se encogió de hombros, y me ayudó a incorporarme.

Ah, Mercedes querida, si hubieras podido entonces contagiarme tu espíritu bueno y simple. Tantas veces te dije prometo que nunca más volveré a beber, ¡nunca más! Pero vos me mirabas como diciendo no hagas promesas que sabés no vas a cumplir. Sólo me mirabas con esa tristeza, y yo me sentía aún más desgraciado.

Me ayudaste a asearme, me diste de comer, y para esa misma noche tenías previsto que asistiéramos a un concierto de Franz Liszt. No te merecés este premio, me dijiste, pero por otro lado necesitamos una tregua. Pobrecito, no vas a lucir muy elegante con esos ojos empavonados. ¿Liszt, estás segura? Levanté los brazos al cielo, y empecé a dar vueltas, ¡bien, bien!, exclamé. Un virtuoso decías, contagiada por mi repentina euforia, ¡un verdadero genio! ¿Entradas para un concierto?, no puedo creerlo, ¿de dónde salieron? Las envió Manuela, siempre tan generosa... Liszt ejecutará obras suyas y de Chopin. A vos te gusta Chopin, ¿no es cierto?

Y luego:

—Juan Bautista, ¿quién es Simón?, ¿lo conozco?

Una multitud se congregó en la enorme sala de conciertos del Crystal Palace, prodigio arquitectónico, que se adapta a las realizaciones monumentales.

Esa noche, el telón se abrió sobre un escenario despojado, y en el centro, magnífico bajo las luces, el gran piano de cola.

El silencio que precedió a la aparición del hombre totalmente vestido de negro, magro, alto, fue tan grande como la ovación y los aplausos que le siguieron. Era la primera vez que Liszt daba un concierto en Londres, y llegaba acompañado por el halo de su fama, y el éxito obtenido en recientes giras por Ginebra y Viena.

El público, compuesto por mujeres en su mayoría, suspiró ostensiblemente cuando él, con gesto teatral, levantó las colas de su larga levita. Luego, tomó asiento en el taburete y echó atrás la cabeza. Su melena lacia acompañaba cada movimiento de su cuerpo.

En un tiempo que alcanzó para que mi corazón dejara de latir, muy despacio, colgando desde las muñecas, sus manos se elevaron amorosamente, casi sin peso. Las detuvo arriba, y luego, más livianas aún, las fue dejando caer hasta posar el pétalo de sus yemas sobre las teclas.

Desde otros espacios, como si no estuvieran allí ese hombre y ese piano, me llegaron las primeras notas de *Consolación*, la número tres.

Me dispuse a morir.

Hipnotizado, casi no respiraba. ¡Cómo puede tocar así, cómo puede hacer que ese piano suene así!

Imágenes de mi sueño pretendieron invadirme, pero no estaba dispuesto a permitirlo. Necesitaba formar parte de la maravilla que estaba ocurriendo y nada, absolutamente nada, me empañaría el placer de escuchar esa música, ni siquiera el pasado.

Por una vez al menos, escuchar sin pensar, sin que duela.

Hizo el repertorio de sus propias obras, continuó con Chopin, dos *impromptus* y estudios que no conocía, para culminar la primera parte del concierto con el *Claro de luna*, de Ludwig van Beethoven.

Varias veces se me llenaron los ojos de lágrimas, ahogado el corazón en un puño que apretaba y apretaba sin lástima. Pero la aparente sencillez de ese *adagio sostenuto* acabó por sacudirme de tal manera que ya no pude controlar la emoción.

Quedamente, hasta el desgarro, la música me fue contando cosas. Confesiones que no puedo repetir. Pero usó las mismas palabras que yo guardaba en lo más hondo del alma. No hubiera sido necesario desarmarte para saber lo que llevabas adentro —me decían las voces de la música—, pero igual te desarmaron.

No quería llorar.

Tenaces, una octava más abajo, las notas reafirmaron la melodía, sostenida por acordes muy graves.

Quedé solo en la sala inmensa a merced del piano. Para no rodar al piso intenté aferrarme a algo, a alguien. Incansable, en ese claro de luna, la música describía soledades absolutas. Mi voluntad se derrumbó y comencé a llorar. Lloré tanto. Los labios apretados para que nadie me oyera. Alarmada, Mercedes se volvió para ayudarme. Prendido al madero de su mano llegué al final de la primera parte del concierto.

Las rapsodias húngaras levantaron al público de las butacas y, de pie, aplaudieron a rabiar y gritaron ¡Bravo! ¡Otra! ¡Otra! Y Liszt repitió, magnánimo y brillante, la rapsodia número dos.

En ese concierto, amé a Liszt tanto como amé a Chopin en aquellas tardes lejanas.

Regresamos a la casa callados, sintiéndonos muy cerca el uno del otro. En el aire frío surgían de golpe ráfagas cálidas, y hacíamos toda una cuadra envueltos en ese aire repentinamente tibio.

Con caricias, esa noche compensé a Mercedes de tanto abandono.

Un mes más tarde, tiempo que me ayudó a reencaminar mis actividades, viajé a Southampton para despedir a Francisco. Por su carta entendí que había aprovechado exhaustivamente la estadía con mi padre.

Me alojé en el hotel señalado. A la izquierda de la entrada había un bar. Cerca de la hora me instalé allí y pedí un brandy.

Francisco apareció puntual, con ese modo suyo, pausado y sereno, rasgos que en él me parecían producto de la tranquilidad de conciencia; satisfacción íntima por la vida que le había tocado vivir, y la forma en que la había vivido.

Lo abracé muy fuerte. Nos costaría despedirnos.

—Te ha pegado el sol —le dije, y en verdad se lo veía saludable.

—¿Es que tienen sol por aquí?

—Pero disfrutaste.

—Ya lo creo. Cuando quiere, Juan Manuel puede convertirse en el mejor anfitrión.

No fue su propósito, yo lo incité a que me contara. Era un pretexto para sentirme cerca de mi padre.

—No te das una idea de cómo fue el encuentro. Apareció por la puerta y antes de darme tiempo a nada, exclamó: no, no te levantes, hacé de cuenta que nos vimos hace un rato. Y se tiró sobre el sillón junto a mí y estiró las piernas… Imaginate, tanto tiempo sin verlo, tantas cosas como sucedieron, y él ni siquiera me deja que le dé la mano, ni qué decirte un abrazo… Vos lo conocés mejor que yo.

—¿Ni una palabra sobre la dentadura?

—Ni una sola.

Pedí un brandy para él y lo dejé hablar.

—Todavía me pregunto por qué nunca pude juzgar a Juan Manuel, ser objetivo. Cada vez que los hechos me golpeaban, surgían ante mí, como un velo, aquellos años, nuestra infancia, su rebelión que hice mía.

Sin interrumpirlo, lo escuché durante largo rato, sentados junto a la ventana. A lo lejos, un trozo de paisaje, telón por donde fueron desfilando perfiles, sentimientos.

Me vi a mí mismo creciendo a la sombra de mi padre, y a Francisco partiendo siempre, dejándolo todo, perdiendo en un abrir y cerrar de ojos lo que le costara años conseguir, sólo porque Juan Manuel, a la distancia, había esbozado un gesto, reclamándolo. Siempre en nombre de la patria, la unificación, la causa, siempre.

Francisco cerraba los ojos y no oía más que el paso de los ejércitos. Soldados trotando llanuras. La orden de leva arrasando los campos. El eco distante de las batallas; campañas que fueron durando décadas: Montevideo, Gamonal, Navarro, Puente de Márquez, La Tablada, Oncativo, Sauce Grande, Martín García, Atalaya, Quebracho, La Vuelta de Obligado. Tantas más… Caseros.

Fuertemente apretados los párpados, Francisco intentaba en vano otras imágenes. Hablar de otras cosas. Imposible. Se fundían apenas trazadas: palomas en la tarde, la sonrisa de las tías, toda la familia alrededor de un pastel enorme que echaba humo, vos debés acordarte, Juan Bautista. Imágenes desdibujadas.

Inmutable, sólo el rostro de la guerra permanecía firme al fondo de su cerebro.

El rostro de la pelea, de la ambición y la hipocresía. El rictus abominable de los traidores.

—De los traidores —repitió—. Creeme, hemos vivido rodeados de traidores.

Y yo le creía.

Francisco estiraba entonces las sílabas:

—Los crímenes más horrendos se cometen siempre en nombre de la patria.

Lo he leído, me dijo después, pero no se acordaba dónde.

Con un pañuelo tan blanco que lastimaba la pupila se enjugó la frente. Hace calor aquí, exclamó, o tal vez el brandy…

Nos quitamos las chaquetas de lino. No es normal esta temperatura, acepté, tal vez tengamos tormenta.

Abandonados al recuerdo, bebíamos de a sorbitos. Parecía que íbamos en un barco atravesando los años. Las velas no se movían. Madera y cristal. Y la caldera en los sótanos como un tropel de cimarrones. Sólo los recuerdos seguían pasando.

Luego, su voz fue distinta.

—Ahora vine a visitarlo a su exilio… ¿Te das cuenta, Juan? El mundo da vueltas, y lo que antes estaba arriba, ahora está desesperadamente abajo. La tierra que te cobija, que te amamanta, te enamora, un buen día te echa lejos como a una escupida. La tierra te patea fuera, el país, la patria. Es la madre glotona y arbitraria aplastando a sus hijos, como una chancha que se come la cría.

—No es la tierra —le dije—, son los hombres.

Levantó la copa y la acabó de un solo trago.

—Me dolió cuando, ya nombrado gobernador, me dijo no te quiero aquí —continuó—. Pero no por el episodio con Agustina, todavía tan fresco. No. Me dijo bien sabe Dios que sólo a vos confiaría las tareas más delicadas, que nada más en tu presencia me atrevo a pensar en voz alta. Pero tu puesto está en la frontera, cuidando el único patrimonio. Y terminó: dejo a tu cargo, Pancho, lo que más quiero, la tierra.

Los ojos entrecerrados, prosiguió.

—Sentado en el sillón de su despacho, detrás del escritorio enorme, Juan Manuel ya era otro. Sentí que algo había cambiado para siempre, que ya nada volvería a ser como antes, dos hombres comunes compartiendo tareas comunes. Nunca más. De alguna manera, comencé a perder a mi mejor amigo, compañero de infancia; el hombre que había sido motor de tantos proyectos, con el que cabalgué leguas y leguas marcando chacras, tendidos al sol decenas de arados, labrando juntos los campos.

No hay escapatoria posible, somos el pasado.

Estábamos los dos allí, en ese rincón ignoto, partículas desperdigadas de una historia que nunca acabaríamos de desentrañar.

Le pregunté si Juan Manuel le había dicho algo que pudiera echar una luz sobre el futuro inmediato. Me dijo que no. Me dijo: la versión de tu padre sigue siendo exclusivamente de él, salvo uno que otro episodio. Dice que ha comenzado una autobiografía, que tiene infinidad de documentos, y doy fe que los tiene. Le pregunté sobre los procesos que le han abierto, sobre los que vendrán. ¿Sabés qué hizo? Se encogió de hombros. Dijo: tengo una montaña de argumentos contra cada una de sus infamias. Dijo estar enterado del arrepentimiento de Urquiza, de su intención de llamarlo para que vuelva y encabezar la reacción. Creen que soy ingenuo, exclamó. Me encerrarán en una celda con un arma por única compañía. Dijo: pretenden que sea yo quien les resuelva la situación, y exhibir luego mi cadáver en medio de la plaza. ¡Ingenuos!, ¡sinvergüenzas!, creen que una segunda derrota de Rosas apaciguará a Buenos Aires y convencerá a las provincias de aceptar el proyecto centralista. Me dijo: hay dos cosas que tengo bien claras, la imposibilidad total de mi regreso, y recuperar mis bienes. Nada más.

—Por fin, apareció el ayudante Martínez con dos botellas de vino tokay. Mumuró algo en el oído de tu padre, y se retiró. Juan Manuel me extendió una para que leyera en la etiqueta, y leí en voz alta: Toky Essence, 1855, Austria, y entre paréntesis: Transylvania.
—Parece bueno —le comenté.
Y Juan Manuel:
—Me las regaló Lord Palmerston, pero no me gusta beber, y tampoco hasta hoy había encontrado el momento para tomarlas —y renegando con el corcho comenzó a recitar—: "Un buen tokay vigoriza mi corazón, y aviva en lo más profundo del alma las estrellas de la dicha".
—No me digas que el verso es tuyo.
—No te asustes —me dijo—, es de Voltaire, que llegó a considerarlo elixir de los reyes —y de una vitrina alcanzó dos copas de finísimo cristal en forma de cáliz, el reborde de oro. Las reconocí al instante. Eran las mismas copas que tantas veces vi engalanando la mesa en Palermo—. Una locura de Manuela —me contó—. Alcanzó a poner algunas en un baúl, y aquí están —luego, añadió—: Me regalaban tantas cosas, plata de Pallarols, cristal de Bohemia, objetos de madera suntuosa… Todo quedó allá. Sin duda ahora en la casa de mis enemigos.
Sirvió pequeñas cantidades de vino, aspiró el aroma y bebió.
—Está en su punto exacto —y me tendió una copa—: Brindemos.
Pensé un momento:
—Brindemos por lo que llevamos en el corazón.
—Por la patria, entonces. ¿Y vos, Panchito?

—Por las estrellas de la dicha, como Voltaire —y la apuré de un trago; verdaderamente bueno, el vino me hizo gruñir de deleite—. Sabe a uva pasa —le dije.

Juan Manuel reía.

—Se bebe de a sorbos, Pancho, de lo contrario no se cumple la leyenda.

—¿Y qué es eso?

—El tokay provoca la juventud eterna.

Entusiasmado, le extendí la copa para que volviera a llenarla.

Se trasladaron al otro cuarto; allí había sillones más cómodos. La ventana estaba abierta de par en par.

Como tantas veces, estaban los dos solos, mirándose, bebiendo despacio a la luz de la lámpara.

Juan Manuel puso la copa contra la luz y exclamó:

—Dicen que la gran Catalina de Rusia rociaba de tokay a Orlov, su amante.

Pero no estaba para imágenes voluptuosas. Hablaba para sí mismo, la media pupila azul navegando bajo los párpados encapotados. Piedras vagas en la penumbra del cuarto.

Al fondo, una mesa desbordaba papeles, libros y carpetas. Al otro extremo, había una cuja de monje cubierta por un poncho pampa. El mismo que fuera hilado en los telares de Catriel. Entonces, Francisco las descubrió.

Despejando las sombras vio en un rincón un banco rústico, y encima, como un trofeo, un par de botas de potro, viejas, deshilachadas. Se enderezó para mirar mejor, pero Rosas giró las piedras azules siguiéndole la mirada y, antes de que Francisco pudiera decir algo, exclamó:

—Me gustaría comer un puchero de carne de vaca y gallina, con tocino, cueritos y orejas de chancho, con mucha papa y batata. ¡Bien peladas, por Dios!

—Y por encima —siguió Pancho, como sólo mi padre lo llamaba— la salsita criolla que tanto nos gusta.

—¿Y de postre?

—Una buena ambrosía, ¿qué opinás? —se relamió Francisco

—Mejor dulce de leche, el que inventamos con la negra Gregoria.

Y se le llenó la boca de nostalgia.

EL CUCLILLO HOMICIDA

Por la ventana abierta entró un graznido áspero. Francisco lo recordaba muy bien, porque se sobresaltó.

Son grajos, le dijo Juan Manuel, y volvió a llenar las copas. No es fácil, manifestó después, estoy harto de comer roast-beef crudo y papas con cáscara, pero me las vi peores.

Afuera se elevó otro canto. Era la corneja calva, acunando al cuclillo.

—Esa corneja me acompaña cada noche —murmuró mi padre—. El cuclillo le roba los huevos del nido... —y enseguida, cambiando abruptamente de tema, exclamó—: Tantas batallas, Pancho, tantos motines, traiciones, bloqueo... La alianza unitaria con el extranjero convirtió en cuestión nacional lo que pudo ser nada más que un incidente de provincia. Pero les salió el tiro por la culata —había cansancio en su voz—. Frente a la invasión, los caudillos se pusieron de mi lado, y salimos juntos a defender la Confederación. Era el último recurso que les quedaba para recuperar el poder, y no dudaron en usarlo, ¿te das cuenta? Incitar al extranjero a invadirnos, provocar el bloqueo, la cesación de nuestro comercio, la guerra internacional... Nada les importó, ignoraron la impopularidad de su doctrina, apelaron a la traición a la patria... La cuestión era derrocarme, "regenerar" el país a su manera, hacer la unidad a palos: la consigna de Agüero —callaba, pensaba—. Tantas veces lo intentaron, que acabaron por conseguirlo... Y aquí me tenés, en Inglaterra. Y la Argentina allá, vendida al pirata de turno, desangrada, desmembrada, dividida otra vez en republiquetas...

La brisa llevó aromas. Juan Manuel aspiró. Huele a camelias, ¿verdad? Y la copa oscilaba en su mano, y el tokay giraba dentro de la copa. La mirada indefinida.

—Me hace bien repasar en voz alta cómo ocurrió todo. Cómo empezó esa lucha tenaz entre provincianos y porteños, que dejó el país reducido a un estado de postración absoluta; los pueblos sumergidos en la pobreza, y ni qué hablar de las correrías militares y las del caudillaje… —no tenía prisa, pensaba—. Cuando regresó el ejército nacional desde Brasil —continuó—, los generales Paz y Lavalle se lo repartieron entre ellos, y lo usaron para sus planes de partido —hizo una pausa—. Para sus planes personales, diría mejor. Con una mitad de ese ejército, Lavalle derribó violentamente a Dorrego. Con la otra mitad, Paz invadió Córdoba, instaló allí su dictadura y se adueñó del interior. Derrotado y en fuga Lavalle, Paz pretendió que entre él y yo nos dividiéramos la Confederación. Una propuesta descabellada la suya… Paz también cayó.

Pensaba, bebía.

—Ya en el gobierno, decidí poner definitivamente en acción mi propio plan. —Francisco no le perdía palabra.— Comencé a distribuir, equitativamente, entre cada provincia, la renta nacional, tal como una confederación lo indica. Pero, vos lo sabés tan bien como yo, como cualquiera lo sabe, la única renta es sólo la aduana del puerto único. Nada más.

El vino giraba en su copa.

—Utilicé, conscientemente, el Tesoro nacional nada más que para alcanzar la unificación, y en consecuencia, el orden y la paz. Tuve que ser astuto, proceder con cautela, con mucho tino. Sólo necesitaba tiempo para lograrlo. Y le di largas. No precipité nada. Entregué a cada gobernador, en la medida de lo posible, lo que solicitaba del Tesoro. Auxilié a las provincias pobres, les envié ganado, les suministré armamento y uniformes para sus tropas, las subvencioné cuando fue indispensable.

”Nada hubiera conseguido si no resolvía primero ese conflicto —prosiguió—. El Tesoro de la Nación, Pancho, ¿pertenece a todos o sólo a los porteños? Ahí está la clave del problema. Desde nuestra emancipación, el eje de toda la política argentina ha sido la cuestión del Tesoro. Las luchas civiles, el enfrentamiento entre unitarios y federales, el caudillaje mismo, todo tuvo y tiene ahí su origen. Todos tuvieron por objetivo apoderarse y disponer del Tesoro y su único proveedor, la aduana. Tesoro que desde la época colonial está concentrado, organizado y establecido tan sólo en el puerto-ciudad de Buenos Aires. Puerto que no es puerto. El puerto peor ubicado del mundo, como a propósito.

Hizo una larga pausa. Cuando retomó el monólogo, su voz era más firme.

—Y me serví de la renta principal que fue el Banco de la Provincia —exclamó—. Y emití moneda, es cierto. Tal vez irresponsablemente. Emisiones de moneda que fueron verdaderos empréstitos indirectos, que el pueblo soportó sin protestar, porque les permití ver claramente cómo manejaba las rentas fiscales —bebió un sorbo, suspiró—: ¿Pero de qué otra manera, Pancho, hubiera podido hacer frente a los gastos?, agravada la situación después, por el bloqueo.

Y continuó: había que hacer frente no sólo a las necesidades ordinarias de gobierno, sino a la guerra, la compra de armas, vestir la tropa, pagar los sueldos... Creo que realicé un verdadero fenómeno económico. Pagué, durante esos diez años, religiosamente, los haberes de la administración y los gastos de esa guerra, que yo no provoqué.

Se perdía. Bebía de a sorbos.

—Yo quería una patria grande y fuerte, Francisco, con influencia continental legítima, que sostuviera una política no sólo nacional sino americana. Pero no como dijo Valentín Alsina, que yo era de los que en la causa de América no veía más que la independencia del extranjero, sin importarme nada de la libertad y sus consecuencias. Todo me importó, Panchito, e hice todo lo que estuvo a mi alcance. Y te lo aseguro, fui un administrador escrupuloso. —Francisco asentía.— En la emergencia me vi obligado a imponer la economía más estricta. No había otro camino. Suprimí lo superfluo. Después suprimí lo útil y hasta lo necesario. Finalmente, conservé sólo lo indispensable. Y lo hice, sí, con las emisiones fiduciarias del Banco de la Provincia, cuyo gravamen pesaba exclusivamente sobre Buenos Aires, pero del que se beneficiaba el país entero.

Se enderezó, cobró fuerza.

—Sé que mi sistema económico no fue el ideal. Me condenan por eso. Pero hice lo que la necesidad me impuso: suprimí gastos y emití papel moneda, sin garantía. Es cierto. Lo contrario hubiera sido entregarnos, permitir que nos redujeran de nuevo a una colonia, a un mero mostrador para sus algodones lisos y estampados.

Esbozó una sonrisa, tristemente satisfecha.

—Lo curioso fue que eso mismo me granjeó la confianza de propios y extraños. Pude multiplicar las emisiones fiduciarias, sin derrumbar la moneda. Y logramos valorizarla... A la larga, fortificamos el crédito del país, cuyos títulos de renta se cotizaron a la par.

"Pero que nadie se haga la ilusión de que las rentas aduaneras eran extraordinarias —continuó—. Al contrario, había que manejarlas con suma prudencia. A veces, no alcanzaron ni siquiera para los fines propiamente nacionales. Y cuando el bloqueo, quedaron totalmente suprimidas. No existía en el país impuesto federal alguno, ni cupos de provincia, ni contribución de ningún género. Había que subsistir de alguna manera, y lo logré. Administré pobreza. No quedaba otro camino. Iba en ello la existencia misma de la Nación.

Volvió a llenar las copas.

—¿Y qué ocurre ahora? —tenía otro gesto—. El localismo porteño, ocho meses después de mi caída, triunfa en la revolución del once de septiembre, y asume otra vez la vieja doctrina unitaria. Buenos Aires se segrega del resto del país y renace el antiguo conflicto: conserva para sí el goce exclusivo del Tesoro federal, la renta aduanera y todos los privilegios que significa administrar el puerto único. Situación que Urquiza, hasta el día de hoy, no ha podido modificar... y otra vez estamos frente a una nueva guerra económica.

Lanzó un suspiro, y ya en otro tono, le preguntó.

—¿Te conté que me encontré con Alberdi en Londres? —Francisco se acomodó en la butaca, y aprovechó para acotar lo que mi padre ya sabía.

—Siempre me cayó oblicuo el flacucho ese.

—Pues sí. Fue en Londres, una reunión elegante en casa de ingleses. Se comportó de manera gentil. Yo también. De entre lo mucho que conversamos, dijo algo al respecto. —Juan Manuel se incorporó rápido y fue a buscar un papel que estaba sobre la mesa. Al regresar, lo puso bajo la lámpara y leyó:— Palabras más o menos, Alberdi me dijo: "La cuestión de la capital es toda la cuestión del gobierno argentino, porque la cuestión es la renta y el Tesoro. No importa dónde ha de estar la capital, sino dónde ha de estar la aduana, el centro del tráfico, el receptáculo de la renta pública, que es lo que constituye el nervio del gobierno, no la ciudad de su residencia...".

Al terminar, se volvió sorprendido hacia Francisco y, agitando el papel donde había anotado las palabras de Alberdi, exclamó:

—Recién caigo en la cuenta, se llama Juan Bautista, igual que mi hijo.

Se extendió luego sobre su llamada "curiosa amistad" con los ingleses. Y añadió: amistad que a tantos intriga. Lanzó un par de carcajadas y acabó diciendo que, en el fondo, no era más que consecuencia de fina diplomacia. Y para qué negarlo, admiración mutua. Por otra parte, subrayó, en algún lugar debía exiliarme. ¿Por qué no elegir Inglaterra? Y terminó riendo:

—Somos viejos conocidos.

Divagaban, pero la conversación siempre volvía a su cauce.

—Eché de menos a Facundo —respondió a una pregunta que le hizo Francisco—. Pensábamos igual —y agregó—: salvo nuestra diferencia sobre el momento propicio para llamar a asamblea constituyente. Me cansé de explicarle que las provincias no estaban aún preparadas... Imposible llamar a asamblea en medio del caos. Y hay quienes siguen creyendo que fui yo quien mandó matar a Facundo. ¡Tamaña ceguera! ¿Enviar a matar a mi único y gran aliado...?

Francisco no lo interrumpió.

—Conocí a Quiroga desde mucho antes que se enfrentara a Rivadavia y los ingleses, por aquel negociado de las minas. Debutó lindo el Bernardino —ironizó—. No hace falta demasiada reflexión para darse cuenta de que durante los años de liberalismo económico, la patria siempre cae en manos de delincuentes... y Facundo se dio cuenta, Pancho. Con esa lucidez que tenía para detectar al enemigo, me dijo: ahí anda el "teórico" manejando negocios turbios. No se equivocaba —luego, como quien confía un secreto, exclamó—: Convengamos que allí también se jugaron intereses personales... de todas maneras, siendo ministro de Martín Rodríguez, y por decreto, el Bernardino se nombró a sí mismo miembro del directorio de la River Plate Mining Association —y Juan Manuel lanzó una risita—. La misma que tiene sede aquí cerca, en Londres.

Pero se abstraía.

Imposible calcular el tropel de recuerdos sobre su memoria. Pensó un largo rato. Advirtió de pronto las copas vacías, y las volvió a llenar. Francisco hizo un paréntesis para decirme: yo lo miraba fijo. Y en un alarde poético armó esa frase: si vieras, Juanito, el tokay era un rubí en las copas.

Y Juan Manuel:

—¿Te das cuenta? Miembro del directorio de la Association. ¡Semejante corrupto! Y se otorgó a sí mismo una asignación anual de más de mil libras esterlinas, además de acciones de fundador... ¡Nuestro primer presidente!, el González Rivadavia —el tono de su voz traslucía desprecio—. Al menos impuso un estilo: defraudar a lo grande.

Volvió a callar. Francisco lo arrancó del silencio.

—Me pregunto qué andaba haciendo yo por aquellos años.

—¿Vos? Seguramente plantando frutales.

Luego de un sorbo, continuó.

—Pero la suerte estaba echada, Pancho, a pesar de que Facundo pudo sacar a los ingleses como ropa con piojo de Famatina, la suerte estaba echada. Apoyado por ese grupito de leguleyos, vos debés acordarte, el Bernardino consiguió sentarse en el sillón del Fuerte. Y lo primero que hizo fue promulgar la ley por la cual las tierras públicas pasaban, nuevamente, a ser propiedad de la Nación. Y así le abrió el camino a la River Plate Mining, previa formación de un ejército, y marchar sobre La Rioja y los alzamientos de Quiroga. Obviamente, no en nombre de la Mining, sino en nombre de la patria, pero para apoderarse de las minas.

—Esa ley me benefició, Juan Manuel. Pude comprar San Serapio.

—Es cierto —lo atajó—. Pero seguro has sido de los pocos que cumplió con los pagos de la famosa enfiteusis, el resto…

Rosas siguió hablando. Se quedaba sin aire, preso de pronto de una gran amargura.

LA CATÁSTROFE DE SU VIDA

En lo alto del árbol volvió a gritar la corneja. Fue un grito agudo, me precisó Francisco. Tu padre dijo: grita así porque acaba de descubrir al impostor.

Después de devorarle todos los huevos, el cuclillo homicida se había instalado en el nido. Pero la corneja no lo atacó, no lo echó, sólo gritó. Luego, lo acunó como a un hijo.

Y Juan Manuel:

—Curioso país el nuestro, Panchito… La larga lucha entre federales y unitarios dio pie al encubrimiento de infinidad de negociados y trapisondas. Cada revuelta llamada patriótica, incluida "la santa misión de matar al tirano", respondía a la falta de fondos en las filas unitarias… Así de simple —y agregó—: Desde las invasiones inglesas nuestro país no ha tenido un solo día de paz… Y lo peor de todo es que yo favorecí esa situación. Me propuse no avanzar hasta no ver consolidado el orden en las provincias. Pero el orden no llegaba. No llegó nunca. Los unitarios lo impidieron y, al mismo tiempo, lo convirtieron en el gran pretexto para derrocarme.

Francisco le pidió más detalles acerca del tema de las minas:

—Tengo entendido que los ingenieros ingleses no encontraron plata, tampoco oro.

—Eso dijeron —y aclaró—: El tema fue que era demasiado caro extraerlo en un país permanentemente alzado en guerra. Para que los ingleses robaran tranquilos, primero teníamos que pacificarnos. De igual modo, la River Plate Mining llegó a la conclusión que todo había sido una patraña —y añadió—: Patraña que al país le costó miles de libras de indemnización, incluidos los adelantos de sueldo para el señor Rivadavia.

—¡Menudo escándalo! Me acuerdo muy bien —terminó Francisco, como quien ata cabos.

—Cometió muchos errores el "teórico". También tuvo aciertos, pero menos… Podría contarte tantas maniobras financieras de la época. Mil ochocientos veinticuatro, veinticinco, veintiséis… Bancos y capitales fantasmas, acciones emitidas sobre fondos inexistentes, y el país sigue pagando intereses por depósitos que nunca se realizaron. Deuda que se seguirá pagando, por más de cien años, a los hermanos Baring. Mientras el país ya tiene hipotecados bienes, rentas, tierras, por el préstamo de un millón de libras esterlinas y sus intereses que, por otra parte, jamás entró al país. O si llegó fue a los bolsillos de esos canallas.

Francisco se enderezó en la butaca:

—¿Que nunca entró al país ese préstamo? ¿Estás seguro?

—Entró sólo la mitad, y en órdenes de compra, luego el banco se fundió… Tuvieron que aliarse con extranjeros para derrocarme. Y siguen robando.

—¿Tenés idea de lo que es el destierro?

Francisco me confesó: tuve que cerrar los ojos, incapaz de sostenerle la mirada.

Juan Manuel se puso de pie y comenzó a caminar por el cuarto, las manos anudadas a la espalda. El tono monocorde, le dijo.

—Si aquí mismo yo me degollara, y ya sin sangre quedara igualmente vivo. O me prendiera fuego y aun calcinado, retorcido de horror, quedara vivo… Y al día siguiente me extirpara el corazón, y lo triturara sobre esta mesa, con mis propias manos y con mis propios ojos mirando, y aun así siguiera vivo. Un día tras otro, y todos los días, infligiéndome castigos y dolor cada vez más tremendos si los hay, y continuara vivo, a todo lo largo de los años que llevo aquí y los que todavía me restan… Aun así no se podría comparar con lo que es el destierro ni tampoco alcanzarías a entenderlo…

Francisco apuró la copa, rogando porque el vino obrara en su pecho como anestesia. Entendió que esa confesión llevaba implícita la profunda convicción del no regreso. De manera tan gráfica, Juan Manuel le describió la catástrofe de su vida. Y a su entender, la catástrofe de su patria.

Mi padre acabó:

—Nunca más podré volver a pisar esa llanura… ¿te das cuenta?

Segundo a segundo, sin descanso, Rosas enfrentaba el largo duelo.

Sacando fuerzas, Francisco se atrevió:

—Podrías regresar. Los acontecimientos que estaban ocurriendo a mi partida podrían ser propicios…

—De ninguna manera —lo interrumpió—. Jamás me prestaré a especulaciones. No permitiré que mi nombre o influencia para bien o para mal…

—Pero el pueblo sigue gritando viva Rosas.

—Lo sé, pero sería motivo de otra guerra civil.

—¡Bah! Ahora mismo estamos a punto de entrar en otra guerra. Siempre estamos a punto de entrar en una guerra, y no estás en el país.

Juan Manuel detuvo la caminata.

—Gane el que gane, el país siempre seguirá perdiendo —y agregó—: No tiene sentido que vuelva. Aunque el pueblo grite mi nombre, aquel espíritu es irrecuperable.

—¿El del país o el tuyo?

No le contestó, siguió hablando.

—Así surjan en el tiempo otros hombres, con ideas parecidas a las mías, y el pueblo se desgañite vivándolos, igual acabará perdiendo, Pancho —y añadió—: Mientras quede uno solo de esos doctorcitos pura teoría, extranjerizantes, alimentando intereses subalternos, dispuestos a negociar la soberanía a cambio de una suculenta coima para sus propios bolsillos, el país siempre acabará perdiendo.

Y Francisco, casi en secreto, como con miedo a lastimarlo:

—Tal vez negociando con las potencias extranjeras en igualdad de condiciones. Me parece que es necesario adaptarse a los tiempos, Juan Manuel, hacer intercambio…

—¿Igualdad de condiciones? —lo interrumpió, elevando la voz—. No me hagas reír. Es tarde, Pancho. Cuando los hechos les exploten en la cara, recién entonces comprenderán que el camino que yo elegí, tal vez artesanal o arcaico, lento, lo reconozco, era el mejor camino para preservar la libertad y la soberanía… —y le contó—: Apenas llegué aquí, quizá para doblegar la poca soberbia que me quedaba, me llevaron a ver las máquinas, las industrias pujantes, las minas, los talleres del metal, de la lana y del hilo… Hombrecitos anónimos manejando palancas y manivelas —continuó—, dejando que las máquinas resuelvan en pocas horas lo que en Catamarca, o en La Rioja, las tejedoras invierten meses y meses… Entonces advertí dónde está la clave del secreto, pero ya es tarde. Tal vez debamos aceptarlo, Pancho, en el reparto, a nuestro país le tocó un destino muy desgraciado.

Francisco alcanzó a oír los doce pequeños bronces del carrillón de la sala, marcando la medianoche.

Se acercó a la ventana y miró en la oscuridad. No había más criaturas que ellos dos sobre la tierra.

En el árbol, la corneja velaba el sueño del cuclillo, el hijo homicida.

Y Juan Manuel:

—A veces pienso que regreso y pido refugio a algún cacique amigo, ¡tiene que quedar alguno! Prefiero vivir como un salvaje en el confín de la pampa que sobrevivir aquí entre extraños, recibiendo esa limosna que unos pocos me envían desde Buenos Aires... La llaman suscripciones para un argentino caído en desgracia... —y continuó—: Cada noche, antes de acostarme, imagino que estoy sentado en una mecedora, en la galería de Palermo. Miro la hilera de sauces bajando hasta el río, las glicinas, el canto del pájaro nocturno... y me hamaco despacio, hasta que llega el sueño.

Francisco siguió contándome cómo había sido su encuentro con mi padre. Yo le dejaba el rostro, para partir en busca de mis propios recuerdos. Pero por el tono de su voz me pareció que había variado el color de la narración, y decidí escucharlo.

Me decía que el vino, esa noche, ya había comenzado a sumergirlos en un apacible sopor. Y que ellos sonreían, mirándose con afecto, constatando otra vez el uno la existencia del otro. Raro privilegio que les concedía la vida.

De pronto, Juan Manuel empezó a agitar los brazos, imitando pájaros en el tenue resplandor de la lámpara. ¿Qué es eso?, le preguntó Francisco. Y Juan Manuel, sin dejar de dibujar vuelos en el aire, no llegué a tocarla, le dijo, salvo la muselina de sus chales. El hecho fue que de pronto me encontré en el parque de su castillo —había continuado mi padre— invitado, no recuerdo por quién, a escuchar ese concierto de cuerdas, que ya había comenzado cuando llegué a la glorieta. Y que siguió tocando, cuando ya no quedaba nadie y nos despedimos.

Francisco dijo que a esa altura, cuando el sueño parecía estar a punto de vencerlo, la palabra muselina quizá o la palabra castillo, fueron las que le renovaron el interés y se enderezó para escucharlo.

Una dama rubia, hermosa, decía Juan Manuel. Una grulla blanca, madura ya, y el gesto apagado por la ausencia. Los dos hemos perdido algo, dijo que exclamó la mujer. Y en el afán de dialogar con ella, con alguien, se le amontonaron las palabras en una mezcla de inglés deplorable, y un castellano que no sabía por qué le sonaba como extranjero. No se esfuerce general, lo consoló la dama, lo que nosotros podemos conversar se comprende en cualquier idioma, aun sin palabras. Y hablaba muy lento, modulando así, para que él la entendiera.

Intrigado, Francisco terminó de enderezarse.

Como quien narra un engaño de los sentidos, Juan Manuel le contaba lo que la mujer le había dicho.

—Sé quién es usted, y me alegra que haya aceptado mi invitación. Dicen que no sale, que ya no recibe, pero pude verlo cabalgando por los campos que me pertenecen, y di la orden de que no lo molestaran... Usted disfruta yendo por entre los árboles, me dijo, y yo disfruto mirando su estampa quebrada, veloz, como un pasacinta dorado y patas, enhebrando el bosque... Buena frase, no creo que pueda olvidarla. Entonces, le confesé que jamás había advertido su presencia, y ella me ofreció una sonrisa que la transformó.

—¿Una dama rubia? —le preguntó Francisco, a quien le había parecido fascinante esa repentina confesión de mi padre. Y me dijo: te juro que parecía humano.

Francisco se esforzaba por hacer los mismos gestos que Juan Manuel, las mismas pausas en el relato. Para colmo, el gran parecido físico entre ambos había vuelto a impresionarme, como cuando era niño. Y continuó, hablando en primera persona, como si él fuera Rosas.

—Me dijo: esa mujer se me entregaba, Francisco, pero apenas la vi me produjo una gran inquietud, algo que aún no había sentido: anhelé ser joven... Las mujeres que se me acercan en la taberna saben lo que busco, y son ellas las que ponen el empeño. Las dejo avanzar sobre mi cuerpo sin dar nada a cambio, salvo algunos chelines. Lo poco que consiguen es su propio mérito. Yo no estoy allí, excepto una parte muy ínfima de mi cuerpo... Pero con esa mujer, tan digna y al mismo tiempo tan sometida de antemano, como un pájaro blanco, sentí la humillación a priori de no ser ya aquel muchacho.

—Fuiste demasiado rápido en juzgarte —lo consoló Francisco, cada vez más entusiasmado con la historia.

—Quizá —le contestó mi padre— pero pudimos hablar muy poco. Mi inglés galante no existe. Mi vocabulario es escaso.

—¡No es cierto! Me has contado que has ido a reuniones con gente muy importante y que fuiste la atracción de la fiesta.

—El objeto raro, dirás, y temo que ella se me haya acercado por el mismo motivo.

—¡Tonto!, qué más da una curiosidad u otra. ¿Volviste a verla?

—Ocasionalmente, cuando acierto a pasar justo por donde va su carruaje, y ella es un guante blanco que se agita en la ventanilla.

—Podrías provocar un encuentro, quedar en visitarla, trepar en la noche hasta su cuarto.

Juan Manuel reía.

—¿Es grande el castillo? —le preguntó.

—No sé, es un castillo. Una sola torre y muchas terrazas y jardines cuadriculados… Te propongo que mañana ensillemos y vayamos a pasear por sus bosques.

—Apuesto a que esa dama te está esperando, Juan Manuel. Para ella sos el indiano exótico, el jinete entre los árboles. Figura romántica de un hombre que fue poderoso. Encarnación de tierras que ella no conocerá ni en sueños… Pero qué digo, no necesitás que te enseñe cómo seducir a una mujer.

—Lo malo del caso, mi querido Francisco, es que ella ya está seducida, casualmente por todo lo que has enumerado, y temo desilusionarla. Preferiría no someterla al desengaño, y contentarme con esa aparición fugaz: una grulla blanca en su carroza.

—Suena a bruja —le dijo Francisco.

—Seguramente lo es.

SIEMPRE OCURRE ALGO MALO

No había cambiado. El ademán elegante, el torso altivo, tan pulcro. Los ojos más azules que nunca. Sólo la voz, a veces, o el agobio en la mirada. Pero toda su actitud seguía denunciando al caudillo, educado para mandar, fiel a su clase.

Francisco se encargó de que no me quedaran dudas.

—Tendrías que verlo, Juan Bautista —me dijo—. A pesar del infortunio sigue siendo un Ortiz de Rozas y López de Osornio. Un caballero de sesenta y dos años, capaz de llevar con hidalguía sobre los hombros semejante castigo, sumado a la tremenda pobreza en que se encuentra.

En cartas a Pepita Gómez, mi hermana escribía: "el tatita afronta su destino con dignidad y resignación cristiana...".

Yo me había plantado en la vereda de enfrente, y miré lo que ocurría como algo ajeno y distante. Para que me dejaran tranquilo, asumía actitudes amenazadoras, sin tener en cuenta cómo alguien tan indefenso como yo, tan desteñido —los ojos desteñidos— podía amedrentar a alguien. Pero eso no era todo. El nudo estaba en que no había querido saber. Por rebeldía, por reacción, por tantas cosas.

Mi reto había sido poder conservar la cordura, pero obraba exactamente a la inversa. Abrazaba la noche, me aturdía, acababa alternando con gente de costumbres emancipadas, bailando rigodón y bebiendo flip en los salones que "me perdieron", en los que se producían discretos cruces de clases sociales, y que a mí me excitaban. Yo era el alma de la fiesta.

Llegaba acompañado por Mongo, que me ayudaba a cargar botellas y canastos, y a pura inconsciencia, animado por los aplausos, me ponía a preparar aquel ponche de coñac, frutas y azúcar, que a poco de beberlo me hacía ver doble. ¡Viva el flip de Juanito!, gritaban. ¡Viva Juanito Rosas, carajo! Al amanecer, tumbado sobre el apero, Mongo se encargaba de devolverme a la casa.

Salude al señor Guido, Juanito, me decía mi madre. Qué Guido, preguntaba sin detenerme. ¡Juanito!, el general Tomás Guido. Si me decía Juanito era todavía peor. Jamás saludaba y, si saludaba, jamás acertaba el nombre del visitante. Salude a Juan Ramón. ¿Qué Juan Ramón?, preguntaba en la cara del señor Juan Ramón. ¡Balcarce!, jovencito, el señor es ministro de… Y a mí qué me importa, contestaba dándole la espalda y desaparecía.

Ésa era sólo la punta del iceberg.

Me había hecho fama de maleducado-aguafiestas, capaz de arruinarle a mi madre o a la abuela —más adelante a Manuela y su séquito— la tertulia más pintada, dejando a la concurrencia hundida en la depresión y el malhumor.

Todo esto es de pésimo mal gusto, entraba diciendo y empezaba a cerrar las ventanas del salón que daban a la calle. Ha bebido, murmuraba mi abuela, de lo contrario él es muy tímido. Y yo: pero cómo, ¿ustedes no se han enterado? ¿Enterado de qué?, alcanzaba a preguntar alguien, ¿ocurre algo malo? En esta ciudad siempre ocurre algo malo, respondía.

—Los rumores en la plaza son apocalípticos —y rápidamente giraba entre los invitados, ya convertido en el centro de la reunión.

—No le hagan caso —intervenía mi abuela—. Es un comediante, le gusta llamar la atención.

Pero la alarma estaba instalada. ¿Y qué dicen?, ¿dónde? ¡Qué no dicen!, continuaba yo. Tuve que correr para ponerme a salvo, y ustedes aquí, de gran fiesta… para colmo con esta señora al piano que lo único que sabe es aporrearlo. Mi madre se plantaba como un sargento de caballería: ¡Juan Bautista!, ¡basta!, te ordeno le pidas disculpas a Pascuala y te retires. Ah, la señorita Beláustegui, decía yo, embocando el apellido y enarcando las cejas. Dejalo, Encarnación, intervenía la aludida, tu hijo es encantador. Y yo: cuando usted guste, mademoiselle, estoy a su disposición para enseñarle música.

Después de echar una gran mirada circular sobre los rostros demudados, les decía: y no se les ocurra pronunciar la palabra prohibida, porque viene mi padre y les corta una oreja.

Inaudito, ¿quién se cree que es?, murmuraban las malas lenguas, refiriéndose a mí, por supuesto. Había bebido. Sí. Abuela tenía razón.

Como ésa, y peores, protagonicé muchas escenas. Mi madre salía detrás de mí, cansada, indignada, ¡por qué!, ¡por qué lo hacés! No lo sé, le respondía. Y era cierto.

Lo sabría después.

Aún plantado en la vereda de enfrente no pude evitar que me ubicaran en el coro. Bien al fondo, pero en el coro. Bajo mis pies el país hinchaba el lomo como un potro, y en cada corcovo salían cientos de ciudadanos despedidos.

Yo me le prendía de las clinas como un choncaco y aguantaba las embestidas.

En el ínterin, sólo trataba de pasarlo lo mejor posible.

Junto a mi padre, a Francisco se le volaron los días.

Por las mañanas leían *The Times* o el *Morning Herald*. Es decir, Juan Manuel leía, Francisco se limitaba a mirar los títulos.

Una siesta, dejó el diario sobre la mesa, y en el más natural de los tonos, le comunicó:

—Por cierto, acabo de recibir carta de Manuela. Dice que está otra vez embarazada —y ante el asombro de Francisco, agregó—: ¿Te conté que Manuela ya perdió dos embarazos? Es decir, uno, porque al segundo niño lo tuvo, pero nació muerto.

Restaban sólo horas para que Francisco partiera, y seguíamos instalados en el salón del hotel.

—¿Irá al muelle a despedirte? —le pregunté.

—No lo sé. Odia las despedidas —y continuó—: En el muelle estarás vos, espero… —y me contó—: Nos dijimos adiós un par de días atrás, cuando imprevistamente me dijo: no podés irte sin que visitemos juntos una catedral gótica.

Viajaron en carruaje hasta Exeter. La catedral salió a recibirlos, y ellos se hundieron en la magnificencia de la piedra y el mármol, estremecidos por el acorde sacro de un órgano, que pareció haberlos estado esperando para soltar la música. Rodeados de pronto por arcángeles de vidrio traspasados de sol, y toda esa luz que se colaba a través de los altísimos vitrales.

Embriagado, Francisco miraba las ventanas con forma de ojiva. Estiró los ojos y los techos huyeron al cielo. Juan Manuel le señalaba una procesión de reyes y santos, las columnas tremendas, la piedra labrada como encaje.

—Conozco la de York —le dijo—. Es más linda.

Y Francisco preguntándose cómo haría para describirle todo eso a Justa y a sus hijos, con sólo palabras, ¡cómo!

Rezaba de rodillas frente al altar mayor, agradeciendo a Dios el éxito de su viaje, cuando un susurro lo obligó a aguzar el oído, y abrió los ojos para mirar.

Hincado en la otra punta del mismo reclinatorio, los puños sosteniendo su frente, Rosas dejaba caer una pregunta que la catedral agrandó en ecos lejanos, y la devolvió después, convertida en fina lluvia amarga. Entonces, lo oyó.

—¿Qué hago aquí? Señor, ¿qué hago aquí?

Francisco extendió una mano para socorrerlo, pero Juan Manuel ya no estaba allí. Vuelto hacia adentro, ésa era sólo su cáscara, inexorablemente entregado a su destino.

En ese instante, Francisco supo que había comenzado a decirle adiós, despegado ya de todo lo que, en esas pocas semanas, su presencia pudo encarnar para él: un pedazo de su tierra, un soplo de afecto, un aroma quizá, y esa manera de hablar que tienen en la pampa, de mirar y moverse. Francisco le había creado una ilusión en torno.

Despidiéndose antes de tiempo y de la única manera que sabía hacerlo, Juan Manuel despedazaba el montaje precario. Exactamente en el lugar elegido, para que Francisco, en el recuerdo, no pudiera asociar su pena más que a una catedral desarmada, tirada en el suelo. Pisoteada.

Otra vez intentó tocarlo, despertarlo del dolor, pero su mano ya sólo palpó el vacío.

En silencio, dejaron atrás la catedral en ruinas.

Dos noches antes habían jugado al mus. Francisco, indefectiblemente, le ganaba. Para hacerlo reír, volvía a contarle sus andanzas en Londres. Juan Manuel lo había bautizado "chacarero en palacio". El mote los hacía reír. Pero eso fue todo. La comunicación se había roto.

Replegado, silencioso, Rosas se comportó como si el amigo ya hubiera partido.

La noche anterior comieron temprano, hablaron poco. Francisco tenía los baúles preparados. Antes de retirarse a descansar, le tendió la mano y comenzó a armar una frase: fue un honor para mí, te estoy tan agradecido... Pero Juan Manuel lo cortó bruscamente. Le dijo: dejemos eso, y comenzó a subir la escalera. No había hecho más de cuatro escalones cuando se volvió, miró a Francisco que lo miraba irse, exánime, y le sonrió apenas. Parpadeó dos veces, hasta mañana le dijo, el gesto imperturbable, y acabó de subir y cerró la puerta de su cuarto.

No volvieron a verse nunca más.

Al día siguiente, muy temprano, Francisco preguntó por él. Pero ya no estaba.

Martínez le dijo que el general había salido sin decir adónde iba ni a qué hora volvería.

Francisco no pudo dormir esa última noche.

Tarde ya, salió al pasillo y le pareció ver una ranura de luz por debajo de la puerta de su cuarto. Oyó un ruido suave y parejo, algo así como el rasgar de la pluma sobre el papel. Largo tiempo quedó quieto en la sombra, dudando entre golpear o no, entrar y abrazarlo, palmearle la espalda, decirle no sabía qué, ánimo Juan Manuel —¡qué ridículo!—, decirle que le escribiría, que todo lo que habían leído en el *Times* acerca de lo que estaba ocurriendo en la Argentina, y que corroboraban las cartas que había recibido de Josefa Gómez y de Antonino Reyes podía ser un indicio de cambio. Que tal vez el gobierno de Buenos Aires sufriera un vuelco drástico y entonces...

... decirle que apenas llegara la pondría a Justa a preparar arrobas de dulce de lima, y que se ocuparía puntualmente de proveerlo de todos esos viejos sabores y aromas, pequeños placeres que lo ayudarían a mantener vivo el único hilo posible de contacto entre él y su tierra, porque el sabor y los perfumes...

... decirle que su amistad seguía siendo para él... que su conducta en el destierro, de hombre de bien y honesto, un ejemplo para... decirle...

Pero dejó caer los brazos y regresó a su cuarto. Pensó entonces en sus hijos. Tengo once hijos, Juan Bautista, me dijo como si yo no lo supiera. También pensé en vos, me dijo, y en tu Juanchito, solo en París, estudiando; y en Manuela, esperando otro hijo.

Pensé en mi propia vida, continuó Francisco, curiosamente entrelazada a la de todos ustedes, miembros de una sola familia. Y en mi país y su propia historia, tejiéndose y destejiéndose de manera caprichosa y arbitraria.

Y que se acostó, pero que no pudo conciliar el sueño.

Más tarde, ya en el puerto, y antes de que trepara la rampa, nos dimos un fuerte abrazo.

—¿Volveré a verte? —le pregunté.

—¡Y en Buenos Aires! —me contestó, con la sonrisa más plena y confiada.

Lo creí, porque era él quien me lo decía.

El barco se preparaba a partir, y Francisco comenzó a alejarse. De pronto, a mitad de la rampa, se detuvo en seco, se volvió y trató de descender chocando contra los pasajeros que iban subiendo detrás de él. ¿Qué se habrá olvidado?, pensé afligido.

—Juan Bautista —gritó, aplastado contra la barandilla—. ¡Olvidaste entregarme tu diario!

—No lo olvidé, Pancho —le dije a viva voz—. He decidido conservarlo.

Durante noches y noches lo vi sobre cubierta, navegando en medio de un gran oleaje y fuertes ráfagas. Francisco se resistía a guarecerse, el capote totalmente empapado, acortando con los ojos la profundidad del mar, la distancia.

Lo veía prendido a la borda a lo largo de todo el camino de regreso, empujando la proa.

Por fin, el ajetreado desembarco, el bote, luego la carreta y, finalmente, su pie asentándose sobre Buenos Aires.

—No olvides lo que me prometiste, Francisco. Por favor, no lo olvides.

Cerraba los ojos y ponía toda mi ansia y mi energía en esa plegaria. Lo imaginaba preguntando, calibrando situaciones, preocupado por mí.

Me veía después recibiendo la carta. Y allí, con su letra alta y puntiaguda, las palabras: ya podés volver, Juan Bautista.

ÁNGEL CAÍDO

Confieso que me perdí.

La carta no llegaba.

Miré fijamente a Mercedes y le pedí que dijera mi nombre en voz alta. Que me diga cómo me llamo.

Mercedes creyó que se trataba de una broma. Hace ya mucho tiempo que no hago bromas, le dije. Puedo señalar el año en que dejé de hacer bromas. El año, el mes y el día.

Tuve que repetirle la pregunta:

—¿Quién soy?, decime por favor quién soy.

Ella sólo pudo responder no me asustes. Y era yo el asustado.

Creí que me volvería loco, rompí algo contra la pared. Pero de golpe se me ablandaron los músculos y, con una calma que ignoro de dónde salió, con voz serena, le exigí:

—Quiero que digas mi nombre, simplemente.

Me lo dijo, y se largó a llorar. La abracé.

La partida de Francisco me enfrentó a mi condición de desterrado con una crudeza definitiva. Palabra que me persigue y me impide ser yo mismo.

Me busco afanosamente, primero en los espejos y luego en los otros. En Mercedes. Necesito confirmar que soy el que soy.

No quiero ver a Manuela ni a Máximo. Me envían mensajes. Me llaman. No quiero verlos. En eso me parezco a mi padre. Me encierro.

Me he aferrado a la amistad que me brinda Francisco de tal forma que a mí mismo me sorprende. He estado pensando en ello, y creo haber llegado a una conclusión que, lejos de satisfacerme, me hunde más aún en la tristeza.

Tengo con Francisco la amistad que hubiera deseado tener con mi padre.

Me gustaría hablar con mi padre como otros hablan con él. Pero, ¿quién habla ahora con Rosas?

Dijeron que él puso especial empeño en embrutecerme, hasta llevarme a la imposibilidad total de ambicionar algún cargo público… que había sido mi rechazo visceral hacia todo aquello que oliera a política lo que había llevado a Rosas a descalificarme primero, y a alejarme después de su entorno.

Dijeron que yo era como la pequeña tía Juana, raro. Que como ella, muchas veces me vieron deambular por los patios, balbuceando palabras absurdas.

Dijeron que ocuparía el más triste lugar en la historia de mi padre. Es más, dijeron que no ocuparía lugar alguno. Y heredé el silencio.

Que mi conducta indecorosa, mi inclinación por la bebida, las juergas y el juego, que mis compañías de dudosa catadura, y esas mujerzuelas que de tanto en tanto me acompañaban, y que yo exhibía sin pudor ni vergüenza, y…

Es cierto. Oveja negra, dijeron.

Yo rectifico: ángel caído.

Fue casualmente mi condición la que me imposibilitó llevar a buen término nada. Razones de Estado, prudencia, comentarios. Yo era el Hijo. Cuando decía mi nombre podían ocurrir dos cosas: o me timaban, o huían. No hubo terreno posible para mí. Comprendo que me ocultaran, no fuera que mi conducta sirviera de pasto al enemigo.

Una noche, Simone me sorprendió lejos de la casa, abierto en cruz sobre la tierra. No era la primera vez que me veía en esa actitud, pero esa noche se asustó. Caía sobre el campo y mi cuerpo la lluvia más dulce que recuerdo. Intentó convencerme para que entrara a la casa. Te enfermarás, me dijo. Ni siquiera abrí los ojos para mirarla.

Se arrodilló a mi lado y comenzó a decir algo que no comprendí al comienzo. Algo así como Dios concede su favor, y agregó: es el significado de tu nombre.

—Juan, el más grande de los profetas, el último. Hijo de Zacarías e Isabel, y por lo tanto, primo hermano de Jesús de Nazaret.

Pero no abrí los ojos.

—Dios concede su favor —repitió.

Fue imposible no escucharla. Como la lluvia sobre mi pecho, su voz era un bálsamo en mis oídos.

Me pregunté: por qué se empeña en contarme esa historia en este momento.

—Juan el Bautista perteneció al grupo de los esenios —decía—, comunidades que vivían en el desierto, separadas de todo el mundo, intentando llevar una vida de absoluta pureza. Preparándose para el advenimiento del Señor...

El agua se escurría por mi cuerpo. Intenté alejarla.

—Quiero estar solo —le dije.

Pero ella continuó, acuclillada a mi lado.

—Juan fue el mensajero que Dios envió para preparar el camino al Mesías. Anunciarlo. Hacerlo posible. Y Juan se internó en el desierto para orar y purificarse. Vestía una túnica de lana rústica, atada una correa de cuero a la cintura. Su único alimento eran las langostas y los yuyos del desierto.

—No estoy aquí para preparar ningún camino —le dije con rabia.

Fue imposible hacerla callar.

—Juan comenzó a predicar a orillas del Jordán —continuó— y su prédica sacudió el alma de su pueblo... Atrapado por el mensaje renovador del Bautista, Jesús se colocó en la fila de los que deseaban ser bautizados. Con ese gesto demostró que aceptaba el cambio que el Bautista proponía: recuperar el verdadero sentido de los mandamientos de Dios.

¿Sabía entonces mi nombre completo? Preocupado, me erguí sobre un codo.

—Sé cómo termina esa historia, Simone. La prédica de Juan atrajo a las multitudes. Los esbirros del rey lo denunciaron por revolucionario. El rey mandó perseguirlo. Juan despreció al rey ante el pueblo, y el rey lo condenó a la muerte.

—Pero eso no es todo —me replicó.

Abruptamente desperté del sueño que me había mezclado a las multitudes de Jericó. A pesar de las sombras y la lluvia, ella me vio desprenderme de ese sueño.

Le pedí:

—No digas el nombre de ese rey, y menos aún cómo murió el profeta.

Fue inútil.

—Herodes —exclamó.

—Trae mala suerte nombrar al hombre que ordenó cortarle la cabeza al Bautista.

Pero ella no me escuchó.

—Herodes —repitió—. Yo conocí a Herodes Antipas. Se llevó a mi hijo.

Simone conjuraba su dolor, el flagelo sufrido, y entendí por qué me estaba contando esa historia. Me puse de pie y me sacudí como un perro. Chorreaba agua.

Ella no se movió. Le tendí la mano para ayudarla a incorporarse y, de un solo envión, se plantó frente a mí. Me echó los brazos al cuello, y guardó su cabeza en mi hombro.

—Entremos —le dije, pero no hubo reacción. Me abrazaba firme, respirando agitada en el hueco de mi cuello. Su pelo exhalaba un vaho tibio a jazmines.

Le dije:

—Da miedo cómo murió Juan el Bautista.

Me besó. Me pidió: dame todo. Había dejado de llover.

Mojada. La cara, el pelo, las manos mojadas, abandonó su cuerpo en el mío, y fuimos cayendo otra vez, hasta quedar los dos de rodillas en el barro.

—Odio a Herodes —insistí, aplastado contra su pecho—. Odio a los reyes de castigo y hacha.

—Dame todo, Juan.

Hincada en el barro, Simone me buscaba. Lentamente se abrió el vestido, y puso en mis manos sus grandes pechos desnudos.

¡Dios! Podía ver los fogonazos atravesando mi cerebro. Podía ver mi miedo también.

Era una madre y una hembra entre mis brazos, y yo la besaba como un niño, la quería como un niño, pero la tomaba como un hombre que besa y se entrega, fundidos los dos sobre la mujer tumbada en el barro.

Fue un destello entre mis piernas. Nunca más volví a sentir esa sensación de habitar una vagina, de poseer a una mujer.

Gemía:

—Quiero llevarte adentro, amor —y yo ya entraba en su cuerpo—. Quiero llevarte adentro y parirte después, mi amante, mi niño.

Ángel caído.

Se hablaba entonces del amor y de la libertad. Las mujeres abusaban de la frase: "Es tan romántico". Pero hubo una palabra que me causó estragos. No sé si fue mío el anhelo o arrastrado por la corriente, que yo también intenté hacer mi camino hacia la felicidad. Esa palabra.

Si no había conocido otra cosa, por qué añoraba una vida normal. ¿Qué era una vida normal para mí?

Lo tenía todo. Era el hijo del hombre más poderoso en la provincia, y mi abuela no se cansaba de decir Juan Bautista se queja de lleno. ¿Pero por qué no conseguía ser feliz? Por qué se me ocurría que había algo más que tenerlo todo. Algo que no sabía qué era, y se me escapaba. Algo que, inevitablemente, no alcanzaría jamás, y esa certeza me volvía loco.

Ser feliz. Un camino. Una obligación. Un invento tal vez. No lo sabía entonces, ni aún hoy.

Bailaba, a veces, como un trompo, reía hasta descomponerme, pero no era feliz.

Como un ángel caído había atravesado los años de estudio, inconscientemente buscando el camino. O porque me habían dicho que ésa era la forma de encontrarlo. La escuela pública, preceptores, maestros de piano, el Colegio de San Carlos. El Conservatorio. El maestro Esnaola después.

Fui torturado por el latín y sus declinaciones; mansamente me sometí a esa orientación humanista, severamente controlada por los escolásticos. Filosofía, ciencias, lógica. Obedecí, quitándole horas al sol, a los árboles, a los caballos, tratando de descifrar a Tito Livio, a Séneca, a Cicerón. Aún puedo recitar de memoria largos párrafos en latín: *vir, viro, armis arma conserta sunt*, palabras de Quinto Curcio Rufo en su historia de Alejandro, que nunca dejaron de rondar mi cabeza.

Me rompí las venas y los ojos con la gramática castellana, el derecho canónico y la teología. Aprendí de memoria el catecismo, hice la primera comunión y asistí a la misa de una en Santo Domingo, con una devoción y una puntualidad digna de un seminarista.

Mazacote de conocimientos que se escurrieron por algún albañal de mi cerebro. Sin embargo, cumplí. A mi modo, quise agradar.

Sólo reclamaba amor a cambio, convencido de que merecía un premio, aunque más no fuera modesto.

Por alguna razón llevaba grabada la memoria del paraíso en mis huesos.

Creí que bebiendo de la noche encontraría el camino.

Muchos años han pasado desde aquellos días de besos y música. Días que me marcaron muy hondo. Años en que fui creciendo enredado a la gloria y al caos de un país que no terminaba nunca de encauzar su destino.

Los acontecimientos políticos se habían ido sucediendo en una carrera de vértigo. Mi padre siempre en el centro de la vorágine, único protagonista, víctima y victimario. Él sacudía la tierra y yo volaba por los aires.

Su primer período de gobierno, luego la marcha hacia los desiertos del sur y la Revolución de los Restauradores. El asesinato de Facundo Quiroga. El plebiscito que nuevamente lo llevó al gobierno de la provincia. La muerte de los Maza. La muerte de mi madre y la de mi abuelo León. Palermo después.

¿Qué había hecho yo en todo ese tiempo? Huir de la realidad. Dios se equivocó conmigo, Simone.

Estrené mi cargo de escolta de honor en los funerales de Manuel Dorrego.

Para esa época ya tenía mi propia tropilla de un solo pelo, regalo de mi madre y de mi abuela, que a decir verdad ya no sabían qué hacer conmigo. Pensaron que convirtiéndome en dueño de una caballada me obligarían a tomarle gusto a la tarea rural.

Preparé con tiempo mi zaino. Un potro grandote y liviano, patas de bailarina. Lustré los arneses, el cabezal y las riendas tachonadas con monedas de plata. Rojo el mandil y rojas las borlas trenzadas en la cola. Me lustré a mí mismo y me vestí de gaucho de gala. Pensé, mi padre se sentirá orgulloso cuando me vea.

Había sido Viamonte, cuando gobernador provisorio, quien dispuso rescatar los restos de Dorrego en Navarro, y sepultarlos en la ciudad de Buenos Aires. Pero le tocó a mi padre, flamante gobernador, presidir el cortejo y rendir los solemnes honores a la víctima ilustre.

Formé parte de una escolta de más de trescientos gauchos de a caballo, esperando al cortejo en las puertas de la ciudad.

Taloneé muy suave en las verijas del zaino y emprendimos la marcha, custodiando la cureña que portaba el cajón envuelto en la bandera, tirada por un moro negro.

Llegaron de todas partes. Pueblos enteros acompañaron el cortejo y la multitud se fue agolpando por las calles, hasta formar un río de gente a paso lento. Nunca se había visto semejante muchedumbre en Buenos Aires. Rostros compungidos, exacerbados muchos, queriendo precipitar al gobierno en actos de represalia. Pero el discurso de mi padre puso el paño frío necesario para calmar los ánimos.

Dijo: "Allá, ante el Eterno árbitro del mundo, la acción de sus verdugos ha sido ya juzgada...".

Todos entendieron el mensaje. No sería él sino la historia la encargada de enjuiciar el asesinato político de Dorrego.

Las ceremonias oficiales y públicas duraron tres días. Y tres días anduve vestido de gala, montando guardia a la entrada de la capilla ardiente en el Cabildo, mañana, tarde y noche; haciendo cabriolas con mi potro frente a las niñas. Ocasión en que me quitaba el sombrero de ala corta y revoleaba el flequillo en un saludo que las dejaba boquiabiertas.

Me busco en el pasado.

Aparece mi cara de asombro, descubriendo los fósforos en esa cajita que el abuelo León tiró sobre la mesa. Tan deslumbrado y contento con el juguete como nosotros. Y los cohetecitos de la India, y los fuegos artificiales en la Plaza Mayor para las fiestas patrias.

Fuego, estampidas, arabesco de luminarias en el cielo de Buenos Aires, y yo ahí abajo mirando, atontado por tanta belleza.

Fueron contadas las veces que volví a ver a Genaro Lastra, ya definitivamente incorporado al ejército de Lavalle, galopando el litoral, el Uruguay o acantonado vaya a saber dónde, fiel a su destino.

—¿Y tu tía Simone? —fue lo primero que le pregunté.

—Hace mucho que no la veo.

Los episodios que siguen ocurrieron un año antes de que me casara con Mercedes. Genaro había llegado a la ciudad reclamado por un asunto de familia. En casa no supieron decirle dónde estaba, y salió a buscarme.

Me había hecho adicto al teatro, a las carreras cuadreras —preparaba, montaba y apostaba en los caballos—, la sortija, el juego de la taba. Y si no estaba de ánimo para esto, alternaba la música con las mesas de billar en el Café de la Victoria. Un par de compinches me seguía a todos lados; señoritos de familia, pero, como yo, de filiación desconocida, amantes del vagabundeo y la aventura ocasional. Me encantaba pasar las horas en el café, esgrimiendo el taco. Llegué a hacerlo con tanta maestría que bien pronto no hubo contrincantes para mí.

El entusiasmo —o el aburrimiento— nos llevó a organizar torneos de ingleses contra criollos, criollos contra franceses, casados contra solteros. A todos les ganaba. Cuando el dueño, amablemente —debo reconocerlo—, cansado por tanto alboroto nos prohibió la entrada al Victoria, llevamos los torneos a la sala de billar de mi casa. Sala que mi padre había instalado en uno de los salones que daban sobre la calle Moreno, pero no porque a él le gustara jugar, sino para darle el gusto a los amigos, y más que nada a Manuela y su séquito.

Acabó echándonos abuela Agustina, que a pesar de la enfermedad todavía mandaba y regenteaba la familia como en sus mejores tiempos.

Mi casa seguía siendo una casa sin descanso. Las puertas abiertas día y noche para todo aquel que se acercaba a pedir cualquier tipo de ayuda. A instancias de mi padre, mi madre la había ido convirtiendo en un comité de agitación política, verdadera sucursal de los barrios del Tambor y los parias federales. A veces, para ir de un patio a otro, o simplemente circular por las habitaciones, era necesario ir pidiendo permiso a la multitud que allí se congregaba.

Una mañana quedé atascado en el zaguán, tratando de explicar a un grupo de mujeres exaltadas que ésa era mi casa. Ellas insistían en que para hablar con misia Encarnación debía hacer la fila y esperar mi turno.

No estaban lejos de la verdad. Encarnación sólo vivía para Juan Manuel y la causa.

LA VIDA FÁCIL

Donde yo me hacía presente se redoblaban las trifulcas y los escándalos. Nunca faltaba un tramposo o aquel que al descubrir mi identidad comenzara a agredirme —miralo al mocito empinando el codo, Rosas no es capaz de controlar ni a su hijo—. Palabras más que suficientes para que yo empezara a repartir trompadas. Y siempre terminaba magullado, de patitas en la calle.

Empecé a hacerle pareja al abuelo León, para completar una que otra mesa de naipes. Por esos años se jugaba mucho y fuerte en Buenos Aires. Aún hoy. Y comencé a jugar, y a apostar dinero. Poco al comienzo.

Salíamos una noche de lo de Benavídez, después de jugar chaquette, todavía impresionados por la belleza de la dueña de casa —el abuelo no paraba de alabarla, extendido en su teoría acerca de los rasgos a tener en cuenta para declarar beldad a una beldad femenina— cuando al doblar Tacuarí para tomar Victoria descubrí la figura de Genaro. Avanzaba hacia nosotros esquivando charcos con ese modito suyo que algunos llamaban a la francesa. Vestía de civil. Nos abrazamos.

—¿Y tu tía Simone?

—Hace mucho que no la veo.

Pensé después en el tono de su respuesta, como si le hubiera molestado que le preguntara por ella, o como si supiera algo que prefirió ocultar.

Despedimos a mi abuelo, y enfilamos hacia el Fuerte, atravesando calles iluminadas por lámparas fijas a las paredes. Al llegar a la esquina de Defensa me sorprendió la hilera de luces que se extendía hasta perderse de vista. Me gustó esa imagen que me regalaba la ciudad en la noche, y le pedí a Genaro que nos detuviéramos para mirar.

—Parece una ciudad en serio —dijo él.

—Cualquiera diría que conocés mejores.

—He visto láminas de Londres en las revistas de mi madre.

Estar a su lado me ponía contento. Para hacerlo reír le dije:

—Una olidita no te vendría mal, ¿eh? Te daría mis zapatos aquí mismo, pero hay demasiado barro para andar descalzo.

Fue un comentario desafortunado. Frunció el ceño.

—A propósito, ¿cuándo empezarán a empedrar las calles de esta ciudad?

—Algunas ya lo están —le contesté—. Pero tenés razón. Habría que exigirle al gobernador que lo haga. —Pero como él no acusó la broma le dije:— Fue un chiste. —Entonces rió.

Casi no se veía gente, uno que otro sereno, y una patrulla montada que pasó lejos.

Ya no éramos niños. Demasiado rápido, la vida había tendido un abanico de posibilidades a nuestros pies. Las transitamos todas, o casi todas. El error fue creer que lo haríamos juntos.

—¿Se puede saber adónde me llevás? —me preguntó.

—Al hotel de Faunch, mi querido húsar. Allí se alojan los artistas del circo.

Hacía muchos años que el inglés Faunch y su mujer tenían ese hotel situado cerca del Fuerte. La comida que servían era excelente, pero debían también su fama a los espléndidos banquetes que hacían con motivo del cumpleaños de Su Majestad Británica. Banquetes a los que asistían los ministros del país y miembros destacados de la colectividad. Hacían música y cantaban en un salón adornado con banderas de diversas naciones. En adhesión, mi padre ordenaba izar la bandera inglesa en el Fuerte.

—¿Y qué tal esa vida de aprendiz de carabinero?

—Oficial de caballería dirás. He venido a despedirme, Juan. No lo comentes, pero en una semana me uniré al ejército de Lavalle.

—Te debe estar esperando con los brazos abiertos. No le quedan soldados.

—Eso es lo que creen los federales.

—¿No te parece curioso que vos y yo nos entendamos? —le pregunté.

—Más que curioso.

—Espero que nunca ocurra algo que nos separe —exclamé con vehemencia.

—Todo lo que ocurre nos separa, Juan —y cambiando de tono—: A tu padre le quedan días en la gobernación. ¿Volverá a postularse?

—No creo —le contesté—. Está organizando una expedición a los desiertos del sur.

—No se conforma con matar unitarios, ¿eh? Ahora va por los salvajes.

Lo obligué a detenerse sujetándolo por un hombro.

—¿Cómo creés que entró Lamadrid en La Rioja, o el coronel Videla en Mendoza? ¿Pidiendo permiso? ¿Cómo creés que entraron los ejércitos unitarios en las provincias del norte, para derrocar a sus gobernadores federales? Incendiando y matando, Genaro. Vos lo sabés mejor que yo.

—Está bien, pero…

—Pero nada, mi padre respeta al enemigo vencido —le dije—. El general Paz goza ahora de buena salud. No así Dorrego.

—Paz está preso y enfermo —me contestó.

—Pero está vivo… No me provoques —le pedí—. Nadie mejor que vos sabe cómo pienso y cuál es la relación que tengo con mi padre, pero es mi padre, y no es un asesino.

—Está bien —me dijo, y abrió la puerta del hotel y me empujó adentro.

Algunos parroquianos se volvieron y se quedaron mirándonos. Inclinamos la cabeza, dijimos buenas noches, y fuimos en busca de una mesa vacía.

Cuando volteé, para mirar hacia donde se concentraban las voces, vi al Rey del Fuego.

—Es él —exclamé—, el hombre que estaba buscando.

Le conté la experiencia que había vivido noches antes, cuando asistí a la función de la Compañía Francesa de Barces y Martinier.

—Es Zozó Boniface —le conté—. Come estopa ardiendo, traga piedras, cuchillos, huevos duros. Después los echa del estómago tal como antes de tragarlos.

—¿A los huevos también?

—Sí, enteros.

El señor Boniface se dio cuenta de que hablábamos de él. Le hice un saludo muy cordial, y él me contestó con una inclinación de cabeza. Su aspecto seguía impactándome como en el escenario. El torso atlético, la cabeza despegada al extremo de un cuello largo y potente; cabellos cortos, ensortijados, bigotito negro. La camiseta oscura le ceñía el cuerpo, poniendo de relieve músculos poderosos.

—¿No te parece fantástico que lo llamen El Hombre Incombustible?

—Y has venido para sonsacarle algunos trucos.

—Genaro, me decepcionás. Lo último que haría sería penetrar en los secretos de la magia.

—¿Creés en la magia?

—Totalmente.

—Es un ilusionista, Juan. Lo llaman el faquir que mastica cristales.

—Lo que sea, me encanta —le dije—. Zozó aparece y desaparece del escenario sin que te des cuenta cómo lo hace. O queda suspendido en el aire por largos minutos.

Por un momento, Genaro se concentró en el plato de guiso de cordero humeante, que la propia señora Faunch nos había servido. Para ustedes, dijo, una buena jarra de té frío, y la colocó en el centro de la mesa. ¿Por la edad?, le pregunté, en pocos días voy a cumplir diecinueve años. Comimos en silencio.

Cuando ya no quedaban vestigios de comida en su plato, exclamó:

—La gente dice...

—Los unitarios dicen —lo corregí.

—Como quieras. Los unitarios dicen que hay demasiado teatro en la ciudad, nada más que para que la gente se distraiga y no vea lo que está pasando.

—¿Y qué está pasando?

No lo sabía con exactitud, pero lo sospechaba, y a los comentarios que oía en mi casa, trataba de olvidarlos al instante. Para entender a Genaro me ponía en su lugar. Él partiría a luchar por sus ideales, se uniría a Lavalle en contra de mi padre. Yo perseguía al Rey del Fuego, deslumbrado por su magia.

Todos sabían que la guerra no había terminado. Los diarios de la oposición ventilaban irregularidades en el gobierno, escándalos. ¡Calumnias!, vociferaba Encarnación, defendiendo como leona la gestión de su marido.

Las provincias del oeste veían en Rosas a un caudillo al servicio de los intereses de Buenos Aires, en detrimento de los intereses de sus regiones. En las provincias del litoral ocurría otro tanto, sumado a la influencia de la intervención extranjera, que impedía la hegemonía total de Buenos Aires. En el resto del país, el partido federal no tenía suficiente fuerza, salvo en esta provincia.

Inevitablemente, la pacificación del interior se resolvería en un campo de batalla. El Restaurador de las Leyes sólo había podido restaurar eso, la ley, que no era poco, además del orden y los intereses económicos. Pero había resultado impotente frente a las ideas que germinaban en los salones unitarios.

En los primeros días de su gobierno, la Sala de Representantes aprobó con retroactividad todos los actos de la conducta política y militar de Rosas hasta entonces, y le otorgó títulos y condecoraciones.

Juan Manuel rechazó todo. Decía y repetía:

—Bien saben que no acepté el título de Restaurador, y renuncié al ascenso y al sueldo que me corresponde.

Fue inútil. La prensa opositora respondió con acusaciones muy severas. Mi padre las desmintió. Pero a medida que fueron pasando los meses la situación fue adquiriendo temperatura. La oposición no descansaba.

Desde las ventanas del Café de la Victoria vi una tarde, en medio de la plaza mayor, las fogatas que el ejecutor público hizo con los papeles antifederales. O antirrosistas, término que había comenzado a circular con insistencia.

—¡Tiranía! ¡Tiranía! —gritaba un corrillo desde un rincón de la plaza.

Me quedé mirando las llamas, pensando esto no es bueno. Temiendo que algún adversario me descubriera en ese momento y se tomara venganza conmigo, abandoné corriendo el reducto de rumores y no me detuve hasta encerrarme en mi cuarto, temblando.

Para que la gente no vea lo que pasa, había dicho Genaro.

Hombres uniformados que entraban y salían de la ciudad, que ocupaban la ciudad. Voceros que divulgaban el parte de las batallas. Seguido por su edecán entorchado, un hombre rubio y lejano cruzaba el patio de mi casa. No me dan tregua, decía, no me dan respiro, jamás se resignarán a la derrota.

¿Y por qué luchaban los unitarios?: por alcanzar el poder e imponer sus ideas.

¿Y por qué luchaban los federales?: para permanecer en el poder que habían alcanzado e imponer sus ideas.

Las fogatas no impidieron la aparición de nuevos artículos tendenciosos. Su único objetivo es desestabilizar el gobierno, gesticulaba Juan Manuel, levantando la voz por los despachos. Frase que, puntualmente, al día siguiente aparecía en los diarios. Declaración que suscitaba una nueva andanada de cargos y reproches en la prensa opositora.

Nuevamente, frente al renovado ataque periodístico, el ejecutor público hizo otra pirámide con papeles unitarios en la plaza de la Victoria y les prendió fuego.

—¡Que dejen de conspirar! —vociferó Rosas en la Sala—, que paguen los impuestos —y agregó—: Yo soy la autoridad constituida por el voto popular. Asumí con la promesa de restaurar la ley y el orden, y cumplí. Ahora hace falta dinero para equilibrar las cuentas del país.

Era verdad. La mayor parte de lo recaudado en la provincia se invirtió en sostener la guerra con el general José María Paz.

Una tarde vi a Quiroga descender de la flamante berlina que mi padre había enviado para buscarlo. Escuché el ruido de su sable al caer sobre la mesa.

—Me pregunto cuándo podremos quitarnos estas latas de encima —exclamó.

A pesar de su derrota en Oncativo, Rosas lo recibió como a un jefe victorioso.

La causa federal había perdido las provincias de La Rioja, San Juan, Mendoza, San Luis, Santiago del Estero, Catamarca y Córdoba. Paz, general unitario, en tantas batallas como hizo falta derrocó a sus gobernadores, sustituyéndolos por dictaduras militares, que respondían ciegamente sus órdenes. Ungido después con el título de Jefe Militar Supremo formó la Liga del Interior. Su plan: derrocar a Rosas e imponer en el resto del país la política unitaria.

Para enfrentar a esa fuerza, los federales —Buenos Aires, con mi padre a la cabeza, Santa Fe, Entre Ríos, y Corrientes luego— formaron la Liga del Litoral. Liga que dio lugar a un Pacto Federal, cuyo propósito era organizar el país dentro del marco de sus ideas.

Pero ningún pacto o alianza tendría mayor fuerza que la guerra.

Mientras tanto, los civiles, mujeres y niñas casaderas, asistían de buena gana a las funciones de teatro. Aplaudían entusiastas la comedia sobre las tablas, como si la otra función, la de la vida real, verdadero drama que protagonizaba el país, no estuviera ocurriendo.

Aplaudían y reían. Yo entre ellos. O hacíamos como que aplaudíamos y reíamos, durante la hora escasa que duraba la ficción.

Después, vi partir a Quiroga. Dijeron que mi padre había abierto la puerta de las cárceles para armar su ejército; que lo siguió cuanto aventurero y forajido había por la ciudad y la campaña. Cuando

Quiroga quiso acordar, tenía más de dos mil hombres bajo su mando, para guerrear contra los unitarios. Que no era un ejército de patriotas, dijeron, sino montoneras de escoria. O como diría después Lavalle: "una merienda de negros".

Mi padre les contestó que era un ejército del pueblo, que defendía los intereses del pueblo. ¡No como ese manojo de señoritos metidos a oficiales de carrera!, bramó, defendiendo una causa que da la espalda a la mayoría pobre y sin rostro. ¡Señoritos de ciudad que no tienen la menor idea de cómo es y cómo vive la gente al otro lado del puente de Barracas!

Ese ejército de "escoria", al mando de Quiroga, en una campaña de sangre y bravura que duró tres meses, recuperó para la causa federal las provincias del norte, restituyendo en sus cargos a los gobernadores federales.

Desde el patio de la estancia del Pino, subido a sus ramas más altas —balcón privilegiado— yo había visto a lo lejos el despliegue de esa danza de guerreros que abarcó las llanuras. Oí sus gritos: ¡lanceen a esos hombres! Vi arremeter a las caballerías, correr la sangre. ¡Busquen las divisiones de Quiroga! ¿Dónde está? ¿Quién lo ha visto? Y Facundo abriendo tajos, indómito, desfigurado por el ardor de la lucha, los pelos pegados al rostro sudado, el torso desnudo. Y más allá, el general Estanislao López zigzagueando los campos, eludiendo la batalla en espera del auxilio de Balcarce.

Luego, el brazo del destino. La boleada fatal, y Paz que cae del caballo. Episodio que marcó la ruina definitiva del partido unitario —eso creyeron los federales—. Ruina que quedó sellada en la batalla de la Ciudadela, en Tucumán —eso creyeron los federales—, cuando Quiroga cargó con sus montoneros sobre un ejército que ya boqueaba, bajo el mando del general Lamadrid.

Las traiciones se sucedieron, y el Pacto Federal naufragó, ahogado en el juego de intereses personales y locales.

—Siembran el país de ideas anárquicas —decía mi padre—. No se dan cuenta de que su felonía puede hacer fracasar la última posibilidad que tenemos de alcanzar la paz.

Y el Congreso de Santa Fe fracasó.

Por tres veces consecutivas la Cámara de Representantes reeligió a Rosas para un nuevo período de gobierno. Las tres veces, Rosas rechazó el cargo. Había llegado al convencimiento de que hasta tanto no se expulsara a los indios al sur del río Colorado, era imposible pacificar el país. Él atajaba y devolvía golpes. Decía:

—Alzados en guerra, indios por un lado, unitarios por el otro… ¡quién lo aguanta!

Todo eso estaba pasando. Y en Buenos Aires la gente iba al teatro, y había atascos por las calles de tantos carruajes, jinetes, vendedores ambulantes y mendigos; al atardecer las señoras salían de tiendas o concurrían a las iglesias para rezar el rosario, pero más que nada para lucir sus atuendos. El Café de la Victoria se llenaba de damas y caballeros, y había desfiles, procesiones y mucha tertulia galante, con música y baile.

Yo, nada más, echaba de menos los besos de Simona Lastra.

EL REY DEL FUEGO

Por tanto saludo y revoleo de sonrisas que le envié, acabamos sentados a la mesa de Zozó Boniface. Estrechamos manos, e inmediatamente nos presentó a los que lo acompañaban. Ayudantes de escenario, explicó, y pidió otra botella de vino.

—Muy bueno este carlón, se los recomiendo —dijo.

El idioma se le trancaba en las erres, denunciando su origen, pero era evidente que manejaba el castellano a la perfección.

Se daba ínfulas:

—Muchos años en Cádiz, Cartagena, La Habana, México.

—Nacido en Francia, ¿verdad?

—En Marsella.

A los pocos minutos me metí al hombre en el bolsillo. La vanidad pierde a los artistas. Lo colmé de alabanzas. Le dije que había visto cuatro veces su espectáculo de magia —en realidad habían sido dos—. Poco faltó para que el hombre me diera un abrazo.

—¿No les dije? —exclamó, dirigiéndose a sus compañeros—. Acabaremos con la competencia. Sólo hay un Rey del Fuego, y ése soy yo.

Asentí con él. Genaro también asentía, pero sólo de comedido.

—¿Ha visto alguna vez a Pedro Sotora? —me preguntó.

Le mentí. No me había perdido ningún rey del fuego que actuara en la ciudad.

—No, no lo he visto. ¿Quién es?

—La competencia, mocito. Mejor dicho, el impostor. De eso estábamos hablando cuando ustedes se acercaron. Sotora actuó primero en el Coliseo y después en el Parque Argentino. Yo estaba actuando en Montevideo. Ahí me entero de que el muy petulante se anunciaba como el único y auténtico Rey del Fuego, cuando en verdad no es más que un vulgar prestidigitateur —y continuó—: Su rutina se limita a un par de agilidades ejecutadas con las manos, y punto. Ahora se anuncia otra vez, sin respetar que estoy yo en Buenos Aires, y dice que tragará varios renglones combustibles que, encendidos en su estómago, arrojará llamas por la boca a la distancia de algunos pies. Pero eso no es todo —señaló y se dirigía exclusivamente a mí—. Eso no es todo —repitió, alzando la voz y el dedo índice—. Mire usted hasta dónde llega el desdoro del villano —y yo aproveché para echarle una mirada de atención a Genaro que hipaba al borde de la carcajada—, que ahora dice, y lo hace para humillarme, que sacará de la boca un millar de clavos; que tendrá el fuego en la mano, y dos o tres espectadores podrán subir al escenario y encender cigarros en él. ¡Y que si gustan les dará a comer brasas! Y como si esto fuera poco, batirá con los pies descalzos tres grandes barras de fierro al rojo, y que acabará la función cenando quince bolas de fuego.

Cuando acabó, no pude evitarlo, comencé a abanicarme la boca. Genaro susurró en mi oído:

—Aquí vamos a acabar todos chamuscados —y llenó dos vasos con agua.

Una vez que sentí la garganta más fresca, le pregunté:

—¿Hasta cuándo se quedará usted en Buenos Aires, señor Boniface?

—Lo más que pueda —y añadió—: Pero hay mucha competencia. Esta noche debuta otro circo.

Era verdad. En Parque Argentino habían dispuesto capacidad para mil doscientas personas. Mi hermana tenía dos palcos reservados.

El movimiento de cejas de Genaro me distraía. Volví a pedirle compostura.

—Es la Compañía Ecuestre, Gimnástica y Pantomímica Laforest-Smith.

Genaro me corrigió:

—No son ellos. Es la troupe de José Chiarini.

Tal vez mi amigo tuviera razón. Había demasiados espectáculos en la ciudad. Pero yo los disfrutaba como nadie. Adoraba la comedia, los conciertos, la magia, el circo, los volatineros. No podía permanecer indiferente frente a todo ese despliegue de gracia y vocación. Era capaz de ver hasta cinco veces seguidas el mismo espectáculo.

Los anuncios de las funciones eran delirantes: "El artista mengano ejecutará una prueba mágica que es la siguiente: desaparecerá y aparecerá sobre una mesa un niño de ocho años y en la misma mesa aparecerá una paloma", o "El artista fulano aparecerá en este teatro por la primera vez, para exhibir una prueba que causará mucha admiración. Tal es la de hacerse fusilar por cuatro soldados, que cargarán sus fusiles a la vista del público, y después de la descarga entregará las balas con las que le acaban de tirar. Para que en el respetable público no queden dudas, cualquiera de los señores concurrentes puede venir a cargar y tirarle si gusta".

Seguía por cuadras y cuadras al pregonero, hasta aprender de memoria el pregón. Si el anuncio era a través de carteles, alguno me guardaba.

Siempre participaba en los desafíos, sin pretender descubrir la trampa. Me conmovía el esfuerzo y la voluntad que ponía esa gente en su trabajo. A veces, en medio de decorados y utilería muy pobres, con ayudantes que generalmente hacían trastabillar el éxito de la prueba. Pero no me importaba, disfrutaba igual, convencido de que todo era producto de la magia.

Zozó Boniface volvió a empinar su copa y, después de alabar nuevamente el vino carlón, exclamó, la voz cargada de resentimiento.

—No veo las horas de que llegue Ajna con mi hija. Él podrá encargarse de los ojos de Pedro Sotora.

Sus compañeros estallaron en exclamaciones que, en un primer momento, no supe definir si fueron de aprobación o escándalo. Vamos, Zozó, no es para tanto, le dijeron. Supuse que Ajna era el hombrote que daría a Pedro Sotora su merecido.

—Ah, tiene usted una hija.

Rompiendo el mutismo, y al mismo tiempo que yo, Genaro quiso saber.

—¿Quién es Ajna?

Zozó demoró en respondernos.

—Florentina doma pájaros —exclamó por fin—. Ajna es un halcón peregrino, blanco, capaz de volar más rápido que el viento. Hay una señal que Ajna conoce —chasqueó entonces los dedos y agregó—: Haciendo sólo así, y antes de que el enemigo lo advierta, de un picotazo el halcón le habrá arrancado un ojo.

Metí mi cabeza entre los hombros.

Él exclamó:

—No se me asuste, mocito.

—No me asusto —y aunque más me interesaba saber acerca de la domadora y su pájaro, le pregunté—. Dígame, señor Zozó, ¿cómo es que usted no acaba calcinado durante el espectáculo?

—Trucos, señor. De lo contrario los fenómenos que se anuncian no podrían ser tan impresionantes. Para realizarlos, no le voy a mentir, es necesario recurrir a algún truco.

Rápido, intervino uno de sus compañeros:

—No te delates.

—El secreto no saldrá de esta mesa —me apresuré a aclarar, y sentí la patada de Genaro en mi pantorrilla.

Zozó Boniface nos contemplaba paladeando el suspenso. Finalmente, habló.

—Lo que voy a revelarle, joven… ¿cómo es que dijo que era su nombre? —Juan, le respondí, y él continuó:— Mi fórmula ya se conocía en la época de Cristo. Aparece escrita en pergaminos del siglo tercero —y adornó la pausa con una mirada circular—. Me froto sobre la piel una mezcla de azufre y vinagre, pomada de mirto y goma arábiga —a esa altura sus amigos habían empezado a blanquear los ojos, lanzando exclamaciones de reprobación por ventilar la fórmula—. Cualquier hombre incombustible lo sabe y lo practica —los tranquilizó Zozó—. Lo que no cualquiera sabe es qué otros productos le agrego a esa mezcla para que, definitivamente, el fuego no me dañe la piel. Un invento personal, diría.

Memoricé la fórmula, y sin darle tiempo a respirar:

—En la boca, ¿qué se pone en la boca, señor Zozó? —quise saber.

Redujo sus ojos a una ranura, se echó atrás en la silla y luego de pensarlo un poco, exclamó:

—Mi boca nació incombustible al fuego, señor Juan.

Siguieron unos segundos de sorpresa y luego todos nos echamos a reír.

—Por cierto, ¿cuándo llega la domadora de pájaros? —le pregunté—. Por nada del mundo me perdería su función.

—El barco arriba pasado mañana. El domingo, Florentina debutará sobre el escenario del Parque Argentino.

Después de despedirnos, nos acercamos al mostrador para abonar nuestra cena.

—¿Vio alguna vez el espectáculo del Rey del Fuego, señora Faunch? —le pregunté, sólo por decir algo.

Ella contaba las monedas que yo acababa de entregarle y levantó rápido la cabeza. Fue significativo su gesto, tal como si yo le hubiese preguntado algo que ella hubiera jurado no decir jamás, a nadie.

—Sí, lo vi —dijo en voz baja, y acercándose por encima del mostrador—. Conozco a la que él dice que es su hija. Estuvo aquí hace un par de meses… Criatura extraña. No se la recomiendo.

Genaro, a escasos centímetros del rostro de la señora Faunch, preguntó:

—Criatura extraña, ¿se refiere al halcón?

—No, a la muchacha.

Quise cerciorarme:

—La que usted dice que no es la hija, ¿o me equivoco?

—Como lo oye —recalcó.

—¿Y cómo sabe que no es su hija? —le pregunté.

Enarcó una ceja:

—Espere y verá.

ESTÁS MARCADO, MI NIÑO

Antes de separarnos, le dije: no olvides que ésta es la noche más larga del año. Me tiene sin cuidado, contestó. Continué: mañana el sol derramará semen sobre la tierra. Cada día estás más loco, murmuró. Igual le advertí: la simiente está en marcha.

—Tengo sueño, Juanito, me lo contás después.

Genaro era insulso.

—Está bien —me resigné—, pero después no digas que no te lo dije.

No demostró la menor intriga. Me dio una palmada en el hombro, sonrió condescendiente, y a paso lento enfiló hacia su casa.

Acababa de pasar la fiesta de San Juan Bautista —veinticuatro de junio— y nadie me había saludado. Faltaban sólo cinco días para mi cumpleaños.

Para quedar bien con el santoral me pusieron el nombre del santo, pero en verdad lo de Juan había sido en honor a mi padre. Lo mismo con Manuela.

Juan y Manuela, sus retoños.

Supongo que a Juan Manuel lo llenaría de orgullo el detalle. Pero a mí me marcaron con el extra del degüello. Cuando me enteré del atroz final del profeta, ya era tarde. Más de una vez temblé ante el presentimiento de que yo pudiera correr la misma suerte que Juan el Bautista. Si se puede llamar suerte a que te corten la cabeza.

Faltaban cinco días para que cumpliera diecinueve años. Frente a la imposibilidad de encauzarme en la vida —según palabras de mi padre— permanentemente acosado por Encarnación al respecto, había acabado por declarar que no estaba en su voluntad imponer a nadie al mocito. Pero qué digo mocito, rectificó, si ya es un hombre. Y a continuación agregaba, invariablemente, el mismo discurso.

—Juan tiene el deber de labrarse una posición por sí mismo. Aunque a la fecha ningún trabajo lo conforma. No le facilitaré el camino. Que demuestre que lleva nuestra sangre. No le falta nada. Sólo tiene que decir quiero hacer esto y hacerlo. Otro en su lugar... De niño, yo había plantado un manzano en la huerta. El manzano había crecido y pronto comenzaría a dar frutos.

—El manzano es tu árbol —me dijo ña Cachonga—: El manzano representa al amor. Estás marcado, mi niño.

A pesar de tantas marcas y alentado por ella, alrededor del manzano dispuse un jardín de hierbas aromáticas. Y también de las otras, las venenosas, decisión que tomó Cachonga sin dar explicaciones. Tártaro, tramontana, palam-palam, quina, achicoria, y unas cuantas hileras de maíz, para sacarles la barba. Ruda, cuchiyuyo y carqueja.

No todas germinaron. Dificultades del terreno.

A la semana ya habíamos cercado un par de ceibos, una granada y un olivo. ¡Cómo se atreven!, rezongó mi abuela, pero nadie le hizo caso. Cachonga hacía maravillas hirviendo trocitos de sus cortezas. Después, plantamos salvia blanca, helecho macho, albahaca, poleo, canchalagua. Y extendí mi pequeño dominio hasta un par de nogales viejos, previo pacto con la abuela, a cambio de no comercializar las nueces en mi provecho.

—Juanito es jardinero —dijo Manuela en medio de una reunión. Fue la única que aplaudió mi emprendimiento.

Con Mongo y ña Cachonga confeccionamos pequeñas bolsitas de nansú, y en comitiva fuimos de boticario en boticario a ofrecer nuestros productos. Gracias a algunos contactos con arrieros y comisionistas, conseguí especies raras traídas directamente en champas desde los Andes, las sierras de Córdoba y el Litoral.

De todas las combinaciones de hierbas virtuosas que ofrecíamos, el té de la vida fue la más solicitada. Infusión mixta, cuya receta ña Cachonga había heredado de su madre y que ella fue perfeccionando a lo largo del tiempo.

A más de uno en mi familia, el mencionado té le había devuelto el ánimo y la fuerza. A mí más que a ninguno, cuando víctima de mis ataques empezaba a boquear sin aire y caía al suelo. Eran partes iguales de romero, canela y clavo de olor, hervidos en agua.

Durante mis inevitables períodos de dispersión, Mongo y su abuela se encargaban de que la cizaña no invadiera el jardín de las aromáticas. Al sobrevenir mis etapas de concentración y amor al trabajo, nadie me ganaba en celo y esmero. Podía pasarme días preparando almácigos, o confeccionando carteles sobre madera para indicar en qué cantero estaba la pezuña de vaca, en cuál la yerba andina, la manzanilla o la melisa.

Al cabo de los meses, con ese candor que la caracterizaba, Manuela volvió a anunciar en tertulia: Juanito ahora es herboristero. Al momento, como lo más natural del mundo, recibió tres pedidos: uno para calmar los nervios, otro para sedar los bronquios, y un tercero —por escrito— para cortar la diarrea.

Lo que ganaba lo dividía escrupulosamente con Mongo. Ña Cachonga se negó a recibir su parte. Con el negocio de las hierbas santas incrementé mis ahorros. De vez en cuando, apartaba unos pesos para jugar a la chaquette con el abuelo León, o para hacer buen papel en las mesas de naipes, a las que habían comenzado a invitarme con bastante asiduidad, para escándalo de mi madre.

De mi famosa tropilla de un solo pelo, no me quedaba más que el potro zaino rabicano. Al resto, lo cambié por una recua de mulas que luego comercialicé a buen precio con unos arrieros que traficaban con el norte. El conchabo en el campo de los Ezcurra me duró algunos meses. Su presencia es decorativa, dijeron de mí los mal pensados, sin embargo, fui útil. Aprendí mucho en los corrales, y al final del día acompañaba a algún capataz en la vuelta obligada alrededor del monte, la casa, los cobertizos, para ver si se había hecho lo mandado.

Me gustaba montar y, por mi trato natural con los caballos, muy pronto me ubicaron entre los encargados de las manadas jóvenes.

A las otras tropillas se las preparaba para el ejército. Para la guerra. Otros animales iban para uso personal de los patrones. Otros, para chasque y mandados. Muchos para tiro en carruajes, y muchos también para uso de la peonada.

Sabía bastante de doma, pero ahí completé mi aprendizaje. La doma de redomones era la tarea más larga y prolija que se hacía en ese campo. Se los trabajaba de lazo y después con riendas. Al cabo de pocos días se los trajinaba, previa silla de montar. Primero rienda y luego un par de sentadas. El próximo paso era correrlos maneados, cuidando que el caballo no se cansara. Enseguida se los hacía saltar la zanja, y después, varias vueltas alrededor del palo. Hecho esto, los desensillaba, les quitaba los arreos y los soltaba. Enseguida tomaba otro y hacía lo mismo, después otro, hasta el mediodía.

Por la tarde, los echaba al rodeo. Me ocupaba de agarrarlos por la cola, uno por uno, a modo de freno; los rascaba con el cuchillo y luego les ponía los cordeles.

Mi turno para el lustre era los lunes. Ese día les ensebaba los nudos de las manos y patas con sebo derretido, y a los que tenían las colas comidas, se las engrasaba con grasa de vaca o de potro.

No me quedaban manos después de haber ensebado cuarenta patas y aún faltando tantas que no podía contarlas, sabiendo que ahí no terminaba todo. Había que mantener sogas y bozales siempre suaves y blandos, para que el roce no maltrate a los caballos.

Hacía meses que estaba allí cuando alguien me trajo un mensaje de parte de mi padre, en el que me mandaba decir que a esa tarea bien podía hacerla en Los Cerrillos. No le devolví respuesta.

Un día apareció por el campo, junto con el mayor de los Ezcurra. Dijo que iba de paso. El pariente me ofreció comer con ellos en la casa. Mi padre se opuso, dijo que no era bueno para mí interrumpir el aprendizaje, que mi lugar estaba en la mesa de los peones. Ya otra vez me había hecho lo mismo: no permitir que comparta la mesa de los patrones

Durante aquellos meses trabajé de sol a sol y me esforcé en la tarea. Sabía que siempre había un par de ojos encima mío controlándome. A mí más que a nadie, sólo porque yo era "el hijo". Comía con los peones y, como única deferencia, me hacían dormir en un rancho con los dos capataces.

De aquellos meses guardo el recuerdo del viento y de la lluvia; de las mateadas en la galería, bien temprano, esperando que levante la niebla; de mi cuerpo a horcajadas sobre los lomos quisquillosos; de haber convertido cojudos mordedores y mañeros en caballos dóciles y de reacciones rápidas.

Acabé impregnado por ese paisaje que después, cuando atravesé los mares, supe era el paisaje de mi nombre y mi destino.

Un día, furioso de pronto, harto, desde el hueco de orines, bosta y tierra que era mi lugar de trabajo, bañado en sudor, hediondo, rodeado de relinchos, levanté los ojos al cielo, ¿puede alguien decir ahora que no llevo su sangre?, le pregunté vaya a saber si a Dios, a la Virgen o a quién. ¿Llevo o no llevo su sangre?, pregunté otra vez. Pero Ellos no pudieron ubicar mis ojos entre tantos ojos bestiales.

—Soy uno más —grité, mirando al espacio vacío—. Porque huelo a caballo, porque relincho como ellos, reducido en mi condición humana, sin nadie con quien hablar de lo que a mí me gusta, porque los dueños de este campo, mis parientes, viven en la ciudad, y me estoy embruteciendo.

Me sentí mejor después. Pero aún levanté varias veces un puño amenazante y me sentí mejor todavía.

La necesidad y el instinto me mantuvieron entero. Noche a noche, mugriento, me metía exhausto en el catre, acurrucado entre pulgas y garrapatas.

Comencé a silbar, creo que silbaba hasta dormido. Única forma de música a mi alcance. Me miré los dedos con callos. Me encontré rudo y de alguna manera excluido del mundo. ¿De qué mundo? ¿La ciudad, los salones? ¿Mi casa? Excluido del piano, me dije.

Entendí que mi espíritu hacía tiempo se arrastraba famélico por los pastos, que ni siquiera tenderme bajo las estrellas me daba ya consuelo. Necesitaba otro alimento, otros estímulos. Reclamé mi paga, ensillé mi zaino y regresé a Buenos Aires.

Cuando levanté la cabeza vi a Genaro a punto de doblar la esquina por Perú, rumbo a su casa. Lo llamé y corrí hasta alcanzarlo.

—Sí, ya sé, es la noche más larga del año.

—No. Olvidé contarte que me caso —le dije.

—¿Qué? ¡Cuándo!

—No lo sé. El año próximo.

—¿Te casás o te casan?

—Da lo mismo.

—¿Y con quién? No te veo muy entusiasmado.

—Con Mercedes Fuentes.

—¡Tu prima!

—Lejana.

—¿Qué lejana?, es sobrina de tu madre.

—Me caso y punto. Pero también quería decirte otra cosa. Recordarte que mañana venís con nosotros al circo. Tenemos dos palcos, y es muy probable que entre las invitadas de Manuela esté Catalina, tu amor imposible.

Lo transformó el desdén:

—Ni me la nombres.

—Como quieras, pero venís al circo.

TE PRESTO MI RITMO

Antes íbamos sólo nosotros al teatro —Maruca Sánchez decía: la minoría pudiente— como distintivo de mundanidad, acorde a la clase alta.

A partir de mil ochocientos treinta, ya en el primer período del gobierno de Rosas, comenzó a entrar el pueblo a las salas, y éstas se fueron multiplicando, en relación al aumento de individuos con posibilidades de asistir a los espectáculos.

—El gaucho pícaro aplebeyó el teatro —dijeron los señores de levita.

Mi padre les respondió facilitando trámites a los empresarios que se decidieran a abrir más salas.

Una vez que se estabilizó el negocio, el circo se fusionó con el escenario. Los números actuaban tanto en las tablas como en el picadero del Parque Argentino, donde el espectáculo acabó siendo mixto.

Se pusieron de moda las comedias de magia con gran aparato escénico. En ellas, el talento del autor resultaba aplastado por las invenciones y el ingenio de arquitectos, tramoyistas y maquinistas del teatro: inventores de maquinarias desopilantes, con gran despliegue de efectos: escotillones, arrojos, telones, escamoteos y transformaciones escénicas.

Esa noche me fascinaron las comparsas de los autómatas, pero mucho más las escenas de encantamiento, cuando entre nubes, truenos y relámpagos apareció el mismo diablo surgiendo del centro de la tierra. Mercedes se aferró a mi mano.

Estallaron luces y ruidos. Las cabriolas del diablo ocuparon todo el escenario. Luego desapareció bufando, en medio del estrépito de los fuegos de artificio.

De pronto, gran fogonazo y un ángel volante con trompeta irrumpió en la escena. Grité, y caí despatarrado en la silla.

—Vendré todas las noches al circo —exclamé, aplaudiendo a rabiar. Y fui muchas noches, y siempre me ocurrió lo mismo cuando aparecía el ángel.

No podía explicarme cómo ese ser de blancura inmaculada podía volar en redondo y caer después sobre las tablas, suavemente, como una paloma.

No indagaba en el secreto. Los ojos desorbitados, simplemente murmuraba ¡qué maravilla!

Genaro tuvo que darme un golpe.

—Mirá que sos estúpido, ¿no te diste cuenta de que cuelga de una soga?

Esa noche habíamos llegado a la función-estreno con Genaro, Manuela y su séquito. En palco aparte se acomodaron los mayores.

Diligente y pizpireta como era, Manuela ofició de anfitriona y nos fue ubicando. Era su palco. Mercedes a mi lado, y a continuación Genaro junto a la señorita amor-imposible Catalina Benavídez, tal como yo se lo había pedido a mi hermana. Ni lo sueñes, fue su reacción, a Cati no le gusta tu amigo, dice que es un petulante. Pero le dio el gusto. Apenas tomó asiento, la bella ignoró a Genaro. Él se inclinó para decirle algo, pero ella volvió a ignorarlo, y comenzó a aplaudir ¡bailan los Cañete!, ¡bailan los Cañete!, con una vocecita de pito.

Genaro puso vista al frente y exclamó:

—Deploro las exteriorizaciones de mal gusto.

—Te trata como a un trapo de piso —le susurré al oído.

Parecía a punto de estallar. Yo insistí.

—También tu ocurrencia, apuntar a la más bella de Buenos Aires.

Reaccionó:

—¿Acaso tendría que hacer como vos, y apuntar a la más fea?

Le puse un codazo en las costillas.

—La más bella está en aquel palco, ¿la ves? —y con las cejas me indicó hacia dónde debía mirar.

Viejo y olvidado tormento. Allí estaba mi tía Agustina Rosas, sin su marido, pero rodeada por otros miembros de la familia Mansilla. No la veía desde el bautismo de su primer hijo, Lucio Victorio. Me incorporé para saludarla. Ella levantó una mano enguantada y me dedicó una sonrisa. Quedé embobado.

—Mujeres hermosas —exclamé—. ¿Quién puede con ellas?

—Cualquiera menos yo —murmuró Genaro.

De golpe me encontré diciéndole:

—Necesito ver a Simone.

Iba a contestarme cuando irrumpió la banda en la pista con todo su estrépito.

A sala llena comenzó el espectáculo. Apenas pudimos escuchar lo que anunciaron las comparsas de volatineros y autómatas.

El espectáculo me excitaba en todos los sentidos. Para borrar a Simone de mi pensamiento le apresé una mano a Mercedes, y se la tuve apretada hasta que los acróbatas, enfundados en mallas blancas y bajo el redoble de los tambores, comenzaron a construir la pirámide humana jamás vista por nuestras latitudes.

Eran muchos. A una velocidad increíble, fueron trepando unos sobre otros, formando círculos. El redoble incrementaba el suspenso. Cuando le tocó trepar al último, un niño de bonete rojo y borla, los tambores cesaron el repique. Todas las cabezas quedaron tiradas atrás, mirando, sin respiración, sumida la sala en un silencio compacto.

El niño ascendía por la pirámide de carne.

Fue fácil al comienzo. Al llegar a la altura de los dos últimos acróbatas, se detuvo. Tomó aire. Luego, puso un pie en una rodilla, luego el otro en no sé dónde, se tomó de una cabeza y dando un levísimo envión alcanzó los hombros de los que tenían que sostenerlo por los tobillos. La pirámide osciló.

Un oleaje que había comenzado desde su misma cúspide fue bajando por cada músculo visible bajo las mallas blancas. La tensión al máximo.

Cuando parecía que el equilibrio se había roto definitivamente, y no quedaría más que un escombro de acróbatas sobre la arena, hubo una especie de balanceo en contrario y recuperaron la vertical.

Finalmente, desde allá arriba, a casi diez metros de altura, libre de manos, el niño se quitó el bonete y saludó al público. La sala estalló en aplausos.

La pirámide se deshizo en un abrir y cerrar de ojos.

—Por un momento creí que caerían al suelo —exclamé.

—Lo hacen a propósito —dijo Genaro—. Ojalá se hubieran caído todos.

Durante esos dos últimos años, el recuerdo de Simone había sido una estaca en la boca de mi estómago. En algunas ocasiones recalé en la mancebía de la Parda. En otras, con amigos ocasionales, deambulaba por fondines de mala muerte, donde había negros tocando la guitarra o el acordeón. En la pista giraban las parejas. La risa de las mujeres sobresalía por encima de la música. En la puerta había un permanente empujón de borrachos buscando pleito. Pero el recuerdo de Simone me impedía avanzar, y el miedo acababa por troncharme las ganas.

Pronto comenzaron a decir: a Juan lo pierden los salones, las fiestas, el mujerío extranjero, sin conducta ni escrúpulos.

Asistía a cuanto sarao había en la ciudad, fuera en casa decente o de las otras, los burdeles, donde por un determinado precio se podía acceder a salitas privadas con divanes de seda y poca luz.

Desde vaya a saber qué campo o despacho, Juan Manuel me hizo llegar su reproche: la conducta del fiestero irresponsable sirve al adversario.

Yo era el centro en las reuniones. Bebía, cantaba, tocaba el piano, recitaba a Shelley de memoria y, cuando el licor comenzaba a avivar mi inspiración, era capaz de atreverme con largos párrafos de las *Décadas* de Tito Livio o, mejor, de Tibulo las *Elegías*, dichas en mi latín acriollado y deplorable, proeza que me granjeaba no pocas simpatías femeninas.

—Es jovencito, pero bien pícaro —decían.

A la hora del baile solían compararme con tío Prudencio, bailarín consumado de gato y buen zapateador para el malambo, experto en relaciones picantes; y hasta podría decir el inventor del minué federal.

El ritmo del vals me desbordaba. Apenas lo oía era imposible sujetarme el cuerpo, sobre todo si había empinado un par de ginebras. Ocasión en que me lanzaba a la pista, inclusive solo. El vals podía conmigo. Simone me enseñó a bailarlo.

Con locura, yo extrañaba el hálito en torno a ella, el curso lento de sus miradas, la temperatura de su piel, abriéndose, para recibir todos mis jugos.

Fui libre y feliz a su lado. Nos quisimos sin tener que luchar contra los prejuicios. Sin necesidad de dar explicación alguna, ni a nosotros mismos. Pero por encima de todo, aún me sorprende el hecho de que, habiendo sido tan joven, tuve la capacidad de responder y entregarme a aquella pasión.

No me perdieron los salones. Me perdió no poder acomodarme en la vida que se me imponía, y empeñarme después en buscar desesperadamente la respuesta en el sitio equivocado.

Simone me marcó. Me dormía llamándola.

En dos ocasiones intenté visitarla. No medí situación ni consecuencias.

La primera vez ensillé antes del amanecer y partí solo. Recuerdo que fue a fines de agosto y, a poco de andar, me sorprendió una de esas tormentas que se sacuden sobre Buenos Aires, capaces de hacernos creer que ha llegado el fin del mundo. Por un momento, sentí que el viento de la sudestada me levantaba del suelo con caballo y todo. Tuve miedo. Truenos y rayos explotaban sobre mi cabeza. El caballo se asustó. Me perdí. No se veía ni a una cuarta de distancia. Creo que comencé a girar en redondo, empapado, tratando de encontrar el camino. Cuando quise acordar estaba otra vez en las puertas de la ciudad.

En la segunda ocasión fue una patrulla de milicos a la altura del arroyo Morón. Se empeñaron en saber qué asunto me llevaba por allí a esas horas de la madrugada, que los papeles, que quién era yo y por qué. Fui a parar al cuartel de carabineros de donde me rescató un lugarteniente de mi padre, ya entrada la noche.

El dolor de no poder llegar hasta ella redobló mis ataques. Nunca supe cómo llamarlos, ¿ataques de qué?, ¿de miedo, de nervios, de angustia? Cuando ña Cachonga y mi abuela lo advertían, rápidamente instalaban a Mongo en mi cuarto. Él me soplaba la mollera, para ahuyentar así los malos espíritus de mi cabeza.

Cachonga se daba tiempo para cuidarme:

—Es la pata de cabra que te vuelve, mi niño.

Tal vez fue mi precocidad en el aprendizaje de la pasión lo que hasta ese extremo me marcó.

Mongo fue el primero en decirme que yo llamaba a alguien en sueños. A un tal Simón, dijo.

Mi suspiro lo alertó. Ah, si supieras, mi querido Mongo… pero no terminé la frase. Hubiera usado todas sus artimañas para arrancarme el secreto.

Una noche, mis propios gemidos me despertaron. Él encendió rápido la lámpara. Yo salté de la cama, y me encontré con esa baba viscosa que se escurría por mi vientre. Mongo me tendió un lienzo.

—Limpiate, mi amo —me dijo. Me decía mi amo cuando mis debilidades afloraban en toda su crudeza, dejándome indefenso. Cuando se me cerraban los caminos, él me decía mi amo.

Esa noche me dio a beber una infusión pestilente que, según su entender, era especial para los estados de gran calentura.

—Sabe a bosta de yegua —le dije.

—Casualmente.

Y comenzó a soplarme, suave, hasta que alcancé el sueño.

El batir de un tamboril me despertó abruptamente una mañana. Mongo bailaba por mi cuarto, al ritmo de un parche que percutía con los dedos.

—Ya tengo la solución a tu problema —exclamó.

Con el tamboril colgado en bandolera movía cintura y piernas por un lado, hombros y torso por el otro, como piezas despegadas de su cuerpo. Aumentó el ritmo y yo me senté en la cama.

El baile lo fue transformando. Brilló de pronto, colgado del aire. Ya no era sólo él, sino toda su raza bailando, la expresión de su sangre y su tierra liberándose a través de la danza. Saltaba, se quebraba, hacía piruetas, giraba, cada centímetro de su piel oscura una válvula de escape a siglos de opresión y azote.

Yo sólo podía pensar: está vivo, Dios mío, a pesar de todo está vivo. Abrió grandes los ojos, y después de un giro descomunal, comenzó a cantar.

—Barum tá, buero tá, tacua tá, banguela tá, cabunga tá…

Cada vez más fuerte y más rápido, golpeando sus plantas desnudas contra el piso: tacua tá, tacua tá, tacua tá… muebles y paredes contoneándose al ritmo de su cuerpo.

Tengo la solución a tu problema, me había dicho. Y entendí.

En el recuerdo, veo caras asomadas a mi puerta y voces preguntando ¿qué está ocurriendo aquí, qué es lo que pasa? ¿Qué dirá tu padre cuando se entere? ¿Qué dirá misia Encarnación a todo esto?

Patios y salas trajinados por secretarios, visitas, comandantes, edecanes, pedigüeñas, todos quietos de repente escuchando, preguntándose si esa algazara bullanguera realmente pertenecía a la casa.

Mi padre nos había enseñado que los negros merecían la misma consideración y respeto que los blancos. Y dio el ejemplo. Él fue quien nos llevó a mí y a Manuela por primera vez a los barrios del Tambor, cuando las naciones y sociedades negras en conjunto resolvieron otorgarle el pomposo título de Rey Blanco del Imperio del Color, y lo sentaron en un trono, flanqueado por el rey y la reina de la nación banguela. Juan Manuel departió con ellos con la misma cortesía con que trataba a los ministros extranjeros. La diferencia era que a éstos, secretamente, los descalificaba, mientras que los negros contaban con toda su estima.

Asistí indiferente a la ceremonia. Sólo acaparó mi atención una ronda de mujeres de hombros movedizos, envueltas en túnicas rojas, que al bailar se arremangaron las faldas más allá de los muslos.

¿Qué podía decir Encarnación —madre enérgica y decidida— si por esos días ella misma había terminado convirtiendo mi casa en permanente fiesta parroquial, comité de pobres y estación de trueque: comida y trabajo a cambio de información y lisonja?

Quién otra sino mi madre fue la primera en rescatar del maltrato y el menoscabo a esa masa analfabeta y sumergida de gauchos, negros, compadritos, mulatos y zambos, para transformarla en una verdadera retaguardia y sostén de sus fines políticos. Llegó a conocer de cada uno de ellos no sólo su procedencia, sino su nombre de pila. Ellos la llamaban Madrecita.

Encarnación les enseñó a defenderse del amo autoritario, a aprender un oficio, y a las mujeres a parir en condiciones de higiene. Les marcó un rumbo, una forma nueva de vivir. Ellos le respondieron con la lealtad más absoluta.

Fue por amor a misia Encarnación, y porque ella los organizó y dirigió, que se pusieron al servicio de los intereses de la causa federal de mi padre.

Veinte mil negros había entonces en Buenos Aires, organizados por nacionalidades: congos, minas, mandingas, mozambiques, banguelas; desparramados por los arrabales en innumerables colonias libres, donde todavía conservaban usos y jerarquías traídas desde sus aldeas africanas.

Desde que tengo memoria, no hubo domingo o día de fiesta sin ese horizonte lejano de tambores que atronaban día y noche. Y ahí andaba yo por la casa como un suri, el cogote estirado y una pregunta en las cejas, hasta que la abuela me explicaba: es el candombe de los negros.

—Son los negros que festejan a sus dioses salvajes —me decía.

Lo descubrí en su plenitud esa mañana en que me tizné la cara e instalé el candombe en mi cuarto; Mongo abrió para mí la puerta a un mundo palpitante de vida, poblado de ritos y bailes, de reinas y reyes negros.

—Tacua tá, tacua tá, barumba tá, banguela tá…

Un mundo que domingo a domingo me recibía en sus brazos, y a los que me entregué de la única forma que yo sabía entregarme, y me fueron preparando para el gran carnaval de mi historia.

—Nunca me enseñaste cómo hacerlo —y salté de la cama y me puse a imitar sus pasos.

—Soltate, Juanito, soltate —cantó sin dejar de bailar, imponiendo el ritmo a sus palabras—. Gritá, Juanito, gritá. Saltá, Juanito, saltá… Tacua tá, tacua tá…

Enloquecí, me desmembré, giré, caí y reboté, feliz, quizá. Pensando yo también estoy vivo.

—Barum tá, hambuero tá, longo tá, gungan tá…

Entregados a la danza, comenzamos a improvisar sobre la letra de esa canción que, por más de un siglo, venía rodando el continente en boca de los negros.

—Te presto mi risa.

Yo le contestaba:

—Te presto mi fuego.

Y él:

—Te presto mi ritmo.

—Yo te celebro.

—Yo te celebro.

Salimos al patio, del patio a la calle, y bailando hicimos dos cuadras hasta llegar a la casa de los Lastra.

—¿Está Genaro?

Cuando volví a mirarlo aplaudía con un entusiasmo poco habitual en él.

—Los Mágicos son servidores de Satanás —exclamó.

Ataviado como un mago, el ilusionista de la troupe había adornado sus juegos con palabras extrañas, al tiempo que desplegaba una habilidad extraordinaria para realizar trucos, ciertamente asombrosos. Caí en la cuenta que era el mismo hombre que había hecho de diablo.

Pero nada como las magias de mis amigos negros.

La primera gran experiencia, lamentablemente, acabó en escándalo, por culpa de los vahos pestilentes que salieron de aquella marmita.

Las rondas habían comenzado apenas cayó el sol. Mataron un gallo y se embadurnaron la cara con su sangre. Mongo me recomendó no beber de la vasija que venía pasando de mano en mano. Pero apareció frente a mis narices, y por cumplido acepté beber del mejunje que me supo a pasto y frutas. Mongo trató de apartarme de las rondas. Hay que descansar, me dijo, tirate al suelo, mi amo. Pero yo no podía dejar de moverme.

Cuando Mongo le explicó a la reina banguela que había que cuidarme, ella no le prestó atención, y siguió golpeando con su bastón en el piso de tierra. Cuando vio que se me salían los ojos, Mongo le dijo, es el hijo de la Madrecita, misia Encarnación. Entonces aparecieron dos negros grandotes que en andas me transportaron hasta un cuarto vacío, iluminado por un altar de velas.

Allí entré en trance y tuve extrañas visiones. La alarma empañó la ceremonia, pero no al extremo de interrumpirla. El silencio se hizo cuando llegaron los milicos.

—El hijo de la Madlecita se muele, ¡se muele!

El lamento atravesó el barrio y trepó las calles. Ni siquiera la reina banguela con sus conjuros pudo aliviar mis convulsiones. A punto de tragarme la lengua, los ojos echados atrás, bañado en sudor, me encontró mi madre, que llegó acompañada por el doctor Lepper.

—¿Borracho?

—Yo no diría eso.

Con alucinaciones, diarrea, insomnio, pasé varios días. A Mongo se le secaron los pulmones de tanto soplarme en la mollera. Ña Cachonga corría con sus tecitos de yerba santa. Yo los miraba a través de la vieja burbuja.

Les dije:

—Los ángeles han regresado. Ahora me pondré bueno.

UNA MUJER Y UN PÁJARO

Envuelta en sedas azules, una presencia extraña me miraba.

La descubrí al otro lado del pajonal, junto al río, y tuve que abrir y cerrar los ojos para convencerme de que no se trataba de una jugarreta de mi imaginación, o de uno de esos espejismos que remonta el desierto para engañar al caminante. No, no lo era.

Me erguí de golpe y apartando las ramas salí al medio del camino. Compuse un gesto entre gracioso y soberbio, como diciéndole mirémonos así, de frente, no te tengo miedo. Y llamé a Mongo.

Estaba ocupado asando esos sábalos.

—¡Vení, te digo!, alguien nos observa.

En el momento que llegaba para mirar, oímos un leve chasquido y enseguida, un aleteo fuerte, como si el monte se abriera en pedazos rumbo al cielo.

Instintivamente nos agachamos. Más veloz que una mirada, emergió del pajonal un abanico de plumas. Amenazante, el halcón sobrevoló nuestras cabezas, batió las alas, se elevó en el aire, y desde la altura se dejó caer a la velocidad del rayo, las alas pegadas a los flancos. Creí que iba a aplastarnos. Pero a escasos metros de nuestro asombro, en el que no habíamos tenido tiempo de ponernos a salvo, el ave detuvo en seco su vuelo en picada, planeó manso, y como un gorrión fue a posarse sobre el guantelete que protegía el brazo de la niña, que no se había movido, que no había dejado de mirarnos, imperturbable.

Una mujer y un pájaro. La imagen no correspondía al paisaje. Tampoco la mujer era una mujer. De lejos, la silueta me confundió. De cerca, sólo era una niña.

—Nada es lo que parece —balbuceó Mongo, dominado por el susto. Reaccionó cuando comenzó a oler a quemado. Adiós almuerzo, se lamentó.

Ella seguía quieta, alimentando vaya a saber qué pensamientos. Y en su mano, protegida por el guantelete de cuero, posado el pájaro.

Era un halcón peregrino, blanco, que meneaba la cabeza tratando de quitarse la capucha emplumada que ella le había colocado en un rápido movimiento.

Pero no vimos el cuchillo que la niña dejó caer, empapado en sangre. Tampoco el hueco donde yacía la pequeña liebre despanzurrada. Menos imaginar que la sangre y esas vísceras le habían revelado un mensaje. Me lo contó después.

—Es Florentina —murmuré—, la domadora de pájaros.

A lo largo de los siglos, el pajonal había mecido el aire, y habían volado eternas las arenas en la tormenta, bajo soles obstinados. Pero ese gesto estaba allí desde el comienzo, señalando un destino —el destino que siempre te alcanza—, el de la niña, que se internó por los pajonales junto al río, con su pájaro, y un cuchillo en la otra mano.

Viví, morí, y volví a nacer al cabo de los tiempos. Y nuevamente viví y volví a morir bajo otros nombres, otro sexo quizá. Circunstancias todas que creí haber olvidado. Sin embargo, en un segundo incierto, después de tantas existencias, sin importar quién entonces, cómo y por qué, giré los ojos sobre aquel instante y supe, sin saberlo, que de alguna forma yo conocía a esa niña… Volví a sentir sobre mi brazo —memoria inescrutable— el peso noble de las garras y el meneo inútil del ave, tratando de liberarse del capuchón emplumado.

—Es ella —le dije a Mongo.

Florentina había leído el dictamen en las vísceras de la pobre liebre. Tanto ella como yo trataríamos de ignorarlo, fieles a nuestra naturaleza denodada.

Pero estaba escrito.

El forcejeo del pájaro se tornó insostenible. Entonces, ella le soltó la traba del capirote, y luego la argolla que le sujetaba una de las patas.

—¿Tienes hambre? —le preguntó—. Ve a buscar tu comida —y levantando la voz ordenó ¡ras!, al tiempo que la empujaba al vuelo.

Yo miraba boquiabierto. Mongo divertido, pero alerta.

—¿Domadora de pájaros dijiste?

—¡Ras! —repitió la niña, prolongando la ese entre los dientes.

A la señal, y el halcón se elevó majestuoso. Ya alto, comenzó a balancearse, la cabeza inclinada a un lado, luego al otro. Ella miraba —nunca se cansó de admirar la maravilla del pájaro en el aire—. Planeó, descendió, y enseguida una batida de alas y otra vez estuvo alto.

La planicie sin término, el río, las arboledas a lo lejos, torres y campanarios. Hubo un ojo arriba, que lo vio todo. El halcón buscaba, olfateaba.

Volando desprevenido hacia la trampa, apareció un punto en el espacio. El halcón se alejó, giró, midió el ataque. La gaviota lo descubrió. Pero, rápida, la púa cazadora le cayó encima. La gaviota, sin embargo, abrió otra vez las alas e intentó escapar. Un par de garras infalibles se lo impidieron.

Victorioso, triturando, el halcón comenzó a descender, sin soltar su presa ya moribunda.

Por encima del forcejeo y el pico que escarbaba, se oyeron cascos cercanos. Nos volvimos para mirar. Al galope tendido varios jinetes cruzaron los pajonales.

Cuando miré otra vez, Florentina había desaparecido.

—¡Domadora de pájaros!

Mongo no salía de su asombro.

—Tenemos que encontrarla, no puede haberse ido así.

Yo zigzagueaba apartando matas; saltaba buscando el horizonte, la mancha azul de la seda, el halcón por el aire. Nada.

Corriendo por los atajos llegamos a la ciudad. Mongo se lamentó: se veían lindos los sábalos. Enfilé directamente al hotel de Faunch.

—¿El señor Boniface y su hija? Tengo entendido que actúan esta noche.

La señora Faunch me miró con recelo. Terminó de secarse las manos.

—Se han retirado —exclamó—. Hoy mismo viajan a Colonia.

Me quedé un momento indeciso.

—¿Y ya no actúan? —le pregunté, todavía acezando.

—Han hecho reservas para el próximo viernes.

—¿Actuarán entonces…?

Desalentado, me despedí. Cruzamos la Recova, a esa hora atestada de gente. Debo ayudar en la cocina, se excusó Mongo y comenzó a alejarse. ¡Momento!, le grité, ¡allá van!, y lo arrastré conmigo.

Al otro lado de la plaza vi sobresalir la cabeza inconfundible de Zozó Boniface y junto a él, por un instante, un retazo de seda azul. Comencé a correr. De mala gana, Mongo me siguió. Van al Parque

Argentino, grité esquivando, tropezando, tratando de no perder de vista esa cabeza, pero inesperadamente subieron a un carruaje.

Su rumbo no podía ser otro más que el Vauxhall. No digas Vauxhall me hubiera corregido la abuela, así lo llaman los ingleses. Es Parque Argentino. Emprendí otra vez la carrera. Mongo gritó estás loco, amito, y se plantó. Seguí corriendo. El carruaje de capota verde había desaparecido, y empezaron a ralear las casas. Finalmente, avisté las arboledas que rodeaban el teatro. Me detuve para tomar aliento. Crucé la empalizada y a paso rápido tomé el sendero principal del parque. Un par de jardineros se incorporaron al verme. ¿Vieron entrar al señor Boniface? ¿A quién...? Un carruaje de capota verde... No hemos visto a nadie. Nadie ha entrado.

—Pero los vi venir hacia aquí.

—¿A quién vio venir?

Llegué a la puerta del hotel, hice coraje y entré. El portero me detuvo. Busco al señor Boniface, entró aquí hace un momento.

—El señor Boniface canceló la función. Actúa el domingo próximo.

—Pero es que lo vi venir hacia aquí.

—Está equivocado, joven.

—Tal vez está en algún salón, o en el galpón del teatro...

—El señor Boniface estuvo anoche aquí, casualmente para avisar que un imprevisto le impedía...

El desencuentro fue el sello de mi relación con la domadora. Debí adivinarlo.

Al comienzo no pude distinguir qué era más fuerte, si mi interés por la niña o mi interés por el pájaro. Ambos me deslumbraron.

Nunca antes había visto una piel así de transparente, una melena que de tan rubia parecía blanca; los bucles largos cayendo más abajo de su cintura. No sé si era bella, aún hoy no sabría decirlo. Tal vez los colores. Una muñeca de nácar envuelta en sedas azules. Y el pájaro poderoso, soberbio, con ese capirote adornado con plumas de faisán, tornasoladas.

Fue un impacto de hermosura. Estaba escrito. En el teatro, nada iguala en belleza a la tragedia.

Llegué sin aliento a la casa y me desmoroné en una silla. Todo el que pasó por allí tuvo algo que decirme. ¿Y Juanito, otra vez en trance? ¿Qué le pasa a mi niño?, preguntó ña Cachonga todas y cada una de las veces que entró y salió del comedor —hemos hecho tu plato favorito—. Y la abuela: ¿te sentís mal? Mi madre fue la más drástica: cuando este muchacho se pone así me dan ganas de zamarrearlo.

Lo viviría otra vez, repetiría el riesgo, el escándalo. No me importa. Sólo volver a sentir la emoción que me inundó cuando la descubrí cerca del río y tuvo la gracia de borrar todo lo que representaba mi padre: la ley, el rigor, la obediencia. Hasta el miedo se esfumó de mí.

Sin embargo, daría mi vida por cambiar el final de esa historia.

Recobré la fuerza, e invadido por una sensación de libertad —desconocida hasta ese momento— fui en busca del piano. En la sala estaba Manuela.

—Qué bueno encontrarte —le dije, pero era la música lo que buscaba y comencé a tocar. Se acercó y me puso un beso en la frente.

—Cantemos —le pedí.

Pegó un par de saltitos y se ubicó al otro lado del piano. Sin preguntarle arremetí con los primeros acordes de la cavatina "Una Voce Poco Fa", de *El barbero de Sevilla*. Sin dejar de cantar, nos mirábamos y nos sonreíamos.

—Se te ve feliz —exclamó después.

—Sos la primera en saberlo.

—¿Saber qué?

Imposible una respuesta. Antes de salir corriendo, la abracé muy fuerte. Me gritó: te quiero mucho.

—Yo también, Manuela.

Fue un torbellino. Aquellos días y los que le siguieron viví rodeado de visiones, imágenes de un mundo del que sólo mi corazón podía hablar. No pisaba, no dormía, cruzaba la ciudad arrastrado por un color, un sonido, quieto de pronto, y despertaba junto a una pila de frutas al sol, en medio de la Recova. Tomaba una manzana, la frotaba en mi manga y la mordía. Masticaba dulzura, luz, cáscara roja. Masticaba lluvias, hasta llegar a la semilla.

Una manzana en la Recova, y brilla la moneda que dejo caer sobre la palma que la atrapa y se cierra.

Buenos Aires es una ciudad que bulle, y yo mastico y miro. Vendedores callejeros, negras culonas, chiquillos gritando, jinetes, carruajes, caballeros, rameras. Y la procesión de lavanderas mulatas, con grandes bultos sobre sus cabezas, camino del río.

Soy yo. Pero no estoy enamorado. Es más que eso. Es la libertad y la vida. Sentimiento reverente que me han trasmitido Florentina y su pájaro.

293

Se me da por reír y me observan. Estoy solo. La gente desconfía de los que ríen en soledad. Qué importa. Me río. Con ganas me río. La ciudad se estira, se contorsiona, no pierde el pulso. Pasa un pelotón de soldados enarbolando la insignia punzó.

Mi padre llevaba largos meses acampado junto al arroyo de Pavón. Todos los días se rezaba el rosario, dirigido por el general Manuel Corvalán, guerrero de la independencia y edecán de mi padre.

Todavía en Pavón, para el Nueve de Julio, junto a su ejército, celebró la fiesta patria con misa al raso y Tedéum, seguido de banquete.

También con banquete y baile había festejado el general Paz el aniversario de la batalla de La Tablada, brindando sobre los huesos de los miles de federales que allí cayeron.

Cuando Paz fue desplomado por la boleada fatal, precipitadamente, se desmoronó su dominio en el Norte. Ninguno de sus oficiales quiso hacerse cargo de la responsabilidad que les cabía, y el general Paz llamó miserables a sus colaboradores unitarios. No sólo los llamó miserables sino también cobardes.

Aparentemente, la guerra había concluido: Lavalle refugiado en Montevideo. Paz prisionero de Rosas.

"Así terminó la contienda", comunicó Woodbine Parish al Foreign Office, a mediados del año treinta y uno. "Así terminó entre los partidarios de las facciones unitaria y federal. En realidad, una lucha de la masa del pueblo contra una fuerza militar que se rebeló contra las autoridades legítimas, y fusiló a Dorrego. Se necesitaron dos años de lucha para concluirla satisfactoriamente, y se requerirá tal vez un tiempo más largo para reparar los daños causados."

Parish no se equivocó. En el Norte, los generales unitarios se negaron a entregar las armas, y amenazaron con precipitar la anexión a Bolivia de Salta, Jujuy y Tucumán. Y aunque el armisticio se firmó igual, el general Alvarado escribió al presidente de Bolivia, Santa Cruz, pidiéndole que se hiciera cargo de esas provincias "cuyos vínculos con la República Argentina han quedado de derecho disueltos. Hágase usted cargo de estos pupilos, en obsequio a la humanidad y a la civilización".

—Pedazo de canalla el Alvarado —explotó mi padre—. Antes que aceptar el triunfo federal en el Norte prefiere ponerse bajo la protección de Bolivia —y agregó—: El odio que me tienen es más imperativo que el amor a la patria.

Hubo otros generales comprometidos en el complot: Acha, Lamadrid y Deheza.

Pero no había ya intrigas ni guerras para mí. Estaba lleno de música, y me enteré que era mi cumpleaños porque esa mañana ña Cachonga me despertó con besos, una vela encendida y un plato con miel. Es tu día mi niño, me dijo, y acompañado por Mongo, Franklin y Pedro me hundieron en una tina de agua caliente. Habrá fiesta, aseguró Manuela. Sólo quiero una fogata, pedí. San Juan Bautista fue el veinticuatro, me recordó. No importa. Caminaré sobre las brasas sin mirar la fecha.

Y Mongo:

—No olvides pintarte las rayas blancas.

Esa noche —Encarnación me había regalado una chaqueta de pana azul, igual a la de mi padre—, de a uno, vi que todos iban desapareciendo por el fondo, y comencé a oír el crepitar de las ramas abrazadas por el fuego. Me quité los botines, las medias, cerré los ojos y avancé, los brazos extendidos. El calor me guió.

Más a la derecha, no tanto. ¡Cuidado, Juanito! Reunidos en un claro de tierra entre el último patio y la quinta, mi hermana, primos y tías habían preparado el escenario. Ya que vas a caminar sobre el fuego, me pregunto por qué no abrís los ojos. Reconocí su voz, tía Mercedes, exclamé. Abrí los ojos entonces. Prefiero así, tía Mercedes, quema menos si no lo miro… Ay, este muchacho, cada día más loco. No se queje, usted misma me ha dicho que, de todos los sobrinos, soy el único que le da argumento para su novela.

Eran los nervios los que me obligaban a hablar. Un paso, otro. La onda de calor me llegó a la cara.

No pensé en ella ni en el pájaro. Bajo mis párpados, muy apretada, sentí palpitar la vida. Pulso que se abrió en ondas brillantes sin encontrar los márgenes. Y todo el espacio detrás de mis párpados cerrados.

Cuando pisé el primer carbón los apreté más aún. Vi el fuego sin abrirlos. Y caminé sobre la alfombra de brasas, despacio, elegante, los brazos en alto.

Ya en tierra fría y seca caí de rodillas y comencé a gritar como loco.

¿Te duele? Pobrecito. Ahora vamos a tener que curarlo. Pero las plantas de mis pies estaban intactas. Seguí gritando sin embargo, hasta que alguien me pegó un coscorrón en la cabeza.

—Me asustaste, ¡por Dios, por qué siempre tenés que asustarme!

—Pero, madre, sólo con gritos se saca el fuego de adentro.

La primera en imitarme fue Manuela y en fila la siguieron todos. Mongo lo hizo corriendo. Algunos desertaron a la mitad. Mi novia Mercedes no pudo, el fuego me aterra, exclamó.

Inevitablemente, el episodio llegó a oídos de mi padre, todavía acampado en Pavón. Mi hijo lo hizo para divertirse —le respondió al que le fue con el cuento—. Yo hace años que camino sobre una alfombra de brasas, y nadie me aplaude.

EXTRAÑA AMISTAD

Desbordó de público el circo del Parque Argentino. Mil quinientos pares de ojos vieron aparecer en el escenario a Zozó Boniface echando llamaradas por la boca. Comió estopa ardiendo, tragó piedras, cuchillos y cristales. A un costado el bullicio de la banda y los volatineros; al otro, los autómatas, y por encima el destello de los fuegos de artificio.

El hombre incombustible pidió silencio. Tomó de encima del brasero una barra de fierro al rojo, la lamió un par de veces, y después de pasarse la barra por varias partes de su cuerpo desnudas —"sin que le ofenda", tal como rezaba el cartel del anuncio— con ademán teatral la arrojó a un extremo de la pista. Para detener los aplausos levantó otra vez los brazos y el tambor atacó con un redoble. Él chasqueó entonces una mano en el aire, y al hacerlo apareció fuego en la punta de sus dedos —porción de espíritu ardiente—. El asombro ganó la sala cuando acercó el fuego a sus labios y se comió la llama. Chasqueó enseguida la otra mano, brotó nuevamente el fuego en sus dedos, y volvió a comérselo.

Estallaron los aplausos.

—El secreto está en el ritmo que le impone al espectáculo —le dije a Genaro, que aún no había partido en busca del ejército de Lavalle.

Todo ocurría a tal velocidad que no daba tiempo a pensar. Fue así que no supe en qué momento apareció ese gran huevo sobre la mesa. Por un instante, Zozó lo cubrió con un cono enorme. Al levantar el cono, apareció una niña en lugar del huevo. Una niña azul, sosteniendo un pájaro en su brazo.

Luego del estupor, la gente aplaudió. Yo caí despatarrado en la silla.

Genaro no pudo con su genio:

—Sos el perfecto ignorante que se cree todo lo que el mago hace.

—No me distraigas.

—¡Ras!

Reconocí la orden. Ras, repitió, y como una flecha el halcón peregrino alzó el vuelo. Mucho antes de adivinar lo que iba a ocurrir y a una velocidad extraordinaria, limpiamente, el pájaro me arrebató la gorra que tenía sobre la falda. Cuando volví a verla, mi gorra estaba entre las manos de Florentina.

La sorpresa enmudeció al público. Yo había quedado duro.

Ella le tendió la gorra:

—Retórnala al caballero —exclamó, y el ave la tomó con el pico.

Su voz pequeña y grave abarcaba toda la sala:

—Retórnala, Ajna.

Con la gorra colgando del pico, el halcón nuevamente voló, giró en redondo, y siguió girando en círculos cada vez más amplios. Todas las cabezas giraban siguiendo el vuelo del halcón.

Se elevó, planeó un par de segundos, pisó el aire y como piedra se dejó caer, exactamente sobre mi cabeza, donde soltó la gorra.

No alcanzó a tocarme, pero sentí el pantallazo rudo de sus alas en mi frente.

La gorra cayó al suelo. Me agaché para recogerla. La gente aplaudía y gritaba bravo, ¡bravo!

A pesar de haber sido yo el protagonista, me cuesta creer lo que siguió. La sorpresa fue tal que después tuve que preguntarle a Genaro lo que había ocurrido. Entonces, yo le decía no puede ser, no puedo creerlo, y él volvía a contármelo.

—¿Estaba el pájaro con ella, Genaro?

—No, tampoco sé dónde lo dejó. De un salto abandonó el escenario, corrió, y cuando te miré tenías a la niña colgada del cuello.

—Y me besaba.

—Y te besaba. Como se besa a alguien que volvés a encontrar después de mucho tiempo.

Los ojos, las mejillas, la boca, el cuello, me besaba la niña y decía palabras entre beso y beso. Me vi obligado a sostenerla, es decir, a abrazarla, de lo contrario hubiéramos rodado.

—¡Un papelón! —exclamé.

Genaro escupió su risita:

—Al contrario, fue lo mejor del espectáculo.

—¿Y después?

—¿Tengo que contarte todo de nuevo?

Yo también pensé que ese rapto de cariño, por decirlo de algún modo, de euforia, no sé, acabaría pronto: disculpe, lo confundí con… Pero no. Florentina incrustó su boca en mi mejilla y se negó a soltarme. De su garganta brotaba un extraño quejido. Pero se mantenía firme, los brazos bien anudados a mi espalda, y sus labios cubriéndome de besos.

Creo que pedí socorro. Genaro se escondía, tratando de disimular el ataque de risa. Todos nos miraban.

Por fin, Zozó Boniface acudió en mi ayuda.

—Florentina, vamos. Deja ya al señor. ¡Vamos!

La alzó como a una criatura y se la llevó.

Al día siguiente todo Buenos Aires conocía la historia, incluida mi novia Mercedes. Manuela me guiñó un ojo: pobrecito, usted no tiene la culpa. A mi madre no le entraba en la cabeza que una niña pudiera exhibir semejantes modales.

—Porque no la conocías, ¿o me equivoco? Eso te pasa por frecuentar la gentuza del teatro. ¡Mujeres extranjeras!

—Madre, había más de mil espectadores en el circo.

—Pero te eligió a vos.

Muy a mi pesar resolví no asistir a las siguientes funciones. Pero la intriga me atormentaba. ¿Por qué a mí?

Días después, Genaro vino a despedirse. Se incorporaba a la caballería de Lavalle, acampado en vaya a saber qué lugar del Litoral. Antes de abrazarme se cuadró.

—Estás de civil —le dije— no hagas tanto alarde.

—Estoy contento.

—¿Y por dónde anda tu jefe?

—Pocos lo saben. Después de la derrota en las selvas de Montiel, dicen que ha vuelto a la Banda Oriental.

—¿No tenés miedo…?

Solamente sonrió.

—Quiero tenerte aquí el día de mi boda —le dije—. No lo olvides.

En la puerta volvimos a abrazarnos. Lo miré hasta que dobló la esquina. Iba a entrar, cuando una niña apareció corriendo por el medio de la calle. De azul, la melena suelta, gritó ¡Juan Bautista! y vino directamente a colgarse de mi cuello. Pero esa vez el arrebato fue breve. Mejor caminemos, le rogué. Desenvuelta, se tomó de mi mano y enfilamos hacia la Alameda.

La situación me dominaba. Por fin, pude enhebrar una frase.

—Zozó no es tu padre.

—A quién le importa.

Su acento tenía un marcado dejo andaluz.

—¿Siempre sos así de efusiva con los extraños?

—Tú no eres un extraño para mí.

—¿Acaso nos conocemos de antes, aparte de habernos visto en el río?

—Mucho.

—No entiendo.

Exclamó:

—Fui a la playa porque sabía que estarías allí. Lo supe la noche anterior en un sueño. En el sueño te llamabas Juan Bautista. Es tu nombre, ¿verdad? Después, apareció escrito en las vísceras de la liebre.

—¿Vísceras? Cachonga también lo hace. Pero cualquiera pudo decirte mi nombre. No te creo.

—No te pido que me creas, sólo que seamos amigos.

Y fuimos amigos. Una extraña, loca amistad, me unió a aquella niña.

Los recuerdos se enmarañan, me confunden. Veo a la domadora de pájaros, y por detrás a mi padre regresando de Rosario, después de entrevistarse con Estanislao López. ¿Y por qué se llama Ajna, qué significa? Ajna es el tercer ojo... fundamental para ellos conversar acerca del Congreso, la Constitución y el problema del puerto de Buenos Aires. El ojo que tú no has desarrollado todavía. Y mi padre estaba de acuerdo con López en repartir las ganancias del puerto entre todas las provincias, pero volvió a dejar en claro su postura: no era tiempo de constituir el país. Desde lo alto, me gustaría mirar la llanura desde lo alto, le dije, como la mira tu halcón.

Estaba en su despacho con Tomás de Anchorena.

—La paz no está consolidada, y temo la reacción unitaria.

—Es cierto, pero el país ya está constituido de hecho —asintió Anchorena—. El propio Pacto Federal es un molde de hierro.

—De todas maneras —continuó Rosas—, la amenaza de Lavalle está ahí, a la puerta.

—Es un círculo vicioso.

—Más que eso. Una trampa.

Y Anchorena:

—Todo el pueblo entiende y acepta que la adhesión al Pacto Federal ha dado existencia a la República, menos ellos.

Y la niña:

—Un halcón puede volar a ciento sesenta millas por hora.

—¿Quién midió esa velocidad?

—No lo sé. Pero Ajna le gana al viento.

En una carta a Quiroga, Rosas reforzaba la idea: "La nación se organizará sólidamente cuando se acepte una Liga General de todos los pueblos de la República bajo un sistema de Federación que deje salva la soberanía, la libertad y la independencia de cada provincia en particular".

En respuesta, Quiroga le había escrito: "Estoy de acuerdo con usted en que, para no malograr el voto expreso de los pueblos de constituirse bajo la forma federal, esto no debe hacerse en el momento presente, sino gradualmente, para que sea el tiempo quien afiance esa obra".

Rosas insistía en exponer su argumento.

—Si vos conocés a alguien que posea la razón capaz de persuadirme, no dudaré en aceptarlo. Pero estoy convencido de que cada uno glosará la Constitución a su favor.

Anchorena lo escuchaba y asentía.

—¿No te pesa llevarlo sobre el brazo todo el tiempo?

—No. Ahora mismo lo extraño. Estoy acostumbrada —y añadió—: Para una niña de mi edad mejor hubiera sido un esmerejón o un cernícalo americano. Pero hoy, no cambiaría a Ajna por nada.

Mi padre enfatizó:

—¿Acaso proclamando una Constitución los emigrados unitarios van a entrar en juicio?, ¿desistirán de sus empresas, se resignarán con su destino...? No, mil veces no —y porque Tomás se demoró en responderle, se apresuró a decirle—: ¡Supongo que no estás esperando semejante prodigio!

—No, claro que no.

Juan Manuel sostenía que sin una Buenos Aires fuerte, política y económicamente, y a la vez resuelta a establecer la unidad de la nación, nada se podía integrar de manera estable. Para cada uno, decía, la patria sigue siendo su provincia.

Cuando Anchorena, ya de pie, comenzó a despedirse, lo tomó de un brazo y le dijo:

—Que no se te olvide, Tomás, ser federal equivale a ser argentino. Utilizaremos el federalismo como emblema de unidad nacional.

Y yo paseaba con la niña por la Alameda, conducta que la época y sus costumbres consideraron escandalosa. La murmuración se extendió por la ciudad. Y fue en ese momento que acaeció el único fusilamiento en masa, en los veinte años de dictadura política de Rosas.

Imperiosamente le había pedido a López que le entregara los

oficiales de Paz, retenidos en Santa Fe. Oficiales responsables de las masacres en las sierras de Córdoba; responsables de haber derrocado a las autoridades legítimas de San Luis, y de haber cometido iniquidades desde el poder. Acusados todos de criminales contra la seguridad del Estado, acusados de haber atentado contra el orden público, cometiendo actos de verdadero vandalismo.

Y yo paseaba por la Alameda, llevando a una niña de la mano.

Rosas los juzgó y sentenció legalmente, usando sus facultades extraordinarias. A diecisiete de ellos los indultó, y fueron fusilados los nueve restantes.

Encarnación se llevó las manos al pecho:

—Pudiste apelar a la clemencia.

—¡Pude!, es cierto. Pero verás, el menos culpable de ellos le sacó los ojos vivos a muchos federales.

Años después, los detractores de Juan Manuel cerrarían los ojos ante la matanza de Paz en la Tablada; ante los masacrados en las sierras de Córdoba; ante los fusilamientos de Dorrego y de Mesa; ante el asesinato de Villafañe, y los muertos indefensos en la campaña de Buenos Aires; ante los doscientos fusilados en masa por Lamadrid; ante la vil entrega de territorio argentino al extranjero, a cambio de armas y soldados, nada más que para derrocarlo.

Yo paseaba con la niña por la Alameda, y mi padre era declarado carnicero.

Con las alas plegadas el halcón descendía a la velocidad del viento. El sonido me recordó el rápido rasgado de un trozo de papel. Cuando volví a mirar, ya había atrapado y matado a su presa. Luego la soltó y comenzó a describir círculos a su alrededor, mientras caía. Como si se tratase de un juego, plegó de nuevo las alas, y se zambulló en el aire para volver a atraparla en pleno vuelo.

—Qué maravilla de crueldad —exclamé.

Ajna, ya en tierra, devoró su banquete.

—No es crueldad, es supervivencia —me reprochó Florentina—. Mata para comer, ha hecho lo mismo que haría si estuviera libre. Y no es el cetrero el cazador —continuó—, sino el pájaro que se provee de comida. Todo lo que el cetrero hace es enseñar al ave a tolerar la presencia del hombre.

—¿Y todos esos trucos, como el de quitarme la gorra, se los enseñaste vos?

Es un secreto, dijo. Le pedí entonces que me dejara llevarlo, y accedió. El guantelete cambió de mano, y entramos a los jardines del Parque Argentino. Yo, caminando muy solemne, con el halcón posado en mi brazo.

La acción enérgica es el arma esencial para la restauración de las leyes, había argumentado Juan Manuel, y añadió: haré uso de la plenitud de atribuciones con que cuenta el Poder Ejecutivo para combatir a todo aquel que perturbe la tranquilidad de la provincia. Y el conflicto se concentró en si se le debían prorrogar o no las facultades extraordinarias con que había sido investido.

La presión obligó a la Sala de Representantes a retirárselas.

En sesión, Tomás de Anchorena argumentó:

—El gobierno no pidió las facultades extraordinarias, la Sala las acordó espontáneamente. El gobernador Rosas ni las solicita ni las desea. Su necesidad se hace patente por los trastornos que sufre el país. Pero la Sala es responsable de su decisión. Quitad el estorbo de los que anarquizan, y el gobierno renunciará a pedir poderes especiales.

Dadas las circunstancias, la Sala se las concedió nuevamente.

Fue el año en que cayeron todos los velos: quedaron a la vista provincias despedazadas por los rencores, empobrecidas; sometidas a una zozobra constante debido a una minoría que no acababa de aceptar su destino de derrota. Minoría unitaria que, por la fuerza de las armas, pretendía imponer sus principios de intolerancia civil, convencida de que ése era el camino.

Costó sangre, pero al concluir el año treinta y uno ya no quedaban conflictos armados dentro del país. A mediados del treinta y dos, mi padre devolvió a la sala las facultades extraordinarias. Sin embargo, no estoy tranquilo, dijo, me temo que de nuevo se desaten sordamente las pasiones.

Y las pasiones se desataron. Pero él ya no estaba en el gobierno. Renunció a su reelección por razones de salud. Nadie le creyó. Todos sabían que estaba planeando una expedición a los desiertos del sur. Tres veces la sala le rechazó la renuncia, pero Juan Manuel no cambió su determinación.

El doce de diciembre del año treinta y dos, el general Juan Ramón Balcarce fue elegido gobernador de Buenos Aires.

Penosamente, en su lugar exacto, voy colocando pieza a pieza en el tablero. Por primera vez en la historia, las catorce provincias formaban una unidad auténtica.

Años después, ya cerca de mi propio final, leería lo que había escrito el señor Sarmiento: "En obsequio a la verdad histórica, debo decir que nunca hubo gobierno más popular, más deseado, ni mejor sostenido por la opinión del pueblo". Se refería a los dos primeros gobiernos de Juan Manuel.

Reducido ahora por mi enfermedad a un despojo sensible, se me llenan los ojos de lágrimas: el tremendo pasado me cae encima como una avalancha; lo que pudo ser y no fue, lo que tuve entre mis manos y desprecié, lo veo recién ahora, ya convertido en un hombre pobre y agonizante.

Mi vida fue estéril, cargado además por esa pregunta atroz y excluyente: ¿qué hice yo por mi patria? Porque no se trata sólo de empuñar un sable y salir a la lucha, abonar una idea y morir por ella. No. Patria es todo. Tal vez lo fueron también mis sueños.

Pero, ¿qué hizo mi padre por mí? ¿Qué hizo de mí mi padre?

A VECES LOS SUEÑOS

Era tiempo de desmalezar. Él las denominó podas tardías en la huerta, y lo invitó a que lo ayudara en la tarea. Francisco aceptó de buena gana. A la mañana siguiente se levantaron muy temprano, tomaron un par de mates mirando por la ventana, sin hablar, olfateando en el aire la probable lluvia. Con herramientas y unos atuendos tan graciosos como ridículos —que ellos llamaron de trabajo— partieron hacia los surcos y los setos, dispuestos a volcar allí toda la energía de que eran capaces. Y olvidar, en parte, lo que les hervía en el alma.

Después de mucho tiempo mi padre trabajaba la tierra. Una huerta en Southampton.

Todo se mezclaba en el sueño.

De repente, aparecía una muchacha que decía que yo no era Juan Bautista. Sí lo soy. No, no lo eres, Juan Bautista ha muerto.

La muchacha era rubia y llevaba un halcón posado en su brazo.

Francisco seguía esperando. Tenía conciencia de que el despliegue de actividad de Juan Manuel, como las conversaciones triviales y también las carcajadas, eran ficticias.

Lo llenó de alegría trabajar codo a codo con él.

Yo también me levantaba temprano, pero para ensillar rápidamente y, sin decir adónde ni despedirme, enfilaba raudo el camino a la ciudad. Estaba contento. Inesperadamente, mi padre había aceptado mi visita. Vengo a despedirme, le dije, hoy mismo embarco para Buenos Aires. Vaya a saber qué experiencias estará haciendo mi hijo, murmuró después mi padre. ¿Tiene prometida?, preguntaba Francisco sin dejar de maniobrar con la tijera. Claro que la tiene, es la señorita Mercedes Fuentes. ¿Y estás de acuerdo? Juan Manuel asentía —esa gordita es una joya, exclamaba— empuñando el rastrillo y otra vez la tijera de podar, manejándola con aires de maestro.

Después, buscó la pala para hacer pozos y plantar los tallos de sicomoro, que aquí se dan de maravilla, le explicó.

Cuando los sicomoros crecieron lo invitó a caminar bajo su sombra. Qué nombre tan encantador, ¿verdad? Dan una especie de higuito dulce, muy amarillo.

Francisco miraba los tronquitos amontonados en el suelo, no más gruesos que su dedo gordo. No creo que lleguemos a pasear bajo esa sombra, pensó.

Nuevamente, la niña rubia pretendió interceptar mi sueño. La espanté. Juan Manuel decía: mi árbol favorito es el sauce.

De repente, yo no era yo sino Francisco. De vez en cuando, por entre las plantas, aparecía la melena rubia.

—Pensar que Mitre, el muy canalla —explotó de pronto—, me acusa de haber desviado fondos públicos para gastos personales. ¡Tendrá que probarlo! —Francisco se enderezó.— Para colmo anda escribiendo la historia argentina, según él, versión propia. ¡Dios nos libre! Y los unitarios apoyarán y creerán todo cuanto él diga y escriba. Hasta que le robé el manto a la Virgen dirá… ¡Los liberales!, puñado de traidores —y dejaba de cavar para secarse con el antebrazo la transpiración que le corría por la cara.

—¿Y esas carpetas apiladas en tu cuarto?

—¡Pruebas, Juan Bautista, pruebas! —pero yo no era yo sino Francisco—. Copia de documentos enviados a la Sala de Representantes, asentando cada movimiento, decisión, decreto, quita o entrega, denuncias, sentencias, todo está allí. Fue lo único que me traje. Los poderes supremos no me obligaban a hacerlo, ¡pero lo hice! No moví un dedo sin que quedara registrado —tomó aliento y continuó—. Fue con fondos míos propios y de amigos convencidos de la empresa —y ya iba cavando por el tercer pozo— que realicé la campaña del desierto —revoleando ahora la tierra para cualquier lado—. Un año a cargo de mi bolsillo la tropa, pertrechos, vituallas, armas, municiones, carretas, tiendas de campaña, caballada y ganado para el consumo. ¡Todo! Un año de expedición a mi cargo y costo, porque la bendita autorización…

Francisco lo miraba extrañado: me lo cuenta como si no hubiera sido yo el que arreó doscientas cabezas desde San Serapio hasta el arroyo Tapalqué. Como si no hubiera sido yo el que hizo caso omiso de la lluvia, el viento fuerte y el frío, despistando a las partidas de indios que cosían la pampa, obligando a los baqueanos a abrir rutas en el desierto, yendo quizá hacia el cautiverio o la muerte…

La niña rubia mordía hojitas que levantaba del suelo. Le di la espalda.

Y Francisco: marchas penosas en medio de noches heladas… Como si no hubiera sido yo el que le llevó hasta el campamento la noticia de la derrota del cacique Yanquetruz, a manos de la división de Ruiz Huidobro. Como si no hubiera sido yo el que lo acompañó después a animar la tropa, repartiendo yerba, tabaco y aguardiente; último recurso para combatir el frío que nos taladraba hasta el tuétano…

Y para colmo ¡mujeres!, siguiendo la vieja costumbre de nuestros ejércitos, y a la que Juan Manuel adhirió de buena gana, pues sabía a lo que iban, y las mujeres podían hacerles a los soldados la empresa más llevadera.

A los novatos les enseñamos a cuidar los caballos, decía Francisco, a atender la escaldadura del lomo, la pérdida de herraduras. Esos animales eran la mejor parte del armamento. Cualquiera sabe que quedarse sin cabalgadura en el desierto significa la muerte.

Rostros curtidos bajo la lluvia. Gauchos y soldados dispuestos a reiniciar la marcha, alineados, dóciles a la férrea disciplina impuesta por el jefe, pendientes de su palabra. Muchos de ellos enfermos, agotados de tanto empujar carretas y piezas de artillería en los fangales, sin abrigo, escuchando su arenga: "…conquistar para la patria inmensas tierras, empresa heroica, difícil, desinteresada…" convencido y convenciéndolos del éxito de la expedición, "nadie puede ya pararnos, cueste lo que cueste, caiga quien caiga".

Y los indios pampas, imponentes al otro extremo de la línea, fieles a Rosas. Más de doscientos guerreros con lanzas. Jinetes feroces dispuestos a morir por el caudillo que respetaban, temían y amaban.

Yo soñaba dentro del sueño. Francisco me hablaba.

—Los vi entrar a buen tranco en la tierra sin límite, para batirse con los ranqueles, con los araucanos —hordas chilenas, verdadero ejército de ocupación en nuestro territorio, decía— a batirse con las fieras, la falta de agua y el frío glacial, insoportable. Se quedaron sin leña para calentarse o asar la carne, único alimento de tantos hombres y mujeres. Las penurias aumentaron y Juan Manuel seguía cabalgando al frente, multiplicándose, estimulándolos, hasta alcanzar, varios meses después, las márgenes del río Negro, ya vencido el infortunio, la adversidad y la sistemática oposición del gobierno de Buenos Aires.

Juan Manuel seguía cavando hoyos en tierra inglesa.

Francisco hablaba.

—Fue su empeño, su tenacidad, su voluntad de vencer la que fue derribando los obstáculos; la perfidia de los funcionarios que llegaron a prohibir a los estancieros que le vendieran reses mientras durara la expedición… Nos abrazamos y nos deseamos mutuamente suerte. Juan Manuel espoleó para ponerse al frente de la caravana, y la lluvia los fue tragando. Yo partí al norte en busca de más hacienda.

"Con esa visión en los ojos di la espalda a lo desconocido, y con mis pocos hombres enfilé rumbo a San Serapio.

Juan Manuel seguía cavando en tierra ajena.

—¿Te acordás, Pancho, lo que fue aquella campaña? Me negaron la autorización de gestionar un crédito de un millón y medio de pesos, aprobado ya por la Legislatura. Y me prohibieron girar los gastos al Ministerio de Hacienda. Y más todavía, ¿te acordás, Pancho?, comencé a quedarme solo. La División del Centro debió abandonar sus operaciones, porque la ayuda prometida por Córdoba no se concretó; y el general Aldao tuvo que regresar a Mendoza para sofocar una rebelión. ¿Te acordás? Nuestra única esperanza quedó en manos de los chasques.

"Gauchos bravos en constante movimiento, yendo y viniendo entre Buenos Aires y nosotros, corriendo todos los peligros, llevando cartas, dinero, provisiones… Todavía pienso en aquellas postas-correo, ¿te acordás? Fue una organización perfecta. Cuántas veces nuestras vidas dependieron de que ellos aparecieran o no. Y aparecían… Ellos me trajeron las noticias de las revueltas en Buenos Aires, de un Balcarce tambaleante, de la Revolución Restauradora.

"Su nombre era Costa, el pardo Costa. Un punto en el horizonte, como un espectro de la llanura, el pardo galopando hacia nosotros, deshilachado ya a tres meses de campaña, los labios partidos por el frío, las manos tajeadas por los sabañones… porque una partida de más de dos hombres podía ser motivo de enorme riesgo… El pardo solo protegiendo esa alforja. Antonino Reyes era el cajero y guardaba la plata en una caja de botellas de ginebra. Puntualmente le pagaba a la tropa. Yo lo tenía conminado a Antonino, debía defender con su vida esa caja.

"Vos te acordás, Pancho, el gobierno agotó todas las posibilidades para exponerme al ridículo y al fracaso. Dinero había. Lo que no había era voluntad de proporcionármelo. Y Antonino guardaba en la caja de ginebra lo que nos mandaban Juan Nepomuceno, vos y algunos otros, los que forjamos aquella victoria, los que ganamos para el país esas tierras inhóspitas. Aun Quiroga, que no pudo participar, enredado en una conspiración que después supe no había sido contra él o La Rioja, sino contra mí y la campaña. Igual estuvo Facundo en mis filas, su mística, su temeridad…

"Sabés, Panchito, yo no entendía el afán de desprestigio en mi contra, porque era en contra de la patria. Me hicieron tragar bilis… Pero cuando alcancé la victoria, no tuvieron más remedio que aceptarlo.

"Ocurrió lo que tan prolija y arteramente habían pretendido evitar: me convertí en el hombre más importante de la provincia, mi prestigio definitivamente consagrado —y la palada le regó la espalda— y te lo digo ahora —exclamó, blandiendo la pala contra el pecho de Francisco (contra mi pecho) a modo de estoque— ¡Jamás cobré el sueldo de brigadier general que me correspondía, tampoco el de gobernador!, ¡jamás! Porque cuando llegué a la primera magistratura ya era mucho más rico que todos esos doctorcitos pelagatos juntos —y arremetió contra el quinto pozo bufando, mientras yo, por detrás, iba plantando tronquitos de sicomoro, y la niña rubia que se alejaba entre las hojas.

"La unificación nacional, Pancho. Construir un país. Tal y como quedó escrito y firmado en el Pacto Federal del año treinta y uno, para que no ocurriera lo mismo que con las Constituciones de mil ochocientos diecinueve y de mil ochocientos veintiséis… ¡Constituciones unitarias! ¿En virtud de qué iba a rechazar las sesenta leguas que me otorgaron a cambio de esa isla? A la que encima pretendieron ponerle mi nombre… ¡Bienvenida la tierra, la bienamada! —y hundió el filo con fuerza, casualmente en una tierra que no era la suya.

"Merecía esas leguas más que cualquier otro —continuó— Sin embargo, no quedó uno sin recibir su parcela, desde Juan Lavalle arriba y abajo hasta el último cabo. Y no me pidas nombres, todos las recibieron en pago de servicios prestados a la patria. ¡No me hagan reír! Leguas y leguas de tierras donadas en nombre de la libertad y la soberanía. Estandartes por los que jamás pelearon.

"Pero fui yo el que partió al destierro, con el único efectivo que había en mi armario. Dinero cuya procedencia está debidamente asentada en los libros. Dinero mío y de mi familia, declarado oportunamente —y golpeaba en el suelo con la pala— producto de la venta de carnes, forrajes, tasajo y ganado en pie de mis propios campos.

"Pero se les llena la boca llamándome ladrón. ¡Ladrón a mí! Cuando son ellos los que están aniquilando al país, mediante leyes y decretos que facilitan la entrega de nuestro patrimonio, sumado a la explotación sin control de nuestras riquezas, por parte de empresas francesas, inglesas y yanquis ahora. Tuvieron que demonizarme para justificar su felonía. ¡Intolerable! Y yo aquí —trastabilló el filo contra una piedra—, a más de ocho mil millas de distancia, confinado, castigado, reo de lesa patria, los muy canallas —y acabó por lanzar lejos la pala y echar a caminar, el paso tambaleante, a punto de desmoronarse.

Francisco corrió —corrí— lo tomó por un brazo, y sin decir palabra caminamos los dos un buen trecho, sosteniéndonos, como si tuviéramos que llegar rápido a alguna parte. Hasta que mi padre se detuvo, respirando fuerte, visiblemente agitado. Y así quedamos, sujetando el gesto, los ojos abiertos mirando adelante, preparados para el salto.

—Ahora mismo puedo ver aquellos paisajes, Francisco, los cielos rabiosos alborotando la llanura, el horizonte siempre lejos. Y nosotros, miniaturas a horcajadas, sostenidos por una idea.

Cuando desperté, aún oía su voz en el sueño.

—Porque el mayor tormento es quedar solo y extranjero, en medio de gente que no me conoce.

FUERON ETAPAS

—¿Alguien vio a Juanito?

Hacía rato que mamá Encarnación me buscaba. Quería que estrenara traje para la fecha. Yo, apenas oí los aprestos de la banda, salí corriendo.

—¿Alguien lo vio?

En ese momento llegó tía Andrea:

—Acabo de ver a tu hijo con el globo, presidiendo la banda.

—No puedo creerlo. Ni siquiera se lavó la cara.

Portar el globo al frente del desfile no era cuestión de mérito sino de fuerza. Lograrlo, en aquella ocasión, me costó un ojo negro.

La plaza era una muchedumbre. Gritos, estandartes, banderas. La banda militar comenzó a marchar por las calles. Yo adelante, agitando el globo. Salieron coches ornamentados con gente disfrazada de leones, tigres y leopardos. Jinetes enmascarados y una procesión de niños disfrazados de ángeles.

Nadie como yo, con el globo al frente de la banda.

Estaba tan contento, había pasado meses encerrado, protegiendo mis ojos con una visera.

Enero de mil ochocientos veinticinco. Al galope y gritando ¡somos libres!, ¡libres!, un correo llegó a Buenos Aires. ¡Hemos vencido en Ayacucho!, vociferaba. Se apeó del caballo al pie de la pirámide, la abrazó y la cubrió de besos.

Habíamos derrotado a los godos en el Perú. Semejante victoria provocó una explosión de júbilo. La gente se amontonó en los cafés. Surgieron oradores describiendo la batalla. A las diez de la noche se hicieron tres disparos desde el Fuerte. El *Aranzazu*, barco de guerra español anclado en la rada exterior, arrió su bandera para colocarla debajo de la nuestra.

La gente se apretujaba en el Café de la Victoria. Se bebía vino y cerveza en grandes cantidades. Hubo brindis, discursos, tiros al aire. Se hablaba del futuro nacional, ya roto definitivamente el yugo. Se habló mucho del yugo, tanto que tuve que preguntar quién era.

Esa noche, la banda también tocó el himno frente al teatro. Un comedido me advirtió que cuando se canta el himno no se agita el globo.

El teatro estaba decorado con sedas, banderas y luces extraordinarias. Señoras elegantes vendían una oda en la puerta. Y allí estuvimos estacionados con la banda, que tocó por largo rato. Yo turnaba los brazos para sostener el globo.

Hubo cohetes, iluminaciones y música por las galerías del Cabildo. Concurrieron muchísimos extranjeros. El cónsul británico y sus acompañantes se unieron a otros personajes públicos. El cónsul norteamericano iluminó con antorchas la fachada de su consulado y los carteles donde se leían los nombres de Washington, Bolívar y Sucre.

La fiesta duró hasta la siete de la mañana, hora en que comenzó a soplar el pampero. Un manto de polvo en remolino oscureció la ciudad. La gente corrió a cerrar puertas y ventanas.

Tres días duraron los festejos por la victoria en Ayacucho. Todos los consulados ofrecieron bailes de abono y cena a las autoridades de Buenos Aires, encabezados por el gobernador, don Gregorio de las Heras. El comedor del Hotel de Faunch, decorado con banderas de todas las naciones, no dio abasto con tantos banquetes.

Fue mi último desfile con globo, presidiendo la banda de música del Retiro.

Al cuarto día, mi madre hizo los aprestos para irnos a Los Cerrillos, donde permanecía mi padre desde hacía varios meses. Parte del viaje lo hicimos acompañados por una caravana de buhoneros y boleadores de avestruces.

Al llegar a la estancia me deslumbraron los inmensos talares. Estaban cubiertos de hojas verdes y frutos dulces color naranja.

Arreando caballos, aparecieron aquel verano bravos cazadores y lanceros de una tribu del sur de la pampa. Son pechuenches, amigos sobrevivientes de la última guerra entre tribus, dijo mi padre. El protocolo de los saludos duró aproximadamente una hora. Venían de regreso del bosque de piedra, dijeron.

—Yo quiero ir —exclamé.

—Irá, pero cuando sea grande.

Pidieron asilo el tiempo necesario para recuperar fuerzas. En la medida que fue posible, Juan Manuel hizo de traductor. Ellos agradecieron. El capitanejo, llamado Ancalcán —si mal no recuerdo— repetía: comiendo lindo, chupandu rico.

—Conocí a tu padre —le dijo Juan Manuel en su lengua, y agregó—: Gran guerrero el cacique Ancatruz.

Nos permitieron escuchar sus historias. Contaron que tribus araucanas se habían apoderado del mapú-cahuelo. Es el país de los caballos, aclaró Juan Manuel. Dilatadas planicies de pastos inagotables, lagunas como espejos. Allí pastan cahuelos gordos y lustrosos.

Manuela se quedó mirándolo. Tuve que explicarle: cahuelo es caballo.

Territorio de la vida eterna, de la abundancia, decía mi padre, traduciendo. Ya no es nuestro. Ya no es de ellos, me aclaraba.

Al anochecer, nos sentamos en círculo ante el enorme fuego encendido. Todos ellos cubiertos con sus gruesos ponchos tejidos en blanco y negro. Mi padre se puso el suyo. Dijo: más tarde nos van a agasajar con una ceremonia musical.

Cada vez que se acercaba mi madre, Ancalcán le decía: dando becho, comiendo lindo, chupandu rico.

Fue Ancalcán el primero en empuñar la pifulcá —especie de silbato— para interpretar una melodía simple, melancólica, cuyos sones me remontaron a los umbrales del universo. Después, se le unieron los parches del kultrún, de ritmo fuerte, cadencioso y profundo. Finalmente, el resto de los guerreros comenzó a cantar. Lo hicieron con fervor, con unción y nobleza.

Juan Manuel me explicaba al oído:

—Es el canto sagrado de la familia. Demuestra la grandeza de la estirpe, los milenios que el clan carga a sus espaldas.

Le siguió un canto para halagar y poner contentos a los Dioses de la Pampa y al Gran Espíritu del Cielo. Después, vinieron las risas y los gritos.

Cerca de la medianoche, Encarnación llamó a sosiego:

—Chupando rico, pero el carlón se acabó —y no les envió más vino.

No los vi partir.

Para no olvidarla, muchas veces al día silbaba la tonada que Ancalcán ejecutó en la pifulcá. Cuando regresé a Buenos Aires, lo primero que hice fue volcarla al piano.

Hoy, suelo sorprenderme silbándola por estas calles de Londres. La tonada me remonta en el tiempo, y vuelvo a verlos montados, en retumbante desfile al galope, bellaqueando, los alaridos al aire, los pechos abiertos de gozo y coraje.

Manuela dijo:

—A Juanito le gusta el meneo, el contoneo de caderas y el taconeo también.

Fueron etapas. A mi entusiasmo por agitar el globo delante de la banda, le siguió aquel por atiborrar de sopa a los enfermos, en el hospitalito de la abuela. Ella decía: dar de comer es dar amor, y a mí me entusiasmaba sentirme útil. Me creía un auténtico ángel de caridad. Un ángel sopero.

Después vino el cultivo de hierbas aromáticas, y rellené mi almohada de lavanda y alhucema. Perfuman los sueños, dijo ña Cachonga, que tenía fama de bruja, lo mismo Mongo, su nieto. Mis primos tontos les evitaban los ojos. A nadie más que a mí Mongo me sopló en la mollera.

Más tarde, nació mi pasión por el baile de los negros, el taconeo y el meneo, como decía mi hermana. Yo iba de señorito-gaucho-orillero por los boliches del Alto o por los sitios de Monserrat, donde cantores morenos rasgaban en sus guitarras ritmos africanos. Al verme llegar gritaban: ¡se armó la fiesta!

Muchas veces caí en situaciones de cárcel y trifulcas. Las malas lenguas murmuraban: ¡quién lo creería, con esa cara que tiene de mosquita muerta! Amanecía alcoholizado en taperas de brujos negros. Antes de que la fiesta se convirtiera en desastre, siempre alguien me rescataba, nada más que porque era el hijo de la Madrecita.

Florentina apareció cuando la prensa esgrimió el insulto como argumento contra mi madre. Los diarios hablaron pestes de ella porque era la mujer de Rosas, ya convertida por aquellos años de la expedición al desierto en su mejor agente político. Los federales apostólicos la bautizaron Heroína de la Federación.

Más que nunca perdí a mi madre por aquellos años. Más que nunca la admiré por su bravura.

Desde la época de los saladeros, Encarnación se ocupó celosamente de cuidar no sólo los intereses de su marido —que eran sus propios intereses— sino también sus espaldas, su prestigio. Con aguda certeza le advertía quiénes eran los elementos indeseables que lo rodeaban en los negocios de carne y cueros. Más tarde en la política.

Al regreso de sus largas ausencias, Juan Manuel la buscaba primero a ella, para apartarse luego los dos en conciliábulos secretos. Yo los espiaba. De pronto él asentía frente a la actitud enérgica de mi madre, plantada frente a él, enhiesta, flaca, el rodete alto y apretado. Y sus ojos. Los ojos de Encarnación decían de ella más que ningún otro rasgo de su cara. Mi madre imponía respeto por sola presencia.

Juntos, eran un mundo cerrado, completo. Amantes, socios, amigos, siempre cómplices. Lo dije: Encarnación amó con locura a mi padre.

Amar con locura. Podría parecer que exagero, pero yo fui testigo, y no me equivoco. Él también la quiso mucho, más que a nadie.

Los que la atacaron en aquel tiempo, buscaron, por elevación, atacar a Rosas, todavía de campaña en el sur. Lo hicieron para provocarlo, para que él reaccionara y hacerlo fracasar en su empresa. Juan Manuel se limitó a enviar sus pareceres en largas cartas a los amigos, y a los que habían sido colaboradores suyos en el gobierno.

Quien reaccionó fue el pueblo. Y Encarnación encabezó la marcha de ese pueblo indignado.

EL PICADERO

Se acercaba el otoño y la expedición demoraba su partida.

Tuve sueños, y por primera vez temí por mi padre. En la casa no se hablaba de otra cosa. Mi madre repetía una sola frase: se acercan los fríos, se acercan los fríos…

Enterado por Mongo que desde Santos Lugares salía una partida de negros enganchados a la expedición, me uní a ellos para ir hasta Guardia del Monte y despedir a Juan Manuel. Mongo me acompañó.

Apurando los aprestos para iniciar la marcha, encontré allí reunidos dos mil hombres, seis mil caballos, seiscientas cabezas de ganado, y doscientos indios de lanza. Artillería, carretas, bueyes, varios técnicos, un ingeniero y un agrimensor. También un grupo de marineros que partirían por mar hacia Bahía Blanca y Patagones.

Lo sorprendí en su tienda.

—¡A qué debo la visita!

Su inesperada amabilidad me tornó más vulnerable.

—No quería perderme verlo disfrazado de expedicionario.

Abrió los brazos:

—Lo siento, pero con un buen par de botas y un poncho pampa alcanza y sobra.

Nos abrazamos, y comenzó a hablar con una seriedad que rara vez empleaba conmigo.

—Urge resolver este problema, Juan, de lo contrario no habrá orden ni paz duradera —y agregó—: Si el gobierno no tiene dinero o no lo quiere entregar, no importa. Mis amigos y yo costearemos la expedición.

Pero él no sabía cuál era mi motivo de preocupación. Acomodó algunos papeles, y continuó.

—Tranquilo, hijo. Vamos sólo contra los indios que hostilizan nuestras fronteras. Contra indios enemigos, secuaces de los hermanos Pincheira, verdaderas fuerzas de ocupación bajo bandera chilena; araucanos y borogas bandidos que roban vacas en estancias argentinas, y luego las cambian en Valdivia por alcohol y armas de fuego.

Pero no lograba aliviarme. Por fin, hice coraje y le dije:

—Temo por usted, padre. He oído hablar de los salitrales, de las temibles arenas.

Lanzó una carcajada.

—¿Voy solo? Con sus propios ojos ha visto la multitud que hay ahí afuera.

—Sí, pero...

—No hay peros en esta circunstancia, amiguito —pensó un momento—. Voy a ofrecerle todavía un buen par de razones. Cuando le pregunten, diga que vamos para doblar nuestra extensión territorial. Eso siempre cae bien. Pero más que nada, y, ¡ojo!, que no se le olvide: diga que vamos para asegurar la frontera del sur contra la codicia extranjera.

Después que abrí la boca, me arrepentí.

—Me gustaría ir con usted padre, y ver con mis propios ojos esa maravilla que cuentan de los bosques de piedra.

Volvió a reír, magnánimo:

—No lo dudo, ¿por qué otra cosa...?, que tal vez ni siquiera existen. De todos modos, no creo que ya en invierno lleguemos hasta esas latitudes.

Me pidió que me quedara hasta el día siguiente. Invertí esas horas en seguirlo de un lado a otro, atento a todos los detalles de la gran aventura.

Antes de despedirme, exclamó:

—Cuide a su madre, amiguito.

Partió, por fin, a comienzos de marzo, disgustado con el gobierno por la falta del apoyo oficial prometido. No obstante, Balcarce dispuso reintegrarlo a su cargo de comandante general de campaña, y lo nombró jefe de la división del ala izquierda para emprender la conquista del desierto.

Hicieron más de ciento cincuenta leguas atravesando las pampas solitarias, en un frente de ofensiva que abarcó cuatrocientas leguas, desde el Atlántico hasta los Andes. Nunca nadie antes se había atrevido por esas regiones. Fue la primera vez que el hombre blanco se aventuró a enfrentar los secretos ocultos tras las Sierras de la Ventana.

Contó con el apoyo de los caciques amigos: Catriel, Cachul y Llanquelén, que en el arroyo Tapalqué se le unieron, junto con seiscientos indios pampas. Contó con un sistema de postas escalonadas, mediante las cuales sus cartas, llevadas por chasques a caballo, llegaban en una semana desde el río Colorado hasta Buenos Aires. Contó con el apoyo económico de sus amigos estancieros, y la adhesión total de sus soldados.

Cinco meses después, Encarnación recibió la noticia que había estado esperando. La carta en la que él le decía: "Ya puedo hablarte de los triunfos de la expedición, la mayor parte conseguidos entre la nieve y el hielo…".

Mucho se carteó con mi madre por aquellos meses, pero siempre soslayó el sacrificio; la falta de leña entrado el invierno y, por ende, de comida caliente; ni una sola palabra sobre sus manos agarrotadas y sangrantes, y la tarea abrumadora que le insumía horas de vigilia hasta la madrugada; las emboscadas constantes de las tribus enemigas; el esfuerzo que significó cuidar reses en medio de páramos inhóspitos, sin olvidar los caballos flacos que mantenía invernando. Soslayó también lamentarse por la deserción de la división de los Andes, por circunstancias imprevistas; la de la división del centro y la de la derecha, también por circunstancias imprevistas. Lo lamentó, pero siguió adelante, con sus ciento cuarenta oficiales, sus soldados y los indios amigos.

Antonino Reyes me lo contó después: nunca alcanzó tu padre a dormir cuatro horas seguidas, a todo lo largo de los doce meses que duró la expedición.

Salvo dificultades, el gobierno no proveyó nada. Ni dinero, ni armas, ni reses.

A cambio, se ocupó de conspirar en contra; de que se sublevasen los pampas de Tapalqué y los borogas de Salinas Grandes. Se ocupó de introducir la anarquía en el ejército, procurando su desbande. Se ocupó de prohibir que otros lo ayudaran.

La hostilidad del gobierno a la campaña provocó un cisma violento en el partido federal. El gabinete se dividió y surgieron los federales apostólicos —lomo colorado— en contraposición a los cismáticos —lomo negro—, federales liberales influenciados por los unitarios.

El conflicto se agravó en abril del treinta y tres, cuando en Buenos Aires se presentaron dos listas para la elección de diputados.

Fue cuando los desmanes del oficialismo traspasaron todos los límites, y en medio del fraude más escandaloso, triunfó la lista ministerial de los lomos negros. El ministro de Guerra había hecho votar a su favor a batallones enteros, y sus sectarios, mediante abiertas intimidaciones, no les permitieron votar a los leales a Rosas.

Sin consultarlo, en esa lista se había incluido a mi padre. Enterado de la maniobra y el triunfo posterior, Rosas renunció a su banca. "Por cierto que me hubiera gustado participar —le escribió a Tomás Guido— pero no en esas condiciones…"

Los diarios ventilaron el fraude y ofrecieron pruebas. Los diputados leales a Rosas renunciaron, y esto provocó la efervescencia popular. Un mes más tarde se llamó a elecciones complementarias, para cubrir esas vacantes. Pero a raíz de los tumultos y los tiroteos se suspendió la elección, por temor a la derrota oficial.

Comenzaron los atentados y los asesinatos. No pasó día sin que apareciera un par de muertos en las calles. El gobierno destituyó al jefe de policía, por considerarlo amigo de los federales apostólicos.

Fue entonces cuando mi madre entendió que había llegado el momento de que ella entrara en acción, y delegó en tía Pepita la tarea de entregar alimentos a los pobres que, diariamente, recibía en el tercer patio de casa.

Puntualmente enviaba cartas al sur, con noticias cada vez más graves. Buenos Aires ardía, y en nuestro salón había reuniones a toda hora. Mi madre llevaba la voz cantante.

—Yo lo vi con mis propios ojos y lo oí con mis propios oídos, señores —la escuché—. Fue Félix de Olazábal y sus secuaces a sueldo, los que gritaban como locos por las calles y por los atrios de los templos ¡mueran los tiranos!, ¡muera Rosas!, ¡mueran los apostólicos! Y lo peor de todo, señores, es que han logrado dar principio a la división de los federales.

—Pero, Encarnación…

—Sin pretextos, señores. Es la realidad, aunque duela. La ausencia de mi marido ha dado lugar a que se instale de nuevo la logia en Buenos Aires. Y me veo en la obligación de decir que ustedes se han comportado como unos verdaderos pusilánimes. ¡Qué digo! Como unos verdaderos calzonudos frente a la osadía de los unitarios.

Mi madre no tenía pelos en la lengua.

El desborde periodístico anticipó el estallido. No se respetó sexo, condición ni familia. En veinte diarios, sin contar las hojas sueltas, apostólicos y cismáticos se insultaron, se calumniaron. Sin la menor piedad, de la manera más ominosa que se pueda imaginar, sacaron a la luz la vida privada del adversario.

El Restaurador de las Leyes, diario rosista, dirigido por Pedro De Angelis, no se quedó atrás, y esgrimió también la virulencia.

En una carta, Encarnación le escribía a Juan Manuel: "Esta pobre ciudad no es ya sino un laberinto. Todas las reputaciones son el juguete de estos facinerosos… Por los adjuntos papeles verás cómo anda la reputación de tu mujer y la de tus mejores amigos".

En medio del cuartel general en que se había convertido mi casa, la oí exclamar, atacada por una determinación que la fue dominando hasta transformarla.

—A Rosas le duele, y mucho, la escisión producida en su partido. Si permitimos que esto continúe, acabarán logrando lo que buscan: anular su influencia y su prestigio popular. Debemos poner manos a la obra, señores. Las masas están cada día más dispuestas, y lo estarían mejor si ustedes, que se dicen amigos de Juan Manuel, tuvieran menos miedo y más vergüenza.

La respuesta de mi padre en carta a Tomás Guido, fue terminante: "Temo desgracias irreparables. Pero yo no he de apadrinar ni he de adherir a ningún paso que no lleve por delante el sello de la legalidad… Antes que los hombres, desesperados, se precipiten, es preciso poner los medios legales para evitar el mal, al menos en lo posible. Pero si esto no alcanza será preciso poner en ejercicio el derecho de petición".

Enterada, Encarnación comunicó a sus acólitos:

—Rosas manda desde el sur a poner paños fríos —y añadió, contrariada—: Si estuviera aquí, otra sería su reacción.

Tuvieron que apaciguarla. Fue García de Zúñiga el encargado de hacerla entrar en razón.

—Señora, usted mejor que nadie sabe que Juan Manuel es hombre de orden. Difícilmente acepte que en su nombre se promueva una revolución. Debemos esperar el desarrollo de los acontecimientos, y ser más cautos que nunca.

Encarnación le escribió a su marido esa misma noche: "Ya no hay paciencia para sufrir la perfidia de estos malvados".

Durante esos meses, mi madre adquirió poder propio. Dejó de ser el reflejo de Juan Manuel y comenzó a brillar por sí misma. Pero aun ocupada como estaba, jamás olvidó de acercarse por el tercer patio y ayudar a su hermana a repartir alimentos a la multitud de peones, negras, y mulatitos que cada tarde invadían nuestra casa. ¡Madrecita!, le decían, y se le abalanzaban para besarle las manos.

Pero no fue mi madre la que acercó la chispa que provocó la explosión, sino el mismo pueblo.

Yo andaba ocupado en otras cosas. Igualmente me carneaban cada día.

EL DESTINO DE LOS PÁJAROS

No es fácil para mí hablar de la domadora de pájaros.

Podría decir ignoro el porqué, pero estaría mintiendo. Páginas y páginas sobre mi mesa demuestran lo contrario: lo he dicho casi todo. Florentina, sin embargo, es un nudo atascado en mi garganta.

Hoy había decidido contar, de principio a fin, cómo fue aquello. Pero indefectiblemente me distraigo, me disperso, otros recuerdos cruzan mi cabeza. Y lo peor de todo es que lo tomo con naturalidad. No importa, ya lo haré. Ya. Sin embargo, algo en mí se resiste a encontrar ese momento.

Desde las sombras, el tablero incompleto reclama esa pieza. La tengo entre los dedos, juego con ella, la sobo. No me atrevo a dejarla caer en el espacio que la reclama.

Mercedes me perdonó, la familia. Mi padre, tal vez. Sé que no tuve culpa alguna. Es decir, yo no fui culpable de aquel desenlace. Es más, creo que borroneé tantos papeles, casualmente, para no nombrarla. Imposible.

He contado esta larga historia, la mía, la de mi padre, la del país en mi tiempo, quizá para conjurar su recuerdo.

¿Quién puede saberlo?

De todos modos, moriré con este peso en el alma.

Al regreso de Guardia del Monte, adonde fui a despedir a Juan Manuel, me enteré de que debido al éxito de su espectáculo, Zozó Boniface había prolongado su estadía en Buenos Aires. Las ganancias obtenidas le permitieron trasladarse del hotel de Faunch al hotel francés del Parque Argentino. Por comodidad, dijo.

Zozó ya era todo un personaje en la ciudad. Sus admiradores lo perseguían por la calle. Embriagado por la fama, con aires de gran sultán, frecuentaba los cafés más concurridos. El torso alto, enfundado en la invariable camiseta negra, sobresalía en medio del salón, rodeado por un público dispuesto a creer que sus trucos no eran más que producto de sus poderes sobrenaturales.

Fantaseaba, estentóreo, haciendo ademanes grandilocuentes. Yo era el primero en instalarme a su lado. Disfrutaba oírlo hablar de sus viajes y correrías por ciudades y escenarios de Lisboa, Génova, Río.

Las raras veces que apareció acompañado por Florentina, todo fue distinto. El silencio se instalaba en torno a la domadora y la gente no se atrevía a abordarlo.

Él la ubicó en la punta de una larga mesa y se retiró al otro extremo para que el hechizo de la niña no lo alcanzara.

Junto a ella, Ajna, aferrado al respaldo de una silla, permanecía alerta, intimidante. Con el capirote adornado de plumas de faisán, no veía, y su cabeza giraba o se inclinaba buscando el sonido.

Inmóvil, transparente, sentada frente a un plato con restos de carne cruda, Florentina parecía una estatua de nácar.

La niña y el pájaro con sus arneses robaban protagonismo a Zozó.

Ella hizo ademán de abalanzarse cuando me vio entrar, pero la sujeté cruzando un dedo sobre mis labios. ¡Scchh!, no te muevas, le dije. Afortunadamente obedeció. Me senté a su lado. Llamaron mi atención algunos objetos en el suelo. ¿Qué son esas cosas?, nunca antes las había visto. Me respondió: en otro momento, ahora no voy a hablar de cetrería, ¿te pregunto yo, acaso, por qué te pintas esas rayas debajo de los ojos?

—Te lo puedo explicar.

—No importa. Eres dueño.

Las correas de cuero —las llamaba pihuelas— sujetas a las anillas que el halcón llevaba en sus patas, colgaban sueltas.

—Es peligroso —le dije—, deberías atarlo a tu guantelete.

—Ajna actúa sólo cuando yo se lo ordeno.

Siempre me sorprendía su firmeza.

—¿Quién lo entrenó?

—Un caballero inglés que conocí en Cartagena —y con ademán rápido le quitó el capirote al halcón; luego añadió—: Él me lo regaló.

—Regalo curioso para una niña.

—No para una niña del circo. Además, no soy una niña.

—¿No?

—No. Soy una maga.

—Pero también mortal, humana, persona pequeña.

—No me importa que no me creas —y agregó—: Generalmente, la gente descree de lo que no le gusta.

Balbuceé: es que no estoy familiarizado con las magas. Rápidamente, a modo de demostración, ella chasqueó la lengua contra el paladar y el halcón saltó sobre la mesa. Me eché hacia atrás. No tengas miedo, me tranquilizó.

Parada sobre sus patas, la rapaz parecía siempre dispuesta al salto. Se me ocurrió que no mediría más de cuarenta centímetros de altura. ¿Es macho o hembra? Es macho, y enseguida exclamó: abrí tu mano como si pidieras limosna. ¿Qué? Que abras tu mano palma arriba. Lo hice.

Entre nosotros —aparentemente inofensivo— a tan corta distancia y sin su capucha, el pájaro parecía un adorno de cristal. Sólo a centímetros de mis manos los movimientos cortos, geométricos, de su cabeza; el pico carnicero y los ojos enormes, que a tan corta distancia pude verme reflejado en uno de ellos, como un monstruo convexo.

—Ajna, pon un trocito de carne sobre la mano de Juan Bautista.

Antes de obedecer, el halcón englobó las alas. Luego, estiró el cogote y de un solo picotazo hizo lo que ella le había pedido. Imposible creer que una rapaz no me arrancara un pedazo de dedo. No debe tener hambre, pensé.

—Ajna, coge ahora ese trocito de carne de la mano del señor y cómetelo.

El halcón levantó el trozo de carne de mi mano, y se lo comió.

Yo estaba tan fascinado que no advertí el silencio que se había hecho en el salón, toda la atención de los parroquianos sobre nosotros.

Siempre en ese tono bajo y monocorde, la niña continuó:

—Ahora saltarás sobre un hombro de Juan Bautista, y escarbarás en su cabeza.

—Por favor, no…

—Ahora, Ajna —y chasqueó la lengua.

En el preciso instante en que yo, malamente, me incorporaba, el halcón saltó sobre mi hombro. Sentí sus garras. La gente, a nuestro alrededor, lanzó una exclamación, y yo de pie, estático, y el halcón escarbando suavemente en mi mollera. Murmuré: no me duele, no tengo miedo.

Sólo Dios supo qué idea despertó ese picoteo en mi cabeza.

—La maga domina al halcón —dijo, y chasqueó de nuevo la lengua contra el paladar. Ajna brincó desde mi hombro al respaldo de la silla. Ella ató una de las pihuelas a su guantelete.

Cuando me senté otra vez, me preguntó:

—¿Y?

—Y nada. De ahora en adelante me cuidaré muy bien de no contradecirte.

Fue como un juego, al principio.

Quitando el arrebato de besos —a nadie más que a mí Florentina saludaba con semejante ardor—, indefectiblemente, cada vez que nos encontrábamos, ella ponía el diálogo en un terreno de rivalidad, como si necesitara medirse conmigo.

—¿Por qué lo hacés? —le pregunté.

—Me molesta que no aceptes que tú y yo somos iguales.

—¿Somos iguales?

Un par de veces fui a visitarla al hotel del Parque Argentino. Caminábamos por sus jardines lado a lado, casi sin hablar. A mí me encantaban las plantas que allí crecían, especies raras traídas desde muy lejos; y los caminos anchos cubiertos de ladrillo apisonado, bordeando los grandes espacios verdes. En esos parterres se disponían mesas para los que deseaban comer y beber durante la función, ya que desde allí también se podía presenciar el espectáculo del circo.

Vestida mitad gasa, mitad niña expedicionaria, Florentina cargaba la infaltable bolsita con carne cruda y el señuelo: un monigote de cuero amarillo que imitaba un pato, sujeto a una argolla en la punta de un palo.

Ajna volaba libre sobre nuestras cabezas. A veces, nos quedábamos largo tiempo mirando su vuelo liviano, invencible. Suspendido, de pronto. O emprendiendo esos ascensos en espiral hasta convertirse en un punto apenas.

—¿No tenés miedo de que escape?

Embelesada, Florentina no respondía. Mis ojos iban del halcón a su rostro, de su rostro al halcón, que planeaba magnífico. ¿Dónde naciste? No lo sé. ¿Dónde te criaste? En Andalucía.

Abiertos los ojos al espacio, no estaba allí. Volaba con Ajna.

—Zozó me dijo que…

Fue como verla caer desde lo alto.

—Basta ya. No me gusta hablar de mi pasado.

—¿Tu pasado? Cualquiera diría que sos una vieja.

—Lo soy.

Adulta, cortante. Sin embargo, no había misterio. Árboles, luz, y el borde de sus gasas flotando en la brisa. Flameó el monigote y Ajna regresó al instante, manso como un perro, a posarse sobre el guantelete que le cubría la mano. Con la otra le colocó el capirote. Luego, le dio a comer un pedazo de carne.

—¿Es cierto que a una orden tuya puede arrancarle los ojos a un hombre?

Sólo sonrió, y en seguida:

—¿Es verdad, Juan, que cruzaste los umbrales?

Nos sentamos a la sombra de un castaño inmenso.

—¿Es verdad? —insistió.

—¿Quién te lo dijo?

—¿Es verdad?

—Fue una historia que inventaron cuando yo era niño. Hice un viaje con una negra criada de mi abuela. Fuimos al sur en una carreta tirada por bueyes, sólo el cochero, ña Cachonga y yo. Me dejaron ir por temor a mis ataques. Mi padre decía caprichos.

—¿Y qué pasó, dime?

Hice esfuerzos por recordar. Ella exigía: dime, dime.

De golpe, como en un fogonazo, me vi en el pescante de la carreta. Fue increíble. Lentamente, las compuertas de mi memoria se abrieron.

—Nos detuvimos en medio de la nada —comencé— después de marchar un par de días. Era el amanecer. Cachonga midió, miró arriba, luego abajo, y dijo aquí es. Cuando levantó la niebla, vi un bosquecito de talas y a ña Cachonga recogiendo hierbas.

—¿Y entonces?

—Nos pidió que la ayudáramos. Cortamos la hierba que nos indicó y la guardamos dentro de una bolsa. Recuerdo que en un momento le dije: estoy cansado. Pero no era cansancio sino mareo. Ña Cachonga rezaba en voz baja. De vez en cuando cerraba los ojos, se erguía y aspiraba hondo. Luego, continuaba con la tarea.

"Yo también cerré los ojos, y al hacerlo sentí que me elevaba en el aire. Fue tan fuerte la impresión que rápidamente los abrí, y miré. Ña Cachonga ya no estaba. Nos asustamos. Comenzamos a llamarla. Entonces la vimos salir, en cuatro patas, de una cueva en la tierra. Nos invitó a entrar, y lo hicimos gateando.

"En el centro de la cueva había una piedra que hacía de mesa. Sobre la mesa había una vela encendida. La cueva no era muy grande, sólo yo podía estar de pie. Ella comenzó a sacar cosas de una canasta. Luego, encendió fuego y calentó agua en una marmita. Hizo una infusión con esas hierbas y nos convidó a beber. Bebimos en silencio. Después, nos pidió que apoyáramos la palma de las manos contra el piso de tierra de la cueva.

"Sentados los tres en esa posición, ella rezaba un padrenuestro interminable, larguísimo. No recuerdo el resto. Durante horas floté. Yo creí que dormía. Es decir, dormía y flotaba también.

"Por una punta del horizonte apareció la figurita lejana de mi padre, montado al galope. Horas lo vi galopar, atravesando los campos. Horas y horas la figurita, hasta que desapareció, galopando, por la otra punta del horizonte.

"Ni una sola vez se volvió. Y él sabía que yo estaba allí, adentro de la cueva. Me hubiera gustado que girara la cabeza para mirarme.

"Pasé todo un día, sentado, las palmas apretando la tierra. Un día entero, sintiendo bajo mis manos el retumbar de aquel galope.

"La fuerza me llegó después.

—¿Qué es la fuerza?

Su voz me despertó. Me quedé observándola, sorprendido. Tuvo que repetirme la pregunta. ¿Qué es la fuerza?

Le dije, sin saber lo que decía:

—Poder volar, junto al pájaro.

LA FIESTA

Decenas de veces había rechazado la invitación a los bailes y tertulias de los Riglos, en su casona frente a la Plaza de la Victoria. Manuela iba. Allí se reunía lo más granado de Buenos Aires, de acuerdo con los criterios de mi abuela. Nada tan famoso como ese balcón, engalanado con banderas y damas hermosas para los días de fiesta y desfile.

Porque Manuela me entusiasmó acepté la invitación. Habrá sorpresas, me dijo revoleando los ojos, y una muy especial, que don Riglos mantiene en secreto. Sería una pena que te lo pierdas.

Quedaba a la vuelta de casa, así que salimos a pie con Mercedes, Rosita y Dolores Fuentes, Dolorcitas Marcet y Juanita Sosa. Eran casi las once de la noche, empeñadas todas en entrar últimas al salón, dijeron que para causar mayor efecto.

Fue un lujo. Extensos salones tapizados de tisús, muebles dorados, sedas, vajilla de porcelana, cubiertos de postres de oro y de plata; cantidad de candelabros de pie, con cien bujías.

—¿Por qué te asombra? —la recriminé a mi hermana—. Nosotros comemos a diario con cubiertos de plata maciza.

Allí estaban las familias más conocidas de Buenos Aires. Manuela me daba el parte al oído: los Zamudio, las lindísimas Ituarte, los Casares, Trelles, Senillosa, Sáenz Valiente, Justa Carranza, los Tagle, las señoritas Beláustegui, los Álzaga…

Del bracete, avanzábamos saludando por entre los invitados. Manuela a puro abanico, para disimular, seguía pasando lista: las Constanzó, las señoritas Telechea, los Fragueiro, la prole de los Anchorena y los Ortiz de Rosas, terminó, ocultando la risa.

Castex, Ocampo, Pacheco, de Riera, Caviedes, Darregueira, Díaz Vélez, Coronel, las hermanas Martínez de Hoz, las Belgrano, y etcétera, etcétera.

Sin acusar los antagonismos que los separaban, unitarios y federales departieron cordialmente en esa fiesta. Eran los mismos que en la Cámara, y después en los campos de batalla, se arrancarían la cabeza de un sablazo. Rasgos de una actitud civilizada que nunca dejó de sorprenderme.

Había también muchos franceses e ingleses, algunos con sus desabridas consortes y sus no menos desabridas hijitas casaderas. Manuela me señaló a los Parish, los Dubonet, los Botet, los Gowland, los Billinghurst, los Hobbes, cuyo apellido la gente españolizó y los llamaban Obes. Estaba también el matrimonio Plowes, a quienes reconocí porque vivían justo enfrente de una casa de música en la calle Florida, a la que yo solía concurrir para comprar partituras

Como era la costumbre, las señoras casadas abrieron el baile con el minué. Danza elegante que había vuelto a ponerse de moda.

También estaban las más hermosas: Avelina Sáenz, Agustina Casares y Catalina Benavídez, el amor imposible de mi amigo Genaro. Con todas me crucé en las contradanzas, y les robé el guante a un par de ellas, a cambio de bailar conmigo un ritmo nuevo, llamado polca.

Mientras tanto, Mercedes bailaba con uno de los tres hermanos Frías —no recuerdo si con Juan, con Luis, o con Félix—, todos grandes bailarines, divertidos y fiesteros, infaltables en cuanta reunión paqueta se hacía en Buenos Aires; responsables también del adorno floral de los salones.

Hubo mucho cotillón y un detalle: el joven maestro Pedro Esnaola —esa noche a cargo de la orquesta— estrenó una contradanza de su autoría, dedicada especialmente a la dueña de casa, cuyo santo se festejaba.

La pitanza fue abundante y a lo criollo. Regada generosamente con vino champagne y mucho priorato, como llamaban al rico vino carlón para disimular; y cascadas de oporto y jerez traídos de España. La niñas bebieron aguamiel y limonada fresca.

Como castellanos viejos, nos sentamos a mesas para no más de diez comensales. Hubo un murmullo de elogio en el gran comedor, cuando los criados aparecieron en larga fila, portando bandejas con pastelones de fuente y recado de pichones; luego el quibebe, que para mí no era otra cosa más que estofado con pasitas de uva. Tampoco faltaron los célebres pasteles de choclo, humitas en chala, y para culminar el pavo, es decir, muchos pavos, engordados desde un mes antes a pura nuez, rellenos de batata y fruta.

Comí con ganas. Mi novia se deshacía en alabanzas —qué masa

tan tierna, qué delicia, qué extraño, no han puesto papas—. Las papas faltaron, porque se importaban de Francia y el barco no llegó a tiempo para llevarlas a la mesa.

Amenizó la cena un dúo de piano y violín al que casi nadie escuchó.

A la hora de los dulces pasaron por delante de mis narices cazuelitas de leche-crema y capa de azúcar quemada con plancha caliente; frutas en almíbar; pastelitos de finísimo hojaldre, tortas y no sé qué otras delicadezas rociadas con dulce de tomate. Rechacé todo, menos las masas del puente de las Beatitas.

El banquete hizo época, yo contribuí en gran parte.

—¿Y la sorpresa, Manuela?

—La estamos esperando.

Irrumpieron los valses y me lancé a la pista con tal ímpetu que ya a la segunda vuelta todo el salón no hacía más que mirarme. ¿Siempre es así o está borracho? Pronto se enteraron quién era yo. Salió a su tío Prudencio, comentó una dama. ¿Por lo de bailarín o por lo de empinar el codo? Prudencio no bebe, querida, por lo de bailarín digo, le viene de familia. No lo dirás por su padre. También por él, Juan Manuel baila el gato y zapatea como pocos.

Mercedes se balanceaba entre mis brazos con gracia inigualable, nadie diría al verla tan rellenita que era tan ágil. Pero iba muy seria. Me hubiera gustado verla repartir sonrisas, pero habría desentonado para las costumbres de la época, en que se prefería a las señoritas recatadas.

Cesó la orquesta, y a una invitación del dueño de casa pasamos al patio, tan adornado e iluminado como los salones.

Noche de luna llena, sin brisa, cálida. Luego, la sorpresa.

Al fondo, y ubicado entre dos fuentes de mayólica adosadas al largo muro, vi un escenario alto y, sobre el escenario, a Ajna. Tenía el capirote puesto, aferrado a la percha de su banco.

Quise huir, pero reaccioné tarde.

Envuelta en gasas, Florentina avanzaba por el camino que le abrieron los invitados. Quedé expuesto, en primera fila. Traté de hacerme finito y desaparecer, pero me vio. Fue un instante. Se detuvo. Yo contuve la respiración. Al segundo siguiente la tenía colgada del cuello y me cubría la cara de besos.

Se hizo un claro a nuestro alrededor. Escuché risas. Intenté desprendérmela. Fue peor.

—¡Zozó! —exclamé—. ¿No anda Zozó por ahí...? Florentina, ¡por favor, basta!

Reía y me besaba. ¡Qué alegría verte, Juan Bautista! Tuve que abrazarla para sostenerme y no rodar al suelo con ella.

—Ya está bien, Florentina, ¡por favor!

Juan Bautista, Juan Bautista, decía, sin dejar de besarme.

Oí las voces: qué escenita, ¿acaso esto forma parte del espectáculo? Es sólo una niña. Entonces, a propósito y para escandalizar más aún, con ella en brazos comencé a girar, como si bailáramos. Las gasas rosadas flotaban a mi alrededor, la larguísima melena rubia. Florentina reía.

Por un costado del patio, corriendo y echando fuego por la boca, apareció Zozó. Por temor a las llamas, la estampida fue general. Florentina me soltó, corrió y subió al escenario. Miguel de Riglos ya estaba allí, pidiendo calma. Pero las risas siguieron, y los comentarios. Comencé a retroceder.

Sin más preámbulo, ella le quitó el capirote y el halcón saltó hasta su brazo extendido. Boniface empuñó un tamboril.

Más que oír vi su boca cuando pronunció ¡ras!, y el halcón salió disparado en vuelo rasante por encima de las cabezas que, instintivamente, agachaban al verlo, temiendo ser embestidos.

La gente se hacía a un lado para dejarme pasar, pero ya no me miraban a mí, sino al pájaro y a la niña.

Cuando pisé el primer peldaño de la escalinata que llevaba al salón, me volví y eché a correr. Manuela me alcanzó en la puerta.

—Voy con vos.

—¿Y Mercedes?

—Desapareció.

—Debe estar furiosa conmigo.

—La perdí de vista al segundo beso.

Un criado entregó a Manuela su capa de seda y a mí el sombrero. Echamos a caminar. Habíamos hecho unos metros apenas, cuando comenzamos a reírnos a carcajadas.

—Si te hubieras visto la cara…

—No es para menos, imagino los comentarios.

—No te preocupes, Juan, la gente sabe lo que son estas mujeres extranjeras.

A una doncella de trece años, ¿se la puede llamar mujer? Qué tiene de mujer sino sólo la locura, formas incipientes y una malsana inclinación al manejo.

De todos modos, me sentía extrañamente halagado, víctima de una pasión imprecisa. ¿Qué pretendía Florentina de mí?

Tan joven, tan libre, me deslumbraba. Una criatura sola vagando por el mundo, ganándose la vida con un halcón atado a su guantelete. Sin familia, casi sin afecto, y feliz sin embargo. Ninguna otra imagen podía superarla, en medio de una sociedad de mujeres hipócritas, pacatas, sujetas a las formas, a las reglas.

A pesar del torbellino revolucionario que rodeaba a mi madre, igual se enteró. Me dijo exactamente lo que me hubiera dicho Juan Manuel.

—Holgazán. Si no anduvieras por ahí buscando aventura, estas cosas no te ocurrirían. Te aconsejo que evites a la domadora de pájaros. Presiento problemas.

Y yo, ¿qué pretendía yo de Florentina?

A partir de aquella noche, en donde yo estuve, la niña se hizo presente. No te busco, me decía, simplemente te encuentro. No pude evitarla. La tomaba de la mano y echábamos a caminar por la Recova hasta la Alameda. Ya no se me colgaba del cuello. Bésame en la frente, Juan Bautista, me pedía al despedirse.

¿Qué pretendía yo de Florentina? No lo sé. Me gustaba estar con ella.

—¿Qué pretendes de mí?

—Si la amistad es una pretensión, pues eso, ser tu amiga.

Mercedes se negó a recibirme cuando fui a visitarla. Insistí, pero se mantuvo firme. Por Manuela me enteré de la determinación que había tomado la familia. Te perdonarán sólo si demuestras ser un caballero, me dijo. Un caballero capaz de respetar los compromisos.

—Pero si yo no he hecho nada.

—Eso es lo malo, Juanito, no te das cuenta que para todo hay un límite.

Encarnación aún se daba tiempo para controlarme.

—No está el ambiente en las calles para que salgas.

En mi zaino rabicano fui a buscarla una tarde al Parque Argentino. En el jardín encontré a Zozó practicando, rodeado de gente. Al verme, el Rey del Fuego me llamó aparte. He recibido advertencias, joven. Sé muy bien quién es usted y quién es su padre. Le ruego no busque más a Florentina.

Debo haberlo mirado de algún modo, porque se vio en la obligación de aclarar: sólo me tiene a mí, debo cuidarla. Pero ella se escabulló por detrás del pabellón del teatro y fue a mi encuentro. Llevaba a Ajna sobre el brazo.

—¿Podrás con él?, ¿te pesa?

Por toda respuesta puso un pie sobre mi pie en el estribo y de un solo envión cayó sobre el anca. Te dije que estoy acostumbrada a llevarlo, exclamó, y partimos al galope. En un momento tuve sus dos manos rodeando mi cintura. Ajna volaba en redondo encima de nosotros.

—¿Cómo tengo que pedírtelo? Ya no sos una criatura.

Esa noche, mi madre se tomó una hora en darme consejos. Habló del desorden en la ciudad, del excesivo abuso de la libertad de imprenta, que había irritado el ánimo de la gente a un extremo muy difícil de predecir. Temo lo peor, dijo. Por si no lo has advertido, esta mañana la ciudad apareció empapelada con grandes carteles impresos en tinta roja.

—No los vi.

—No me extraña. Pero es bueno que sepas que mañana, a las diez, comienza el procesamiento a *El Restaurador de las Leyes*.

—¿Lo procesan a mi tatita? ¡Por qué!

—No a tu padre, hijo, sino al diario. Pero la gente está convencida de que es a él a quien procesarán, y esto ha comenzado a movilizar al pueblo.

El Restaurador de las Leyes sería el primer periódico en ser juzgado, luego le seguirían otros seis. El fiscal, Pedro Agrelo, alegó que esos periódicos "han convertido la ciudad en teatro vergonzoso de los mayores dicterios y obscenidades, en que no se respeta ni el honor ni el sexo ni los derechos de los matrimonios, ni las debilidades más ocultas...".

—Juan Bautista, te lo ruego, mañana no salgas de la casa.

Y mi abuela: Juan Bautista, no olvides quién sos, quién es tu padre.

Los grandes cartelones, impresos en tinta roja, sembraron el equívoco. El pueblo creyó que juzgarían a Juan Manuel, y a la mañana siguiente, mucho antes de las diez, una muchedumbre enardecida colmó la Plaza de la Victoria.

A pie, a caballo, el pueblo movilizado por los restauradores, invadió los alrededores del Cabildo. La gritería y el alboroto obligó a interrumpir la audiencia. Obtenido esto, la muchedumbre comenzó a recorrer las calles, exigiendo la renuncia del gobernador Balcarce, al grito de ¡viva el Restaurador de las Leyes!, ¡viva Rosas!, y luego ¡a Barracas, al puente de Gálvez!

Los comerciantes cerraron sus negocios; los empleados abandonaron las oficinas y unieron su marcha a la muchedumbre. Encolumnados se dirigieron a Barracas y acamparon sobre el Riachuelo, junto al puente.

—¿Qué es una huelga, madre? —preguntó Manuela asustada.

—Lo que acaba de ocurrir, hija. La gente abandona su lugar de trabajo. Es la primera vez que ocurre, y lo hacen para reclamar el regreso de tu padre al gobierno.

Lo busqué por toda la casa. Mongo no estaba. Ña Cachonga apareció temblorosa. Se fue corriendo de los primeros, me dijo.

—¿Se ha vuelto loco?

—Mongo ama a tu padre. Él también se creyó lo de los carteles.

Encarnación habría sonreído. La abuela Agustina me lo confesó por lo bajo: no me extrañaría, tu madre es experta en ardides.

Todo fue tan rápido. Hubo muertos. Por varios días la ciudad fue un caos. Imposible salir a la calle. Una noche apedrearon el frente de nuestra casa. Encarnación se atrevió a espiar. Es un grupo de unitarios y cismáticos, dijo, son ellos.

Llovían las piedras. ¡Da la cara, asesina! ¡Machona!, gritaban. Que dé la cara tu marido, guardadito en el sur. ¡Él es el culpable de todo esto!

Mi madre ordenó pasar todas las trancas y apagar las bujías. Junto con los sirvientes en la cocina, a oscuras, aguardamos hasta que acabó el ataque. Pero la agitación en la casa me impedía dormir. Ya tarde, escuché los nudillos de Mongo en mi puerta.

—Se armó el baile, amito. Por poco me matan.

—Estás loco, ¿cómo se te ocurre meterte en el entrevero? Ña Cachonga se ha pasado las horas rezando, encendiendo velas. Dijo que los opositores te conocen, que tu mota rubia es un blanco perfecto.

Mongo bajaba la voz:

—Se armó, amito. El gobierno oldenó al general Pinedo que reduzca a los insulgentes, pero los insulgentes lo ploclamaron jefe del movimiento. Yo estaba ahí. ¡Lo que te has perdido! El jefe del regimiento acantonado en Retiro, y el otro general, el señor Izquierdo, se plonunciaron también a favor de nosotro.

—¿Nosotros?

Levantó los hombros:

—¿Y por qué no?, yo estaba ahí y también muchos de los que vienen aquí cada día.

—Madre dijo que la totalidad del ejército se plegó a los revolucionarios y vienen a sitiar la ciudad. ¿Es cierto?, y no me digas amito.

—Más que cierto. Tola la campaña se ha movilizado por la causa popular, y tu tío, el general Prudencio, se ha incolporado con seteciento miliciano.

—Madre quiere llevarnos a Cañuelas, pero quién se atreve a salir a la calle.

Al día siguiente apareció en los periódicos la petición de los restauradores. Acusaban al gobierno de haber tomado medidas fuera de la ley. Lo acusaban también de que el ejército estaba en manos de extranjeros —eran uruguayos los generales Enrique Martínez y Félix de Olazábal—, para culminar exigiéndole a la Sala que eligiera un nuevo gobernador.

El general de Olazábal permaneció inconmovible frente al reclamo, y aseguró: "Antes de hacer arreglo alguno prefiero degollar a todos los familiares de los sitiadores, prender fuego a la ciudad y poner a saco la campaña".

Mi madre sentenció:

—El pueblo se ha pronunciado, y apoya a los restauradores. Sólo resta confiar en nuestra suerte, pero más que nada, confiar en Dios.

GUÍA PARA MATAR UN HALCÓN

Desafiando el fuego —cada vez más denso— de las guerrillas suburbanas, Mongo llegó sin sangre hasta mi cuarto. Caía la tarde.

—Acabo de ver a Florentina entrando en la mancebía de la Parda.

No me costó eludir los controles de Encarnación. Ensillé el zaino y con Mongo en el anca, partí convencido de que la domadora estaba en peligro.

Sólo calles vacías. Sin embargo, vimos sombras escurriéndose por las tapias. Un par de caballeros embozados entró rápidamente en el atrio de Nuestra Señora de la Concepción. Seguimos por Independencia al galope. Ya casi al llegar —la Parda vivía varias cuadras más allá de la Casa de Ejercicios— un grupo de jinetes armados cruzó la esquina por Solís y se perdió en la noche.

Golpeé con la aldaba en la cancel como para que no quedara nadie despierto.

La puerta se abrió y yo entré a los gritos.

—No hagas ruido, Juan, ¿qué son esos modales?

Ocultamos al zaino entre los yuyos del sitio baldío de enfrente. Desde allí Mongo me haría la guardia, hasta tanto yo le hiciera alguna señal.

—¿Dónde está la niña del halcón? —repetí.

En bata y con la mitad de sus pechos al aire, la Parda seguía reclamándome modales. En el salón, un piano desafinaba.

—Dejame pasar, sé que la niña está aquí.

—Scchh, no grites. Zozó está conmigo. Es la primera vez que la trae. Dijo que no quería dejarla sola.

Todavía en el zaguán, abierta como un gendarme, no me dejaba pasar.

—Quiero verla.

—Corren chismes, Juanito. Vos sabés de qué te hablo.

—No me importa. Quiero verla.

Una mujer se asomó por la puerta del salón. Entreví algunos

hombres. El más cercano alcanzó a verme también. Creí reconocerlo: un perfil cortado a hachazos y el ojo oblicuo. Cuando alzó la ceja entendí que él también me había reconocido. Alguien me lo había señalado en una pulpería y murmuró: es el Taita Aparicio, gaucho peligroso si los hay, matrero como él solo. Por la espalda, un facón de más de dos cuartas le cruzaba el cinto.

—De aquí no me muevo. Tendrás que sacarme con los milicos.

Pensó un momento. Suspiró, resignada. Luego, se encogió de hombros y me dejó pasar.

—Está durmiendo en el altillo. No me armes barullo.

Atravesé la casa y salí al patio del fondo. En dos zancadas trepé la escalera.

Allí estaba la niña, dormida, hecha un bollito en medio de una cama enorme. Al cerrar la puerta, la llama del candil osciló. Vi otros puntos de luz. La vela se reflejaba en el cristal de sus ojos.

Aferrado al respaldo, sin el capirote, sin ataduras, Ajna vigilaba.

Me acerqué en puntas de pie. No llegué a sentarme. Apenas había doblado la cintura cuando el graznido del halcón me perforó el oído. Florentina pegó un salto. El halcón aleteó y alcanzó a despegar las garras.

—¡Quieto! Quieto, Ajna.

El halcón se contuvo, y ella se sumergió en mis brazos. Por primera vez le devolví los besos.

Ella se separaba para mirarme, sonreía y retomaba las caricias. Me acariciaba la cara, el pelo, las manos. Me besaba las manos.

—¿Estás bien?

—Ahora contigo más que nunca.

Me tendí a su lado. Le pregunté ¿has comido? No tengo hambre. ¿Ajna comió? Él sí comió.

Lado a lado estuvimos un rato mirando las manchas del techo. De reojo la observaba respirar, tranquila. Se me ocurrió que, como los animales, Florentina, sólo sabía vivir el presente. La miré otra vez, podría montarte aquí mismo, pensé, como a una potranca. Podría hacerte gritar y desganarme entre tus piernas. Seguramente nunca has tenido a un hombre encima, pero no voy a hacerlo, no tengas miedo, porque no soportaría tu desprecio, menos aún tu dolor. Entonces ella, intrigada, se volvió para mirarme y sonrió.

—¿Si no le hubieras ordenado estarse quieto, qué hubiera pasado?

—Te hubiera arrancado un ojo —y enseguida corrigió—: Los dos ojos.

—Te obedece como un perro. Nunca lo hubiera creído de una rapaz. Por aquí tenemos halcones, pero a nadie se le ocurre amaestrarlos.

—Ajna es inteligente y afectuoso.

—Afectuoso con vos.

—Pronto lo será contigo también.

Me hacía gracia como pronunciaba las eses, y el dejo de su acento. Pero eran sin duda las manchas del techo las que acaparaban toda su atención.

—Juan Bautista, ¿qué significan las sombras que vemos en la luna?

Otra que hace preguntas, me dije.

—Son volcanes y montañas.

—Es una cara.

—¿Para qué preguntás, entonces? Te digo que son montañas —crucé los brazos por la nuca, y suspiré—. Nunca vi una montaña.

Tendidos en la cama, uno junto al otro, sin tocarnos, fuimos dejando pasar el tiempo.

—Juan, ¿por qué late el corazón?

—No tengo ganas de pensar, Florentina. No lo sé.

Sí lo sabes. No lo sé. Dime, ¿por qué late? Porque tiene vida propia.

Pasaron algunos minutos y retomó el cuestionario.

—Juan Bautista, ¿cuál es la cosa que posee más valor en el mundo?

—El aire —le contesté rápido, y agregué—: Porque el aire es Dios, está en todas partes. Dios se respira.

—No —me corrigió—, lo más importante es el amor. De él dependen todas las formas superiores de la vida.

—Y las inferiores también. Además, mi abuela dice que Dios es amor. Y basta de preguntas.

En eso golpearon a la puerta. Abrí. Una muchacha del servicio me puso en las manos una bandeja con una jarra y dos vasos. Uno estaba lleno.

—Se lo envía la Parda, señorito. La limonada es para la niña.

Florentina dijo que no tenía sed. Yo me serví de la pequeña jarra. Era vino. Empecé a caminar alrededor de la cama, bebiendo. Ajna no me perdía de vista.

—Qué curioso —exclamé—. Se me olvidó contarte que toco el piano.

Pero ella estaba somnolienta, y no mostró el menor interés sobre mi condición de pianista. Me dolió.

—¿Por qué sos tan blanca? ¿Acaso tus padres...?

Se contrajo. Sin embargo, exclamó.

—Fue en Marsella, un gitano yugoeslavo me llevó al carromato de Zozó. No le pidió nada a cambio. Yo era muy pequeña. Mi nombre completo es Florentina Boniface. Crecí cerca de Cádiz, pero sé hablar francés —y acabó—: Zozó es mi padre.

Me hubiera gustado acariciarla, pero no la toqué. Volví a servirme, y empiné el vaso hasta el fondo.

—Tiene gusto a canela —dije—. Canela mezclado con azafrán amargo.

Comenzó a pesarme la cabeza, luego las piernas. Me acosté. Entonces ella se levantó de un salto y se puso a bailar alrededor de la cama.

El espejo de pie reproducía su figura. Así bailamos en Sevilla, me dijo. Por entre las sedas asomaban sus piernas de niña, el empeine arqueado. Tanta gracia no necesitó de la música. Pero no tuve fuerzas para incorporarme. Le dije, qué lástima, me cuesta mantener los ojos abiertos.

De pronto, sus manos actuaron rápidas, desató los lazos y su túnica cayó al suelo. Quedó quieta frente a mí, de la cintura para arriba desnuda.

Desconcertado, intenté otra vez vez incorporarme, pero tampoco pude. Ella me hablaba.

—Quiero que todo mi cuerpo te mire —decía—, mi piel, los pelitos que me van creciendo por aquí te miren —y en un ademán de cintura, le cayeron los calzones hasta los tobillos—. Quiero que me conozcas entera, antes de irme —qué triste su voz—. Zozó tiene contrato para Río de Janeiro, y nos vamos mañana.

Seguramente lo hizo como una ofrenda. Yo sólo vi la imagen del desamparo, de la más tajante orfandad. Vi cómo apretaba los puñitos al extremo de sus brazos desplomados a lo largo de su cuerpo, los hombros vencidos, al borde del llanto.

—Quiero que me mires por última vez —sollozó.

Quise levantarme, abrazarla. La cama dio vueltas conmigo.

—Si pudiera quedarme aquí, Juan… Odio los viajes, las tormentas en el mar.

Desnudo, intenso, todo su cuerpo me miraba. Sus lágrimas también me miraban, sus mejillas temblando debajo de las lágrimas, los pechos pequeños, los pelitos rubios de su pubis me miraban.

Otra vez intenté levantarme. El mareo me tumbó la cabeza, ¿te vas?, ¿cómo es que te vas…? La parálisis me trabó la lengua. La última imagen que guardo es Florentina anudando el lazo de su túnica, nuevamente vestida.

Caí en un sueño pesado. Olía a flores. Muchas veces intenté

abrir los ojos y descubrir de dónde salía aquel perfume. Espeso, penetrante, el perfume me levantaba en brazos. Luego me dejaba caer, hundido para siempre en el sueño.

No sé lo que ocurrió, me lo contaron. Fueron los graznidos del halcón y los gritos de aquel hombre, los que obligaron a la Parda y a otras personas a acudir en tropel hasta el patio.

Al pie de la escalera, el Taita Aparicio se retorcía de dolor. Al apartarle las manos de la cara, le apareció un ojo colgando. Del otro, sólo quedaba un hueco, por el que la sangre manaba a chorros.

Unos escalones más arriba, acuchillado, Ajna agonizaba junto al facón. Cuando le abrieron el buche, apareció el otro ojo del hombre, intacto.

La sangre trepaba la escalera.

El revuelo y los gritos llegaron a la calle. Mongo entró corriendo. Se tropezó con Zozó que iba hacia el patio poniéndose los pantalones.

—¿Qué ha pasado? Por Dios, ¿qué ha pasado?

De todos los cuartos salían parejas a medio vestir.

Mongo esquivó al herido y a los que intentaban socorrerlo; esquivó al halcón, los charcos de sangre, y junto con Zozó y la Parda fue de los primeros en entrar al cuarto del altillo.

Después, Mongo me contó que ya a mitad de la escalera el silencio arriba le anunció la tragedia.

La lámpara iluminaba lo que a primera vista los tranquilizó. Sin embargo, la potencia de aquellos gritos, el alboroto y las corridas, revelaban que ese sueño extendido sobre la cama no era todo.

Desesperado, Mongo comenzó a sacudirme. La Parda trató de despertar a la niña.

Yo dormía profundamente. A mi lado, Florentina estaba muerta.

Mongo pretendió sacarme de allí. Zozó se lo impidió.

Poco después, el jefe de policía hizo el relevamiento del caso.

Aparicio, gaucho peligroso. Dijeron que la mató con una sola mano. Una presión apenas y le quebró el cuello. Que tal vez su intención fue sólo violarla, pero que el halcón se lo impidió. Luchó con el ave. Quiso huir, las garras clavadas en su cabeza. Desenfundó el facón, acuchilló hacia arriba, pero cuando llegó al pie de la escalera, ya no tenía ojos.

¿Quién era ese hombre? ¿Un fanático a sueldo? Lo señalaron responsable de muchos trabajos sucios para unos tales Iriarte y Montenegro. Sin embargo, comprobaron que actuó por propia iniciativa. Creyó que enlodando al hijo de Rosas acortaría el camino de la solución al conflicto que, por ese tiempo, se había desatado en Buenos Aires.

No voy a hablar del escándalo, de las murmuraciones, de todas las culpas que me cayeron encima. Por dos días completos, mi madre no salió de su alcoba.

Esa misma madrugada, imprevistamente, el comandante Vicente González —el Carancho del Monte— se había hecho presente en mi casa, enviado por mi padre para reclamar los pedidos que, desde el sur, le hacía al gobierno, y que nunca se concretaban.

Cuando la policía fue a mi casa, el Carancho y mi madre mateaban en la galería.

Fueron el propio comandante y Mongo —que no se apartó del lado de la cama donde yo seguía durmiendo— los que me alzaron y me llevaron de regreso.

—No hay duda que fue una trampa.

Zozó lloraba en el patio. Al vernos se nos abalanzó y quiso golpearte, amito, me contó Mongo después, pero que el Carancho lo frenó. Vaya usted al hospital y golpee al gaucho matrero, si es que todavía está vivo, le dijo. El muchacho no tiene la culpa.

—¡La tiene! ¡Él la volvió loca a mi niña!

Octubre de mil ochocientos treinta y tres. Fecha desgraciada.

En la confusión algunos clientes huyeron. Otros quedaron allí mismo, detenidos junto con la Parda y sus pupilas, hasta tanto hicieran declaración y se labraran las actas.

La Parda juró y perjuró que ella nunca me envió ese vino. La muchacha del servicio dijo que el tal Aparicio le preguntó que en qué cuarto se había metido el joven rubio, y que luego volvió con una jarra de vino para pedirle que me la llevara de parte de la Parda.

La mulata que esa noche estuvo con Aparicio contó que ella siempre tenía en su mesa un frasco con una mezcla de hierbas y láudano, que tomaba para calmar sus dolores de estómago, y que le ayudaba también a conciliar el sueño. Agregó que Aparicio estaba al tanto del contenido del frasco, y que esa misma noche volvió a pedirle le repitiera, expresamente, para qué lo tomaba. Preguntado el boticario confirmó que se trataba de láudano de Sydenham, y que entre otros compuestos contenía opio de Esmirna, azafrán y canela.

No sé con quiénes hablaron ni cómo lo lograron. Tal vez chantaje. Tal vez un intercambio por favores recibidos, o un pacto entre pares, pero mi madre y el Carancho obtuvieron la promesa del jefe de policía de que guardaría silencio acerca de mi presencia en el escenario de los hechos. Y, milagrosamente, cumplió. Sólo en un par de papeles salió la noticia de que una integrante de la troupe de la Compañía Francesa de Barces y Martinier, apodada "la domadora de pájaros" —tal como se la anunciaba en los carteles— había aparecido muerta en la mancebía de la Parda, "bajo circunstancias que la policía todavía investiga". Ningún papel registró la muerte del gaucho Aparicio, acaecida en el hospital.

Días después, Zozó Boniface y el circo embarcaron rumbo a Brasil. Antes de partir, Zozó quiso verme pero mi madre se lo impidió. Pasado el tiempo intenté averiguar dónde habían enterrado a Florentina. Fue inútil. Pero frente a mi insistencia, Encarnación aconsejó: echemos un manto de olvido.

Mongo añadió un detalle: lo único que se sabe, amito, es que la enterraron junto con el halcón.

Desperté en mi cama, atacado de náuseas. Era de noche. Avivé el candil y descubrí a Mongo durmiendo a mi lado, en un catre de campaña. Lo zamarreé para despertarlo. ¿Qué ha pasado?, ¿cómo llegué aquí?

—Estás en tu casa, amito.

—Ya sé que estoy en mi casa. Pero, ¿cómo llegué aquí?

—Has dormido casi dos días.

Confundido, todavía haciendo arcadas, me senté en la cama. Ya totalmente despierto, Mongo puso los pies en el suelo y se quedó mirándome. Yo también lo miraba. Varias veces le hice un gesto como diciendo: ¿no me vas a contar lo que ha pasado?

De golpe, apareció Florentina en mi memoria, bailando, luego la blancura de su cuerpo desnudo. Después, nada. Sacudí la cabeza, tenía la imagen borrosa de una lámpara sobre mis ojos, y al doctor Lepper que me obligaba a beber un líquido blanco.

—Mongo, ¿qué pasó?

Comencé a preocuparme. Nunca antes lo había visto tan triste, tan serio.

Olvidé cómo me lo dijo, las palabras que usó.

Cuando recobré la conciencia, al otro lado de la burbuja Mongo lloraba.

LA HUELLA DEL DOLOR

La vergüenza ahogó a Mercedes, y rompió nuestro compromiso.

—Confesá, desgraciado, ¿la tocaste? Antes que el otro la matara vos la tocaste. Confesá. La tocaste.

—Jamás se me pasó por la mente, jamás. Puedo jurarlo.

—¡Vas a pagar por esto!

Bañado en sudor, me despertaba por las noches gritando. ¡No la toqué! ¡No la toqué!, puedo jurarlo. Todos me pegaban y me insultaban. La pesadilla me perseguía aun despierto. Entraba y salía gente de mi cuarto. Yo ardía en fiebre. ¡No la toqué! ¡No la toqué! Cualquier roce me espantaba. Encarnación ponía en mi frente paños fríos. Soy yo, hijo, no tengas miedo.

La tomé por los brazos.

—Madre, ayúdeme, necesito que me abrace —la atraje hacia mí, pero ella se mantuvo rígida, presionando sobre mi frente el paño frío.

—Yo no la maté, madre. Se lo juro.

—Tratá de descansar, Juan. Sabemos que vos no la mataste.

—Perdóneme, madre, necesito que me perdone.

—¿Te enamoraste de ella?

Demoré en contestarle.

—No lo creo y eso es lo peor, madre. Éramos sólo amigos.

Su muerte me devastó. Pasé días y días encerrado, hervido de fiebre. Mi cuarto daba a la galería del segundo patio. Mongo abría los postigos para que entrara luz. Mirá, amito, están floreciendo los jazmines.

Su perfume me traía el recuerdo de aquel sueño envuelto en aromas, y las lágrimas volvían a brotar de mis ojos, sin que yo hiciera el mínimo esfuerzo.

Mongo insistía en ponerme al tanto de lo que estaba pasando:

—La ciudad está sitiada, Juanito, prepalada pala la defensa.

Hay fuego de guerrilla y los restauladore vienen avanzando hacia la plaza.

—No me interesa. Que se maten, que incendien todo.

—¡Amito! Vo te lo perdé. La legilatula ha pedido un amiticio al general Pinedo, y él lo ha concedido, sólo por veinticuatro hora. Escuchame, amito. Exigen a cambio la cabeza de Balcarce. E grave, amito, muy grave, ¡le van a coltal la cabeza al general…!

—Dejame solo.

Sin duda era grave lo que estaba ocurriendo. En medio de manifestaciones, y mucho alboroto, Balcarce fue exonerado de su cargo, y la Legislatura eligió al general Viamonte como gobernador de Buenos Aires. Constantemente había corridas y tiroteos. En la Sala se acusaban unos a otros, se cruzaban de bando, prometían venganza.

Mongo me machacaba la paciencia. Estaba convencido de que con su parte diario sobre los acontecimientos yo recuperaría el ánimo. Lo único que lograba era abatirme más todavía.

—Ña Encarnación está en la sala reunida, ¿no te interesa?

—No.

—Si viera, amito, meten miedo. Hay toda una tropa ahí afuera y tu madre conversa tan pancha con el jefe de la división. Han venido escuadrones de Monte, Lobo, Cañuela, Matanza… Yo me le acelqué y le plegunté no má.

—Callate, Mongo, dejame tranquilo.

—Estoy tlanquilo, amito. Ña Encalnación dice que tolo va bien, que el pueblo se ha plonunciado, que la población detesta al oplesor, y por esto se ha unido a la columna de lo restauladore.

—Hablá bien, Mongo. Vos sabés hablar bien, y no como negro bozal.

—É el miedo, Juanito.

El gobierno creyó encontrar una salida: Viamonte, por medio del ministro de guerra, urgió oficialmente a Rosas para que acudiera en defensa del orden público.

A fines de octubre llegó desde el sur la respuesta de mi padre: "Ahora no puedo responder de la pública tranquilidad. Cuando así se ha procedido, los ciudadanos, a mi juicio, tienen razón sobrada, y el culpable no es la población, que armada en masa exige el cumplimiento de las leyes, y pide lo que con tanta injusticia se le ha estado negando… Todo lo ocurrido, no ha sido sino el ejercicio del derecho de petición, para que se restaure la ley y el orden. Derecho que fue usado por el pueblo".

Y Viamonte fue al encuentro del general Pinedo, y el siete de noviembre entraron los dos en la ciudad. Buenos Aires los esperó toda embanderada, repicando las campanas de las iglesias. Durante tres horas, por delante del cabildo, desfilaron siete mil hombres con sus caballos, carabinas y lanzas adornados con cintas coloradas.

Pero Encarnación no estaba conforme. Reunida en el primer patio con algunos generales y hombres prominentes del federalismo, cambiaba opiniones mostrando su descontento.

—La revolución ha sido una exigencia del pueblo, señores. Ha evitado la anarquía y ha robustecido al Estado, pero Viamonte no me inspira confianza.

Yo los escuchaba desde la otra punta del patio, apoyado contra una columna. Tanto ardor, tanto compromiso, hubiera querido parecerme a ellos, hubiera dado cualquier cosa por transformar mi dolor en una bandera, y salir a gritar por las calles.

Reconocí la voz del general Guido:

—Pongamos primero las cosas en su lugar. Ha sido una revuelta popular de los gauchos y las plebes contra la aristocracia. Alberdi lo llamaría un movimiento de clase. Obremos en consecuencia.

Encarnación se mostraba inflexible. Desaprobaba a los federales de categoría que desautorizaron a los cabecillas restauradores y nombraron luego a Viamonte. Les reitero, señaló, no me inspira confianza.

Sólo había calma en torno a mi cuarto, el resto de la casa era un trajín que no paraba ni siquiera de noche, frecuentada por espías, comedidos, pedigüeños, oficiales, soldados. Tía Pepita comandaba su propia tropa de esclavos y sirvientes —los unitarios habían comenzado a llamarla la mulata Toribia—.

Encarnación no descansaba. La culparon de ser la instigadora de algunos asaltos; de haber hecho balear el frente de la casa de Olazábal; de mandar a propinar palizas a varios opositores. La tildaron de mujer vulgar y de borracha. En verdad, Encarnación deslumbró —y escandalizó también— a la sociedad de nuestro tiempo. Era una mujer diferente, con personalidad propia, algo a lo que los señorones no estaban acostumbrados.

Ugarteche, Balcarce, Iriarte y los hermanos Olazábal tuvieron que emigrar a la Banda Oriental para salvar el pellejo. Tomás Guido le escribió a mi padre pidiéndole que depusiera diferencias y regresara a Buenos Aires, para hacerse cargo del gobierno. Le decía: "en vano es cansarse, los medios de acción que usted posee ningún otro los tiene".

A primeros de diciembre llegó el general Facundo Quiroga, y por unos días se alojó en mi casa. Nombró a mi madre su apoderada.

—Es para mí una honra, general —le dijo.

Abandoné mi encierro para saludarlo, y esa noche me permitieron sentarme con ellos a la mesa. Entre los invitados estaban Tomás Guido y su esposa, Pilar Spano. Antes de pasar al comedor, él leyó un párrafo de una carta que le había escrito el general San Martín desde Francia, en respuesta a una suya anterior, donde le contaba lo ocurrido. Decía don José: "el hombre que establezca el orden en nuestra patria, sean cuales sean los medios que para ello emplee, es el que merecerá el noble título de libertador".

Y yo encerrado en mi cuarto y tantas cosas que pasaban afuera, en mi propio patio, en la provincia, en el mundo.

Mientras comíamos me enteré de que, en conferencias de muy alto nivel, tanto en Madrid como en París, a las que había asistido Rivadavia, se maquinaba la posibilidad cierta de monarquizar a la Argentina, Uruguay, Chile y Bolivia, imponiéndonos un rey. Guido contó que, curiosamente, Rivadavia pronto volvería a Buenos Aires.

Quiroga se explayó sin reparos:

—Hace años que este canalla anda en esos manejos. Como todo lacayo, muere por la nobleza.

No les cabía duda, el coordinador de semejante proyecto era Bernardino Rivadavia, al que mi padre llamaba mulato de mierda. La noticia venía vía Londres, en informe secreto del doctor Manuel Moreno, donde revelaba a las autoridades de Buenos Aires los contactos oficiales habidos en Europa, por los que se reconocería nuestra independencia, siempre y cuando aceptásemos un príncipe europeo.

Guido agregó que tal informe secreto del doctor Moreno incluía el plan que los unitarios estaban urdiendo, en connivencia con el gobierno uruguayo: adueñarse de Entre Ríos, de la navegación del río Uruguay e invadir Buenos Aires. Formar luego un ejército, cuyo mando se le entregaría a Estanislao López, previamente seducido para que rompa con Quiroga y Rosas.

Según ese informe, López ya estaba apalabrado, y se declararía a favor de la revolución. Logrado el objetivo, se los eliminaría a los tres: primero a Rosas, luego a Quiroga y por último a López.

Facundo pegó un manotazo sobre la mesa y derribó algunas copas.

—No se preocupe, general —le dijo mi madre—. Es poca cosa un mantel manchado con vino frente a los planes de la facción traidora.

Enterado más tarde, Rosas le escribió a Estanislao López para advertirlo. Éste respondió que las intrigas no lo comprometían a él, sino a Tomás Cullen, ministro suyo, de origen español-uruguayo.

Encarnación tomó la delantera:

—Debemos estar preparados, señores, y comenzar a trabajar con energía. Juan Manuel me ha escrito diciendo que muy pronto dará por concluida la expedición, que como todos ustedes saben ha sido un éxito. En los próximos días —continuó— los diarios comenzarán a publicar las listas de los mil cuatrocientos cautivos rescatados, que ya están volviendo a reunirse con sus familias, después de vivir años con los indios —y concluyó—: Debemos destruir la logia y el entronizamiento de los unitarios. Debemos salvar el país a toda costa.

Guido se atrevió a pensar en voz alta:

—Hay que reconocer que la posición de Juan Manuel es sumamente delicada. Si ahora toma injerencia en la política, es malo. Si no lo hace, sucumbirá el país por la cantidad de aspirantes que hay, de los cuales son muy pocos los capaces de dar dirección al gobierno.

Pero las miradas permanecían fijas en Encarnación. Todos pensando ya de qué forma y cómo capitalizarían el triunfo de la campaña al desierto, y comenzar a preparar el retorno del federalismo al poder.

—¿Se sabe ya cuántos infieles murieron? —preguntó Quiroga.

Encarnación le respondió:

—Dos mil, y muy contados expedicionarios.

Pedí permiso y me retiré de la mesa.

Salvar el país.

Benditos ellos que parecían tenerlo todo tan claro. Capaces de indicar al resto cuál era el camino. ¿Y los unitarios? ¿Acaso ellos no pregonaban también que su dirección era la indicada, que por ser tan leídos, tan civilizados, tan cultos, tan patricios, les correspondía el título de dirigentes naturales de la patria?

Movimiento de clase, lo había resumido, claramente, el general Guido: la chusma hedionda —término usado por los señores unitarios— enfrentada a la aristocracia.

Desde el comienzo, mi padre había vaticinado que esos señoritos, no conformes con su derrota, vivirían en permanente conspiración, pues se consideraban los únicos, por sus luces y sus talentos, con derecho a gobernar. Por doctrinarismo, y por sentirse humillados y despojados, recurrirían a todos los medios en su intento de recuperar el gobierno.

Mucho seguía llamándome la atención que mi padre, perteneciendo a la clase privilegiada, hubiera optado por defender a la "chusma hedionda". ¿O acaso la utilizó como estrategia para beneficiar a los de su sector, los estancieros?

En abril del año siguiente, Rivadavia desembarcó en Buenos Aires. Pero el gobernador Viamonte, por razones de seguridad pública, lo expulsó inmediatamente del país. Y estaba en lo cierto. El pueblo reconocía a Rivadavia como el padre del golpe decembrista —el que derrocó al general Dorrego—, parte del origen de las desgracias pasadas desde entonces. Además de saberlo también complicado en los proyectos monárquicos europeos, y en los planes subversivos en combinación con el gobierno uruguayo y los unitarios exiliados en Montevideo.

Salvar el país a toda costa. Tal vez se debió salvarlo de ellos, de todos ellos, incluido mi padre.

Me pregunté qué era lo que los había llevado a tomar partido, tanto a unos como a otros. Qué influencias, qué manejos, qué conveniencias económicas, ¡Dios mío!, los empujó a lo largo de los años, de las décadas, a batallar sin cuartel, a despedazarse, destruidas familias, patrimonios, lealtades.

Pocos hubieran podido responder: lo hicimos por el bien común, la patria, la tierra, nuestra bandera y soberanía; por nuestra identidad como país y como ciudadanos de una nación libre, hemos dado nuestra sangre, y la seguiremos dando hasta lograrlo. Muy pocos podrían decir esto.

Tantos otros, si hubieran tenido la honestidad y el coraje, deberían haber respondido que lo hicieron por ambición personal, por apetencia de poder, por estupidez o ignorancia, convencidos desde la cuna de que ellos eran los dueños; los únicos capaces de decidir por la mayoría.

Dudas y preguntas. Yo tenía apenas diecinueve años y, según mi padre, mucho ya de que arrepentirme.

Juan Manuel regresó a Buenos Aires a fines de enero del treinta y cuatro. Manifestó a mi madre y a sus amigos el deseo de retirarse de la vida pública. El general de la independencia, Agustín Pinedo, le rogó que no lo hiciera.

Con diversos decretos el gobierno honró al ejército expedicionario y resolvió erigirle un monumento en las márgenes del río Colorado. Entregó condecoraciones a Rosas y a sus oficiales. Mi padre recibió además —por parte de la Legislatura— la donación de la isla Choele-Choel, una medalla, banda y espada de oro, de acuerdo con el decreto que decía: al "ilustre defensor que engrandeció la provincia y aseguró sus propiedades".

Mi padre pidió tierras públicas a cambio de esa isla. Se las concedieron.

Aturdido por todo lo que se había dicho en torno a esa mesa, regresé a mi cuarto. Mongo me estaba esperando.

—No es necesario que sigas durmiendo conmigo, estoy bien.

—Sé que ya estás bien, Juanito, por eso te traigo esto, para que la guardes de recuerdo.

Puso sobre mi mesa, suavemente, como si se tratase de un ser vivo, una pluma blanca, larga, de cañón grueso.

—No sé por qué la levanté del suelo aquella noche —me dijo—. Es del halcón.

Todavía conservo esa pluma, la guardo aquí entre mis papeles, sobre el escritorio en mi casa de Londres. Juego con ella, la acaricio. Puedo hacerlo ahora sin que se me llenen los ojos de lágrimas. Pero no quiero soñar. No quiero verlo regresando al guantelete después del vuelo, ni a ella poniéndole el capirote, no quiero.

En mis recuerdos, la domadora y su pájaro ocupan un mismo espacio de luz, de ternura infinita, juntos, Florentina y Ajna. Y aunque el tiempo mitigó el dolor y borró la culpa, hasta el final de mis días pesará sobre mi alma esa sombra.

Fui una víctima de las circunstancias, por ser quien era.

LO QUE QUEDÓ EN EL CAMINO

Mi joven corazón sangró como nunca.

Sangro ahora, condenado al exilio, esperando una carta que nunca llega, esperando como siempre —soñador incorregible— que alguien me diga que todo no fue más que una pesadilla, que puedo volver a Buenos Aires. Más aún, que nunca me fui de mi casa.

Seguramente, cuando ella advirtió el peligro chasqueó la lengua contra el paladar. Seguramente me sacudió, me llamó, se prendió a mi brazo pidiéndome ayuda, sin comprender por qué yo no despertaba.

Sólo Ajna reaccionó, el guardián afectuoso.

Sueño a veces que lucho con aquel hombre, que lo venzo. Veo su ojo maligno por la puerta entreabierta, y esa ceja que arqueó al reconocerme.

La sueño a ella volando junto al pájaro, o colgada de mi cuello cubriéndome de besos.

Qué difícil fue aquel año para mí. A la pequeña Juana se la llevó tía Andrea a vivir con ella y Francisco, su marido. Nadie como yo sintió el vacío que dejó su ausencia. Desnudos los árboles en el último patio, donde pasó la mayor parte de su corta existencia, trepada a las ramas, o columpiándose absorta, la boca siempre entreabierta en una exclamación que nunca supe si era de pena o de alegría.

Tía Mercedes ya se había ido, casada con el boliviano Miguel Rivera, médico, mestizo, emparentado con Túpac Amaru. Si bien podía visitarlos en su casa, no fue lo mismo. Ya nunca más se acercaría Mercedes a mi cama para leerme los cuentos que ella misma escribía en un cuaderno de tapas duras. ¿Te gustó?, es mío. No se lo digas a nadie, Juanito, pero ahora estoy escribiendo una novela. ¡Una novela!, ¿de qué se trata? Entonces, ella me contaba una historia donde había una señorita que se enamoraba de un soldado. Una señorita que se parecía a ella, que le gustaba hacer bromas, reír, cantar, hasta que llegó el dolor a su vida.

Con su trotecito, Naco avanzaba por el patio. Cuando oyó mi voz enfiló hacia nosotros. De pronto, chocó contra la pata de una hamaca, sacudió la cabeza y siguió caminando. Sorprendido, exclamé: perro tonto, no mira por dónde camina. Entonces volvió a chocar, pero contra una maceta.

—Ese perro está ciego —dijo Mongo.

Llegó hasta mis pies, olfateó, trató de saltar hasta mi falda, pero quedó colgado de mis rodillas. Lo alcé, lo besé, y le atrapé la cabeza para que no la moviera.

—¿Cómo es que no me di cuenta? ¿Cuánto hace de esto?

Un par de velos azulados le cubría los ojos.

—Está viejo, amito.

Demoré en descubrir su ceguera porque a pesar de la desgracia siguió siendo el mismo. Hasta que lo vi tropezar.

Sentado en mi falda, se quedó mirándome —no me veía— desencajado, preguntándose —¿se preguntan los perros?—: ¿cómo puede ser que no te vea?, sé que sos vos, Juanito, porque es tu olor, tu voz, pero no te veo. Y sé que no es de noche, porque el sol calienta mis orejas. Pero no te veo.

—¡Qué hago, Mongo!

—Qué hace el Naco, amito.

Más que sus ojos tan vivaces en un tiempo, buscándome, aquella mirada suya, ciega, desconsolada, me dio la dimensión del cariño que nos unía, la dimensión de su tragedia —¿saben los perros de tragedias?—, y lo abracé muy fuerte y me largué a llorar, yo también ciego de pena.

—Tá sensible el amito.

Muchas veces lo había dejado solo, abandonado a la buena voluntad de ña Cachonga para cuidarlo. Tantas veces ignoré su alegría, sus saltos, su lengua buscando mis manos, y lo aparté para que me dejara tranquilo. Pero no desistía, desde un rincón, me miraba atento, esperando que hiciera alguna señal que indicara que mi enojo no era con él. Sin equivocarme, puedo decir que el remolino de su cola fue la mayor demostración de afecto que yo recibía cuando regresaba a la casa.

Tantas tardes y noches enteras pasamos los dos acurrucados en mi cama cuando murió Florentina. De vez en cuando me tiraba un lengüetazo, como diciendo podés contar conmigo. Y yo me dormía con ese bollo tibio incrustado en mis riñones. Naco viejo, y ya estabas ciego.

A mí me gustaba cuando decían caudillo refiriéndose a mi padre. Fue ese caudillo el que volvió a condenarme al silencio, ya enterado del episodio en la mancebía de la Parda. Regresó del desierto haciendo escalas, pero no llegó a Buenos Aires. Se instaló en su estancia del Pino y desde allí nos mandó llamar. Fui con mi madre, Manuela y el general Quiroga. Facundo lo pondría al tanto, en detalle, de lo que verdaderamente impidió que él participara de la expedición al desierto. Le contó también de las componendas de los Reinafé con el cacique Yanquetruz y de sus turbios negocios con ganados robados por los indios.

Le pregunté a mi madre: ¿tatita sabe lo que pasó en lo de la Parda? Sí, lo sabe.

Con Naco en brazos, fui el último en descender de la galera. Me presenté frente a él y le tendí la mano. Me la estrechó. Eso fue todo.

Hubiera preferido un reto, gritos, reproches, tal vez una conversación a solas. Pero no. Silencio absoluto.

Lo vi más delgado, curtido por el sol. Dicharachero con todos, chistoso como siempre, menos conmigo.

—¿Qué hace el santo día con ese cuzco peludo?

Encarnación le contó que Naco se había quedado ciego.

—Tiene corazón para el perro y no para evitar disgustos a la familia —respondió.

Nuestra visita duró apenas una semana. Ya de regreso en la ciudad, me enteré de que lo habían vuelto a nombrar gobernador.

El tatita está ahora en San Pedro, me contó Manuela. Desde allí, Rosas envió su renuncia. La Sala insistió. El tatita está ahora en San José de Flores, en la quinta de los Terrero, me puso al tanto Manuela. Desde allí, envió a la Sala su segunda, su tercera y su cuarta renuncias al cargo.

Estaba persuadido de que no contaba con los medios necesarios para obrar con la energía que demandaba la situación.

Los unitarios seguían conspirando dentro y fuera del país. El desgobierno, pero más que nada la indecisión de los federales, llegó a convencerlos de que había llegado el momento de destruir definitivamente a Rosas.

Por esos días, miles de ciudadanos firmaron las peticiones exigiendo la dimisión del gobernador Viamonte.

Cinco meses después asumió como gobernador provisional el presidente de la Legislatura, doctor Manuel Vicente Maza, ex ministro de mi padre.

Ese verano —mil ochocientos treinta y cuatro— otra vez en la estancia del Pino, oí que Juan Manuel le decía a mi madre: no busco los poderes supremos, pero te aseguro que, de no haber mediado la conspiración unitaria, ya estaríamos felizmente marchando bajo leyes constitucionales, y añadió:

—Ahora todo se ha perdido. La sangre correrá y, desgraciadamente, el país caerá en manos de los extranjeros.

Encarnación se sobresaltó:

—Lo decís como si te hubieras resignado.

Él se limitó a mirarla muy fijo, nada más.

Con Naco siempre rondándome, pasaba las horas haciendo música en el pianoforte; un espléndido Sassenhoff-Bremen que, afortunadamente, mi madre había hecho trasladar a esa estancia.

Yo hacía música y Rosas arriaba hacienda. Yo me embriagaba de sueños y ginebra, y él seguía planeando construir un país.

Con Juan Manuel nuevamente activo en la política de la provincia, visitando los pueblos cercanos a Buenos Aires, la Heroína de la Federación vio declinar su estrella.

Tu padre ya no me necesita, me confesó una noche que nos quedamos solos. Le han dicho que molesto en la política, me contó. Le acaricié las manos, no supe cómo consolarla.

Encarnación ya no participaba, se limitaba a escuchar, y muy de vez en cuando a dar una opinión. Fue ese mismo verano en que la vi decaer, no digo de espíritu, porque permanecía alerta a todo lo concerniente a Juan Manuel y a la causa, sino que vi decaer su cuerpo, su salud, gradualmente, como si fuera perdiendo el hálito.

Juan Manuel iba y venía, montaba, atendía los campos, recibía gente. Ella lo miraba ir, volver, sentada en la misma hamaca bajo los mismos paraísos.

Decía: oí el canto del chajá anunciando la lluvia; o el crespín silbó en mi ventana. ¿Sabés qué significa, Juanito, cuando silba el crespín?

Fueron años difíciles. Vivíamos sobre un volcán de pasiones y rencores desenfrenados, de conspiraciones tenebrosas.

El asesinato del general Quiroga marcó el final de una larga etapa de batallas, desencuentros y el comienzo de otra, tanto o más sangrienta.

La flamante Sociedad Popular Restauradora, formada por los ciudadanos más distinguidos del federalismo, había comenzado a hacer sentir su peso. La llamaron Mazorca, por la firme unión de sus miembros —como granos de maíz al marlo—, siempre dispuestos a defender los ideales de la Federación.

Éstos aparecieron frente a la impotencia de Viamonte para reprimir a los emponchados, que recorrían las calles baleando puertas y ventanas. Los mazorqueros —el cuerpo armado de la Mazorca—, fueron reclutados entre quinteros, bolicheros y matanceros, con el propósito de ayudar al gobierno en el cuidado del orden público.

Pisábamos tierra movediza, zangoloteados por la convulsión permanente entre facciones y, sin embargo, tratábamos de hacer una vida normal, aunque más no fuera en apariencia.

El Litoral ardía, en el Norte ocurrían hechos sangrientos. El gobernador de Salta, Pablo de la Torre, y el de Tucumán, Alejandro Heredia, se habían declarado la guerra, imputándose recíprocamente favorecer a los unitarios. Para mediar entre ellos y resolver el conflicto, el general Quiroga viajó al norte, por decisión del gobernador interino Maza.

Facundo partió de Flores y mi padre lo acompañó por Luján hasta San Antonio de Areco. Allí hablaron sobre los acontecimientos luctuosos de Salta y de los amagos secesionistas de los unitarios pro bolivianos.

Nuevamente acordaron que la causa de la Federación era tan nacional y debía ser para ellos tan sagrada como lo fue nuestra independencia política de España y de toda otra dominación extranjera.

Antes de despedirse, Juan Manuel le recalcó: es preciso ser más vigilantes, más rígidos, y consagrar el principio de que está contra nosotros el que no está del todo con nosotros. Por último, le prometió que le enviaría una carta en que resumiría sus pensamientos sobre lo conversado.

En la estancia de Figueroa, junto con Antonino Reyes, mi padre redactó esa carta, y un chasque se la alcanzó a Facundo por el camino entre Córdoba y Santiago del Estero.

Cuando se enteró, desde Pitambalá —veinticinco leguas al sur de la ciudad de Santiago—, Quiroga le comunicó a Rosas que el gobernador De la Torre había sido vencido.

Al llegar a Santiago del Estero, supo que De la Torre había sido cobardemente asesinado a lanza por los unitarios en la cárcel de Jujuy, junto con el coronel José Aguilar.

A todos los allí reunidos Facundo los alertó sobre los sobrados fundamentos que existían sobre la anexión de esa provincia a Bolivia —ya desmembrada de Salta— y les dijo: "Este acto es una señal de guerra entre ambas repúblicas. La Argentina no soportará la afrenta de que se desmembre la integridad de su territorio. Son traidores a la nación los autores de este proyecto antinacional; son dignos de ser perseguidos a muerte".

Y terminó: "Pero debemos combatir esa fatal idea sin apelar, en ningún caso, al recurso terrible de las armas. La paz interior es el bien supremo de los Estados; no podrá disfrutarse de ella si un pueblo se compone de opresores y de oprimidos… Deben ustedes trabajar por el bien de sus ciudadanos, en extinguir para siempre el fuego de la discordia, y en consolidar los sentimientos de una paz perpetua".

Tal como un testamento político fueron esas palabras suyas.

De regreso de aquel viaje, en Barranca Yaco, fue rodeado por una partida al mando del capitán Santos Pérez.

Les gritó:

—¿Qué significa esto? ¡Acérquese el jefe de la partida!

Como respuesta recibió un balazo en un ojo, que lo desplomó dentro del carruaje. Todos los que lo acompañaban —más de una docena de hombres— fueron asesinados y luego degollados. Lograron salvar sus vidas el correo y un ordenanza.

Tanto Estanislao López como los hermanos Reinafé recelaban de Quiroga. Él los había acusado públicamente ante Rosas de conspirar contra la organización de la República. Se sabía que Santos Pérez trabajaba para los Reinafé, y que éstos eran protegidos de López.

Tres años antes, Quiroga había asilado en La Rioja al sublevado teniente coronel Castillo y al vicario apostólico, monseñor José Benito Lascano, responsable este último de la excomunión de José Vicente Reinafé por cuestiones de patronato. Además, Quiroga se había opuesto tenazmente a su elección para gobernador de Córdoba, contrariando así la voluntad de López.

El asesinato de Facundo produjo una debacle. El partido federal inculpó a los unitarios de ser el rostro oculto del complot. El doctor Maza presentó su renuncia al cargo. Y el siete de marzo, la Sala de Representantes nombró a Rosas gobernador por cinco años, depositando en sus manos la suma del poder público de la provincia por todo el tiempo que a su juicio fuere necesario.

La primera condición, entre muchas otras, fue la de defender y sostener la causa nacional de la Federación, ya proclamada por todos los pueblos de la República.

Antes de aceptar el cargo, desde San José de Flores, mi padre exigió que su nombramiento fuese confirmado por un plebiscito.

La votación tuvo lugar a fines de marzo del treinta y cinco. Votaron a favor nueve mil trescientos veinte sufragantes de la ciudad. Sólo cuatro ciudadanos votaron en su contra.

Así mueren los caudillos del pueblo, dijo mi madre, que lloró amargamente la muerte de Facundo. Y su fuerza decaía, su ánimo. Encarnación ya era otra.

Seguí el curso de los acontecimientos por conversaciones que oía en la casa, o por boca de Mongo, que esperaba despierto mi regreso, después de amanecerme en pulperías o jugando al truquiflor hasta que perdí todos mis ahorros.

Ya en la ciudad o en el campo, Naco estaba siempre conmigo. Les llamaba la atención mi amor por ese perro. Es decir, cualquier cosa que yo hiciera era motivo de comentario. Me pasaba horas masajeándole las patas, creído que así podría detener su vejez. No te aflijas, Naquito, le decía, yo miro ahora por vos, como vos miraste por mí en aquellos meses de visera verde.

Había tomado la costumbre de caminar y caminar sin descanso. Pasaba por entre los muebles, oliendo prolijo, reconociendo terreno por detrás de todas las macetas, o bajaba al pasto y se quedaba allí, tendido al sol.

Tan madrugador de joven, ya viejo dormía hasta media mañana, echado sobre las mantas en un rincón de mi cuarto. Tenía que despertarlo. No se incorporaba enseguida, levantaba la cabeza y empezaba a buscarme, desconcertado. Cada mañana la misma amarga ceremonia: comprobar que ya no veía. Cerciorarse de que eso era para siempre. ¿Saben qué es para siempre los perros?

Fiel a su itinerario, lo veía pasar al tranquito, resignado, tan digno, sin una queja ni un gruñido siquiera de descontento. Junto a mí se detenía para recibir en el lomo la serie acostumbrada de caricias, y seguía su marcha.

En febrero del treinta y cinco murió Facundo Quiroga; tres meses después —en abril—, mi padre asumió por segunda vez el gobierno de la provincia. Cinco meses después, el nueve de septiembre, me casé con Mercedes Fuentes y Arguibel.

MUJERES EN MI VIDA

Nunca supe qué o quién era yo en realidad, ni cuál mi camino. Un estudiante en su momento, niño callado y taciturno, ayudante de cualquier cosa después; supuesto secretario, hacendado, coronel con el tiempo. Título que me otorgó la Cámara, a modo de puro obsequio, ya que mi participación en alguna batalla fue lo más parecido a aquellos trucos de magia que hacía Zozó Boniface. Rosas me obligó a rechazar ese título.

Nada retuve.

Juan Manuel, a veces, me demostraba que me quería. Claro que me quería, pero no podía evitar el reproche, reducido en el tiempo a una sola frase:

—Todavía espero que asiente cabeza, amiguito.

Amiguito. Nunca lo fuimos.

Pero fue su vida la que hizo posible la mía. Contar mi vida, inevitablemente, me ha llevado a contar la vida de mi padre. Mi vida sola no existe. Soy nadie. Pero, si digo que soy el hijo de Rosas, todo cambia. Aunque, honestamente, y me mortifique reconocerlo, él mereció otra clase de hijo.

La muerte de Florentina constató después que, teniéndolo todo, no me importaba nada.

Fue la ternura de Mercedes la que me devolvió la confianza, la mujer que me dio un hijo. Nada mejor pude hacer que casarme con ella. Tenía diecinueve años y era cantarina, fresca, recatada.

Al casamiento acudieron los más cercanos de la familia. Y por primera vez, le hice el amor esa noche. Noche que trepé a un altar no para desvirgar a la santa, sino a la estatua de la santa. No estaba preparado para escalar semejante muro. Ni ella para contener el tamaño de mis ansias. Sin embargo, fui tierno, persuasivo.

En lugar de enfriarme, su mojigatería me excitó más aún; me enloqueció al extremo de espantarla y se puso rígida. Le pedí que se desnudara y no quiso. Murmuró algo referido a la carne, pero le tapé la boca con besos. Traté de desnudarla y se resistió. Me alejé un momento para pensar. Jamás había imaginado una situación así. Ella me preguntó si la quería. Por toda respuesta, durante largo rato, me concentré en acariciarle los pies. Se los mimé, se los besé. Musité palabras contra su empeine rosado. Cuando la sentí calmada, comencé a escalar por sus piernas. Subía, despacio, sin dejar de besarla, y subía la seda de su bata.

Manos, besos, lengua otra vez. Se estremecía, pero no se entregaba. Nunca nadie me dijo... lloriqueó, me da vergüenza. Nunca tuviste marido.

—No te niegues, no te va a doler.

Fue toda una empresa.

Yo era experto en sexo canalla; sexo animal, desafiante y villano. No tenía idea de cómo reducir a una virgen. Sabía también lo que era hacer el amor por amor con una mujer, hasta perder las fuerzas, estragado y, sin embargo, seguir acabando todavía en un orgasmo interminable. Suspendidos después, en esa voluptuosidad sin tregua, porque ya no era el placer lo que nos empujaba, sino la eternidad, la locura. Y volvíamos a acoplarnos otra vez, y otra vez, hasta quedar sin semen para darle, hasta que ella rogaba mi amor, basta. Pero nuevamente las ganas, los dientes, las uñas...

Lo tremendo fue encontrar voluntad para desprenderme de ella, dejarla. Pretender que no había sido importante, que era posible volver a encontrar la pasión, el amor, de esa manera, que los caminos estaban sembrados de "esa" mujer.

—Sosiegue, Juanito, no olvide quién es su padre. Sólo se admite la pasión en la política.

De cualquier manera, a mis veintiún años, mi ignorancia en ese terreno era todavía muy grande. Acababa de casarme con la mujer correcta, pero recién entonces advertí el riesgo que había corrido. Mercedes pertenecía a esa categoría de señoritas a las que la educación, tradición familiar y cristiana, había inculcado que sentir placer y demostrarlo era un delito; incluso dentro del sagrado marco del matrimonio. Acoplarse, sí, pero para procrear.

Fue un error de cálculo.

Mercedes sangró, no sintió nada. Le dije, siempre es así la primera vez.

Me dio el beso de las buenas noches, se ubicó yacente, las manos cruzadas sobre el abdomen, y se durmió. El gesto compungido.

Me propuse enamorarla, enamorarme, aturdirla de ganas. Hacerla gozar, gozarla; enseñarle a delectar el placer, el refinamiento hedonista. No pude, no lo logré. Y no porque fallara como maestro, sino porque no hubo forma posible de derrumbar su educación puritana —debería decir hipócrita—, y ni qué hablar de la rigidez de su temperamento.

Tuvimos sexo, sí, pero sexo "debido".

Éramos tan jóvenes, tan distintos. Me pregunté qué nos unía. Seguramente la tremenda y mutua necesidad de afecto.

Mi falta de ocupación, mis fallidos intentos de trabajar en el campo, nos creó un clima de incomodidad y, por qué no, de aburrimiento. En más de una ocasión llegué a arrepentirme de haberme casado. Quizás ella también.

Pero Mercedes amanecía con una sonrisa, cantando. La conocía desde los pañales, y no existía razón para no quererla. Me cuidaba, me alimentaba, ordenaba mi ropa, buscaba para mí, en la tienda, partituras nuevas, y pudimos armar un repertorio en el que ella se lucía en el canto y yo en el piano. Siempre estuvo —lo está ahora— atenta a mis necesidades y deseos. Compañera inigualada, mi botijita, como la llamaba Juan Manuel.

Entonces me obligué, contrario a sostener un matrimonio de apariencias. Y comencé a trenzar, con sus cosas y mis cosas, un mundo propio, total, sin resquicios. Compartido. Urgué en su cabeza, en sus pensamientos, le entregué los míos. Le entregué mi imposibilidad de estar a la altura de lo que todos esperaban de mí. Le pedí ayuda. Ayudame, Mercedes.

Finalmente, comprendí que lo que no me daba no era porque no quería, sino porque no estaba en su naturaleza. Y la respeté. La convencí de que podía contar conmigo, de la misma manera que yo contaba con ella. Con el tiempo, descubrimos que lo que teníamos —lo que tenemos— es mucho más grande y sólido de lo que nunca imaginamos que podíamos alcanzar.

Construimos nuestra relación sobre otras bases, tal vez las más duraderas. Pero costó mucho esfuerzo.

Mercedes perdió dos embarazos, y el deseo de tener un hijo se le convirtió en obsesión. Ambos lo sufrimos. Hasta que, por fin, cuatro años después de casarnos, nació Juan Manuel León María del Corazón de Jesús, nuestro Juanchito.

Niño único, que acabó justificando mi vida.

Pudo ser un error: habitamos siempre en casa de mi padre —después en Palermo—, salvo durante aquel paréntesis dramático, cuando la muerte de los Maza. Día a día, Mercedes y yo nos sentábamos a su mesa. En las contadas ocasiones en que él ocupaba la cabecera, yo trataba de pasar inadvertido. Mi padre y Mercedes reían a carcajadas, cruzando bromas. Yo no abría la boca, salvo para comer.

Poco a poco, me fui domesticando —o lo creí, al menos— y por un tiempo llegué a ser una presencia normal dentro de la familia. Agradable, deferente, servicial.

De la misma manera, poco a poco y simultáneamente, Encarnación se fue extinguiendo. Ya no presidía, como antes, hermosa e imponente, las reuniones familiares. En ausencia de Juan Manuel, se recluía en sus aposentos. Estoy cansada, mandaba a decir. Yo había tomado la costumbre de visitarla en su salita privada.

Esos tres últimos años, hasta que la enfermedad acabó matándola, estuve cerca de ella como nunca. Conversábamos. La hacía reír con mis muecas. Ahora la mosca verde, Juanito, y reía de nuevo.

—Sólo a vos se te ocurre, ¡pero quién puede negar que eso es una mosca verde enojada!

Me parecía mentira verla tan frágil, tan migaja. Sólo la presencia de Juan Manuel la revivía. Era conmovedor su esfuerzo por demostrarle que podía sola, que no se preocupara por ella, que la tarea de gobierno estaba por encima de todo.

—Pronto estaré bien, mi querido. Útil para lo que vos digas.

Pero él ya no la necesitaba. Manuela estaba entonces a su lado, no para reemplazar a Encarnación, sino para cumplir la función en la que mi hermana no tuvo rivales.

No pretendo justificarlo, pero gobernar el país en aquellas circunstancias no le dejaba espacio ni para sí mismo.

Corría el año treinta y ocho, y dos días antes de su cumpleaños, a fines de marzo, las fuerzas navales de su majestad, el rey de los franceses, establecieron el bloqueo de nuestros puertos, esgrimiendo una razón tan ridícula que ni se merece relatarla.

El once de octubre, nueve días antes de quedar viudo, la isla Martín García fue bombardeada y tomada por los franceses, junto con soldados unitarios argentinos y orientales.

Un año antes había comprado un predio en Palermo, al que llamaban de San Benito, por la proximidad de la capilla del santo negro africano. Para distraerse, ocupaba sus escasísimos ratos libres en controlar la construcción de la casa, y la tarea de rellenar esos terrenos con tierra negra, normalmente anegados por el río; y sanear también bañados con zanjones de desagüe.

Solía encontrarlo sentado al lado de su cama, mostrándole los planos de la casa nueva. Pidiéndole consejo, sólo para animarla. Te va a gustar, Encarnación, ya verás.

A la caída del sol abría todas las puertas, y me iba al piano y tocaba para ella. A los gritos, para que nos oyera, cantábamos *La Cavatina* con Mercedes. Cuando regresábamos al cuarto, la encontrábamos en pleno ataque, sucia de vómitos, rodeada por sus sirvientas, que no daban abasto con las vasijas, que no sabían por dónde comenzar a limpiarla, cómo moverla para que no sufra.

Cuando el dolor se tornó insoportable, y cuidarla demandó mayor esfuerzo, establecimos turnos entre toda la familia, incluidas las tías Pepita y Juanita Ezcurra, o Mariquita Sánchez y algunas otras amigas a las que Encarnación distinguía con su afecto.

La lenta evolución de su tremenda enfermedad la fue deformando. Pero aún faltaba lo peor: el despojo en que se había convertido fue atacado de parálisis.

Jamás pude aceptar que esa ruina, ese bultito deforme en la cama, era mi madre.

Para aliviarle el dolor de los huesos, ya totalmente descarnados, Manuela le hacía de poltrona y, en voz bajita, para distraerla le cantaba.

—Yo me llamo Juana Peña / y tengo por vanidad / que sepan todos que soy / negrita muy federal…

Me unía al canto, y seguíamos a coro.

—Negrita que en los Tambores / ocupó el primer lugar / y todos me abren cancha / cuando salgo yo a bailar…

Mi hermana se tragaba la congoja:

—¿Se siente mejor, madre?

—Que venga Juanito, m'hija. La poltrona que él me hace es más fresca.

—Dirá por lo flaco.

Entonces me apoyaba contra el respaldo de la cama y Manuela me la acomodaba sobre el pecho, como a una muñeca. Mi madre se moría, pequeña y liviana.

A diario, para darle el sagrado sacramento, venían los clérigos —el jesuita Verdugo o el padre Ezcurra, su pariente—. Hasta el último minuto de lucidez, Encarnación cumplió con sus deberes religiosos. Cuando intuyó que se acercaba el final, pidió que la enterráramos con el hábito blanco de los Dominicos, y que al cuello le pusiéramos el escapulario de la Hermandad de los Dolores.

La Heroína de la Federación murió una madrugada de primavera. Veinte de octubre de mil ochocientos treinta y ocho. Nuestra huerta desbordaba rosas y jazmines. Con esas flores rodeé su cuerpo.

La pena me había anestesiado. Estoy cortando flores, me decía, para mi madre muerta, y no me explico cómo es que puedo hacerlo, cómo es que no alcanzo a abarcar la trascendencia aplastante de lo que estoy haciendo: corto flores para adornar los restos mortales de los que nací, de los que mamé y me acunaron.

La mujer que me llamaba mi niño de luna se había ido, sus restos todavía tibios, y yo ahí, empuñando una tijera, pero cuando surgió esa voz me dije: estaba esperando esto, y me quedé escuchando esa voz entre las flores, quebrado en sollozos, su voz límpida, inconfundible, entonando aquella nana con la que me hacía dormir, después de darme el pecho.

Cómo olvidar su fuerza, el coraje, el fanatismo, su entrega. Jefa de comité, jefa de campaña. Administradora. Activista política. Nadie como ella supo movilizar al pueblo en contra del gobierno de Manuel Balcarce. Nadie como ella supo endiosar la imagen de Rosas.

No es necesario que yo lo repita: mi madre fue una excepción entre las mujeres de su rango, y destacó en la sociedad de nuestro tiempo como un ejemplo irrepetible. La criticaron por eso. Encarnación fue de las primeras en abandonar la salita recoleta y el bordado para lanzarse a terrenos donde hasta entonces sólo habían tallado los hombres.

Anulado por la desgracia, mi padre delegó en colaboradores de su confianza los preparativos del funeral. Ceremonia nunca vista hasta entonces en Buenos Aires, digna de una reina.

"Fue una buena madre, fiel esposa, ardiente y federal patriota", dice la inscripción sobre el catafalco —espero que nunca lo profanen— que le alzamos en el templo de San Francisco, orden religiosa que ella siempre protegió.

La casa enlutada. Negros decorados en los patios, cubiertos por toldos suntuosos. Antes de que cerraran el cajón volví a inclinarme sobre ella. Rodeada de mis flores, parecía una niña tendida en un cantero. Sus cabellos brillaban, enmarcándole el rostro blanco como la cera. Y sonreía: no olvides quién sos, Juanito. No hagas renegar a tu padre.

Le besé las mejillas, los labios húmedos. Se los humedecí más todavía con mis lágrimas.

Por largos años, su muerte instaló el duelo en nuestras vidas.

LA DIVISA PUNZÓ

—Dejame ver, Juanito —y me sujetó por el mentón—. La pasta con que te pintás estas rayas te está destrozando la piel.

—Es ungüento para el dolor de huesos —intervino ña Cachonga.

—¡Pero mire cómo tiene las mejillas! —me había tomado la cabeza con ambas manos—. Si la seguís usando te va a dejar un agujero.

—Dos agujeros, madre. Uno debajo de cada ojo.

—Cállese, y acabemos con estas rayas ridículas.

Me negué a obedecer. Volví a pintármelas, y me castigó escondiendo el ungüento. Abuelo León dijo: se armó el tiberio. Yo lloré y pataleé hasta quedar todo morado.

Encarnación me enarboló de un brazo y fuimos juntos al boticario. Le costó explicar qué era lo que quería. Una pasta blanca, inocua para la piel, le dijo.

—Consistente —reclamé—, que no se derrita.

—Usted se calla.

—¿Y por qué se pinta el niño? —quiso saber el hombre.

—Vaya uno a saber… Le gusta andar marcado, como negro en comparsa.

—Como Calquín, madre.

Llevamos marcas. Vivimos, y vamos dejando marcas. Yo en mis mejillas. Mi padre en la historia del siglo. Y más allá, tal vez.

Nombrarme "hijo del pecado" fue también una marca, y cargué con ella buena parte de mi vida. Encabeza, sin duda, la larga serie de desencuentros que me marcaron a fuego.

Por dos años, la muerte de mi madre impuso el luto federal: pañuelo o corbata negros; faja con moño negro en el brazo izquierdo, y otra faja en el sombrero junto a la cinta colorada, la famosa divisa punzó.

Ya no recuerdo en qué momento, pero para diferenciarse de los unitarios —que usaban barbita en U— los federales se dejaron crecer el bigote. Menos mi padre, aparecieron un día embigotados en masa.

Cuando asumió por segunda vez el gobierno, entre la multitud delirante, se destacaron los "cívicos" con sus insignias rojas. Cuando mi padre salió de la Legislatura y se disponía a subir al carruaje se encontró con que los miembros de la Sociedad Popular Restauradora, todos vestidos de azul oscuro y chaleco colorado, habían desatado los caballos y reemplazado los tiros por cordones de color punzó. Ellos mismos, a pulso, arrastraron el carruaje hasta el Fuerte en medio del vocerío exultante del público, que llenaba las calles y la Plaza de la Victoria.

Fue un día de fiesta en una Buenos Aires iluminada a pleno. Las bandas tocaron músicas militares bajo la galería del Cabildo, y por la noche hubo fuegos de artificio.

Los cánticos y consignas del pueblo rebelaron su sentir más profundo. ¡Mueran los señoritos afrancesados! ¡Mueran los unitarios! ¡Vivan los gauchos! ¡Viva la negrada federal! ¡Viva Rosas, carajo!

Para ellos, la divisa punzó significaba el amor a la patria, concebido a su modo. Quien no la usaba daba a entender que la patria no le importaba, o peor todavía, que andaba en relaciones con el enemigo. Ya no bastaba con decir: soy federal, había que mostrarlo. El resto fue un exceso. Hasta yo me vi en apuros, más de una vez, por olvidar colocarme la divisa.

Los tremendos atentados contra Quiroga y contra el general De la Torre fueron para mi padre señal inequívoca de que toda la República estaba contaminada de intolerancia y espanto.

—Nada ambiguo, nada sospechoso debe haber en la causa de la Federación —exclamó, y se extendieron las marcas.

El pueblo, largamente defraudado por gobiernos unitarios, que legislaban ignorándolo y en su contra, llegó a la convicción de que sólo Rosas era su esperanza, que sólo él podía poner remedio a los males que padecía. Muchas veces escuché a la multitud, arremolinada en la puerta de casa: sólo vos, Padrecito, podés defendernos de los traidores a la auténtica nacionalidad argentina. ¡Sólo vos, Padrecito!

Pero aún faltaba aplicar otras marcas.

Por esos años, más que a los unitarios mi padre odiaba a los "cismáticos". Han destruido casi toda la obra de mi primer gobierno, vociferaba, han aislado a Buenos Aires de las demás provincias, se han entendido con los que derrocaron a Dorrego, y por poco arruinan la expedición al sur.

Ya metido de cabeza en el trabajo se propuso, nuevamente, reunificar el país; suprimir, sin importar los medios, a los que permanentemente atentaban contra la unidad: los incansables incitadores al caos, como él los llamaba.

En un par de decretos dejó cesantes a numerosos empleados de la administración; decretó la baja de ciento cincuenta militares e hizo fusilar a tres de ellos por promover un complot contra el gobierno.

La dictadura política estaba en camino. Rosas había comenzado, inexorablemente, a aplicar su marca más ardua.

Siempre vuelven a mi memoria las conversaciones que sostuve con Francisco cuando vino a Londres. Tengo sólo preguntas, le decía, y ni una sola respuesta. ¿Por qué organizar el país bajo el sistema federal? O bien: ¿por qué los unitarios privilegian la metrópoli, enfrentados siempre a las poblaciones del interior, que no comprenden ni aceptan el yugo que les impone Buenos Aires?

Francisco se armaba de paciencia: ¿por qué el federalismo, Juanito? No me llames Juanito. Reía entonces, pero no eludía la explicación. Es un sistema que no se impuso por capricho, me decía, sino que surgió como resultado de una evolución social, formada por dos ingredientes fundamentales: la herencia hispánica y la extensión de nuestro país.

Mientras él hablaba yo veía la llanura interminable, apenas rota, de vez en cuando, por un campanario. Y Francisco: La población criolla creció al margen del centro de decisión y poder que era Buenos Aires, y ocuparon espacios por regiones desconocidas, totalmente aisladas. Finalmente, los criollos echaron raíces y se consideraron dueños del terruño.

Me dijo: Cuando el rey de España organizó estos dominios, en la creación del Virreinato del Río de la Plata, reconoció esa realidad y le dio sanción legal.

Y yo veía hombres a caballo atravesando las llanuras, desafiando peligros, distancia. Fue el movimiento natural de las fuerzas atávicas, decía Francisco, las que, desde el origen, se encargaron de organizar el país. De allí surge la idea federativa regional, Juan, con cabildos autónomos, pero de soberanía limitada.

Se ocupó largamente, esa noche de explicarme que, en España, la unidad absoluta fue sólo la aspiración de los reyes, porque en la práctica siempre se mostró lo contrario.

No obstante, ya desde el virreinato, puntualizó, otra realidad, tan fuerte como la primera, comenzó a gravitar en forma decisiva. Entonces, cambiando el tono de la voz, y espaciando cada palabra, exclamó: La otrora aldea de piratas y contrabandistas acabó convertida en la poderosa Buenos Aires, que no titubeó en imponer su gran privilegio: el puerto único, concentración de toda la riqueza y sede administrativa de la misma.

Y continuó: Fue un proceso que culminó en la revolución de la independencia y puso el gobierno en manos de la clase patricia. Dirigencia que comenzó a gobernar dando la espalda al interior, atendiendo sólo a sus propios intereses y aspiraciones.

—Vos hablás exactamente como un hombre del interior —le dije.

—Hablo como lo que soy —me contestó.

Hoy agradezco conservar esa memoria, todo lo que en aquella ocasión Francisco me explicó. Aunque más no sea para entender de dónde viene el golpe, y por qué, cada vez que siento que la patria tiembla.

—Y así quedó instalado el conflicto histórico —me dijo—. Unitarios o federales. Porteños o provincianos. Cada bando convencido de que su credo político era lo único que al país convenía… —y enseguida, redoblando el énfasis—: "Haremos la unidad a palos", dijo Agüero en el Congreso, siendo ministro de Rivadavia. Unidad en la que las provincias fueron el convidado de piedra. Y no se ruborizó cuando lo dijo, y menos aún cuando lo llevaron a la práctica… Fue cuando los unitarios comenzaron a llamar bárbaros a los habitantes del interior.

"El colmo fue, cuando en un alarde de cobardía y atropello, asesinaron salvajemente a Dorrego.

"Tu padre no se quedó callado. Les dijo: Desde ese triste episodio, para nosotros, ustedes son los salvajes inmundos. Y agregó: si soy bárbaro porque aspiro a la organización federal de los pueblos, que han salvado la democracia del país, está bien, lo acepto, soy bárbaro, y me enorgullezco de serlo. Pero ustedes son salvajes, y encima inmundos, porque pretenden por medio del crimen y la alianza con el extranjero el triunfo de su doctrina.

Francisco recordó que Florencio Varela había expresado que los franceses eran nobles y generosos, y que no anhelaban sino nuestra libertad. Que Lavalle le creyó, y se pasó al bando de los que combatían contra su patria. Más tarde, Juan Bautista Alberdi diría que el patriotismo es un sentimiento retrógrado, y luego Sarmiento desde Chile: "Es preciso emplear el terror para triunfar en la guerra y dar muerte a todos los prisioneros y a todos los enemigos". Y Rivera Indarte proclamó desde Montevideo: "Será obra santa matar a Rosas;

se matará sin conmiseración a los rosines; pedimos una expiación grande, tremenda, memorable…".

Ahora, solo, en estas interminables noches del destierro, vienen a mi memoria episodios de aquel tiempo funesto.

Jaqueado el gobierno federal por los cuatro costados, mi padre no encontró mejor respuesta que inspirarse en el plan de Mariano Moreno: apelar al terrorismo como medio de defensa. Y entonces se desataron en el país los furores de la mazorca.

Todo fue punzó entonces. Hasta las señoras comenzaron a llevar moños punzó en la cabeza. Rojo de sangre roja. Rojo el molde de que se valió para dominar y ahogar toda resistencia. La consigna de Agüero, "haremos la unidad a palos", tuvo como respuesta: "haremos la Federación a cuchillo".

Siempre supe que acabaría contando cómo y por qué murió la domadora de pájaros. Del mismo modo, siempre supe que acabaría por levantar la tapa del horror.

Imposible soslayarlo. Podría decir que porque fui el hijo el horror no me alcanzó, que no lo vi, no lo sentí. Mentiría.

Nunca nadie como yo tuvo a Rosas en la mira durante tantos años. Siempre, constante, apuntándolo. Sin darme cuenta de que lo hacía. Yo lo vi evolucionar, esperar astuto el momento. Vi cómo crecían en él las ideas, la convicción, el proyecto. Sin advertir que lo estudiaba, estudié a mi padre como el cazador estudia a su presa.

Una siesta, aprovechando su ausencia y, curiosamente, la ausencia también de sus numerosos secretarios —ya vivíamos en Palermo—, distraído me deslicé en su despacho. La mesa enorme que le servía de escritorio estaba atiborrada de papeles y expedientes, y frente al sillón vacío, un libro abierto: Maquiavelo; junto al libro, una carpeta. La palabra Reservado, escrita en gruesos caracteres negros en su tapa, atrajo pronto mi atención.

Allí estaba el extenso informe del plan del doctor Moreno, donde minuciosamente detalla la manera de cómo ha de construirse la libertad.

Soborno, engaño, intriga, maquinaciones, terror, no queda miseria humana que el plan no incluya, "porque los cimientos de una nueva república nunca se han cimentado sino con el rigor y el castigo, mezclados con la sangre derramada de todos aquellos que pudieran impedir sus progresos", escribe Moreno a modo de justificación de tanta fiereza.

Lo acabaría diciendo mi primo, Lucio Mansilla, muchos años después, aunque con otras palabras: Rosas acabó siendo lo que la época y, más que nada, lo que el criterio de la época le impusieron: un hombre violento entre hombres violentos en un país violento.

Pero los unitarios, a pesar de haber sido derrotados por los federales en todos los terrenos, no se resignaban. Y a pesar de no contar con el apoyo del pueblo, se empeñaron en agotar todos los medios posibles a fin de impedir lo que era ya un hecho consumado.

Esto, para muchos, tiene, tal vez, un enorme mérito. Pero el saldo de aquella obstinación fue un charco de sangre. Desapareció la confianza, la tranquilidad, y los criados se convirtieron en espías; porque fueron los de abajo, convencidos de que ésa era la única manera de defender el federalismo, los que se ocuparon de extender y aplicar el terror. Terror oscuro, anónimo, esgrimido por una muchedumbre delatora.

Adjudicarle a mi padre toda la responsabilidad es una conclusión fácil e ingenua. El terror no hubiera sido posible de no estar el terreno suficientemente abonado por el descontento. Imposible imaginar el terror si el pueblo criollo —"los que no hablan y pelean"— hubiera aceptado y reconocido que la invasión que venía de la mano de Lavalle, arrastrando a franceses e ingleses, era una invasión que venía a salvarlos, a "civilizarlos" amistosamente.

En esos momentos, la escuadra bloqueadora se componía de veinticinco buques de guerra: seis en el río Paraná; uno en el Tuyú, otro en el Salado; dos en la rada de Buenos Aires; dos en la Ensenada; uno en Colonia, otro en las barrancas de San Gregorio; dos en Martín García y nueve en Montevideo.

Veinticinco buques de guerra para invadirnos ¿amablemente?

Y, como era de esperar, la invasión extranjera exaltó los sentimientos nativos.

Mi padre no inventó nada nuevo. Puso en práctica aquel Plan de Operaciones del doctor Mariano Moreno. Plan cuyas reflexiones —dirigidas a los cabecillas de aquel movimiento revolucionario— se extienden en nueve artículos acerca de cómo accionar frente a la insurrección interna, y frente al enemigo exterior. Plan de acción que ha venido sacudiendo nuestra tierra desde el primer grito de Mayo.

Construían un país libre. Sólo se veía correr la sangre.

EN CARNE PROPIA

En el silencio y las sombras, la ciudad de cúpulas y doctores nos ha presentido. Sólo se oyen puertas y ventanas que se cierran, sigilosas, al paso de la comitiva.

La marcha de los caballos y la silueta sobrecogedora de los jinetes ha obligado a apurar el paso a más de un cordobés retrasado.

Es otoño. El naranjo dulce esparce su olor voluptuoso.

¿Qué hago aquí?

Los huesos me duelen y llevo los riñones batidos de tanto caballo. Pero no tengo miedo. Mi curiosidad planea sobre el estanque del que parten las acequias. Miro y me vuelvo: las tapias cubiertas de mirtos y laureles, las tejas, las rejas y un horizonte profundo de torres. Es mi imaginación tal vez, o el deseo imperioso de ser nada más que un caballero de visita en la vieja y noble ciudad, doga y unitaria: un rasguido de guitarra andaluza suena lejos, zigzagueando la noche.

No tengo miedo.

Al frente de la partida, la espalda inconfundible del comandante Vicente González me envía mensajes cruzados. Es el mismo hombre que ordenó quemar los ranchos de Simona Lastra.

El miedo soy yo ahora, pienso.

Alguien llegó por San Serapio para contarle a Francisco Rosas: dicen que el gobernador ha mandado a Vicente González a Córdoba para reprimir la rebelión unitaria. Pero no es ésa la noticia: ¡le ha ordenado que lo lleve con él al Juan Bautista, para que se haga hombre!

Tal fue la razón del padre unívoco. Y contra mi voluntad me incorporé a aquella partida.

El comandante Vicente González —alias Carancho del Monte, sirviente político de mi padre, agente rural, criollo primitivo, cuartelmaestre de la expedición al desierto— enfiló hacia Córdoba con el feroz objetivo de reprimir a los que andaban conspirando.

Allá fuimos, en medio de esa vorágine en la que la vida de un hombre llegó a valer nada. Me consolé pensando que, si mi destino era morir en Córdoba, al menos me habría enterado de lo que ocurre cuando la tierra se yergue y recibe el nombre de montaña.

Por especial deferencia, la primera mitad del viaje la hice en una carretela desvencijada, que rompió ejes a la altura del Carcarañá; y la otra mitad a caballo, conviviendo con una veintena de hombres con quienes, por más que intenté averiguarlo, no me unía la menor semejanza.

Nunca pude explicarme cómo fue que regresé con vida a Buenos Aires.

Entramos al cuartel de policía mirando a la guardia desde la altura de nuestros caballos, como si fuéramos dioses. Al sobrepaso, las riendas cortas, atentos al menor chasquido, al más mínimo ademán sospechoso.

Nos estaban esperando. La primera noticia fue que el gobernador, Manuel López Quebracho, no se encontraba en la ciudad, sino en algún lugar del Valle de Punilla, en vigilia de campaña.

Se apearon todos menos yo. Algunos soldados corrieron a hacerse cargo de las cabalgaduras. El Carancho del Monte, ya en tierra, advirtió mi actitud y se me acercó despacio.

En medio del patio, aún montado, yo miraba a ninguna parte, como dormido, los ojos abiertos.

—No esperes trato preferencial —me dijo—. Y por tu propio bien, tampoco te des a conocer. Actuá como nosotros lo hacemos.

No permitió que descansara, salvo remojarme un poco y tomar un largo trago de aguardiente. En medio de chanzas, me aconsejaron ponerme un gorro de manga colorado, y salimos a la ciudad y a la noche no más de doce jinetes, con un baqueano encargado de conducirnos a una casa de conspiradores, donde se suponía caeríamos por asalto.

Como una pequeña cimitarra yo veía el rayo opaco de la cuchilla convexa que todos llevaban al costado izquierdo. Me palpé. Yo también la llevaba.

Fueron tiempos de sangre.

Cuando el baqueano señaló una puerta la partida ajustó los talones y salimos impelidos hasta topar con la casa. ¡Abran, carajo! gritó el Carancho, al remolino de las ancas y los golpes, y hubo voces y corridas, y tras una ventana alcancé a ver a varios hombres y a una mujer que huían volteando candelabros.

Sin apearnos, entramos en los salones, y en el brillo de los espejos las cuchillas abriendo tajos, y los gritos y el llanto de esa única mujer, y los muebles pisoteados, y los caballos apareciendo y desapareciendo por todas las puertas. Ruido de porcelana y cristales contra el suelo.

Traté de escapar por un zaguán, pero un bulto me lo impidió. Mi caballo tropezó y caí encima de algo blando que se movía apenas. Pude verle la cara y los pelos rubios, y los ojos... Era sólo un muchacho desorbitado, incapaz de pedir auxilio, paralizado de terror. Yo tenía su cara entre las manos y un temblor de pájaro, tratando de incorporarme y alzarlo. Hijo quizá de esa mujer que vi cómo moría. Pero el tropel por los cuartos avanzó, y oí la voz del Carancho a mis espaldas —¡qué esperás para hacerlo!— el brazo en alto empuñando el filo que cayó como guillotina.

—Comandante, no, ¡por favor! —alcancé a gritarle.

La cabeza rubia se desgajó entre mis manos, e instintivamente le sostuve el gesto, en un intento por devolver la mitad suelta al cuello seccionado. Pero en el mismo envión el Carancho me agarró por el poncho, me obligó a trepar en la grupa de su caballo, y salimos al galope. Me prendí a su espalda para no caer, las manos pegoteadas de sangre ceñidas a su cintura, dejando que la fuerza salvaje del hombre me traspasara.

Todavía hoy no puedo arrancarme del alma esa imagen, arrancarme el dolor. El dolor por mí mismo, por todos, aun por mi padre. Porque él no podía saber hasta qué extremo se hacían las cosas, ¡no podía saberlo!, convencido de que el terror... agotados los caminos de la ley y el diálogo.

Fue en medio de aquella carrera de espanto que alcancé a medir la magnitud de la empresa, la proporción de lo que estaba en juego. Un país de distancias, analfabeto, defendiéndose a dentelladas, peleando por su identidad, su soberanía; desplegando ejércitos, batiéndose contra la traición de sus propios hijos, metro a metro la tierra en peligro. Y todo convergía en mi padre, solo en el sillón de su despacho, lejos, remontando una quimera loca y, sin embargo, un hombre apenas, nada más que un hombre y una idea, al que inevitablemente la historia le cayó encima.

Y el botín: nuestra Argentina amada, tironeada, irremediablemente ya a merced de intereses que no son los nuestros.

Vi el final aquella noche, y hoy todavía me pregunto cuál es el sentido, por qué es tan alto el precio que los pueblos deben pagar por su libertad. ¿Por qué no acabo de entender que las circunstancias así lo exigían? ¿Por qué no puedo sentir y pensar como un soldado?

Otoño de mil ochocientos cuarenta y uno.

Las cabezas aparecieron al día siguiente en la plaza, frente al Cabildo. Como un sueño roto la del muchachito rubio, los ojos mirando atrás, por un costado, la muerte embozada.

Y así una noche tras otra, hasta que la ciudad ardió en el miedo, y yo hundido en un catre, puro pellejo, la boca agrietada por la fiebre, sucio de vómitos, sin poder levantarme. Y ellos cumpliendo a rajatabla la tarea, fuera de sí, por la Santa Federación y la patria.

Ya ni los perros se animaban por las calles de Córdoba.

Al borde del estanque del Marqués de Sobremonte el amanecer me sorprendió mirando el agua, los árboles, el paseo solitario, sin saber cómo ni en qué momento había salido del cuartel, sostenido por unas piernas que no me llevaban, caminando sin rumbo por calles sin nombre, el rancherío y luego las casas señoriales, silenciosas; la tapia de los conventos, la mole de la catedral de Córdoba, como una madre grandiosa e inconmovible. Y más allá —¡por fin!— el perfil azul de las sierras: la tierra erguida.

Me quedé mirándolas, tratando de grabar en mi retina, para siempre, lo que eran las montañas.

El repique del alba bañó el paisaje con su única campana. Y repitió y repitió su nota, y yo giraba sobre mí mismo en medio de la plaza, buscando el sonido: las torres de Santa Catalina, el Oratorio del Obispo, las Teresas, la Compañía y San Francisco, reconociendo la ciudad de la que tanto había oído hablar, porque el general Paz y Facundo Quiroga un día… mil quinientos cadáveres sembraron el campo de La Tablada.

Desde entonces, mi padre la lleva como un dardo entre las cejas. La villa docta y altiva.

Caminé hacia el naciente. El sol despuntaba y reconocí el lugar. Pasé por aquí la primera noche, me dije, y me volví para mirar la ermita y la gracia de esa cúpula.

Empujé la puerta y el aire perturbó la llama de los altos velones. Me sorprendió la riqueza del altar, las columnas salomónicas, y los ángeles desde los arcos velando a la Pilarica. Virgen seria y pequeña, con un niño en los brazos que bendice con la manito. Coronas de plata en sus cabezas.

Di otro paso y, repentinamente aliviado, caí de rodillas. Me quedé así, sin atinar a otra cosa, sin pensar, sin plegarias ni palabras que se le parezcan. Apenas tuve aliento para murmurar: tanto camino y siempre la misma historia.

Nunca pude explicarme cómo fue que regresé con vida a Buenos Aires.

Apenas comencé a leer aquel documento me di cuenta de que se trataba de un alto secreto de Estado. Entendí que ese plan no sólo había inspirado el accionar político durante la convulsión que provocó la independencia, sino también la conducta de todo el resto de los gobiernos desde entonces hasta ahora.

En él se explica, de manera exhaustiva, el espíritu de implacable intransigencia que dominó la época, las doctrinas extremas utilizadas tanto por federales como por unitarios.

Muchos pretendieron ocultar la gravedad y el alcance de ese texto. Otros, aparentaron ignorarlo; por último, todos pusieron en duda su autenticidad.

Corría el año mil ochocientos diez, y escribió entonces el doctor Moreno —van sólo los párrafos que más me impactaron—: "En toda revolución hay tres clases de individuos: la primera, los adictos al sistema que se defiende; la segunda, los enemigos declarados y convencidos; la tercera, los silenciosos espectadores, que manteniendo una neutralidad, son realmente los verdaderos egoístas... Con los segundos debe observar el gobierno una conducta la más cruel y sanguinaria; la menor especie debe ser castigada. La menor semiprueba de hechos, palabras, etcétera, contra la causa debe castigarse con pena capital, principalmente cuando concurran las circunstancias de recaer en sujetos de talento, riqueza, carácter...

"El gobierno debe, tanto en la capital como en todos los pueblos, a proporción de su extensión, conservar espías a quienes se les instruya bajo secreto, comisionándolos para que, introduciéndose con aquellas personas de más sospecha, traten de descubrir por este medio los pensamientos de nuestros enemigos. Cuantos caigan de éstos, como gobernadores, coroneles, brigadieres y cualesquiera otros sujetos que obtienen los primeros empleos de los pueblos, y cualquiera otra clase de persona de talento, riqueza, opinión y concepto, principalmente los que tienen un conocimiento completo del país, sus situaciones, caracteres de sus habitantes y noticias exactas, debe decapitárseles. Lo primero, porque son unos antemurales que se opondrían a nuestro sistema por todos los caminos; lo segundo, porque el ejemplo de estos castigos es una valla para nuestra defensa; y lo tercero, porque la patria es digna de que se le sacrifique estas víctimas, como triunfo de la mayor consideración...".

El plan añade: "Todas las fincas, bienes raíces y demás, de cualquier clase, de los que han seguido la causa contraria, serán secuestrados a favor del erario público... Muy poco instruido estaría en los principios de la política, las reglas de la moral y la teoría de las revoluciones, quien ignorase de sus anales las intrigas que, secretamente han tocado los gabinetes en iguales casos, y ¿diremos por esto que han perdido algo de su dignidad, decoro y opinión pública, en lo más principal? Nada de eso: los pueblos nunca saben ni ven, sino lo que se les enseña y muestra, ni oyen más que lo que se les dice...

"No debe escandalizar el sentido de mis voces: de cortar cabezas, verter sangre y sacrificar a toda costa.... Si no ¿por qué nos pintan a la libertad ciega y armada de un puñal? Porque ningún estado envejecido, o provincias, pueden regenerarse ni cortar sus corrompidos abusos sin verter arroyos de sangre".

Quedé paralizado, y no sé por qué en ese momento recordé lo que un día le oí decir a mi padre.

—En realidad, el gran instigador de la Revolución de Mayo fue el partido de los tenderos, beneficiario directo de la situación comercial que se abría al independizarnos de España.

Dejé la carpeta tal como la había encontrado y abandoné el despacho corriendo, con miedo a que alguien me descubriera fisgoneando, y caer en la situación de tener que dar explicaciones.

Pero no era yo quien debía darlas. Durante horas me quedé pensando en lo que había leído, sin saber qué actitud debía tomar, si es que debía tomar alguna. Días después llegué a una conclusión, es decir, comenzó a atormentarme otra pregunta: ¿fue —es— la realidad tan atroz y aplastante como para justificar la existencia de ese texto, cuya claridad no admitía tergiversación?

Sí, lo era. Pero recién hoy puedo entenderlo así.

La revolución de los hacendados en el sur, provocada en gran parte por el bloqueo de nuestros puertos por la Francia y que redujo al país a la miseria; las provincias convulsionadas; obligado el gobierno a invertir los escasos recursos en sostener los ejércitos; exacerbada la Confederación por una lucha fratricida que se extendía más allá de todo cálculo fueron, a mi entender, los motivos que llevaron a Rosas a poner en práctica aquel "plan".

Pero imponer esa política represiva lo fue convirtiendo en un hombre taciturno. Del mozo bromista, que se pasaba el día haciendo chistes, del que repartía monedas y dulces a los sobrinos que se peleaban por montarse en sus rodillas, del que tocaba la guitarra y zapateaba el gato como pocos, no quedaba prácticamente nada, salvo un hombre taciturno.

Ya casi no lo veíamos, salvo en las raras ocasiones cuando recorría las cuadras y daba órdenes a los jefes de las tropas acantonadas en Palermo.

Estrenó solo la casa que construyó para Encarnación hasta en los más mínimos detalles. El dolor por esa ausencia se le fue ahondando día a día. Abuela Agustina, ya tullida, había quedado en la casa de la ciudad, y el exceso de trabajo no le permitía visitarla con la frecuencia que él hubiera deseado.

Muchos dirán: encontró consuelo en esa muchacha, Eugenia Castro, pero me prometí no hablar jamás de ella. No le reprocho esa relación, simplemente decidí ignorarla.

Un año después de la muerte de mi madre, murió mi abuelo León. Cuatro semanas después de enterrarlo nació mi único hijo, en septiembre del treinta y nueve. Nacimiento que mitigó la pena de su muerte, y en su homenaje le puse su nombre a mi Juanchito.

Un mes antes, Lavalle había embarcado hacia la isla de Martín García en un buque francés. Tamaño despropósito: una nación europea celebrando tratados con un partido político interno de un país con el cual estaba en guerra. Juan Manuel reunió a sus ministros, ¡no me pidan moderación ni tolerancia!, exclamó furioso, ¡no me lo pidan!

Fueron los años en que vivimos montados en un volcán: —mil ocho cuarenta, cuarenta y uno, cuarenta y dos—. Pienso que mi padre llevó la represión hasta aquellos extremos porque sus adversarios apelaron a la traición a la patria para combatirlo.

BUSCÁBAMOS LA LUZ

Naquito había seguido fiel a su rutina de caminar y caminar los patios. Yo me quedaba observándolo, tratando de averiguar el porqué de esa caminata incansable, tan lenta ya por los años que llevaba encima. Al observarlo, advertí que el itinerario era siempre el mismo, invariable, salvo que algún desprevenido alterara el orden de los obstáculos. Entonces se detenía un momento, cabizbajo, como pensando, luego daba un pasito atrás, optaba por derecha o izquierda, y retomaba la marcha.

Marcha que sólo interrumpía por la noche, cuando yo lo invitaba a acostarse, con voz lo suficientemente alta para que me oyera: vamos, Naco, ya es hora de dormir; o durante la siesta, en que se echaba un ratito. La otra parada la hacía cuando en una de las tantas veces que pasaba junto a su plato se acordaba de que tenía hambre. Olisqueaba, masticaba un par de bocados, y otra vez a su oficio de caminante tenaz, infatigable.

Qué lo empujaba, qué buscaba, si es que buscaba algo. A veces me daba pena y lo levantaba en brazos. Pero no parecía cansado. No ves nada, Naco, no trates de disimularlo. Pero él me pedía que lo dejara en el suelo, y se iba a husmear en el yuyo fresco de la huerta.

Manuela reía: sólo a mi hermano puede salirle un perro ambulante.

En días de lluvia ajustaba el itinerario a galerías y zaguanes.

Un día descubrí el misterio. Naquito caminaba buscando ver, buscando la luz, perdida vaya a saber dónde. Convencido de que tras un recodo la encontraría, o pensando quizá que en algún momento yo volvería a encender para él todas las lámparas. Recién entonces, daría por terminada su caminata.

No sos el único que sufre, le dije. Todos hemos quedado a oscuras, no solamente vos, Naco. Yo también voy buscando la luz, tanteando en las tinieblas. La única diferencia es que me quedo quieto. Pero lo mismo que vos, espero el milagro: derrotar las sombras.

Una tarde de viento, observé que se detenía debajo de un jazmín. Olió las flores, y las patas le fallaron. Quedó echado. No sé por qué recordé los tiempos en que asaltaba los frutales en la huerta. La comilona comenzaba en octubre con los nísperos, y seguía en diciembre y enero con las ciruelas y los duraznos. A puro salto comía, hasta dejar peladas las ramas bajas. El gran festín venía cuando los frutos caían de maduros, y él se pasaba la siesta tumbado entre carozos, prolijamente limpios. El banquete del verano culminaba con los higos y las moras negras: bigotes, barriga y patas moradas. Mamá Encarnación me decía: no entiendo cómo tu perro no se va en diarrea.

Corrí y lo levanté, tan flaquito debajo de sus lanas. Gimió un poco. Le friccioné las patas, la cabeza y lo puse nuevamente en el suelo. Volvió a caer, y presentí lo peor. Llamé a Mongo. Faltaban sólo un par de días para mi boda.

—Tu perro ya no da más, amito.

—¿Estará enfermo?

—La vejé no é enfermeda, mi amo.

Lo acomodé en mi cama, le ofrecí agua. Toda esa noche, Mongo y yo nos quedamos a su lado.

—¿Dormís, Naco? —el movimiento imperceptible de su barriga al respirar era el único indicio de que seguía vivo—. ¿Por qué no abrís los ojos, Naco?

Entre sueños, Mongo no perdía oportunidad de devolverme a la tierra: ¿para qué los va a abrir, Juanito, si está ciego?

—En lugar de decir porquerías, vení a soplarlo en la mollera.

Echado junto a él, me encontró el amanecer acariciándolo. Cuando dejaba de hacerlo, gemía. Muy suave, puse mi mano debajo de su cabeza, y él la acurrucó en el hueco. Nos quedamos dormidos.

Parte de mi espíritu se fue con él en el sueño. Al tranquito, partió hacia esa región de luz, adonde van los perros cuando mueren.

Mongo cavó su tumba en la huerta, a los pies del ciruelo favorito. Lo envolví en un trapo blanco, junto con un manojo de jazmines de la misma planta que olió por última vez. Allí donde las patas lo abandonaron.

No lloré ni siquiera al cubrir de tierra el pozo. Lloré al día siguiente, cuando de pronto, lo vi atravesar un extremo del patio. ¡Naco!, grité, y comencé a buscarlo entre las macetas. Fue tu imaginación, me decía Mercedes, para consolarme.

—Pero lo vi, te juro que lo vi.

Desde entonces, muchas veces lo he presentido a mis espaldas, o su cola erguida desapareciendo detrás de una puerta.

Lo sigo viendo aquí, en Londres. Sin ir más lejos, anoche. Entró y se acercó a la mesa donde escribo. Levanté la cabeza, pero ya no estaba.

Sé que un día voy a ser mucho más rápido que él y lo atraparé. Entonces, ya no le quedará posibilidad alguna de seguir haciéndose el muerto.

—Ahora firme usted, amiguito.

Con una sonrisa, Juan Manuel me tendió su pluma. El escribano y Juan Nepomuceno también sonreían.

No leí lo que firmé. Me temblaba la mano. Era la herencia que me había dejado Encarnación al morir, y mi padre se había apresurado a cumplir esa voluntad con la secreta esperanza de que el gesto me encarrilara la vida.

Ya es dueño, amiguito, me dijo. Y añadió: se me hace necesario indicarle que mi mayor deseo es que haga usted buen uso de su patrimonio. Ya es hombre casado e independiente, y no olvide en recurrir a mí cada vez que le haga falta consejo en la administración de los campos.

Tenía veinticinco años, y acababa de convertirme en estanciero. La Encarnación y San Nicolás ya eran mías, y juntas sumaban veinte leguas cuadradas de tierra. Además, cinco mil cabezas de ganado, ovejas, yeguas y caballos, regalo de mi padre.

En lugar de festejar, me encerré en mi cuarto.

Con Molina, capataz de Los Cerrillos, viajé después al sur a encontrarme con mis estancias. Levanté castillos durante el viaje. Soñé, pero también tenía miedo. No me sentía capaz de darle buen rinde a mi herencia. Juan Manuel me había dicho: fue su madre la que se empeñó en que también le entregara La Encarnación, y estuve de acuerdo con ella, nada más teniendo en cuenta su poca aptitud para estas faenas. Esas tierras por el Azul son de las mejores en la provincia.

En nada perduré.

Organizar el trabajo en esos campos me llevó meses, a pesar de que eran estancias en plena producción. Contraté más peones, y vendí hacienda para juntarme con algún dinero; Molina me ayudó a planificar siembras, me dio un par de consejos y se fue. Compré instrumentos de labranza; construí corrales, acondicioné una casa en el Azul y decidí instalarme allí con Mercedes, lo antes posible. No fue fácil. Cada paso que daba me enfrentaba a una tarea superior a mi empeño, a mis fuerzas, a mi capacidad para administrar y sostener un ritmo de trabajo.

Me aturdía, me dispersaba. Me tiraba la vida que había llevado hasta entonces. Perdía semanas enteras cabalgando los campos, soñando, imaginando pasturas, carretas cargadas. Al regresar caía rendido, pero no por el trabajo, sino por el tamaño de los sueños.

Extrañaba el piano, los billares del café, los amigos de copas, los saraos y las mujeres fáciles. Y esas ganas que me venían de caricias lascivas, impúdicas, ganas locas de fornicar a lo cochino, de impregnarme la cara de salivas y jugos.

Había de salida un camino que llevaba directamente a La Pinta, pero no puedo, me decía, no debo: extrañaba a Simone, más que nunca el amor como ella me enseñó a hacerlo, la vulva empapada y mi lengua rozándole apenas el clítoris, suavemente, casi apenas con los ojos cerrados donde vive el misterio, nada más sintiéndola. Simone derramada en mis brazos, los pétalos abiertos.

Ponía entonces espuelas en las verijas del zaino y lo galopaba hasta reventarlo; hasta que desaparecía la hembra entre mis piernas. Pero era la sombra imponente de mi padre la que me tumbaba de un solo golpe, seco.

Como pude y a los tumbos, a pesar de la sequía, logré alguna cosecha. Nacieron terneros, pero perdí muchos animales por culpa de un yuyo venenoso que invadió los campos. Mercedes llegó feliz, dispuesta a quedarse, pero tuvo una pérdida —no sabía que estaba embarazada— y fue necesario retornarla a Buenos Aires.

Yo iba y venía, me decía hay que trabajar, ¡a trabajar, Juanito!, pero no arrancaba. Y comencé a demorarme en los mostradores. Las copas me devolvían el coraje, pero al día siguiente no tenía fuerzas ni ganas para seguir jugando al estanciero.

A mí me gustaba galoparla, estrujarla entre las manos, tenderme en ella de espaldas y beber la noche. Todo ese tráfago de labores rurales me alejaban de la tierra.

Vendí otro lote de animales y perdí la ganancia en una mesa de naipes.

Llegó un momento en que me decidí a pedirle ayuda a Mongo. Me contestó que él era un negro del empedrado. Me enojé con él, lo insulté.

—Yo sólo sirvo para soplarte la mollera, amito.

Meses más tarde, le pedí ayuda a Pedro, mi primo. Él trabajaba con mi padre en Los Cerrillos, pero aceptó ayudarme por un tiempo. Le llevó pocos días diagnosticar que aquello, por más que me empeñara, no era para mí, que acabaría fundido. Le respondí con una insolencia.

—Pero no te desanimes —me consoló—, tengo una solución para vos.

—¿Cuál?

—Vendé los campos.

Por supuesto que pensé en la reacción de Juan Manuel, pero igual comencé a buscar comprador.

Anduve un tiempo escondido, evitando su ira. Por mi abuela supe lo que dijo al enterarse.

—Le regalo tierra y la vende, le ofrezco un futuro y lo rifa, su nieto no tiene remedio, madre. Y que sepa que no quiero ni verlo. De ahora en más me desentiendo de su suerte, para siempre.

Abuela Agustina intentó justificarme. La atajó:

—No quiero que usted se aflija por Juan. Pronto lo vamos a ver volver con la cola entre las patas, cuando se le acabe el dinero en el juego, o con esas malas juntas que tiene.

Pero la situación lo sacó de sus casillas, y antes de que fueran a parar a otras manos, cuando ya estaba a punto de cerrar la operación, él mismo me los compró, por cuatrocientos mil pesos. Pero aún quedaba el ganado, y cuando me preguntó le dije que ya se lo había vendido a un tal Simón Pereyra. Entonces fue a ver a Pereyra, lo convenció de que le vendiera ese ganado, y se lo compró.

Al cabo de pocos meses, en unas carreras cuadreras por Cañuelas en las que yo participaba, me encontré con el primo Pedro. Como de costumbre, frente a sus aires de superioridad me puse insolente. Pero dijo que tenía algo para contarme y le concedí unos minutos.

—¿De qué se trata?

—Nada, sólo quería ver de cerca la cara del que se atrevió a hacerle el negocio a Rosas.

—¿De qué estás hablando?

Se echó a reír:

—Sólo vos podías atreverte.

Después entendí: vaya honor, ésa es mi fama en la familia; me consideran el único capaz de contradecirlo, y empecé a reír como hacía tiempo no reía.

—¿Por qué bebés, mi amo?

Nunca esperé de él esa pregunta. En mi inconsciencia yo especulaba con que nadie lo advirtiera, o en todo caso, que no me consideraran enviciado.

—¿Por qué bebés? —repitió.

No podía volver la cara y mirarlo. Sentí vergüenza y rabia. ¿Quién te creés que sos para meterte en mi vida? Pero le sonreí.

—Bebo porque me aviva el sentimiento —le dije—, me hace de carne y hueso, ¿o vos preferís verme almidonado, de charreteras y sable al cinto?

—Prefiero verte sobrio, amito.

La confiscación se llevó también aquellos campos, incluido todo el patrimonio de mi hermana.

La inminencia del invierno me obliga a pegarme a las estufas. Me pongo mitones, me envuelvo en abrigos y bufandas, pero no logro entrar en calor. Londres es una ciudad fría, y yo vivo frío por dentro. Pero no sólo por eso me cuesta salir a la calle. Es el monstruo del progreso el que me da miedo, avanzando con inventos que no sé adónde quieren llevarnos; cambian mi vida cotidiana, alteran mis costumbres, me despegan de una existencia que, a pesar de la estrechez económica y la nostalgia, había comenzado a considerar tranquila.

Inglaterra se ha poblado de máquinas a vapor, diría se ha enriquecido por la fuerza del vapor. Máquinas que impulsan máquinas rotatorias; ruedas que giran y que a su vez hacen girar a otras ruedas que giran. La gente comienza a hablar del fluido eléctrico, y ya han tendido un cable submarino entre Estados Unidos e Inglaterra, por el cual se envían mensajes en Morse —pronto el fenómeno atravesará todos los océanos—. Los diarios acaban de ventilar la noticia de que ya está mapeada casi toda África. Y la luz de gas se extiende como una plaga, y caí de espaldas la primera vez que vi una locomotora. Por supuesto, no se lo conté a Francisco, tampoco le conté que salté de miedo cuando imprevistamente, en una sala de exposiciones, estalló frente a mí un fogonazo.

El hombre que empuñaba la magia se quitó el trapo negro con que había cubierto su cabeza y la extraña caja con el ojo de vidrio. Es magnesio, me explicó.

No pasa día sin que aparezca un nuevo invento, un término nuevo, una palabra nueva. Para qué negarlo, me visto a la inglesa, pero por dentro sigo siendo un gauchito orillero, que teme salir a la calle por miedo a que lo atropelle el progreso.

—Estoy haciendo fotografías —dijo el fotógrafo—. Si usted es tan amable de posar, por pocos chelines le hago una. —Y posé. Me hubiera gustado tener ahí a mi zaino rabicano, botas de suela y poncho pampa.

Al día siguiente, el hombre me entregó una lámina brillante en la que, contra un fondo gris aparecía un señor, el gesto resignado y la mirada triste, cuello palomita y moño. Era yo.

LA CARTA

—Aunque no lo creas, lo estoy amaestrando. Es el mismo petirrojo de ayer.

—Hay cientos de petirrojos en este parque —me contestó Mercedes.

Insistí. Pero ella me dijo: los petirrojos son todos iguales y todos tienen el mismo plumaje. No obstante, a mí me parecía que era el mismo pájaro que, al estirar el dedo índice sobre la mesa, se trepaba a él con una confianza y docilidad que me hacía acordar a Naco.

Últimas tardes tibias de otoño, y mi tristeza iba en aumento. No voy a soportar otro invierno en esta ciudad, Mercedes, y antes de que me extendiera en la queja, me dio un par de besos, y me propuso que si había sol, iría todos los mediodías a buscarme al Registro, para dar una vuelta por Hyde Park. Vamos a merendar juntos —me hablaba como a un niño— al aire libre, Juan, en las mesitas que los del salón de té ponen a orillas del lago.

Caminar tomados del brazo bajo los árboles me ayudó bastante. Pero fue el pequeño petirrojo el que me devolvió la alegría.

—No te encariñes, pronto emigrará a África.

—No importa. Ahora está aquí, saltando entre los vasos, y es lo único que cuenta.

Los pájaros en Hyde Park están acostumbrados a los paseantes, a los que meriendan en las mesas y les tiran migas. Nada los espanta. Hay mucha variedad de pájaros, pero a mí nada más me importó ese petirrojo, que a poco de acomodarnos venía a posarse sobre mi dedo estirado. Lo encogía y él pegaba un saltito, pero no bajaba del dedo. Mercedes hacía migas con el resto de los bollos y las acercaba a mi mano. Él comía desde mi dedo, estirando el cogote, rápido el pico.

—Me gustaría que observes si en las otras mesas ocurre algo así.

Mercedes observó mesa por mesa:

—No, tu caso es único.

Visité a Manuela para buscar en su enciclopedia. Cuando regresé a casa, desde la puerta le grité: ¡es de la familia de los muscicápidos! Musci... ¿te suena?, y agregué: Es una lástima que el recreo de la oficina no sea más largo.

Mi petirrojo era rechoncho. En pocas tardes lo había domado. Y era el mismo, por más que Mercedes se empeñara en desilusionarme. Plumas color naranja en el pecho y frente, el dorso pardo-oliváceo. Intenté seguirlo para descubrir su nido, pero se perdió entre los árboles.

Comencé a ir solo al parque. Nos encontrábamos a la misma hora, en la misma mesa. Me extasiaba mirando sus ojos redondos, enormes. El ejercicio era simple: posado en el índice de mi mano derecha, picotear las migas de pan que previamente ponía en el hueco de mi mano izquierda. No falló nunca.

Tuve el impulso de apresar su tibieza entre mis palmas, pero adivinó mi pensamiento y levantó el vuelo.

Yo también tengo el talento para domar pájaros, pensé, pero no se lo diría a Mercedes. El recuerdo de Florentina podía lastimarla.

Pronto las nubes se tornaron espesas y ya no hubo sol en el parque. Tuve frío. Lo esperé en vano. Fiel a su instinto y en bandadas, había emigrado en busca del sol, seguramente al norte de África.

Tanta impaciencia y un desasosiego que no lograba combatir me iban consumiendo. La carta de Francisco no llegaba.

Domador de pájaros, como decir domador de sueños, de imposibles: mi corazón herido no ha hecho otra cosa en la vida. Gestos estériles, rebeliones absurdas, soy la imagen de lo que no existe: una niña fugaz y un halcón. Somos iguales, había dicho Florentina, y no la comprendí en aquel momento.

Estallando en cadena, Europa había sufrido varias revoluciones: París, Berlín, Venecia, Viena, y las cabezas coronadas, con sus piratas a sueldo, no paraban de hostigar e impedir la consolidación de las flamantes independencias de los pueblos de América. Mi padre en el exilio —yo también— y Buenos Aires aún sumergida en el viejo tironeo por la aduana, la mezquindad del poder y sus miserias; el país ya dividido en republiquetas... No sigas, me rogaba Mercedes. Es la injusticia, querida, le decía.

—La injusticia que gobierna este mundo que espanta. Podría salir a luchar, empuñar fusiles, pero ya ves, mis fuerzas sólo alcanzan para sostener un petirrojo que me besa los dedos.

No era el camino más corto, pero necesitaba pensar y tomé Oxford Street para regresar a casa. Luces, escaparates a todo color, mujeres y hombres elegantes entrando y saliendo de las grandes tiendas; carruajes lujosos, pordioseros y niños pedigüeños en las esquinas. El espectáculo me distrajo.

Fueron dos o tres notas despegadas del ruido de la calle las que me obligaron a mirar y descubrí esa casa de venta de pianos: Dobbs & Jones. Me acerqué a la vidriera y miré adentro. Media docena de pianos verticales, dispuestos de manera asimétrica, ocupaban el gran salón. Apoyados sobre uno de los pianos, dos señores conversaban. Uno de ellos, distraídamente, le iba poniendo acordes a las teclas. Me dejé llevar por el impulso. Entré sonámbulo, me senté en el taburete frente al único piano de cola que había en la sala, me quité el sombrero, levanté la tapa y arranqué con algunos arpegios, para calentar las manos.

Uno de estos hombres se acercó corriendo. Simplemente, no le presté atención.

Improvisé, mezclé fragmentos de Czerny, Lizst, un cielito federal, Chopin, nuestro minuet. Pero mi cabeza esquivaba las partituras de la memoria, para tomar rumbos musicales propios, melodías de mi imaginación, escalas disonantes, y cuando quise acordar entendí que estaba narrando con música —música nueva, absolutamente mía— toda esa maraña de sentimientos y paisajes que anidan en mi corazón.

Narré a mi padre con música, narré mi historia y mi paisaje, la larga espera y la nostalgia. Narré el dolor del desterrado, y la música fue como un grito incontenible, brotando desde lo más profundo de mi ser.

Suavemente trinaron las teclas agudas hasta perderse el sonido, y puse fin a mi concierto. Me incorporé y cerré el piano.

—Así dijo adiós el petirrojo —le dije al señor que, respetuosamente, sin moverse de mi lado, esperó hasta que yo acabé de tocar—. Muchas gracias —repetí un par de veces—. No sabe cuánto le agradezco que no me haya interrumpido.

Ya me iba cuando escuché su voz: ¡señor!, el sombrero.

Apenas puse la llave en la cerradura, Mercedes corrió a la puerta con una carta entre las manos. No la he leído, exclamó excitada, pero tengo un buen presentimiento. Es de Francisco.

Reconocí en el sobre su letra alta y puntiaguda. Leéla vos, le pedí.

Sentados a la mesa, bajo la lámpara, Mercedes leyó: "Querido

Juan Bautista, ya podés volver. No voy a engañarte, la situación aquí es de puro desorden. Ya va para cuatro años que Buenos Aires es estado independiente, separado de la Confederación, y estas relaciones ahora se han tensado al máximo, debido al desamparo en que se encuentran las provincias frente a los métodos de terror que utilizan los 'civilizados' porteños para mantenerse en el poder. Y estos bandos irreconciliables: pandilleros, unitarios y federales, en este momento están demasiado ocupados en su disputa interna por las elecciones que se avecinan, motivo por el cual, seguramente, nadie advertirá tu arribo. Mi consejo es que rodees tu regreso de la más absoluta discreción y prudencia. De todos modos, estará mi amigo Stenio da Fonseca esperándote en la escala que el paquete hace en Río. Él tendrá noticias frescas para ofrecerte. Él te dirá si puedes continuar o no el viaje hasta Buenos Aires. No es necesario recordarte que aquí la situación cambia de la noche a la mañana. De lo contrario, esperarás en Brasil hasta que las noticias sean buenas…".

Nadie advertirá tu arribo. Esperarás en Brasil. Frases que me quedaron retumbando en la cabeza hasta que de repente, una fuerza incontrolable me alzó por las piernas y comencé a girar y a girar, ¡volvemos, Mercedes, volvemos! Y Mercedes trataba de atraparme, me tiraba los brazos, me pedía que la abrazara, pero yo seguía loco y mientras daba vueltas cientos de imágenes que había creído perdidas comenzaron a aparecer. Veía otra vez los rostros, las voces olvidadas, olores de mi infancia, todo otra vez, todo lo veía y lo volvía a sentir de golpe, yo de nuevo, recogiendo mis pedazos.

—¡Volvemos, Mercedes!, volvemos a casa.

La promesa del regreso a la patria hace estallar en llanto al desterrado. Así como el exilio es una experiencia difícil de explicar, de transmitir, de la misma manera ese llanto ronco que me salió desde el estómago no se puede contar. Sólo los que lo han vivido saben.

No es el llanto del encuentro con el ser amado; tampoco el llanto del fracaso o del dolor físico. O aquel otro, mezcla de rabia y de temor, que provoca la impotencia. El llanto que marca el fin del destierro es único, inenarrable.

La abracé muy fuerte y lloramos.

No sé cómo vivo, cómo me aguanto. No puedo dormir. Mercedes tampoco. Planificar el regreso ocupa todas nuestras horas, preparar el baúl, acomodar papeles, dejar todo en orden. Mercedes se encarga de la tarea más delicada: saca cuentas. Esto es todo lo que tenemos, me dice. No olvides agregar la paga que todavía me deben en la oficina. Vuelve a sumar: sigue siendo poco, me contesta. Y aún falta resolver la situación de Juanchito. ¿Querrá regresar con nosotros? En este punto, Mercedes se desarma. Pobre hijo mío, solloza.

Gracias a Dios, antes de perder todo el dinero ganado en la venta de aquellas estancias, por consejo de Mercedes alcancé a comprar dos pequeñas propiedades. Su renta, junto con lo que le enviaban los Ezcurra y las tías Arguibel, sirvió para costear los estudios de nuestro hijo en Francia.

Ayer recibimos una carta suya en respuesta a la que le enviamos poniéndolo al tanto de nuestro regreso. Su buena disposición siempre me conmueve. Juanchito es tan serio y responsable. Mercedes acota: afortunadamente no salió a vos.

En esa carta nos cuenta de un París que todavía no alcanza a abarcar y lo deslumbra; dice que cada esquina de la ciudad es un muestrario del alma humana, que hay más riqueza intelectual y artística en el mundo marginal y bohemio que en los salones de los ricos; que esa bohemia le atrae; que allí se mueven mujeres y hombres de gran talento. Espero que París no lo maree, y mi deseo suena a plegaria. Al final, añade un par de líneas que resuelven el problema. Dice: me faltan tres años para obtener el título, y no veo las horas de que llegue ese día —y agrega—: Mi único anhelo es volver a Buenos Aires. Posdata: el próximo fin de semana viajaré a Londres para despedirlos.

El otoño huele a vainilla, a horno de galletas. Mercedes me prepara jarras con infusión de tilo. De un plumazo pasé de señorito-orillero a ayudante de oficina en Londres; no es difícil sacar conclusiones y saber cómo me siento.

Fui un joven inmensamente rico, pero a pesar de la fortuna de mis padres, en casa siempre se hizo una vida muy austera, sin ostentaciones. Bendita austeridad, digo ahora, que me ayudó a vivir desterrado. Nunca una palabra me calzó tanto como ésta.

No tengo dinero —no pude tener ni un perro en estos cinco años, ni qué hablar de un caballo—. Y ahora tendré que pedirle dinero prestado a Máximo. Me pregunto qué dirá mi padre cuando se entere de que regreso a Buenos Aires.

Nadie ni nada me detendrá. Yo vuelvo.

¿De qué viviré? No lo sé. He sobrevivido aquí en situación de extranjero, ¿cómo no voy a poder hacerlo en mi tierra?

Desbordo esperanza. Como nunca me siento capaz de todo. Sueño que me apresan, que me acusan, ¿de qué? Sueño que muero besando mi suelo. No me importa. Sería terrible morir en Londres.

Mercedes me ha sorprendido escribiendo la palabra frágil en unas cajas perfectamente embaladas. ¿Qué es eso? Cajas. Ya veo que son cajas, Juanito, pero ¿qué tienen adentro? Se lo digo de un tirón.

—Frascos conteniendo bromuro de plata, gelatina y otros líquidos; y en esta otra van las placas de cristal, las lentes y la máquina. Y en esta, todo un laboratorio para revelar fotografías. Voy a ser fotógrafo, querida.

—¡Has gastado en eso el poco dinero que tenemos!

La indignación le presta coraje. Me defiendo. No te apresures a juzgar, mujer, se trata de un oficio, puede serme útil. Pero el enojo le durará varios días.

Le he enviado una carta a mi padre donde le comunico mi regreso; le transcribo parte de la carta de Francisco y le pido permiso para ir a Southampton a despedirme de él.

Embarcamos dentro de dos semanas. La ansiedad me está enfermando. Nuestro hijo llega el próximo sábado y revolucionará la casa con su presencia. Lástima que por pocas horas.

—¿Estás enterado, padre, de que el nacimiento de San Juan Bautista, junto con el de Jesús y el de la Virgen, es de los tres únicos que celebra la Iglesia?

—¿Y qué gano con eso? —le pregunto.

Ríe, y poniendo el gesto que me hace acordar a mi madre, responde:

—Dios concede favores, padre, no lo olvide.

Qué extraña coincidencia, yo tenía casi su edad cuando una mujer me dijo esas mismas palabras. Viven frescos en mi memoria aquellos besos bajo la lluvia, arrodillados los dos en el barro. Dios concede su favor: el significado de mi nombre. Quizá ha llegado el momento de que Dios se acuerde de que existo.

Durante sus vacaciones, que siempre las ha pasado con nosotros, hemos colmado de afecto a Juancho, de paseos, de mimos, tal vez con la secreta intención de que ese caudal de amor le alcance a cubrir los largos meses de ausencia. Pero ahora que nos vamos me pregunto ¿qué será de él?, ¿volveremos a verlo? Manuela comprende y se ha adelantado a mi pena. No te preocupes, me ha dicho, me ocuparé tanto de mi sobrino que no le daré tiempo a que te extrañe.

Con el señor Higgins —cartel a la calle de maestro fotógrafo— estoy tomando lecciones aceleradas de fotografía. Veamos, mister

Ortiz de Rozas, me dice, y le cuesta pronunciar mi apellido, y como es prolijo se empeña. Llámeme John, lo ayudo, y me lo agradece con una sonrisa. Veamos, mister John, y continúa: la fotografía es el procedimiento que se utiliza para obtener imágenes reales de un objeto sobre una superficie plana, ¿anota usted, mister John? No le pierdo sílaba, mister Higgins. Bien, recubrimos entonces esta placa de cristal con esta emulsión de colodión y sales de plata. Esto presenta todavía dificultades, usted verá, y continúa, porque el tiempo de exposición necesario para obtener una fotografía es de dos horas o más. Pero no nos quejamos, mister John, ¿está usted anotando?, porque antes el tiempo de exposición era de ocho horas. Pero, muy rápido, las sustancias requeridas se perfeccionan, y vamos obteniendo notables ventajas, y en consecuencia imágenes más nítidas.

Mister Higgins sólo me dará cuatro lecciones prácticas —precio acomodado a mi bolsillo— y en un cuaderno llevo minuciosamente los apuntes de cada una de ellas.

Ha finalizado mi tercera clase y voy regresando contento a casa. Pronto, estas calles dejarán de verme, pienso, y mi ánimo es tan leve que casi no piso la acera.

Carta de tu padre, dice Mercedes, y me la extiende. Comienzo a leer de pie su esquela —no es una carta— pero enseguida caigo en la silla más próxima. Difícilmente hubiera podido leerla estando parado.

"Hijo muy amado mío: se acerca el día de nuestra separación. Cuando me sobra el valor para mucho, no lo tengo para un personal adiós, ni para acompañarte hasta donde otros podrían hacerlo con la entereza que me falta. Perdóname, seguro de que te hablo con la integridad de un corazón que verdaderamente te ama. Pero te ruego me evites el dolor de la despedida. Te seguiré siempre, amorosamente cordial. Adiós, Juan. Te abrazo con toda la fuerza más activa de mi alma. Te bendigo y quedo tuyo, amante y perdurable amigo. Rosas."

Vuelvo a leerla, pensando debe haber algo que no entiendo, una palabra que se me escapa. Pero no, todo está ahí. La circunstancia no lo conmueve, no quiere verme: "te ruego me evites el dolor de la despedida". Leo todo otra vez en voz alta.

—Podría tratarse de nuestro último encuentro —le digo a Mercedes—, sin duda será nuestro último encuentro, pero no quiere más dolor. ¡Se niega a verme!

—No te tortures, Juanito, bien sabés que tu padre odia las despedidas.

—¡No lo defiendas! Estoy destrozado, Mechita —y pongo un golpe sobre la mesa—. Tuvo tiempo, vaya si lo tuvo, para recapacitar y ablandar su corazón, ¡pero no!, él debía llegar impertérrito a esta firma lacónica y fría… Mucho amor, pero no firmó "tu padre".

Estoy a punto de llorar a los gritos. Rescato lo de "que verdaderamente te ama", y trato de conformarme con eso, lo atesoro, pero no alcanza. Necesito verlo, abrazarlo.

Sin embargo, me consuelo y pienso: quien ha perdido tanto, quien ha dejado allá otros tantos hijos —los que tuvo con Eugenia y juro no volver a nombrarla—, quien ha aceptado así el peor de los destinos, mal puede detenerse en un abrazo de despedida con quien jamás le brindó alguna satisfacción.

El tonto fui yo por creer que obraría de otro modo, por creer que el tiempo y la adversidad le habrían ayudado a olvidar —a perdonar— nuestros desencuentros.

—Me castiga porque me voy, Mercedes, porque soy yo el que vuelve, cuando sólo él tendría derecho al regreso, porque sólo su regreso tendría un sentido. ¡El mío no! Me castiga, Mechita, me sigue castigando.

—Tu padre odia las despedidas, Juan. No lo tomes así.

—¿Cómo querés que lo tome? No hay justificativo posible.

Doblo la esquela y la guardo. Le pido a Mercedes que se lleve las lámparas y me deje solo.

—No me asustes, Juanito, me da miedo cuando buscás la oscuridad.

—Al contrario, Mechita, es en la oscuridad donde las cosas se vuelven claras.

No volveré a verlo. Y no volveré a verlo porque es su voluntad que así sea.

Me marcho sin despedirme de mi padre, sin darle —lo sé— el que hubiera sido nuestro último abrazo. Pero no puedo pensar, por primera vez la oscuridad no me ayuda, y por un instante tengo la sensación de que la burbuja ha comenzado a tragarme.

Me incorporo, camino en la penumbra, me resisto a caer en la inconsciencia. Debo estar lúcido. Pero sigo sin poder pensar. No puedo pensar, y me asusto. Nada me duele, y me asusto. Nada más me veo subiendo al barco. Subiendo al barco y partiendo. No puedo verme de otra manera más que subiendo al barco. No hay otra imagen ni otro pensamiento en mi cerebro. Es mía esa espalda, soy yo ese hombre que asciende por la escalerilla del barco. Soy el hombre que no vuelve la espalda. Soy yo el que se va.

VOLVER A CASA

Perdonó la traición, perdonó el escupitajo sobre el apellido cuando descubrió a Gervasio involucrado en la insurrección de los estancieros del sur. Perdonó y perdonó.

En este punto, Francisco siempre había agregado la misma reflexión, siempre.

—Pobre Juan Manuel, traicionado por su propio hermano. Sin embargo, ordenó que a Gervasio nadie lo persiga.

Lo condenó al destierro, es cierto, pero lo perdonó. Perdonó entonces y después, y tantas otras veces. Perdonó traiciones, sentencias de muerte ya firmadas. Incluso perdonó a Manuel Vicente —él mismo me lo dijo— y que de buena gana —en dos ocasiones— le había ofrecido salvarlo, enviándolo al extranjero, cuando la gran conspiración. Pero a mí no me perdona. A mí no.

Mercedes me consolaba: no es eso, Juan, tu padre no soporta las despedidas.

Navegamos ahora en la madrugada, surcando un cielo que se recuesta en la proa.

Es curiosa la imagen que me llevo de él. No es la del padre cotidiano, el que atravesaba los patios, el que presidía la mesa, o el que me llamaba amiguito y me hacía temblar de miedo. No, no es ésa, y no puedo explicármelo, pero cuando cierro los ojos lo veo venir hacia mí desde las sombras ataviado como en el retrato que le hizo Onslow en Londres, y que Manuela me contó ahora preside su modesta sala: la boca sin sonrisa en el rostro amplio, los párpados encapotados sobre la mirada tenaz; serio en su chaqueta de brigadier general, las charreteras y la doble hilera de botones de oro. Azul y oro, rojo y oro, copiando los colores imperiales para ese peón de campo en tierra extranjera.

Lo veo así, durante este viaje que se me antoja eterno, y no puedo explicármelo. Juan Manuel en su uniforme de gala, cabalgando por bosques de abedules, reclinado en la piedra de catedrales góticas, contándole en secreto a Francisco el encuentro con esa mujer misteriosa —la grulla blanca— a la que no se atrevió ni a tocarle las manos.

Qué obsesión, vuelvo a casa y sólo puedo pensar en mi padre, en lo que hizo y dijo mi padre, en lo que me contó Francisco de mi padre, y sacudo la cabeza para alejarlo, me doy golpes en la frente para alejarlo. Pero el pensamiento es terco y se ensaña, porque a cambio me trae el rostro de mi hijo, su nombre, el pecho hundido en sollozos, y esa última mirada que cruzamos en el andén de la estación Victoria, segundos antes de su regreso a París, cuando nos despedimos.

No sé qué es peor. Levanté mi casa en Londres como quien levanta una tienda en el páramo, y cerré la puerta decidido a no mirar atrás, sin advertir que al cerrar dejaba enganchado allí, para siempre, un largo jirón de mi vida.

Después me di cuenta de que algo extraño la había precedido. Pero no algo exterior, nacido desde los árboles, los pájaros o el aire, sino todo lo contrario, un pequeño milagro interior que se generaba a partir de ella y adelantaba su presencia, anunciándola.

Eran palabras de Francisco, que me hablaba de Manuela, y ahora qué curioso fenómeno: camino por cubierta y recuerdo a mi hermana como Francisco me contó que la recordaba.

Cuando levanté los ojos, me dijo, sabía que iba a verla detenida al borde del patio. Con una mano apartó una rama del limonero y en la otra llevaba una jarra de plata.

Panchito, exclamó, el mohín adorable, como quien se dirige a un niño, a un cachorro, y se me acercó despacio, sonriendo, hablándome al oído con los ojos, diciéndome Panchito querido, ingrato, ya no viene a visitarnos, sabiendo cuánto lo extrañamos el tatita y yo, y me puso muchos besos en la mejilla.

Vi nacer y crecer a Manuela, siguió Francisco. Fui testigo de esa dulzura inagotable, de su capacidad de querer y cuidar a los que ama. No se vaya, Panchito, quédese otro rato con nosotros. Pero, extasiada, ella lo miraba a tu padre, rodeada de una corte de sirvientas negras, disponiendo la mesa —y lo miraba a tu padre— los manteles, la vajilla, y por fin la jarra de plata en el centro, opaca, abierta en pequeños surcos brillantes por donde resbalaban gotas de agua helada.

Acodado a la borda, veo a Manuela como la veía Francisco. Jamás volveré a Londres. Jamás veré otra vez a mi hermana.

Sé que no hago otra cosa más que demorar el momento en que buscaré esos tragos de ginebra que tanta falta me hacen. ¿Volveré a ver a Manuela?

Los recuerdos me hacen daño. Hilachas de la memoria que trato de ahogar en este vaso. Y afuera el mar, la profundidad del mar redoblando la distancia que me separa de mi casa. Todo yo soy un remo —una chimenea que escupe humo— una vela, un esfuerzo que lucha contra este mal presentimiento de que algo va a ocurrir y no podré llegar.

—¿Estás borracho o es el barco?

La detesto cuando me reprende como a un niño.

—Estoy borracho, Mechita. Lo siento.

—¿Y qué es lo que querés olvidar ahora? —le salen chispas por los ojos—. ¡Claro, no me lo vas a contar a mí!, se lo vas a contar después a tu cuaderno, porque el cuaderno no te regaña… En cuanto te descuides te los voy a quemar, te juro que voy a hacer una fogata con todos tus papeles.

No puedo creer lo que me está diciendo: quemar la única y última prueba de que yo existo.

—Si lo que quiere es matarme, Mechita, hágalo. Quémeme a mí, pero no mis papeles. Sé que no es fácil de entender, pero escribo para que el hombre que vive dentro de este estuche, al que usted llama Juan Bautista, no se sienta tan solo.

—¡Solo!, desvergonzado. ¿Y cómo creés que yo me siento?

—Trate de entender, Mechita, dentro de mí ese hombre existe, y está solo.

Intento mantener el equilibrio, pero el oleaje no me ayuda. Nunca la he visto tan enojada. Ha comenzado a mirarme de tal forma… Me da mucha pena verla así, al borde del llanto.

—Le explicaré por qué estoy bebiendo, señora —el oleaje para nada me ayuda—. Bebo, le decía, para que todo esto no haya sido en vano. El dolor, la guerra, el exilio, que no hayan sido en vano. Para que encontremos un país en calma, marchando hacia el futuro, por eso bebo. Y también porque tengo miedo, señora, porque presiento que el desorden en nuestro país no acabará nunca.

Levanto el vaso y la invito a brindar conmigo. No lo harás en mi presencia, exclama, y me arrebata la botella. De ningún modo, Mechita, y a pesar del barco y la ginebra, logro quitársela.

—De ningún modo —repito—, porque aún me queda mucho miedo.

Sobre las olas, van Francisco y mi padre suspendidos, al otro lado de la borda, al otro lado del viento salino que me empapa, pero igual los oigo, y veo pasar peones, soldados, negros, secretarios, y ellos dos rodeados, protegidos, conversando.

—Claro que te conocen mejor que a Bolívar, que a Washington —le dice—. Lo leí en un periódico de Montevideo: "Rosas se está humanizando; los porteños, contentos de que no los degüellen, han llegado a creer necesario el gobierno de aquel perverso" —y se lo dice, de memoria lo sabe y se lo dice.

—¡Esos cabrones! —protesta Juan Manuel—, aliándose con los extranjeros, pero que vengan, ¡que vengan!, bajo mis propias condiciones, por supuesto —y agrega—: Sólo yo sé lo que me costó remediar los desastres que esos doctorcitos engreídos hacían decir y hacer a los ministros. Pero modifiqué todo eso. Ahora tienen prohibido opinar, y hablan nada más que cuando se los ordeno.

—¿Y los doctores?

—En el exilio. Los que pudieron escapar, claro.

Una bandada de monstruos marinos grita, y se pierde volando bajo.

Pero algunos doctores quedaron, y hablaron.

Fuimos nosotros, dijeron, nosotros mismos quienes obligados por la circunstancia le otorgamos la suma del poder público, acorralados por una situación ingobernable. Y él se decretó dueño y señor de Buenos Aires, de las provincias, de la Confederación entera. Cómplice de los indios, protector de gauchos y delincuentes, padrino de facinerosos y desertores, jefe de caudillos. A todos nos hincó la estrella de plata en el lomo, nos puso freno y mordaza, sometidos a su voluntad absoluta. Ya ven, va a hacer veinte años que la Sociedad Popular y la negrada federal nos maneja a su antojo, dijeron los doctorcitos que se quedaron y hablaron.

A pesar de su naturaleza silenciosa y reservada, en alguna reunión, Juan Manuel explicó:

—La técnica del cuchillo es una herencia cultural, o si prefieren, un defecto cultural de los argentinos: los unitarios mandan castrar, los federales degollamos.

CARPE DIEM

Pobre y apaleado por las circunstancias, junto a mi mujer, el estuche de cuero para transportar el único cuello duro que me queda, dos maletas de cartón, un baúl y las cajas de fotógrafo, esperé anhelante en el muelle la orden de subir a bordo de un barco de segunda, y compartir con cinco desconocidos un camarote también de segunda.

Dirán: qué pena, a Juan Bautista lo trituró su historia.

Secretamente, fervorosamente, deseé que mi padre se arrepintiera y fuera al muelle a despedirme. Sabía —lo puse en la carta— el nombre del barco, el día y la hora de mi partida. Estoy en el puerto de Southampton, le dije a Mercedes, vive aquí cerca y no viene.

—No es novedad para vos que tu padre detesta las despedidas, ¿para qué afligirse entonces?

Llegué a imaginar que me estaba espiando, oculto detrás de una columna, o quizá detrás de esos fardos, y que a último momento saldría corriendo de su escondite para ir a abrazarme. Abrazarme como nunca lo hizo.

Tu padre es Juan Manuel de Rosas, me decía, no sueñes.

¿Quién sufre más?, me preguntaba, ¿yo que lo espero o él que se niega?

Y Mercedes pretendió quitarme la botella.

—Te vas a enfermar —me dijo después—. Estás muy delgado.

Mercedes reclamando por lo que necesita mi cuerpo, y yo preguntándome dónde encontrar el alimento que mi alma implora.

Antes estaba la música, el bullicio de la familia, Mongo soplando en mi cabeza, los ejércitos batiendo llanuras… Ahora voy tendido en esta cucheta maloliente, separado de los otros pasajeros por una cortina de lona que cuelga de un cable del que tuve que quitar prendas para poder correrla, y disponer de una intimidad inexistente, porque los escucho roncar, darse vuelta, emitir sonidos que prefiero ignorar su origen. No puedo dormir y hablo.

—*Alea jacta est* —exclamo en voz alta—. *¡Alea jacta est!* —repito más fuerte en mi latín pretencioso, y oigo un gruñido y luego alguien que entre sueños pide silencio.

Mercedes comparte con tres mujeres otro camarote. Si al menos pudiera tomarme de su mano y retenerla tibia hasta que llegue el sueño. ¿Cómo fue el viaje de ida, Mercedes?, y debo haber hablado en voz alta porque vuelven a pedirme que haga silencio. El que lo hace no habla en inglés, aunque se le parece bastante; tal vez sea un dialecto del norte. Tal vez sea ese escocés que me miró fiero cuando trepé a mi cucheta.

—¿Dormí durante el viaje de ida, Mercedes? Yo no me acuerdo, tengo la impresión de que no he dormido nunca durante estos últimos años…

—Mejor será que te acuerdes, o te haré dormir de un mamporro.

El que acaba de amenazarme lo ha hecho en español, pero con acento. Por el grosor de su voz colijo que debe tratarse de un grandote. Debo estar muy borracho para decir colijo. El que no ha abierto la boca todavía para pedirme que me calle es el irlandés al que le oí decir que iba a encontrarse con su familia en Buenos Aires.

Pero no estoy en condiciones de armar una trifulca con semejantes especímenes, o como diría el abuelo León, armar una marimorena, y la palabra me hace gracia y como me hace gracia me río, y empiezo a reírme a carcajadas, y ya no puedo controlarme y estoy a los gritos.

—¡Una marimorena, muchacho, para que te venga el sueño!

Me estoy haciendo pis encima por culpa de la risa.

—¡O un buen tiberio, como los que montaba tu padre! ¡Tu padre, amiguito!

Entre cuatro brazos fui levantado en vilo y caí, no sé muy bien dónde caí, y luego voló una manta que me cayó encima. Los grandotes tuvieron la deferencia, por si hacía frío.

Al principio, no medí la situación, seguí riendo y cantando.

—¿Cómo voy a dormir ahora?, señores, este piso está muy duro. —Traté de incorporarme, y no pude. Resignado a mi suerte comencé a modular el *jacta est alea* a modo de aleluya. Después, y en vista de que todo seguía igual, lo puse en ritmo de media caña, para acabar en gregoriano.

—No hay nada como ser experto en música —continué, pero enseguida, ajeno a mi voluntad, me sacudió un sollozo—. Para hacer música en nuestro país —murmuré—, primero hay que familiarizarse con la sangre, amiguito.

Fue el frío, y un oficial que apareció empuñando un farol, los que me hicieron callar. Prometí comportarme. Cuando levanté los ojos, me encontré mirando las estrellas. Oh, las estrellas, dije. Bamboleándome, arrebujado en la manta, llegué a cubierta.

—Si puedo me tumbo —exclamé—. ¿Por qué brinca tu barco, Juanito? La tierra es más firme.

Viento y estrellas. Me eché boca arriba en un rincón, los brazos en cruz. Pero estaba demasiado borracho para beber de la noche.

Avisada por la tripulación —está empapado, le dijeron—, Mercedes fue en mi auxilio. Me instalaron en un camarote que hacía de hospitalito. Tan distinto al maravilloso hospitalito de mi abuela, donde Mongo curó a Genaro con el mejunje verde.

—El cuadro es severo —observó el médico—. Le dará estos sellos cada seis horas —y luego de una pausa, concluyó con su diagnóstico—: Este hombre está desnutrido.

—Puede ser —respondió Mercedes—, últimamente come muy poco.

Hace años que vengo comiendo poco, pensé.

Me abrigaron, me dieron a beber caldo caliente, y según el capitán me salvaron la vida.

—No hubiera usted resistido la madrugada en cubierta.

Le sonreí:

—Ocúpese de mantener el rumbo, capitán, que quiero llegar a mi casa.

"Brasil es verde, de un verde guarango", escribió meses después Dolorcitas Marcet a Manuela en una carta, para agregar luego el siguiente chisme: "me cuentan que últimamente lo han visto a Juan Bautista rodeado por unos portugueses muy extraños, que no permiten que nadie se le acerque". Asustada, Manuela le escribió a Mercedes y le transcribió el mentado párrafo. Prohibí a Mercedes que le ofreciera explicaciones a mi hermana. Tengo que desmentir a esa tonta, dijo.

—No vale la pena. Manuela en Londres, Dolorcitas en Buenos Aires, y nosotros aquí, en Nossa Senhora do Desterro. Que crean lo que quieran, ya bastantes problemas tenemos.

Brasil es verde, sí. Itajaí es más verde aún, rodeada de bosques tropicales, al borde de un mar increíblemente transparente, color de piedra verde.

Estoy vivo, en funcionamiento, pero no soy consciente.

Tal como prometió Francisco, estaba Stenio da Fonseca en la escala de Río, esperándome con la mala noticia. Y yo tan confiado y tan débil, azotado por una travesía que había minado mis pocas reservas.

La imposibilidad de continuar viaje me cayó como un rayo. Creí volverme loco. Leí y releí la carta que Francisco le había enviado a su amigo donde me aconsejaba, en el mejor de los casos, instalarme en Nossa Senhora do Desterro o en Itajaí, hasta tanto pasaran los disturbios que conmovían a Buenos Aires.

"Los bandos siguen disputándose a muerte las elecciones, y cuando parecía que éstas iban a realizarse, nuevas denuncias de fraude en los comicios los han llevado a renovados enfrentamientos. Es una historia de nunca acabar. Mitre, apoyado periodísticamente por Sarmiento, acaba de publicar un folleto preconizando la definitiva creación del estado independiente de Buenos Aires, al que llamarán República del Plata. El presidente Urquiza, desde Paraná, poco puede hacer, y hasta creo que no le importa lo que está sucediendo. El gobernador Obligado y su ministro de guerra, el susodicho Mitre, han apresado y fusilado a veinticinco oficiales y tropa del general Costa. Los calificaron de rebeldes. La gente los llamó patriotas federales. Por semejante atrocidad, y por sus maldades, a Obligado han comenzado a apodarlo el Nerón argentino. Todo es desorden, Juan. No está la situación para que desembarques en Buenos Aires. Pero conociéndote, tengo miedo que vengas de todos modos. Por eso, debes saber cómo fue que ganaron los unitarios las elecciones. Los gauchos que se resistieron a votar por ellos fueron puestos en el cepo, o enviados a las fronteras con los indios y quemados sus ranchos, perdiendo así sus escasos bienes y hasta sus mujeres. Establecieron en varios puntos depósitos de armas y municiones, y en cada mesa electoral cantones de gente armada. A los complicados en una supuesta conspiración los encarcelaron, mientras bandas de soldados armados recorrían las calles acuchillando y persiguiendo a los opositores. Fue tal el terror que sembraron entre la gente, que ganaron sin oposición.

"Por otra parte, y debo decírtelo, sé de muy buena fuente que pronto la Legislatura dará comienzo al juicio contra tu padre. Lo declararán reo de lesa patria, y sus bienes se venderán en subasta pública. Saben que Rosas no se hará presente en el estrado, pero igualmente le iniciarán un proceso criminal en rebeldía, cuya sentencia es la pena de muerte con la calidad de aleve.

"Como verás, la situación no puede ser peor. Mi opinión es que esperes en Santa Catarina hasta que se restablezca la calma. Ruego porque aceptes mi consejo. Esto, seguramente frustrará tus expectativas, pero tiene algo de positivo, ya estás más cerca. Mi buen amigo Stenio te pondrá en contacto con un tal Sr. Arbás en Itajaí. Dice que es buena persona, y está al tanto de todo. Te ayudará a instalarte y resolver los problemas del primer momento. No olvides que puedes contar conmigo para lo que sea. Te abraza, Francisco Rosas."

Ilusiones. Nuestro mayor defecto es alimentar siempre la esperanza, aunque todo demuestre lo contrario. Y seguimos creyendo.

Crecí y viví en medio de convulsiones sociales y políticas. Me vi obligado a abandonar el país sacudido por convulsiones sociales y políticas. Ahora debo esperar hasta que se restablezca la calma. Me pregunto de dónde sacaré el coraje, no ya para esperar, sino para suponer que la calma llegará algún día.

Pero no voy a desesperarme. Acepto el consejo de Francisco. Será mi último cometido, ahora que mi presentimiento se torna irrebatible: morí aquella noche nefasta de la huida. Regreso solamente para enterrar mi cuerpo en la tierra que amo.

Habíamos llegado, pero, como siempre le ocurre al forastero, en el primer encuentro no advierte lo que en verdad hierve bajo esa fachada gloriosa de verdor y música; tras ese coro de hombres y mujeres de color, que en actitud respetuosa nos miraron desde lejos, y me hicieron recordar tanto a Mongo.

De todos modos, sabía que llegaba a tierra enemiga: el imperio de Pedro II, de Márquez de Souza, del conde de Caxias, que no sólo colaboraron en el derrocamiento de mi padre y se apoderaron de territorio nuestro, sino que sometieron a mi país a una bochornosa dependencia económica.

Práxedes Arbás —soy asturiano, me dijo— se empeñó en que la bienvenida grabara en mi retina y en mis oídos una fiesta espontánea de nubias, flautas y membíes, empuñadas por sus vecinos blancos y también algunos negros, para recibir a los recomendados de don Stenio da Fonseca que, según los comentarios, venían para quedarse —Dios me libre— cargando unas cajas donde podía leerse la palabra frágil, y que a él le causaron gran curiosidad.

—Aquí vienen las placas de cristal y la caja mágica —le dije— y las lentes, y todo un laboratorio para revelar fotografías, invento que desde su aparición me tiene fascinado.

—Ah, qué bien, es usted fotógrafo.

—Algo así.

Mercedes enarcó las cejas.

—Pues mire —continuó, efusivo—, yo tengo una imprentilla, y había pensado, tal como se lo digo en la carta al amigo Stenio, conchabarlo como corrector de pruebas. Pero ahora, con esto de la fotografía, la cosa cambia. Creo que vamos a hacer buen negocio.

Me sinceré después:

—En realidad, señor Arbás, lo mejor que yo hago es tocar el piano y andar a caballo.

Nos instalaron en la posada *Os Pica-Paus*, en un cuarto amplio con ventana a un patio cuya vegetación florida daña mis ojos. Por un precio módico, que debemos abonar semanalmente, también tenemos derecho a dos comidas diarias —casi siempre frijoles, bollos de mandioca y costillas de cerdo frías— servidas en el salón comunitario que, además de los huéspedes, recibe parroquianos de paso.

Frente a la ventana del cuarto tomé asiento, y me dejé estar. Mi inmovilidad preocupó a Mercedes. La tranquilicé:

—Estamos más cerca, según Francisco.

—Por favor, no te desanimes.

—Al contrario, Mechita, reúno fuerzas para hacer lo que hice en Londres, a lo largo de cuatro años: resistir.

Y me mantuve así, más desnudo que lo más desnudo en el mundo, mirando por esa ventana hasta que cayó la noche.

Mi destino es un perenne viaje de ida, camino que no me lleva a ninguna parte. Me costó más de dos años resignarme a mi condición de desterrado en Londres. Lo logré durante intervalos cortos. Y sigo salvando mi vida, y sigo preguntándome ¿para qué? El viaje de ida continúa. Ahora debo acostumbrarme a otro paisaje, a otro idioma, a otros códigos… a los frijoles y la mandioca. Pero es cierto, estoy más cerca de mi casa.

Náufrago al fin, me aferraré a este madero. Después de todo, el destino es benevolente conmigo.

EL MAESTRO DE MÚSICA

—¿A esto hemos venido? ¿Te das cuenta de lo que significa mezclarnos con esa gente?

Ignoré su pregunta, le pedí que no se moviera y, escondido bajo el trapo negro, accioné el obturador y el flash de magnesio al unísono, provocando el relámpago que la dejaba más ciega todavía.

—Quieta —le rogué—, haremos otra toma, pero ahora usted de pie y…

—Cuando me tratás de usted, mala señal —pero se puso de pie y posó—. No te ocurrió lo mismo con el daguerrotipo.

—No se mueva… El daguerrotipo es para viejos. Esto es el futuro.

—Creí que le tenías miedo al futuro.

—Hago lo que puedo.

El señor Arbás me ha prestado un cuartito al fondo de su imprenta para instalar allí mi taller de fotógrafo. Ordené el lugar, limpié estantes y acomodé lo mejor que pude las cajas y toda esa parafernalia de frascos, tubos y piletones que, supuestamente, me otorgan título de experto.

He prohibido la entrada a toda persona ajena, pero si por equis razón alguien entra, sabe que no debe tocar los recipientes de cristal con letrero de peligro: mercurio, bromuro de plata, yoduro, nitrato de potasio, diversas gelatinas y alcoholes, la vieja albúmina y el colodión; así como otros líquidos químicos que, de a poco y siguiendo las lecciones que me dio el maestro Higgins en Londres, he comenzado a manipular como avezado alquimista. Proceso extraordinario cuyo resultado son imágenes que eternizan el presente… Pero mi trabajo todavía deja mucho que desear.

—Estoy aprendiendo, Mercedes, pronto le tomaré la mano.

De todos modos, y a pesar de la imperfección, ella no puede evitar el asombro al observar después ese tesoro de papel sepia, en el que se ve a una mujer —ella misma— graciosa a fuerza de solemne.

—Aprenda o no, me estoy divirtiendo mucho.

—Volviendo al tema, Juanito, esta gente es peligrosa. Tengo la impresión de que de aquí vamos a salir esposados. No quiero pensar qué dirá tu padre cuando se entere.

—No sea exagerada, mujer. Además, no se va a enterar, y si se entera no me importa.

Cuando dije no me importa, fui el primer sorprendido. ¿Sería acaso producto de la distancia? Lo cierto era que había dejado de pensar en mi padre.

La encontré debajo de una pila de periódicos. Era una caja grande, de caoba, con un extraño escudo de bronce incrustado en la tapa. No tenía llave, y la abrí.

De su interior, prolijamente acomodados, fui sacando un compás, una escuadra, un pequeño mazo, una plomada, una paleta, y a cada uno lo hice girar entre mis dedos, la curiosidad en aumento.

Cuando apareció el mandil de seda, con bordados en oro y plata, oí la voz del señor Práxedes a mis espaldas, preguntándome, el tono tranquilo:

—¿Qué está usted haciendo, Juan Bautista?

Se me deslizó el mandil y con la otra mano ya había desplegado un periódico en cuya primera plana se leía: *La Verdad*, Oviedo, España, julio de 1857, y debajo: "La francmasonería no es una religión, no es un culto, por eso proclama la instrucción laica y toda su doctrina se encierra en este precepto: 'ama a tu prójimo'". Y más abajo, en letras pequeñas —mientras Práxedes en el mismo tono: le pregunté qué está haciendo— leí en voz alta: "El hermano Celestino Mañán prestará a la masonería española un servicio de incalculable importancia, decidido como está en propiciar y reconocer como instalación legal al Grande Oriente Nacional de España".

Levanté por fin los ojos, y fui yo quien preguntó:

—¿Qué es esto, Práxedes?

Lejos de parecer contrariado, con una rara beatitud en la mueca, Práxedes se acercó, tomó la caja y comenzó a sacar de ella otros papeles y documentos. No estaba en su ánimo dejarme con la intriga, y allí mismo, con palabras sencillas, me explicó qué era la masonería y por qué él era masón.

—Me sorprende su franqueza. En mi país nadie habla de esto, además, mi padre abominaba de la…

—¿Su padre? No me extraña, tal vez el único gobernante no masón de su país.

—Bueno, no crea que el tema me asusta, pero…

Supe así que su familia, por adherir a los postulados masónicos, había sido perseguida desde los tiempos en que las tropas del llamado emperador de los franceses invadieron España. Fueron ellos los que prepararon el caldo de cultivo para que comenzaran a brotar como hongos, a todo lo largo y ancho de la península, infinidad de células de estas sociedades secretas.

—Yo prefiero denominarlas sociedades discretas —puntualizó—. Mi familia pertenece a la Gran Logia Independiente Española.

Apenas enterada, Mercedes comenzó con la muletilla: de aquí vamos a salir esposados, Juanito.

Fanatismo, superstición, barbarie. Ésas habían sido las palabras y el escarnio para el señor Práxedes.

—Palabras que rechacé desde muy joven —se explayó— e inspirado en las ideas que se respiraban en mi hogar paterno, adherí instintivamente a la masonería —y agregó—: Movimiento antagónico a la ignorancia y el oscurantismo que impera y se fomenta en España, desde los más altos estrados del poder.

—Me interesa —le dije.

Acabamos sentados a la puerta de la imprenta, tomando mate —él lo llamaba chimarrão—. Me sentía cómodo y, por el momento, aliviado de la angustia en que me había sumido la imposibilidad de continuar mi viaje de regreso a casa.

Rápidamente me di cuenta de que el señor Práxedes estaba muy contento de haber encontrado a un interlocutor dispuesto a escucharlo hablar de su tema favorito. Pero había en él algo que me desconcertaba, mi idea de los masones siempre había sido sombrero de copa, levita, monóculo, bastón, y hasta una cadena de oro cruzándoles el vientre. Ni que hablar del empaque.

Práxedes era todo lo contrario, la sencillez hecha persona. Me ocurrió lo mismo cuando estreché la mano de aquellos piratas, por la costa del río. Habíamos ido de paseo con abuelo León, y él se encontró con unos hombres que lo saludaron tan fraternalmente que se vio en la obligación de departir y presentarme. Cuando los hombres se alejaron, entusiasmado me preguntó:

—¿Y qué sentiste al estrechar la mano de esos piratas?

—¿Piratas, abuelo…? Nunca lo hubiera creído.

—Le diré —me expresó Práxedes—, hablar de la masonería es recopilar las memorias íntimas de la revolución, a la que la masonería ha servido de excelente vehículo en todas las naciones. Y hasta me atrevo a afirmar que de heraldo, pues en todas ellas, el establecimiento y propagación de las logias masónicas ha sido el síntoma premonitorio, por decirlo así, de los grandes cataclismos políticos y sociales, que desde un siglo atrás vienen conmoviendo a todos los pueblos de Europa.

—Y de América —agregué.

—Sin duda —corroboró—. Sin embargo, por estas tierras americanas se conocen bajo el nombre de Logias Patrióticas, en un intento por diferenciarse, tal vez, de aquellas. Pero a nadie se le pasa por alto que, en grandes líneas, se inspiraron en las logias masónicas.

A partir de esa conversación, nos hicimos amigos.

Soltero, alto y de barba, era un hombre que, a poco de conocerlo, nadie podía dudar de su incuestionable honestidad y de la auténtica pasión que le inspiraba su trabajo. Fumaba largos puros de perfumado aroma, puntualmente llegados en primorosas cajas enviadas desde La Habana. Sus dedos estaban siempre manchados de tinta. Su único recreo —como el de la mayoría en el barrio— consistía en instalarse, la tarde de los domingos, en el llamado Club Social de los Amigos, a jugar ajedrez o al tute cabrero. Y por la noche, si estaba de ánimo, empuñar con brío el violín para que bailaran las parejas. Entonces mandaba a alguien a buscarnos con la invitación de que nos uniéramos a la música.

Y allá íbamos. Yo, flexionando los dedos, Mercedes aclarando su garganta, alisando faldas, sin olvidar el consabido pañuelito a la cintura, para retocar las gafas que ahora usa. Los dos a largos pasos rumbo al Club, el corazón y el ánimo alegres.

La tomé de la mano:

—Se diría que estamos de vacaciones, ¿verdad?

—Las primeras, Juanito, después de tanto tiempo.

Entramos al salón en medio de un desenfrenado revuelo de polcas que Práxedes con su violín no interrumpió, obligándome a incorporarme a mitad del acorde, acompañado por los saludos y el aplauso de los vecinos.

Ya desde la puerta me quebré por la cintura siguiendo el ritmo —qué simpático el señor Ortiz, comentaron—, pero luego me puse nervioso porque el taburete no estaba a mi altura. Con las manos a escasos centímetros de las teclas, respiré hondo, y esperé tenso que Práxedes me diera la señal para entrar en el momento exacto.

Nadie me vio mover los labios: somos ángeles, exclamé, a modo de plegaria, invocando fantasmas remotos.

La voz magnífica del piano arrancó suspiros de admiración a la concurrencia.

Fue una improvisación, pero todos creyeron que habíamos ensayado. Las señoras del canto le acercaron la letra a Mercedes y ella unió su voz al coro. Hicimos música con toda la alegría y el entusiasmo de que éramos capaces. Por el centro del salón varias parejas iban trotando al ritmo de una gavota, a la que siguieron galopes y valsecitos. Sobre el estrado, Práxedes y los señores de la percusión y la flauta traversa golpeaban con el taco en la madera.

Mis manos eran pájaros saltarines, totalmente entregado, incapaz de reconocerme a mí mismo, dispuesto a seguir tocando por el resto de la noche. Hasta ese instante, en que Práxedes y sus compañeros dejaron los instrumentos y abandonaron el estrado para sentarse a cualquier mesa. Desde allí, dirigiéndose a Mercedes, en su curiosa mezcla de castellano y portugués, Práxedes le dijo: es su turno, señora, deléitenos con esas habaneras tan bonitas, que su marido dice que usted canta mejor que nadie.

Cuando esto ocurrió por primera vez, con enorme sorpresa y gran alarma, descubrí que no conocía del todo a mi mujer. Mirándola así sobre el escenario, a medio camino entre la timidez y la gracia, brilló de otro modo: pequeña, rellenita, el manojo de rulos castaños sujetos con un moño en la nuca. Me acordé entonces de lo que dijo mi padre de ella alguna vez: lo único lindo de Mercedes es que canta lindo, y le aplicó aquel apodo: botijita.

Cuánto perdimos en Londres, pensé, rodeados de rostros poco amigables, días oscuros, llovizna. Habíamos vuelto a ser lo que tan pocas veces pudimos.

Al cantar, esa noche, Mercedes se abrió misteriosamente para dar paso a otro ser: una mujer con vida propia, dotada de talento, y lo que era más, absolutamente consciente de su genio. Y lo que era peor, consciente de su renuncia y de su entrega, sumisa al único rol que le estaría permitido: ser madre y esposa.

Sonriendo siempre, cantando, cumpliendo alegre con sus obligaciones. Sosteniéndome. Y ese rasgo suyo, admirable, de transformar el infortunio en un juego: ya se me va a pasar, Juanito, no te aflijas. Pero las lágrimas le corrían por la cara, entonces yo le enjugaba el llanto, y ahora juguemos a que estamos contentos, le decía, que todo va bien y somos ricos. Ella rompía a reír otra vez, no volverá a ocurrir, te lo prometo, y al rato oía de nuevo su hermosa voz entonando *La Firmeza*.

> *Antenoche me confesé*
> *con el cura de Santa Clara*
> *y me dio por penitencia*
> *que la Firmeza bailara...*

Por mirarla, perdí algunos acordes. Al concluir nos aplaudieron. Ruborizada, ella se inclinó frente al público, toda la luz de sus ojos tras los cristales de las gafas.

Desde aquella primera vez que la viera transformarse así, me prometí captar la expresión de Mercedes en el momento de los aplausos y el final, y guardar ese gesto para siempre en una foto. Por esto, un domingo decidí llevar la máquina al Club.

Tenía todo preparado, sin embargo no estaba seguro de que saliera bien el experimento. Los tiempos de exposición no eran mi fuerte. Además, ensayando, había casi agotado mis reservas de papel y placas.

Cada tanto, el señor Práxedes me preguntaba: ¿cuándo va a abrir al público el taller de fotografías?, le aseguro que no le faltará clientela.

—Gano bien como corrector de pruebas.

—Sí, pero unos reis más a la semana no le vendrían mal.

Un día me dijo:

—Me parece que usted es el tipo de hombre que ha cometido excesos.

—¿Como cuál?

—La tristeza, por ejemplo.

Las puertas y ventanas del salón estaban abiertas de par en par; los preparativos del baile en su apogeo. La noche era sofocante y olía a flores marchitas.

En el estrado, un vecino ensayaba una gavota en su flauta. Distraído, moviendo los hombros, yo le seguía el ritmo. Las señoras, mientras tanto, acomodaban el salón; y los niños corrían y jugaban a desacomodar lo que sus madres volvían a acomodar, previa reprimenda.

Ajeno al desorden —el abuelo León hubiera dicho el zurriburri—, yo preparaba mi máquina sobre el trípode a un costado del estrado; medía la distancia, tomaba el ángulo, calculaba alturas. Con Mercedes nos habíamos puesto de acuerdo en que en el momento preciso yo le haría una determinada señal y ella quedaría quieta por algunos minutos, en la pose convenida.

Quiero que lo hagas lo más natural posible, Mechita, le pedí, esta fotografía será mi crédito.

Junto al trípode, sobre una mesa, prolijamente alineados, coloqué los elementos necesarios para realizar, por primera vez en público, mi tarea de fotógrafo.

Me distraje sólo un instante. Práxedes, que acababa de llegar, me preguntó si no me parecía mejor cambiar la posición del piano. Estuve de acuerdo, y subí al estrado. No había echo tres pasos cuando escuché a mis espaldas el tumulto, luego el estrépito, y enseguida la pandilla de chicos que huía.

Cayó todo al suelo. Trípode, máquina, mesa, placas de cristal, todo. Fui el último en reaccionar.

—¡Cuánto lo sentimos!, señor Ortiz, no se imagina usted cuánto lo sentimos.

Se deshicieron en disculpas, prometieron resarcirme económicamente, castigaron a los niños, pero esa noche no tuve ánimo para sentarme al piano, ni Mercedes para cantar. Ese domingo no hubo fiesta para nosotros.

—No se preocupen, no estoy enojado —exclamé—. Fue un accidente. Sólo que las contrariedades me deprimen.

Junté los restos de la caja mágica, las lentes de cristal partidas, y regresamos a la posada.

—Yo me hubiera quedado —dijo Mercedes—. Pobre gente, deben sentir tanta culpa.

—Yo también, Mechita, pero estoy dolido.

El mar seduce a la tierra, avanza y se retira. Avanza de nuevo dispuesto a tragársela, pero otra vez se retira. En el sueño me dejo mecer por el agua.

Tengo que volver a aprender a vivir, unirme al movimiento que me mantenía vivo, conectarme con la realidad que me circunda, aceptar que el paisaje ha cambiado.

Convencerme de que estará ahí cada mañana la exuberancia verde, las peñas abruptas; acantilados que caen al mar en sucesivos contrafuertes, hasta perderse en la distancia. Colinas coronadas de palmeras, y más allá las serranías y sus bosques de coníferas velados por la bruma. Y el calor.

No me interesa saber exactamente dónde estoy. Estoy —con decir Brasil me sobra—. Prefiero ignorar el nombre de esta ciudad; el nombre de tantas ciudades y puertos que, entre laderas y honduras, se extienden desde Amapá hasta este en que vine a recalar.

Me negué a desembarcar en Río. Fue tan brutal el impacto que me provocó saber que aquí se interrumpía mi viaje que no me quedaron fuerzas ni para contemplar la inmensa bahía, sembrada de barcos y morros.

Navegantes, Blumenau, Laguna, Desterro, da lo mismo. Mercedes se empeña en saber, ¿nos quedaremos aquí?, ¿nos conviene?, ¿cómo se pronuncia Ita...?

—Itajaí... pero da lo mismo. Lo cierto es que estamos más cerca, no sé hasta cuándo.

Recoger los pedazos de la caja mágica me obligó a despertar. Voy reaccionando a golpes, y recobro la conciencia. No olvides quién sos, Juanito... hasta esta mañana, en que finalmente abrí los ojos y descubrí que no estaba en Londres, arrinconado en la oscura uniformidad de Londres. Abrí los ojos —estoy más cerca de mi tierra, sentí— y pude por fin creer que realmente lo estaba.

A pesar de los escombros, existe una irremediable voluntad de vivir. El resto lo ha hecho el paisaje, el aroma espeso a frutas y a flores, la luz, el aire purísimo. Nunca dejará de asombrarme la enorme capacidad de supervivencia que puede desarrollar un hombre derrotado.

Paso el día trabajando en la imprenta de Práxedes, pero al alba, o antes del atardecer, invariablemente salgo a vagar por esos matorrales, cocinados los ojos de tanto verde y pájaros. Me harto de paltas, naranjas, piñas, bananas, mamones, y los ácidos cayiús que me hacen fruncir la lengua. Mercedes dice que pronto gritaré como el carayá, porque vivo como un mono solitario en la espesura, alimentándome de fruta.

He dejado la ropa de paño oscuro por una camisa y un pantalón blancos. Lo más gracioso es el sombrero, un panamá de ala ancha que no sé cómo llegó a mi cabeza. Aquí el sol es luz que enceguece. Luz poderosa que quema, que produce llagas. Pero he visto pieles oscuras brillando al sol, intactas, hermosas.

Me restaba entrar al mar, y lo hice. Dejé atrás la aldea de pescadores y en una playa solitaria me quité la ropa. Corajudo, avancé hasta que una ola me tumbó. Luché, nadé, me encontré riendo de golpe. Como un niño jugué solo en el agua. Me revolqué después en la arena blanca, vigorosamente froté con arena todo mi cuerpo y, abrigado por una inaudita sensación de deleite, me tendí al sol. Fue como hacer el amor.

Soy un hombre grande —un hombre normal que alcanzaba el orgasmo—. Pronto voy a cumplir cuarenta y dos años, y había comenzado a sentirme viejo, acallados los deseos para siempre. Quiero creer que ha sido el baño de luz, el agua salada, las flores, la fruta, lo que me ha hecho ver que mi única posibilidad de sobrevivir es no pensar, y seguir adelante.

Recuperado, sin duda contento, regresé a la imprenta. Cambié opiniones con Práxedes y juntos confeccionamos el aviso para el diario, y un par de carteles que, sin perder tiempo, he colocado en lugares estratégicos del barrio. En éstos se lee: "Maestro de Música. Consultar horarios con el Sr. Ortiz", y más abajo, la dirección.

LA ESTRELLA CANDENTE

—Cualquiera sabe que la política está íntimamente ligada con la masonería.

—Y que lo digas, amigo mío, ¿por qué crees que me vi obligado a huir de tu país?

Práxedes tenía por costumbre intercalar en la conversación largos párrafos en su particular portugués —jerigonza que muy pronto adopté yo también— pero no lo había oído mal, Práxedes había dicho exactamente eso.

—No te sorprendas —exclamó—. Fui acusado de hereje masón, de bandido satánico. El siguiente paso era la cárcel, la muerte tal vez, y huí al Paraguay. Allí no logré instalarme, y después de muchos avatares llegué aquí, donde por el momento subsisto —y continuó—: En Buenos Aires corrieron rumores de episodios muy graves, hombres y mujeres de toda condición acusados de atacar a la iglesia y el orden constituido. Igual que en España, nos acusaron de pretender destruir la civilización cristiana, para sustituirla por una atea, en la que sólo se respetaría la razón y la ciencia. Hubo delaciones, publicaciones apócrifas… Tú lo sabes mejor que yo.

—Sin embargo, dijiste que la masonería respeta la organización civil y política del país en que tiene asiento.

—Eso figura en sus bases, es verdad. Pero hubo desinteligencias en cuanto a los objetivos a seguir, hubo escisiones, fuimos perseguidos, y esto dejó al descubierto el complot de intereses cruzados. Fuimos prestigiados o desprestigiados de acuerdo al momento político. Lo cierto es que, a esta altura, la masonería ha penetrado muy hondo en la gente, tanto en España como en América. Sin ir más lejos, aquí mismo —agregó— la masonería contribuyó en gran medida a sacar a la luz las diferencias entre portugueses y nativistas de las viejas familias brasileras. Demandas que dieron inicio a un gran movimiento de signo republicano y revolucionario, y que culminó con la proclamación de la República Pernambucana. Fue sofocada, es verdad, pero quedó la semilla —hizo una pausa y culminó, satisfecho—: Hoy, en toda agitación popular quedan de manifiesto las ideas de libertad de la población nativa contra la metrópoli.

—De todos modos, han traicionado sus principios —le dije.

—Las que derivaron en logias patrióticas dirás. Pero contribuyeron a abrir el camino de las repúblicas en contra del absolutismo —y acentuó—: Si ése es el saldo, bienvenido sea haber roto con la tradición.

Fueron esas conversaciones con Práxedes las que me ayudaron a palpar la realidad cotidiana de emboscadas, traiciones y despojos que envuelve a este remoto puerto brasilero, espejo fiel de la convulsión social y política que sacude al Brasil.

Su diario, una hoja doblada en dos y escrita por las cuatro carillas, llamado *La Estrella Candente*, se editaba todos los días. En él, no sólo publicaba comerciales, avisos, noticias, descubrimientos recientes, sino también ideas.

Ideas revolucionarias, gritaban los oficialistas. Práxedes no lo desmentía. En sus artículos de fondo, él volcaba todo su entusiasmo y virulencia, de acuerdo con la gravedad de los conflictos, llamando a las cosas por su nombre, y señalando sin rodeos a los que él consideraba los verdaderos saboteadores de los intereses del pueblo.

—Soy republicano y revolucionario —declaraba a quien quisiera oírlo.

Mercedes no ocultaba su pesadumbre: de aquí vamos a salir esposados, Juan.

En cada edición, *La Estrella Candente* era un hachazo que dividía las opiniones, exaltando aún más los antagonismos entre portugueses y brasileros —liberales y conservadores— a los que, según la ideología para uno u otro lado, se habían ido sumando los inmigrantes: alemanes e italianos, ingleses, belgas, holandeses y no pocos españoles.

Todos debatían por igual en interminables discusiones, y las sediciones militares eran más que frecuentes. Con otro color, pero tras idénticos intereses, era exactamente un calco de lo que pasaba en mi país, incluidos los enfrentamientos a cuchillo y las peleas a botellazos en las tabernas.

Pero, ¿qué publicaba Práxedes? Simplemente largos artículos acerca de la libertad y la autodeterminación de los pueblos, y el derecho a la libre expresión de la conciencia, recalcando que había llegado el fin del oscurantismo, que estaban en el umbral de un nuevo orden, y esto no debía sorprenderlos enfrentados ni sometidos.

Los de la oposición arrojaban en su contra lo que a su entender consideraban el peor insulto, lo llamaban intruso. Extranjero que vaya a saber a qué ocultos y malignos intereses foráneos respondía.

—Quiero ayudarlos a ser libres, a pensar por ustedes mismos —arengaba Práxedes.

—Nuestra monarquía es constitucional —se defendían los conservadores, que no ocultaban su devoción por Pedro II, para añadir—: El emperador no se ha limitado a ser un rey constitucional, sabiamente aplica la rotación administrativa entre los dos partidos. Y esto, señor Práxedes, ha propiciado un equilibrio político que contrasta con la permanente inestabilidad que reina en los países que nos rodean.

—No se engañen —les respondía—. Aquí sólo gobiernan los favoritos, un gabinete secreto, y los cortesanos que adulan al emperador.

Práxedes ya me había hablado de la disolución de la Asamblea General, ocurrida años atrás. Maniobra conservadora que provocó el levantamiento de los liberales de San Pablo y Minas Gerais, y de la facción republicana de Río Grande del Sur. Levantamientos que fueron sofocados por la fuerza.

Como contrapartida, los oficialistas esgrimían su mejor carta. Fue nuestro emperador, decían, el que se enfrentó a la Gran Bretaña y obligó al Parlamento a aprobar la ley que suprimió el tráfico de esclavos.

Después, a solas, Práxedes me dijo:

—Se jactan, pero todavía hay puertos clandestinos por donde sigue la trata. La ley redujo el comercio, pero hasta entonces entraban por año al Brasil cincuenta mil esclavos.

—El trabajo esclavo —y se le pusieron los ojos como ascuas—: Un gran capítulo. Aquí llaman galhinas a los negros. Inmensa población manejada a puro látigo; mano de obra esclava que se arrastra por un mendrugo y un techo, reducida a condiciones infrahumanas.

Son los negros, dijo, los verdaderos artífices del crecimiento de una riqueza que aquí se multiplica casi sin antecedentes en el mundo: plantaciones de café, cacao, tabaco, mandioca, plátanos, algodón, granos, caña de azúcar; caminos, minas de oro y de diamantes, por territorios que los bandheiras van abriendo hacia el poniente, sin encontrar resistencia por parte de la población nativa. Y en caso de encontrarla, no quieras saber cómo la reducen, Juan. Lo cierto es que los bandheiras han extendido las fronteras de este país hasta abarcar la mitad del continente sudamericano.

Negocio pingüe, exclamó después, malbaratando en subasta fraudulenta las tierras públicas, convertidas luego en inmensos latifundios, que han dejado a la orilla a miles y miles de campesinos empobrecidos, muertos de hambre. Y los indios, dijo, y los negros esclavos sometidos a golpes. Carne de cañón y mano de obra barata, sin voz ni voto, trabajando de sol a sol en los campos. O en los obrajes infernales, hachando hasta perder la vida, siempre bajo el látigo implacable de los capangas de su misma sangre, erigidos en verdugos de su propia raza; vendidos por generaciones al amo inmisericorde e invisible, mientras las empresas extranjeras aumentan sus privilegios y su influencia frente a un poder central, cada vez más autoritario e invencible, cuya cabeza principal recibe el nombre de emperador.

Práxedes no se rendía.

—Negros y bandheiras, conjunción curiosa. Pero la tierra es de quien la trabaja.

Cuando le pregunté si no tenía temor de atacar a los poderosos, me aseguró que él continuaría con su tarea hasta tanto el destino lo obligara a buscar nuevos rumbos. Se imaginaba a sí mismo como un monje laico, "evangelizando", diáfana la pupila mirando la gente que pasaba por su calle y lo saludaba el brazo en alto. Él les respondía gentil y risueño, apoyado a la puerta de la imprenta, satisfecho por el impacto que la editorial de esa mañana había provocado en sus lectores.

"No permitan que pisoteen vuestros derechos. El hombre es libre, como hombre y como ciudadano, de reunirse para los fines que considere justos…"

Esto, a raíz de un cónclave de campesinos e indígenas que había sido dispersado a golpes de bala, machete y culatazos, cuando lo único que reclamaban, y de manera pacífica, era el legítimo derecho a ocupar tierras heredadas de sus ancestros, pero que el poder feudal les iba arrebatando, inescrupulosamente.

Me avisaron, y corrí. Era la medianoche. Desde la esquina de la posada pude ver el fuego y presentí lo peor; el incendio era en la imprenta. Seguí corriendo. Al llegar, un vecino, tartamudeando por el miedo, me dijo que su mujer había visto en las sombras un par de encapuchados que saltaban por la ventana.

Pregunté por Práxedes entre los curiosos. Nadie lo había visto. El calor y las llamas crecían. ¿Alguien lo vio? Apareció el agua en baldes. Los voluntarios hicieron colas por las que éstos pasaban de mano en mano, pero no daban abasto.

¡Práxedes está adentro!, gritó un muchacho, y comenzaron a estallar vidrios y hubo varias explosiones. Cuidado, dijeron, hay mucho líquido combustible, pero entré lo mismo. Cayó una viga. ¡Práxedes!, grité.

Desde el fondo, tambaleante, avanzó hacia mí una tea humana. Me tendía los brazos. Corrí para ayudarlo, pero el techo se desplomó entre nosotros. Alcancé a retroceder, pero caí. Sentí que me quemaba y no podía incorporarme. Murmuré: no merezco nada, Señor, pero te ruego no permitas que muramos así.

Entonces, alguien me tomó por las piernas y me arrastró hasta la calle.

Murió calcinado, tratando de sofocar el incendio que "manos anónimas" provocaron en su imprenta. No hubo testigos, es decir, nadie quiso abrir la boca. Su amigo y socio, también asturiano, llamado Mateo Castro, con el que sólo había cruzado saludos, se acercó para decirme que debíamos escondernos, hasta que pase el alboroto.

—De aquí no me voy.

—Estamos marcados, Juan. Sé lo que le digo.

—De ninguna manera voy a dejar sola a mi mujer.

—Es usted el que corre peligro, ella no. Confíe en que la van a cuidar. Hay gente de confianza.

—No insista, no me voy.

—Usted trabajaba en la imprenta, lo tienen marcado.

Comenzaron a llegar los milicos y el carromato de los bomberos. Aprovechando la confusión nos escabullimos entre los vecinos. Castro permitió que me despidiera de Mercedes. Ella levantó la lámpara y debajo del tizne descubrió las quemaduras en mi cara y en las manos.

Estás lastimado, lloriqueó, voy a curarte. No hay tiempo, Mechita, le dije mientras me limpiaba un poco y cambiaba de ropa. Tiene dinero ahí, en mi cajón, y quédese tranquila, no me va a pasar nada. Castro le explicó que el señor Oliveira, dueño de la posada, era un buen amigo. Le dijo: a través de él tendrá noticias nuestras. Ella trató entonces de mostrarse fuerte, y me dio un beso.

413

Mi desconsuelo aumentó cuando vi que contábamos con un solo caballo. Yo montado en ancas, partimos al galope tierra adentro, siguiendo el curso del río.

Las quemaduras me dolían, tenía el pelo chamuscado, pero mi pensamiento estaba en hacerme etéreo, y facilitarle la marcha al pobre tordillo que nos cargaba.

Nos internamos por la pendiente de un monte abovedado, tan espeso que ni siquiera a pie hubiéramos podido avanzar más rápido. Mateo conocía el camino. De vez en cuando me decía: no se preocupe, conozco por donde vamos.

Desmontemos, le sugerí, será más fácil llevándolo de tiro.

—Es por usted, Juan, yo calzo botas. Esto es una alfombra de víboras.

Trepamos la sierra del planalto por senderos inexistentes para mí. Comenzó a llover y bajó la temperatura. Cuando llegamos arriba, todavía era oscuro y yo estaba empapado. Al amparo del follaje nos detuvimos a descansar.

—¿Y ahora?

—Ahora rezaremos por Práxedes —exclamó.

—Y para que no nos piquen las víboras.

LA PRISIÓN DEL PENSAMIENTO

No había razón para sorprenderme, conocí hombres que entregaron la vida por sus ideales, pero Práxedes destacaba por ese halo de inocente bondad que lo rodeaba. Defendió y divulgó sus ideas con tanto tesón y convencimiento que le significaron la muerte. Podría recitar hoy sus artículos de memoria; mensajes cargados de lucidez y humanismo admirables, solidaridad y fervor civil. Sin duda, munición pesada para la mente oscura de sus enemigos, que no sólo lo consideraron peligroso, sino que no cejaron hasta acabar con su vida.

La oración de Mateo Castro sonó extraña en aquella soledad, bajo la lluvia.

—Hermano Práxedes —dijo—, ejemplo vivo de una conducta intachable. Que el Gran Arquitecto, Supremo Creador, te reciba en su seno…. Y así será —agregó—, porque tu alma fue pura, porque amaste al prójimo como a ti mismo, a los débiles, a los buenos. Porque no odiaste a nadie. Amén.

Sus palabras me llegaron hasta lo más hondo, y guardé silencio. Pero para mis adentros le recé un Ave María.

Pronto iba a amanecer. Poco a poco, el monte despertó en cantos infinitos, aleteos, crujidos. Y recordé esa mañana tan remota, en que por primera vez contemplé la salida del sol junto a mi padre, en Los Cerrillos —por debajo una voz me decía fue un sueño, todo fue un sueño, nada de aquello existió—. Recordé el silbo del cachilo en ese día interminable, el relincho de los caballos en el corral, la planicie y el cielo en la siesta quieta, porque no hay otro lugar en el mundo donde la luz alcance tanto espacio. Y le dije: la paz es exactamente eso, Mateo, mi casa y mi niñez.

Y él contestó: amén.

Luego, se volvió para mirarme, y como enhebrando un diálogo interior, exclamó:

—Usted pensará que fuimos un par de locos iluminados, mesiá-
nicos irresponsables, pero no es así. Apenas llegamos a esta América en pleno remate, sacudida por encontronazos de intereses tan
fuertes como la libertad y la independencia, con sus pobres pueblos
enfrentados al sometimiento y al despojo, comprendimos que para
no ser acusados de agentes extranjeros, y tampoco caer enredados
en la permanente conspiración vernácula, nuestra tarea debía desa-
rrollarse por un filo de sutil equilibrio e inteligencia...

"Lo sabíamos, y así lo hicimos, se lo juro —le temblaba la voz, y
continuó—: Nuestra intención era sembrar ideas, sembrar conciencia en nuestros lectores. Pero la realidad nos llevó por delante. La
realidad se encargó de extremar nuestras intenciones... —y terminó—: Tal vez fuimos agresivos, y ya ve, Práxedes está muerto.

—Nada justifica el atropello, Mateo.

—Lo sé, y lo que más me duele es que, generalmente, ganan los
que ocultan la verdad.

Paró la lluvia y la temperatura aumentó a medida que el sol fue
subiendo. Estábamos en la pendiente de una meseta alta, desde donde se podían ver abajo caminos que ascendían para perderse en el
bosque.

Algo comenzó a reverberar a lo lejos. Mateo me sacó de la duda. Es el mar, dijo.

—Pero cómo puede ser, ¿hemos andado horas y estamos en el
punto de partida?

Se limitó a responder:

—Son estrategias.

Yo había cometido errores, había vivido en los márgenes, pero
de ninguna manera podía decirse de mí que fui un aventurero.
Ese hombre trigueño, de talla escasa y miembros fibrosos, se me
apareció de pronto como el auténtico desconocido que era para
mí. Práxedes nunca me había hablado de él. Yo lo había visto entrar y salir de la imprenta, escribir durante horas, armar las plan-
chas letra a letra, vocear y distribuir *La Estrella Candente*, pero nunca se me ocurrió preguntar quién era en verdad.

Lo miré con recelo: estaba en sus manos, luego de un episodio
de gran confusión y aturdimiento. En sus manos, no sólo mi suerte,
sino también la de Mercedes. Sometido a la voluntad de un loco,
quizá, pero convencido de que por el momento no tenía otra alternativa.

Aquí estoy, me dije, perdido en algún lugar del mundo, contemplando un paisaje sin término. Ni en mis pesadillas más absurdas pude imaginar algo así.

En toda mi existencia las situaciones se han planteado siempre de tal forma que su solución no ha admitido libertad de opciones. Me encomendé a Dios, y dejé que los acontecimientos me indicaran los pasos a seguir.

Muerto de sed, me interné en la floresta en busca de agua. Junto al caballo, Mateo quedó escudriñando el horizonte alrededor. Cuando se cansó, se puso en cuclillas, y siguió mirando abajo la lejanía verde, que entre brumas y destellos, según él, iba a parar al mar.

—Cuidado con las culebras —gritó.

—¿Dónde cree usted que yo me crié? —pero no me oyó. No obstante, miraba muy bien dónde ponía los pies. La suerte que podía haber corrido Mercedes me angustiaba tanto que no tenía hambre, ni me preocupaban las costras que me había palpado en las mejillas y la frente. Las quemaduras ya no me ardían, salvo la molestia de tener ampolladas las palmas de las manos. Nada me preocupaba, salvo Mercedes y la "estrategia" de ese Mateo Castro, que no alcanzaba a entender.

Cada dos o tres pasos me detenía para observar el terreno, sin dejar de preguntarme ¿adónde vine a parar?, ¿cómo es que llegué aquí, Dios mío?

—Abuelo, ¿usted se quita las gafas para hacer caca?

Me mira desconcertado:

—Qué ocurrencia, Juanito, las uso sólo para leer.

—Ah, menos mal, abuelo, porque para lo otro deben ser incómodas.

Don León hace esfuerzos por conservar la autoridad, pero lanza una carcajada.

—¿Y para lavarse la cara, abuelo?

Simula enojarse y me saca corriendo de su cuarto.

—Juanito se pierde. Dos o tres veces por semana, inevitablemente, el niño se pierde. Ya no sé qué hacer con él.

Mi madre desaprueba mi espíritu libre. Siempre anda preguntando si alguien me vio.

—¿Alguien vio a mi hijo?

Desde muy temprano en la mañana nadie ha vuelto a verme. Para mí ha sido un día de gloria.

Escuché en la plaza que en la rada interior acababa de fondear una goleta sarda, y hacia allá fui. Otros comedidos se sumaron, aunque más no sea para hacer número, decían, porque el gobierno no ofrecerá a la ilustre visita la menor pompa.

Llegué cuando la nave saludaba con un cañonazo. En lo alto del mástil ondeaba la bandera papal. La gente se arremolinó en la playa, en su mayoría mujeres.

Cuando el bote estuvo cerca del muelle, cayeron de rodillas en la arena. Viene de Roma, decían, y se persignaban. ¿Quién viene? Un arzobispo, muchacho, deberías quitarte la gorra.

—Así represente a San Pedro —dijo alguien—. Rivadavia lo sacará a patadas.

Impresionado, me escurrí hasta quedar de los primeros. El hombre de birrete y sotana blanca, cruces y rosarios colgando por doquier, arrancó algunas sonrisas.

Su aspecto venerable me conquistó, y me uní al revuelo que lo acompañó hasta el hotel de Faunch, donde la escasa comitiva del clero local le tenía preparada una recepción de bienvenida. Encendieron cirios y comenzaron a cantar el Adestes Fidelis. Me uní a las voces. Luego, convidaron aguamiel, vino y empanadas a la concurrencia, que no era mucha.

—¿Qué haces tú aquí? —me preguntó el padre Juan, párroco de la catedral y amigo de mi abuela.

—Lo mismo que usted, padre, recibiendo al arzobispo Muzi.

Departí con ellos comiendo y escuchando hablar en italiano a los secretarios. Corría el carlón entre las sotanas. Y por qué no, yo también bebí una copa. Cerca de las cinco de la tarde, alguien pidió silencio, porque antes de retirarse a descansar, el arzobispo nos impartiría su bendición.

Como todos, me puse de rodillas. Con maneras pulidas y en latín el arzobispo me bendijo.

—¿Adónde has estado? Mírate la ropa, ocho horas fuera de tu casa.

—No me reprenda, madre, estoy santo.

—Te voy a dar santo, ¿dónde has estado?

—Con el arzobispo Muzi, madre. Él me bendijo.

—Por Dios, Juanito, lo único que falta, mezclar a la iglesia en tus mentiras. En penitencia, te quedarás en tu cuarto hasta la hora de la cena. ¡Estudiando!

Encontré hojas enormes como cuencos, llenas de agua de lluvia. Bebí lo que pude, y en un pequeño tronco ahuecado le alcancé agua a Mateo. Él parecía estar en otro mundo, sin embargo, vigilaba. Hay muchos bandidos por estos bosques, dijo, después de beber y darme las gracias.

Por momentos, la maravilla del paisaje lograba sacarme de mí mismo.

¿Cómo está el tatita?, le pregunté a Manuela. Bastante bien, me contestó, pero ha tomado por costumbre repetir "vivo encerrado en la prisión del pensamiento". Yo me había reído de esa frase. Desgraciadamente, hoy no hago más que eso. Qué difícil es asociar al muchacho que fui con el hombre que soy ahora, encerrado siempre en la prisión de su pensamiento.

—¿Le duelen las quemaduras?

Le contesté que no. Me dijo: para que no le queden marcas, no se toque.

Pero no era el dolor ni las probables marcas lo que me impacientaba.

—¿Qué estamos esperando? —le pregunté—. Tengo derecho a saber cuál es el plan.

—Pensé que ya se lo había dicho.

Lo miré con fastidio.

—No, no me lo dijo.

—Cuando oscurezca, volveremos a la ciudad. Por un par de días, o por el tiempo que la situación indique, nos ocultaremos en unas barracas al otro lado del puerto, por el barrio de Curva dos Ventos.

—¿Tanto es el peligro?

—Usted verá. Mataron a Práxedes.

—Creo que la intención fue sólo incendiar la imprenta. El pobre Práxedes murió tratando de apagar el fuego.

—Tal vez. Pero no estoy dispuesto a correr el riesgo —y siguió, cortante—. Seguramente no nos van a prender fuego, pero sí nos van a detener, y vaya a saber bajo qué cargos —y enseguida añadió—: Hasta no hace mucho, pululaban por la ciudad unitarios fanáticos, ahora no tanto, pero siempre desembarca alguno. Yo que usted me cuidaba, pueden reconocerlo.

Santa Catarina —Nossa Senhora do Desterro— fue reiterado destino para los exiliados unitarios durante el gobierno de mi padre. Ahora para federales perseguidos. Pero preferí callar. Indefectiblemente, rebatir o no su argumento me hubiera llevado a hablar del pasado, y no estaba en mi ánimo reflotar mis llagas.

Todo fue tan loco, tan imprevisto. La humedad, el esfuerzo y la angustia seguramente, me hicieron daño, y comencé a toser —tu niño es frágil, Encarnación— y a sudar y a sentirme mareado.

Durante los años que vivimos en Londres, las recomendaciones y el cuidado de Mercedes habían sido una constante. No te alimentás bien, Juanito, me decía, estás muy delgado. Jamás la oí quejarse porque fueran escasos mis ingresos. No digo que pasamos hambre, pero creo que entre los dos, en acuerdo tácito, montamos esa ficción: comemos poco porque somos de poco comer. Sin embargo, más de una vez, nos cedimos el guisado o el plato de sopa, pensando con que uno de los dos coma bien, alcanza.

Lo cierto es que, a cierta altura del mes, racionábamos el alimento, sobre todo en invierno. Pero por orgullo, por dignidad o por inconsciencia —quizá por respeto a lo que fuimos— jamás hablamos de nuestra pobreza. Jamás se nos ocurrió mencionar lo ricos que habíamos sido. Incluso cuando ella me decía estás muy delgado, lo decía sin duda pensando en que era la bebida la que me anestesiaba el estómago.

En parte era cierto. Yo había seguido bebiendo, pero no al extremo de caer borracho. Y eso fue al principio, cuando salía a buscar trabajo y me quedaba en alguna taberna. Eran esas monedas invertidas en alcohol lo que Mercedes, tal vez, me reprochaba.

Habíamos tenido tanto, que no lográbamos cobrar conciencia de los riesgos que implica no tener.

Largamente nos mirábamos por encima del plato de papas hervidas y la rebanada de pan, pero antes de que algún comentario empañara la cena, yo le guiñaba un ojo, ponía cara de algo y nos echábamos a reír. Ya pasará, Mechita, le decía luego, de ninguna manera voy a permitir que usted deje de ser una gordita hermosa.

¿Dónde estaba la fruta, los árboles cargados de fruta que yo comía como un mono, deambulando por la floresta en los límites de la ciudad? Todo era coníferas, bosques de araucarias y lianas, y enredaderas enormes enhebrando las copas; bóvedas verdes de las que no colgaban ni unos míseros coquitos.

El hambre, pero mucho más la sed, me torturaban.

Al anochecer emprendimos el regreso. Tosí todo el camino,

montado en el anca del pobre caballo. Cuando no pude más, le pedí permiso y me recliné en la espalda de Mateo. El dolor en el pecho se me tornó insoportablemente agudo, y tuve miedo de caer enfermo.

Me dijo:

—Esos problemas de tos suelen ser graves y contagiosos.

—Lo mío no contagia —le dije, apartándome de su espalda, y descubrí que casi no tenía voz—. Mis bronquios son débiles, y para colmo tuve pulmonía durante el viaje desde Southampton —pero el dolor de garganta me impedía hablar, y acabé tosiendo.

Entramos a la ciudad por un caserío desconocido. Era noche cerrada. Yo ardía de fiebre. No tuve fuerzas para desmontar, y aparecieron unos brazos robustos que me cargaron. *Seu corpo náo ten peso*, exclamó el que me cargaba.

Me conmovió que alguien se condoliera de mí. *Obrigado*, susurré, *ficarei eternamente grato*. Estaba tan exhausto que ni siquiera sentí pena por el harapo en que se había convertido mi cuerpo.

Alzado en brazos, vi cobertizos de madera, puertas de latón que se abrían, y caí en un camastro.

—Un ángel sopero, por favor, un ángel sopero caliente para el hijo…

—Está delirando —exclamó Mateo.

Temblaba, empapado de sudor. Un ángel sopero para el hijo… repetía, y en realidad lo que quería era un plato de sopa, algo caliente, pero me salía lo del ángel sopero, hasta que los brazos morrudos me incorporaron, y una mano puso un vaso sobre mis labios.

—Beba esto. No hemos encontrado otra cosa.

Tosí, hice arcadas, pero bebí hasta el fondo el vaso de aguardiente. Mucho alcohol me dieron de beber esa noche, y dejé de sentir mi cuerpo.

Mi cuerpo se iba de mí, y yo me iba arrastrado por él, suavemente.

—Soy el hijo de Rosas —balbuceé, antes de caer en la inconsciencia.

SOBREVIVIR

Mercedes siempre reza, sentada en la cama, antes de dormirse.

Últimamente, después del Ave María y el Padrenuestro, dichos a media voz, ha tomado por costumbre agregar, mientras se hace la señal de la cruz:

—Y te doy las gracias, Señor, por devolverle la salud a mi marido.

La otra novedad —bendita sea— es que busca mi cercanía, y en un gesto de infrecuente ternura, firmemente se calza contra mis riñones hasta encontrar el sueño. Y se duerme así, apretada a mis huesos.

—¿Rezaste, Juanito?

—Recé con usted, Mechita.

—¿Le agradeciste haberte sanado?

—Le agradecí, pero no crea que estoy tan sano.

Durante el día, apenas terminamos nuestra tarea —ella maestra de canto, yo de piano— salimos a caminar por los alrededores. Nuestros alumnos nos acompañan cantando villancicos, todos adornados con grandes sombreros de paja.

La diversión es perseguir al inambú o buscar nidos de reina mora. Si sopla el viento, corremos hasta el rincón de los tamarindos, para escuchar el silbo triste y agudo con que estos árboles responden a las ráfagas entre sus hojas.

A pesar de que la tentación es grande, jamás nos hemos acercado a los esteros, donde habita el yacaré negro, controlador celoso de la presencia de pirañas. Pero sí, más de una vez hicimos coraje y envalentonados penetramos por las galerías de la floresta junto a los madrejones, espesa de piñas y bananos, de palmeras caranday y quebrachos blancos.

Sin dejar de cantar, Mercedes va tejiendo collares de orquídeas silvestres que después nos cuelga del cuello junto con un beso.

Una tarde, frente a nosotros surgió la mandrágora con su forma caprichosa.

Temerosos, los niños también se acercaron:

—¿Es macho o hembra?

—¡No toques! —gritó Mercedes, al ver la manito adelantándose hacia la planta, y agregó—: Florecerá en primavera. Entonces veremos de qué color son sus flores, si violáceas o amarillas.

Yo expliqué:

—Si violáceas, hembra, si amarillas, macho.

—No estoy segura —dijo—. Pero no la toquemos. La mandrágora guarda un enano en su raíz.

—¿Venenoso? —preguntó un niño.

—¡No! —contestó—. Peor que eso. ¡Es un mago con ojos de fuego!

—Quiero el enano —chilló una niña. Y los otros la siguieron a coro: quiero el enano, quiero el enano.

—¡Basta! —ordenó, y retrocediendo, nos alejamos del territorio de la mandrágora. Cuando calculamos que su poder ya no podía alcanzarnos, dimos la vuelta y empezamos a correr rumbo al pueblo. Yo no corrí porque me agito.

Cantando entramos por las primeras calles.

¡Fa, fe, fi, fa, fu, fon
aquí huelo yo un tunante
si al entrar en el castillo
me apodero del muy pillo
vivo o muerto el gran truhán
de sus huesos haré pan
fa, fe, fi, fa, fu, fan!

—¡Ahora el cuento! —piden a coro, arremolinados en torno a la mesa del salón comedor de la posada. Las clases de piano y canto las impartimos en el salón del Club de Amigos. Nuestros alumnos son hijos de españoles, brasileros e italianos.

Después del incendio y la muerte de Práxedes, el posadero Oliveira y otros vecinos han tenido con nosotros gestos de gran generosidad. Oliveira nos redujo la renta, y los de la comisión del Club no nos cobran alquiler por el piano y el salón.

Con lo que ganamos como maestros —me asusta la palabra— sobrevivimos.

Solícita, Mercedes ha comenzado a disponer las tazas para la merienda. En la cocina, yo pongo a hervir la leche. Los chicos me siguen, ninguno sobrepasa los doce años. Sin abandonar la tarea y desfigurando la voz, comienzo a contarles un cuento.

—En un pueblo muy, muy lejano, vivía un campesino que tenía un hijo llamado Juan —invariablemente, alguno grita João, y hay dos João en el grupo que nunca dejan de aplicar un codazo al que tienen más cerca cuando yo digo: un hijo llamado Juan.

—Yo también soy João —les digo—, pero ¡ojo con los modales!

Mercedes sonríe mientras corta enormes rebanadas de pan casero, que ella misma hornea y reparte, después de untarlas con mantequilla y dulces de su propia cosecha.

—Muy cerca de la casa de Juan —continúo—, en una caverna hedionda, habita un terrible gigante, a quien todos conocen por el nombre de Anacleto...

Mi aliento es escaso, y ellos lo saben. Atentos, sin quitarme los ojos, beben leche y mastican. La historia termina cuando acaba la merienda, y se van corriendo entre gritos y empujones. Mercedes dice que su energía es contagiosa. A mí me agotan. No es fácil eliminar cada tarde —tan débil como estoy— algún monstruo de los tantos que habitan los innumerables y lejanos pueblos de mi fantasía. Pero la merienda y el cuento significan veinte centavos más de reis por alumno, y sería tonto de mi parte desperdiciarlos.

Por la noche, caemos rendidos: ¿Rezaste, Juanito? Recé con usted, Mechita. ¿Le agradeciste...? Le agradecí.

Antes de quedar dormido, por debajo de mis párpados comienzan a pasar estampas de aquel año que estuve encerrado y a oscuras, oculto detrás de la visera verde. Entonces, doy gracias a la oscuridad que perfeccionó mi oído para hacer música.

Sólo música y oscuridad. El resto se consumirá en la hoguera del tiempo.

Llegan cartas de Manuela. Dice que el tatita siempre le pregunta por mí, y que a pesar de su estrechez económica ahora anda contento trabajando la chacra que ha comprado cerca de Southampton, en la que invirtió el poco dinero que le quedó de la venta de la estancia del Pino —única propiedad que pudo recuperar y vender—. Que tiene un par de vacas, y aunque no es gran cosa la ganancia por la venta de leche, la actividad lo ayuda a sobrevivir.

Mi padre pobre, ¡Rosas pobre!, cuando su fortuna en campos, reses, caballos, ovejas, casas y dinero contante y sonante no tenía similar en la provincia.

Llegan cartas de Francisco. Nunca traen la frase que yo espero, pero sí muchas noticias de Buenos Aires.

Mil ochocientos cincuenta y siete, julio.

En la última carta me cuenta que en la Cámara de Diputados, Félix Frías —¿te acordás de él, Juan?, competía con vos en los salones de baile—, reconocido enemigo de tu padre, ha protestado contra el proceso criminal en rebeldía que se le ha abierto a Rosas, alegando que tal juicio es una farsa, por no contar con acusador, y por no tener defensa, pruebas ni testigos. Y agrega: a todos sorprendió la actitud del doctor Frías. Lo importante es que los ha obligado a pensar, sobre todo cuando terminó diciendo: "A Rosas lo trajo la anarquía. Pongamos ante todo orden en la familia. Las facciones destrozaron esta República, y es seguro que las facciones la destrozarán otra vez, si no prevalece una política de olvido, de tolerancia y de paz".

Meses después —en septiembre— llegó otra carta de Manuela, en donde nos contaba que, enterado tatita del curso de los alegatos en su contra, redactó su protesta, y transcribía palabras de lo que Juan Manuel le dijo: Todos los que intervienen en ese juicio, durante mi gobierno, del primero al último firmaron documentos elogiando "la heroica abnegación de Rosas por las prodigiosas creaciones debidas exclusivamente a la sabiduría de V. Excia., y por haber elevado la diplomacia argentina a un rango que no tiene ejemplo en la historia política de las naciones". Y sigue: apenas enterada fui a visitarlo a Southampton, porque pensé que me necesitaba a su lado, y me dijo: me llaman por edictos, mi Niña, ¿te das cuenta? ¿Creerán que estoy loco para ir a entregarme y que me maten? Las ejecuciones que se me atribuyen son hechos políticos de la guerra civil de la época. Ellos también, en iguales circunstancias, cometieron ejecuciones. Y las siguen cometiendo contra todo aquel que se opone a su doctrina.

Cartas mediante, continúo armando la historia. En mi tablero quedan muy pocos espacios vacíos. Sin embargo, faltarán piezas. He obviado algunas, a propósito —como la decisión de mi padre de expulsar a los jesuitas, porque se negaron a hacerle campaña desde el púlpito—. Otras, se pierden en mi desmemoria. Sólo mi pellejo maltratado las recuerda, pero prefiero que queden así, como marcas de látigo.

No podía respirar y grité. Creo que grité. Abrí la boca, enorme, pero el dolor en el pecho y la falta absoluta de aire me impidieron emitir sonido. Y quedé así, con la boca abierta. Se muere, dijo Mateo. Los brazos forzudos me zamarrearon y, al ver que no reaccionaba, vertieron aguardiente en mi boca abierta directamente de la botella. Mi cuerpo se hizo un arco, tosí, y al toser entró aire en mis pulmones. Luego, me desmayé. Ellos creyeron que había muerto.

—Soy el hijo de Rosas…

Cuando recobré la conciencia y abrí los ojos, estaba en mi cama, en la posada, y Mercedes a mi lado.

Ella me contó lo que había ocurrido. La madrugada siguiente a nuestra huida, después del incendio de la imprenta, Mateo golpeó a su puerta. Le pidió que lo siguiera hasta la calle. Un negro grandote me estaba bajando de un carro. Me echó sobre su hombro como una bolsa de papas y me llevó así hasta mi cama. Le dijo: no se preocupe, señora, todavía está vivo. Y agregó: tiene fiebre y tose mucho. Sin más, y tal como llegaron, en silencio, Mateo y el negro se fueron. Entonces, ella rogó auxilio al señor Oliveira, y Oliveira llamó a un médico.

Dos días permanecí inconsciente. Como el capitán de la corbeta, todos decían que mi curación había sido un milagro, que durante esos dos días, más de una vez, me dieron por muerto. He comenzado a pensar que lo que quiere Dios es que yo vuelva.

—¿Agradeciste…?

—No se me olvida, Mechita. Aunque no crea que estoy tan sano.

—Al menos estás vivo, Juan.

Han pasado tres años. Nunca más volví a ver a Mateo Castro. En el barrio, ya nadie se acuerda de *La Estrella Candente.* Tampoco hemos vuelto a participar de las veladas danzantes en el Club de Amigos. Vamos al salón sólo por la tarde, a dar la clase de piano y canto. Conversando con Oliveira, a veces nombro a Práxedes, pero tengo la impresión de que él se molesta cuando lo hago, y he dejado de nombrarlo.

En mis pesadillas lo veo avanzar hacia mí, los brazos extendidos, todo su cuerpo una llama. La angustia es tan honda que me despierto. Quisiera soñarlo escribiendo, el habano entre los dedos, o diciéndome: basada en algunos aspectos de la astrología, la francmasonería impone la Orden de los Nueve Caballeros Elegidos, y en su funcionamiento se deben usar nueve golpes, nueve luces y nueve rosas.

—¿Es usted un Caballero Elegido, Práxedes?

—Todavía no, pero espero serlo algún día.

También Mercedes se niega a recordarlo. Sólo una vez mencionó el episodio, pero para hablar de ella. Me dijo: cuando te fuiste después del incendio, lloré toda la noche. Nunca en mi vida me sentí tan sola. Sola sin vos, Juan, en tierra extranjera.

Escribe Francisco en su última carta: Un círculo perverso se ha apoderado del gobierno de Buenos Aires —lo integran Alsina, Mitre, Sarmiento y compañía—. La Confederación está tratando de dispersar este círculo, por todos los medios —no deja de sorprenderme la dureza de sus términos en esa carta—. Todo es violencia, dice, persecución y desorden. Nadie ignora quién mandó asesinar al ex gobernador de San Juan, general Nazario Benavídez, pero el miedo es más grande. Van para siete años que la provincia de Buenos Aires no pertenece a la Confederación, y este cisma ya no sólo afecta a la República, sino también a las naciones vecinas. Escándalo al que debes sumarle —continúa— la lucha económica que se ha desatado entre este puerto y el de Rosario, pertenecientes ahora a dos estados independientes, dividida como está nuestra patria.

Veinte años le llevó a tu padre lograr la unidad nacional, y ya ves lo que han hecho. Todo es tan descabellado, que no acabo de aceptar que sea cierto lo que te estoy escribiendo. A Obligado lo ha sucedido Valentín Alsina en el gobierno —el más ultra entre los ultras— quien no sólo persigue dentro de la provincia a los partidarios de la unión nacional, sino que se empeña en hostilizar política y económicamente a la Confederación. El coronel Mitre colabora con él, organizando militarmente la provincia, por lo que Urquiza no puede ocultar su alarma.

Te hablé en Londres acerca del proyecto de implantar la ley de derechos diferenciales. Pues ya está en marcha. Y aunque es una ley justa, tal como te lo dije, fue la gota que rebasó el vaso. Vamos nuevamente a la guerra, Juan. Se la declarará Buenos Aires a la Confederación. Mitre contra Urquiza o viceversa. En consecuencia, y por el momento, todavía no conviene que vengas.

Calamitoso. La lectura de estas cartas me dejan en un estado calamitoso. Asma, insuficiencia cardíaca, espasmo en los bronquios, o tal vez, la famosa pata de cabra que me diagnosticó ña Cachonga, cuando no era más que un niño de pecho. Lo cierto es que, a la vuelta de los años todos mis males, y al unísono, se empeñan en atacarme cuando leo estas cartas.

Excesos, alcohol, trasnochadas, me pasan también su factura.

Mercedes cree que logrará curarme si no las leo. Es inútil. La historia sigue lastimándome. Y ya va para cuatro años que estoy varado en Brasil, sobreviviendo.

En un comienzo fue mi incapacidad para adaptarme a circunstancias que me desquiciaban. Hoy, la sola presencia de un sobre cerrado sobre mi mesa, proveniente de Buenos Aires, me sumerge en un infierno de recuerdos e imágenes contra el que ya no puedo luchar. Y acabo enfermo.

Lo dijo Francisco: la Confederación Argentina era Rosas. Sin él, se ha roto en pedazos. ¿Qué será de mí ahora? ¿Cuántos años más tendré que permanecer en tierra extraña? ¿Cuándo podré volver a mi casa?

Es inútil, padre, a pesar del tiempo y la distancia sigo sometido a su sombra.

Y SOBREVIVIR

Sólo el amor queda rondando las calles: la promesa del amor acodado a los mostradores de la noche. Los cuerpos ondulan en las sombras: negras y mulatas hermosas se pierden en la penumbra violeta, ataviadas como diosas en rituales africanos. Y yo, cazador desarmado, al que no le quedan más que los ojos: pinzas para ensartar imágenes. Nada más. Pálido recuerdo de aquel que fui en las fiestas de los barrios del Tambor, cuando gritaba ¡toda la locura es mía!, y era tarea de Mongo rescatarme del desenfreno en Carnaval. Míos la risa, el amor, el contoneo interminable, convencido que la vida era sólo eso.

No, qué estoy diciendo. Tratando de olvidar lo que era la vida.

Ahora miro. La fiesta ha terminado, una vez más. La gran plaza y la explanada del mercado público, vacías, donde pocas horas antes la muchedumbre se bombardeó con huevos, harina, polvilho, laranja podre y restos de comida, mientras las familias blancas, desde sus casas, derramaban baldes de agua sucia a los paseantes.

Las comparsas, formadas por pardos, negros y blancos de origen humilde, bajaron desde los barrios altos. Una lo hizo por mi calle —la Dias Velho—. Parece una procesión religiosa, le comenté a Mercedes. No seas hereje, me contestó, esto es una fiesta de salvajes.

—Es una fiesta del pueblo, Mechita.

—Depende del barrio. Por suerte aquí tiran con limóes de cheiro.

No pude contradecirla. Es cierto, en algunos barrios, durante la carnavalesca el desborde es indescriptible, y se cometen verdaderas atrocidades.

Ella no quiso prenderse a la cola de la comparsa y me fui solo.

—Te vas a cansar, Juanito, no te hará bien.

Frente a los ventanales abiertos de teatros y salones, donde la clase media festeja el carnaval a pura polca y cuadrillas, "mi bloco" se detuvo para hacerles el contrapunto. Muchos jóvenes se asomaron para saludar. Al ritmo de los bumbos, tamborines, cuicas, reco-recos y pandeiros, los bailarines atronaron las calles. A mí se me iban las piernas. Con qué inmenso placer me hubiera unido a sus contorsiones, a sus cantos, en un idioma más que ningún otro nacido para acompañar la música.

Miraba feliz, cuando de pronto pasó bailando junto a mí un Mongo redivivo, un Mongo pequeño, no más de doce años, la mota rubia. Estiré un brazo para detenerlo y él me sonrió. ¡Te presto mi ritmo!, le grité. Y él sonreía. ¡Te presto mi fuego!, grité otra vez. Y comenzó a bailarme alrededor.

—Eu celebro-te —dijo, sin dejar de bailar, y yo giraba a su lado.

—¡Sabés la letra! ¡Yo, yo te celebro! —exclamé, siguiendo el ritmo con los hombros— Barum tá, hambuero tá, gungan tá… ta ca tá…

—¡Eu!, eu celebro-te —me contestó, y se perdió brincando entre los otros bailarines.

Apreté los párpados para tragarme las lágrimas.

Los seguí hasta donde me alcanzaron las piernas. Me hubiera perdido para siempre, sumergido en ese río de música, cantando y bailando. Aparecí por fin en los muelles del puerto. Ya era de noche. En cada esquina una taberna, el tocador de bumbo, y las risas. Me asomé. Sólo una copa me dije, pero no encontré monedas en mi bolsillo. Ni una sola. Invoqué a Mercedes y levanté los ojos al cielo.

Me había prometido no buscarla. La vi por primera vez, después de tanto tiempo, parado en la cubierta del barco, días antes de llegar a Río de Janeiro: la Cruz del Sur recostada sobre el horizonte.

Cuando vuelvas a verla, me había dicho Francisco, será que te estás acercando. La Cruz del Sur, guía irreemplazable en mis viajes nocturnos por la pampa, rumbo al Azul, donde quedaron mis campos. Ella me señalaba el camino.

Mis campos, mi casa y mis estrellas.

No la busqué. Levanté los ojos al cielo y estaba ahí, hermosa como nunca.

Desandé la noche solo, aferrado a los barrotes de la cárcel que arrastro. El mundo entero es mi cárcel.

La Cruz del Sur me señala la única libertad que conozco.

Urquiza venció a Mitre —el oscuro artillero, como lo llamaba mi padre—. Fue el veintitrés de octubre de mil ochocientos cincuenta y nueve.

Los ejércitos chocaron en las proximidades del Arroyo del Medio, en un paraje llamado Cepeda. La batalla fue desesperada, y como toda batalla, sangrienta. La escuadra de Buenos Aires inició las operaciones en el Paraná, pero se sublevó la tripulación de su barco insignia y lo entregaron al gobierno de la Confederación, cuya escuadra ya había forzado el paso de Martín García y dominaba el río.

Derrotadas las fuerzas porteñas, con los restos de su infantería, Mitre logró retirarse hasta San Nicolás, y desde allí embarcó hacia Buenos Aires.

Rápidamente, Urquiza sitió la ciudad. Al día siguiente de su victoria, dirigió al pueblo de Buenos Aires una proclama: "Continúo mi marcha para derrocar al bando opresor que, oponiéndose a la unión nacional, ha resistido con grosera arrogancia toda transacción, prefiriendo se vertiere vuestra sangre, se perjudicasen vuestros intereses, se arruinase el país en una lucha fratricida, sin más objeto que satisfacer las ambiciones, el capricho, las pasiones de un puñado de aventureros… No vengo a someteros bajo el dominio arbitrario de un hombre, como vuestros opresores lo aseguran; vengo a arrebatar a vuestros mandones el poder con que os conducen por una senda extraviada, para devolvéroslo; vengo a arrebatar el poder a un círculo que lo ejerce en su provecho, para devolverlo al pueblo, que lo usará para su prosperidad".

Leí esa proclama, impresa en un periódico llegado de Buenos Aires, y pensé: conozco estas palabras, ¡las conozco! Tantas veces se las oí decir a mi padre. La circunstancia había obligado a Urquiza a renovar los votos y, nuevamente, tal como lo hizo después de Caseros, el antiguo lugarteniente de Rosas, fiel a su tradición federal, volvía a enarbolar la bandera punzó.

En su carta, Francisco me decía que "los trece ranchos", como los unitarios llaman a las trece provincias que manda Urquiza, constituyen para ellos un lastre irrecuperable en la causa del progreso y el liberalismo: imposible asociarse, dicen, con provincias pobres e ingobernables, a merced de caudillos bárbaros. Por tal razón se escindieron.

En comparación, Buenos Aires crecía. Luz de gas, calles empedradas, grandes edificios, universidad y, gracias a la explotación de los campos, una economía en vertiginoso ascenso; además de una clase culta, dominante, que lamentablemente mira a Europa y da la espalda al interior.

¿Buenos Aires igual a Catamarca, a Santiago del Estero, a La Rioja?

Frente a estas diferencias, la unidad parecía imposible.

Pero en Cepeda Urquiza venció a los sectores porteños, que durante casi una década —a partir de Caseros— habían impuesto esa política de exclusión.

Todo indicaba que el federalismo estaba de nuevo en marcha.

Después de leer esa proclama, una voz soterrada, inclaudicable, ha comenzado a decirme: tal vez ha llegado la hora de regresar, Juan, ¿me oís?, no finjas, sé que me estás oyendo. Tal vez ha llegado la hora te digo...

Pero no quiero escucharla.

Sin embargo, cuánta luz de pronto, cuántos pájaros, y cuando los miro comienzo a oír su canto. No puedo creer haber permanecido sordo en medio de tanta algarabía. Mi mirada tiene ahora el poder de resucitar el paisaje: verde húmedo —por qué no guarango—, flores, bananos, horizonte verde que reverbera bajo el calor agobiante. Doblo el periódico debajo del brazo y me dispongo a llamarla, pero ella aparece en la puerta de la posada. Me apuro para ir a su encuentro.

—¡Creo que esta vez volvemos, Mechita...!

Ella corre y su sonrisa es tan amplia, que no necesito que me diga lo que la provoca. En su mano agita una carta.

—Es de Francisco, Juan. Dice que ya podemos regresar.

La aprieto contra mi cuerpo. Pero como siempre, es ella la que me sostiene. ¿Has visto mi cabeza?, le digo, es un globo a punto de estallar. Riendo, me toma de un brazo y caminamos.

—De pronto me siento responsable, cuidadoso, Mercedes, hay cuentas que saldar, trámites, dinero para costearnos el viaje. Dinero que no tenemos.

—No flaquees ahora, Juanito.

—¿Será cierto esta vez? Tengo tanto miedo.

Cuando le pregunté al capitán, me dijo que hacía rato que navegábamos el Plata, este río infernal, dijo. Aturdido, lo llevé por delante. Ella pretendió detenerme.

—No subas ahora a cubierta, la humedad te hará mal. —Pero yo ya corría y trepé por la escalerilla. Todavía es de noche, insistió, pero corrió tras de mí.

Llegué a cubierta y no me alcanzaron los ojos. Navego mi río, pensé.

—Demoraremos, ¡maldición! —le dije—, está soplando el pampero. —Y pude oír las calderas, las tuberías del vapor luchando contra el lomo encrespado del río. Sólo el barco, el resto navegaba raudo en dirección contraria, hacia el naciente las nubes, la luna, el cielo, todo impidiendo que lleguemos. Sólo el barco, empeñado en mantener su rumbo. Vamos, le dije, ¡fuerza!, y lo azucé como a un potro.

Recorrí así la cubierta, golpeando mi flanco con un rebenque imaginario. Y Mercedes por detrás: hace frío, está húmedo, te hará mal. Que pare el viento, grité, y crucé otra vez la cubierta, los brazos en alto, ¡que pare el viento!, por favor, no me demores más.

Cuando pude sosegarme, me acerqué a la borda. Al aparecer entre las nubes, la luna ponía luces en el río. Y entonces lo vi —como si de un milagro se tratase— emerger desde la bruma yendo al encuentro del barco. En un bote de remos venía mi padre de pie, flotando sobre el agua.

Juan Manuel, con botas de potro y espuelas de fierro, levantó una mano y, mirándome directamente a los ojos, comenzó a decirme adiós. Paró el viento y la bruma se hizo espesa. Quise mirar a Mercedes para ver si ella también veía lo que yo estaba viendo, pero una fuerza extraña no me dejó volver la cabeza ni abrir la boca. El bote flotó a babor todavía un instante. Vi su mano otra vez diciéndome adiós, y enseguida empezó a perderse en la bruma mi padre y el bote, rumbo al Atlántico. Rumbo a Southampton.

Levanté a mi vez un brazo y comencé a agitarlo. Adiós, balbuceé. Adiós, padre mío.

Cómo convencerme de que no estaba soñando. Conmovido, me incliné aún más sobre la borda, necesitaba volver a verlo, aunque más no fuera su espalda, alejándose.

—Vino a despedirse —le dije a Mercedes.

—¿Qué?

—Que paró el viento.

Imposible contarle. Amanecía, y apareció la costa tan cerca que pude tocarla con los dedos.

Entre jirones de niebla, el barco avanza. Reconozco los sitios, las torres, los campanarios, la cúpula de la catedral y los murallones del Fuerte, ennegrecidos por el tiempo. La Alameda trunca, y aquellos paseos que hice tomado de la mano de una niña.

Mercedes me tiende un pañuelo para que me seque las lágrimas.

—Ahí estás, tierra amada. Soy tu hijo que regresa —murmuro—. Tu hijo que se fue no porque quiso… Tu hijo ignorado, más pobre que una rata y enfermo… Mi corazón entero te saluda. Mi corazón es lo único que te traigo.

EL ORDEN NATURAL DE LAS COSAS

—¿No lo cansa ejercer todo el día la provocación?

—No me doy cuenta, abuelo.

—¿Cómo que no se da cuenta?, siempre está usted donde hay conflicto. Desaparece sin decir adónde va, desobedece a su madre, se porta mal en la escuela, pelea con sus primos…

—Es que soy muy tímido, abuelo. A nada me atrevo, todo me asusta, y cuando me decido a actuar, se me va la mano.

Antes escribía para entender lo que había pasado. Hoy ya no escribo, estoy en mi casa. Pero sigo buscando respuestas.

En ese sentido, debería señalar un pequeño progreso: si bien sigo sin entender por qué pasó lo que pasó, los recuerdos me ayudaron a construirme a mí mismo. Pero los recuerdos no poseen la verdad, y mi necesidad de encontrarla sigue siendo tan imperiosa como al comienzo… Me resta escarbar en los misterios del más allá, en las cenizas de mis muertos.

Mi padre no ha muerto, vive en el exilio, que es lo más parecido a una tumba.

Aprendí cosas por boca de ña Cachonga. Después, con los negros en Santa Catarina. Atardeceres de fuego sentado junto a ellos invocando a Oxalá; oyéndolos hablar del poder y la energía de sus creencias, de sus secretos, de su capacidad para ver al otro lado. Entendiéndolos a medias, es decir, entendiendo lamentablemente que tampoco los espíritus tienen una respuesta. ¿Hubo conjuros, fatalmente un destino? ¿O como dijeron los negros sabios: mal parida nació la patria?

No me dieron respuesta.

Sin embargo, todo quedaba flotando en ese rincón de mi cabeza, oculto, mínimo, único reducto donde bulle la divina sustancia. Materia ínfima en la que todavía palpita el origen.

Es en ese hueco donde anida la verdad, es allí donde nace el filamento que me une al universo. Exactamente allí, donde me niego a aceptar que sólo de esto se trata la vida: un experimento impreciso, perpetuo.

Dios es el aire que respiro, le dije a Florentina la última vez que estuve con ella, y esa revelación —tal vez propia de un infiel— me ayuda desde entonces a no sentirme tan solo frente a la adversidad, porque es Él quien me inunda y me habita.

Esta idea de Dios no reniega de la otra, en la cual creo con toda mi fe de cristiano. No obstante, qué dicha sentirme flotando en Dios, inhalándolo.

Desgraciadamente, la zona oscura persiste.

¿Qué hemos ganado después de tanto dolor? ¿Cuál fue el sentido de tanta lucha?

Fuimos derrotados. Me incluyo.

Ahora soy el ojo del halcón que mira desde lo alto. Es la misma ciudad, mi bienamada, pero mi piel siente que ha cambiado. Y no es la metrópoli populosa con línea férrea la que me impacta, tampoco los grandes edificios, las calles empedradas, o la zona comercial que se extiende hacia el Convento de los Religiosos Recoletos. No. Es el rostro que no muestra el que me asusta, el que se hunde en los arrabales, desgastado, sin esperanzas.

Es mi propio rostro.

Vivo pobremente, en el olvido más absoluto, refugiado en mi casa. No me doy a conocer por mis vecinos; la zapa del desprestigio ha dado sus frutos y mi apellido se ha convertido en mala palabra. Debo aceptar que la ciudad se inclina ahora frente a una nueva galería de ilustres; la encabeza el señor Rivadavia, erigido en prócer apenas sus restos llegaron a Buenos Aires.

En sus ratos libres, los señores Mitre, Alsina, Gutiérrez y Sarmiento se entretienen haciendo la lista de los aspirantes de índole parecida a Bernardino. Y ya tienen muchos candidatos al bronce.

Sólo de tanto en tanto rompo el silencio para protestar contra alguna situación marcada por el despropósito. Por este camino jamás seremos independientes, exclamo en voz alta. Prudente, Mercedes me obliga a entrar. Nadie me ha oído, me defiendo. Es más, ¿qué importancia tiene lo que yo diga?

—Tendrá importancia cuando se enteren quién es tu padre.

Apenas llegamos fuimos en busca de los parientes. A Mercedes

436

la aceptan. A mí, con reservas. Están todos demasiado ocupados en despegarse del viejo "régimen". Puedo contar con los dedos de una mano a los que no tienen miedo de mostrarse conmigo. Pero la mayoría se cruza de acera cuando me ve venir.

Resigné la renta de una de mis dos pequeñas propiedades —la de la calle Corrientes— para poder habitar en ella. Estas casitas se salvaron de la confiscación porque en las escrituras figuran a nombre de una tía de Mercedes.

Mi hijo había concluido sus estudios en París, y su arribo a Buenos Aires era inminente.

Cuando pude asentarme, envié un correo a San Serapio, para avisar a Francisco que ya estaba en Buenos Aires. Dos semanas más tarde recibí una carta suya en la que después de las bienvenidas se excusaba por no poder venir a verme, porque la salud me está jugando sucio, decía, nada grave, pero lo suficiente como para que el médico me haya prohibido hacer esfuerzos, ¡una lata! Y añadía: si supieras, Juanito, cuánto he soñado con tu regreso, y para que te instales y recomiences tu vida en la ciudad que tanto quieres, ahí te envío una orden para que retires ese dinero del Banco. No. Ya te veo el gesto. Ese dinero es tuyo, va como forma de reconocimiento por las tantas gauchadas que le debo a tu padre.

Le contesté de inmediato. No quise decirle que a mí también la salud me estaba jugando sucio, pero le prometí que apenas acomodara mis cosas, iría a visitarlo a San Serapio, y entonces sí, le daría ese abrazo que tanto anhelo.

Comencé a buscar a Mongo. Alguien me dijo haberlo visto por el puerto, pero hacía mucho; otro, que estaba bien, que trabajaba en los alrededores de Morón, pero que no tenía forma de encontrarlo. En varios sitios dejé mensajes para él.

Casualmente, mi urgencia es encontrar trabajo, pero de qué, cómo. Por el momento soy corrector de pruebas en una imprentilla —como diría Práxedes— ubicada en la calle Corrientes, a dos cuadras de mi casa. La paga es una miseria. Y Mercedes realiza labores de aguja para sus primas, pero no se atreve a cobrarles. Le he dicho que no hay que tejer para los parientes.

No es fácil subsistir, el dinero no alcanza, los precios son altos, mientras que los aprestos para la guerra que se avecina —otra más— congelan los negocios; la burguesía porteña se retrae sacudida por los impuestos, y los comercios cierran sus puertas. No hay trabajo.

Qué extraño me resulta caminar la ciudad y que mi padre no esté en Palermo, gobernando.

Voy por las calles, miro los rostros. Soy una sombra que observa. ¿Tendrá idea esta gente de lo que está a punto de ocurrir? Me digo: estoy aquí, debería saltar de contento, pero no puedo evitar sentirme como el último habitante de un mundo destinado a desaparecer. Y sufro.

La ciudad sigue siendo revoltosa, pero se puede palpar el miedo y la tristeza. Cada café tiene su tribuno, los mendigos pululan, las prostitutas, los vendedores ambulantes, todos mezclados a tropas que avanzan en formación.

Sí, todos saben lo que va a ocurrir.

Los teatros anuncian espectáculos, ópera y conciertos. Me imagino entrando, saludando hacia los costados, disfrutando de la música. Pero no soy ese hombre, sólo lo imagino. Ignorar esos anuncios me da la medida de cuánto he cambiado.

Llego a la Plaza de la Victoria y la cruzo. A la Recova todavía le falta el tramo que, hace ya varios años, cayó por culpa de un vendaval durante un desfile militar que presidía mi padre. Yo estaba ahí cuando ese tramo de Recova cayó, y alguien dijo: mala señal para Rosas.

Frente al Cabildo, un grupo de ciudadanos aplaude al enemigo. Son los soberbios e imbéciles de siempre, los mismos que reverencian a los piratas de turno. Pero, cuidado, hay un relámpago allá al fondo, donde comienza la llanura. Un relámpago de indignación pronto a estallar sobre los traidores.

Lo dirá la historia. Yo no.

En la esquina de Victoria y Bolívar me detengo, pero todavía no hago coraje para visitar mi antiguo barrio. Me aprieto a la pared de esa esquina y sus ladrillos me reconocen. Los acaricio. Me reconoce también el aire de esa esquina, la plaza, la Pirámide, que a pesar de los cambios en su entorno sigue tan solitaria y desnuda.

Hasta la reja de los balcones me saludan, salvo la gente. La gente no sabe quién soy —tampoco lo sabía cuando yo era el Hijo— y ni siquiera mira a esta hilacha del pasado que acaricia una pared, empecinada en buscar su pertenencia, sus raíces; un ancla fuerte y definitiva que me amarre por fin a mi cuna. Un ancla que no permita que lo que va a ocurrir vuelva a lanzarme a los vientos, que no lo permita, ¡por Dios!

La casa que fue sede de gobierno de mi padre, lo mismo que Palermo, son ahora dependencias de no sé cual ministerio. No interesa.

Ocho años duró mi exilio. En cada minuto, cada segundo de esos largos ocho años, mi pensamiento recorrió sus pasillos, sus cuartos, sus larguísimas galerías, el parque y los árboles que plantó Juan Manuel y vimos crecer; la barcaza amarrada al muelle donde hicimos tantas fiestas… Mil veces, hasta la obsesión. No necesito verlo, lo llevo grabado en mis retinas.

Mercedes creyó que me volvía loco, vomité, y mi primer impulso fue llenarme de culpa. Debí ir a verlo apenas llegamos, le dije. Con el dinero que me regaló debí rentar un carruaje e ir a visitarlo, le dije. Ahora está muerto, Mechita.

Francisco ha muerto.

Trató de sujetarme, pero igual me lancé a la calle. Llevaba la carta apretada en un puño. La carta donde uno de sus hijos, Juan Bernardo creo, me decía que su padre había muerto en forma repentina, que seguramente el papeleo por la herencia —papá tuvo once hijos, me recordaba— lo traería por Buenos Aires, y entonces podríamos vernos.

Su corazón falló. Y me lancé a la calle con la carta apretada en el puño, carta que no habías escrito vos, Francisco, como tantas otras. La maldita carta diciendo que nunca más volverías a escribirme.

Francisco ha muerto, me decía, el rumbo fijo. Siete cuadras a la carrera.

Poco antes de llegar, me detuve. No me sorprendió en absoluto que mis pasos me hubieran llevado directamente hasta el umbral de mi vieja casa. Mercedes me preguntó: ¡adónde vas, Juanito, adónde! No lo sé, le respondí. La muerte da coraje.

Crucé ciego la esquina de Victoria por Bolívar, y caminé ciego esos últimos metros, ya hundida la daga en la boca de mi estómago, la carta en un puño y el filo de la daga apuntando mis techos después de tantos años, y las adelfas coronando todavía las tapias, los ventanales y mi vieja puerta que se abre. Las dos hojas se abren.

La puerta se abre de pronto y aparece Francisco dibujado en el vano.

Francisco sale de mi casa y al verme se detiene y me mira. Serio, tan triste. Y yo lo miro a mi vez y no tengo miedo. Alucino y no tengo miedo, es más, quisiera quedarme así para siempre, soñando que no ha muerto. No me asusta su fantasma, como no me asustó mi padre en el bote flotando sobre el río.

Triste me mira. Algo quiere decirme, pero no lo interpreto. ¿Es por lo que va a ocurrir, Francisco? ¿Sobre la guerra que se avecina? Niega con la cabeza. ¿Es por mí, soy yo el que corre peligro? Su gesto se petrifica, y todo él se escurre por el pozo de su mirada triste.

—No te das una idea qué bien me vinieron los pesos que me enviaste. Estaba a punto de viajar a San Serapio cuando recibí la carta de tu hijo, diciéndome…

Pero el fantasma ya no está.

Regreso despacio, preguntándome ¿qué fue lo que quisiste decirme?

LA GUERRA DE EXTERMINIO

El momento de la revelación duró segundos, pero en mi interior ese proceso había durado años. Ocurrió al poco tiempo de pisar Buenos Aires, y creo que por primera vez pude mirar con mis ojos. Ya no me asusta pensar como él, parecerme. Ahora sé que soy yo el que siente y que es mi opinión la que brota, despojada de toda influencia paterna. Me bastó volver a caminar mis calles, mimetizado al paisaje, para encontrar por fin la respuesta a aquellas preguntas.

Soy el hijo de Rosas, sí, y lo asumo. Soy federal, y lo proclamo. Entiendo por fin el sentido último de la lucha, y me alegro. Ya casi no dudo, y con toda firmeza podría decir a los señores que hoy ejercen el poder que no fue mi padre el protagonista del proceso de formación nacional, sino el pueblo. Decirles que Rosas se limitó a interpretar su voluntad, lo que otorga a su época una dimensión mucho más profunda, y que ustedes, señores, no se atreven a reconocer.

Podría decirles también que el retorno de los unitarios después de Caseros detuvo ese proceso de unidad, pero, mal que les pese, quedó la semilla. No en vano la Constitución se promulgó menos de un año después de su derrota. Y ése fue el gran saldo que dejó Juan Manuel.

Ustedes dicen que su gobierno fue estéril, que nada dejó, y ponen el acento en la enseñanza. Se equivocan, señores, nuevamente.

Había ciento cuarenta y siete escuelas primarias en mil ochocientos cuarenta, con cien mil alumnos concurrentes... ¿Pero por qué tengo que volver a explicarlo? Fueron las guerras civiles y los bloqueos los que obligaron al gobierno de Rosas a feroces privaciones presupuestarias —ya no me asusta defenderlo— y hubo que suprimir la gratuidad en las escuelas del Estado. Pero esas escuelas permanecieron abiertas impartiendo enseñanza.

441

A mí me gustaba ver a los muchachos universitarios correteando por la ciudad con sus togas de raso negro y el birrete cuadrangular, y la espiga en los mismos colores de la esclavina que llevaban sobre los hombros. Rojo y verde los de leyes; amarillo y negro los de medicina… Me causaban gracia los estudiantes universitarios durante los actos para las fechas patrias, porque completaban la extravagante vestimenta con guantes blancos y por encima un anillo de piedras preciosas. Lucían como príncipes.

Y cuando mi padre cayó, señores, ya había muchos abogados, médicos, farmacéuticos y otros profesionales liberales que estudiaron y se recibieron durante el rosismo. Pero es cierto, al estudio debió pagárselo cada alumno, porque el gobierno invertía casi todo su presupuesto en sostener la guerra… que provocaban los unitarios.

Ustedes dicen también que Rosas perdió la noción del tiempo, y que en mil ochocientos cincuenta seguía gobernando como si el país y el mundo se hubieran detenido. Es probable, pero quedó la idea de nación. Y el pueblo.

Padre, también mi padre, de este pueblo que hasta hoy se opone y se arma en contra de todos los alzamientos que pretenden destrozar la unidad nacional. Desde el puerto hasta sus más lejanas fronteras, peleando todavía.

No, ya no lograrán que me avergüence. Soy su hijo, y se lo grito en la cara a quien quiera oírme.

Regresé desde Santa Catarina poco después de firmado el Pacto de San José de Flores. Noviembre de mil ochocientos cincuenta y nueve.

Después de Cepeda, Buenos Aires se reincorporó a la Confederación, pero a cambio de revisar la Constitución Nacional, para incluir las reformas que creyera pertinentes a su beneficio y provecho. Y el pueblo respiró, convencido de que había llegado la paz.

Le dije a Mercedes: espero que a partir de ahora la Confederación sea indisoluble.

Urquiza y Derqui tuvieron una gran recepción en Buenos Aires. Hubo banda, fuegos de artificio, desfile, banquetes, y por varios días la ciudad entera estuvo de fiesta. Pero no habían acabado de limpiar los salones y barrer la serpentina de las calles cuando comenzaron otra vez las intrigas y las traiciones.

Sarmiento fue señalado autor moral del asesinato del gobernador de San Juan, coronel Virasoro. En su diario *El Nacional*, en destacado artículo, había cometido la torpeza de anunciar, varios días antes de ocurrido, el asesinato del gobernador federal.

Los federales dijeron que los unitarios sanjuaninos, agentes del gobierno porteño, habían sido incitados y pagados para ejecutar el horroroso crimen, tal como ya lo habían hecho cuando eliminaron a Nazario Benavídez.

En reemplazo del muerto asumió esa gobernación un discípulo de Sarmiento, el señor Aberastain, y me dije: pueda ser que éste dure. Pero entonces ocurrió lo que todos temían: estamos otra vez en pie de guerra.

¿Indisoluble? Desolada, Mercedes comienza a trancar las puertas.

Pero ese gobernador tampoco duró. En nombre de la Confederación, el Chacho Peñaloza y el general Juan Saá se unieron para derrocarlo, y una vez vencido inmediatamente lo fusilaron.

Como era de esperar, Mitre, Sarmiento y su camarilla protestaron por el hecho y llamaron bárbaros a los responsables, incluidos Derqui y Urquiza, al tiempo que, abiertamente, comenzaron a incitar a las provincias en contra de la República.

Esto no tiene arreglo, pensé. El desencuentro durará centurias.

Por su parte, Mitre y Sarmiento no desistían: estaban a punto de lograr su objetivo. Y así se los podía ver, férreos, orgullosos, con los quepi de combate y sables al cinto.

Corría enero de mil ochocientos sesenta y uno.

Burlando a la autoridad, la oposición repartió volantes por algunas esquinas. Recibí uno, y lo fui leyendo de regreso a casa. Decía: "La dominación liberal margina a las masas populares, sumidas en la miseria, víctimas de la exclusión. Los unitarios gobiernan a espaldas de los pobres y de las provincias". Repleto de proclamas, el texto terminaba incitando a la lucha "antes de que seamos definitivamente desplazados".

Pero no todo está perdido dicen los representantes federales. Un hecho los alienta: en el Congreso Nacional de Paraná acaban de rechazar a los diputados de Buenos Aires, porque aseguran que han sido elegidos con el solo objeto de provocar la guerra.

Ilusión falsa. Dicho episodio precipitó las armas.

A mis espaldas, Mercedes pidió refugio en la quinta de un pariente. La respuesta a su pedido comenzó a demorarse, entonces el miedo la delató y me contó lo que había hecho. Finalmente, recibió una esquela donde le decían que dada la situación era mucho mejor permanecer en la ciudad, cada uno en su casa, a salvo de las partidas que asolaban los campos.

La recriminé por haber pedido un auxilio que no necesitamos, y la obligué a leer entrelíneas: dada la situación, no es bueno proporcionar ayuda al hijo de Rosas.

—Nuestra suerte está echada, Mechita —le dije—. Lo que ha de ser será, no estoy dispuesto a huir de nuevo.

A mediados de septiembre, los demorados vientos de agosto siguen arremolinando hojarasca en lo que fue la Alameda. Junto a la estufa, con los mitones puestos, leo en el periódico lo que ya conozco.

Nuevamente el país se dispone para la guerra. Urquiza es el jefe de las tropas de la Confederación, y el ejército adversario pertenece al gobierno rebelde de Buenos Aires, comandado por Mitre.

El encuentro será en Pavón, el día diecisiete, y el artículo señala que se trata de los mismos rivales que chocaron en los campos de Cepeda. Pero no sólo se trata de los mismos rivales, sino también de la misma, larga, interminable guerra, por la misma, oscura y miserable sinrazón: el poder y la renta única.

Urquiza va al combate de la peor manera. Derqui lo ha traicionado, vendido al liberalismo colonialista de las autoridades porteñas.

Sostenido por la confianza que le inspira su numerosa infantería, Mitre decide avanzar en busca de Urquiza, invadiendo su territorio. Pero la formación de combate de las tropas de Buenos Aires revela el temor que a Mitre todavía le inspiran las famosas divisiones entrerrianas de caballería, y la poca fe que le merece la eficacia de la propia.

Y está en lo cierto. Urquiza distribuye sus dos mil jinetes en ambas alas, y los lanza en su maniobra favorita: deshacer los flancos del adversario para caer sobre la retaguardia en una acción envolvente.

Al iniciar el ataque, la caballería porteña esboza un avance que es inmediatamente paralizado por la carga de los implacables escuadrones de Urquiza. Y la caballería porteña huye, haciéndose humo.

Dicen que es allí donde Urquiza renuncia, cuando sus oficiales victoriosos esperan la orden de renovar la carga que intuyen será definitiva. Sí, allí renuncia Urquiza, e inesperadamente da la voz de retirarse.

Ante el asombro unánime de sus oficiales, teniendo la victoria en sus manos, pero convencido de que a pesar de estar ganando la batalla nunca será suyo el poder —o quizá porque se cansó de luchar por la causa de la Confederación—, en un gesto que deja a todos estupefactos, Urquiza entrega el triunfo al enemigo, y abandona Pavón rumbo a Paraná.

Pese a todo, el jefe de su estado mayor ha redactado el parte: "El resultado de esta inmortal jornada, que formará una de las brillantes páginas de nuestra historia, ha sido quedar tendidos en el campo de batalla más de mil quinientos cadáveres enemigos, entre ellos muchos jefes y oficiales, mil doscientos prisioneros, su convoy y bagajes en nuestro poder, y hasta la galera del general Mitre".

Extrañado también por la insólita retirada, el jefe de la división de Entre Ríos igualmente envía a Urquiza su parte del triunfo, y termina diciendo: quedo a la espera de sus órdenes, mi general.

La confusión es tremenda, y el desbande se acelera.

Tres días después, Urquiza comunica al presidente Derqui que "las fuerzas enemigas han sido arrolladas", pero que él ha debido retirarse "enfermo y disgustado al extremo". Lo visitan entonces diputados nacionales, que obtienen la respuesta irrevocable: "no insistan, señores, he sido traicionado", y guardará para siempre en su memoria los gritos de Pavón, el turbión de sus entrerrianos a caballo, los hombres de Mitre cayendo bajo el fuego de sus baterías, hasta contar mil quinientos cadáveres. Será exclusivamente suya esa imagen, como así también la culpa.

"He sido traicionado."

Conozco esas palabras. Las leí en los papeles de mi padre, porque la historia gira sobre sí misma y, fatalmente, se repite. Y este bloqueo interior se repite, esta angustia, esta impotencia, este saber que por más que hagamos estaremos siempre detenidos en el mismo lugar, siempre comenzando de nuevo. Cada vez con menos esperanzas, más pobres, más cerca del final.

Viejo aroma conocido: el olor de la traición.

Mitre es ahora triunfante gobernador de Buenos Aires, las autoridades nacionales han sido disueltas, y Derqui, sin apoyo alguno, ha huido al Uruguay.

Después de treinta y cinco años de lucha encarnizada e incansable, los unitarios han retomado el poder, convertidos en los nuevos dueños de la tierra. Tierra a la que, ciertamente, no aman: les será más fácil entregarla al capital inglés y repartirse el negocio. O como dirá después mi primo, Lucio Mansilla:

—Para estos nuevos terratenientes es más cómodo y rendidor apostar a la economía financiera que organizar y poner en marcha una economía productiva.

Repantigado en el silloncito de mi sala, Lucio añade:

—Lejos de cerrar una etapa, la renuncia de Urquiza ha permitido que el ejército de la Confederación, sin conducción alguna, sea masacrado en el interior —y señala—: Otra traición que el entrerriano deberá agregar a su larga lista.

Me enteré que estabas en Buenos Aires por tía Margarita, dice. Y yo lo encuentro tan buen mozo a Lucio y tan parecido a tía Agustina, su madre. ¿Cómo está ella? Yo amaba a tu madre, le digo, y él sonríe.

—Y yo amaba a tu padre —me contesta—. Juan Manuel era para mí un semidiós, el hombre más bueno del mundo. Yo retozaba en tu casa como no podía hacerlo en la mía, con una cáfila de primos, ¿te acordás? Bueno, vos ya estabas casado… Entrábamos *ad libitum* en sus piezas, sin que él nos hiciera más observación que ésta: bueno, bueno, pero no toquen mis papeles, ¿eh? Y al retirarnos cada sábado de la visita, a toda la sarta de sobrinos le daba una docena de divisas coloradas, nuevecitas, que nos hacían el efecto de la muleta al toro. Un peso fuerte, en plata blanca… y un retrato litografiado de Quiroga, diciéndonos siempre estas mismísimas palabras, y repitiéndoselas a cada uno: tome sobrino, este retrato de un amigo, que los salvajes dicen que yo mandé matar.

Lucio responde rápido a mi mueca.

—No lo hizo. Sé que no lo hizo, Juan —y agrega—: Conservo una carta anónima que recibió mi padre, el general Mansilla, encabezada por esta frase: "No fue él", y debajo un texto que da pruebas fehacientes de que Rosas no lo mandó matar.

Hace una pausa, yo lo miro fijo, en silencio, y continúa.

—En esa misma carta, escrita por alguien que sabía y mucho, velada pero inequívocamente, se lo inculpa a López, Estanislao, vos sabés… Por otra parte, tu padre conservó siempre la amistad de toda la familia de Quiroga… ¡Imaginate!, ante la más mínima duda, la viuda hubiera sido la primera en señalarlo.

Frente a mi pesadumbre, reacciona:

—Vamos, hombre, no te queda más remedio que asumirlo, tu padre fue un mito nacional, un personaje obsesionante. Con decir que gobernó durante largos veinte años con la suma del poder público, todo está dicho. ¡Tuvo que errar!, no haber errado habría sido fenomenal... —y continúa—: Le achacan el terror, es cierto, pero ¿acaso no es de terror lo que ahora está pasando?

Descubro que a Lucio le encanta el monólogo, él hace las preguntas y él mismo se las contesta. Porque no tengo ganas de hablar, menos aún de discutir, sólo lo escucho.

—El resumen es pavoroso —dice— y te lo hago breve: dos guerras civiles, varias revoluciones, atentados contra la vida de Urquiza, dictaduras sangrientas, fusilamientos en masa, invasiones de indios a las provincias de Córdoba y Buenos Aires, inseguridad absoluta en la campaña, asesinato de dos gobernadores, destierros y prisiones de centenares de personas distinguidas... Y sigo, no te asustes: sometimiento al Brasil, fomento de una revolución en el Uruguay, y el comienzo de la entrega del país a la voracidad del capitalismo —estira una mano y me pone un par de palmaditas en el brazo—. Ya ves —agrega—. En estos años, desde la caída de Rosas, el terror supera con creces al que se vivió durante su gobierno en el año cuarenta.

Tengo la lengua seca.

—Es cierto —alcanzo a decirle, pero sufro, y para cambiar de conversación le pregunto otra vez por su madre. Lucio adora a Agustina. Soy su favorito, exclama entre risas.

Su visita me conmueve y me gratifica también, me hace sentir que todavía formo parte de la familia. Pero Lucio raramente se encuentra en Buenos Aires, ya sea por trabajo o por los tres años de destierro en el Litoral. Pena que le impuso la Cámara, cuando en el juicio falló en su contra por el escándalo que armó en el teatro Argentino, frente a José Mármol, acusándolo de agravios inferidos a su madre en la novela *Amalia*.

—Así que ahora sos capitán y dramaturgo... buena mezcla, pero no voy al teatro, me perdí tu obra.

Ríe despreocupado, divertido:

—No perdiste nada, Juan, aunque el comentario de *El Nacional* me llenó de halagos, era un melodrama para señoras coquetas —y vuelve a reír, desenvuelto, mundano.

—¿Vas a seguir escribiendo?

447

—No lo sé. Ahora estoy con unos apuntes para una comedia de costumbres en prosa. No lo sé. Las autoridades acaban de encomendarme una misión oficial ante el gobierno de Chile —y enseguida, poniéndose serio, me pregunta—: ¿Y vos, cómo estás?

Lucio es diecisiete años menor que yo. Como yo, él también se casó con una prima, Catalina Ortiz de Rozas y Almada. Yo peino canas, él no. Yo siento que la vida ya me ha dado todo lo que podía darme. Él recién comienza.

—No te dejes vencer, Juan. Tía Margarita me dijo que andabas mal de salud, pero lo que a vos te hace falta es un poco de sol —y para levantarme el ánimo, agrega—: En cuanto tenga tiempo vendré a buscarte con la calesa de mi mujer, e iremos a tomar sol a Palermo.

Estiro el cuello y comienzo a inhalar el aire; la sola mención de ese lugar me ahoga. Lucio no advierte el efecto que me ha producido esa palabra y sigue.

—En la época de tu padre, Palermo era paseo público, ¿te acordás? A él le encantaba que la gente fuera allí los domingos a merendar, a pasar el día. En nuestra visita semanal con mamá, lo veía andar a caballo vigilando los trabajos en el parque o pescando en la orilla del río, solo o con un negrito que le cebaba mate… ¿Anduviste por ahí? No está mal, al menos se ocupan de mantener el parque.

Mi silencio no lo desanima.

—¿Sabés qué fue lo que los salvó a estos que ahora nos gobiernan? —y me dice—: Sus escaramuzas pandilleras, que dieron lugar a nuevos negocios, y luego la guerra en Crimea, que hizo subir el precio de los ganados y de la propiedad. Si lo de Crimea se hubiera anticipado, tu padre no cae, el país se hubiera enriquecido, y entonces hasta la dictadura nos hubiera parecido una ganga… ¡oh!, lo siento, no quise decir…

—No te preocupes, estoy acostumbrado.

—Lo siento, Juan, suelo ser más cuidadoso en mis conceptos, pero no sé, tu presencia me trasmite algo… es como si, perdoname, me siento en la obligación de decirte cosas, consolarte, no sé, disculpame…

—Consolarme, ¿por qué?

Pero él sigue con su monólogo:

—¿No te indigna que Urquiza pase a la posteridad aclamado como libertador, cuando no ha sido más que un traidor oportunista, y Rosas, tu padre, como execrado? —vuelve a ponerme una palmada en el brazo y agrega—: La ecuación es simple, Juan, si acusamos a Rosas de tirano, ¿cómo se llama la acción de los unitarios aliándose con los extranjeros?

Ya no sé si su visita me está haciendo bien. Lucio es encantador, inteligente, pero creo que carece en absoluto de pensamientos profundos. Emite juicios, pero los siento vacíos. Es como yo era antes, me digo.

Sigue hablando pero ya no lo escucho. La irrupción de Mercedes me distiende. Viene a convidarnos con su licor de té. Aprendí a hacerlo en Londres, le dice. Bebemos. Ellos ríen, se trenzan en cantidad de preguntas sobre la familia. Lucio es ocurrente y simpático, le cuenta anécdotas. Dice: bueno, esa señora mejor sería que no se muerda la lengua… Me cuesta unirme a sus carcajadas. Mercedes me mira, sabe que esos comentarios me molestan.

—Contale lo que pasó —le digo— cuando tu padre te encontró despatarrado en la cama, leyendo *El contrato social*.

Cuando se va, quedo extenuado.

Lucio dijo: ¿acaso no es terrible lo que está ocurriendo ahora?

Es cierto, el terror sigue imperando. Francisco siempre encontraba excusas para mi padre: Rosas no pudo detenerse, me decía, sus adversarios lo empujaban.

Y yo pienso: ¿Será que siempre hay un adversario que empuja a cometer tropelías?

Después de Pavón, Mitre impuso el estado de sitio y envió a las provincias tropas nacionales de ocupación, capitaneadas por oficiales uruguayos —maniobra tan astuta como perversa— pero hay un argentino en ellas, Julio Roca.

De hecho, Mitre es quien gobierna. Director de la guerra es Domingo Sarmiento, que en la circunstancia no ahorró fervor: "Haremos la unidad liberal a palos, en una guerra de exterminio: guerra santa civilizadora".

No contento con esto, le sacudió a don Bartolomé en otra carta: "No trate de economizar sangre de gauchos, éste es un abono que es preciso hacer útil al país; la sangre de esa chusma criolla, incivil, bárbara y ruda, es lo único que tienen de seres humanos". Y le aconsejó después: "No deje cicatrizar la herida de Pavón. Urquiza debe desaparecer de la escena, cueste lo que cueste. Southampton o la horca".

En respuesta, la reacción del pueblo fue violenta. En Córdoba y

Cuyo se levantó en masa, lanzado en abierta rebelión contra el gobierno nacional. Entonces Sarmiento volvió a azuzar a Mitre: "Es verdad que la chusma y el pueblo gaucho nos es hostil, pero usted tendrá la gloria de restablecer en toda la República el predominio de la clase culta, anulando el levantamiento de las masas".

Creo que Sarmiento confunde los términos, y porque confunde los términos confunde las reglas, convencido que para construir un futuro es menester arrancar de cuajo el pasado, sin tomar en cuenta el modo de ser nativo, las raíces. Y ha acabado atacando ciegamente una idiosincrasia, una cultura, una identidad profundamente arraigada; y no trepidó en ordenar pasar a degüello a los prisioneros; clavar en picas las cabezas de los que combatían su autoridad, y colocarlas en el trayecto de las vías públicas; dictar sentencia de muerte a centenares de soldados entrerrianos, amotinados en la campaña de Buenos Aires; tomar a los jefes sublevados y por toda instrucción ordenar fusilarlos sobre un tambor.

Es el director de la guerra.

"Me impulsan mis convicciones", ha dicho —también sus convicciones impulsaron a mi padre—. Pero Sarmiento está obligando al país a dar un salto al vacío. Quizá lo asista la razón, no obstante creo que, de ahora en más, todo lo que aquí se construya carecerá de fundamento, será grano contaminado y resentido, y lo que es peor, el desequilibrio entre las clases se volverá tan hondo y tan duro que no cabe hacer más que esta pregunta: ¿quedará pueblo después de la "guerra santa" de Sarmiento?

He perdido la cuenta de las "masacres pacificadoras". Tuve noticias de otra, en Cañada de Gómez, cuando cuatrocientos militares fueron tomados prisioneros mientras dormían, y luego pasados a cuchillo. Eran los restos del ejército de la Confederación en retirada. Responsable del crimen fue un lugarteniente de Mitre, Venancio Flores, oficial uruguayo.

He ahí la astucia de aquella maniobra: contaban con la rebelión de los oficiales argentinos junto con sus tropas, motivo por el que pusieron oficiales uruguayos al frente de su ejército de ocupación.

Hasta ahora el aplastamiento de federales en la provincia de Buenos Aires es definitivo. El general Gelly Obes los consideró "malevos indignos", y mandó matarlos a lanza y por la espalda.

Nadie cuenta esto, y si lo cuentan lo disfrazan, enarbolando discursos almibarados de libertad y justicia. Y hasta es probable que Mitre y Sarmiento logren la unidad nacional —como Rosas la buscó hasta encontrarla y luego ellos destrozaron— y hagan de éste un país gobernable, seguramente. Pero el método que han implementado para lograrlo lo veo como una revancha de odio y rencor.

Pero, eso sí, el único carnicero será mi padre. Términos en los que discuto con un pariente —su nombre no importa— y poco falta para que nos vayamos a las manos.

—Rosas tiene toda la culpa de lo que pasa.

—Sólo un torpe como vos —le respondo— puede acabar creyendo lo que dicen y escriben los liberales —y me pongo de pie—. Hace más de diez años que cayó mi padre, y desde entonces no ha habido orden ni paz en el país. Sólo se han ocupado de enriquecerse, imprimir el despotismo en nuestra política e incluso en nuestra biografía como argentinos. Y vos, como buen ingenuo, te creés a pie juntillas la versión liberal —intenta interrumpirme, pero no se lo permito y elevo la voz—. Me extraña que te confundas, porque fuiste testigo, y sabés muy bien que la verdad que éstos pregonan es una historia falaz, fabricada a propósito para justificar sus métodos y alcanzar sus objetivos.

Titubea, le adivino la intención —el estado de sitio continúa— y como no puede argumentar lo del terror —Rosas ya no está y seguimos inmersos en él— exclama:

—Tu padre manejó el país como a su estancia y nos hundió en el atraso.

Me indigno, lo empujo.

—¿Crecer en medio de una guerra interminable? —vuelvo a empujarlo—. Fue el caos y los bloqueos los que le impidieron construir y progresar como él hubiera querido… ¡pero al menos te dejó un país, imbécil! —y levanto el puño para estampárselo en la cara.

Tuvieron que separarnos.

MI AMO

Llevábamos más de dos años de "guerra santa", cuando volví a escuchar el nombre del general Ángel Vicente Peñaloza. Las poblaciones del interior habían desconocido la autoridad del flamante presidente de la nación —Mitre— y pidieron amparo al Chacho.

Al general Vicente Peñaloza le sobraba coraje, pero nunca imaginó que tendría que repartirse entre dos frentes de lucha: por un lado, el gobierno nacional con su ejército de línea; por el otro, las oligarquías provinciales, que los habían degollado con el auxilio de las armas porteñas. Porque el antagonismo entre las oligarquías gira en torno a otros intereses, más menudos y mezquinos. El sentimiento de patria las tiene sin cuidado. O en todo caso, lo sienten de otra manera.

Somos tierra arrasada. Desde los altos mandos, la orden para oficiales y tropa sigue siendo "proceder sin contemplaciones a limpiar de bandoleros la campaña, y fusilar a esa canalla gaucha... corten las cabezas y déjenlas de muestra en el camino".

"Canalla gaucha" llaman ahora a los pueblos federales del interior, que no se levantan en defensa de sus legítimos derechos sino como ellos dicen: alentados por su "condición de bandoleros".

Qué dicha caminar junto a mi hijo por estas calles de Buenos Aires. Hemos salido temprano de la casa, él con su título, a buscar trabajo; yo a demostrar mi renovada voluntad de ser útil. Algo muy grande he logrado, me digo, y voy contento: mi hijo es un hombre culto, educado, y tiene un título.

—¿Quién es el Chacho, padre?

—Un patriota. Un caudillo del interior.

Pero acaban de degollarlo, exactamente los que buscan la ilustración y el progreso, los mismos que desde hace dos largos años pretenden instaurar el orden a punta de lanza. Su cabeza cuelga ahora de una pica en la plaza pública de su pueblo. Es un infierno La Rioja.

Fue cobardemente ultimado, mientras dormía en su hogar acompañado de su mujer y su hija. La orden fue impartida por Domingo Sarmiento. El encargado de ejecutarla fue el mayor Irrazábal, jefe de una de las divisiones del ejército nacional. En premio a su valor —cometer el horrendo crimen—, Sarmiento lo condecoró.

Para justificarse, sus asesinos han dicho que el general Peñaloza era un forajido. Sin embargo, las poblaciones cantarán su bravura; su nombre comprometido en la lucha federal desde los tiempos de mi padre. Pero el Chacho dijo que tanto Rosas como Urquiza lo habían traicionado, y no me extraña. En este terreno, donde se juegan los más altos intereses del poder, la traición es moneda corriente.

Su ejército montonero fue vencido por las fuerzas nacionales, pero de acuerdo al tratado y la palabra empeñada, Peñaloza devolvió los prisioneros con vida. Los lugartenientes de Mitre y Sarmiento no pudieron hacer lo mismo, los habían degollado.

Puntualmente, el director de la guerra —ya gobernador de San Juan— recibía el parte enviado desde la zona de combate: "Cumpliendo órdenes, todos ellos han sido pasados por las armas".

Enterado de lo que estaba ocurriendo, Felipe Varela resolvió regresar de su exilio en Chile, al frente de sus hombres. Nada más que un ejército de gauchos en alpargatas. Ya en camino, le envió una carta al general Urquiza: "Monte a caballo a libertar de nuevo la República... sólo usted puede salvar la patria...".

Como el Chacho, tampoco Varela obtuvo respuesta. Pero siguió peleando en retirada por los campos de Cuyo, sumando derrotas, impotente frente a un ejército —ya profesionalizado— superior en hombres y armas. Hasta que no quedó más que la sombra de las montoneras federales, el eco lejano de la carga de sus caballerías. Jinetes bravos y harapientos, muertos de hambre y de sed, serán un recuerdo apenas, o ni siquiera eso, apenas un verso en nostálgicas vidalitas.

Todos pelearon por sus ideas, es cierto. Pero muy pocos construyeron la epopeya.

¿Cómo denominar estos hechos? ¿Cómo denominar esta larga carnicería que comenzó en el año sesenta y dos, dispuesta por Mitre para "cimentar el orden", y que aún continúa? Porque la reacción federal, cuando ya todos creemos que ha sido aniquilada, vuelve a resurgir y arremete otra vez, y otra vez, por San Luis, por Mendoza, por Córdoba, por San Juan, otra vez.

Pero cuidado, el carnicero es mi padre.

No ha quedado sitio donde esconderse. En la ciudad veo gente baleada por las veredas, y en cada esquina una patrulla pide papeles. Mi hijo vive con nosotros desde su regreso de Francia, y le hemos prohibido que salga a la calle: su nombre es Juan Manuel Ortiz de Rozas. Pero, ¿ha habido acaso amenazas, sospechas de que somos vigilados?, ¿algún indicio de que nuestra vida corre peligro? Sí, las ha habido, pero en forma velada. No obstante, aunque esas amenazas no existieran, igual conviviríamos con el miedo.

Los parientes y amigos que coquetean con las nuevas autoridades nos evitan. Nuestro apellido es Rosas y somos pobres, lo que en estas circunstancias significa mayor pobreza.

Pepita Gómez, amiga de mi padre, nos ofrece pasar una temporada en su estancia. Presiento que su intención es protegernos. Mercedes está dispuesta, pero yo no me decido. Pepita es expeditiva, y manda un carruaje a buscarnos. Cuando nos disponemos a partir, se desata la tormenta.

En ese momento, otro carruaje llega a nuestra puerta. A pesar de la cortina de agua reconozco al cochero mulato de tía Margarita Ezcurra. Hace ademanes, dice cosas que no oímos; daría la impresión de que viene a secuestrarnos.

Apurados por la lluvia torrencial, Mercedes y Juancho se disponen a subir al primer carruaje, pero el mulato se interpone y grita sacudido por el viento.

—¡Misia Margarita dice que es un error salir de la ciudad! Tengo orden de llevarlos a su casa.

El viento me arranca el paraguas; estamos todos tan empapados que poco importa seguir a la intemperie, pero mi pecho se cierra y comienzo a toser. El mulato me pone sobre los hombros su capote y llevándome casi en andas, me introduce en el carruaje. No es bueno largarse al camino con esta lluvia, me dice. Mi hijo y Mercedes suben detrás de mí, y partimos.

Pepita lo tomará como una ingratitud, pero por la actitud del cochero —cumpliendo órdenes de tía Ezcurra— sospecho que algo grave se cierne sobre nosotros.

No puedo hablar, la tos me lo impide. Cuando llegamos, me llevan directamente a la cama. Me desvisten, me secan, me dejo hacer como un niño, en parte porque ya no tengo fuerzas, y también porque es sencillamente maravilloso que a uno lo cuiden.

Detesto a los médicos y su impotencia para frenar la fiebre que me consume. No sé si sueño o estoy despierto. Oigo sus voces, abren mi boca y me meten algo adentro. ¡Quiero agua hervida con flores de saúco!, les digo, para mantener alejadas a las pulgas. Aquí no hay pulgas, Juanito, responde tía Margarita. Siempre es así, delira, le contesta Mercedes, no se preocupe.

—No sé por qué se empeñan en contradecirme —protesto—. Las cebollas me arruinan los dientes, y me atiborran de guisantes… ¡El abuso de guisantes produce locura…!

Mercedes pone pañuelos fríos en mi frente, y de un manotón me arranco las mantas. Pobrecito, vuela de fiebre, dice. Ella siempre dice que vuelo y yo que no puedo ni elevar un dedo.

Cuando amanece, todavía está ahí, con sus pañuelos frescos. La fiebre le ha bajado, susurra y enseguida lanza una exclamación y corre, y la oigo hacer preguntas, y una voz gruesa que le responde bien, estoy bien, misia Mechita, y mucho más ahora que los veo.

¡Esa voz!, me digo y abro los ojos: encima mío tengo la carota de Mongo. Mota canosa y una gran sonrisa. No es la fiebre. Por un minuto largo no hago más que apretar los dientes, mirarlo y decir que sí con la cabeza, que sí, que sos vos, Mongo amigo mío, que no es una treta de la fiebre.

—¡Sos vos, por fin!

Entonces él me pasa un brazo por la espalda, me levanta y me abraza, sentado a la orilla de la cama.

Me abraza fuerte, me acuna, no dice nada, sólo me abraza. Y yo me dejo estar así, abrazado por él, instalado en su pecho con toda mi historia a cuestas.

—Amito.

La ciudad es fría y húmeda, cálida y húmeda.

La ciudad es húmeda, y el médico dice que debería trasladarme a un lugar caliente y seco, porque llevo encima muchas bronquitis y pulmonías sin curar o mal curadas, y que en estos casos…

—Olvidemos lo de vivir en otro lugar —lo interrumpo— y diga más bien qué debo hacer, en una ciudad húmeda, para recuperar el apetito y las fuerzas.

Prolijo, guarda el estetoscopio:

—Hay mucho ruido en sus pulmones —dice—, y poco aporte alimenticio en el resto del cuerpo.

Me desagrada su tono y me doy cuenta de que no tiene ganas ni tiempo para invertir en mí, o que es incapaz de descubrir el mal que me aqueja. Pero Mercedes y Mongo me han prometido que ellos van a curarme. Soy un hombre afortunado, tengo ahora dos regazos donde reclamar cobijo.

Hace más de una semana que me encuentro "internado" en casa de tía Margarita. Mongo viene a visitarme cuando se lo permite el patrón de la curtiembre donde trabaja, y nos pasamos las horas conversando. No te has casado, ¿algún hijo? Tampoco, mi amo, nací para hombre solo.

—Preguntaba por vos en mis cartas, pero nunca nadie supo darme noticias tuyas, tuve miedo de que hubieras muerto... y por favor, no me digas mi amo.

—Veo mal o estás más negro que antes.

—Y vos más desteñido.

—Son las canas.

Apenas llega me hunde en una tina con agua caliente —das pena de flaco, Juanito—. Antes de vestirme, me frota las piernas, los brazos y el pecho con un alcohol que huele a yuyos. A poco de hacerlo mi cuerpo arde como una brasa. Luego, me rasura y me arregla el bigote. Respiro hondo, y me trago la emoción: cuando alguien se ocupa de mí, me dan ganas de llorar y besarle las manos.

—Pronto estaré en condiciones de volver a casa, ¿no te parece?

—Todavía hay mucho revuelo en la ciudad. Podrían detenerte, nada más que porque sos el hijo.

—Que lo hagan. Sería una buena oportunidad para decirles en la cara lo que pienso. Les mostraría mi diario, mi diario sí que es subversivo —pero Mongo no sabe de qué diario le hablo, y le confieso:— Mi pensamiento es subversivo, yo debí ser el primer degollado. Mitre debería apartar ya mismo esta cabeza de mi cuerpo enfermo.

—No te engañes, sos un hombre de paz. Es el desorden lo que te enferma.

—Si así fuera, ya debería estar muerto.

—Es curioso, Juan, pero nunca pude explicarme por qué tomaste partido por los que menos tienen, por los negros como yo.

—No debería sorprenderte. Es la escuela de mi madre, de mi

abuela, también la de tatita. Él repartía tierras, trabajo, y ellas, comida en el patio trasero.

—Pero hay otra cosa que me intriga —continúa—. ¿Cómo es que siendo tan de Buenos Aires, te duele la situación en las provincias, la forma en que este gobierno...?

—Porque soy federal.

Y él, bajando la voz:

—Condición principal del señorío es mirar por los desamparados... Nunca olvido que vos me enseñaste a leer y a escribir.

—Mi único señorío es ser cristiano.

Cada vez que aparece Juancho en el cuarto, Mongo se queda mirándolo. Cuando el muchacho se va, se vuelve y me sonríe: Lindo mozo tu hijo, sacó los ojos de misia Encarnación. Y otro día: lindo mozo tu hijo, se lo ve muy educado.

Hoy, al retirarse Juancho, Mongo ha quedado triste, y luego ha dicho: pobrecito.

Me sorprendo:

—Pobrecito, ¿por qué?

—Porque él tampoco pudo despedirse de su abuelo. Tozudo el general.

—¡Cómo! ¿Que él tampoco qué?

Entonces se da cuenta de que ha hablado de más, pero es tarde, yo exijo una explicación. Llega Mercedes y advierto la seña que se hacen. Me he puesto mal, quiero saber lo que ocultan y hago llamar a mi hijo. Juancho regresa y se queda ahí parado, los ojos bajos.

—¿Qué es eso de que no te despediste de tu abuelo?

Cohibidos, los tres evitan mirarme. Entonces recuerdo la ambigüedad de sus respuestas, las ahora evidentes evasivas, cuando apenas llegado le pregunté cómo lo había visto al tatita, qué le dijo, cómo fue la despedida. ¿Mentiste, Juancho?

—Hice como usted me ordenó en la carta, padre. Le escribí a mi abuelo pidiéndole permiso para ir a Southampton a despedirme, pero...

—Pero qué, ¿vas a contármelo o no? ¿Qué pasó, hijo?

—Me envió una carta diciendo que le evitara el pesar del adiós, que me deseaba mucha suerte, que...

Ahora estoy solo en el cuarto. Les he tenido que rogar que me dejen solo y a oscuras.

¿Te has fijado el vacío que deja la tormenta cuando se va? Ella ocupaba todo el espacio entre el cielo y la tierra, ella era todo, y no podía concentrarme, no podía hacer nada, porque ahí estaba la tormenta, hipnotizándome, sacudiendo la noche.

El mismo huracán que la trajo se la ha llevado. Sólo queda ahora la oscuridad ocupando el vacío.

Mil veces intenté construir otro territorio para mí, lejos del alcance de su larga sombra. Sin embargo... me acurruco entre las mantas, imploro el sueño, busco pensar en otras cosas... Le di la espalda, busqué la razón en sus enemigos, luché contra esa fuerza que era él, que me succionaba y me desaparecía. Sin embargo... doy vueltas y vueltas en la cama y el sueño se me escapa.

Es inútil. Sé que en lo más profundo de mi alma daría lo que no tengo por escuchar su paso por las galerías, por volver a verlo cabalgando invencible al frente de sus Colorados. Es inútil, mi padre siempre me traga.

CELEBRAR LA VIDA

Lo miré de lejos. Se había convertido una constante en mi vida mirarlos de lejos. La sola contemplación de un piano despierta en mí una afluencia tal de sensaciones que me paralizo. Me pregunto por qué, ¿por qué la música?, ¿por qué esa íntima relación con mi cuerpo? Hay algo en ella que me remite al más antiguo origen, cuando todo no era más que un espíritu en el vacío; cuando el espíritu hizo un movimiento, surgió una nota y compuso el universo. Pero a pesar del vuelo y su poder intangible, una cifra exacta es la música, algo irremediablemente exacto, un número. Flechas disparadas en todas direcciones y, sin embargo, una a una darán en el centro de mi alma sin errar jamás.

Innúmeras flechas es la música, y yo su blanco.

Y ahí estaba, quieto, mirándolo sin atreverme a abrirlo, agradeciendo al cielo que tía Margarita tuviera uno en la sala. Lo acaricié. Le dije: la música no está entre tus maderas sino en mi cabeza.

Hacía tanto tiempo que no tocaba, y comencé con aquel estudio de Chopin, el que aprendí en casa de Simone.

Ya no somos ángeles.

Me propuse no emocionarme y toqué un par de minutos, adivinando, olvidado de las notas, los dedos endurecidos. Volví a intentarlo. La memoria tampoco me ayudaba.

De pie, junto al piano, Mongo se desesperó, y fue a sentarse al otro extremo de la sala.

Cuando pude recordar, estaba mareado, pero seguí tocando. Tosí varias veces. La debilidad, la falta de práctica me trababan, veía turbio, pero seguí tocando envuelto en música; sonido soberbio, invisible, ya plenamente abiertos los canales por donde fluye la magia.

Imposible decir que no fue ella la que vino a mi encuentro. Hasta que ya no pude más y aflojé los dedos.

Me quedé mirando el teclado, las manos abiertas sobre la escala cromática. Toda la maravilla está aquí, pensé, en estas ocho teclas blancas y esas cinco teclas negras. Y en mi cabeza.

Todo está aquí, y recordé cuando mi padre me dijo: no se esfuerce, amiguito, esa música es femenina. Y en buenahora, padre, porque no lo imagino de otro modo. De otro modo, jamás hubiera ocurrido el milagro entre ella y yo.

—¿Estás bien, amito?

Cada vez que oigo su voz, me parece que seguimos siendo aquel par de muchachos brincando al ritmo del tam-tam de los tambores. Pero es un segundo, la realidad inmediatamente se encarga de mostrarme el presente.

Le sonreí y cerré el piano:

—Ha sido el último y el más lamentable de mis conciertos —le dije.

Aseguré un día haber contado esta larga historia para conjurar el recuerdo de Florentina. Gran mentira.

He contado mi vida enhebrada a la de mi padre, para quitar de mi flanco su espuela de fierro, para poder mirar con mis ojos. Pero por sobre todo, para entender… qué simple es decirlo.

Mirar por mis ojos, entender, quitarme de su sombra, apenas lo he logrado. Pero aquí quedará mi memoria, y me hará inmortal. No importa que mi cuerpo ya no esté. Quedará mi memoria. No yo en la memoria de los otros. No. Quedará mi memoria intacta, la mía, como un fruto desprendido del árbol.

He guardado el tablero, después de colocar en el lugar exacto la última pieza: pero el esfuerzo violento me rompió los vasos de esa entraña, y escupí sangre.

Qué ironía, cuanto más lastimado, más vivo me siento.

Miro por la ventana el desfile de carros por esta calle Corrientes, y digo me muero, y mientras lo digo hasta sufrir me parece precioso.

No me canso de decir me muero. Si lo digo estoy vivo. No existe gesto más alto para celebrar la vida. Lo poco que de ella me queda.

Fui toda la fiesta, y también el fracaso más completo. Ni siquiera pienso que soy yo lo que está en juego. De todas maneras, ¿a quién le importa?

Mercedes llora a escondidas. A mí se me da por cantar, cuando los pulmones me lo permiten. Y no se atreve a decírmelo en la cara, pero, para sus adentros, me llama necio, desjuiciado. Ella cree que, como un deudo, el enfermo debe guardar respeto por la peste que lo mata. Obstinadamente, se niega a nombrar mi enfermedad. Yo no lo pregono, pero tampoco le tengo miedo.

—¿Tuberculoso?

—Algo así, Mongo. La llaman tisis tuberculosa.

Me van a dejar solo.

El médico habló sobre lo contagioso de las fiebres éticas de la tisis. Cuando terminó, Mercedes, todavía incrédula, pero más que nada porque sólo escucha lo que le gusta, le preguntó: ¿Pero es o no es contagioso?

—Señora, ¡lo dicho!, aparte de ser una enfermedad perniciosa y destructora, se cree que es una infección entérica, como sífilis, peste, cólera, tifus —y agregó—: Desgraciadamente, no se sabe qué la provoca. Es probable que usted no se contagie nunca, como también es probable que ya la tenga… pero no se asuste, con sólo verla, le diría que usted pertenece al grupo de los que poseen una resistencia natural a la tuberculosis —y siguió hablando sobre medidas de higiene, y un tratamiento que, de acuerdo con su experiencia, era el más apropiado para mí.

—¿Podrá volver al trabajo? —quiso saber.

—No sería lo adecuado, señora. Lo primero que ha perdido su marido es la fuerza, usted lo ve. Mi consejo es que haga reposo.

La casa ha quedado en silencio. Siempre supe que no moriría de viejo en mi mecedora. Mercedes me observa, me espía, me cuida más de lo que siempre lo ha hecho. Me niego a verla como a alguien que quedará llorando mi muerte. Todo me sobrevivirá.

Después de la noticia, no hago más que buscar la forma en que voy a seguir mirando a Mercedes, a mi hijo, a mi ciudad, y también a la permanente convulsión que sacude mi país. ¿Me importa ahora…?

Me importa más que la enfermedad que acabará conmigo.

Pero es duro descubrir en la mirada de los seres amados el comienzo de una despedida.

Ahora que sé que me muero, tengo que aprender a vivir. Pero cómo, sin caer en el rencor, o en ese otro sentimiento tan cercano que es la autocompasión.

Por la puerta entreabierta se asoma la mota blanca de Mongo.

—No actúes como si me estuvieras velando —le digo—. Quiero que llames a Mercedes, vamos a aprender canciones a tres voces. No soporto este silencio.

Al pie de una carta que me escribió Manuela venía un mensaje para mí de mi padre, escueto, pero cariñoso. Le había llevado ocho años decidirse a escribirme.

Me enternecí y le respondí inmediatamente: "...Su carta me ha llenado de gozo, con la halagüeña esperanza de que ha terminado la triste y para mí dolorosa situación en que me tenía su silencio... Lamento tanto que no hiciera usted justicia a mi cariño de hijo, al pensar que estaba temiendo ser comprometido por usted si me escribía. Le aseguro que he sacrificado todo ante sus opiniones y la dignidad del nombre honroso que llevo... Cuánto tiempo desperdiciado, padre, sus cartas habrían sido uno de los mayores gozos con que hubiera endulzado mis sinsabores, así como su silencio no fue poca parte en mis penas. Y qué ironía, yo tampoco le escribí a usted, porque creía disgustarlo, más aún cuando me enteré de que tampoco quiso despedirse de su nieto. Sepa ahora que lo quiero con delirio, y vuelvo a pedirle, como tantas veces lo hice de muchacho, déme usted su bendición, padre. Lo abrazo y me despido con la fuerza más activa de mi alma. Juan Bautista Rosas".

Como yo, vive pobremente, al margen de Inglaterra, sumergido entre libros y papeles. Sus famosos "papeles", documentación que él cree que le servirá para destruir las calumnias de sus enemigos.

Trabaja la chacra; cada mañana ordeña el par de lecheras que tiene. Manuela dice que apenas le alcanzan las monedas que obtiene por la venta de esa leche, y que por orgullo rechazó terminantemente la pensión que el gobierno inglés le ofreció.

Aparte de mi hermana, su yerno y los nietos, no recibe visitas. Atrás quedó la esperanza del regreso, y también la de recuperar aunque más no fuera una mínima porción de su patrimonio, reclamado puntualmente año tras año —porque el castigo no sólo incluyó el exilio, sino también la penuria económica—. Atrás quedaron los sueños, definitivamente perdida la tierra, su único amor, su raíz perdida. Ya ni siquiera puede sentir nostalgia —todo él es nostalgia— y ese hueco en medio del pecho; hueco donde alguna vez estuvo su corazón, y que yo creí inextinguible.

Ya no se espanta cuando advierte que una frase construida en inglés le cruza la cabeza. Sólo me queda esta chacra, ie dijo a Manuela, esos alambres cercando los pocos frutales, y un par de manos tembleques que apenas me sirven, *my poor child*, le dijo, y se lo decía a sí mismo.

Pobre niño, galopando en pelo veloz como el viento, zigzagueando las pampas, y ya ni eso.

—Fijate vos, Mongo, por dónde vengo a lamentar no estar en Inglaterra. Aquí leo que el monarca inglés tenía el don de curar la "king's swelling", lo que viene a ser la escrófula. Y no sólo el rey inglés sino también el de Francia y otros países. Los enfermos curaban al contacto de la mano del monarca, ¿qué te parece?

—Pero vos no tenés escrófula, mi amo, ¿qué es eso?

—La tendré en cuanto me descuide... Ah, la gracia divina, Mongo, el rey hacía una cruz sobre la cara del enfermo: Yo te toco y Dios te cura. ¡Son de fábula estos ingleses!

Guardaba todavía el ánimo. Mongo enloquecía. Me muero, muchacho, me muero, le decía imitando pasitos de vieja, ¿pero a que no has visto nada más asquerosamente vivo que yo?

A pedido mío, Juanchito y Mongo han ido acumulando bibliografía tísica en mi mesa de noche. Leo a los griegos, a Hipócrates, que habla del estado mórbido.

—Escuchen esto. Si no fuera porque va en medio de una frase lastimosa, la palabra mórbido me parece estupenda.

Hipócrates describía el cuadro de consunción.

Llegaré a ese extremo.

—Aconseja, además, evitar el frío y la humedad, y afirma que, en sus comienzos, la tisis puede llegar a curarse. Juanchito, ¿en qué maldita etapa ando yo? ¿Me curaré...? —y Juancho dice que sí con la cabeza repetidas veces—. Hum, creo que Hipócrates se equivoca. Dice aquí que un tísico nace de otro tísico. Mentiras perras... Y fijate que no sé si sentirme honrado o lamentarlo: moriré de lo mismo que Estanislao López, el pobrecosa de Rivera Indarte, Remeditos de Escalada...

—¡Juancho! —se oye la voz de Mercedes—. Hacé callar a tu padre, está hablando sonseras.

Celsio introdujo la palabra "tubérculo". Luego, en la época de

Nerón aparece Areteo de Capadocia. ¿Qué te parece ese nombre, hijo?

—Areteo dijo que la tisis se debe a una ulceración del pulmón, y acostumbra presentarse después de tos prolongada o de una hemoptisis.

—¿Hemoptisis, qué es eso? —pregunta Mongo, al tiempo que prepara la cama para mi sesión de fricciones.

—Lo ignoro. Se lo preguntaré al doctor Benítez.

Rafael Benítez, distinguido discípulo de Javier Muñiz, me ausculta con el estetoscopio. Luego, me hace percusión en la espalda y el pecho; dice que los distintos timbres de resonancia lo acercan a mis pulmones.

—Me ayudan a interpretar signos de gran valor clínico —me dice.

—¿Qué es hemoptisis, doctor?

—Esputo de sangre.

No soy yo el que gira entre sus manos. Un único pensamiento me consuela: voy a morir en Buenos Aires.

No sé en qué calle, Mongo ha visto un cartel donde se lee: "Médico especialista en enfermedades secretas". Y hacia allá vamos, en la calesa con capota de vaqueta de tía Margarita. El día es fresco y voy muy sentado con un poncho sobre las piernas. Un niño cruza la esquina flameando un globo. Debo ser yo.

Miro la ciudad y no la reconozco. Crece, se expande. Ha cambiado de color, ya no es mía. Me resultan extraños los rostros, la moda, la prisa, y los periódicos que pregonan que la vida cultural de Buenos Aires no tiene nada que envidiar a la de Europa. Cuando pasamos frente al teatro Colón, su cartel anuncia *La Traviata,* con el tenor Tamberlick y la Cassaloni. Mi decaimiento no me deja pensar en el teatro, en los conciertos, en la ópera, además, el precio del abono no está al alcance de mi bolsillo. Sólo tengo fuerzas para leer, y a veces le pido a Mercedes que me lea.

Para olerla cierro los ojos. Hasta los olores de mi ciudad han cambiado.

Al enfilar el repecho que lleva hasta el Convento de Religiosos Betlemitas oigo un bufido lejano, mezcla de animal y máquina. ¡Es el tren!, dice Mongo, ¿querés verlo, amito?, y empieza a tirar de las riendas. Antes de que el caballo se plante le pido que siga, que no quiero ver el tren, porque me hace acordar a Londres.

El especialista en enfermedades secretas me humilla, no es su intención —tiene un rostro bondadoso—, pero me humilla.

Luego de un breve interrogatorio, exclama: existen penas severas para aquellos que no denuncien la existencia de tísicos en la casa, ¿lo ha hecho su familia? Usted debería andar con su propia salivadera, ¿adónde cree que va a escupir ahora?

—No voy a escupir, doctor.

—¿Cómo lo sabe?

—Estoy aprendiendo a vencer la tos con la voluntad.

Hace un gesto y prosigue:

—Soy electroterapeuta diplomado, y le puedo asegurar que la galvanoterapia posee un alto valor curativo. La corriente levanta la energía y la capacidad deprimidas del sistema nervioso central, y la de los nervios periféricos.

Mongo lo mira desorbitado. Como yo, él también tiene ganas de salir corriendo.

—Por otra parte —prosigue—, está comprobado que la corriente galvánica al penetrar en el cuerpo humano es capaz de destruir bacterias.

Se levanta y descorre la cortina que divide la sala. Debajo de una ventana, sobre una mesa, rodeado por cables y palanganas, aparece un aparato, especie de cajón oscuro con tapa. Se acerca y acaricia la caja mientras habla.

—Éste es el *Energo* —dice con orgullo, y comienza a enumerar sus bondades—: Soy el único que lo posee en Buenos Aires —habla de la tensión de los electrodos, susceptible de ser graduada y medida; me pide que observe la tela que forra las piezas metálicas, que se humedecen en agua caliente, y me explica que es para aumentar su conductibilidad; señala los relojes y por último las pilas—. ¡Son el alma del *Energo*! —exclama—. Ellas generan la corriente galvánica —y continúa—. Usted ha perdido peso, tiene trastornos digestivos, falta de apetito y una tos breve y seca, ¿me equivoco? —yo le digo que no con la cabeza—. Le puedo asegurar que en pocas sesiones comenzará a sentirse como nuevo... Podemos hacer sesiones por nariz y pecho, local; o sesiones generales, acostado.

De repente, una convulsión involuntaria me indica que voy a sufrir un acceso de tos. Me pongo nervioso e instintivamente me tapo la boca. Él aminora la velocidad de su labia y me mira a los ojos, pensando que al toser voy a bañarlo en saliva. Yo no le desvío la mirada y respiro rápido, hondo y rápido. Me ahogo, pero no abro la boca, carraspeo y los ojos se me llenan de lágrimas. Él me observa severo, expectante. Finalmente, con gran esfuerzo logro vencer el acceso de tos, y con un pañuelo me seco la cara bañada en transpiración.

De pie, junto a mí, Mongo también transpira.

—¿Ha tenido fiebre alta —prosigue—, calambres, vómitos de sangre, inflamaciones, dolores? Señale dónde le duele.

—Todo y nada. Es el dolor de saber que mi cuerpo se destruye.

El interrogatorio se extiende. Tendrá etapas, me dice, etapas buenas y otras malas. Pero no se acerca, no me toca. Del cajón del escritorio que nos separa saca un cuaderno y unta la pluma en un frasco.

—Voy a hacer su ficha —dice— Repítame su nombre.

—Juan Ortiz de Rozas.

Levanta la vista y me mira. Sí, soy yo, tengo ganas de decirle, soy el hijo. El señor sentado frente a usted, modesto y pulcro, es el hijo de quien está pensando, pero no se lo digo.

—¿Edad?

—Como le expliqué, mi visita era sólo a título informativo —me incorporo, no le tiendo la mano—. Mongo, por favor, abone la consulta al especialista en enfermedades secretas —y comienzo a retirarme.

—Denuncie el caso —me dice—, es obligatorio. En el Hospital de Hombres pueden...

—Entendí, doctor, buenos días.

Me van a dejar solo.

Había estado en el Hospital de Hombres, y la experiencia fue de las más tristes que recuerdo. Entre paredes blancas, de blanco monjas y enfermeras, yacían enfermos de sífilis, cólera, difteria, tifus, carbunclo, abandonados a su propia suerte cuando la familia se desentiende de ellos. Porque no van al Hospital a curarse, sino a morigerar las agonías, a salvo de la calle y el abandono espiritual y físico.

Y el médico que me revisó habló de infiltraciones de calcio, carbonatos y fosfatos; del éxito del neumotórax en animales y que, según él, daba resultados extraordinarios.

—No quiero terminar aquí, Mechita —le dije cuando salimos—. Ni loco voy a unir mi voz a ese coro de lamentos. Jurame que no lo vas a permitir. ¡Jurámelo!

Acabé convencido de que el tratamiento que aconsejaba mi buen doctor Benítez era lo mejor para mí. Porque dentro de mi absoluta ignorancia en el tema, sentía que la paz de mi espíritu me hacía mucho mejor que cualquiera de esas terapias estrafalarias.

—Igual voy a morir, Mechita. Deje que muera a mi modo, en mi casa, en mi cama. Además, todo es pura especulación, nadie sabe nada acerca de la tisis, y el que pone el cuerpo soy yo.

—¿Has dejado el trabajo en la curtiembre?

Finge estar muy interesado en frotarme la espalda con la esponja. Cada día Mongo me sumerge en la tina con agua caliente y me baña. No sé de donde sacás tanta fuerza, le digo. Pero no ha contestado mi pregunta. Se la repito.

—Hice un trato con misia Mechita.

Mongo vivirá con nosotros. Mercedes lo ha instalado en un cuartito que da al patio.

—Ella sola no puede con vos, mi amo, y le ayudaré también en la tarea pesada de la casa —termina de enjuagarme la cabeza y añade—: La misia está conforme. Dijo que vos también ibas a estar de acuerdo.

Me pide que salga de la tina y me envuelve en un lienzo blanco. Me seca.

Llega el momento en que al enfermo no le quedan opciones y, sin quererlo, se convierte en un trasto inútil, a merced de la piedad de los otros. El enfermo se deja hacer, se entrega. Fatiga, tos persistente, la falta de apetito, van convirtiendo al enfermo en un esqueleto que camina. Cualquier esfuerzo me agota.

—No sos un trasto. Me quedo aquí para ayudarte.

Le retengo una mano y se la aprieto muy fuerte. Sólo eso, pero él sabe.

He jurado no lamentarme, no tenerme lástima, no repasar malos recuerdos para después compadecerme de mí mismo. No voy a llorar en la noche apretado a la almohada, cuando la soledad del mundo viene a mi encuentro. No voy a hacer de mi enfermedad una larga, insoportable despedida. No quiero dar pena. No quiero que me miren como si ya fuera cadáver. No voy a deplorar mi desgracia. No lo voy a pensar siquiera, mientras siga vivo.

Mongo me devuelve el apretón en la mano; le pongo cara de suri asustado, y él suelta la carcajada.

DE PANZA EN EL BARRO

El tratamiento que me aplica el doctor Benítez es sencillo: higiene, alimentación y reposo. Ha hablado mucho de los beneficios de la luz. Dice que la luz es todo en la naturaleza. Sol y aire, recalca, en lo posible indirectos. Lo ideal sería en una galería amplia y abierta, agrega.

Tenemos una mínima galería con mamparas al fondo; Mongo la acondicionará para que tome mis baños de luz.

—Y silencio, también. No sólo su cuerpo debe descansar —me dice Benítez—, sino también su mente.

Desde hace una semana ha comenzado a ponerme inyecciones endovenosas de gluconato de calcio, y me da a beber aceite de hígado de bacalao. Dice que fortifica y abre el apetito.

En la mesa ellos comen puchero de menor calidad que yo. Me apena porque mi plato es suculento y no tengo hambre, no puedo, sin embargo me obligo, mortificado porque veo el sacrificio y el esfuerzo que hacen para mostrarme que ese esfuerzo y ese sacrificio no son tales. Nadie mejor que yo sabe de nuestra estrechez económica. Gracias a Dios que Juanchito nos presta ayuda.

Ha cumplido veinticinco años —se enoja cuando lo llamo por el diminutivo— y está de novio con su prima, Malvina Bond y Ortiz de Rosas. Ya no es casualidad, sino más bien un mandato: matrimoniarnos con miembros de la familia.

Con un socio ha abierto una oficina de corretajes y consignaciones, sucursal de un par de casas mercantiles inglesas en Montevideo en las que trabajó antes de llegar a Buenos Aires. Cuando la salud me lo permite —las etapas buenas— me doy una vuelta por el Registro y colaboro. En general, los que pudieron conservar los campos se han hecho ricos explotando la producción básica: venta de carnes; como los Terrero y mi acaudalado tío, el general Mansilla y su hijo Lucio.

Finalmente, reconozco que el saldo no es tan malo: la mayoría de los parientes han sido amables con nosotros. Prudencio y Gervasio, únicos hermanos varones de mi padre, fallecieron.

¿Qué más nos espera?, se pregunta la gente, porque esto no es todo, esto aquí no termina... Crece el rumor acerca del exterminio de las montoneras de Felipe Varela, y el paisaje del puerto se empaña. Mercedes se pregunta ¿qué más nos espera?

Largas nubes viajan al sur. Pero no son nubes, sino el humo de las fogatas en donde se queman los cuerpos de soldados federales.

Mongo repite como loro lo que escucha en la plaza.

—Dicen que la masacre "civilizadora" en el interior no ha menguado, mi amo.

—¿Y qué creían? Nunca fue intención de Mitre convivir pacíficamente con provincias federales, y menos aún con sus caudillos. El ejército porteño acabará sustituyendo por la fuerza todos esos gobiernos.

Una tarde entró asustado, gritando ¡estalló Paysandú!, mi amo. Pero no fue una sorpresa. Hacía tiempo veníamos sospechando lo que ocurriría. Brasil, con el apoyo de Mitre, había invadido la Banda Oriental, "reducto gaucho al que había que eliminar". Dos meses más tarde, la escuadra imperial bombardeaba Paysandú, matando en la acción a gran parte de la población civil, y fue sólo el comienzo. Desesperados, los entrerrianos pidieron ayuda a Urquiza, y Urquiza volvió a traicionarlos, tal como había traicionado al Chacho y también a Varela.

—En la plaza dicen que el entrerriano es rico —exclamó Mongo—. Que ya no le interesa luchar por las provincias. Dicen que ahora es un satélite de Buenos Aires... ¿qué es un satélite, Juanito?

—Es peor que eso. Es un astuto "conciliador" que juega a dos puntas. Por un lado, especula con el resultado de la revolución montonera y, por el otro, con el resultado de la acción punitiva del ejército porteño.

—Pero no te entiendo, mi amo.

Lo entendió bien pronto. Urquiza especularía también con esta nueva guerra: le costó decidir a quién le convenía apoyar, si a Solano López o a Mitre.

En la plaza dijeron que se trataba de estrategias de alta política.

A la guerra con el Paraguay, de la Triple Alianza, la calle la bautizó "guerra de la triple infamia". Mitre la presentó como una empresa fácil, convencido de que podría concluirla en tres meses, y ya llevamos tres años en el conflicto. Convocando al honor nacional logró la adhesión entusiasta de la juventud porteña, y mi hijo se sintió patriota y se alistó en las filas.

Sólo en Buenos Aires el reclutamiento fue voluntario. En el interior se hizo por la fuerza: el gobernador de Santiago del Estero, don Taboada, le dijo a Mitre: "ahí le mando los voluntarios, devuélvame las maneas". Y en Catamarca, el gobierno encargó más de doscientos grillos para los "voluntarios" que marcharon a la guerra.

El repudio es general, y los hombres huyen al monte y se esconden, no por miedo, sino porque se oponen a Buenos Aires y su guerra librecambista, apoyada por el capital inglés.

La leva reclutó soldados entre las fuerzas derrotadas de los caudillos federales, y hubo desbandes en cada provincia. Tres mil hombres desertaron del ejército de Urquiza, al grito de ¡muera Mitre! "Jamás combatiremos contra el Paraguay, general, es pueblo amigo" —le escribió López Jordán—. "Llámenos para pelear contra los porteños, o contra los brasileros y estaremos prontos, pero no contra los paraguayos...".

Felipe Varela estaba en Chile cuando se enteró de lo que ocurría, y puso catorce días a caballo desde los Andes a Entre Ríos, convencido de que por fin había llegado el momento de que Urquiza volviera a empuñar su espada. Pero se encontró con la sorpresa de que Urquiza apoyaba a Mitre contra el Paraguay. Apoyaba al gobierno que masacraba caudillos federales.

Desde el frente, los partes le informaban "de jefes abajo, todos en contra; que si no es contra Mitre, no cuente con soldados, han huido". Y luego otro desbande en Toledo, en Paraná, en Nogoyá y en Victoria, y luego otro. Y Urquiza comprendió que no podía ir así a la guerra y ordenó la retirada, licenciando a su tropa.

La mirada huidiza, se plantó frente a mí:

—Me alisté, padre.

Partió en busca de las balas. No discutí con él, tampoco intenté disuadirlo, es dueño, no tiene la obligación de pensar como su padre. No lo sé, pero de haber podido, tal vez yo también hubiera partido hacia el campo de batalla.

Por la patria, o como supo decirme Francisco: los crímenes más horrendos se cometen siempre en nombre de la patria.

Después, me escabullí hacia el patio y tendí mis huesos en la tierra para beber de la noche. La noche se hizo cálida para abrazarme... mientras el país ardía por los cuatro costados.

Muero lentamente, dolorosamente asfixiado por el humo de los cañones que me ahogan, ensordecido también por la gritería de los soldados que caen.

No lo sé, no lo he visto, pero dicen que Buenos Aires ya se parece a una gran metrópoli. Cualquiera sabe que los liberales gobiernan para el adorno y la música. Nadie como ellos para hacer de esta ciudad una vitrina de progreso y buen gusto.

Me cuentan también que han inaugurado el Banco de Londres y Río de la Plata, y que el ferrocarril extiende sus rieles día tras día; que el comercio exterior crece y las importaciones deslumbran a los porteños, atacados por una fiebre de consumo de objetos de origen europeo. Hasta los ponchos vienen con etiqueta *made in England*.

Pero no quiero saber. Mongo es quien va y viene con las noticias.

Cómo ocupar mi cabeza en otras cosas cuando mi hijo está peleando al norte del Litoral, bajo las órdenes del coronel Emilio Conesa, quien lo ha nombrado su ayudante, con el grado de subteniente. Me aterra imaginarlo acatando órdenes de disparar, de avanzar o replegarse, y aunque trato de olvidarme de esta nueva guerra, llegan sus cartas.

Paso de la Patria, Tuyutí, Estero Bellaco, el nombre de las batallas en las que ha participado. Batallas de cerco y aniquilamiento de paraguayos, en medio de esteros con el agua a la cintura, en medio del barro. Y no sólo pelean contra las balas, el filo de las bayonetas y los cuchillos, sino contra el paludismo y el cólera, pestes a las que, definitivamente, no pueden combatir, y se enferman.

Pero Solano López sigue luchando, sin ayuda exterior ni medios propios, convencido quizá de que será suya la victoria. Y los aliados avanzan —brasileros, orientales y argentinos—, van llegando en oleadas y avanzan. Bosques, llanuras, ríos, avanzan y derrotan a sus hermanos.

—¿Te das cuenta, Mongo? Ahora la guerra se lleva a mi hijo.

En su última carta —después de aclarar que pertenece a la Segunda División Buenos Aires de Caballería—, dice que en Estero Bellaco la pérdida del ejército paraguayo sumó dos mil quinientos soldados, trescientos prisioneros —todos heridos—, cuatro cañones y muchas armas portátiles. Al final agrega: lo querrá saber, padre, sólo murieron sesenta y dos argentinos.

¿Qué sabe mi hijo de marchas interminables a horcajadas, qué sabe de cargar fusiles? Estudió en París, la mitad de su juventud entre libros y códigos, aprendiendo inglés, francés, alemán, latín. Mi hijo soldado empuja ahora un cañón. Un cañón contra sus hermanos paraguayos. Un cañón atascado en el barro.

No me hago la pregunta, me resisto, pero la pregunta está ahí desde que mi niño se alistó para ir a la guerra —mi único hijo, Dios mío—. Pero Mercedes tuvo el coraje de formularla en voz alta —¿y si lo matan?— y tuve un acceso de tos. Me tapé la boca con un pañuelo y el pañuelo se manchó de sangre.

La tos me quiebra, aviva mis heridas, y ya no me sirve el truco de dominarla con la voluntad. Mandaron llamar de urgencia al doctor Benítez. Mongo me soplaba en la mollera, me hacía fricciones en la espalda. Nada logró aliviarme. Seguía tosiendo, y por primera vez, después de mucho tiempo deseé que la burbuja me tragara.

Benítez llegó a caballo y lo ató al palenque de la puerta. Sacó luego de su maletín un frasquito y le pidió a Mercedes terrones de azúcar. Derramó gotas de opio en un terrón, y me pidió que lo deshiciera en la boca.

—Es que su mente no reposa, doctor —exclamó Mongo—. El poblecito de su hijo partió a la guerra.

¿Quién quiere reposar ahora? ¡Quién puede! ¿Acaso Mitre reposa?

Muchas cosas le quitan el sueño al presidente, sobre todo el progreso. El progreso y la guerra.

"Busquemos el nervio motor de estos progresos —dijo— y veamos cuál es la fuerza inicial que los pone en movimiento."

Lo tenía ya decidido. La fuerza que impulsaría su progreso no era otra que el capital inglés. Y son ahora los empréstitos ingleses los que financian nuestro progreso. Ninguna novedad, por otra parte. Desde que nos independizamos de España, esos empréstitos absorben más del cincuenta por ciento de todas las inversiones británicas del mercado en Londres; pero es con Mitre que esa fuerza logrará la consolidación definitiva de la oligarquía criolla y su socio británico.

Comerciantes y estancieros, todos son ahora librecambistas. El anhelo es atraer capital extranjero, para que los ayude a estructurar el país como un gran productor de alimentos y materia prima para el mercado mundial.

A nadie se le ocurre propiciar una política nacional de independencia económica, basada en el desarrollo industrial del país y el fortalecimiento del Estado nacional. ¡Qué se les va a ocurrir! No existe esa clase de político, nadie aspira a tal política. Y el pobrerío se extiende, caen las artesanías regionales y las pocas industrias de las provincias.

Aparte de morir lentamente, ahora soy un hombre sentado que mira por la ventana la calle de una ciudad que crece, gracias al dinero que los ingleses nos prestan. Y yo sé, y cualquiera lo sabe: el potencial de riqueza de nuestro país es inmenso, pero a los liberales les resulta más cómodo entregar el país al capital extranjero.

Mongo me respondió con la misma pregunta que le oyó a un parroquiano en la taberna: ¿Para qué habrían de esforzarse en producir, si sólo mirando pacer sus vacas se hacen ricos?

—Tu padre también aplastó a las provincias —exclamó un Arguibel estando de visita en mi casa, tamaño descaro, y agregó—: Fue tu padre quien sembró ese estilo.

—No es cierto —lo defendí—. ¡No es cierto! —pero no pude agregar nada más porque comencé a toser y a perder el aire.

No me van a convencer, digo hoy, no me torcerán el brazo. Mi padre jamás permitió que los artículos que venían de afuera ahogaran el comercio interno. La ley de aduanas fue suya.

Él jamás hubiera permitido que los extranjeros se adueñen del puerto en concesiones inaceptables, tal como se hace ahora. Y menos que la Cámara de Diputados discuta el proyecto que concede a una empresa extranjera el privilegio exclusivo y la exoneración de derechos para la exportación de ganado en pie a los mercados europeos.

Manuel Quintana, ministro de Mitre, defendió ese proyecto con un argumento que me dejó estupefacto cuando lo leí en el periódico.

"Yo les preguntaría a los señores diputados que hacen oposición ¿qué va a perder el país con conceder este privilegio? Tenemos trescientos años de existencia y hasta ahora nadie ha pensado en llevar un animal en pie a los mercados europeos. ¿Qué perdemos entonces en virtud de un privilegio para hacer una cosa que nadie ha hecho en trescientos años...?"

La indignación me produjo vértigo. ¡Entreguemos todo entonces!, grité e hice un bollo con el periódico, porque a ninguno de no-

473

sotros se nos ocurrió antes que podía ser lucrativo ese negocio, y tantos otros negocios que aparecen ahora. Entonces entreguemos, vendamos, rifemos… ¡total!

En ese momento entraba el Dr. Benítez y, sin saludarlo, le arrojé a la cara:

—Lo cierto es que tenemos un Congreso nada más que para otorgar privilegios a cada uno de los piratas que día a día llegan a su puerta.

—No se ponga así, Juan Bautista, le hace daño.

Pero yo no podía controlar la indignación:

—Y eso que no quiero ni hablar de la escandalosa concesión de tierras que acordó Mitre cuando firmó el contrato para la instalación de las vías del Central Argentino… ¡Cómo quiere que me ponga, doctor!

Con su habitual parsimonia, Benítez dijo:

—Lo curioso es que este buen señor, en sus discursos, y por estrictas razones de política interna, adopta una postura, diría en defensa de los intereses nacionales. Pero luego, en la práctica, propicia una política entreguista peor que la que denostaba en el discurso —hizo un paréntesis, como para acomodar la idea, y continuó—. Ya deberíamos estar acostumbrados. El gobierno sólo trabaja para la oligarquía que representa, y para la guerra en la que está peleando su hijo; urdida nada más que para afianzar los intereses de esta misma oligarquía.

—Yo pertenecí a esa clase —le dije, ya más calmado—, alterné con sus miembros más conspicuos, la conozco desde adentro, pero confieso que jamás dejarán de asombrarme sus actitudes, la asombrosa y mezquina filosofía de sus razonamientos; la forma escandalosa y arbitraria con que defienden e imponen sus intereses de poder y riqueza.

Me siento débil y el olor a bergamota invade la casa. Mongo se acerca trayéndome la taza del té que tanto me gusta, acompañado de tostadas con azúcar. Sonriendo, detrás suyo, viene Genaro Lastra haciéndome guiños. ¿Y las rayas blancas?, me pregunta. Después de años vuelvo a verlo, ¡luce tan joven! No tengas miedo, me dice. No es miedo lo que tengo, sino rabia, le contesto. Antes de desaparecer, me advierte: pintate las rayas blancas, dan coraje.

—¿Con quién hablás, mi amo?

—Qué maravilla los perfumes, Mongo. Cada vez que me friccionás con aceite de limón y manzanilla me acuerdo de mi madre, cada vez. Ella los machacaba en un recipiente de alabastro y su almohada olía a jardines… ¿Qué dirá Encarnación cuando se entere de que estoy enfermo?

—¿Qué dirá misia Manuela, Juanito? ¿Se lo has dicho? ¿Y a tu padre?

—Mercedes lo hizo… Le sugerí que diga que es la pata de cabra lo que tengo, como decía tu abuela.

Estoy cansado y me duelen tanto los huesos que ya no sé cómo acomodarlos en esta poltrona frente a la ventana. Para distraerme, Mongo me conversa. Ya no se le traba la lengua en las erres. Negro bozal, le digo y se ríe. ¿Un suri cordillerano? Sí, Juanito, aquella parejita de suris que te supieron regalar, ¿no te acordás?, vos les imitabas el gesto. Te salía calcada la cara de suri. Claro que me acuerdo… pero estoy tan cansado…

Por el medio de mi calle pasan jinetes al galope, bajo la lluvia, y el sonido del agua me adormece. Yo también cabalgo en el sueño.

He visto desaparecer batallones enteros de paraguayos —leo en la carta de nuestro hijo; Mercedes escucha—. Por la noche, las pocas veces que he podido descansar, duermo en compañía de arañas enormes y ratas gigantescas. Al cruzar esteros y lagunas, los caballos se hunden hasta la panza en el fango, y hay que arrastrarlos de tiro, en lucha constante con las alimañas. Muchos caballos se pierden, armas, ropa, alimento. Los soldados paraguayos pelean descalzos, y yo mismo, involuntariamente, he pisado entrañas de cadáveres —pero llevo botas—, he aplastado víboras, me he ensartado las manos con alambres, con espinas. He matado, padre. Estoy desolado.

Mercedes solloza: no debería contarnos eso. Yo apenas puedo imaginar a mi hijo sufriendo semejante martirio.

¿Cuál fue la peor mentira, la imperdonable?

Todos lo sabían, hasta los vendedores ambulantes hablaban de las intenciones brasileras y porteñas contra el territorio paraguayo. Hasta las negras lavanderas se rieron de la mentada neutralidad de la República Argentina en esta guerra que, en su comienzo, antes de conformar la Triple Alianza, proveyó de municiones al ejército brasilero.

¿Cuál fue la peor mentira? A aquéllos también los engañaron. Los jóvenes paraguayos creían que los brasileros los llevarían como esclavos; que los argentinos eran crueles y salvajes; y que en pocas semanas su ejército acamparía en la Plaza de la Victoria.

Fue la invasión de Brasil a la Banda Oriental lo que alertó a Paraguay y lo puso en pie de guerra, amenazada su propia seguridad, y amenazado también el equilibrio de fuerzas en la región. Fue también por el dominio de los ríos, los intereses económicos de siempre y, muy especialmente, la alianza cierta del presidente paraguayo con los caudillos federales del interior y con el partido Blanco oriental... entre otras, las razones que provocaron esta guerra.

Diría Alberdi: "El verdadero enemigo de Buenos Aires no es Brasil, sino las provincias interiores, a quienes Buenos Aires les tiene arrebatado el Tesoro, su tráfico y todo su ser. Asegurarse contra ellas, mantenerlas en su condición colonial, es más vital para el egoísmo antinacional de Buenos Aires que alejar al Brasil de la costa Oriental... Las provincias se volverían para Buenos Aires un enemigo formidable desde que tuvieran el apoyo del Paraguay".

Y Mongo se unió a la manifestación que se realizó por el bajo de la ciudad para protestar por la acción de naves españolas en las costas de Chile y Perú, y en contra también por la negativa del gobierno de Mitre de prestar ayuda a esos países. Se lo impedía su compromiso con Brasil.

Todo el Pacífico fue solidario con esa lucha, menos Argentina. Ecuador y Bolivia también le declararon la guerra a España, cuyas naves se abastecían sin dificultad en Buenos Aires y Montevideo, ante la indignación del resto de las repúblicas de América.

Mongo regresó asustado.

—Aparecieron los carteles —exclamó—. Decían ¡Federación o Muerte! ¡Viva la Unión Americana!... y otro mucho peor, mi amo: ¡Mueran los negreros traidores a la patria!, y los agitaban frente a la cara de los milicos, y se quedaron roncos de tanto gritar viva la Unión Americana... Yo también grité, amito.

Desde Londres, Alberdi denunció la agresión de España a esos países; y el general Felipe Varela se sumó en Copiapó al comité de dicha unión, detonante del sentimiento latinoamericanista. Entonces todos se unieron para combatir el vasto plan de los gobiernos de Europa, decididos a monarquizar nuestras repúblicas. Decididos a fragmentar la patria grande de Bolívar.

Después, vino la *Proclama* de Varela, y más tarde su *Manifiesto a los pueblos americanos*. Manifiesto en el que, a lo largo de sus treinta páginas, no nombró ni una sola vez a Urquiza.

Pero ya Cuyo era un polvorín, y Catamarca, y Mendoza también, cuando en noviembre del sesenta y seis se produjo la "rebelión de los colorados", al sublevarse un cuartel policial por el atraso en el pago de los sueldos, seguida por la insurrección de un contingente destinado a la guerra en el Paraguay.

El movimiento antiporteñista creció en ese momento en forma insospechada, y por un año largo, hasta mil ochocientos sesenta y siete, todo Cuyo y el Noroeste estuvieron en manos de caudillos federales.

ASÍ MUEREN LOS SUEÑOS

Es una tarde de sol, estoy en mi "etapa" buena, y salgo a pasear con Mongo en la calesa de tía Margarita.

El aire huele a jazmines.

No me gusta el traqueteo de las ruedas sobre el empedrado y le pido que busque calles de tierra.

Al trotecito enfilamos hacia el puente de Barracas. La ciudad siempre me deslumbra, se han construido casas importantes, hay árboles nuevos, y el Café de la Victoria todavía existe, pero tiene otro dueño, me dice. ¿Te gustaría parar, Juanito? No, sólo mirar de lejos.

Sé que no fue su intención, pero estamos a metros de la casa de mi querido húsar, Genaro Próculo Lastra. Le pido que detenga la marcha y él me mira para que le confirme la orden.

—Sí, detengámonos un minuto.

Cada vez que vengo a mi antiguo barrio ocurren cosas.

El frente de la casa de los Lastra no ha cambiado, pero ahora la calle está empedrada. Ignoro si todavía viven aquí, y le pido a Mongo que llame y pregunte.

—¿Estás seguro? —entonces desciende y se encamina hacia la puerta—. ¿Por quién pregunto, Juanito?

—Por la señorita Simona Lastra.

Qué maravilla sería si el propio húsar respondiera al llamado, mi querido amigo, pero la puerta sigue cerrada y mi corazón late tan fuerte que tengo miedo de que se me salga por la boca. De repente, una cortina se corre en una de las ventanas, y juraría que es de mujer la silueta tras los vidrios. Mi pobre corazón se atropella.

Dejo la calesa y me acerco unos metros. El aire es tibio, pero de golpe una corriente fría me envuelve. Alguien abre la puerta pero no me vuelvo, oigo a Mongo haciendo preguntas. Sólo miro a la mujer que sostiene la cortina y me mira.

Me mira ausente, la cabeza blanca, el rostro ajado por los años, pero es ella. Cómo olvidarla. ¡Es ella! Parado en medio de la calle debo parecer una estatua; ni a respirar me animo por miedo a que el instante se transforme en algo grotesco.

Nos miramos a los ojos, directamente a los ojos y creo, a pesar de los reflejos de la luz en el vidrio... Pero no. Así como nos miramos, sé que no me ha reconocido; no se ha dado cuenta quién es en verdad este hombre canoso, tan delgado y pálido, que desde el medio de la calle no puede dejar de mirarla.

El gesto, la cabeza blanca, el rostro ajado. En la sombra el cuerpo de la mujer que me enseñó a hacer el amor... pero no tiemblo, apenas si recuerdo aquellos abrazos, y el remolino en la boca del estómago que me bajaba por las piernas y me aturdía el entendimiento.

Es un paisaje vacío mi cabeza, deslumbradoramente blanco y vacío de deseo. Un limbo, un lugar donde sólo cabe la ternura.

Mi querida Simone, ¿y si alzara una mano para saludarte? —qué ridículo—, ¿y si pidiera entrar y te dijera...? —aún más ridículo—.

Soy yo, Simone, el mismo muchacho que se pintaba rayas blancas debajo de los ojos, el que se tendió en la tierra bajo la lluvia... soy yo.

Mongo me llama y se acerca. Como no le respondo, él mira también hacia la ventana que miro. La mujer aparta su mano y la cortina cae. Mongo exclama: debe ser ella. La criada fue torpe y se excusó, dijo que la vieja no recibe visitas, que está perdida.

Apenas se retiró el doctor Benítez —no sé qué fue lo que le dijo—, Mercedes comenzó a aislar mis utensilios y mi ropa. La oí después hablar con Mongo en voz baja, algo sobre la atmósfera de mi cuerpo, la distancia que ellos deben guardar para atenderme, y lo más importante le dijo: evitar que las miasmas de la tos —Mercedes dijo miasmas como si supiera— no nos alcancen. Hablaban bajo, creían que estaba dormido.

—Cuando un tísico muere —prosiguió— la familia debe hacer una fogata con todo lo que pertenecía al enfermo, incluido el colchón y la cama.

—Exageraciones —la interrumpió Mongo—, chismes de cocina.

—¡Shh!, no levantes la voz que puede oírnos —y siguió—. Fumigan la habitación, queman pólvora y azufre, y también algunas hierbas aromáticas. Luego sacan el revoque de las paredes, y queman las maderas del piso.

No pudo seguir, y se echó a llorar. Oí que Mongo la consolaba. Cuando pudo volver a hablar, exclamó:

—La ventilación de su cuarto es primordial, debemos renovar constantemente el aire que Juan respira.

Me iba a dejar solo y la odié. Odié su salud y su energía; odié sus pasitos rápidos por mi cuarto, la forma en que levanta la sopa en la cuchara y la sopla para que no me queme la lengua.

—No soples mi sopa —le dije de mal modo—. Ahí van gotas de tu saliva, y tu saliva es venenosa.

Quedó con la cuchara en alto, luego contrajo los rasgos en una mueca de pena. La odié más aún, tan sana y respirando.

La transformación fue lenta. Creo que Benítez se lo dijo: le cambiará el carácter, se volverá irritable, odioso, intolerante. Mercedes lloró frente al médico, y le dijo que ella seguiría hasta el final, pero que estaba tan cansada.

No sé cómo ocurrió, pero ha dejado de conmoverme su sufrimiento, el extremo cuidado que me dedica. Yo también sufro, y da la casualidad de que el lacerado es mi propio cuerpo.

Cae mansa la lluvia al otro lado de mi ventana; y cae lenta la tarde que parece que nunca cae.

Vivo sólo para esperar las cartas que mi hijo me envía desde el frente. Mil ochocientos sesenta y seis.

Mercedes formuló otra vez la pregunta —¿y si lo matan?— y volví a escupir sangre. Le prohibí que pronunciara esas palabras.

—Si volvés a hacerlo te echo a la calle, ¿me has oído?

Cuando escupo sangre el doctor Benítez redobla las inyecciones de gluconato de calcio en la vena. Como a un niño, Mercedes me convence para que tome al menos una cucharada de aceite de bacalao. Una cucharada a la mañana, otra cucharada luego. Hago arcadas y vomito. Sin embargo, he recuperado peso.

Días más tarde, me encontré con que había cambios. Con la ayuda de Mongo y un peón ocasional, instaló un dormitorio en la sala. Dormirás aquí, me dijo, porque hay más luz, porque la ventana da a la calle, porque…

—¿Y la sala adónde irá a parar? —le pregunté.

—Al comedor, Juanito.

—¿Y el comedor?

—Junto con la sala.

—Por qué no me tirás a mí a la calle y solucionás así todos tus problemas.

Ahora duermo solo, me consumo solo; forma parte de la "higiene" que recomendó Benítez. Nunca imaginé que el significado de esa palabra fuera tan dañino.

Paso largas horas sentado en la galería, mirando el único árbol de mi patio, una higuera negra y vieja. Mi única tarea es poner la mente en blanco.

Soñé un caballo sin jinete lanzado a todo galope contra el fuego de las baterías enemigas. Escuchaba el golpe desenfrenado de sus cascos. Montura, cabestro, sin jinete y a la carrera, envueltos en llamas sus belfos. Me desperté bañado en sudor. Han herido a mi hijo, exclamé temblando, y la angustia me obligó a levantarme, y me eché a deambular por la casa a oscuras.

¿Y si volviera a trotar la noche? ¿Por qué no?, todavía puedo. Necesito borrar las pesadillas, olvidar lo que ocurre, olvidarme de mí mismo.

De a poco descubro las ventajas de tener un cuarto para mí solo.

Visitar otra vez las pulperías, las mesas de juego, el aguardiente otra vez en mi sangre, alborotando mi sangre, mis pensamientos, mis ganas de sexo, ¿por qué no? Aquel sexo retorcido y estimulante que practiqué hasta desgañitarme.

Estoy soñando, me visto y salgo sin hacer ruido. Pero seguramente estoy soñando que es aguardiente lo que se escurre por el hueco de mis pulmones, humo de cigarros, la madrugada fría… Estoy soñando, no me hagas caso. Un sueño también el perfume de esta mujer extranjera, que a fuerza de caricias me extirpa las ganas, porque yo ya no puedo, mi miembro ha perdido la fuerza, perdido para siempre el hombre que había dentro de mí.

Mongo me busca, me carga, no me habla, no dice nada. Las parientas se han llevado a Mercedes, dijeron que el médico dijo que necesita un descanso. Increpé a Benítez. Me explicó que había que evitar que Mercedes se enferme. Y otra vez el silencio en la casa. Mongo cocina, lava, limpia, me afeita, me empareja el bigote.

—¿Cuántos años tenés?

—Tres más que vos, mi amo.

—Ya estamos viejos.

Malvina Bond apareció sorpresivamente. Traía carta de su novio.

—Juancho regresa —dijo, y se echó a llorar—. Lo han herido.

Apenas comencé a leer advertí que no era su letra. Lo habían herido gravemente. ¿Pero cómo te llegó esta carta, Malvina?, están rotas todas las comunicaciones entre el frente y Buenos Aires.

Han herido a mi hijo. Pero me recompuse y terminé de leer la carta. La había escrito un soldado ayudante.

"No escribo a mis padres porque el disgusto puede provocarles mucho pena… y en cuanto llegue y me ponga bueno, Malvina querida, nos casamos…".

Mi sobrina sonreía bañada en lágrimas. Lo amaba, pero no tenía la menor idea de lo que un hombre deja en la guerra, de lo que deja allí para siempre, aunque regrese vivo. ¿Y si volviera mutilado, la razón perdida?

La guerra es el mayor estimulante del amor patrio, y de este otro amor mucho más todavía —Malvina seguía llorando—. Maquinaria del infierno que mueve multitudes y, sin embargo, la guerra suele ser consecuencia de errores individuales que arrastran a los países a la lucha y al mutuo exterminio.

Nuestra vida cotidiana es la guerra. Mongo trata de calmarme, pero es él el que me trae los partes de la calle y el periódico. Mercedes había vuelto a la casa. Juanito siempre con sus locuras, dijo. Ahora es la guerra, antes era el café, el billar, la taba.

La ayudé a retocar la idea. Le dije:

—Frecuentaba la pulpería para olvidarme de la guerra.

—¿Sabías, mi amo, que casi no quedan negros en la ciudad?

—Los he visto morir en las selvas misioneras y en los Llanos de La Rioja.

—No los has visto, te lo han contado.

—Te juro que los vi morir, Mongo, de la misma manera que escucho el aleteo de la mariposa en el aire, y el sonido que el aire empuja. Todo lo oigo y todo lo veo. Como vi al hombre que hirió a mi hijo salir de su madriguera, harapiento, muerto de hambre el soldado paraguayo, descalzo, para hundirle ese cuchillo en la carne… Luego, el fuego cruzado, porque en la emboscada ya no saben dónde está el enemigo ni quién es el enemigo; menos los brasileros hablan todos el mismo idioma, son todos hermanos, y han olvidado por qué pelean…

—Misia Mechita, Juan delira, dice cosas que no entiendo.

Floto ahora en el manantial de la noche. Ellos escurren trapos fríos, pero es tanta el agua que me ahogo.

Me ahogo, Mercedes, ya no tengo pulmones, el aire entra cortito y se me desparrama por el agujero que me han hecho a balazos, y me ahogo. ¿Por dónde más se me escapa el aire, Mercedes, por dónde?

—No hables que es peor, Juanito.

Fue en la batalla de Boquerón donde lo hirieron, cuando todos comenzaron a retroceder hacia trincheras de tierra y troncos, en espera del refuerzo que vendría a través del bosque de isla Carapá, y ahí lo hirieron. Por ese estrecho callejón abierto en el monte, antes de que llegara el refuerzo.

Las coheteras tronaban, el fuego de la artillería, y los ayes de los soldados que iban cayendo, y pelearon ese día hasta que vino la noche, y al día siguiente siguieron peleando y al otro día, ganando y perdiendo terreno metro a metro sobre una alfombra de cadáveres. Cuatro mil hombres murieron en esa batalla, Mercedes. Cuatro mil aliados cordobeses, catamarqueños, santiagueños, correntinos, entrerrianos, uruguayos, brasileros, porteños... que antes de morir yo les escuché preguntarse: ¿por qué peleamos?, ¿por qué morimos?

—No hables, Juanito, te quedás sin aire.

Todo es confuso, como confusa la carta que recibí de mi padre. Primera y única carta escrita exclusivamente para mí. La aprendí de memoria, pero todavía no sé qué quiso decirme. Pasaron los años y ni una sola palabra acerca de la muerte de Francisco, muerte que yo mismo le anuncié y escribí con lágrimas en los ojos.

Tan confusa su última carta, padre, como confusa la pelea que aquí sigue. Y no sólo yo lo recuerdo, no sólo yo lo nombro, la diferencia es que los otros lo hacen en voz baja. ¡Claro que dicen Rosas!, pero en voz baja.

Y me anunciaba que tenía la esperanza de quedarse con la chacra, pues la vida sedentaria sería su muerte. ¿Su muerte, padre? Difícilmente muera usted, ¡difícilmente!

Y me decía en la carta: "porque mi silencio es ya uno de los más valiosos documentos en la justificación de mi conducta...". Lo triste fue que me incluyó a mí en ese silencio y me dejó solo, padre, sin su cariño, sin palabras suyas en aquella oscuridad bajo la visera verde. Y me decía también que las dificultades económicas lo acosan, pero que tiene proyectos para ahuyentar la muerte... Dos veces la muerte. Entonces "el ferrocarril iría directamente a Chile por el Neuquén, y sus ramas a las provincias de Cuyo, Bahía Blanca y Río Negro...".

No lo niego, son buenos sus proyectos, padre, pero aquí los hombres siguen muriendo, porque el único proyecto es la guerra, y usted tan lejos.

—Te silba el pecho, Juan, no hables.

Sé que Mechita le escribió a Manuela, y Manuela se lo contó a usted, padre, cuando fue a visitarlo a la chacra: Lo ascendieron a capitán a su nieto, por su comportamiento en la batalla en que cayó herido, motivo por el que tuvo que dejar las filas. Y yo me alegré de que lo hirieran —no es bueno decirlo, pero así se lo dicté a Mercedes, con esas mismas palabras—, y entonces tuvieron que regresarlo a Buenos Aires para curarlo. Una batalla más y me lo hubieran devuelto muerto.

Después de la boda, Juancho y Malvina se instalaron en Morón y han comenzado a tener hijos.

Yo apenas puedo estarme sentado, pero le escribo, padre. Mi debilidad es tan profunda, que ni siquiera tengo fuerzas para empuñar esta pluma, porque la pata de cabra está haciendo estragos en mis pulmones. Pero igual le escribo.

Soy su amiguito, ¿se acuerda?, el Bautista, el profeta al que le cortaron la cabeza. No un Juan cualquiera, sino el hijo de Rosas, y por eso mismo condenado a la oscuridad y al silencio, pero no me quejo. Señorito de costumbres emancipadas, gauchito orillero, ahora nada más que un esqueleto que se asfixia.

Hijo de Rosas: mi cruz y mi mayor orgullo. ¿Se acuerda cómo yo lo miraba? Mis ojos lo admiraban, padre, pero usted no era nada más que un hombre pasando, sin tiempo ni voluntad para ese chico que quería parecerse al caudillo.

No hablemos de la muerte. ¿Acaso está viejo? Me sobrevivirá, de todos modos. Por eso ha comenzado a rondarme una pregunta, ¿cómo le caerá la noticia, qué quedará de mí en su recuerdo?

—¿Ya estoy muerto, Mongo?

—Todavía no, mi amo.

—Un día le dije a mi tata que él era más duro que el mastuerzo. No me legó esa dureza… ¿Te acordás cómo bailaba el gato y zapateaba levantando nubes de tierra?

—Claro que me acuerdo, Juanito.

—Yo también zapateaba, pero con alpargatas… todos decían que yo era muy elegante para bailar el gato.

—Es bien cierto, amito.

Lucio Mansilla dijo: después de la muerte se entra en el Bardo, un lugar vacío.

Nunca sabré si Lucio me visita por afecto o para alardear simplemente. Es tan extravagante mi primo, pero verlo me alegra la vista. Le contesté: yo no voy a morir nunca.

Vino para hablar mal de Sarmiento. Ahora que es presidente voy a tener que callarme la boca, dijo.

Lucio acababa de publicar su libro *Una excursión a los indios ranqueles*, y me trajo un ejemplar de regalo.

—Espero que lo disfrutes, como yo disfruté aquel viaje —y volvió a arremeter contra Sarmiento—: Dice que ama la civilización y es un bárbaro, un sectario intransingente que no ve salvación sino dentro de su fórmula, y ahora lo tiene a Mitre de enemigo.

Fiel a su estilo conversador, no me dejó abrir la boca; se lo agradecí, porque hablar me fatiga.

—¿Leíste en el periódico el último parte de la guerra...?

Siempre alerta, Mongo trató de pararlo:

—No se la nombres, señorito Lucio, la guerra lo pone malo.

Pero a Lucio le encanta mostrar cuánto sabe:

—¿Hiciste el cálculo, Juan? Aniquilamos la población masculina de Paraguay. De los setecientos setenta mil habitantes que tenía cuando comenzó la guerra, sólo le quedan doscientos treinta mil, de los cuales sólo veintiocho mil setecientos son varones. ¿Te das cuenta?, ¿hiciste el cálculo? —y sin darme tiempo a responderle agregó otro dato—. Entre nosotros y Brasil nos hemos quedado con cincuenta y cinco mil millas cuadradas en el Chaco y Misiones... Les llevará años remontar esa ruina... Te conté que estuve allí. Pero trabajé como corresponsal de guerra, no como oficial del ejército.

Mi diminuta antorcha se extingue, y éste convierte la muerte y la guerra en un cálculo matemático. Le dije: disculpame, pero le estoy escribiendo una carta a mi tata, y me queda poco tiempo.

—¿Ya me he muerto, Mechita?

—Todavía no, amor mío, y no se preocupe, seré la primera en avisarle cuando eso ocurra.

—No se ponga así, misia, quiso hacerle una broma.

Mercedes salió sollozando del cuarto. La escuché cuando le dijo: decime vos, entonces, cómo tengo que tratarlo, estoy deshecha. Y ahora la tiene con eso de clavar los ojos en el techo, y cuando me asomo me dice que no lo moleste, que le está escribiendo una carta a su tata.

—A mí también me lo dice, misia, y creo que es cierto que le está escribiendo una carta al general, incluso me pidió un sobre y él mismo le puso las señas.

—¡Por Dios!, ni vos ni yo lo hemos visto escribir, ¿acaso tiene fuerzas para hacerlo?

Los oía —mi oído oye todo— pero no los veía; supuse que Mongo se había encogido de hombros.

—Si quiere se lo muestro. Me pidió una pluma y él mismo escribió en el sobre: Juan Manuel de Rosas, Saufanton.

LO ABRAZO Y ME DESPIDO DE USTED…

En perfecta formación, polvorientos, mal vestidos, la lengua y los labios partidos por la sed, cinco mil gauchos federales esperaron la orden de ataque de su comandante en jefe, el general Felipe Varela.

Era una siesta de calor aplastante en La Rioja. Y yo estaba ahí, padre.

La poca humedad que quedaba en sus cuerpos se les escurría en hilitos salados por la frente, los sobacos, las verijas temblorosas de sus cueros curtidos en pelea.

Tres meses le llevó al general Varela formar ese ejército, el más imponente que había pasado jamás por esas regiones. La muerte del Chacho lo obligó a replantear la situación, y vio entonces llegada la oportunidad de poner en marcha el movimiento revolucionario federal, que venía gestando desde hacía años.

Lo que había sido hasta entonces una cadena de insurrecciones dispersas, tras su proclama adquirieron contenido programático, sintetizado en el lema de su propio *Manifiesto*: vigencia de la Constitución del 53 sin reformas, paz con el Paraguay y unión con las repúblicas americanas.

Fue una campaña que duró poco menos de un año, en la que la falta de dinero, municiones, alimento y ropa para sus hombres le sumó más derrotas que victorias.

Huían, avanzaban, peleando siempre, empujados por el ejército mitrista; un ejército bien pertrechado, sostenido por Buenos Aires y su Aduana, y también por el apoyo en armas y soldados de los gobiernos de las provincias de Salta, Jujuy, Santiago y Córdoba.

En el exilio, Alberdi escribió: somos "dos países distintos e independientes bajo la apariencia de uno solo: el Estado metrópoli, Buenos Aires, y el país vasallo, la República… uno que gobierna y el otro que obedece; el uno goza del Tesoro, el otro lo produce; el uno es feliz, el otro miserable; el uno tiene su renta y su gasto garantido, el otro no tiene seguro ni su pan…".

Tal vez le parezco ingenuo, padre, pero ha llegado la hora de que revisemos juntos.

A todo lo largo de esa campaña que llevó a Varela hasta la batalla en Pozo de Vargas, los ranchos fueron quedando vacíos de hombres a su paso; les bastaba distinguir la magra silueta del caudillo al frente de la columna para unirse a ella. Llevaban sesenta años de guerra fratricida sobre sus espaldas; seis décadas en las que la suerte les había sido siempre esquiva. Derrotas que acabaron convirtiéndolos en bandoleros saqueadores, obligados a imponer contribuciones forzosas a los ciudadanos pudientes, porque no tenían forma posible de abastecer sus montoneras. Y esos ciudadanos, quizá con razón, levantaron en su contra el peor argumento: el movimiento revolucionario federal no es político, sino delictivo.

Sólo calor y silencio caían sobre esos cinco mil gauchos en la siesta riojana, muertos de sed e injusticia.

Algunos caballos resoplaron inquietos, otros patearon la tierra con los cascos, buscando ellos también el agua. Al caballo de combate le pesa el soldado sobre el lomo, y le pesan las armas que carga el soldado. Al soldado gaucho montonero le pesa el destino que le ha tocado en la vida.

Hombres y caballos a la espera de que ese brazo en alto baje, y dé la orden de lanzarlos al ataque.

Yo estaba ahí, padre, con ellos, y puedo asegurarle que por un largo segundo el paisaje se detuvo. Cuando el brazo del general cayó, simultáneamente se oyó el cañón y un grito mucho más poderoso que ese estruendo: el alarido de sus gargantas resecas, vivando otra vez la vieja bandera blanca y punzó.

Me interrumpió la tos, padre, pero sigo.

Yo estaba ahí. Fue en el Pozo de Vargas. La carga tocó a degüello y pelearon como si fuera la primera vez que lo hacían; las chaquetas y los gorros colorados ya convertidos en harapos, pero nuevo y limpio el coraje, las ganas de vencer y llegar hasta ese pozo de agua, nada más que para seguir peleando.

Fueron diez cargas tremendas, en las que perdieron hombres, artillería y cañones. Combatieron por más de dos horas sin descanso, bajo un sol bochornoso. Arremetieron hasta la exasperación, y volvieron a arremeter tantas veces como sus cuerpos exhaustos se lo permitieron, pero fueron vencidos. Y yo corría desesperado, tratando de auxiliar heridos, ayudarlos... imposible, yo no era más que la sombra de una intención lejana.

Dicen que los acordes de una vieja zamba ejecutada por la bandita militar del comandante Brizuela fue la que llevó a la victoria a los soldados del adversario, el general Taboada. Yo también la escuché, pero qué extraña suena la música planeando sobre la sangre. Dicen que fueron sus acordes los que empujaron a una infantería que había quedado inmóvil frente a esa avalancha que se les fue encima. Y la bandita siguió tocando hasta que Felipe Varela se quedó sin pólvora ni municiones, y tuvo que huir del campo de batalla, con sólo ciento ochenta soldados.

El horror me impidió mirar, padre, pero dijeron que al anochecer de ese día había setecientos cadáveres sobre el campo, en torno a ese pozo de agua al que jamás llegaron.

¿Va a ser siempre así, unos contra otros? Es decir, ¿la minoría del abuso y el privilegio contra la mayoría desheredada? Me pregunto, ¿cuándo llegará el entendimiento? Dígame, padre, ¿le parezco ingenuo?

Los ejércitos mitristas empujaron a las montoneras hacia el norte, la muerte o el destierro. A los que quedaron vivos —engrillados, maneados— los arriaron como bestias, para pelear en esta otra guerra en el Nordeste, contra los hermanos paraguayos.

Los ahogó el dolor, y a mí me ahoga la falta de aire, pero igual le escribo esta carta.

Me acuerdo cuando usted dijo: desde aquel Mayo hasta aquí no tuvimos un solo día de paz... y corrían los años cuarenta. Ahora estamos en mil ochocientos setenta y seguimos en lo mismo; llevamos seis décadas de guerra ininterrumpida, padre, porque no ha habido un solo día de paz. Moriré sin conocerla, y mis pobres venas ya no soportan más tormento. Se me cae el pelo y tengo la espalda y los talones llagados.

He pedido que ya no me inyecten ese gluconato de calcio —no me quedan venas— y que no me den más a beber el aceite de hígado de bacalao, porque huelo a mojarrita, y cuando abro la boca se me ocurre que soy un renacuajo chapoteando en agua estancada. Mientras las gotas de opio en azúcar me sumergen en sueños de los que, a veces, creo no podré volver jamás. Sufro esos sueños como sufre mi cuerpo cuando la tos me ataca, cuando inhalo e inhalo y el aire no entra en mi pecho.

El aire, que es Dios, se me niega, padre. ¿Puede usted imaginar la desdicha en la que ha caído su hijo?

Amanece en Buenos Aires y ya no tengo miedo. He descubierto que si me imagino de cuarenta centímetros y respiro cortito, me alcanza. Soy un enano ahora: desde mi frente hasta la mitad de mi pecho mi talla es de cuarenta centímetros, y el pobre enano que soy se conforma con una gota de aire, una sola, y hasta le sobra.

Pero allá, en el resto del cuerpo la sangre se envicia, se torna espesa y duele cada centímetro de carne pegada al hueso. Duelen los brazos, el vientre y las piernas, me duele todo donde el aire no llega. Y si consigo respirar hondo, la respiración también me duele. Entonces toso, y escupo sangre.

De a poquito me iré escupiendo a mí mismo, entraña por entraña, hasta que quede nada más que este cerebro que piensa. Y un día, también voy a acabar escupiéndolo.

Pero la gente seguirá peleando contra el atropello, padre, así la maten. El general Varela dijo que desde Pavón se contaban "cincuenta mil víctimas hermanas, inmoladas al capricho de mandones sin ley, sin corazón, sin conciencia… nuestros pueblos desolados, saqueados, guillotinados por los aleves puñales de los degolladores de oficio: Sarmiento, Sandes, Paunero, Campos, Irrazábal, y otros varios oficiales dignos de Mitre…". Así dijo Varela, y a Mitre lo llamó "tirano de Buenos Aires".

Incluso usted cayó en la volteada, padre, porque Varela dijo que usted también fue usurpador de las rentas y derechos de las provincias… ¿Es cierto eso? Que usted fue el estanciero más fuerte y el del látigo más recio, y que por lo mismo se convirtió en dueño de vidas y haciendas: el destino de la patria en un solo puño, el suyo, padre. ¿Es cierto eso?

Probablemente, pero no se aflija, yo estoy aquí para defenderlo. Sé que aquéllos fueron años difíciles, y que sólo usted pudo lograr lo que en esos años tan difíciles se logró: construir un país que, de otro modo, vaya a saber dónde estaríamos ahora, bajo qué nombre o cuál bandera. Y lo llaman "carnicero" porque persiguió señoritos unitarios distinguidos. Pero el de ahora es un ejército "civilizador", porque persigue "gauchos delincuentes".

Tengo entendido que Varela le guardaba rencor a usted por lo de su propio padre, que murió combatiendo el centralismo rosista cuando la Coalición del Norte. ¿Será así como se dice? Se lo estoy preguntando, padre. Revisemos.

De todos modos, me gusta pensar que si usted hubiera estado aquí, y fuera más joven, habría peleado junto a esas montoneras. No me lo niegue. La razón es que, por estos pagos, han cambiado mucho los tiempos, pero la patria libre y soberana que los gauchos federales anhelaron es la misma por la que usted peleó a lo largo de dos décadas.

Sarmiento llama a esos hombres que pelean en montón, "enemigos del progreso y el desarrollo", ahora encerrados en el Norte, pero aún han tenido agallas para sitiar Salta y poner a Jujuy bajo fuego, ya definitivamente roto el sueño de la Unión Americana.

Varela ha echado su suerte, padre, y huye ahora al Norte por Humahuaca, al frente de una escasa columna de gauchos harapientos que arrastran de tiro dos cañoncitos sin pólvora.

Y así va, pobre y tuberculoso, camino del exilio, y no se imagina usted cuánto lo compadezco, porque es terrible padecer la tisis, padre. Enganchados a esa columna que huye, van los viejos soldados que Urquiza abandonó en Pavón —cuando se retiró del campo de batalla— y muchos también de los que huyeron al desierto después de Caseros gritando ¡viva Rosas!

Me gustaría saber qué siente usted, padre, cuando le cuento todo esto.

Revisemos juntos.

La columna llegó a Tarija, y yo estaba allí, esperándolos. Usted, sin duda, se preguntará de dónde salgo ahora defensor de provincianos pobres. Fui gauchito orillero, ¿se acuerda? Cuando trabajé en el campo, mi lugar estuvo siempre en la mesa de los peones, y mi gran amigo de toda la vida, el que hoy me ayuda a escribir esta carta, es un mulato, a quien los negros desprecian por su mezcla.

¿Será por eso?

O quizá porque mi corazón es excesivamente tierno —e ingenuo—, y la luna llena bajo la que nací aquel miércoles veintinueve de junio era la luna madre del pueblo, la diosa que lo representa. Madre sutil que alienta al oído de cada hijo, cada segundo de la noche eterna.

Es cierto, yo empuñaba el taco en cuanto café con billar hubo en la ciudad, y jugué a la taba y corrí cuadreras, y enlacé en los campos más de una hacienda baguala, pero nada de eso lo hice solo, padre. Junto a mí siempre hubo hombres humildes, peones, gauchos, perseguidos, buhoneros, arrieros que tras las manadas recorrían al año el país de punta a cabo. ¿Y qué cree que hacía yo? Hablaba con ellos, y ellos hablaban conmigo —el señorito irresponsable— y me contaban sus penas.

Siempre creí que perdían su tiempo, pero no, ellos se desahogaban, y los que sabían quién era yo más de una vez me pidieron le diera sus saludos. Haber conocido de cerca esa gente hoy me ayuda a entender su lucha. Me ayuda a comprender el sinsentido de tantas cosas.

La columna llegó a Tarija, y yo estaba allí, esperándolos. Ninguno faltó a la cita: Ángel Vicente Peñaloza, Juan Facundo Quiroga, Severo Chumbita, Juan Saá, Carlos Rodríguez, Aurelio Salazar, Elizondo, Carlos Ángel, los Ontiveros, Juan Puebla, y otros cuyo nombre desconozco, pero estaban todos allí, a pesar de que algunos ya habían muerto. Y fue Santos Guayama el que se adelantó para ayudar a desmontar a Varela, tieso en el apero después de años los huesos al sol, al viento y el frío, minadas sus fuerzas por la fiebre rebelde de la tisis. Se miraron fijamente, sin palabras, para enlazarse después en un viril abrazo.

Habían galopado juntos cientos de leguas, combatiendo por el credo federal y en contra de la metrópoli; les había llegado la hora de abandonar las armas; estaba escrito que no sería suya la victoria.

Eran hombres diferentes, padre —usted lo sabe—, no conocían de leyes ni de ideologías. Pelearon por una mezcla de sentimientos e ideas, a su manera, salvajemente a veces, pero nadie como ellos supo llevar hasta el fin la última y más portentosa epopeya del federalismo argentino. Y le puedo asegurar que no fueron contrarios a los adelantos de la civilización; es más, pelearon para que se les permitiera a las provincias participar activamente en esa evolución hacia el progreso. Pero fueron vencidos.

Debo apurarme, padre, ya son escasos el aire y mis fuerzas.

Y estaban allí, en Tarija, prontos a despedirse. Por sus miradas, intuí lo que todos pensaron: a partir de ahora, los pueblos quedan a merced del despojo, más que nunca. Y partieron, cada uno al exilio o la tumba. Varela a Copiapó, donde antes de morir terminó de escribir su *Manifiesto a los pueblos americanos*. ¿Lo ha leído? Si es que nadie se lo ha alcanzado todavía, yo le enviaré una copia para que lo lea.

—Juanito delira otra vez, misia Mechita, y le silba el pecho, ¿qué hago? Dice que no aprueba la guerra, que él es un hombre de paz. Dice que tengo que enviarle al general una copia del *Manifiesto* de Felipe Varela.

—Respiremos por él, ¿qué otra cosa?

Mercedes llora a escondidas, y yo sueño en voz alta. Menudo sainete escribiría con este argumento el primo Lucio.

—No te distraigas, Mongo, y alcanzame ese sobre. Es muy probable que hoy termine esta bendita carta… ¿Oís?, desde hace un par de días suena un piano.

—Es en la casa de al lado, Juanito.

… CON LA FUERZA MÁS ACTIVA DE MI ALMA

¿Se acuerda, padre, cuando hicimos aquel viaje a San Serapio, los dos solos? Nunca se lo conté —¡cómo habría de hacerlo!—, pero cabalgué esas leguas detrás suyo pensando, creyendo —y por momentos convencido— que usted me llevaba nada más que para matarme.

Qué ocurrencia, ¿verdad? Fueron los años en que, como decía abuela Agustina, yo era un tiro al aire… y mi cabeza un verdadero vendaval.

Ahora me muero en serio —casualmente por falta de aire—, y usted no anda ni cerca.

Hasta pensé la frase —Dios, cuánto dramatismo el mío— que diría al expirar entre sus brazos; porque a pesar del filicidio, como en las buenas tragedias, yo moría entre sus brazos, padre, y en el último estertor le decía: no es usted el que me mata, tatita, sino el destino.

¡Tamaña locura! Pero no pierdo la costumbre de hacer preguntas: ¿hasta qué punto no es usted quien me mata ahora?

—¿Todavía sigo aquí, Mongo, en este mundo?

—Sí, mi amo.

—No me mientas, ¡hace un rato largo que no respiro…!

—Te pareció, estabas durmiendo.

—No me mientas, ¿no ves que no respiro? Hacé algo, Mongo, ¡ayudame!, me silba el pecho y no entra el aire…

—No te agites, Juanito, tranquilo.

Rápido busca almohadones y me los calza para que quede más erguido en la cama, y cuando me está acomodando suena otra vez ese piano.

—¿Escuchás?, viene de la casa de al lado.

—Lo sé. Viven ahí dos señoritas solteras. Hoy vi el cartel en la puerta, dice: Maestras de Piano.

—¡Schh! Está calentando los dedos… Pensar que odiaba esas escalas y ahora sería un lujo morir escuchándolas… Me pregunto dónde quedaron esos niños. Mongo, ¿vos los has visto?

Mi voz es un susurro apenas. Se inclina para poder oírme.

—¿De qué niños me estás hablando?

—De los hijos de Eugenia Castro. Necesito verlos, buscalos.

—Nadie sabe de ellos, amito, desaparecieron.

—Buscalos, por favor… ¿Qué habrá sido de sus vidas? —no quiero estas lágrimas—. ¡Buscalos!, pobrecitos…

—Está bien, calmate… Cuando los encuentre les pediré que vengan a verte.

Puedo pasar, a veces, una hora larga sin agitarme, pero de golpe el veneno me satura la sangre, y la lucha por respirar es denodada. Pero no soy yo el que lucha sino mi pecho.

—¿Adónde habrán ido a parar Eugenia y sus niños? Buscalos, Mongo.

Un poco de aire, Mechita, color en mis mejillas y fuerza en las manos… No es mucho lo que pido.

—Yo tocaba el piano, Mongo. Eso que oímos ahora es un rondó allegro… ¿Hay circos en la ciudad?

—De vez en cuando.

—Pero no quedan negros.

—Muy pocos.

—Cuando muera, quemarás la pluma del halcón junto con todos mis papeles. Vos sabés dónde están. Y te quedarás al lado de la fogata hasta que el fuego no deje el menor vestigio.

—No empieces con eso.

—Y cuando me pongan en el cajón me pintarás las rayas blancas debajo de los ojos, ¿lo harás? Necesitaré agallas para este viaje… Prometémelo.

—Te lo prometo.

Tanto invierno me tortura. Ña Cachonga dice que si muero después de mi cumpleaños, mi alma será redimida. Hace ya una semana desde el veintinueve de junio y sigo aquí. Desde entonces no hago más que pensar en cómo será ese momento, cuando mi pobre alma se desprenda de Juan Bautista

Mercedes quiso festejar mi cumpleaños. La dejé hacer sólo para darle con el gusto. Vinieron Juancho y Malvina, y trajeron con ellos a mi nieto Manuelito. Al más pequeño, Luis, lo dejaron con su nana. Vinieron también mis primos Alejandro Valdés y León Rosas. Quise levantarme, pero no pude. Hacía tanto frío.

Ninguno se acercó a darme un beso. Entraron de a dos en mi cuarto y me saludaron desde la puerta. Ya no me ofendo, al contrario, los felicité por la valentía.

A tres metros de mi cama, Juancho se quedó parado, mirándome, con su hijo en brazos. Poco pudimos decirnos. Trabajo bien, me contó, me han postulado para juez de paz en Morón, y es muy probable que consiga el cargo. Hizo una pausa y como yo sólo lo miraba —quería grabarlo en mi memoria con su hijo en brazos—, agregó: me gusta la política, padre, creo que puedo hacer muchas cosas, me siento capaz, ¿usted qué opina?

No le di mi opinión, pero no porque no quisiera hablar con él, sino porque reservaba mis pocas fuerzas para poder seguir mirándolo. Creo que le sonreía. Sí, le sonreía y rogaba: Dios, hacé que no tosa, que no tosa, Dios mío.

Habló después de asuntos triviales, y se fue requerido por Malvina que dijo es hora de irnos, debo amamantar a Luisito.

Luisito es mi segundo nieto, tiene un par de meses y todavía no lo conozco. Hubo torta y licores. Los oí conversar en el comedor y reír. Por ahí bajaban la voz cuando hablaban de mí, pero igualmente los oía. No están enterados de que los tísicos seguimos escuchando hasta después de muertos.

—Qué pálido está papá —decía mi hijo.

Nunca me gustó julio, Mongo, es un mes de mierda, gris, frío y húmedo. Si no fuera porque te veo, diría que estoy en Londres. ¿Será posible que me haya olvidado de Londres y el petirrojo, de Práxedes en Santa Catarina, de aquellos cuentos que les contaba a mis alumnos de piano, en los que siempre había un Juan que mataba monstruos?

A veces se me ocurre que nunca salí de mi tierra, pero ahí está la pena inacabable, pena que no se consume y señala siempre hacia el río, por donde una vez tuve que irme.

Crece la tarde, padre, y nadie se entera de que crece —el día se paraliza en un mismo gris— salvo yo, que sé que son las tres, y comienzan a llegar los alumnos de piano a la casa de al lado. Durante horas escucharé las mismas escalas, los pequeños estudios, el mismo error siempre en la misma nota.

—Quiero que vayas y les digas que su vecino sufre la pata de cabra, razón por la que se encuentra delicado y que, por esto, les ruega que al menos por una vez, toquen algo completo. Chopin, por ejemplo, Scarlatti, en fin, lo que ellas sepan, que se los voy a agradecer muchísimo. ¿Lo harás, Mongo?

Creyó que era una broma. Tuve que convencerlo.

—Deciles lo que se te ocurra, pero que toquen para mí.

La sudestada azota, padre. Viento helado que escupe el Plata sobre la costa, y los hombres corren para ponerse a salvo de las balas, pero las balas los alcanzan y caen. Los hombres caen, padre, y yo abro la boca pidiendo aire, pero han atravesado un fusil en mi garganta, y el aire se me escapa.

Mercedes llora y llama a Mongo.

—Será una noche larga, amito, prendete a mi mano.

Aferrado a su mano veo caer al hombre, y el hombre que cae es mi hijo. ¿Dónde está Juan Manuel? Me ha pedido que no lo llame Juancho, que su nombre es Juan Manuel, como su abuelo, y que así debo llamarlo. ¡Dónde está!

—Tu hijo está vivo, amito, volvió hace años. Te digo que la guerra en Paraguay terminó… ¿No te acordás de que los brasileros lo pillaron al Mariscal cuando trataba de huir de Cerro-Corá, y lo mataron? ¿No te acordás?

La falta de aire aturde, padre, y temo no poder terminar esta carta. ¿Cómo puede ser que sólo yo oiga el estruendo de los cañones? Desde los cuatro puntos del horizonte bombardean los aliados, ¿y sólo yo los oigo? Muchos van a morir, y no sé por quién rogar, todos son hermanos.

La guerra enloquece. Tres mil balas tiraron los paraguayos contra la escuadra que trepaba el río… todos creyeron que la guerra había terminado, y yo miraba el fin de la guerra con mi hijo muerto en brazos…

—No ha muerto, amito, está vivo en Morón. ¿Querés que lo llame?

—Llamá a mi padre. Decile que no es mi muerte lo que importa, es el país el que se muere, desangrado el siglo sobre mi tierra…

—No hables, agarrate de mi mano.

Traelo del exilio, mostrale lo que está pasando, decile que en Boquerón mataron a su nieto, y que a la guerra del Paraguay otra guerra la sigue, porque Sarmiento combate ahora mismo en Entre Ríos, y que ya van para dos años de lucha, porque el conflicto se extendió a Corrientes, y muy pronto convulsionará todo el país… Él bien sabe lo que ocurre cuando Mitre se pone al frente de un ejército.

—Llamá al tatita, Mongo, llamalo.

—No te angusties. Estás en tu cama, en tu casa.

—Maldita tos que no me deja, y este silbido exasperante. Me voy a abrir el pecho y me voy a arrancar la tos y el silbido de cuajo… Un poco de magia, por favor… Zozó escupiendo fuego…

—Por favor, Juanito, no te golpees así, te hacés daño.

Yo era un hombre tranquilo, padre. Yo sólo quise contemplar la vida y mis campos. Quise mirar mis campos, comérmelos con los ojos, convertido en raíz, hoja, savia, convertido en galope para recorrerlos, nada más. Eso quise. Pero fue la batalla más larga y sangrienta que se pueda imaginar. Sesenta años de guerra llevamos, y aún no ha terminado, porque es Sarmiento ahora el que levanta el ejército en armas, para sofocar a los que se rebelan contra el atropello y el fraude electoral.

—También fue larga y sangrienta la batalla donde mataron a mi hijo…

—No lo mataron, amito, estás confundido. La guerra en Paraguay terminó.

—No me repliques, muchacho, los estoy viendo. Los paraguayos les tiran con bodoques a los brasileros, los mismos bodoques que usan para matar loras. Y los oficiales paraguayos se suicidan antes que desobedecer las órdenes de Solano López, ¡los veo!, no me contradigas. El Mariscal les ha dicho que para ganar la guerra deben apoderarse de los acorazados de la escuadra aliada, y los oficiales saben que eso no es posible, y antes de desobedecerlo, ¡se matan!

Todo lleva a Humaitá, padre: el destino, la vida.

Se hace de noche y la oscuridad es absoluta, como absoluto el silencio que envuelve a los doscientos cincuenta paraguayos que se lanzan al río en veinticuatro canoas que apenas sobresalen de las aguas.

Sin remos, suavemente en la noche, veo cómo la corriente los lleva hasta donde fondean los acorazados enemigos. Simplemente van, sin saber que están a punto de escribir una de las páginas más heroicas de América.

Me acuerdo de la Vuelta de Obligado, de aquella jornada que el mundo entero admiró por la valentía con que sus hombres, padre, lucharon para defender nuestra independencia. ¿Le conté que los jóvenes ignoran lo que ocurrió en Obligado? En efecto, lo ignoran.

A los que alegremente venden ahora el país les molesta que la gente conozca aquella proeza.

Por el medio del río, sin remos, las canoas llegan junto al primer acorazado. Sables y cuchillos en mano, atropelladamente, los paraguayos saltan dentro del buque y dan comienzo a la matanza.

Brazos y cabezas ruedan lejos de sus troncos. Sorprendidos, los brasileros se arrojan al agua. Muchos pelean, hunden cuchillos a ciegas, contra cualquier cosa que en la oscuridad se mueve. No hay balas, apenas el quejido tras la herida, lo demás es silencio, y pelean, y se matan, en uno y otro bando caen soldados, cuando de pronto una explosión de metralla los paraliza.

Avisado, el acorazado *Herval* se aproxima y abre fuego sobre cubierta. Los paraguayos son barridos; algunos se arrojan al agua, a otros directamente las balas los elevan por el aire y caen luego al río.

Nos ahogamos, padre. No hay aire debajo del agua.

Enterado de la derrota, el Mariscal Solano López huye rumbo al Chaco. Ahora será imposible enviar provisiones a los que han quedado al otro lado.

Escapó el tigre, aúllan los aliados, pero quedó su ejército. Eso creen ellos.

Todo lleva a Humaitá. Todos tenemos un Humaitá en nuestro camino. El suyo fue Caseros. Y como ha podido apreciar, jamás nombré a Camila O'Gorman, por respeto, para no revolver en la llaga.

Trece meses les llevó a los aliados tomar la antigua fortaleza, prisión de indios. Fueron muchas las batallas que allí se libraron. Salvo los brasileros, todos hablan el mismo idioma —y en guaraní paraguayos y correntinos—, todos toman mate y montan a caballo como centauros. Todos pertenecen al mismo suelo, y por este suelo van a la guerra.

¿Le parezco ingenuo, padre?

Revisemos.

Amparado en la noche el Mariscal huye al Chaco. En quince botes huye con Madama, el obispo, oficiales y ayudantes. Ocho horas le lleva cruzar el río, cada minuto temiendo ser descubiertos por la escuadra brasilera, anclada allí cerca. Detrás del Mariscal van sus tropas. Sigilosamente, de noche, batallones enteros empujan cañones, otros van montados en carretas por terrenos pantanosos.

Es el grueso del ejército el que se va. En Humaitá, el Mariscal ha dejado tres mil remedos de soldados harapientos; señuelos humanos que cubrirán su huida al Chaco.

Desde agosto, los aliados bombardearon la fortaleza, por tierra y por agua, y ya estaban en marzo. Siete meses bombardeando ininterrumpidamente. Los aliados tiraban a la torre para voltear la bandera paraguaya, y la bandera caía, pero la levantaban de nuevo. Y otra vez un cañonazo la tumbaba, y otra vez un paraguayo, a riesgo de perder la vida, la levantaba de nuevo, así durante siete meses.

Los ojos desorbitados, yo veía esa tropa que se escabullía rumbo al Chaco. En su mayoría criaturas de quince años, descalzos, esqueléticos, semidesnudos, caminando dificultosamente por la selva. Y una cuerda de prisioneros, muchos argentinos entre ellos, hambrientos, inmundos, llagados... Y yo ahí, padre, a orillas del río, deshecho, con el cadáver de mi hijo en brazos.

Sólo tres mil hombres, y también muchas mujeres, seguirán defendiendo Humaitá: pero no quedan allí para vencer, quedan allí para resistir hasta la muerte. Es la orden del Mariscal.

Poco más al sur, en Curupaytí, cincuenta mil soldados aliados esperan. No están dispuestos a gastar más balas en la fortaleza: confían en que los paraguayos se rindan o mueran de hambre.

SU HIJO, JUAN BAUTISTA ROSAS

El círculo se cierra. Me queda la mano de Mongo, a la que me aferro en la noche —ninguna otra mano me toca—, Mercedes, que llora en su cuarto, y mi hijo, que no se me acerca por temor a que lo contagie.

Es mucho lo que me queda.

Sin embargo, hizo falta coraje para llegar hasta este julio de mil ochocientos setenta. Mujeres estoicas me sostuvieron, generaciones de tradición y principios que formaron mi familia. Y usted, padre.

Cuando vuelva a respirar, ya no estaré aquí. Es curioso, nunca pensé en mi futuro, y hoy es un lujo que no me puedo dar. No obstante, el futuro me agobia.

¿Qué será de nosotros? ¿Qué será de usted, pobre y viejo en Inglaterra?

A mí me gustaba ver la luz atravesando al sesgo los árboles en la madrugada, y ahora es necesario rendir a Humaitá, forzar el paso hasta Asunción, y ganar esta otra guerra. La mía, la propia, la perdí hace mucho tiempo.

Resistir hasta la muerte fue la orden del Mariscal, y usted bien lo sabe, las órdenes no se discuten, se cumplen, padre. Y los aliados decidieron no atacar la fortaleza, la rendirían por hambre, y dejaron pasar el tiempo.

También hay viejos en Humaitá, mujeres y niños, y muchos enfermos, heridos, inválidos. Todo el que quedó a la intemperie, a merced del peligro, fue a golpear a sus muros.

Y ahí estaban, apiñados en la iglesia, en los patios, en el hospital. Tenían charque, pan, aguardiente, carne de vaca y oveja, pero no lo suficiente como para alimentar tres mil bocas, vaya a saber hasta cuándo. Las provisiones no podían burlar el cerco que mantenían los aliados. Y llegó el día en que los más viejos comenzaron a ceder sus mendrugos a los más jóvenes, y los más jóvenes a sus hijos, y si no tenían hijos con ellos, al compañero dolorido. Y en junio comenzaron a comerse los animales que, al igual que ellos, morían de inanición, sobre todo los caballos. Después, no quedó un solo perro vivo en Humaitá, tampoco ratas, y siguieron resistiendo.

Por patriotismo, por bravura, los hijos de las selvas guaraníes resistieron.

Meses después, la vanguardia brasilera decidió atacar por el norte y por el este —diez mil hombres— y por el sur los argentinos. Y más de diez mil hombres se estrellaron contra los muros y el coraje de los paraguayos, ya reducidos a esqueletos.

Argentinos, brasileros y uruguayos avanzaban hundidos hasta las verijas en el fango de los esteros, pero desde lo alto de las troneras las balas los barrían. Mataban las balas a los aliados, y el barro se los tragaba. Pero igual seguían avanzando.

No duraban mucho tiempo los muertos: se los comía la selva, se los llevaba el río, o se convertían en festín de alimañas en los tremedales.

La artillería paraguaya, que había reservado sus fuegos para cuando el enemigo estuviera próximo, hizo estragos en las filas aliadas, donde la pérdida alcanzó los mil doscientos hombres. En la fortaleza cayeron sesenta.

Al atardecer, mil doscientos cadáveres rodeaban a la inexpugnable Humaitá por tres de sus costados. Pero como le dije, padre, no por mucho tiempo. Rápidamente el pantano daba cuenta de ellos.

Se acercaba el final, habían echado el resto en esa batalla, y los oficiales seguían suicidándose.

No me entra el aire, padre. Abro la boca, inhalo desesperado, pero no entra.

Mongo corre, me incorpora, me fricciona, creo que hasta me zamarrea. Finalmente, me sienta en su falda y me acuna, suave, adelante y atrás, como en una hamaca.

Volví a respirar cuando en el día del cumpleaños del Mariscal, a modo de misericordia y en homenaje a su fecha, envió la orden de abandonar Humaitá.

Temprano, el comandante de la fortaleza ordenó baile y músicas todo el día. La mayoría no tenía aliento para fiesta. Al principio sólo miraban y escuchaban. Luego, los que podían, empezaron a girar, y daban pena los infelices: era una danza de esqueletos a los que les colgaban los harapos.

Algunos pretendían bailar y caían desvanecidos; otros intentaban saltar cuando tocaban La Palomita, pero la muerte los derrumbaba ante la indiferencia de sus compañeros, habituados al horror de su destino. Cuando la banda comenzó a tocar Mamá cumandá, muchos soldados empezaron a girar como drogados.

Pero qué extraña suena la música planeando sobre la sangre.

He visto el horror, la miseria humana, pero nunca creí que vería semejante espectáculo, padre: los bailarines de la muerte, en medio de ese verdor admirable, dentro de esos muros, sin aliento, preguntándose ¿qué festejamos?

Bailaban y lloraban, siguiendo el ritmo de las inubias y los cornos, membíes y tambores, y ese violín guaraní que irrumpió de pronto, dulcísimo, y me hizo estallar en llanto, a la orilla del río, con mi hijo muerto en brazos.

De a poco se fueron enterando de que se iban, y entonces les renació, milagrosamente, la fuerza. Muchos soldados gritaron ¡viva el Mariscal! y dispararon un cañonazo.

Cuando llegó la noche, las bandas militares seguían tocando bailes nativos y, silenciosamente, comenzaron a desaparecer los bailarines de los patios de la fortaleza.

En la oscuridad de la selva y el río, treinta canoas los fueron pasando al Chaco. Agónicos, empujándose, se amontonaban en la orilla. Las canoas dejaban su carga y volvían a Humaitá, para recoger a los que esperaban su turno.

En la fortaleza, las bandas militares seguían tocando músicas nacionales, y los aliados las escuchaban desde sus campamentos, tranquilos, un poco asombrados por tanto festejo.

Mientras tanto, ellos subían en silencio a los botes, temblando —sabían que en esa acción les iba la vida— y cuando el remero ya pegaba contra la corriente, todos y cada uno levantaban la cabeza para mirar por última vez las siluetas de las torres truncas de tanto cañonazo. Y todos y cada uno, en voz muy baja, decían: adiós, Humaitá. Algunos hasta extendieron sus manos como si les costara despegarse de esos muros.

—Adiós, Humaitá —murmuré yo, desde la orilla del río, mirando cómo se perdían en el agua.

Las bandas siguieron tocando, y las canoas cruzaron toda la noche, acompañadas por el rumor de la música. Levanté entonces los ojos al cielo y pude mirar cara a cara al misterio implacable, levantándose allí, exactamente allí, donde comienza la ignorancia del hombre, y no tuve miedo, padre.

503

La música sonó incansable hasta el amanecer. Ya no quedaban batallones en Humaitá, y desde sus campamentos, los aliados seguían escuchando La Palomita, el himno al Mariscal, las galopas, y el Mamá cumandá.

Cuando se enteraron, fue tarde. Sin gloria y después de trece meses de sitio, los aliados ocuparon la fortaleza.

Pero los evadidos quedaron en un reducto a la vista, cuyo único camino, el de la margen del río, estaba ocupado por tropas enemigas. Entonces, no les quedó otra salida que atravesar la laguna Verá y sus pantanos.

Hacia ese reducto, ya bajo la luz del sol, los acorazados apuntaron sus cañones.

Reducto es fea palabra, padre. Huele a miseria, a injusticia. Sabe a madriguera. Es camino al cadalso.

Hundidos hasta la cintura, mujeres, hombres y niños comenzaron a luchar contra el agua fangosa y traidora, y las balas enemigas que los barrían.

Casi desnudos, soportando el frío y los insectos, fueron cruzando el tremedal, arrastrando canoas, sosteniendo compañeros.

Llegaron por fin a esa angosta faja de tierra cubierta de árboles —pequeña península sobre la laguna—, miraron lo que les faltaba atravesar todavía y, sin pensarlo, empujados por la desesperación, volvieron a arrojarse al agua. Los más jóvenes nadando o prendidos a las canoas que iban repletas.

Fue cuando detrás de ellos estallaron los gritos y la fusilería de los diez mil soldados del general Rivas.

Diez mil soldados bien comidos, bien armados, a la caza de los dos mil quinientos esqueletos que huían. Los otros quinientos habían muerto de hambre, ahogados o cosidos a balazos.

La laguna se llenó de botes con soldados de la alianza; muchos llevaban cañones, y comenzó otra de las hazañas que la historia olvidará, padre. Pero yo estaba ahí, y puedo contárselo.

Atrapados por la mortífera artillería del general Rivas, en ese escaso terreno sobre el río —ese reducto— los dos mil quinientos paraguayos comenzaron a caer, fusilados. La escuadra bombardeaba por el este y su fuego barría las arboledas de la isla. Desde los botes los cañoneaban, y desde la orilla, la artillería los barría.

Pero igual continuaron pasando al otro lado de la laguna, desde donde sus compatriotas los veían caer sin poder hacer nada por ellos.

Sólo la mitad alcanzó a cruzar con vida aquel infierno. El resto quedó en ese reducto —isla Poí— dispuestos a morir, cercados por el hambre, el agua y las balas.

Y cuando se hizo otra vez la noche, sacaron fuerzas de donde no tenían, para seguir cruzando en las pocas canoas que les quedaban. Pero había patrullas ocultas, y entonces la lucha era de canoa a canoa, o cuerpo a cuerpo dentro del agua a puro cuchillo, paraguayos y correntinos maldiciendo en guaraní. Y acabaron matándose entre ellos.

Nuevamente los aliados resolvieron ahorrar pólvora, y dejaron pasar los días.

De noche, había refriegas desiguales en la laguna, emboscadas detrás de los camalotes, y siempre el hambre. Cada amanecer se encontraban con decenas de soldados muertos; la inanición los había vencido.

Recién el cinco de agosto, en la isla Poí, los defensores de Humaitá se rindieron. La mayoría en estado de inconsciencia, desnudos, cantidad de heridos, y los que no estaban heridos, la debilidad les impedía tenerse en pie o articular palabra, mirando como idiotas a los soldados de la alianza, que los fueron tomando prisioneros.

En términos castrenses, se lo reconoce como resistencia a ultranza, y el Mariscal siempre supo que su destino era la derrota, a pesar del apoyo incondicional y heroico del pueblo paraguayo.

Quizá le parezco sensiblero —quizá dramático—, pero es que ya no sé cómo acomodar la guerra en nuestras vidas. Los vencedores regresaron eufóricos, derrochando argumentos para justificar la matanza; convencidos de que las tierras arrebatadas a cañón bien valen quinientos mil paraguayos muertos.

¿Qué habremos ganado con esto? Muerte, despojo, injusticia… ¿Hasta cuándo durará el desencuentro?

Perdone mi letra, es que me tiembla el pulso. Y aún falta decirle que siempre lo quise, padre. Nada más quedan los que dieron la vida; y aunque bombee su corazón y pueda leer esta carta, sé que usted murió apenas cruzó los mares. Me niego siquiera a pensar que jamás podrá volver a pisar nuestra tierra… jamás. Discúlpeme, pero no quisiera estar en su pellejo.

Mongo me ha preguntado por qué, si la amo, generalizo y culpo a Buenos Aires. Le expliqué que al decir Buenos Aires no me refiero a la ciudad que espío por mi ventana y veo crecer hermosa, tampoco a los hombres buenos que la habitan y siguen esperando. Yo sé de qué Buenos Aires hablo.

Me pasa lo mismo que con usted: es una larga historia de amor y de odio.

Guardaré una sola imagen: las leguas que hice mirando su poncho colorado al viento, cuando lo dejé cabalgar adelante, incansable, su silueta recortada contra el horizonte que huía, mi amado capitán de los gauchos, dueño de la tierra. Mi padre.

—¿Qué día es hoy, Mechita?

—Domingo, cinco de julio.

Mi voz ya es menos que un susurro.

—No llores, mi querida. Te queda un consuelo, me cuidaste tanto…

Con la mirada le digo a Mongo que hoy no me friccione, que al menos por hoy dejemos mis huesos tranquilos.

Cuando vuelva a respirar, le diré que pida a la maestra de piano que toque algo para mí. Las paredes no existen, mis oídos nacieron para escuchar música.

—¿Irás, Mongo?

—Ya mismo, amito.

Por las voces sé que Juan Manuel ha llegado. ¿Se cortó, madre? ¡No, por Dios!, le dice, pero su estado es extremo, está consumido.

Se alejan, y ya no los oigo.

Mongo regresa y se queda parado a los pies de mi cama. Por los gestos que hace con las cejas, sé que en cualquier momento comenzará a sonar el piano.

—Tocará a Chopin, me dijo. ¿Te gusta?

Silba afuera, lúgubre, el viento helado que viene del río. Buenos Aires tiembla en mis huesos y no hay un alma en las calles.

—No olvides pintarme las rayas blancas.

—No, mi amo.

—No olvides quemar la pluma del halcón, y mis papeles.

—No, mi amo.

Un acorde se alza de pronto sobre la ciudad y queda allí, solitario, llamándome en el viento. Todo está ahí, dice, la vida no termina nunca.

—Sólo la música puede describir la eternidad, Mongo. ¿Escuchás?… *allegro maestoso*. Por favor, no sueltes mi mano.

—No te voy a soltar, Juanito.

Fuertemente voy tomado de su mano, y escucho. Es ella la que respira ahora, ondula, se expande y va arrojando espirales al aire... Ella, la música, plantando certezas de golpe y otra vez se eleva, repite frases, tantas maneras para decir te amo, pero se aquieta por fin en una palabra, un sonido superior a la palabra, una sola nota, no me dejes, implora, no permitas que la pasión ni los sueños, y sopla cristalina, aspira... respira, grave otra vez, porque siempre la traición y los hombres... en un follaje líquido que trepa y me ahoga. No dejes que el dolor me ahogue.

—¿Estoy muerto?

—Todavía no, Juanito.

—Imperdonable, en el fondo no fui más que un romántico triste.

—Como vos digas, mi amo.

Asfixiado de música.

ÍNDICE